U0013582

suncolor
三采文化

ANDY WEIR

極限返航

安迪・威爾 著 郭庭瑄 譯

PROJECT HAIL MARY

獻給

約翰（John）、保羅（Paul）、

喬治（George）和林哥（Ringo）

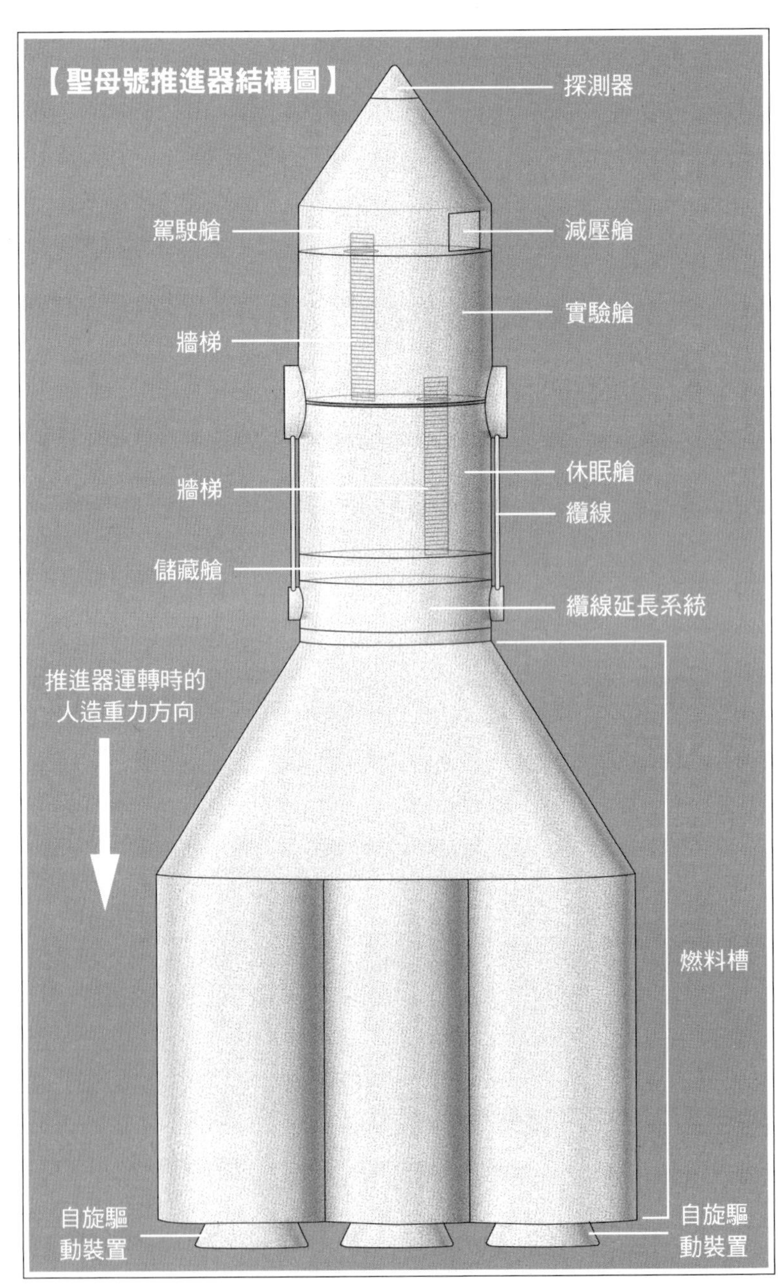
【聖母號推進器結構圖】
探測器
駕駛艙
減壓艙
實驗艙
牆梯
牆梯
休眠艙
纜線
儲藏艙
纜線延長系統
推進器運轉時的
人造重力方向
燃料槽
自旋驅
動裝置
自旋驅
動裝置

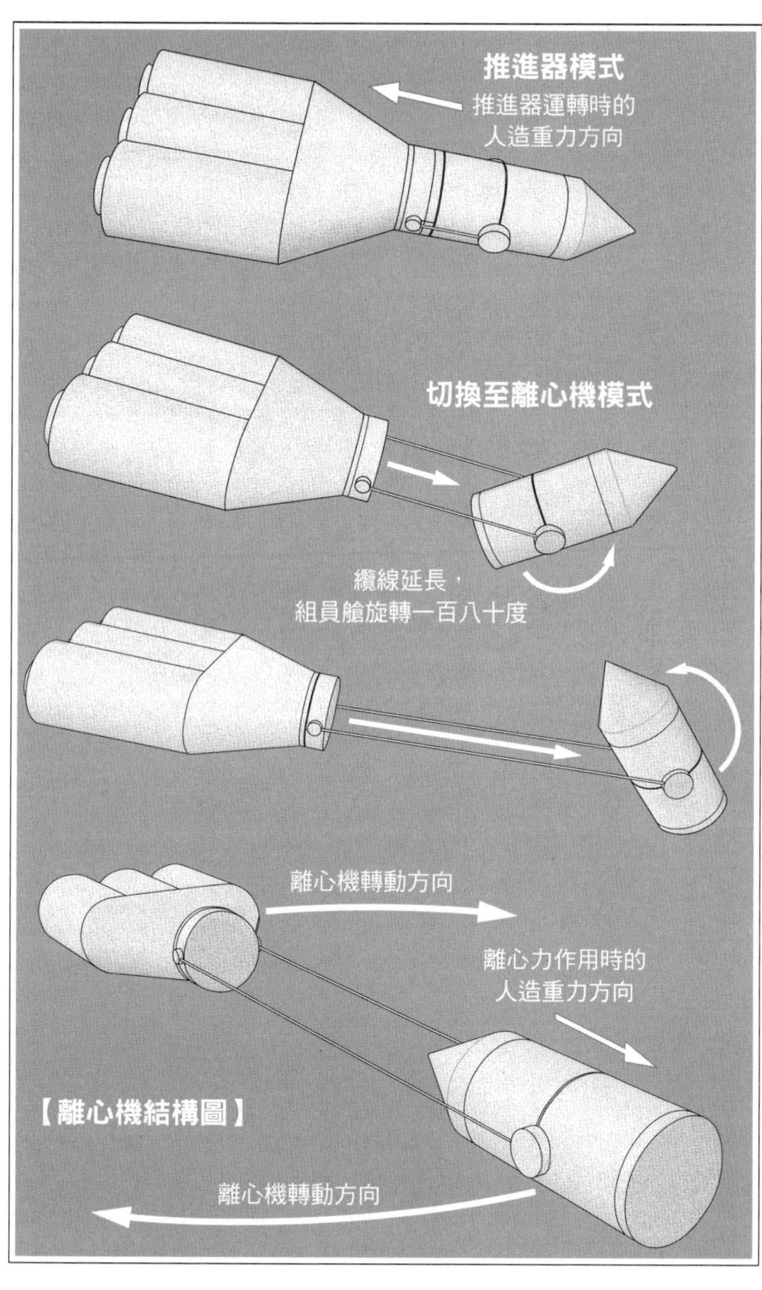
推進器模式
推進器運轉時的
人造重力方向
切換至離心機模式
纜線延長，
組員艙旋轉一百八十度
離心機轉動方向
離心力作用時的
人造重力方向
【離心機結構圖】
離心機轉動方向

1

「二加二等於多少？」

這個問題不知怎的讓我有點惱火。我很累，於是又迷迷糊糊睡著。

幾分鐘後，我再度聽到相同的問句。

「二加二等於多少？」

一個不帶感情的輕柔女聲傳來，發音和先前一模一樣。是電腦。有臺電腦在煩我。現在我更火大了。

「嗶夫嗚。」我被自己的回答嚇了一跳。我本來打算說「不要煩我」（在我看來是很合理的回應），卻無法正常講話。

「錯誤。」電腦說。「二加二等於多少？」

實驗時間到。這次來說「哈囉」看看。

「呵嚕？」我說。

「錯誤。二加二等於多少？」

到底怎麼回事？我想搞清楚狀況，可是能力有限。我看不見，除了那個電腦女聲外什麼也聽不見，我甚至一點感覺都沒有。等等，不對，我有感覺到什麼。我躺著，躺在軟軟的東西上。是床。

我覺得我的眼睛好像是閉起來的。還好，不算太糟，只要張開就行了。我試著睜開雙眼，但什麼也沒發生。

為什麼我的眼睛睜不開？

睜開。

睜——開！

可惡，快睜開！

哎！剛剛好像有點動靜。我的眼皮在動。我感覺到了。

快點睜開！

我緩緩張開眼睛，眩目的強光燒得視網膜一陣灼痛。

「啕喝哩！」我叫了一聲，繼續靠意志力撐住眼皮。眼前的一切全是白色，雜揉著不同深淺的痛楚。

「偵測到眼球運動。」不斷折磨我的電腦女聲說。「二加二等於多少？」

熾烈的白逐漸消退。我的眼睛慢慢適應光線，開始瞥見模糊的輪廓，但還沒看出個所以然。好吧，嗯……我的手能動嗎？不行。

腳？也不行。

嘴巴總可以吧？我從剛才就一直在講話。雖然不是什麼有意義的字句，但至少能發出聲音。

「嘶。」

「錯誤。二加二等於多少？」

眼前那些朦朧的形體愈來愈清晰。我躺在床上。好像是……橢圓形的床。

ＬＥＤ燈投下的光打在我身上，天花板有好幾部攝影機，監視我的一舉一動；更詭異的是那些機械手臂，讓人背脊發涼。

天花板上懸著一對表面帶有髮絲紋的鋼製支臂，本該是手的地方突出許多光看就很不舒服的穿刺工具。我實在不太喜歡這個畫面。

「ㄕ……ㄙ……嘶。」我說。不曉得這樣行不行？

「錯誤。二加二等於多少？」

可惡。我努力集中意志力和內在每一分能量，心裡開始有點慌。很好，我還可以化這些恐懼為力量。「嘶——四。」我終於從齒縫中擠出這個字。

「正確。」

謝天謝地，我還能說話。大概吧。

我如釋重負地嘆了口氣。等等，我剛才是自主控制呼吸嗎？我又刻意吸一大口氣。我的嘴巴很痛，喉嚨也很痛，但這是屬於我的痛楚，在我的掌控之中。

我戴著氧氣罩。面罩緊貼著我的臉，與後腦勺伸出來的軟管相連。

我起得來嗎？

不行，倒是可以稍微移動頭部。我垂下眼睛打量身體，只見自己一絲不掛，身上的導管多到數不清。不僅雙臂、雙腿和「老二」各有一條，還有另外兩條長長延伸、消失在大腿底下。我猜其中一條探進了陽光照不到的地方。

這可不是什麼好事。

除此之外，我身上還覆滿電極貼片，就像心電圖檢查的感測貼片，從頭到腳都是。算了，至少這些貼片只是黏在皮膚上，不是嵌進肉裡。

「這……」我因為呼吸困難發出粗濁的喘息聲，只好努力再試一次。「這……是……哪裡？」

「八的立方根是多少？」電腦問道。

「這是哪裡？」我重複剛才的問題。這次容易多了。

「錯誤。八的立方根是多少？」

我深呼吸，一字一字慢慢說：「二乘以 e 的 $2i\pi$ 次方。」

「錯誤。八的立方根是多少？」

其實答案沒錯，我只是想看看這臺電腦有多聰明。顯然不太聰明。

「二。」我回答。

「正確。」

我豎起耳朵等待下一題，但電腦似乎很滿意。

我覺得好累，眼皮止不住下沉，再度墜入夢鄉。

我緩緩甦醒。我睡了多久？想必有好一段時間，因為身體確實有種得到休息的感覺。我毫不費

力地睜開雙眼。嗯，有進步。

我試著挪移手指。它們很聽話，依照指示擺動。好，這下有點進展了。

「偵測到手部運動。」電腦說。「請保持靜止。」

「什麼？為什麼——」

機械手臂突然伸向我，動作快如閃電。我還來不及回神，它們就已經移除大多數導管。我一點感覺也沒有，不過我的皮膚本來就有點麻木了。

現在我身上只剩三條導管：前臂注射點滴的靜脈輸液管、肛門導管，還有導尿管。老實說我最想拿掉後面那兩個，可是……好吧。

我抬起右手，手臂卻無力地落在床上。再試試左手，一樣感覺重得要命。我反覆做了幾次舉手動作。沒道理啊，我的臂膀肌肉明明就很發達。我一定是出現什麼嚴重的醫療問題，長時間臥床，不然他們幹嘛在我身上插這麼多導管、貼這麼多貼片？一直躺著不動，肌肉萎縮好像也不意外。

可是周遭應該要有醫生或醫院的聲音吧？還有，這張床是怎麼回事？不是長方形，而是橢圓形，好像安裝在牆上，而非放在地上。

「把……」我還是有點疲倦，聲音愈來愈小。「把導管拿出來……」

電腦沒有回應。

我又舉了幾次手臂，扭動腳趾。情況確實有所好轉。

我來回擺動腳踝，抬起膝蓋，似乎一切正常，雙腿的肌肉狀態也很好，只是沒有健美先生那麼猛，以瀕死的人來說又太健康。但我不確定小腿應該要多壯就是了。

我用手掌撐著床使勁推，軀幹微微離開床鋪。我可以起來了！雖然得用盡所有力氣才能挺起身子，我仍咬牙堅持下去。床隨著我的動作輕輕搖晃；這絕對不是一張普通的床。我伸長脖子，發現床頭和床尾都裝設在看起來很牢固的壁式支架上，就像堅固的吊床。好怪。

過沒多久，我就坐起身，壓在肛門導管上，感覺不太舒服。屁股插著管子怎麼可能會舒服？現在我看得比較清楚了。這不是一般的病房。整體空間呈圓形，牆壁好像是塑膠做的。明亮純粹的白色光線來自天花板上的ＬＥＤ燈。

房間裡還有另外兩張壁掛式吊床，上面各有一名患者。三張床形成一個三角形，那些愛騷擾人的機械手臂就裝設在頂部，位於天花板中心。我猜那些手臂負責照顧我們三個吧。我沒辦法瞥見其他人，他們就像我之前一樣深深沉入被窩。

這個房間沒有門，只有一道牆梯通往……艙口？那個出入口是圓形，中間還有個轉輪狀把手。沒錯，一定是某種艙口，就像潛水艇那樣。會不會我們三個得了什麼傳染病，住進密閉的隔離病房？牆上到處都有小小的通風口，我能感受到一絲微弱的氣流。看來這個地方可能是管制區。

我滑動一條腿，探出床緣。吊床開始搖晃，機械手臂猛地伸向我。我瑟縮了一下，機械手臂突然停止動作，在附近繞轉盤旋，應該是準備在我摔下去時抓住我。

「偵測到全身運動。」電腦再度開口。「你叫什麼名字？」

「拜託，你認真？」我沒好氣地說。

「錯誤。第二次嘗試。你叫什麼名字？」

我張開嘴打算回答。

「呃……」

「錯誤。第三次嘗試。你叫什麼名字？」

我這才發覺我不知道自己是誰，也不知道自己做了什麼。我什麼都不記得了。

「嗯……」我說。

「錯誤。」

下一秒，疲憊感如潮水襲來，吞沒全身。老實說還滿舒服的。電腦一定是透過靜脈注射替我打了鎮靜劑。

「唔……等等……」我喃喃地說。

機械手臂把我輕輕放回床上。

我睜開雙眼，只見有隻機械手臂在我臉上動來動去。它在做什麼？

我渾身發抖，震懾到不能自已。手臂迅速縮回天花板。我摸摸臉想找傷口，卻發現一側滿是鬍渣，另一側乾淨光滑。

「你在幫我刮鬍子？」

「偵測到意識。」電腦說。「你叫什麼名字？」

「我還是不知道。」

「錯誤。第二次嘗試。你叫什麼名字？」

我是白種人，男性，會說英語。賭一賭好了。

「約……約翰？」

「錯誤。第三次嘗試。你叫什麼名字？」

我拔掉手臂上的靜脈導管。「關你屁事。」

「錯誤。」機械手臂隨即撲來。我立刻滾下床，結果證明這個決定大錯特錯。其他導管還連在身上。

肛門導管就這樣直接脫落，完全不痛；含有膨脹氣囊的導尿管從我的陰莖上硬生生扯下來，痛得要命，感覺就像尿出高爾夫球一樣。

我放聲大叫，痛到在地板上扭來扭去。

「身體不適。」電腦開口。機械手臂馬上追過來。我沿著地板連滾帶爬，躲到另一張床底下。揮舞的手臂驟然停止，不是放棄，而是默默等待。這些機器由電腦控制，不會失去耐心的。

我仰起頭，不停喘氣。過了一會，疼痛逐漸緩解。我擦去眼角的淚水。

一切的一切都讓我摸不著頭緒。

「喂！」我扯開喉嚨大喊。「你們！快醒醒！」

「你叫什麼名字？」電腦再度追問。

「我是說你們隨便哪一個人！醒醒，拜託！」

「錯誤。」電腦說。

我的胯下痛到不行，忍不住笑出來。太荒謬了。與此同時，腦內啡開始發揮作用，讓我有種飄飄然的感覺。我回頭望著落在床邊的導尿管，滿心敬畏地搖搖頭。哇噻，那個東西居然穿過我的尿道。好猛。

導尿管脫落造成了一些傷口，地上濺有斑斑血跡。不嚴重，只是一道如細線般的鮮紅色——

我啜了一口咖啡，將最後一小片吐司塞進嘴裡，示意女服務生結帳。其實考量到我微薄的薪水，我大可在家吃早餐省錢，而不是每天外食，可是我討厭煮飯，又很愛吃蛋和培根。

女服務生點點頭，走向收銀臺準備結帳。好巧不巧，一位客人走進餐館坐下。

我看看手錶，才早上七點多，不急。我喜歡在七點二十分左右進辦公室，利用這段空檔做好準備，展開新的一天，但實際上只要八點到就好。

我拿出手機查看電子郵件。

收件者：（天文奇觀論壇）<astrocurious@scilists.org>
寄件者：（伊蓮娜・佩特洛娃博士）<ipetrova@gaoran.ru>
主旨：細紅線

我對著螢幕皺起眉頭。我以為我已經取消訂閱，不在名單上了。我早在很久以前就脫離那個圈子，況且當初加入的時間也不長，不過，如果我沒記錯，那段日子其實很有意思。一群天文學家、天文物理學家及其他領域專家暢聊所有令人興味盎然、奇妙又古怪的事。

我瞄了女服務生一眼，看來那些客人對菜單很有意見，問題一堆。大概是想問莎莉餐館有沒有提供無麩質的純素蔬食之類。親切善良的舊金山居民也是有煩人的時候。

我點開信件。反正也沒事做。

各位專家好，我是伊蓮娜．佩特洛娃博士，目前任職於俄羅斯聖彼得堡的普爾科沃天文臺。我寫信給你們是想尋求協助。

過去兩年，我一直在研究有關星雲放射紅外線的理論，因而仔細觀察了一些特定波段的紅外光，結果發現一個奇怪的現象。不是在星雲裡，而是在我們的太陽系裡。

太陽系中有一條非常晦弱隱微，卻仍可偵測到的線。這條線會發射出波長二十五．九八四微米的紅外光，且似乎只有單一波長，沒有變化。

附件為研究數據表格與據此建構出的３Ｄ模型。

從模型中可以看到，這是一條傾斜的弧線，從太陽北極筆直爬升三千七百萬公里，接著急遽陡降，遠離太陽，朝金星的方向延伸。過了弧線頂點，雲氣就像漏斗一樣擴大；來到金星，弧線截面則變得與金星本身一樣寬。

那條線所射出的紅外光非常微弱。我是因為在搜尋星雲放射出的紅外線時用了極其靈敏的偵測設備，才得以發掘這個現象。

為了進一步確認，我向智利的阿塔卡瑪天文臺求助（個人認為這是當今世上最好的紅外線天文臺），他們證實了我的觀測結果。

在星際空間看見紅外光的原因有很多，可能是太空塵埃或其他反射陽光的粒子，也可能是某些分子化合物吸收能量，以紅外線波段的形式再度發射。這種情況或可解釋為何其波長完全相同。

其中最值得注意的是弧線的形狀，也是我想探討的重點。起先我以為是一群沿著磁力線運動的粒子，但金星無所謂磁場，沒有磁層，沒有電離層，什麼都沒有。究竟是什麼力量導致粒子往金星的方向畫出一道弧形軌跡？為什麼它們會發光？

如有任何想法或建議，歡迎隨時與我聯繫。

那是什麼鬼東西？

剎那間，大量記憶一股腦湧現，無預警地從我腦海中冒出來。

我還是不太清楚自己擁有什麼身分背景，是個什麼樣的人，只知道我住在舊金山，喜歡吃早餐，過去很迷天文學，但現在興趣缺缺？

顯然我的大腦認為記住那封電子郵件至關重要，不太在乎姓名這類瑣事。

我的潛意識想告訴我什麼。一定是眼前這道宛如線縷的血跡觸發開關，讓我想起那封信的主旨「細紅線」。可是那跟我有什麼關係？

我踉踉蹌蹌地爬出床底，坐起來靠著牆。機械手臂立刻轉向我，卻還是搆不著。該看看其他病患了。我不知道自己是誰，也不知道我為什麼會在這裡，但至少房間裡還有別人，我不孤單。但是——他們已經死了。

嗯，百分之百，完全死透。離我最近的那位應該是女性，起碼看得出來她有一頭長髮，除此之外，眼前的她就跟木乃伊差不多。乾癟的皮膚皺巴巴地披垂在骨骼上，沒有臭味，也沒有腐爛的跡象。她一定死了很久。

另一張床上躺著一名男子。我想他死得更久。他的皮膚不僅乾枯、如皮革般粗糙堅韌，還開始碎裂崩解。好，所以我和兩具屍體共處一室。照理說我應該會感到害怕反胃，但我沒有。他們風乾到看起來就像萬聖節裝飾品，一點也不像人。我暗暗希望自己不是他們其中一人的好友，如果是，我也希望自己不要想起來。

死人固然是個問題，但我更擔心的是，他們躺在這裡這麼久，就算是隔離區也會把死者移走吧？不管出了什麼事，肯定糟糕透頂。

我花了很大的力氣慢慢站起來，走到木乃伊小姐床邊。吊床輕輕搖晃，我也跟著搖晃，努力站穩腳跟。

機械手臂又開始揮動，想方設法抓住我。我再度緊貼牆面，遠離觸及範圍。

我之前想必是陷入昏迷。沒錯。我愈想，就愈肯定自己過去處於昏迷狀態。

我不曉得自己在這待了多久，但若我們三人同時進入這個疑似隔離區的地方，就表示已經過了好一段時間。我摩挲著剃了半邊鬍子的臉。這些機械手臂是用來照護長期陷入無意識狀態的病患。

愈來愈多證據顯示我先前處於昏迷狀態。

說不定我能爬到艙口？

我往前邁出一步，又一步，隨即癱倒在地。走路對我來說有些超出負荷，得休息一下才行。

我四肢的肌肉明明很正常、很強健，為什麼身體會這麼虛弱？假如我真的長時間昏迷不醒，為什麼肌肉沒有退化萎縮？我應該會變成一具乾癟枯瘦的殘骸，而非有血有肉、活生生的人才對啊。

我不知道自己的結局會是什麼模樣。我該怎麼辦？我真的病了嗎？我的意思是，我當然覺得自己像個廢物，可是沒有「生病」的感覺。我沒有噁心想吐，沒有頭痛，也不覺得自己有發燒。如果沒罹病，為什麼我會昏迷？是身體受到什麼創傷嗎？

我摸摸頭。沒有腫塊、疤痕或繃帶，其他部位看起來也很完整、很結實。比結實更讚。我的肌肉線條很明顯。

我很想打瞌睡，但我忍住了。

再試一次吧。我像舉重一樣使勁撐起身體。這次比較輕鬆一點，可見我逐漸恢復元氣，狀態愈來愈好了（但願如此）。

我拖著腳，沿著牆慢慢走，用背部和雙腳的力量支撐身體。機械手臂不斷朝我的方向探伸，但我不在觸及範圍內。

我發出濁重的喘息聲，上氣不接下氣。我覺得自己好像跑了一場馬拉松。也許是肺部感染？也許他們是為了保護我才送我進隔離病房？

我花了好大的力氣，終於來到牆梯旁。我跌跌撞撞地走過去，抓住一根橫桿。我這麼虛弱，怎麼爬上十英尺高的梯子？

十英尺高的梯子。

我用的是英制單位。這倒是個線索。我可能是美國人或英國人，搞不好是加拿大人。加拿大人在判斷短距離時習慣用英尺和英寸。

我開始自問自答。洛杉磯離紐約有多遠？我的直覺回答：三千英里。加拿大人會用公里，所以我來自英國或美國，也可能是賴比瑞亞。

我知道賴比瑞亞採用英制單位，卻不知道自己叫什麼名字，讓我有點火大。

我深呼吸，雙手抓住梯子，一隻腳踩上最底部的橫桿，把身體拉上去。雖然過程搖搖晃晃、不太穩定，最後還是成功了。現在我的雙腳都踏在最低的梯級上。我伸出手，抓住下一根橫桿。加油，離艙口又近一步。我覺得我的身體就像鉛做的，沉甸甸，不管做什麼都要費好大的勁。我試著把自己拉上去，可是手不夠強壯。

我猛地往後仰，從梯子上摔下來。一定會很痛。

結果一點都不痛。我落在觸及範圍，機械手臂在我撞上地板前及時接住我，沒有一絲猶豫，也沒有半點失誤。它們把我放回吊床，安頓妥當，就像母親哄孩子入睡一樣。

說真的，我對此毫無怨言。我筋疲力盡，只想躺下來休息。床鋪輕柔搖動，感覺好舒服，有種撫慰身心的效果。摔下梯子的事讓我耿耿於懷。我在腦海裡重播剛才的片段。說不上來，反正就是……不太對勁。

嗯。

我又沉沉睡去。

「請進食。」

我胸前擺著一條類似牙膏的軟管。

「唔？」

「請進食。」電腦再次催促。

我拿起那條白色軟管，上面有幾個黑色的字，寫著「第一天·第一餐」。

「這到底是什麼鬼？」我說。

「請進食。」

我轉開蓋子，一陣香味撲鼻而來，嘴裡也忍不住分泌唾液，我這才意識到自己有多餓。我擠壓軟管，冒出一些看起來有點噁心的褐色泥狀物。

「請進食。」

我算哪根蔥？憑什麼質問一臺有詭異機械手臂的電腦惡霸？我有點遲疑，小心翼翼地舔了一口泥狀物。

天哪，未免太好吃了吧！簡直人間美味！吃起來很像香濃的肉汁，卻不膩口。我急忙把管內的泥狀物擠進嘴裡，細細品味。我發誓，這比做愛還棒。

我很明白背後的原理。俗話說，飢餓是最好的調味料。肚子餓的時候，大腦會因為你終於進食而給你豐厚的獎賞。「幹得好。」大腦說。「我們暫時不會死！」

一切逐漸拼湊起來，脈絡愈趨清晰。要是我長時間昏迷，他們一定得餵我吃東西，但我醒來時沒看到腹部有灌食管，他們可能是從鼻腔經食道放入鼻胃管供給營養，對那些不能自主進食又沒有消化問題的患者來說，這是最不具侵入性的方法，還能讓消化系統保持活躍健康，也解釋了為什麼我甦醒時沒看到這條導管。如果可以，應在患者昏迷的情況下移除鼻胃管。

為什麼我會知道這些？我是醫生嗎？

我又往嘴裡擠了一口肉汁。還是很讚。我狼吞虎嚥地狂吃猛吃，管子很快就空了。

「我還要！」我舉起軟管大喊。

「用餐完畢。」

「我還沒吃飽！再來一根！」

「本餐食物分配量已足。」

好吧，有道理。目前我的消化系統仍在適應半固體食物，最好還是慢慢來。要是想吃多少就吃多少，我可能會反胃。電腦的決定非常正確。

「再給我一點！」人餓的時候才不會在乎什麼正不正確。

「本餐食物分配量已足。」

「才怪！」

話雖如此，我的狀態的確比之前好多了。食物帶給我滿滿能量，讓我活力充沛，充分休息也有很大的助益。

我滾下床，打算走到牆邊。機械手臂沒追過來。我猜既然我已經證明自己能進食，下床當然也沒問題。

我低頭看著赤裸的身體，感覺不太對。我知道旁邊沒人，就算有也是死人，但還是很怪。

「可以給我衣服穿嗎？」

電腦沒有回應。

「算了。你高興就好。」

我把床單拉下來裹在身上，纏了好幾圈，再越過肩膀，把垂在背後的床單一角拉到前面，和另一角綁起來。速成羅馬長袍完成了。

「偵測到自主行走運動。」電腦說。「你叫什麼名字？」

「吾乃昏睡皇帝，還不快跪下！」

「錯誤。」

該來看看牆梯上方有什麼東西了。

我邁步走過房間，雖然還是有點不穩，但這個舉動本身就是一場勝利。我可以單憑雙腿的力量行進，無須依靠搖晃的吊床，也不必倚著牆壁。

我來到牆梯前，抓住橫桿。我不需要其他外力來支撐，只是如果有輔助工具，人生會變得輕鬆一點。上面的艙口看起來牢固得要命，應該是密封型，而且很可能上了鎖。不管怎樣，還是得試試才行。

我爬上一階。很吃力，但不是做不到。再踩上另一道梯級。好，我抓到訣竅了。慢慢來，保持穩定。

我一步一步往上攀，終於成功抵達艙口。我一手抓著牆梯，另一手轉動艙門上的輪柄。

它動了！

「我的媽呀！」我失聲喊道。

「我的媽呀」？這是我用來表達驚訝的感嘆詞？是沒什麼大不了沒錯，只是我沒料到自己居然這麼老派，很有一九五〇年代的風格。我究竟是什麼怪咖啊？

我抓著輪柄轉三圈，聽見「喀噠」一聲。艙門往下傾斜，我挪動身子閃邊，沉重的鉸鏈式艙門應聲落下，完全敞開。我自由了！

應該吧。

艙口另一邊只有無盡的黑暗，有點嚇人，不過事情總算有進展了。

我將手探出艙口，撐起身體，來到另一個房間。我一進去燈就亮起來。大概是電腦的傑作。

這個房間的形狀和大小看起來和剛才那個圓形房間一模一樣。

房間裡有一張固定在地板上的大桌子，就外觀推斷應該是實驗桌，旁邊還設置了三張實驗椅。放眼望去，四周擺滿各式各樣的實驗室儀器，全都安裝在無法移動的桌子或長椅上，好像這個房間已準備就緒，隨時可能面對毀滅性地震似的。

一道牆梯通往天花板上另一個艙口。

我在一個設備齊全的實驗室裡。隔離病房什麼時候開始讓患者進實驗室了？況且這裡也不像醫學實驗室啊。現在到底是什麼情況？

我站起來，好看得清楚一點。

實驗桌上固定著一些小型設備，包含一架放大倍率 8000X 的顯微鏡、一個高壓蒸氣滅菌釜、一排試管、一組收納實驗用品的抽屜櫃、一個存放樣本的冰箱、一座加熱用的高溫爐、好幾支移液管——等等，為什麼我會知道這些術語？

我望向牆邊那些大型儀器。掃描式電子顯微鏡、次毫米3D列印機、十一軸銑床、雷射干涉儀、一立方公尺真空室……每一項我都說得出名稱，也知道使用方法。

我是科學家！真相愈來愈明朗！嗯，該是我好好運用科學的時候了。好啦，天才大腦，快想想辦法！

……我肚子好餓。

大腦，你讓我很失望。

好吧，我不知道這裡為什麼有實驗室，也不曉得自己為什麼能進來，總之……繼續前進！

天花板上的艙口離地十英尺，看樣子又要來場牆梯大冒險。幸好我現在的體能好多了。

我做了幾次深呼吸，開始攀上牆梯。就和之前一樣，我必須耗費極大的精力才能完成這些簡單的動作。雖然我的身體狀況有所改善，卻還稱不上「健康」。

天哪，我實在有夠重。我勉強踏上一道道梯級，好不容易爬到最頂端。

我坐在不是很舒服的橫桿上，推推艙口輪柄。完全轉不動。

「欲解鎖艙口，請表明身分。」電腦說。

「我就不知道我的名字啊！」

「錯誤。」

我用掌心死命拍打，輪柄動也不動，反倒是我的手隱隱作痛。所以……對，沒用。

我不得不等。也許我很快就會想起自己的名字，或是發現它寫在某個地方。

我爬下牆梯，應該說，我本來想爬下去。我以為下來比上去更簡單、更安全，沒有，完全不是這麼回事。我非但沒有優雅地從梯子上下來，反而還以一個尷尬的角度踩上下方的橫桿，抓住艙口輪柄的手就這樣一滑，像個白痴一樣摔下牆梯。

我像一隻發怒的貓胡亂揮舞手臂，想抓住任何能抓的東西。事實證明這個主意爛透了。我砰地撞上實驗桌，小腿重擊實驗用品櫃。媽的痛爆！我放聲大叫，痛苦地抓住小腿，結果不小心從桌上滾下來，跌落在地。

這次沒有機械手臂保護我。我背部著地，痛到喘不過氣。正所謂「沒有最慘，只有更慘」，下一秒，實驗用品櫃倒了下來，抽屜紛紛滑開，實驗室耗材如雨點般打在我身上。棉棒沒什麼殺傷力，試管只是有點痛（令人訝異的是居然沒破），至於捲尺則來勢洶洶，直接砸中額頭。

一大堆東西哐啷哐啷地掉下來，我忙著壓住前額腫脹的傷口，根本沒心思注意。那個捲尺到底多重啊？從三英尺高的桌面上落下，還能把我的頭撞出一個大包。

「那個，說不通。」我對著空氣自言自語。整段經歷就像卓別林的電影，荒唐至極。

事實上……還真的是這樣。扯到有點誇張。

先前那種「不對勁」的感覺再度湧上心頭。

我抓起旁邊的試管拋到半空中。它很正常地飛起，很正常地落下。我非常不爽，這些墜落物不知怎的讓我一肚子火。我想知道為什麼。

該怎麼做呢？嗯，我有一整間實驗室，也知道怎麼使用，只是手邊有什麼現成的材料呢？我環顧那些掉在地上、亂七八糟的垃圾。一堆試管、採樣棒、冰棒棍、一個數位碼表、好幾支移液管、數捲透明膠帶、一支筆……

好，我需要的東西應該齊了。

我站起來，拍拍床單長袍上的灰塵。事實上一點塵埃也沒有，周遭的世界看起來完全無菌、乾淨剔透，但我還是做了這些動作。

我拿起捲尺端詳，上面的刻度是公制單位。難道我在歐洲？隨便啦。接著我抓起碼表，滿有分量的，就像登山用的那種，有個堅固的塑膠外殼，周圍還有一圈硬橡膠，絕對是防水款，不過液晶螢幕一片空白，顯然已經壞了。

我按了幾個按鈕，完全沒反應。我把碼表翻過來檢查電池盒，想知道要用什麼型號，或許某個抽屜櫃裡有電池也說不定。我看了一下，發現背蓋後方露出一小條細長的紅色塑膠片；輕輕一拉，塑膠片便徹底脫落，碼表旋即啟動。

有點像那種含電池的玩具。小小的塑膠標籤是為了防止電池在物主初次使用前耗盡。好，所以這是一個全新的碼表。事實上，實驗室裡每樣東西看起來都是新的，整潔俐落，一塵不染，沒有磨損的跡象。對此，我不知該做何感想。

我把玩了一下碼表，摸清楚每個按鈕的功能。老實說還滿簡單的。

我用捲尺測量桌子的高度。桌面離地板九十一公分。

我撿起一根試管，發現管身不是玻璃材質，可能是某種高密度塑膠之類，所以從三英尺高的地方掉下來撞上冷硬的地板，都不會裂成碎片。總而言之，無論是什麼材料製成，其密度大到足以忽略空氣阻力。

我把試管放在桌上，設好碼表，然後一手將試管推下桌，另一手按下碼表，測定物品落地要花多久時間。螢幕顯示約〇．三七秒，快得離譜。希望不是我的反應時間影響到測量結果。

我沒找到紙，只好用筆在手臂上記下時間。

我把試管放回桌上，再測一遍。這次是〇．三三秒。我一共測了二十次，並將所有結果記錄下來，好盡量降低按壓碼表計時所帶來的誤差影響。總之，最後得出的平均值是〇．三四八秒。我的手臂看起來好像數學老師的黑板，不過沒關係。

〇．三四八秒。距離等於二分之一的加速度乘以時間的平方，因此加速度等於兩倍的距離除以時間的平方。這些公式就這樣自然浮上心頭。第二天性。看樣子我的物理很強。太好了。

我算了一下，得出一個我不是很喜歡的答案。這個房間的重力太大，每秒平方十五公尺，照理說應該是九．八公尺才對。難怪我覺得那些墜落的物體不太對勁，它們落地的速度太快了；也難怪我在肌肉強健的情況下還是那麼虛弱。每樣東西都比原有的重量重一．五倍。

問題是，沒有什麼因素能影響重力；既不能增加，也不能減少。地球重力為每秒平方九．八公尺，就這樣。可是當前的重力遠大於這個數字。關於這點，只有一種可能。

我不在地球上。

2

冷靜，深呼吸。先不要妄下斷論。沒錯，重力太大。從這個地方著手，找出合理的解釋。

我可能在離心機裡，而且是一臺很大的離心機，不過在地球重力1G的情況下，可以讓這些房間以一定的角度沿軌道繞行，或是在堅實牢固的長支臂末端運轉等等。只要設定好轉速和總離心力，再加上地球重力，確實有可能達到每秒平方十五公尺。

怎麼會有人想打造一臺附設醫院病床和實驗室的巨型離心機？我毫無頭緒。真的做得出來嗎？半徑要多大？運轉速度多快？

我大概知道怎麼找出答案。我需要一個準確的加速規。雖然把物品推下桌並計時可得到粗略的估算數值，但這種方法的準確度和我按下碼表的反應時間差不多。我需要更精準的工具。唯有一樣東西能獲致這種效果：一條細繩。

我逐一拉開實驗室抽屜，東翻西找。

短短幾分鐘，我就開了一半的抽屜，幾乎各色實驗器材都找到了，就是沒看到繩子。正當我打算放棄的時候，一捲尼龍繩映入眼簾。

「好耶！」我匆匆拉出好幾英尺的線，用牙齒咬斷，一端打一個圈，另一端纏在捲尺上綁好。捲尺在這個實驗中扮演「擺錘」的角色。現在我只需要掛鉤之類的東西，把繩子掛起來。

我抬頭望著頂部的艙口，攀上牆梯（這次爬起來比之前更輕鬆），把繩圈套在主門輪柄上，讓捲尺的重量拉緊繩子。

自製鐘擺完成。

鐘擺的特性很酷，無論擺動的幅度多大，其來回擺動一次所需的時間（週期）都一樣。擺錘愈重，加諸的外力愈強，擺動幅度就愈大，速度也愈快，但週期不會改變。機械鐘錶就是運用這個原理來計時。鐘擺運動週期取決於擺長和重力，也只受這兩項因素影響。

我把鐘擺拉到一邊，鬆開手，同時按下碼表，計算其來回擺動的週期。整個過程無聊到我差點睡著，但我還是強打起精神，努力撐下去。

十分鐘過去，鐘擺幾乎不再晃盪，於是我按下碼表。總計十分鐘內完整循環三百四十六次。

接下來進入第二階段。

我測量艙口輪柄到地面的距離。只有二．五公尺多。我離開實驗室，回到樓下的「臥室」，一樣，這次爬梯也很順利。我現在感覺好多了。那個像肉汁的食物真的很神奇。

「你叫什麼名字？」電腦問道。

我低頭看看床單長袍。「我是偉大的鐘擺哲學家！」

「錯誤。」

我把鐘擺掛在靠近天花板的機械手臂上，暗暗祈禱它能暫時靜止不動。我仔細打量機械手臂和天花板之間的距離，應該有一公尺左右。由此可知，鐘擺的高度比剛才低四公尺半。

我再度進行相同的實驗。計時十分鐘，觀察鐘擺運動週期。三百四十六次循環，跟樓上實驗室的測量結果一樣。

天啊。

問題是，以離心機的概念來看，距離中心愈遠，離心力就愈大。假如我真的在離心機裡，這個房間的「重力」應該會比樓上大，但事實並非如此。至少其中的落差不足以影響鐘擺週期。

如果這是一臺超巨大的離心機呢？大到這裡和實驗室之間的力值差異極小，以致週期不變？

我想想……鐘擺的公式……還有計算離心力的公式……等等，目前我只知道鐘擺的運動週期，實際的力值大小未知，所以有個係數為X分之一……這個問題藏了好多有意義的資訊！

我手邊有筆，但沒有紙。沒關係，眼前有一面牆。我像個精神錯亂的囚犯在牆上潦草書寫，亂塗亂畫，最後終於得出解答。

假設我人在地球，位於離心機裡，表示一部分的力來自離心機，其餘則源自地球。根據剛才的數學運算結果（每一步推導過程我都有寫下來），這臺離心機的半徑須長達七百公尺（差不多半英里），以每秒八十八公尺的速度旋轉，也就是每小時約兩百英里！

嗯，我在思考科學問題時多採公制單位。有意思。不過大部分科學家都是這樣吧？就連土生土長的美國科學家也不例外。

總之，如果真是這樣，那大概是有史以來最大的離心機……但建造這種東西幹嘛？況且這麼龐大的機器一定吵得要命。以每小時兩百英里的速度在半空中急速旋轉耶，起碼會遇上一些紊流吧？更別說嘈雜的風噪音了。可是我沒聽見什麼怪聲，也沒感受到亂流之類的擾動。

事情的走向愈來愈詭異。好吧，要是把場景換到太空呢？這樣就不會有亂流和風阻，不過因為少了重力的幫助，離心機必須更大更快才行。

牆上的數學公式和塗鴉愈來愈多。若是在太空中，離心機半徑須為一千兩百八十公尺，將近一英里。人類過去從未打造過這麼大的太空儀器設備。

所以我不在離心機裡，也不在地球上。

會不會是別的星球？可是太陽系中沒有一顆行星、衛星或小行星有這麼大的重力。地球是整個太陽系裡最大的實體，當然，氣態巨行星更大，除非我在一個繞著木星風場漂浮的氣球裡，否則不可能體驗到這種強度的力。

我怎麼會知道這麼多太空知識？我就是知道，彷彿這些資訊已內化成直覺和習慣。也許我是天文學家或行星科學家，也許我在美國太空總署或歐洲太空總署工作，也許——

每週四晚上六點，我和瑪麗莎都會約在歌馥街的墨菲餐廳見面，一起暢飲啤酒、大啖牛排，去到餐廳的員工都認識我們，所以我們每次都坐同一個位置。

我和瑪麗莎是在讀研究所期間認識的，算一算也快二十年了。當時她跟我室友交往，兩個人（和大多數研究生一樣）談了一場亂七八糟的戀愛，三個月內就分手了。不過我和她最終變成很好的朋友。

餐廳老闆一看到我，立刻綻出笑容，伸出大拇指比比平常那張桌子。我穿過裝潢俗氣的用餐空間，走到瑪麗莎面前。她拿著斟滿的酒杯，桌上還有兩個空杯，顯然提早開喝了。

「準備狂歡啊？」我邊坐下邊說。

她垂下頭，擺弄玻璃杯。

「怎麼啦？」

她啜了一口威士忌。「今天工作不順。」

我比比手勢向服務生示意。他點點頭，走都沒走過來。他知道我要一份肋眼牛排，五分熟，配菜是馬鈴薯泥，還有一品脫健力士啤酒。我每個禮拜都點一樣的東西。

「是能多不順？」我想開開玩笑逗她。「能源部公務員不是很輕鬆？一年大概有二十天的假吧？妳不是只要出現在辦公室就能領薪水了嗎？」

瑪麗莎完全沒笑，一點表情也沒有。

「好啦，別這樣！」我說。「是誰惹妳不開心？」

她嘆了口氣。「你知道佩特洛娃博士發現的那條線嗎？」

「知道啊，一個謎樣又有趣的現象。我猜是太陽輻射。金星沒有磁場，但帶正電的粒子可能會被吸引過去，因為它的電中性——」

「不是，是別的東西。」瑪麗莎打斷我。「我們還沒找出答案，不過那是……別的東西。不管了，我們吃飯吧。」

我發出一聲不耐的鼻息。「好了，瑪麗莎，快說，到底怎麼了？」

「好吧。」她想了良久，終於開口。「反正總統大概十二小時後就會發表談話了。」

「總統？」我有點訝異。「美國總統？」

她又喝了一大口威士忌。「你聽過天照大神號嗎？日本的太陽探測器？」

「聽過啊。」我回答。「日本宇宙航空研究開發機構ＪＡＸＡ用它蒐集到不少重要數據。天照大神號真的很厲害，不僅進入太陽軌道，落在水星和金星之間，上頭還裝載二十種不同的儀器——」

「嗯，我知道，那不重要。」她再度插話。「根據他們得到的數據，太陽放射出來的能量日漸減少。」

「所以呢？」我聳聳肩。「太陽週期走到哪個階段了？」

「這跟十一年的太陽週期無關。」瑪麗莎搖搖頭。「是另外一回事。日本宇宙航空研究開發機構有說明，太陽活動依舊呈現下降的趨勢，亮度下滑了百分之〇．〇一。」

「了解，是滿有意思的，但也不用還沒吃晚餐就乾三杯威士忌吧。」

「我本來也是這麼想，」她噘起嘴唇，「可是他們說下降的幅度愈來愈大，速度也愈來愈快，呈指數衰減。多虧天照大神號靈敏的儀器設備，他們很早就捕捉到這個現象了。」

「我不知道耶，瑪麗莎。」我往後靠在沙發雅座上。「應該不可能這麼快就出現指數衰減吧？好，姑且假設ＪＡＸＡ科學家的論點正確，那些太陽輻射能量跑去哪了？」

「噬日線。」

「什麼線？」

「就是佩特洛娃博士發現的那條線。日方仔細觀察噬日線，發現它愈來愈亮，而且變亮的速度和太陽變暗的速度相同。出於某種原因，不管是什麼原因，噬日線正在竊取太陽的能量。」

她從包包裡拿出一疊文件放在桌上，上面似乎畫了一堆圖表。她翻來翻去，抽出一張，推到我面前。

圖上的X軸標註「時間」，Y軸為「亮度衰減」，曲線明顯呈指數型態下降。

「不會吧。」我說。

「是真的。」她回答。「接下來九年，太陽放射出來的能量會減少百分之一，二十年後多達百分之五。這很不妙，非常不妙。」

「表示地球會進入冰河期……」我緊盯著圖表。「而且是一轉眼，瞬間進入冰河期。」

「對，這還只是基本盤。農作物歉收、大規模饑荒……其他我真的不敢想像。」

「太陽怎麼會突然出現異變？」我搖搖頭。「拜託，那是恆星耶，不可能一夕之間走到這一步。恆星的變化得花上數百萬年，不是數十年。妳很清楚啊。」

「不，我不清楚。我以前很清楚，現在我只知道太陽瀕臨死亡。」她說。「我不知道原因，也不知道我們能怎麼辦，只知道它快死了。」

「怎麼……」我皺起眉頭。

瑪麗莎把剩下的酒喝光。「明天早上總統會向全國民眾發表談話。他們現在應該在跟各國元首協調，全球同時宣布。」

「先生，你的飲料。」服務生把健力士啤酒放在桌上。「牛排請稍候。」

「再來一杯威士忌。」瑪麗莎說。

「兩杯。」我補上一句。

我眨眨眼睛。又一次記憶閃現。

這是真的嗎？會不會只是一段我跟某個捲入虛假末日論的人聊天的隨機記憶？

不，不對，是真的。光想我就不寒而慄。這不是突如其來的情緒，而是根深蒂固、牢牢扎於心底的恐懼。我很早就有這種感覺了。

這是真的，千真萬確。太陽逐漸殞滅，而我牽涉其中。我不只是與他人一同邁向死亡的地球公民，更積極參與相關事務，有一種責任感。

我還是不知道自己叫什麼名字，卻記得關於噬日現象的隨機片段資訊。對，他們稱這個問題為噬日現象。我想起來了。

我的潛意識排了優先順序，急著告訴我這件事。我猜解決噬日危機是我的職責。

……在一間小小的實驗室裡，穿著床單長袍，不曉得自己是誰，除了一臺無腦的電腦和兩個木乃伊室友外，沒有其他支援。

我的視界蒙上一層薄霧。我抹抹眼睛，是淚水。我……我想不起來那兩個人的名字，但他們是我的朋友。我的夥伴。

這一刻，我才意識到自己一直背對著他們。剛才我竭盡所能別開目光，將他們排除在視線之外，像瘋子一樣胡亂塗寫白牆，而他們的屍體，這兩個我在乎的人，就躺在我身後。

現在已經沒有其他事讓我分心了。我轉過身望著他們。

下一秒，情緒瞬間潰堤，毫無預警。我開始啜泣，零碎的記憶倏然湧現。她幽默風趣、機靈慧黠，老是愛開玩笑；他是頂尖專家，個性沉著果斷、膽識過人，擁有鋼鐵般的意志。我想他應該是軍人，而且是我們的領導者。

我跌坐在地，把臉埋進掌心，整個人徹底崩潰，哭得像個孩子。我們三個不只是朋友，說是「團隊」也不太貼切，因為我們之間的羈絆比那更緊密。我們是……

那個詞呼之欲出，在舌尖不斷蠢動……

終於，恰當的文字無聲無息潛入我的心智意識，非得在我放棄思考時偷偷溜進腦海裡。

組員。我們是一個小組。只剩我還活著。

這是一艘太空船。我恍然大悟。我不知道這裡怎麼會有重力，但肯定是太空船沒錯。

事情開始有點眉目了。我們不是生病，是休眠。

然而，這些床沒什麼先進科技或其他特殊之處，不像電影裡那種利用極低溫冷凍人體的神奇「冬眠艙」。我猜我們是循醫學途徑進入昏迷狀態。餵食管、靜脈輸液、持續性醫療照護……還有維持身體機能所需的一切。那些機械手臂大概會幫我們換床單，翻翻身，以免我們長褥瘡，總之就是做加護病房護理師會做的事。

至於遍布全身的電極貼片則是用來刺激肌肉運動，進行大量鍛鍊，讓我們在休眠期間維持健康體態。

不過說到底，昏迷很危險，非常危險。只有我活下來，腦袋如漿糊般一團混亂。

我走到那個女人床邊看著她，心情稍稍平復了一點。也許是一種「終於有個了結」的感覺，或純粹是狂哭後的平靜。

她身上沒插管，也沒有連接監測儀，僵硬的手腕上有個細小的針孔。我猜應該是她死的時候還插著靜脈輸液管，所以這個洞一直沒癒合。

電腦一定是在她離世後移除所有導管和貼片了。大概就是所謂的「不浪費，不愁缺」吧。把資源用在死者身上毫無意義，不如留給活下來的人。

換句話說，就是留給我。

我深呼吸，緩緩吐氣。我必須冷靜下來，保持思路清晰。我才剛喚醒大量回憶，像是我的組員、他們的部分人格特質，還有我在太空船上（這件事真的會把我搞瘋）。重點是，我正一點一滴尋回失落的記憶；這些片段並非隨便冒出來，於任一時間閃過腦海，而是在我需要之際浮現。我想集中精神，把注意力放在這上面，可是悲傷太重太沉，壓倒了一切。

「請進食。」電腦的聲音打斷我的思緒。

天花板中央的鑲板敞開，掉出一管食物。機械手臂飛快攫住軟管，放在我床上。管身標籤寫著「第一天・第二餐」。

老實說我真的沒心情吃東西，可是一看到軟管，肚子就不爭氣地咕嚕叫。無論我的心理狀態為何，生理都有需要。

我旋開蓋子，將黏乎乎的泥狀食物擠進嘴裡。

我不得不承認，這又是一場不可思議的味覺饗宴。吃起來像雞肉加少許蔬菜。當然啦，依舊毫無口感可言，基本上和嬰兒食品沒兩樣，只是比上一餐更濃稠，目的是為了讓我的消化系統重新習慣固體食物。

「可以給我水嗎？」我嘴裡含著食物說。

天花板再次敞開，掉出一個金屬瓶。機械手臂把瓶子遞給我；閃亮的瓶身上寫著「飲用水」。我轉開瓶蓋，果然，裡面裝著水。

我喝了一小口。是沒味道的室溫水。可能是不含礦物質的蒸餾水吧。但水就是水，沒有什麼特別的。

我把剩下的食物吃完。目前我還沒上過廁所，但不管怎樣，早晚都會有需求。我可不想尿在地板上。

「廁所在哪？」我問道。

壁板隨即旋轉，露出一個嵌在牆上的金屬馬桶，就像牢房裡的那種。我湊近細看，上面有幾個按鈕。馬桶裡沒水，我猜內部可能裝有真空管，應該是經過改裝，可於重力下使用的無重力馬桶。幹嘛搞得這麼複雜？

「好，呃……關閉廁所。」

壁板再次旋轉。廁所不見了。

好啦，吃得好飽。我現在感覺好多了。食物真的很撫慰人心。

我需要正面思考，來點正能量。我還活著，無論是什麼奪走我朋友的生命，都扼殺不了我。我在一艘太空船上。其他細節我不清楚，只知道自己在這裡，太空船似乎運作正常。

我的精神狀態也逐漸改善。這點我很肯定。

我盤腿席地而坐。該拿出積極的態度，主動做點什麼了。我閉上雙眼，讓心緒自由飄蕩。我想刻意記起遺忘的片段，什麼都好，我不在乎，單純想用自己的力量喚醒記憶，看看結果如何。

從讓我快樂的事開始吧。我知道自己熱愛科學；醒來後做的那些小實驗讓我有種興奮、激動的感覺。我人在太空，所以或許可以想想太空和科學，看能不能憶起什麼……

我從微波爐裡拿出熱騰騰的義大利麵，匆匆走向沙發，準備吃晚餐配電視。我撕開塑膠膜，微燙的蒸氣立刻逸散出來。

我把靜音按掉，聽現場直播。有幾個同事和朋友找我一起看這場專訪，但我只想靜靜看電視，不想花一整晚回答一堆問題。

這是人類史上最多人觀看、最受關注的事件，無論是登月行動還是哪一屆世界盃決賽都無法與之相比。所有網路平臺、串流媒體、新聞網站和地方電視聯播網都在播同一個節目：美國太空總署直播。

一名女記者和一位看起來較年長的男性站在飛行控制室走道上，許多身穿藍色制服的男女在他們後方，專注地盯著終端機。

「我是珊卓・伊利亞斯。」記者開口。「目前在加州帕薩迪納的噴射推進實驗室。旁邊這位是美國太空總署行星科學部主任，布朗博士。」

「博士，」她轉向那位科學家，「請問現在情況如何？」

布朗清清喉嚨。「我們大約九十分鐘前收到確認訊息，弧光號已經成功進入環繞金星的軌道，現在正在等候第一批數據。」

自JAXA公布噬日現象以來已過了整整一年。一項又一項研究證實了他們的觀測結果。時間愈來愈緊迫，世界各國亟需查明真相，了解情況，「弧光計畫」就此誕生。

雖然當前的局勢令人憂懼，這項計畫本身還是很了不起。我內在的科學宅難掩興奮，心潮澎湃不已。

弧光號是有史以來造價最昂貴的無人太空船。世人迫切需要答案，沒時間拖拖拉拉。正常情況下，若要太空總署在不到一年的時間內發射探測器前往金星，他們只會當面笑你痴心妄想；顯然無限預算具有神奇的魔力，能化不可能為可能。美國、歐盟、俄羅斯、中國、印度和日本紛紛挹注資金，幫忙分攤計畫成本。

「可不可以告訴我們，」記者又問，「為什麼前往金星困難重重？」

「主要問題是燃料。」布朗回答。「進行星際旅行時，只要在特定的時間，也就是所謂的『轉移窗口』切換軌道，就能大幅節省燃料。不過當時還要等很久才能接上地球至金星的窗口，所以我們必須送大量燃料上去，好讓弧光號順利進入軌道。」

「這麼說是時機不對囉？」記者問道。

「我認為太陽變暗無所謂好時機可言。」

「這倒是。請繼續。」

「相較於地球，金星運動的速度非常快，表示我們需要更多燃料才能追上它。事實上，前往金星所需的燃料本來就比火星多，即便在理想情況下亦然。」

「哇，真是太驚人了。接下來想請教你，博士，很多人都在問，為什麼選金星？噬日線是一條橫跨太陽與金星的大弧線，為什麼不把弧光號送到介於兩者之間的地方呢？」

「因為那邊的噬日線最寬，和金星本身一樣寬，另外我們還可以借助金星的重力。弧光號會繞著金星運行十二圈，同時蒐集噬日線樣本。」

「你認為噬日線的組成物質是？」

「我們目前還不清楚。」布朗回答。「毫無頭緒，但應該很快就會有答案。等弧光號沿軌道繞完第一圈，應該就有足夠的樣本供機載實驗室分析。」

「今晚會有結果嗎？」

「沒那麼快。太空船搭載的實驗室很簡單，只有一臺高倍顯微鏡與X射線光譜儀。這趟任務的重點是取回樣本，弧光號要再過三個月才能攜帶樣本返航。機載實驗室是備案，至少能獲取一些數據，以免返航途中出了什麼差錯。」

「計畫非常縝密，布朗博士，一如既往。」

「這是我們該做的。」

就在這個時候，記者後方突然爆出一陣歡呼。

「我聽到──」她停頓一下，等歡呼聲平息。「我聽到弧光號已經完成第一圈繞行了，數據正在傳輸中……」

控制室的主螢幕轉為黑白，畫面幾乎一片灰，無數個小黑點散布其間。

「博士，畫面上是什麼？」記者問道。

「這是內部顯微鏡下的樣本。」布朗回答。「放大了一萬倍。那些點大約有十微米寬。」

「這些黑點就是我們要找的東西嗎？」她又問。

「目前還無法斷定，」布朗說，「可能只是塵埃粒子。行星這種主要重力源周圍都會有塵埃雲──」

「搞什麼？」後方傳來一聲大喊。幾個飛行控制人員倒抽一口氣。

「現場情緒高漲。」記者竊笑道。「在此向各位觀眾說聲抱歉，因為我們是直播──」

「我的天哪！」布朗驚呼。

主螢幕上出現愈來愈多圖像，一張接一張，畫面幾乎一模一樣。

幾乎。

「那些粒子是在……動嗎？」記者望著螢幕說。

從接二連三的影像可以看到，那些黑點在顯微鏡下扭曲變形，四處移動。

女記者清清嗓子，說了一句堪稱本世紀最輕描淡寫的話：「看起來有點像微生物。你覺得呢？」

「遙測！」布朗博士放聲大喊。「探測器有不正常震動嗎？」

「已經檢查過了。」一個聲音回答。「沒有。」

「運行方向是否偏移？」他追問。「有沒有受外力因素影響？磁力？還是靜電？」

控制室一片靜默。

「有人知道嗎？」布朗大吼。

我手上的叉子直接掉進義大利麵裡。

該不會真的是外星生命吧？我有那麼幸運嗎？居然能親眼目睹人類首度發現外星生命？哇！我的意思是——噬日現象還是很駭人，不過……哇，外星生物！可能是外星生物耶！我好期待明天和孩子們聊這件事——

「角異常。」電腦說。

「可惡！」我說。「我快想起來了！只差那麼一點點就知道我是誰了！」

「角異常。」電腦再次重複。

我鬆開雙腿站起來。我和這臺電腦的互動不多，不過它似乎聽得懂我說的話，就像語音助理Siri或Alexa，所以我決定用一樣的方式和它交談。

「電腦，什麼是角異常？」

「角異常，即指定重要目標或物體偏離預期位置角度至少〇・〇一度。」

「哪個物體出現異常？」

「角異常。」

嗯，沒什麼幫助。我在太空船上，所以一定是導航問題。糟了，我要怎麼駕駛這艘太空船啊？我沒看到類似控制臺的東西，老實說我連真正的控制臺長什麼樣子都不知道。目前只發現一個「昏迷艙」和實驗室。

實驗室頂部的艙口，那個通往下一個空間的艙口，想必至關重要。這有點像打電動；玩家探索特定區域，發現一扇上鎖的門，開始尋找鑰匙。只是我要搜尋的不是書架和垃圾桶，而是內在心智，因為我的名字就是「鑰匙」。

電腦的反應很合理。我連自己的名字都想不起來，的確不該獲准進入那些必須小心謹慎的敏感區域。

我爬上床躺平，用警戒的眼神盯著天花板的機械手臂，但它們毫無動靜。我猜電腦目前很滿意我得以自理的狀態。

我閉上雙眼，專心回想剛才那段記憶。我能於腦海中窺見零碎的片刻，就像在看一張泛黃破損的老照片一樣。

我在自家屋裡……不對……是公寓，我住的是公寓，內部空間雖小，卻很整潔，牆上還掛著一張舊金山天際線的照片。這個資訊沒用。我已經知道我住舊金山了。

我前方的咖啡桌上擺著微波食品，是義大利麵，而且受熱不均，燙口的紅醬旁還有些沒解凍完全、結成團塊的麵條，但我仍一口一口吃下肚。想必是餓壞了。

電視上播放著美國太空總署特別節目，我在先前閃現的記憶中看得一清二楚。我第一個反應是……太棒了！會是外星生命嗎？我好想趕快跟孩子們分享這件事！

等等，我有孩子？怎麼看都是一名單身男子在單身男子公寓吃著單身男子的晚餐啊。我沒瞥到半點帶有女人味的事物，感覺我的生活裡沒有妻子或女友之類的存在。我離婚了嗎？還是同性戀？不管怎樣，完全看不出來家裡有小孩。沒有玩具，牆上或壁爐架上也沒有孩子的照片，什麼都沒有。再說，家裡太乾淨了。小孩最愛搞得一團糟，等他們開始嚼口香糖後更慘。每個孩子都會經歷所謂的「口香糖期」（至少很多人都會），把吃過的口香糖到處亂黏。

我怎麼會知道？

我有種感覺，自己似乎很喜歡孩子。對，我喜歡小孩。小朋友很酷，跟他們在一起樂趣無窮。

所以，我是個三十幾歲的單身漢，獨自一人住在狹小的公寓裡，沒有小孩，但對兒童很有好感。呃，聽起來好像不太對勁……

老師！我是老師！我想起來了！

幸好，謝天謝地。我是個老師。

3

「好啦。」我瞄了時鐘一眼。「還有一分鐘就下課了。你們知道是什麼意思吧！」

「快問快答！」臺下的學生放聲大喊。

自噬日線的消息公布以來，生活意外地沒什麼變化，一切如常。

雖然人類當前的處境非常危急、生死攸關，但這也是世界的常態。第二次世界大戰，「倫敦大轟炸」期間，當地居民很清楚不時會有建築物遭德軍炸毀，卻依然照樣過日子。無論形勢多危險、多嚴峻，還是得有人送牛奶。要是麥奎迪太太家在深夜被炸得粉碎，那就把她的地址從送貨單上劃掉吧。

如今世界末日將近也是一樣（而且這場劫難還可能是某種外星生命形式造成的）。我一如既往地站在一群孩子面前，教授基礎科學。若不將天地間的萬事萬有傳承給下一代，世界的存續又有何意義呢？

一排排課桌椅整整齊齊，孩子們坐在座位上，面向講臺。很標準的教學場景。不過其餘的空間看起來就像瘋狂科學家實驗室。我耗時多年才把教室布置得這麼完美。角落裡佇立著一臺爬梯訓練機（我把插頭拔掉了，以免學生害死自己），牆邊靠著一座書架，上頭擺滿大大小小的玻璃罐，裡面泡著各式各樣浸在甲醛中的動物標本，但有一罐只裝了義大利麵和一顆水煮蛋。許多學生常用懷疑的目光打量那個罐子，猜測裡面的內容物。

其中我最喜歡也最自豪的是天花板中央的傑作：一個巨大的活動式太陽系模型，其中木星有籃球那麼大，水星則和彈珠一樣小。

我花了好幾年的時間培養形象，成為學生眼中的「酷老師」。其實孩子比大多數人想的更聰明，看得出來哪些老師是真的關心他們，而非做做樣子。

好啦，快問快答的時間到！

我從講桌上抓起一把沙包。「北辰指的是哪顆星？」

「北極星！」傑夫搶先回答。

「沒錯！」我丟了一個沙包給他，他還來不及接住，我就拋出下一個問題。「岩石可分為哪三大類？」

「火成岩、定積岩和變質岩！」賴瑞興奮大喊。

「差一點點！」我說。

「火成岩、沉積岩和變質岩。」艾比的語氣中夾雜一絲嘲諷。這小鬼很讓人頭痛，但她真的很機靈。

「正確答案！」我扔一個沙包給她。「地震時會先感覺到什麼波？」

「P波。」艾比飛快回答。

「又是妳？」我丟一個沙包過去。「下一題，光速有多快？」

「三乘以十的——」艾比再度開口。

意見。

「C！」坐在教室後方的芮吉娜大喊。她平常沉默寡言，我很高興看到她不再羞怯，勇敢發表意見。

「這招有點詐喔，不過答對啦！」我朝她拋了一個沙包。

「是我先回答的！」艾比大聲抱怨。

「可是她先把答案講完啦。」我說。「離地球最近的恆星是哪一顆？」

「南門二！」艾比很快地說。

「錯！」我說。

「哪有，我才沒錯！」

「有，妳答錯了。有人知道答案嗎？」

「喔！」賴瑞叫道。「是太陽！」

「答對了！」我說。「賴瑞，沙包給你！艾比，小心，別太自大喔。」

她氣呼呼地雙手抱胸。

「誰能告訴我地球半徑多長？」

川恩立刻舉手。「三千九百——」

「川恩！」艾比突然高喊。「答案是川恩。」

川恩整個人呆住，看起來滿頭問號。

「妳說什麼？」我問艾比。

「你問誰能告訴你地球半徑多長，」艾比一臉得意，「川恩可以。我答對了。」

好啊，敗在一個十三歲小孩手裡，而且還不是第一次。我往她桌上扔了一個沙包，下課鐘旋即響起。

大家紛紛從座位上跳起來收書包。艾比的動作比其他人慢一點，勝利的喜悅在她臉頰留下淡淡的紅暈。

「禮拜五記得拿沙包來換玩具和其他獎品！」我望著他們離去的背影大聲說。

過沒多久，教室便空無一人，只剩孩子們的聲音在走廊間迴盪，空氣中飄著一絲活力。我把他們放在講桌上的作業收好，塞進手提袋。第六節課結束了。

去教職員休息室喝杯咖啡吧，說不定還能在回家前改幾份作業。總之避開停車場就對了，免得遇上一堆怪獸家長湧入校園接孩子放學，跟我抱怨東抱怨西，建議這個、建議那個。其實也不能怪他們，很多爸媽只是出於對孩子的愛才這麼做，況且父母積極參與子女教育確實能帶來正面的影響，但凡事總有個限度吧。

「請問是萊倫．格雷斯嗎？」教室裡突然冒出一個女人的聲音。

我嚇了一跳，立刻抬頭。我完全沒聽到她走進來。

那個女人看起來四十多歲，穿著剪裁俐落的合身套裝，手上還提著一個公事包。

「呃，對。」我回答。「有什麼事嗎？」

「你好。」她講話有點口音，好像是歐洲腔，我說不上來。「我是伊娃．史特拉，噬日專案小組代表。」

「什麼組？」

「噬日專案小組，一個專責處理噬日線的國際機構。他們交派給我的任務是找出解決辦法，並授予我一定程度的權力來達成目標。」

「他們？他們是誰？」

「聯合國會員國。」

「等等，妳說什麼？怎麼會——」

「無記名投票表決，一致通過。過程很複雜。我想跟你談談你寫的一篇科學論文。」

「無記名投票？算了，當我沒說。」我搖搖頭。「我的論文生涯早就結束了，學術界不太適合我。」

「你是老師，所以還是學術界的一分子。」

「這麼說也沒錯。」我承認。「但我指的是那個學術界，妳知道，有科學家、同儕審查，還有——」

「那些把你踢出大學的混帳？」她揚起一邊眉毛。「切斷所有資金，確保你再也不會發表論文的爛人？」

「對，還有那個。」

她從公事包裡拿出一個活頁資料夾。

「『演化模型期望值再校準與水基假設之分析』。」她翻開資料夾唸第一頁，抬頭看著我。「這篇論文是你寫的沒錯吧？」

「不好意思，妳是怎麼拿到——」

「題目很無聊，但我不得不說，內容非常引人入勝。」

「聽著，」我把手提袋放在講桌上，「我寫那篇論文時狀況很差，好嗎？我受夠研究圈那些狗屁倒灶的事，所以決定離開，就是『去你的老子要閃了』這樣。現在當老師快樂多了。」

「你花了好幾年的時間不斷挑戰生命需要液態水的假設。」她又翻了幾頁。「這裡有一節標題是『白痴才信適居帶』，你還直接點名多位聲譽卓著、主張溫度範圍為必要條件的科學家，狠批他們一頓。」

「對啦，可是——」

「你是分子生物學博士對吧？大部分科學家不都認為液態水是生命演化不可或缺的要素嗎？」

「他們錯了！」我雙臂交叉抱胸。「氫和氧沒那麼神奇！對，地球上的生命需要這些元素，但另一個星球的環境條件可能截然不同。生命需要的是能產出、複製原始催化劑的化學反應，水根本不是必要因子！」

我閉上眼睛深呼吸，慢慢吐氣。「總之我很不爽，所以寫了那篇論文，然後拿到教師資格證，換了新工作，開始好好享受生活。我很慶幸沒有人相信我。我現在過得更好，更快樂。」

「我相信你。」她說。

「謝謝喔。」我說。「我還有很多作業要改。請問妳找我到底有何貴幹？」

「我想你應該知道弧光號探測器和噬日線吧。」她把資料夾收進公事包。

「不知道的話我這個科學老師也太爛了。」

「你覺得那些黑點是活的嗎？」她問道。

「我不知道——可能只是在磁場中彈來彈去的塵埃。應該等弧光號返回地球後就會有答案了。不是快了嗎？再過幾週就回來了？」

「二十三號。」她說。「俄羅斯聯邦太空總署會以聯盟號專案任務處理，從低軌道回收探測器。」

「那我們很快就會知道了。」我點點頭。「到時全球最頂尖的專家學者會仔細觀察、分析那些黑點。負責研究的人是誰？妳知道嗎？」

「你。」她回答。「你要負責研究。」

我一臉茫然地看著她。

「哈囉？有聽到嗎？」她在我臉前揮揮手。

「妳要我研究這些黑點？」我不敢相信自己的耳朵。

「對。」

「世界各國授權給妳，要妳負責解決這個問題，結果妳跑來找一個國中科學老師？」

「沒錯。」

「妳不是騙子就是瘋子。」我轉身踏出教室門口。「或兩者都是。我要走了。」

「由不得你。」她在我背後說。

「我不這麼認為！」我揮手告別。

嗯，還真的由不得我。

我回到自家公寓，還沒走到前門，四個衣著講究的男人就把我團團包圍，掏出美國聯邦調查局徽章，押著我快步走向三輛停在大樓停車場的黑色休旅車，硬是把我推上其中一輛。一路上，他們四人對我的提問充耳不聞，拒絕回應，甚至沒跟我說半句話。二十分鐘後，他們把車停好，帶我走進一棟外觀普通的商業園區大樓。

我幾乎腳不點地，跟著他們匆匆穿過一條空蕩的走廊，大概每三十英尺就有一扇無標記的門。最後他們打開走廊盡頭的雙扇大門，用手肘輕輕推我進去。

房間裡擺滿各色家具與光澤閃耀的高科技設備，與這棟廢棄大樓其他地方天差地遠。我這輩子從沒見過器材這麼齊全的生物實驗室。伊娃・史特拉就站在房間中央。

「你好，格雷斯博士。」她打聲招呼。「這是你的新實驗室。」

我身後的調查局探員關上門，實驗室裡只剩我和史特拉兩人。我揉揉肩膀，剛才那些粗魯的探員抓得有點用力。

「那個……」我轉頭望著門口。「妳說妳有『一定程度的權力』……」

「指的是所有權力。」

「妳講話有點口音。妳真的是美國人嗎？」

「荷蘭人，之前在歐洲太空總署擔任部門主管，但那不重要，總之現在這個專案由我負責。國際委員會效率太慢，我們沒那個時間。太陽就快死了，我們需要一個解決方案。我的工作就是找出解答。」她拉了一張實驗椅坐下。「這些黑點可能是一種生命形式。太陽變暗的指數曲線與黑點數量增長的指數曲線一致。」

「妳認為它們在……吃太陽？」

「至少是在吞食它放射出來的能量。」她回答。

「了解，那真的——嗯，很可怕。不過妳到底找我幹嘛？」

「弧光號正攜帶樣本返回地球，可能還有部分活體。我要你仔細觀察、研究那些小點，看有什麼辦法。」

「對，這妳之前已經講過了，」我說，「但我相信還有其他比我更好、更適合的人選。」

「我們之後會徵詢全球科學家的意見，只是我想先知道你的想法。」

「為什麼？」

「這些黑點生活在太陽表面或其鄰近地帶。你覺得聽起來像以水為基礎的生命形式嗎？」

她說得對，那種高溫下根本不可能有水。一旦超過大約攝氏三千度，氫原子和氧原子就無法鍵結在一起。太陽表面溫度為攝氏五千五百度。

「推測太空生物學的圈子很小，」她繼續說，「全世界大概只有五百位專家。我跟很多人談過，包含牛津大學教授、東京大學研究團隊，大家似乎都同意若你當初沒有突然離開，一定會成為這個領域的權威。」

「哇。」我有點訝異。「我當時跟整個學術圈撕破臉，沒想到他們會說我好話。」

「大家都明白問題的嚴重性，沒時間翻舊帳。不管怎樣，你可以藉這個機會向所有人證明你是對的，沒有水也能孕育生命。你不是很想證實自己的理論嗎？」

「當然。」我說。「我的意思是……對，是很想，但不是用這種方式。」

「木已成舟。」她跳下實驗椅走向門口。「二十三號晚上七點過來，我會準備好樣本。」

「怎麼——」我失聲驚呼。「樣本不是會送到俄羅斯嗎？」

「我要俄羅斯聯邦太空總署指示聯盟號降落在薩斯喀徹溫省。加拿大皇家空軍會收取樣本，用戰鬥機直接運到舊金山。美國會允許加拿大軍方進入美方空域。」

「薩斯喀徹溫省？」

「聯盟號太空艙的發射地點為哈薩克貝康諾太空發射場，位於高緯度地區。著陸點設在相同緯度最安全，薩斯喀徹溫有遼闊的大平原，離舊金山最近又滿足所有條件。」

「等等。」我舉起一隻手。「妳是說俄羅斯、加拿大和美國政府全都乖乖照妳的話做？」

「對，不用懷疑。」

「妳是在跟我開玩笑嗎？」

「熟悉一下新的實驗室吧，格雷斯博士。我還有別的事要處理。」

說完她便頭也不回，逕自離開。

「太好了！」我激動握拳，飛快起身，攀上通往實驗室的牆梯，再爬到那個神祕的艙口。

「欲解鎖艙口，請表明身分。」碰到輪柄的瞬間，電腦立刻提出和先前一樣的要求。

「萊倫．格雷斯。」我揚起一抹得意的笑容。「萊倫．格雷斯博士。」

艙口發出輕柔的喀噠聲，就這樣，沒了。我費了那麼多心力認真冥想、自我反思、向內探求，終於找回自己的名字，好歹給我熱烈一點的反應吧，例如撒些五彩碎紙之類的。

我握住輪柄使力，轉得動。我的活動範圍就快多一個地方了。我往上推推艙門，發現這個艙口跟睡眠艙和實驗室的不一樣，要往側邊滑動。可能是下一個艙室很小，沒空間讓艙門往內開。那個艙室是……嗯……？

LED燈啪地亮起。這個艙室和另外兩個一樣呈圓形，只是艙壁朝艙頂方向逐漸往內斜，所以不是圓柱，而是截錐狀。

過去幾天我還搞不清楚狀況，此刻資訊卻大量湧現，從四面八方襲來。放眼望去，到處都是電腦顯示器和觸控螢幕，閃爍的燈光與繁複的色彩多得驚人。有些視窗跑出一列列數字，有些畫滿圖表，有些只是一片漆黑。

錐形牆頂部還有一個艙口，但這個就沒那麼神祕了。艙門表面印著「減壓艙」三個字，上頭嵌著一扇圓窗，透過窗戶可以看到一個只能剛好容納一人的小房間，裡面有一套太空衣，遠方的牆面上有另一個艙口。對，是減壓艙沒錯。

艙室中央有張座椅，位置非常完美，能輕鬆觸及每臺螢幕和觸控面板。

我爬進艙室，坐在椅子上。很舒服，有點像賽車椅。

「偵測到駕駛員。」電腦說。「角異常。」

駕駛員。好吧。

「哪裡出現異常？」我問道。

「角異常。」

這臺電腦顯然不是《二〇〇一太空漫遊》裡的超級電腦「哈兒 9000」。我環視周遭眾多螢幕，試著尋找線索。駕駛座轉起來極為順暢，很適合應付這個三百六十度的電腦坑。這時，我注意到有臺螢幕邊框閃著紅光，便俯身向前，好看清楚一點。

角異常：相對運動誤差
預測速度：11,423 KPS
實測速度：11,872 KPS
狀態：自動修正軌道。無須採取任何行動。

好，完全看不懂。除了「KPS」之外，那應該是「公里／秒」的意思。文字上方有一張太陽圖像，畫面微微晃動。是影片嗎？直播那種？或純粹是我想太多？我突然一個直覺，將兩根手指放在螢幕上向外拉開。

果然，影像放大了，跟智慧型手機的用法很像。畫面左邊有幾個太陽黑子，我把那一區放大到填滿螢幕，圖像依舊清晰無比，不是一張解析度超高的照片，就是一臺解析度超高的太陽望遠鏡。

根據我的估算，這片太陽黑子群的寬度約莫是畫面上太陽圓面的百分之一，屬於正常尺寸，也就是說，我現在看到的是太陽周長的半度（這邊只是粗略計算）；太陽自轉一周大約要二十五天（科學老師很懂這種事），所以這些黑子要一個小時後才會從螢幕上消失。晚點我再確認看看，如果畫面上沒有這群黑子，表示這是即時影像，反之則為靜態照片。

嗯……每秒一萬一千八百七十二公里。

速度是相對的，唯有比較兩個物體才有意義。舉例來說，與普通路段的車相比，一輛在高速公路上的車可能以每小時七十英里的速度行駛，但跟它旁邊的車比起來，移動速度幾近為零。那螢幕上所謂「實測速度」測的是什麼速度？我想我知道答案。

我在太空船裡（老實說也沒別的選擇），所以那個數值應該是我的速度。但跟什麼比呢？從文字上方大大的太陽圖像來看，我猜是太陽。也就是說，相對於太陽，我正以每秒一萬一千八百七十二公里的速度前進。

就在這個時候，我瞥見下方的文字跳了一下。有什麼變化嗎？

角異常：相對運動誤差
預測速度：11,422 KPS
實測速度：11,871 KPS
狀態：自動修正軌道。無須採取任何行動。

數字變了！預測速度和實測速度都降了一個單位。奇怪。嘿，等等。我從床單長袍裡掏出碼表（古希臘最優秀的哲學家都會把碼表放在長袍裡隨身攜帶），盯著螢幕看了好久，久到像永遠那麼久。就在我打算放棄之際，兩者的數值又下降了一個單位。我按下碼表。

這次我已經知道要等一段時間，雖然有心理準備，感覺還是久到沒有盡頭，但我沒有動搖，繼續等下去。終於，兩者數值再次下降，我停止計時。

六十六秒。

「實測速度」每六十六秒下降一個單位。我很快算了一下，加速度每秒平方十五公尺，和我之前得出的「重力」加速度一樣。

我現在感受到的力不是重力，這也不是離心機，所以……這是一艘持續直線加速的太空船。事實上是在減速啦，因為數值下降了。

而且這個速度……飛快。雖然正在下降，但還是超快。太空船只需每秒八公里的速度就能抵達地球軌道，我目前超過一萬一千公里，比太陽系中其他物體還快。無論是什麼東西，速度這麼快都會脫離太陽重力，飛進星際。

螢幕上只有相對速度的讀數，沒有顯示太空船的方向。重點來了：我究竟是飛向太陽，還是飛離太陽？

這個問題有點不切實際。我不是在和太陽碰撞的路上，就是在前往外太空的路上，而且回來的希望渺茫。或者，我可能是大致朝著太陽的方向前進，不會發生碰撞。如果是這樣，我會錯過太陽……然後飛到外太空，回來的希望渺茫。

若螢幕上顯示的是太陽即時影像，那些太陽黑子就會隨著航向變大或變小。看樣子我只能等了，大概還要一個小時左右才能確認那是影片還是照片。我按下碼表。

我利用這段時間摸索小小的駕駛艙，檢視周圍數不清的螢幕。大部分視窗都有顯示圖表或讀數等相關資訊，但其中一臺只浮著一個圓形紋飾圖樣，我猜是螢幕保護程式之類，應該觸碰後就會喚醒。說不定那臺閒置電腦裡存有整個艙室最有用的資訊。

那個圓形紋飾是任務徽章。我看過很多美國太空總署紀錄片，所以一眼就知道了。徽章外圈是藍色，其間綴有白色字樣，上方寫著「聖母號」，下方寫著「地球」。這艘太空船的名稱和所謂的「停靠港」。

拜託，不是來自地球還會來自哪裡？算了。不管怎樣，我總算知道這艘太空船叫什麼名字。

原來我在「聖母號」上。

嗯，不太確定這個資訊有什麼用。

然而，徽章告訴我的不只這些。藍色飾帶內還有一圈黑色環飾，裡面畫著三個奇怪的符號，分別是中間有個小圓點的黃色圓圈、綴著白色十字的藍色圓圈，以及比較小、有個小寫英文字母t的黃色圓圈。不曉得這些圖案代表什麼。黑色環飾邊緣有排小字，寫著「姚」、「伊路奎娜」（илюхина）和「格雷斯」（GRACE）。

組員名單。

我是「格雷斯」，另外兩個一定是躺在睡眠艙那對木乃伊的名字。一個中國人，一個俄國人。

我可以感覺到關於他們的一切就快浮出水面，卻怎麼也拽不上來。我想應該是內在的防衛機制壓抑了這些記憶；要是想起來一定會很痛苦，所以大腦拒絕拾取這些遺落的片段。應該吧，我不知道。

我是國中科學老師，不是創傷心理學家。

我擦去在眼眶中打轉的淚水。還是先緩一緩，別逼自己觸碰那些回憶好了。

我還有一個小時要打發，我決定讓思緒四處飄蕩，看看還能想起什麼。現在愈來愈容易了。

「我覺得不太舒服。」我的聲音被全套防護衣悶住，呼出的鼻息模糊了透明乙烯基面罩。

「你會沒事的。」對講機傳來史特拉的回應。她正站在加厚雙層玻璃窗另一邊看著我。

他們做了一點改造，讓實驗室升級。喔，儀器設備都和之前一樣，只是整個房間變成氣密艙。四周牆面全都鋪上厚厚的塑膠板，用某種特殊膠帶固定起來，到處都能看到疾病管制中心的標誌。隔離防護措施，一點也不舒服。

現在出入實驗室得經過一個大型塑膠減壓艙。進去之前，他們讓我穿上防護衣，衣服上接著一條輸氣管，連結至天花板上的供氣設備。

這些高規格裝備都是為了我接下來要做的事而準備。我從來沒見過有哪間實驗室器材這麼齊全，應有盡有。實驗室中央擺著一臺小推車，裡面有個鋼瓶，瓶身上印著俄文「образец」，嗯，完全看不懂。

觀察室裡除了史特拉外，還有大約二十名身穿軍服的人站在她身後，饒富興味地望著實驗室。我只知道有幾位美國、俄國與中國軍官，還有許多人穿著樣式獨特、我完全認不出來的制服，總之就是一群來自世界各國的人。他們一句話也沒說，全都很有默契地站在離史特拉幾英尺遠的地方。

「真的有必要這樣嗎？」我用戴著防護手套的手抓住輸氣管，對史特拉比比手勢。

「鋼瓶裡的樣本很可能是外星生物。」她按下對講機說。「我們不想冒險。」

「等等，你們是能冒什麼險？冒險的是我吧！」

「話不能這麼說。」

「不然要怎麼說？」

她停頓了一下。「好吧，就是你說的那樣。」

「其他人也要這麼大費周章嗎？」我走向鋼瓶問道。

她轉頭望著那群軍官，他們對她聳聳肩。「你說的『其他人』是什麼意思？」

「就是那些把樣本轉移到鋼瓶裡的人啊。」我回答。

「那個就是太空艙裡的樣本容器。容器本身是鉛製的，瓶壁厚達三公分，外層還有一公分厚的鋼殼，一離開金星就密封起來了。上面有十四道鎖，要全數打開才能接觸到樣本。」

我看看鋼瓶，然後看看她，又看看鋼瓶，再看看她。

「這真的太扯了。」

「往好處想，」她說，「大家永遠都會記得你是人類史上第一個接觸外星生命的人。」

「也要真的是生命才行。」我低聲抱怨。

我費了點力氣才把十四道門鎖打開。那些鎖緊到不行，我有點好奇弧光號探測器當初怎麼鬥上這些鎖的。想必是什麼很厲害的驅動系統。

令人意外的是，鋼瓶裡沒什麼了不起的東西，只有一顆小小的透明塑膠球，乍看之下好像是空的。這也難怪，畢竟採樣的數量不多，而且那些神祕的黑點要用顯微鏡才看得見。

「沒有檢測到輻射。」史特拉透過對講機說。

我瞄了她一眼。她正緊盯著手上的平板電腦。

我仔細察看塑膠球，看了很久。「這是真空的嗎？」

「不是。」她回答。「裡面充滿氬氣，壓力為一大氣壓。弧光號從金星返航的過程中，這些黑點一直在動，看來氬氣對它們沒什麼影響。」

「這裡沒有手套箱，」我環顧四周，「我不能讓未知樣本暴露在正常狀態的空氣中。」

「整個實驗室裡都是氬氣。」她說。「小心別讓輸氣管打結，或是讓防護衣出現破損。如果你吸入氬氣——」

「就會不知不覺窒息而死。好，知道了。」

我把塑膠球放到托盤上，小心翼翼地轉開，一半放入密封的塑膠容器，再拿乾的棉棒刮拭另一半取樣。我用棉棒擦擦載玻片，放到顯微鏡下觀察。

我原以為那些點很難找，不過它們就在那裡，一大群小黑點，而且確實在扭動。

「妳都有錄下來嗎？」

「從三十六個不同的角度全面記錄。」她回答。

「樣本含有許多圓狀物。」我說。「大小幾乎完全相同，個體直徑約為十微米……」

我調整焦距，試試不同強度的背光。「樣本為不透明……看不見內部構造，即便在亮度最強的可用光下……」

「它們是活的嗎？」史特拉問道。

「我沒辦法光憑一眼就斷定它們是死是活。」我瞪了她一眼。「妳到底想怎麼樣？」

「我要你確認它們是不是活的，如果是，釐清它們的結構和生理運作機制。」

「這個要求未免太強人所難了吧。」

「怎麼會?生物學家不是成功找出細菌的運作機制嗎?照他們的方式做啊。」

「那是數千名科學家耗時兩百年才有的成果!」

「那你就動作快點。」

「不如這樣吧。」我指指顯微鏡。「我現在繼續觀察,有什麼發現再告訴妳。在那之前,諸位可以好好享受一下安靜的研究時光。」

接下來六個小時,我都在做漸進式測試。這段時間,各國軍官開始到處閒晃,最後觀察室只剩下史特拉一個人。老實說我很佩服她的耐心。她坐在觀察室後方用平板,不時抬頭看我在做什麼。

過沒多久,我穿過減壓艙走進觀察室。史特拉猛地站起來。

「有什麼發現嗎?」她急忙問道。

「有。」我拉開拉鍊,脫下防護衣。「膀胱快爆了。」

「講到這個,我還沒跟你說。」她把目光轉回平板,繼續打字。「今晚我會在隔離區內裝設化學廁所。我們不能用一般的管線系統,以免造成汙染。」

「隨便,沒意見。」說完我便跑去上廁所。

回來的時候,我發現史特拉把一張小桌和兩張椅子拉到觀察室中央。

「坐。」她坐在椅子上,朝另一張椅子比手勢。

「我還——」

「請坐。」

我乖乖坐下。史特拉這個人有種強大的氣場，你很難不懾服。可能是因為她講話的語調或全身散發出來的自信吧？不管怎樣，她說話時總讓人覺得自己應該照她的話做。

「目前的觀察結果如何？」她問道。

「拜託，才過了一個下午耶。」我沒好氣地說。

「我沒問你過了多久，我是問你目前觀察到什麼。」

「那些黑點很……」我搔搔頭。連續穿著防護衣好幾個小時讓我汗流浹背，聞起來說不定還很臭。「奇怪。我不知道它們的組成成分是什麼。我真的很想找出答案。」

「是不是沒有你需要的設備？」她又問。

「不，不是，實驗室設備很齊全，只是……對那些黑點不管用。」我往後靠在椅背上。站了快一天，能放鬆一下的感覺真好。「我先用X射線光譜儀試驗，也就是讓X射線穿透樣本，使其發射光子，再從光子的波長判斷樣本含有哪些元素。」

「結果呢？」

「沒有結果。根據目前觀察到的情況，這些黑點吸收了X射線。X射線照進去後就再也沒出來，什麼都沒有。這很不尋常。我想不出有什麼物質會導致這種現象。」

「好。」她在平板上做筆記。「還有嗎？」

「接下來我嘗試色層分析法，就是將樣本汽化，從產生的氣體中找出其組成元素或化合物，結果也不行。」

「為什麼不行？」

「因為那些該死的東西無法汽化。」我舉起雙手。「我試了各種加熱工具、烤箱、坩堝爐，完全沒用。這些黑點在攝氏兩千度的高溫下絲毫不受影響，一點變化都沒有。」

「很怪，是嗎？」

「怪到極點。」我說。「不過這些黑點是靠太陽而活，至少有段時間是這樣，耐熱性強也很合理。」

「靠太陽而活？」她問道。「所以它們是一種生命形式？」

「對，我認為是。」

「解釋一下。」

「嗯，透過顯微鏡可以清楚看到它們在動。當然，光憑這點不能證明它們是活體，畢竟惰性物質經常受到靜電、磁場等因素影響而移動。但我注意到另外一件事，一件怪事，答案才浮上檯面。」

「請說。」

「我放了一些樣本在真空裝置裡，用攝譜儀進行簡單的試驗，看看那些黑點會不會發光。不出所料，它們發出波長二十五．九八四微米的紅外光，與噬日頻率相符，就是形成噬日線的光。後來我注意到它們只在移動時發光，而且——天哪，是大量的光。我的意思是，從我們的角度來看很少，但對一個小小的單細胞生物來說非常多。」

「這又有什麼關聯？」

「我簡單算了一下，很確定它們是利用光來移動。」

「我不懂。」史特拉揚起一邊眉毛。

「信不信由妳，光有動量，」我解釋道，「能產生力。如果在太空中打開手電筒，可以從中得到非常微小的推力。」

「這我還真不知道。」

「妳現在知道啦。在微小的質量上施加微小的推力能產生很好的推進效果。經過測量，這些黑點的平均質量約為二十皮克。喔，對了，測這個花了我很多時間，不過你們的實驗室設備真的很讚。總而言之，我觀察到的運動變化與它們發射出來的光的動量一致。」

史特拉放下手中的平板。顯然我完成了一項不可思議的壯舉，那就是讓她全神貫注聽我說話。

「這是自然現象嗎？」

「絕對不是。」我搖搖頭。「自然界中沒有一樣物質擁有這種能量儲存機制。妳不曉得這些黑點放射出多少能量，簡直就……到了質量轉換的程度，能量等於質量乘以光速的平方之類的。這些小黑點儲存的能量多得誇張，完全不合常理。」

「嗯，它們來自太陽，」她說，「而太陽正逐漸失去能量。」

「沒錯，這就是為什麼我認為它們是一種生命形式。」我附和道。「這些黑點會吞噬能量，以我們不了解的方式儲存起來，當成推進的動力。這不是什麼簡單的物理或化學過程，而是複雜又有目的性的演化結果。」

「所以噬日線其實是……無數顆迷你火箭式照明彈？」

「大概吧。我敢說，我們看到的只是該區射出的少部分光線，實際上一定更多。這些黑點借助光的力量前往金星或太陽，也可能兩者皆是，我不清楚。重點是，光會離開它們的行進方向。地球不在這條路線上，所以我們只能看到附近太空塵埃反射出來的光。」

「它們為什麼要去金星？」她繼續追問。「它們又是怎麼繁殖的？」

「問得好。我也不知道。如果這些黑點是單細胞刺激／反應生物，可能是藉由有絲分裂繁殖。」我停頓一下，接著再度開口。「就是細胞一分為二，變成兩個新細胞——」

「嗯，這我知道，謝謝。」她抬頭望著天花板。「關於我們與外星生命的第一次接觸，大家總有很多想像，以為外星人應該是乘著幽浮來的小綠人，完全沒想過對方可能只是個簡單又不太聰明的物種。」

「是啊。」我說。「它們並不是路過打招呼的瓦肯人，而是……太空藻類。」

「入侵的外來種，就像澳洲的海蟾蜍。」

「很好的類比，」我點點頭，「而且數量正快速增長。黑點愈多，吞噬的太陽能就愈多。」

「一種以恆星為食的生物，」她曲起手指抵著下巴，「你會怎麼稱呼？」

「以這個情況來看……」我努力回想學過的希臘語和拉丁語詞根。「應該可以稱為噬日菌。」

「噬日菌。」她在平板上輸入這三個字。「好了，回去工作吧。找出它們是怎麼繁殖的。」

噬日菌！

光是這個詞就讓我全身上下每條肌肉瞬間繃緊。恐懼如鉛錘猛襲，讓人寒毛直豎。就是這個，威脅地球上所有生靈的東西。噬日菌。

我瞄了顯示放大太陽圖像的螢幕一眼，那群太陽黑子在畫面上的位置明顯改變。好，所以這是即時影像，很高興知道答案。

哎，等一下……它們移動的速度不太對勁。我檢查碼表，發現自己不過做了十分鐘左右的白日夢，太陽黑子應該只移動幾分之一度才對，可是它們居然越過半個螢幕，完全超出應有的度數。

我從長袍裡拿出捲尺，縮小影像，測量螢幕上的太陽與黑子群寬度。這次不能只是大略抓個數字，要算出正確的數值。

螢幕上的太陽圓面為二十七公分，黑子群為三毫米，它們在十分鐘內移動的距離為自身寬度的一半，也就是一．五毫米，而碼表顯示的確切時間為五百一十七秒。我在手臂草草寫下這些數值，快速運算。

以這個解析度來看，這群太陽黑子每三百四十四．六六秒移動一毫米，走完二十七公分需要……（繼續在手臂上計算）九萬三千多秒，可見畫面上這群黑子要花很長一段時間才能移動到另一邊，繞一圈就是兩倍，所以是十八萬六千秒左右，相當於兩天多一點。

比太陽自轉的速度快十倍以上。

螢幕顯示的這顆恆星……不是太陽。

我在另一個「太陽系」。

4

好吧。

該仔細、用力、好好檢視這些螢幕了。

我怎麼會在一個類似太陽系的恆星系統？這沒道理啊！螢幕上顯示的到底是哪顆恆星？

天啊，我死定了！我開始過度換氣。

我記得自己曾告訴學生，如果心情不好就深呼吸，慢慢吐氣，然後數到十。這個方法大幅減少了我在課堂上發脾氣的次數。

我深吸一口氣。「一……二……ㄙ——根本沒用！我完蛋了！」

「天哪。」我雙手抱頭。「我到底在哪裡？」

我飛快掃視周遭的螢幕，試圖找出所有我看得懂的東西。資訊量完全沒有不足的問題，反而多到讓人眼花撩亂。每個螢幕上方都有簡單的說明，像是「維生系統」、「減壓艙狀態」、「引擎」、「機械裝置」、「噬日菌」、「發電機組」、「離心機」——等等，噬日菌？

我湊上前查看噬日菌顯示面板。

剩餘量：20,906 公斤

消耗率：6.045 G/S

畫面下方的圖示比這些數據有趣多了，我猜應該是聖母號的結構圖。這是我第一次真正了解這艘太空船的外觀與內部構造。

太空船頂部呈圓柱形，前方有個鼻錐，形狀很像我們一般熟知的火箭。從駕駛艙逐漸傾斜的錐形牆判斷，這裡就是船體最前端，下方為實驗艙（示意圖是這麼寫的），再下去則是我醒來時所在的房間。

那裡躺著我死去的朋友。

我吸吸鼻子，抹抹眼淚。現在沒時間難過了。我搖搖頭甩開腦中的思緒，將注意力轉回結構圖。原來那個房間叫「休眠艙」。好，看來這張圖跟我對太空船的印象差不多，很高興知道船體結構的正式稱謂。休眠艙底下有個較矮的空間，大概只有一公尺高，旁邊標示著「儲藏艙」。啊哈！休眠艙地上一定有塊活動鑲板，只是我沒發現。好，晚點再去看看。

殊不知，原來我沒發現的地方不只一個，還有更多，非常多。儲藏艙下面有個名為「纜線延長系統」的區域，我不曉得那是什麼，也不曉得為什麼太空船上會有這種東西。再往下探，船體呈扇形狀，和三根並排的圓柱體連接在一起，圓柱寬度和駕駛艙一樣。我猜這些裝置是在太空中與船體對接、組合起來，可發射的最大直徑約為四公尺。

這三個柱狀物旁邊標示著「燃料槽」，我目測了一下，燃料區大概占了太空船總體積的百分之七十五。

除此之外，整個燃料區又分為九個子槽。我好奇點了其中一個，螢幕上跳出該子槽的資訊，上面寫著「噬日菌：0.000 公斤」，旁邊還有個標示為「拋棄」的按鈕。

嗯，我不清楚自己怎麼會在這裡，也不懂這些有的沒的裝置是要幹嘛，但我百分之百、絕對不想按下任何拋棄鈕。

好啦，實際情況可能沒有表面上看來那麼戲劇化。這些是燃料槽，假如燃料用罄，太空船可以拋棄槽體好降低質量，減緩剩餘燃料的消耗速度。從地球發射火箭之所以會分成多個階段，也是這個道理。

怪了，聖母號居然沒有在燃料槽淨空時自動拋棄槽體。我關閉視窗，回到太空船結構圖。三座大型燃料母槽下方各有一個梯形區塊，名為「自旋驅動裝置」。我沒聽過這個詞，不過這些裝置位於太空船底部，而且還有「驅動」二字，我猜是推進系統。

自旋驅動裝置……自旋驅動裝置……我閉上眼睛，努力回想。

腦袋一片空白，什麼都沒有。我現在功力還不夠，無法隨心所欲喚醒記憶。

我進一步仔細檢視結構圖。為什麼太空船上裝載了兩萬公斤的噬日菌？我強烈懷疑這些菌體是燃料。

很合理。噬日菌不僅能利用光的力量移動，更擁有強到荒謬的能量儲存機制。天知道它們是歷經多少億年的演化才得以掌握這些能力。就像馬的能量效率優於卡車一樣，噬日菌的能量效率比太空船更好。

嗯，這就能解釋為什麼聖母號載有一堆噬日菌。那是燃料。可是為什麼畫面上要顯示太空船結構圖?跟把汽車設計圖貼在油表旁沒兩樣。

有趣的是,太空船結構圖並沒有詳盡介紹各個艙室,甚至連裡面有哪些設施都沒說明,只是簡單顯示名稱而已,不過船身與船體尾部倒是描繪得很清楚。

燃料槽到自旋驅動裝置間有許多紅色管線,可能是燃料輸入引擎的管路,不過管線也沿著船身輪廓分布,穿過「纜線延長系統」區。看來噬日菌燃料不只儲存在燃料槽,整個船體外殼裡也有。

為什麼要這麼做?

喔,還有,畫面上到處都是溫度讀數。我猜溫度是很重要的關鍵,因為圖中每隔幾公尺就會顯示該處船身的溫度,而且所有數值都一樣,攝氏九十六.四一五度。

嘿,這個數字很耳熟……我知道這個溫度!到底是什麼呢?加油,大腦……快想想……

讀數顯示,攝氏九十六.四一五度。

「這樣啊。」我喃喃自語。

「怎麼了?」史特拉立刻開口。

這是我在實驗室的第二天。史特拉仍堅持我是目前唯一一個可以研究噬日菌的人。她把平板電腦丟在桌上,來到觀察室玻璃窗前。「發現什麼了嗎?」

「算是吧。噬日菌的環境溫度為攝氏九十六.四一五度。」

「那很熱耶？」

「對啊，將近水的沸點。」我回答。「對地球上所有生物來說都是致命的高溫，但對一個在太陽附近還覺得舒適宜人的物種而言……誰知道？」

「這個資訊有什麼重要性？」

「我沒辦法改變它們的溫度。」我指著稍早在排氣櫃裡做的實驗說。「我把一些噬日菌放進冰水泡六十分鐘，拿出來的時候，它們的溫度為攝氏九十六．四一五度。接著我再把一些菌體放入攝氏一千度的實驗室高溫爐，拿出來後還是一樣，攝氏九十六．四一五度。」

「或許它們的絕緣性很好？」史特拉在玻璃窗前來回踱步。

「這點我也有想到，所以我做了另外一個實驗。我取了一小滴水，把幾隻噬日菌放進去。幾個小時後，水滴的溫度為攝氏九十六．四一五度。噬日菌加熱了那滴水，表示它們可以把熱能排出體外。」

「你能從中得出什麼結論嗎？」她問道。

我想抓抓頭，但穿著全套乙烯基防護衣根本沒辦法。「我們已經知道噬日菌體內儲存了大量能量，我想它們應該是用這些能量來維持體溫。就像妳我一樣。」

「溫血微生物？」她說。

「看起來是。」我聳聳肩。「喂，我還要自己一個人研究多久啊？」

「等到沒有新的發現為止。」

「獨自一人在實驗室埋頭苦幹？小姐，科學不是這樣搞的。」我說。「應該要找世界各國幾百位專家一起合作才對。」

「不是只有你這麼想。」她說。「今天有三位不同的國家元首打電話給我。」

「那就讓其他科學家加入啊！」

「不行。」

「為什麼不行？」

她別開目光，隨後又轉回來，透過玻璃窗望著我。「噬日菌是一種外星微生物，要是它能感染人類怎麼辦？要是它具有致命性危害怎麼辦？要是防護衣和橡膠手套不足以保護研究人員怎麼辦？」

「等一下！」我倒抽一口氣。「所以我是白老鼠喔？我是白老鼠！」

我盯著她看。

她也盯著我看。

我還是盯著她看。

「好吧，就是你說的那樣。」她終於鬆口。

「媽的！」我放聲大喊。「爛透了！」

「不用這麼激動。」她說。「我只是為了安全起見。想像一下，如果我把噬日菌送到全世界最傑出的科學家面前，結果他們全都染菌而死，會發生什麼事？我們會失去這個節骨眼上最需要的人才資源。我不能冒這個冒險。」

「這不是什麼B級科幻片，史特拉。」我臉色一沉，有點惱怒。「病原體會隨著時間慢慢演化，攻擊特定宿主。噬日菌過去從未踏足地球，根本不可能『感染』人類。再說，從初次觀察到現在已經過了好幾天，我還沒死。所以，趕快把樣本分送出去，讓真正的科學家研究。」

「你就是真正的科學家，你取得進展的速度跟別人一樣快。你光靠自己就能完成這件事，我沒理由拿其他生命做賭注。」

「妳是在開玩笑嗎？」我說。「要是有好幾百人一起研究，進度會更——」

「此外，大部分致命疾病都有至少三天的潛伏期。」

「妳終於說出口了。」

她走回桌前，拿起平板電腦。「等時機成熟，我就會招募其他人，但現在只有你。起碼告訴我噬日菌的組成成分，到時我們可以再談，讓其他科學家接續研究。」

史特拉再度低頭盯著平板。討論到此結束。用我學生的話來說，她畫下句點的方式「快、狠、準」。儘管我竭盡所能，依舊查不出噬日菌的成分。

不管我怎麼測試、射出的光波長為何，就是無法穿透它們。可見光、紅外線、紫外線、X射線、微波……我甚至還把一些噬日菌放入輻射容器，將樣本暴露在銫－137放射出來的伽瑪射線中（這間實驗室真的什麼都有），稱之為「布魯斯．班納試驗」。這個名字真的很讚。好，總而言之，就連伽瑪射線都無法穿透這些小混蛋，就好比用點五零口徑的子彈射一張紙，子彈卻彈開一樣，完全不合理。

我對著顯微鏡生悶氣。這些黑點已經躺在載玻片上好幾個小時了。這是控制組，沒有用任何光源照射過。「也許我想太多了……」我低聲咕噥。

我翻遍實驗用品，終於找到我要的東西：奈米針筒。這種器材非常少見，而且價格昂貴，不過這間實驗室有。奈米針筒基本上就是極細的針具，針尖又小又鋒利，可以用來戳刺微生物，從這些小傢伙的活體細胞中提取粒線體。

「好啦，你們這些可惡的小鬼。」我把目光轉回顯微鏡。「我承認你們防輻射，不如我往你們臉上刺一針怎麼樣？」

通常研究人員會用仔細校準過的精密儀器控制奈米注射針，但我想好好體驗一下美妙的穿刺時光，不在乎工具完善與否。我抓起筒夾（一般是安裝在操控裝置上），將針頭移至顯微鏡視野範圍。雖然叫奈米針筒，實際上卻有約五十奈米寬，針頭與龐大的十微米噬日菌相比還是很小，只有其寬度的約兩千分之一。

我用針戳了一隻噬日菌，接下來的發展完全始料未及。

首先，針刺進去了，這點毫無疑問。很明顯，儘管噬日菌抗光耐熱，依舊和其他細胞一樣不敵尖銳物體。

針頭刺進去的那瞬間，整個細胞立刻變成半透明，不再是個平凡無奇的黑點，而是一個有胞器的細胞，顯微鏡下的一切正是我這樣的微生物學家想看到的畫面。戳一下，就這麼簡單，好像輕輕按下開關一樣。

然後它就死了。破裂的細胞直接死亡，徹底崩解。噬日菌從一個黏黏的圓形物體變成一灘沒有外膜、逐漸蔓延的小水窪。我連忙從附近的架子上抓了一支普通的針筒，把黏液吸起來。

「好耶！」我說。「我殺死一隻了！」

「恭喜。」史特拉看著平板說。「第一個殺死外星人的人類，跟《終極戰士》裡的阿諾・史瓦辛格一樣。」

「我知道妳想要幽默，但那個外星戰士是故意引爆炸彈而死。第一個真正殺死外星戰士的人是《終極戰士2》裡由丹尼・葛洛佛飾演的麥可・哈里根。」

她透過玻璃窗安靜地盯著我看了幾秒，接著搖搖頭，翻了一個大白眼。

「重點是，我終於能找出噬日菌的組成成分了！」

「真的嗎？」史特拉放下平板。「只要殺了它就行？」

「應該吧，那隻噬日菌不再是原來的黑色，光線逐漸穿透它的身體。不管之前是什麼奇怪的作用讓它有如銅牆鐵壁，現在都無效了。」

「你是怎麼做到的？用什麼殺了它？」

「我用奈米針筒刺穿外層細胞膜。」

「你用棒子戳它？」

「不是！」我反駁。「那個，對，但我是用一根很科學的棒子以很科學的方法戳。」

「你花了兩天的時間才想到用棒子戳。」

「妳……給我閉嘴。」

我把針筒拿到光譜儀前，將噬日菌黏液滴在平臺上，密封光室，啟動分析系統。我像個孩子一樣單腳跳來跳去，左腳跳完換右腳，等待結果出爐。

「你現在在做什麼？」史特拉伸長脖子看著實驗室。

「這是原子發射光譜儀。」我回答。「之前跟妳解釋過了，這臺儀器會用X射線穿透樣本，刺激原子，從其波長分析樣本所含的元素。用活的噬日菌試驗時完全沒效果，但現在神奇的阻光性消失了，應該能檢測到什麼。」

這時，光譜儀發出嗶嗶聲。

「好啦，來吧！看看不需要水的生物含有哪些化學物質！」我轉向液晶螢幕，默默細讀上頭顯示的峰值及其所代表的元素。

「怎麼樣？」史特拉問道。「到底有什麼？」

「嗯，有碳和氮……但絕大多數是氫和氧。」我嘆了口氣，頹然跌坐在光譜儀旁的椅子上。

「而且氫和氧的比率是二比一。」

「怎麼了？」她又問。「這是什麼意思？」

「是水。噬日菌的主要成分是水。」

「怎麼可能？」她張大嘴巴。「存活在太陽表面的東西怎麼會有水呢？」

我聳聳肩。「大概是因為無論外在環境如何，它的內部溫度都維持在攝氏九十六・四一五度吧。」

「這些到底代表什麼？」她繼續追問。

我用手抱住頭。「代表我寫的每一篇科學論文都是錯的。」

嗯，還真是意想不到的打擊。

不過我在那間實驗室一點也不開心，他們一定找了比我更聰明的人接手，因為我在這裡，在一艘用噬日菌發動的太空船上，位於另一顆恆星。

為什麼是我？我所做的一切不過證明了我畢生的信念大錯特錯。

我猜我之後就會想起來了。當前我只想知道這顆恆星究竟是哪顆星，為什麼我們要打造一艘太空船，載著三個人來到這裡。

當然，這些都很重要，不過太空船上還有許多區域等著我去探索。

也許我可以換下這件救急的床單長袍，找件真正的衣服穿。我爬下牆梯回到實驗艙，再爬進休眠艙。

我的朋友還在那裡，依舊杳無生氣。我努力別開眼神，盡量不看他們。

我掃視地面，想找到可供出入的通路板，但沒有發現，我只好跪下爬來爬去，用手到處摸索。

終於，我找到了，就在那名男性組員的床底下。正方形鑲板的接縫非常細，細到連我的指甲都插不進去。

實驗艙裡有各式各樣的工具，我可以用平頭螺絲起子撬開，或是……

「嘿，電腦！打開這片通路板。」

「請明確說出要打開的艙口。」

「這裡，」我指著通路板，「這片板子。快打開。」

「請明確說出要打開的艙口。」

「呃……打開通往儲藏艙的艙口。」

「開啟儲藏艙。」電腦說。

地面傳來小小的喀噠聲，通路板隨即上升幾英寸。過程中，接縫周圍的橡膠密封墊被扯破。通路板關閉時完全看不見那圈墊子，原來嵌得這麼緊。我很慶幸自己沒有試著用蠻力撬開，不然一定會抓狂。

我剝掉通路板上殘留的密封墊，發現開口處變鬆了。我搖晃一下板面，才發現應該要用轉的。我將通路板旋轉九十度，把拆卸下來的板子放在旁邊，探頭查看下方的艙室，只見無數軟邊白色方塊疊得像小山一樣。嗯，很合理。用材質柔軟的容器打包物品可以節省艙室空間，收納更多東西。

正如我在駕駛艙看到的結構圖所示，儲藏艙約有一公尺高，裡面塞滿軟軟的容器，要移走一大堆東西才進得去，不過我想遲早都要這麼做。說真的，這裡看起來就像房屋下方狹窄的爬行空間，有幽閉恐懼症的人大概會崩潰。

我一把抓起離我最近的包裹，拉出通路口。包裹用魔鬼氈牢牢固定。我拆掉魔鬼氈，容器有如中國菜外帶餐盒向外開展，裡面裝了一堆制服。

太幸運了！不過應該不是巧合。無論打包的是誰，可能都經過縝密思考，精心安排收納順序。他們知道組員一醒來會想拿制服，所以把衣服放在離通路口最近的地方。包裹裡至少有十二件制服，分別裝在真空密封的塑膠袋裡。我隨便打開一袋。

那是一件淺藍色連身衣。太空人的衣服。質料雖薄，摸起來卻很舒適。衣服左肩繡著聖母號任務徽章，設計就跟我在駕駛艙看到的一樣，下方則是中國國旗；右肩有個白色徽章，上頭有個尖端朝上的藍色箭形圖樣，周圍綴著桂冠花飾，還有「CNSA」四個英文字母。身為宅男的我一眼就認出來了；這是中國國家航天局的標誌。

左胸口袋上有個名牌，上面寫著「姚」，就是我在「聖母號任務徽章」上看到的名字。

我怎麼知道——？我當然知道。姚指揮官，我們的組長。現在我能在腦海中看見他的臉了。年輕又引人注目，眼神充滿決心。他明白自己肩負的重擔和使命，也準備好接受這項艱巨的任務。他雖然嚴厲卻很通情達理。你知道，就是知道，他會毫不猶豫地為了任務或組員犧牲自己的生命。

我拿出另一套制服，尺寸比指揮官的小很多，上頭有相同的任務徽章，但下面繡著俄羅斯國旗，右肩則有傾斜的紅色箭形圖樣，周圍環繞著一個圓圈，那是俄羅斯聯邦太空總署的標誌。名牌上寫著 ИЛЮХИНА，徽章環飾上另一個名字。這是伊路奎娜的制服。

奧賽雅．伊路奎娜，一個超搞笑的人，見面不到三十秒就會讓你笑得前仰後合。她就是有種極富感染力的樂天性格。相較於正經八百的姚，伊路奎娜非常隨性，兩人不時會因為這樣起衝突，不過就連姚也無法抗拒她迷人又可愛的魅力。我記得有一次伊路奎娜講了一個笑話，姚終於嘴角失守，笑到不能自已。人不可能永遠板著一張臉嘛。

我站起來望著屍體。嚴肅的指揮官與活潑的友人不再，只剩兩具不成人形、曾有靈魂的空殼。他們不該赤身露體躺在那裡；他們值得，也應該有個像樣的葬禮。

每個組員都有多套備用制服，我翻了好一陣子，終於找到我的。衣服就跟我想的一模一樣，任務徽章下有面美國國旗，右肩則繡著美國太空總署的標誌，還有一個寫著「格雷斯」的名牌。

我穿上連身制服，在儲藏艙東翻西找，發現幾雙鞋子。其實也稱不上鞋子，只是有橡膠底的厚襪子，類似有點抓地力的編織嬰兒鞋。大概是這趟任務不需要穿什麼堅硬的鞋吧。我套上軟鞋。

我回到休眠艙，開始為死去的夥伴換上衣服。不是什麼輕鬆愉快的過程。這些連身衣在他們枯瘦乾癟的軀體上看起來一點也不合身。我甚至替他們穿上軟鞋。當然要穿，這是我們的制服。一個太空飛行員應該穿著制服下葬。

我先從伊路奎娜開始。她的體重很輕，我將她扛在肩上，攀上牆梯，一路前進駕駛艙。到了駕駛艙後，我把她放在地上，打開減壓艙。裡頭的太空衣既笨重又礙事。我把太空衣裝備一個個搬進駕駛艙，擺到駕駛座上，將伊路奎娜的屍體放進減壓艙。

減壓艙的控制很簡單。艙內氣壓與外艙門都可以透過駕駛艙內的面板來操控，旁邊甚至還有一個拋棄鈕。我關上艙門，啟動拋棄程式。

嗡嗡的警報聲隨即響起，減壓艙內的燈光開始閃爍，電腦開始倒數計時。減壓艙裡有三個閃著亮光的中止開關，假如啟動拋棄程式時還有人在減壓艙，艙內的人可以直接取消指令。

倒數結束，螢幕上的讀數顯示，減壓艙內的氣壓下降至大氣的百分之十，外艙門隨之開啟。轉眼間，伊路奎娜就這樣咻地墜入浩瀚的宇宙。由於太空船不斷加速，她的身影很快就消失無蹤。

「奧賽雅．伊路奎娜。」我低聲說。我不記得她的宗教信仰，或是她有沒有宗教信仰，也不知道她想要什麼悼詞，但至少我會牢牢記住她的名字。「我將妳的軀體交託給繁星。」聽起來好像還可以。或許有點陳腔濫調，但我的心平靜了不少。

接著，我把姚指揮官帶到減壓艙，放入艙室，密封艙門，用同樣的方式送走他的遺體。

「姚立傑。」我不知道自己是怎麼想起他的全名，當下這三個字就這樣浮現在腦海裡。「我將你的軀體交託給繁星。」

減壓艙開始運轉。只剩下我孤零零一個人。我一直都獨來獨往，現在更是形單影隻。至少是幾光年內唯一活著的人類。

我該怎麼辦？

「歡迎回來，格雷斯老師！」泰瑞莎熱切地說。

孩子全都坐在座位上，準備上科學課。

「謝謝妳，泰瑞莎。」我回答。

「代課老師超——無聊。」麥可插嘴道。

「這樣啊，我可不無聊。」我邊說邊從教室角落拿出四個塑膠箱。「今天我們要來認識岩石！好吧，聽起來可能有一點點無聊。」

孩子們咯咯輕笑。

「我會把你們分成四組，每組都會拿到一個箱子。你們必須把裡面的石頭按照火成岩、沉積岩和變質岩三類分好。最快完成，而且全部分類正確的小組就可以得到沙包。」

「我們可以自己分組嗎？」川恩興奮地問道。

「不行，這樣只會惹出一堆麻煩。因為小孩是動物，很可怕的動物。」

全班哈哈大笑。

「我會用字母分組。第一組是——」

「格雷斯老師，」艾比突然舉手，「我可以問一個問題嗎？」

「當然可以。」

「太陽怎麼了？」

大家立刻豎起耳朵，變得比剛才專心。

「我爸爸說這沒什麼。」麥可插話。

「我爸爸說這是政府的陰謀。」塔莫拉說。

「好吧……」我把塑膠箱放下，坐在講桌邊緣。「你們知道海洋中的藻類對吧？這件事有點像太陽裡長了一種太空藻類。」

「噬日菌嗎？」哈里森問道。

我差點從桌上滑下來。「你是從哪裡聽到這個詞的？」

「大家都這麼說。」哈里森回答。「昨晚總統演講時也有提到啊。」

我在實驗室裡與世隔絕，連總統發表演說都不知道。天啊，我昨天才發明了這個詞，史特拉居然馬上把消息透露給總統和媒體。

太扯了。

「嗯，對，就是噬日菌。它們生活在太陽表面或太陽附近，目前科學家還不確定。」

「那會怎樣嗎？」麥可發問。「海洋裡的藻類又不會傷害我們，為什麼太陽上的就會？」

「好問題。」我指著他說。「事實上，噬日菌開始吸收大量太陽能量，呃，不是大量，只是一小部分，但這表示地球得到的陽光會變少，這樣問題就嚴重了。」

「所以天氣會變冷一點？下降一、二度？」艾比問道。「這有什麼大不了的？」

「你們知道氣候變遷，對嗎？還有我們的二氧化碳排放量造成了許多環境問題？」

「我爸爸說那不是真的。」塔莫拉說。

「是真的。」我說。「總而言之，氣候變遷會帶來許多環境問題，之所以會發生這種情況，是因為全球平均氣溫上升了一．五度。就這樣，只有一．五度。」

「那噬日菌會讓地球溫度下降多少？」路德問道。

「我們不知道。」我站起身，在講臺前慢慢踱步。「但如果它像藻類一樣，以差不多的速度繁殖，氣候學家認為地球溫度可能會下降十到十五度。」

「那會發生什麼事？」路德又問。

「很糟糕的事，非常糟糕。由於棲息地太冷，很多動物——而且是整個物種都會滅絕。海水也會冷卻，甚至導致食物鏈崩潰，就連能在低溫環境下生存的生物也會餓死，因為牠們的食物都會死掉。」

孩子們帶著敬畏的眼神，驚愕地盯著我看。為什麼爸媽沒有向他們解釋這一切？或許是因為他們自己也不明白吧。

每每看到不教孩子基礎常識的家長，我都很想賞他們幾個耳光；要是每次浮現這種念頭都能拿到一枚五美分硬幣……那我……我就會把一堆硬幣放進襪子裡，拿來甩那些父母耳光。

「動物也會死？」艾比的語氣滿是驚恐。

艾比有學馬術，大部分時間都在她爺爺的牧場度過。對孩子來說，人類的痛苦往往是個抽象概念，但動物的痛苦完全是另外一回事。

「對，很遺憾，很多牲畜都會死。更糟糕的是，大地栽種的農作物會歉收，我們的食物會愈來愈少。一旦發生這種情況，社會秩序往往會崩解，陷入一片混亂，然後——」我猛然打住。他們還只是孩子，我為什麼要跟他們講這些可怕的事？

「怎麼……」艾比張嘴，卻說不出話來。我從沒見過她這樣。「這些事多久後會發生？」

「氣候學家認為不到三十年。」我回答。

孩子們全都鬆了一口氣。

「三十年？」川恩笑了起來。「還很久嘛！」

「沒那麼久……」我說。不過在一群十二、十三歲的孩子眼中，三十年就像一百萬年。

「老師，那個岩石分類作業，我可以去崔西那一組嗎？」麥可問道。

三十年。我看著臺下一張張小臉，再過三十年，這些孩子就四十多歲了。他們首當其衝。這群在恬靜世界中成長的孩子會被丟進一場末日噩夢裡，為了生存拼搏。

他們的世代，是經歷第六次大滅絕的世代。

我的胃一陣痙攣。我望著教室外一大群孩子，無憂無慮、快樂的孩子。很多人未來可能會死於飢餓。

「我……」我結結巴巴地開口。「我還有事要處理。岩石分類先不要做了。」

「什麼？」路德一頭霧水。

「大家先……自修。剩下的時間就自修，做其他老師出的作業。你們待在座位上安靜寫作業，等下課鐘響。」

說完我便匆匆離開教室，搖搖晃晃地穿過走廊，差點昏倒。我快步走到附近的飲水機用水潑潑臉，深吸一口氣，稍微平復一下情緒，接著跑向停車場。

我開得很快，非常快，不但闖紅燈，還沒有禮讓行人。我這輩子從來沒這樣過，但那天不一樣。那天……我說不上來。

我火速轉進實驗室停車場，隨便停了一個奇怪的角度。

兩名美軍士兵站在大樓門口，就和前兩天一樣。我飛也似地衝過他們身邊。

「我們該阻止他嗎？」我聽到其中一名士兵問他的同袍。我不在乎另一個人有什麼回應。

我大步走進觀察室。果然，史特拉就在那裡滑她的平板。她抬起頭，臉上閃過一絲訝異。

「格雷斯博士？你來這裡做什麼？」

我從她身旁走過，看到觀察窗另一邊的實驗室裡有四個穿著防護衣的人在工作。

「這些人是誰？」我指著玻璃窗問道。「他們在我的實驗室裡幹嘛？」

「我不太喜歡你的態度。」史特拉說。

「我不在乎。」

「這不是你的實驗室，是我的實驗室。那些技術人員正在收集噬日菌。」

「妳打算用它們做什麼？」

「你的夢想實現了。」她把平板電腦夾在腋下。「我在分配噬日菌，準備送到全球三十個不同的實驗室。歐洲核子研究組織、美國中央情報局生化武器中心等都會收到樣本。」

「中央情報局有生化武——？」我難以置信。「算了。我想做更多研究。」

「你的任務已經完成了。」她搖搖頭。「我們原以為這些是無水生物，結果不是。你證明了這一點，而且沒有外星異種從你胸口竄出來，白老鼠階段也算結束了。你的工作到此為止。」

「不，我還沒完，還有很多謎團要解。」

「當然，」她說，「有三十個實驗室迫不及待展開研究。」

「留一點噬日菌給我，」我跨步向前，「讓我進一步探究這些生物。」

「不行。」她也上前一步。

「為什麼不行？」

「根據你的紀錄，樣本裡共有一百七十四個活的噬日菌細胞。你昨天殺了一個，所以數量減為一百七十三個。」

「這些實驗室都是大型國家級實驗室，」她指著平板繼續說，「各會分得五到六個細胞。就這樣，樣本就是這麼少。這一百七十三個細胞是目前地球上最重要、最珍貴的事物。我們對它們的分析決定了人類的命運。」

她停頓了一下，再度開口。這次語氣軟化了不少。「我明白了。你窮盡一生，想證明生命不需要水，然後，不可思議的是，你真的接觸到一些外星生命，卻發現它們需要水，讓人難以接受。放下吧，回到你本來的生活，接下來交給我處理。」

「我還是一個在職涯中致力於研究外星生物理論模型的微生物學家。全世界幾乎沒人跟我一樣擁有這些專業技能。我是很有用的資源。」

「格雷斯博士，我可不想把樣本留在這裡，只為了撫慰你受傷的自尊。」

「自尊？這和我的自尊一點關係也沒有！而是關係到我的孩子！」

「你又沒小孩。」

「有，我有，而且很多！他們每天都來上我的課。如果不解決這個問題，他們就會身陷像《瘋狂麥斯》那種充滿噩夢的世界。對，關於水的假設我是錯了，我才不在乎。我關心的是那些孩子。所以，給我一點該死的噬日菌！」

史特拉後退一步，噘起嘴唇，然後別開眼神，考慮了好一陣子。「三隻，」她轉向我，「你可以拿三隻噬日菌。」

「好。」我放鬆肌肉，呼吸了幾次。我完全沒意識到自己剛才有多緊繃。「三隻可以，沒問題。」

「我會讓這間實驗室保持開放。」她在平板上打字。「你可以隨意使用。我的人再過幾個小時就會離開，你到時再來。」

「我現在就要回來研究。」我已經穿防護服穿了一半。「叫妳的人別擋我的路。」

史特拉怒目瞪視著我，什麼也沒說。

我必須為我的孩子這麼做。

我是說……我不是他們的爸媽，但他們也是我的孩子。

我看著眼前數不清的螢幕。我得好好回想一下。

我的記憶時好時壞，雖不完整，但還算可靠。與其痴痴等待突如其來的頓悟或天啟，不如立刻展開行動。我手邊有哪些資訊呢？

地球有麻煩了。太陽感染了噬日菌。我在太空船上，位於另一個「太陽系」。這艘太空船結構特殊，組員來自不同國家。這是一項星際任務，以人類目前的技術來看應該不太可能成功……好吧，人類投入了大量時間和精力發展這項任務，而噬日菌是達成任務目標的關鍵。

看來只有一種解釋：有個辦法或潛在的方法能解決噬日菌問題。某種值得傾注大量資源，有望化解危機的事物。

我掃視螢幕，試圖找出更多資訊，但絕大多數都是太空船上會有的裝置和設施，像是維生系統、導航系統等諸如此類的東西。一個螢幕上寫著「甲蟲」，另一個螢幕上寫著——

等等，甲蟲？

好吧，我不懂這是什麼意思，但我得查明船上是不是真的有一群甲蟲。身為男人就是要搞清楚這種事。

螢幕畫面分割成四個象限，每個顯示的內容都差不多，就是一些示意圖和一堆文字資訊。所有示意圖皆包含一個圓圓胖胖、有尖頭的橢圓形，尾端還有個梯形。如果頭歪得恰到好處，瞇起眼睛，看起來是有點像甲蟲。每隻甲蟲上方都標著名字，分別是「約翰」、「保羅」、「喬治」和「林哥」。

嗯，我懂。甲蟲（beetles）的英文音近披頭四（Beatles）。我沒笑，但我懂。

我隨便挑了一隻甲蟲（我選約翰），好好檢視一番。

約翰不是昆蟲。我很確定它是太空船。後方的梯形標示著「自旋驅動裝置」，橢圓形的地方為「燃料槽」，小小的頭部則標著「電腦」和「無線電設備」。

我進一步細看。燃料槽資訊框顯示「噬日菌：120 公斤；溫度：攝氏 96.415 度」，電腦資訊框寫著「最後一次記憶體檢查：3 天前。5TB 功能正常」，至於無線電設備只顯示「狀態：100%」。

這是一個無人探測器。我猜體積應該不大，燃料質量只有一百二十公斤，不算太多，不過話說回來，一隻小小的噬日菌就能推進很長一段距離。示意圖上沒有任何科學儀器。一個沒有設備的無人探測器，意義何在？

等等……要是5TB的儲存空間就是這個探測器的重點呢？

我恍然大悟。

「喔，該死。」我說。

我在外太空，在另一個恆星系統。我不知道我們究竟耗了多少噬日菌才抵達這裡，我想應該很多。將太空船送到另外一顆恆星所需的燃料多到不行，而將船送到另一個星球再返航，要耗掉十倍的燃料。

我查看噬日菌顯示面板，刷新記憶。

剩餘量：20,862 公斤

消耗率：6.043 G/S

之前的消耗率為每秒六．〇四五克，現在下降了一點，燃料存量也略為減少。基本上，太空船的總質量會隨著燃料消耗而下降，為了維持等加速度，每秒所需的燃料量自然不比先前多。嗯，很合理。

我不知道聖母號的質量是多少，但每秒只需幾克的燃料就能以1.5G的加速度前進……噬日菌還真是不可思議。

不管怎樣，我不太清楚消耗率會隨著時間出現何種變化（我的意思是，我當然可以算，但這很複雜），所以暫時抓個大略的數值，每秒六克好了。剩餘的燃料能用多久？

這套連身衣真的很讚，口袋裡裝著各式各樣的小工具。我還沒找到計算機，只好拿紙筆來算。

總體來說，我大約四十天內就會耗盡燃料。

我不知道那顆恆星是什麼星，反正不是太陽就對了。這艘船絕不可能在四十天內用1.5G的加速度從太陽以外的任一恆星返回地球。從地球到這裡可能花了好幾年的時間——這大概就是我昏迷的原因吧。有意思。

總而言之，一切在在點明一個事實，那就是聖母號無法返回地球。這是一張單程票。我很確定這些探測器就是我發送情報回地球的方式。

當今世上沒有一臺無線電發射機強到能傳播幾光年的距離，連有沒有可能建造出來都不知道。這些小小的「甲蟲」探測器各能儲存5TB的資訊，並飛回地球，提交數據。船上一共有四個探測器，我應該要把發現的一切複製成多個檔案，每個探測器都存，將它們全數送回地球。若有一個以上的探測器順利返航，地球就得救了。

我在執行自殺任務。約翰、保羅、喬治和林哥會回家，而我漫長曲折的旅程到此結束。我自告奮勇時一定知道這件事，但對我飽受失憶困擾的大腦來說，這是全新的資訊。我會死在這裡。我會一個人在太空孤獨死去。

5

「你們到底為什麼要去金星？」我雙眼冒火，瞪著噬日菌。大型壁掛式螢幕投放出顯微鏡看到的畫面，在這個放大倍數下，三個小細胞各有一英尺寬。我一直在尋找線索，試著查明它們的動機，但賴瑞、捲毛和莫伊沒有給我答案。

對，我幫它們取了名字。老師的職業病。

「金星有什麼特別的？你們是怎麼找到金星的？」我雙臂交叉抱胸。如果噬日菌了解肢體語言，就會知道我不是在開玩笑。「美國太空總署需要一屋子絕頂聰明的人來研究怎麼到達金星，你們這些沒大腦的單細胞生物居然做到了。」

過去兩天我一直待在實驗室，史特拉沒來煩我。門口還是有兩名美軍看守，其中一人叫史蒂夫，對我非常友善，另一個從沒跟我講過話。

我用手揉揉油膩的頭髮（那天早上我忘了洗澡）。至少現在不用再穿防護衣了。有群科學家拿一隻噬日菌做實驗，讓它暴露在地球大氣層中，觀察後續變化，發現大氣層並沒有受到影響。多虧他們，全球實驗室都能鬆一口氣，不必在充滿氬氣的房間裡工作了。

我瞥了桌上那堆文件一眼。科學界以一種非常不科學的方式加速運轉，產出大量理論和成果。審慎的同儕審查與發表論文的日子一去不復返，噬日菌研究逐漸失控，人人皆可為所欲為，有些研究人員甚至在缺乏證據的情況下急著發布研究結果，進而導致許多訛謬和誤解，但我們真的沒時間遵循正常程序，以正確的方式做事。

大部分消息史特拉都有告訴我，不是全部，我敢保證。誰知道她還做了哪些奇奇怪怪的事。她似乎無論走到哪裡都握有權力，暢行無阻。

比利時研究團隊證明了噬日菌對磁場有反應，但只是偶爾，其他時候無論磁場有多強，它們似乎完全無視其存在。儘管如此，比利時研究人員還是能藉由將噬日菌放進磁場、改變磁場方向，來控制噬日菌的移動路線（但有時可以，有時不行）。這項發現有用嗎？不知道。此刻大家不過是在蒐集數據罷了。

一名巴拉圭研究人員表示，螞蟻在距離噬日菌幾公分的地方會迷失方向。這項發現有用嗎？嗯，可能沒用，但很有趣。

最值得注意的是，澳洲伯斯研究團隊犧牲了一隻噬日菌，詳細分析其體內所有胞器，結果發現了DNA和粒線體。無論當前的情勢為何，這都是本世紀最重要的發現。外星生命，毫無疑問、百分之百的外星生命具有DNA和粒線體！

還有……哼……大量的水……

重點是，噬日菌的內部構造與目前地球上所有已知的單細胞生物差別不大，舉凡腺苷三磷酸、RNA轉錄及其他許多耳熟能詳的物質和作用都有。有些研究人員推測，噬日菌其實源於地球；有些假設這組特定分子是生命萌芽的唯一途徑，而噬日菌是獨立演化出來的生物；另外還有少數派認為，地球可能根本就沒演化出生命，噬日菌和地球生命擁有共同祖先。

「我跟你們說，」我告訴噬日菌，「要不是會威脅地球上所有生物，你們其實很酷，充滿許多玄妙莫測的奧祕。」

「你們有粒線體，」我俯身靠在桌上繼續說，「表示你們跟我們一樣，利用腺苷三磷酸儲存能量，但你們是用光來移動，所需的能量遠超過體內腺苷三磷酸的儲納極限。可見你們有另一個能量儲存途徑，一種我們不明白的機制。」

這時，螢幕上有隻噬日菌突然往左猛衝，移動了一點點。這種現象很常見，他們時不時就會沒來由地扭動。

「是什麼驅使你們移動？為什麼要移動？這種忽動忽停的隨機運動是怎麼把你們從太陽帶到金星的？你們為什麼要去金星？」

很多人都在研究噬日菌的內部構造，試圖找出其運作機制、分析它的DNA，這樣很好；而我想知道的是它的基本生命週期，那是我的目標。

一種不僅儲存大量能量，還無緣無故飛越太空的單細胞生物。金星那裡鐵定有噬日菌需要的東西，否則它們就會滯留在太陽一帶；同理，太陽也有它們想要的資源，不然它們應該會留駐金星。太陽的部分很簡單，噬日菌是為了汲取太陽的能量，植物長出葉子也是這個原因。若要演變為生命形式，就必須獲得能量滋養，這很合理。可是金星呢？

我拿起筆一邊擺弄，一邊思索。

「根據印度太空研究組織的研究，你們的速度可達到光速的〇．九二倍。」我指著那三個小黑點說。「哈，沒想到我們能算出你們的速度吧？他們對你們發出的光進行都卜勒頻移分析，得出這個結論，進而發現你們不只前往金星，還從金星折返。」

「可是以那個速度撞上大氣層應該會死掉才對。」我皺起眉頭。「為什麼你們還活得好好的？」

「啊。」我用指關節敲敲額頭。「因為你們對熱的耐受度沒有極限。對，所以你們可以衝進大氣層，體溫卻不會上升。好，但你們還是得慢下來，因此會停留在金星的高層大氣裡，然後……轉身返回太陽？為什麼？」

我盯著螢幕看了整整十分鐘，陷入沉思。

「好了，夠了。我想知道你們是怎麼找到金星的。」

我前往當地的五金行，買了一堆二乘四、厚四分之三英寸的合板、電動工具及其他需要的材料。那個名叫史蒂夫的軍人幫我拿了很多東西進去，另一個難相處的傢伙什麼也沒做。

接下來六個小時，我不斷敲敲打打，做了一個有層架的遮光試驗櫃，尺寸大到我可以輕鬆進出。我把顯微鏡放在層架上，至於櫃子的「門」則是一塊可用螺絲起子拆卸的合板。

我透過小孔，將電源線和攝影機的線放進試驗櫃裡，用補土堵住孔洞，確保沒有光線滲進去，再把紅外線攝影機架設在顯微鏡上，把櫃子封起來。

實驗室裡的監測螢幕顯示出攝影機捕捉到的紅外光。這個方式基本上就是應用頻率偏移來檢測，極短的紅外線波段會呈現紅色，能量較高的波段為橙色、黃色……以彩虹的顏色類推。不出所料，畫面上的噬日菌細胞變成小小的紅色斑點；在攝氏九十六・四一五度的恆溫下，它們自然會發射出七・八微米左右的紅外線波長，亦即我設定攝影機尋找的最短波長。很好，可見那些設備全都正常運作。

不過那些暗紅色的東西不重要，我想看到的是明亮的黃色閃光，即噬日菌發出來、用以移動的噬日頻率。只要有一隻噬日菌移動，哪怕只移動一點點，螢幕上都會出現明顯的黃色閃光。

然而，這簇光並未出現。什麼都沒發生，完全沒有。通常每隔幾秒鐘我就會看到至少一次抽動，但這三隻噬日菌在櫃子裡毫無動靜。

「現在你們這些小鬼安靜下來啦？」我說。

光。無論他們體內的導航系統機制為何，都是以光為基礎。這是我的推測。不然在太空中還能用什麼？既沒聲音，也沒氣味，一定是光、重力或電磁三者之一，其中光是最容易察覺到的因子，至少就演化來說是這樣。

我開始進行下一個實驗，將小小的白色ＬＥＤ燈和手錶電池黏在一起。不用說也知道，一開始我接反了，ＬＥＤ燈沒亮，「永遠無法試一次就把二極體搞對」幾乎已經變成電子學的潛規則。總之我又重接一次，ＬＥＤ燈瞬間亮起。我用膠帶把裝置固定在試驗櫃內壁，調整好位置，讓樣本載玻片上的噬日菌得以直視光源，再把櫃門封好。

現在，從噬日菌的角度來看，眼前除了無盡的黑暗外還有一個閃亮的白色光點。如果在太空中從太陽的位置望過去，金星看起來大概就像這樣。

三隻噬日菌如生了根似的待在原地，一動也不動。

「嗯……」我說。

平心而論，這個解釋不太可能。若從太陽的位置遠眺，尋找眼目所見最亮的光點，照理說應該會鎖定水星，而不是金星。水星雖然比金星小，但距離近得多，所以看起來比較亮。

「為什麼是金星？」我不斷思忖，接著想到一個更好的問題。「你們是怎麼辨認出金星的？」

噬日菌為什麼會無規律地移動？我的看法是：這個現象純屬偶然。每隔幾秒就會有一隻噬日菌自認發現金星，進而往特定方向推進，等到那個瞬間閃逝，它便停止動作。

關鍵就在光的頻率。那三隻噬日菌在黑暗中靜如止水；這不是單純的光線強度問題，否則他們就會朝ＬＥＤ燈的方向移動。光的頻率一定有影響。

行星不僅會反射光線，也會發射光線。所有東西都會發光。物體的溫度決定其發射光的波長，行星也不例外。或許噬日菌尋找的是金星的紅外線訊跡……不會像水星那麼亮，但肯定獨一無二，呈現出不同的「顏色」。

我上網搜尋了一下。金星的平均溫度為攝氏四百六十二度。

實驗室裡有個抽屜裝滿燈泡，供顯微鏡及其他實驗器材更換使用。我火速抓了一顆，接到可變電力供應器上。白熾燈泡的原理是將燈絲加熱到攝氏兩千五百度左右，使其發出可見光。我不需要這麼高溫，只要區區四百六十二度就好。我上下調節通過燈泡的功率，用紅外線攝影機觀察，最後終於設定好我要的光頻率。

我將裝置搬進試驗櫃，透過監測螢幕觀察噬日菌，打開那個用ＬＥＤ燈做的人造金星。

沒反應。這些小混帳沒移動半吋。

「你們到底想怎麼樣？」我厲聲問道。

我摘下護目鏡丟到地上，不斷用手指敲桌子。「假如我是天文學家，有人叫我看一個光點，我要怎麼判斷那個光點是不是金星？」

「要找特定的紅外線訊跡！」我自問自答。「但噬日菌不是用這個方法。好，有人叫我看一個光點，而且不能用它發射出的紅外線來計算它的溫度，那我要怎麼確認那個光點是不是金星？」

光譜學。尋找二氧化碳。

這個點子跳出腦海的瞬間，我挑起眉毛。

光照射到氣體分子時，所有電子都會變得非常活躍，接著趨於平靜，以光的形式再次輻射出能量。不同的氣體分子會發射出不同的光子頻率，天文學家數十年來一直都是利用這個特性探察、了解遙遠的宇宙中有什麼氣體。這就是所謂的光譜學。

金星的大氣壓力是地球的九十倍，其中二氧化碳含量將近百分之百，故二氧化碳的光譜特徵極其強烈。水星根本不含二氧化碳，因此距離最近的競爭對手是地球，但相較於金星，地球的二氧化碳光譜特徵非常微弱。噬日菌會不會是利用發射光譜來辨識金星？

新實驗！

這間實驗室似乎有無數濾光片，不管頻率值多少，都有相應的濾光片可用。我查詢二氧化碳的光譜特徵，峰值波長為四．二六微米和十八．三一微米。

我找到合適的濾光片，做了一個小盒子，裡面放入一顆白色小燈泡。現在我有一個可創造出二氧化碳光譜特徵的燈箱了。

我把燈箱放進試驗櫃，然後出去看監測螢幕。賴瑞、捲毛和莫伊就像平常一樣，在載玻片上悠哉閒晃。

我打開燈箱，觀察它們的反應。

噬日菌離開了。它們不是慢慢朝光線移動而已，是消失，徹底消失。

「嗯……」

當然，我全程都有把攝影機捕捉到的影像錄下來。我倒帶回去一幀一幀地看，發現它們就這樣在兩幀畫面間消失了。

「嗯！」

好消息是，噬日菌受二氧化碳的光譜特徵吸引！

壞消息是，我那三隻十微米寬、無可替代的噬日菌以接近光速的速度衝向某個地方，我完全不曉得它們跑去哪裡。

「糟糕。」

午夜時分，周遭伸手不見五指。站崗守衛的軍人換了兩個我不認識的傢伙。我好想念史蒂夫。

我用鋁箔紙和大力膠帶貼住實驗室每一扇窗戶，拿電氣絕緣膠帶封住出入口周圍的裂縫，關掉所有會顯示讀數或裝有ＬＥＤ燈的設備，並脫下手錶放在抽屜裡，因為上頭的指針含有夜光塗料。

我讓雙眼適應黑暗，要是看到什麼莫名其妙的形狀，我就會找出漏光處用膠帶封好。經過幾次補強，實驗室裡的黑終於濃烈到我什麼也看不見，無論是睜開還是閉上眼睛都沒影響。

下一步就是戴上我新發明的紅外線護目鏡。

這間實驗室有各種設備，就是沒有紅外線護目鏡。我原本想問史蒂夫能不能幫我弄到幾副，或是打電話給史特拉，她可能會叫秘魯總統親自送來之類。想想還是自己做比較快。

這副「護目鏡」不過是紅外線攝影機液晶輸出螢幕纏上一堆膠帶而已。我把護目鏡壓在臉上，用了更多膠帶，愈貼愈多。我看起來一定很蠢。算了，無所謂。

我打開攝影機，環顧實驗室。到處都是熱訊號。白天的陽光將牆壁曬得暖烘烘的，入夜後溫度依舊未散，不僅所有電器都在發光，我的身體也如燈塔般燦亮。我調整頻率範圍，尋找更熱的東西，具體來說，是溫度超過攝氏九十度的東西。

我爬進放有顯微鏡的臨時試驗櫃，看著具有二氧化碳光譜特徵的燈箱。

噬日菌的寬度只有十微米，我不可能用攝影機（或肉眼）看見這麼微渺的事物。不過，那些小外星人體溫很高，也會維持溫度恆定，如果他們沒移動，應該會在過去六小時左右慢慢提升環境溫度。這是我找到它們唯一的希望。

有了。我立刻注意到其中一片塑膠濾光片上有一道光圈。

「謝天謝地。」我倒抽一口氣。

光圈很黯淡，但確實存在，直徑大約三毫米，距離中心愈遠，光就愈弱，溫度也愈低。這隻小傢伙已經加熱塑膠好幾個小時了。我來回掃視兩片方形塑膠濾光片，很快就找到第二隻。

實驗比我想的更成功。它們看到自認是金星的東西，朝光源直奔而去，然後撞上濾光片，再也無法前進。說不定它們一直奮戰到我關燈為止。

總而言之，只要確認三隻噬日菌都在，我就可以把濾光片裝進袋子裡，用顯微鏡和移液管慢慢抓回那三個小傢伙，不管要花多久時間都行。

找到了，就在那裡。第三隻噬日菌。

「大家都到齊啦！」我從口袋裡拿出一個樣本袋，小心翼翼準備取下燈箱上的濾光片。就在這個時候，我看見第四隻噬日菌。

它就……在做自己的事。第四個細胞，就像另外三個一樣，巴在濾光片上。

「天啊……」

我已經研究這些小點研究了一個禮拜，不可能沒注意到有四隻。只有一種解釋：其中一隻噬日菌分裂了。我不小心繁殖噬日菌了。

我盯著第四個光點看了整整一分鐘，試著消化剛才發生的事。若能繁殖噬日菌，我們就有無限的研究資源，想殺就殺，想戳就戳，想剖開就剖開，愛做什麼就做什麼。這項發現徹底顛覆了現有的遊戲規則。

「你好，桑普。」我望著第四隻噬日菌說。

接下來兩天，我一直埋首案頭，瘋狂研究這個新行為，甚至乾脆睡在實驗室，連家都沒回。史蒂夫還幫我買早餐。他人真的超好。

我本該與科學界分享所有觀察發現，但我想等真的確定了再說。雖然當前這種非常時期大家都跳過同儕審查這一環，至少我可以自我審查。有總比沒有好。

第一個困擾我的問題是：二氧化碳的光譜發射峰值波長為四．二六微米和十八．三一微米，但噬日菌只有十微米寬，無法與波長更長的光進行交互作用，怎麼看得見十八．三一微米波段呢？

我用十八．三一微米的濾光片再次進行先前的光譜實驗，結果出乎意料。奇怪的事發生了。兩隻噬日菌猛地衝向濾光片。他們看到光，徑直朝光源移動。怎麼可能？噬日菌應該沒辦法與這麼長的波長相互作用才對……完全不可能啊！

光很有趣，其波長決定了自身可交互作用的對象。任何小於波長的東西對光子來說都無法作用，等同於不存在。這就是為什麼微波爐的爐門視窗上有網孔設計。網孔太小，微波無法通過，但波長較短的可見光可以自由來去，所以我們才能看著食物加熱，臉又不會熔化。

噬日菌小於十八．三一微米，但不知怎的還是能以該頻率吸收光線。這怎麼可能？

不過還有更奇怪的事。對，其中兩隻往濾光片移動，另外兩隻卻留在原地，於載玻片上悠哉悠哉，似乎無動於衷。或許它們沒有與較長的波長相互作用？

我決定再做一次實驗，用波長四．二六微米的光照射它們，結果就跟之前一樣，那兩隻噬日菌直接奔向濾光片，而另外兩隻根本不在乎。

霎時間，我靈光一現。雖然無法百分之百確定，但我想我剛才發現了噬日菌的完整生命週期，彷彿四散的拼圖終於拼湊在一起，豁然開朗。

這兩隻頑固的傢伙想回到太陽那裡，不想再去金星了。為什麼？因為他們其中一隻透過細胞分裂，創造出另外一隻。

噬日菌在太陽表面閒晃，藉由熱能獲取能量，並以某種無人理解的方式儲存在體內；一旦擁有足夠的能量，它們便遷徙至金星繁殖，以紅外線為推進劑，利用儲存的能量飛過太空。許多物種都會遷移到他處繁衍，噬日菌當然也可能會，不是嗎？

澳洲研究團隊已經發現噬日菌的內部構造與地球差別不大。它需要碳和氧來製造DNA、粒線體及其他細胞結構所需的複雜蛋白質。太陽上有大量的氫，但沒有其他元素，因此，噬日菌便遷移到最近的二氧化碳供應地，也就是金星。

首先，它們循著磁力線直直離開太陽北極。它們非這麼做不可，否則太陽光太刺眼，會讓它們找不到金星，而從極區筆直爬升可以清楚看見整個金星軌道，不會被太陽遮蔽。

啊，這就是為什麼噬日菌對磁場的反應不一。它們只在旅程初始留意磁場，其他時候不會。

接著，它們會尋找金星顯著的二氧化碳光譜特徵。不是真的「找」，比較像是由四．二六微米和十八．三一微米光波段所引發的簡單刺激反應。總之，一旦噬日菌「看到」金星，就會直接朝它的方向前進，而它們的移動路徑（筆直離開太陽極區，急遽轉向金星）就是噬日線。

歷經一番長途跋涉，噬日菌終於抵達金星的高層大氣，收集所需的二氧化碳，展開繁殖大業，接著母細胞和子細胞一同返回太陽，新的生命週期再度開始。

真的，就這麼簡單。獲取能量，獲取資源，繁衍後代，和地球上所有生物一樣。

這就是為什麼其中兩隻小傢伙沒有朝光源移動。

那噬日菌又是怎麼找到太陽的？我的猜測是：尋覓超亮的東西，然後往那個方向走。

我把莫伊和桑普（找尋太陽組）與賴瑞和捲毛（找尋金星組）分開，將賴瑞和捲毛放到另一張載玻片上，擺在一個不透光的樣本容器裡，接著用莫伊和桑普在漆黑的試驗櫃中做了一個實驗。這一次，我在櫃裡放了一顆明亮的白熾燈泡，將其點亮。我原以為那兩隻噬日菌會直趨光源，可是沒有，它們一動也不動。可能是亮度不夠。

我去市中心一家攝影專門店（舊金山有很多攝影愛好者），買了我能找到最大、最亮、最強的閃光燈。我用閃光燈代替燈泡，再次試驗。

莫伊和桑普上鉤了！

我不得不坐下來喘口氣。我已經三十六個小時沒睡了，應該小睡一下，但這項發現讓我興奮不已。我拿出手機打給史特拉，第一聲鈴聲還沒響完，她就接起電話。

「格雷斯博士，」她說，「有什麼發現嗎？」

「有。」我說。「我找出噬日菌的繁殖方式，也成功做到了。」

史特拉沉默片刻。「你成功繁殖了噬日菌？」

「沒錯。」

「非破壞性試驗？」她問道。

「一開始我有三個細胞，現在變成四個，全都活得好好的。」

她又沉默了幾秒。「待在那裡。」

她掛斷電話。

「嗯。」我把手機收回實驗袍口袋。「我猜她已經在路上了。」

這時，那個名叫史蒂夫的軍人衝進實驗室。「格雷斯博士？」

「什……呃，怎麼了嗎？」

「請跟我來。」

「好。」我回答。「我先把噬日菌樣本收到——」

「實驗室技術人員會處理。你必須立刻跟我來。」

「喔，好吧……」

接下來十二個小時很……特別。

史蒂夫開車送我到某高中足球場，一架美國海軍陸戰隊直升機就停在那裡。他們不發一語地把我推上直升機，飛向天際。我只能盡量不往下看。

直升機載我到位於舊金山以北約六十英里的崔維斯空軍基地。海軍陸戰隊常降落在空軍基地嗎？我不是很了解軍事，但好像哪裡怪怪的；再說，派海軍陸戰隊接送，以免我塞在車陣中好幾個小時似乎也有點極端，不過……好吧。

停機坪上有一輛吉普車在等我，旁邊站著一名空軍。他開口自我介紹，我發誓他真的有自我介紹，但我不記得他的名字了。

他開車送我穿越停機坪，來到一架正在等候的噴射機旁。不，不是客機，也不是里爾噴射機之類，而是一架戰鬥機。我不曉得是什麼機型，就像我剛才說的，我對軍事不熟。

那名空軍催我爬上梯子，坐到飛行員後方的座位上，然後遞給我一顆藥丸和一小杯水。

「把這吃下去。」

「這是什麼？」

「這樣你才不會吐在我們乾淨漂亮的駕駛艙裡。」

「了解。」

我吞下藥丸。

「而且還有助眠的效果。」

「什麼？」

他逕自離開，地勤人員將梯子移走，飛行員一句話也沒說。十分鐘後，我們便以閃電般的速度飛離空軍基地。我這輩子從來沒體驗過這種加速度。那顆藥丸真的很有效，不然我鐵定會吐。

「我們要去哪裡？」我透過耳罩式耳機問道。

「對不起，先生，我不能跟你交談。」

「那這趟飛行想必很無聊。」

「一般來說都很無聊。」他回答。

我不確定自己是什麼時候睡著的，應該是起飛後幾分鐘吧。三十六個小時的瘋狂科學實驗加上不曉得摻了什麼的藥丸，讓我直接無視吵到不行的戰鬥機引擎噪音，墜入夢鄉。

我在黑暗中驚醒，發現我們已經著陸了。

「先生，歡迎來到夏威夷。」飛行員說。

「夏威夷？帶我來夏威夷幹嘛？」

「這部分我不清楚。」

戰鬥機滑行到跑道之類的地方，地勤人員搬來一架梯子。我才剛踏上梯子，就聽見有人大喊：

「格雷斯博士嗎？這邊請！」

那是一位身穿美國海軍制服的軍官。

「我到底在哪裡？」我問道。

「珍珠港海軍基地。」軍官回答。「但很快就會離開了。請跟我來。」

「好啊，我也沒理由拒絕吧？」

他們要我登上另一架戰鬥機，上面有另一位不愛說話的飛行員，唯一的差別在於這是一架海軍戰鬥機，不是空軍戰鬥機。

我們飛了很久，久到我搞不清楚時間，反正一直算也沒意義，總之我不曉得這趟航程飛了幾個小時。終於，不騙你，我們降落在一艘航空母艦上。百分之百、貨真價實的航空母艦。

接下來我只知道自己站在飛行甲板上，看起來像個白痴。他們拿了耳罩和外套給我，把我帶到直升機停機坪。有一架海軍直升機在等我。

「這趟旅程……到底……有沒有終點啊？」我問道。

他們不理我，一個勁地替我繫好安全帶。直升機立刻起飛。這次的飛行時間不長，大約一個小時左右。

「應該會很有意思。」飛行員表示。這是他在整趟航程中說的唯一一句話。

過沒多久，我們準備降落。直升機放下起落架，底下是另一艘航空母艦。我瞇著眼睛俯瞰，似乎有些地方不太一樣，是什麼呢……啊，對啦，船艦上有一面很大的中國國旗隨風飄揚。

「那是中國的航空母艦嗎？」我不敢置信。

「是的，先生。」

「我們，一架美國海軍直升機，要降落在中國的航空母艦上？」

「沒錯，先生。」

「我明白了。」

我們降落在航空母艦的直升機停機坪上，一群中國海軍興致勃勃地望著我們。這架直升機想必沒有提供飛行後服務。飛行員透過窗戶斜睨著他們，他們也斜著眼看回去。

我一踏出直升機，飛行員旋即駕機升空。現在我的命運掌握在中國手裡。

一名海軍人員走上前，示意我跟著他。我猜應該沒有人會講英文，但我大概了解他的意思。我們進入一座塔式建築，沿著蜿蜒的通道經過無數樓梯間與不知用途為何的艙室。一路上還有許多中國海軍好奇地看著我。

最後，他在一道寫著中文的艙門前停下腳步。然後打開門指指裡面。我走進去，他在我身後砰地關上門。嚮導任務完成。

根據眼前那張坐了十五個人的大型會議桌判斷，我想這裡應該是軍官會議室。大家全都轉過來看著我，白人、黑人、亞洲人都有，有些穿著實驗袍，其他則穿著西裝。

當然啦，史特拉就坐在會議桌主位。「格雷斯博士，路上還好嗎？」

「路上還好嗎？」我惱火地說。「我在沒接到任何通知的情況下被拖過半個地球——」

「只是客套話，格雷斯博士。」史特拉舉起一隻手。「我不在乎你的旅程如何。」她從座位上起身，對其他人說話。「各位，這是來自美國的萊倫．格雷斯博士。他知道怎麼繁殖噬日菌。」

與會者紛紛倒抽一口氣。「妳說的是真的嗎？」一名男子猛地站起來，說話帶有濃重的德國口音。「史特拉，warum haben sie——」

「講英文。」史特拉打斷他的話。

「為什麼妳不早點告訴我們？」德國男子問道。

「我想先確認情況。格雷斯博士一離開，我就請技術人員整理實驗室，發現的確有四隻活的噬日菌。我只留給他三隻。」

一名身穿實驗袍的老人用平靜和緩、聽起來很療癒的聲音說了一串日語。「松家博士謹請求詳細描述事件經過。」他旁邊那位身穿深灰色西裝的日本年輕人立刻翻譯。

「博士，請坐，跟大家說明一下。」史特拉走到一旁，朝她的椅子比個手勢。

「等等。」我連忙開口。「這些人是誰？為什麼我會在中國的航空母艦上？妳沒聽過有種東西叫 Skype 嗎？」

「我召集了多位資深科學家與政界高層組成這個國際組織，負責領導『聖母計畫』。」

「那是什麼？」

「很複雜，不是三言兩語就能解釋清楚。在場所有人都很想聽聽你的發現，我們先談這個吧。」

我拖著腳走到會議室前方，尷尬地坐上主位。大家的目光全都落在我身上。

我把研究經過一五一十告訴他們，描述我在木製試驗櫃裡做的實驗，說明每一次測試及其過程和方法，最後闡釋我得出的結論，包含噬日菌生命週期假說、運作模式，以及背後的原因。除了提出幾個問題外，那群科學家與政界人士大多時候只是靜靜地聽，做做筆記，過程中還有幾個口譯人員在他們耳邊輕聲低語。

「嗯……對。」我說。「差不多就是這樣。我的意思是，雖然還沒有經過嚴格試驗，但看起來很簡單。」

「有可能大規模繁殖噬日菌嗎？」那位德國人舉手問道。

大家全都往前傾了一點，顯然這個問題非常重要，所有人都在想這件事。突如其來的緊張氣氛讓我有些驚慌。

就連史特拉也一反常態，似乎對這個問題很感興趣。「博士？」她開口，「請回答佛格特部長。」

「喔，好。」我急忙回答。「我個人認為……可以。」

「你會怎麼做？」史特拉問道。

「我應該會做一個大型的陶瓷肘形彎管，裡面注滿二氧化碳，盡可能提高其中一端的溫度，並於該處設置一個非常亮的光源，在其周圍纏繞電磁線圈，模擬太陽磁場。肘形管另一端則放置紅外光發射器，射出四．二六微米和十八．三一微米的光，盡量讓管內維持漆黑。這樣應該能成功。」

「可以說明一下其中的原理嗎？」她又問。

我聳聳肩。「噬日菌會在『太陽』那一端汲取能量，一旦準備好繁殖，它們就會循著磁場來到管道彎曲的地方，看見另一端的紅外光，並朝那個方向移動。感測到特定紅外光與暴露在二氧化碳中能讓它們繁殖，然後母細胞和子細胞會一同返回太陽那端。就這麼簡單。」

「這個方法能製造出多少噬日菌？」一名看起來像政治人物的男性舉起手，講話帶有某種非洲口音。「過程要花多少時間？」

「基本上就是細胞倍增時間，」我回答，「像藻類或細菌那樣。我不知道具體來說要多久，但考慮到太陽愈來愈暗，它們繁殖的速度應該很快。」

有個穿著實驗袍的女人從剛才就一直在講電話。此時她放下手機，用很重的中國口音說：「我們的科學家複製了你的成果。」

「你們怎麼會知道他的實驗過程？」佛格特部長怒目瞪視著她。「他才剛告訴我們哎！」

「大概是間諜幹的好事。」史特拉說。

德國人大發雷霆。「你們竟敢搞這種——」

「好了。」史特拉硬生生打斷他。「過去的事就別再追究。席小姐，妳還有其他消息要告訴我們嗎？」

「是。」她說。「我們估計，在最佳條件下，細胞倍增時間大約是八天多一點。」

「什麼意思？」那名非洲外交官問道。「這樣我們能製造出多少？」

「嗯……」我點開手機的計算機應用程式，按了幾下。「如果用我們有的一百五十隻噬日菌下去算，培殖一年，最後會有大約……十七萬三千公斤的噬日菌。」

「這些噬日菌的能量密度能不能達到最大值？它們準備好繁殖了嗎？」

「所以你想要……『營養』的噬日菌？」

「對。」他說。「這個詞很貼切。我們希望噬日菌能盡量儲存能量，愈多愈好。」

「呃……我想這應該可以控制。」我說。「先繁殖出想要的噬日菌數量，並將它們暴露在大量熱能中，但不要讓它們看到二氧化碳光譜線。它們會收集能量，然後坐在那裡等之類的，直到發現哪裡可以獲取二氧化碳為止。」

「如果我們需要兩百萬公斤的營養噬日菌呢？」非洲外交官又問。

「每八天翻一倍，」我算道，「兩百萬公斤還要再倍增四次左右，所以時間要多一個月。」

「看來我們有希望了。」一個女人俯身向前靠在桌上，雙手指尖搭在一起，說話有美國腔。

「希望渺茫。」佛格特接話。

「還是有希望。」年輕的日本翻譯開口，應該是代表松家博士發言。

「我們需要討論一下。」史特拉對我說。「你先休息，外面的海軍士兵會帶你去住艙。」

「可是我想了解聖母計畫！」

「喔，你會的，相信我。」

我睡了十四個小時。

航空母艦很多地方都很棒，但畢竟不是五星級飯店。中國海軍幫我安排了一間軍官住艙，鋪位雖窄，倒也乾淨舒適，沒什麼好抱怨的。我累到可以在飛行甲板上倒頭就睡。

醒來的時候，我隱約覺得額頭上有什麼奇怪的東西，於是便伸手一摸，發現那是張便利貼。有人趁我睡覺時貼在我頭上。我把紙條拿下來細看：

「床鋪下的旅行袋裡有乾淨的衣物和盥洗用品。梳理完畢後，請向任一位海軍人員出示這張便利貼：

『請帶我去甲板7的官員會議室』——史特拉」

「她真的有夠煩……」我低聲咕噥。

我跌跌撞撞地下床；幾位軍官飛快瞥了我一眼，隨即把我當成空氣。我找到了旅行袋，裡面的確有換洗衣物、牙刷、牙膏和肥皂。我掃視住艙，發現門外有一間更衣室。

我上了廁所，和另外三人一起洗了個澡，接著擦乾身體，換上史特拉留給我的連身衣。衣服是鮮黃色，背後有中文，左褲管還有一條粗粗的紅色條紋。我猜應該是要讓其他人一眼知道我是外國公民，有些地方不能進去。

我朝一名路過的海軍士兵揮揮手，拿便利貼給他看。他點點頭，示意我跟著他，接著便帶我穿過迷宮般曲折的狹窄通道（所有通道都長得一模一樣），來到昨天那間會議室。

我走進去，看見史特拉和她的……團隊成員？總之就先前那些人，不過這次只有佛格特部長、那位中國科學家（她的名字好像叫席）和一個身穿俄國軍裝的傢伙。那個俄國人昨天也在，不過什麼都沒說。四人專注地看著桌上亂七八糟的文件，不時低聲交談。我不清楚他們之間的關係如何，但史特拉絕對是領導者。

我一進門，她便立刻抬頭。

「啊，格雷斯博士，你看起來精神煥發。」她比比左邊。「矮櫃上有食物。」

真的有！除了熱騰騰的米飯、饅頭和酥炸油條外，還有一壺咖啡。我二話不說，馬上衝過去夾食物。我餓壞了。

我端著堆滿食物的盤子和一杯咖啡，走到會議桌旁坐下。

「好了。」我滿嘴都是飯，含糊不清地說。「妳可以告訴我為什麼我們在中國的航空母艦上嗎？」

「我需要一艘航空母艦，中國政府就給我一艘。呃，應該說借我才對。」

「以前要是聽到這種事我一定會很驚訝。」我咕嚕咕嚕地喝著咖啡。「不過……妳知道……現在不會了。」

「一般的商業飛行要花很多時間，容易耽誤到行程。」史特拉解釋。「軍用飛機比較彈性，而且還是以超音速飛行。我要讓來自全球各地的專家都能準時抵達這裡。」

「史特拉女士非常有說服力。」佛格特部長說。

「還不都要怪誰給她這麼大的權力。」我又往嘴裡塞了些食物。

「事實上，我就是其中之一。」佛格特咯咯笑了起來。「我是德國外交部長，相當於貴國的國務卿。」

「哇。」我停止咀嚼，硬是把嘴裡的食物吞下去。「你是我見過層級最高的人耶。」

「不，我不是。」他指指史特拉。

「這就是我們為什麼要展開『聖母計畫』的原因。」她把一張紙放在我面前。

「妳要給他看嗎？」佛格特大吃一驚。「現在？在沒有得到許可的情況下——」

「萊倫．格雷斯博士。」史特拉把手放在我肩上。「我特此批准你存取與檢閱所有聖母計畫相關資訊及最高機密資料。」

「我不是這個意思。」佛格特說。「要遵循一定的流程，還要做背景調查——」

「沒時間了。」史特拉說。「我們沒時間搞那些繁文縟節。效率。這就是你讓我負責的原因。」

「這些是世界各地業餘天文學家觀察到的讀數。」她轉向我，輕敲那份文件。「背後藏有很重要的資訊。」

紙張上有密密麻麻的數字欄。我注意到標題欄位寫著「南門二恆星系統」、「天狼星」、「魯坦726－8恆星系統」等等。

「恆星？」我說。「這些都是本星團裡的恆星。等等……妳剛才是說業餘天文學家嗎？妳都能指揮德國外交部長了，怎麼會沒有專業的天文學家替妳工作？」

「我有。」史特拉回答。「這是過去幾年蒐集到的歷史數據。專業天文學家不研究本地恆星，他們看的是更遙遠的東西。這些業餘愛好者就像鐵道迷一樣在自家後院觀測本地恆星，記錄數據，有些人甚至擁有價值數萬美元的觀星設備。」

「好吧。」我拿起那張紙。「那這些代表什麼？」

「光度讀數。我們依上千位業餘人士蒐集到的數據集進行標準化，並根據已知的天氣和能見度條件進行校正，過程動用到超級電腦。重點是，太陽並不是唯一一顆變暗的恆星。」

「真的嗎？」我大喊。「喔！想想其實很合理！噬日菌能以〇．九二倍的光速移動，如果它能進入休眠狀態、活得夠久，就有可能感染附近的恆星。它會噴發孢子！就像黴菌一樣，在恆星之間擴散蔓延。」

「嗯，我們也是這麼想。」史特拉說。「這些數據可追溯到數十年前，雖然不是百分百可靠，但的確存在這種趨勢。國家安全局？美國國家安全局反算──」

「等一下，國家安全局？美國國家安全局？」

「他們有當今世上最好的超級電腦，我需要他們的超級電腦和工程師試算各種情境與傳播模式，以了解噬日菌是怎麼在銀河系中擴散開來。回到正題，過去幾十年，這些本地恆星逐漸變暗，而且變暗的速度呈指數增長，和太陽的情況一樣。」

她又遞給我一張紙，上面畫著一堆用線連起來的小圓點，每個點上方都標著恆星名稱。「由於光速的原因，我們對恆星暗化的觀測必須依據恆星之間的距離等因素進行調整，但恆星之間存在一種非常明顯的「感染」模式。我們知道每顆恆星感染的時間，也知道是哪顆恆星感染的。太陽被一顆名為 WISE 0855－0714 的恆星感染，而這顆恆星是被天狼星感染，天狼星又被天苑四星感染，到這裡線索就斷了，無法再追溯下去。」

「嗯。」我看看圖表。「WISE 0855－0714 也感染了沃夫 359、拉蘭德 21185 和羅斯 128。」

「沒錯，每顆恆星最終都會感染周遭鄰近的恆星。從數據來看，我們認為噬日菌的最大傳播範圍不到八光年，也就是說，所有距離染菌星體不到八光年的恆星遲早都會被感染。」

「八光年是怎麼來的？」我查看一下數據。「為什麼不是更長或更短？」

「我們的推論是，噬日菌在沒有恆星的情況下只能存活一段時間，而在那段時間內，它可以移動大約八光年。」

「從演化的角度來看很合理。」我說。「大多數恆星方圓八光年內都有別的恆星，所以噬日菌必須演化出這套機制，好在移動過程中噴發孢子，延續生命。」

「有可能。」史特拉說。

「沒有人注意到那些恆星愈來愈暗了？」我問道。

「它們在停止變暗前，亮度只會減少大約百分之十。原因我們不清楚，但是——」

「但是如果太陽亮度減少百分之十，我們就死定了。」我接完話。

「差不多是這樣。」

席俯身向前靠在桌上，姿態非常得體。

「史特拉小姐還沒提到最重要的部分。」

俄國人點點頭。這是我第一次看到他動。「你知道天倉五嗎？」席繼續說。

「知道？」我說。「我的意思是，我知道那是一顆恆星，離地球大約十二光年遠吧。」

「十一．九。」席說。「很好。很多人都不知道呢。」

「我是國中科學老師，」我說，「自然滿腦子都是這些事。」

席和俄國人互拋了一個驚訝的眼神，看著史特拉。

「他的能力不止如此。」史特拉以強勢的目光直盯著他們倆。

「嗯哼。」席恢復鎮靜（老實說她也沒失態啦）。「不管怎樣，天倉五位於受感染星團內部，事實上就在中心附近。」

「我有預感，」我說，「它是不是有什麼特別之處？」

「它沒有被感染，」席回答，「可是它附近所有恆星都遭到噬日菌侵蝕。有兩顆感染嚴重的恆星在距離天倉五八光年的範圍內，但它依舊沒有受到影響。」

「為什麼？」

「這就是我們想查明的地方。」史特拉慢慢翻閱文件。「所以我們要建造一艘太空船，把它送到那裡。」

「星際太空船不是說建就建。」我不耐煩地哼了一聲。「目前人類掌握的科技根本做不到。差得遠了。」

「事實上，我的朋友。」俄國人首度開口發言。「我們做得到。」

史特拉向俄國人示意。「科莫洛夫博士是──」

「叫我狄米崔就好。」他說。

「狄米崔是俄羅斯聯邦噬日菌研究團隊負責人。」她說。

「很高興認識大家。」他說。「在此我要向各位報告一個好消息，我們的確可以進行星際航行。」

「不，我們不行。」我反駁。「除非你有一艘沒人知道的外星太空船。」

「某種程度上還真的有。」他回答。「我們有很多外星太空船，還幫它們取了個名字叫噬日菌。懂了嗎？我的團隊研究了噬日菌的能量管理機制，發現很有趣的現象。」

「天哪，快告訴我你們知道那些熱跑哪去了！」我瞬間將周遭其他人事物拋在腦後。「我想破頭就是搞不懂它們對熱能做了什麼！」

「我們已經查清楚了。」狄米崔表示。「用雷射。這場實驗『點亮』了科學新視野。」

「你是不是故意講雙關語？」

「對啊！」

「說得好！」

我們倆哈哈大笑。史特拉一臉惱怒地瞪著我們。

「呃……」狄米崔清清嗓子。「對，我們將一千瓦雷射聚焦在單一噬日菌細胞上。起初它的溫度就跟平常一樣沒有升高，不過二十五分鐘後，光線開始反彈。那隻小小的噬日菌吃飽了，很豐盛的一餐。它吃了一百五十萬焦耳的光能，吃不下了。可是這些能量這麼多，它到底存放在哪裡？」

「哪裡？」我忍不住往前傾，幾乎整個人都要趴在桌上。

「當然啦，我們分別在實驗前後測量了噬日菌細胞的重量。」

「當然。」

「那個噬日菌細胞現在重十七奈克。你大概明白是怎麼回事了吧？」

「不，不可能。它一定是因為與空氣或其他物質反應才會增重。」

「不是，實驗當然是在真空環境中進行。」

「天啊。」我激動到難以自持。「十七奈克……乘以九再乘以十的十六次方……一百五十萬焦耳！」

「我的天啊……」我撲通一聲坐回椅子上。「我是說……哇！」

「我懂，當下我也是這種感受。」

質量轉換。正如偉大的愛因斯坦所言，$E=mc^2$，能量等於質量乘以光速的平方。質量所蘊含的能量多到難以想像。一公斤鈾所儲存的能量，可以讓一座現代化核電廠為整個城市供電長達一年。真的，只要一公斤。一座核反應爐一年所產出的能量來自一公斤的質量。

顯然噬日菌的質能轉換為雙向機制。它會吸收熱能，以某種方式將其轉化為質量；一旦它想取回能量，就會以噬日頻率光的形式將質量轉換成能量，用以在太空中移動。因此，噬日菌不僅是完美的能量儲存媒介，更是完美的太空船引擎。

幾十億年的演化真的能形塑出不可思議的生命。

「這實在是太扯了。」我摩挲頭頂。「不過是好的那種。你認為它是在體內生成反物質之類的嗎？」

「我們不清楚，但它的質量確實增加了，而且，在使用光做為推力後，它失去了與釋放出來的能量相應的質量。」

「那真是……狄米崔，我想跟你交個朋友。我們可以當朋友嗎？一起鬼混之類的？我請你喝啤酒，或是伏特加，看你想喝什麼。這艘船艦上一定有軍官俱樂部，對吧？」

「這是我的榮幸。」

「很高興你認識了新朋友。」史特拉說。「但在泡酒吧之前，你還有很多事要做。」

「我？我要做什麼？」

「你要負責設計、打造出一套噬日菌繁殖設備。」

我眨眨眼，從座位上站起來。「你們要建造一艘用噬日菌當燃料的太空船！」

他們點點頭。

「天啊，這是有史以來最厲害的火箭燃料！我們需要多少——喔，兩百萬公斤對吧？難怪你們想知道要多久才能製造出這麼多噬日菌。」

「沒錯。」席說。「我們需要兩百萬公斤的噬日菌才能把一艘重達十萬公斤的太空船送到天倉五。多虧有你，現在我們知道該如何活化噬日菌，讓它隨時都能產生推力。」

我坐下來拿出手機，點開計算機應用程式。「這需要……很多能量，比全世界所擁有的能量還多，大概是十的二十三次方焦耳左右。地球上最大的核反應爐功率約為八十億瓦，要花上兩百萬年才能讓這座反應爐產生這麼多能量。」

「關於能量我們已經有想法了。」史特拉說。「你的工作就是打造繁殖設備。從小處著手，先做一個原型試試看。」

「好。」我說。「但我不太喜歡過來時的交通方式，搞得好像全球軍事展演。我可以搭普通的客機回家嗎？經濟艙就好。」

「這裡就是你的家。」史特拉說。「機庫是空的。只要告訴我你需要什麼，人力、物力，我都會幫你打點好。」

我看著會議室裡的其他人。席、佛格特、狄米崔都點點頭。這是真的。史特拉不是在開玩笑。

「為什麼？」我問道。「史特拉，為什麼妳就不能正常一點？妳覺得軍事運輸比較快，好，沒問題，但為什麼不和其他神智清楚的人一樣在空軍基地等地方工作就好？」

「因為一旦繁殖出大量噬日菌，我們就會用它們來做實驗。如果不小心活化了幾公斤菌體，爆炸的威力會比史上最強的核彈還大。」

「沙皇炸彈。」狄米崔插嘴。「我們國家製造的。五千萬噸。轟！」

「所以我們寧願待在海上，」史特拉繼續說，「以免炸毀任何城市。」

「喔。」我說。

「隨著噬日菌數量愈來愈多，我們也會離陸地愈來愈遠。總之去機庫甲板就對了。我們談話的同時，木工正在那裡搭建住所和辦公室。看你喜歡哪間隨便挑。」

「歡迎。」狄米崔說。「這就是我們現在的生活。」

6

好吧，就算死也要死得有意義。我要想辦法阻止噬日菌，將解答送回地球，然後……我的生命就此終結。這裡有很多方法可以無痛自殺，像是服藥過量、逐漸減少氧氣直到陷入昏睡，邁向死亡等等。

還真是令人愉快的想法。

我吃了一條美味的「第四天・第二餐」，我猜是牛肉口味。食物愈來愈趨近固態，事實上還真有些硬硬的東西。我好像咬到一小塊胡蘿蔔。能改變一下，感受食物的口感真好。

「再給我一點水！」我說。

機器人保母（我現在都這樣稱呼那臺電腦）飛快拿走我的塑膠杯，換上一個裝滿水的杯子。想想也真好笑。三天前，我還覺得那些懸在艙頂的手臂是機械怪獸，讓我非常困擾，如今它們就只是……在那裡，成為生活的一部分。

我發現休眠艙是個很適合沉思的空間，反正裡面已經沒有屍體了。實驗艙沒有舒服的地方可以放鬆，駕駛艙雖然有張很讚的座椅，但裡面非常擁擠，大大小小的燈閃個不停。休眠艙有舒適的床鋪，我可以躺在床上思考下一步該怎麼做，而且這裡還有東西可以吃。

過去幾天我想起很多事。看來聖母計畫很成功，因為我順利抵達了另一個恆星系統。這裡應該就是天倉五吧，難怪我會把它錯當成太陽。天倉五的運行樣態與太陽極為相似，兩顆恆星的顏色、光譜類型等都一樣。

而且我知道自己為什麼會在這裡。不是只有「嘿，世界末日將近，你要阻止這件事」這類模稜兩可的話語，而是非常具體的任務：找出天倉五不受噬日菌影響的原因。用說的很簡單，做起來卻很困難。希望我過陣子能想起更多細節。

我腦中縈繞著成千上萬個問題，其中最重要的是：

一、我該如何搜遍整個恆星系統，尋找噬日菌相關情報？

二、我該怎麼做？丟些噬日菌燃料到天倉五，看看會發生什麼事？

三、我要怎麼駕駛這艘太空船？

四、假如真的找到有用的資訊，我該如何告知地球？我想這應該就是「甲蟲」探測器的功能，但我要怎麼上傳數據？怎麼瞄準？怎麼發射？

五、明明有這麼多人，為什麼會選我加入任務小組？對，我是解開了不少關於噬日菌的謎團，那又怎樣？我是實驗室裡的科學家，不是太空人。這跟把火箭科學大師華納．馮布朗送上太空不一樣。鐵定還有很多人比我適合、更有資格。

我決定從小地方開始。首先，我得弄清楚這艘太空船的功能與操控方法。他們想必知道這趟飛行會擾亂我們的心智，所以才讓全體組員進入昏迷狀態。說明書一定就在什麼地方。

「飛行手冊。」我大聲說。

「可於駕駛艙找到太空船資訊。」機器人保母說。

「在哪裡？」

「可於駕駛艙找到太空船資訊。」

「不是，在駕駛艙的哪裡可以找到太空船資訊？」

「可於駕駛艙找到太空船資訊。」

「你好爛。」我說。

我爬到駕駛艙，仔細檢視每個螢幕。我花了一個小時編纂清單，記錄各區所顯示的資料，推測它們的功能。其實我真正想找的是「情報」或「想拯救人類？按此了解更多資訊！」

可惜沒那麼幸運。我戳螢幕戳了好幾個小時，什麼也沒發現。我想他們應該有料到，若組員的大腦變成一團漿糊，不記得該怎麼操控這艘太空船，就算是科學家也沒用吧？

不過我倒是發現每臺螢幕都可以叫出所有控制面板，幾乎到了可以互換的程度。只要點左上角就會出現主選單，各種面板任君挑選。

這個功能很棒，可以自訂想查看的內容，而且駕駛座正前方的螢幕最大。

我決定採取一種觸感更深刻的方法。我要開始按按鈕！

呃，希望沒有「炸毀太空船」的按鈕。我想史特拉應該會竭力避免這種事發生。

史特拉。不曉得她現在在幹嘛。可能在某個控制中心，旁邊還有教皇幫她煮咖啡吧。她是個非常專橫又跋扈的人，可是……天哪，我真的很高興是她負責監造這艘太空船。現在我人在船上，她對細節的追求與對完美的堅持讓我安心不少。

總之，我在主螢幕上點開「科學儀器」顯示面板。稍早我花了很多時間研究這個面板，也就是目前顯示天倉五影像的面板。畫面左上角寫著「太陽觀測鏡」，我之前完全沒注意到這幾個字。至於左側有一組小圖示，我想應該是其他設備。我隨便按了一個。

螢幕上的天倉五消失了。左上角的文字變成「艙外採集裝置」，畫面跳出一個普通的矩形圖表，上面有些控制鈕可以改變角度、「開啟艏側」和「開啟艉側」。好，知道了。不太確定這些功能有什麼用途，我又隨意點選另一個圖示。

這次變成「噬日觀測鏡」，除此之外螢幕一片黑，只顯示出錯誤訊息：**自旋驅動裝置運轉時無法使用噬日觀測鏡**。

「好吧。」我說。

噬日觀測鏡是什麼？我猜應該是一種望遠鏡和／或攝影機，專門用來偵測噬日菌發射的紅外光。它會透過噬日波長來尋找噬日線，所以叫噬日觀測鏡，然後我們真的不能再這樣每個東西前面都加上「噬日」兩個字。

為什麼自旋驅動裝置運轉時不能用噬日觀測鏡？

我不懂自旋驅動裝置的運作模式，也不知道它為什麼叫自旋驅動裝置，只知道太空船尾部有這套系統，而且正在消耗噬日菌做為燃料。這麼說來，這個裝置就是引擎，可活化富含能量的「營養」噬日菌，將其轉換成推力。

啊……所以船尾此時正發射出超多紅外光，多到足以讓一艘戰艦汽化。我得算一下才能確定，但是——不行，我忍不住。我現在就要算。

引擎每秒消耗六克的噬日菌，而噬日菌以質量的形式儲存能量，所以自旋驅動裝置基本上每秒會將六克的質量轉換為純能量，從船尾噴射出來。呃，應該說是噬日菌做的。隨便啦。

我在右邊一個較小的螢幕上叫出「實用工具」面板，裡面有一堆常見的應用程式，都可以直接使用。我點開計算機，計算六克的質量可轉換成多少能量……天啊，五百四十兆焦耳，表示太空船每秒都會發射出這麼多能量，所以是五百四十兆瓦，完全超出我的理解範圍，遠大於太陽表面的能量，真的。就像……站在太陽表面所感受到的能量衝擊比站在聖母號尾部全速推進時還小。

目前太空船正在減速，也非減速不可。我們的計畫是停留在天倉五星系，經過長時間的光速飛行，此刻船首可能稍微偏離天倉五星，逐漸放慢速度。

好，太空船航行的同時，天倉五星系中的塵埃粒子、離子及其他物質都會受到大量光能撞擊。那些可憐的小粒子會飽受摧殘，徹底汽化，進而散射少量紅外光觸及船體，相較於太空船引擎所輸出的能量根本微不足道，但噬日觀測鏡判斷不出來，因其經過精密調整，就是要尋找那個頻率的微量紅外光。

難怪引擎運轉時不要使用噬日觀測鏡。

可是，拜託，我想知道天倉五有沒有噬日線啊！

理論上，所有感染噬日菌的恆星都會出現噬日線對吧？那些小傢伙需要二氧化碳才能繁殖，但恆星那裡沒有二氧化碳（除非深入核心，我不知道噬日菌能不能在那種溫度中生存）。

如果看到噬日線，就表示天倉五星系有一個活躍的噬日菌棲群；出於某種原因，這群菌體的孳生情況並不像其他地方那麼失控，而這條噬日線會通往一個有二氧化碳的星球。也許大氣中有其他化學物質阻礙噬日菌生長？也許那顆星球磁場很怪，干擾了它們的導航能力？或是擁有一大堆衛星，雙方發生物理碰撞？

也許天倉五星系裡根本就沒有大氣中蘊含二氧化碳的星球。要是這樣就糗大了，表示整趟旅程都是徒勞，地球注定要毀滅。

我可以就這樣臆測一整天。沒有數據，一切純粹猜想。只要噬日觀測鏡不能用，就無法蒐集數據。至少不是我想要的數據。

我把注意力轉向導航螢幕。要試著操作看看嗎？我的意思是，我不知道怎麼駕駛這艘太空船；太空船本身知道，但我不知道。要是不小心按錯按鈕，我就會慘死太空。

老實說情況應該會更糟。我會以每秒……（查看螢幕中）七千五百九十五公里的速度猛飛向天倉五。哇！前幾天還超過一萬一千公里耶。以1.5G持續加速就是這樣，或應該說「減速」才對，不過從物理學的角度來看都一樣。重點是，相對於天倉五，我正在減速。

螢幕上有個按鈕寫著「航道」。點下去應該沒事吧？才怪。說真的，我應該等到電腦顯示航程結束再動作，但我就是忍不住。

我輕點按鈕。畫面上出現天倉五恆星系統。天倉五本身位居中心，上面標著希臘字母τ。

喔，原來如此……這就是聖母號徽章上那個小寫的t，代表「天倉五」。了解。

天倉五周圍環繞著四個用白色細線畫出的橢圓形，分別表示四條行星軌道，另外還有四顆帶著誤差槓的圓球，標記出行星本身的位置。關於系外行星，目前我們掌握的資料不是很精確，要是我能搞懂這些科學儀器的操作方法，或許可以更準確測定這四顆行星的位置。與地球上的天文學家相比，我離它們更近，近了十二光年。

除此之外，圖上還有一道黃線，幾乎是從畫面外直接進入星系，並在第三和第四顆行星之間往天倉五的方向彎曲，形成一個圓圈。這條線上有個黃色三角形，離四顆行星很遠。看樣子應該是我的位置，黃線則是太空船航道。地圖上方有一段文字：

引擎切斷時間：0005:20:39:06

最後一個數字每秒遞減一次。嗯，這串數字倒是提供了一些資訊。首先，引擎還有大約五天（將近六天）就會熄火；第二，天數的部分有四位數，表示這段航程至少花了一千天，超過三年。等等，光都要花上十二年才能到這裡，我應該要更久吧？

喔，對了。相對論。

我不知道這趟飛行究竟花了多少時間。更確切地說，我不知道自己經歷了多少時間。移動速度接近光速時，會體驗到所謂的時間膨脹。我在太空中經歷的時間，少於地球上流逝的時間。

相對論真的很怪。

時間在這裡至關重要。遺憾的是，我沉睡那段期間，地球起碼過了十三年，就算我現在立刻找到解決噬日危機的辦法，這些資料也需要十三年以上的時間才能返抵地球，也就是說，地球會歷經最少二十六年的苦難。我只希望他們能想出應對的方法，或是減輕損害。若他們不覺得自己至少還能再撐二十六年，就不會發射聖母號，對吧？

總而言之，這趟旅程起碼花了三年的時間（從我的角度來看是這樣）。這就是我們處於昏迷狀態的原因嗎？要是我們在這段時間保持清醒，會有什麼問題嗎？

直到第一滴淚從臉頰滑落，我才發現自己哭了。昏迷的決定害死了我兩位摯友。他們走了，再也不會回來。我還是想不起自己與他們相處的時光，但那種失去的感受壓倒了一切。我很快就會隨他們而去。回不了家，我也會死在這裡。但不像他們，我會孤獨死去。

我擦乾淚水，試著想別的事。人類的命運岌岌可危。

根據地圖上的路徑判斷，太空船會自動把我送到第三和第四顆行星之間、環繞天倉五運行的穩定軌道上。要我猜的話，那條軌道距離天倉五大概是一個天文單位（即地球到太陽的距離），非常安全，而且速度緩慢，大約需要一年才能繞完一圈，說不定更久，因為天倉五比太陽小，因此它的質量可能更小；質量愈小，重力愈小，特定距離的軌道週期也愈慢。

好，直到引擎熄火前，我還有五天的時間要打發。我不會再亂搞了，我要靜靜等候。一旦引擎停止運轉，我就啟動噬日觀測鏡，看看外面的情況。在那之前，我會盡量摸索，了解這艘太空船。任何能讓我暫時忘卻姚和伊路奎娜的事我都會做。

嚴格來說，這艘航空母艦名為「中國人民解放軍海軍甘肅號」。我永遠搞不懂為什麼他們的海軍前面還要加上「人民解放軍」五個字。不管怎樣，大家開始改口，不再稱這艘軍艦為甘肅號，而是「史特拉號」。儘管船上的海軍人員提出抗議，依舊擺脫不了這個暱稱。我們在南中國海海域徘徊，始終和陸地保持一定的距離。

我過了非常快樂的一週，除了科學研究外什麼也沒做。

沒有會議，沒有讓人分心的事物，只有各種實驗和工程。我都忘了沉浸在工作中、埋頭解任務有多好玩。

第一個繁殖設備原型已經過測試，結果非常成功。設備本身很簡單，就是一根長三十英尺的金屬管，管身焊接了一堆醜不啦嘰的操控裝置，不過效果很好。雖然每小時只能生成幾微克的噬日菌，但證明了這個概念可行。

我底下有一支工作團隊，由來自世界各地的十二名工程師組成，其中幾位蒙古老兄非常厲害，是十二人裡最強的工程師。史特拉打電話來要我去會議室找她時，我就交由他們負責。

會議室裡只有她一個人。桌上就像平常一樣散落著表格和文件，牆上則貼著許多圖表，有些是新的，有些是舊的。

史特拉坐在長桌一端，手邊擺著一瓶荷蘭琴酒和一個玻璃杯。我之前從來沒看過她喝酒。

「妳找我？」我說。

她抬起頭，眼睛下方有深深的眼袋，看來好一陣子沒睡了。「對，請坐。」

「妳氣色很差。」我坐在她旁邊的椅子上。「怎麼了？」

「我得做個決定。一個很難的決定。」

「有什麼我能幫忙的嗎？」

她請我喝琴酒，我搖搖頭，她便自己斟滿一杯。「聖母號的組員艙很小，只有一百二十五立方公尺左右。」

「這樣大小不就跟太空船差不多？」我歪著頭問道。

「以聯盟號或獵戶座這種太空艙來說很大，」她的手不停擺動，「但以太空站來說很小，大約是國際太空站組員艙的十分之一。」

「好。」我說。「所以問題是什麼？」

「問題在於……」她拿起一個資料夾，丟在我面前。「組員會互相殘殺。」

「嗯？」我打開資料夾，裡面有很多用打字機打出來的文件，應該說是掃描版，有些是英文，有些是俄文。「這些是什麼？」

「太空競賽期間，蘇聯曾以火星為目標。他們認為，若是能成功把人送上火星，美國的登月計畫相較之下就不算什麼。」

我闔起資料夾。西里爾文對我而言跟火星文差不多，但我猜史特拉看得懂。好像不管用什麼語言跟她溝通都沒問題。

「以一九七〇年代的科技來看，要到火星就得用霍曼轉移軌道。」她雙手交疊，用手背撐著下巴。「表示組員必須在太空船上待八個多月。蘇聯政府進行了一項試驗，想看看一群人擠在一個狹小又孤立的環境中幾個月會發生什麼事。」

「結果呢？」

「七十一天後，所有受試者每天都在鬥毆。他們在第九十四天停止實驗，因為其中一名受試者想用碎玻璃刺死另一名受試者。」

「這次任務有幾個組員？」

「目前的計畫是三個。」史特拉回答。

「好。」我說。「所以妳擔心三名太空人在大小一百二十五立方公尺的艙室裡一起旅行四年會出事？」

「這不光是組員相處的問題，每個組員全程都知道自己會在幾年後死於太空。在他們短暫的餘生中，太空船上僅有的幾個艙室是他們唯一所知的世界。我跟幾位精神科醫師談過，他們認為組員很可能會受重鬱所苦，自殺風險很高。」

「嗯，以心理學來說大概是這樣。」我說。「但我們還能怎麼辦？」

她抓起一疊裝訂好的文件，滑到我面前。我拿起來讀上面的標題：「靈長類與人類長期昏迷患者及有害後遺症之研究，蘇里斯克等人著」。

「這又是什麼？」

「這是泰國一家破產公司所做的研究。」她把琴酒倒進玻璃杯裡。「他們的想法是讓癌症患者在化療療程中進入誘導昏迷狀態，也就是說，患者會接受化療，但不必在清醒狀態下經歷整個過程，等病況緩解，或是無法治療、需要安寧療護時再叫醒他們。不管怎樣，病患都可以減少很多痛苦。」

「那……聽起來是個好主意啊。」我說。

「真的。」她點點頭。「如果這種方法沒那麼致命的話。研究結果證明，人體不應長期處於昏迷狀態。化療要做好幾個月，後續通常還需要進行額外療程。他們嘗試了各種方法，以藥物誘導靈長類動物陷入昏迷，但受試動物不是在昏迷期間死亡，就是於昏迷後甦醒，大腦一片混亂。」

「那我們又何必討論呢？」

「因為他們又進一步探察，研究人類昏迷患者的歷史數據。他們觀察那些長時間昏迷的人，試著歸納出病患之間的共同點。他們找到了。」

雖然蘇聯太空機構的老舊文件對我來說是個謎，但科學論文一直是我的強項。我翻翻那篇論文，瀏覽了一下研究結果。「遺傳標記？」我說。

「沒錯。」史特拉說。「研究人員發現了一組能讓人類產生他們所謂『昏迷阻抗』的基因。過去科學家將這些序列視為垃圾ＤＮＡ，但顯然這是人類很久以前、出於某種未知原因演化出來的基因，至今仍潛伏在少數人的遺傳密碼裡。」

「他們確定這些基因會導致昏迷阻抗？」我有點懷疑。「兩者的確有所關聯，但真的是特定基因導致的嗎？」

「對，他們很確定。低等靈長類動物也帶有這些基因。不管那究竟是什麼，都可以追溯至演化樹，根據研究人員推測，甚至還可能一路溯及到從前習慣冬眠的水生祖先。總之，他們在帶有這些基因的靈長類動物身上進行試驗，發現牠們可以長時間昏迷，不會死亡，也沒有副作用。每一隻受試動物都是。」

「好，我懂妳的意思了。」我放下論文。「那就對所有申請人進行ＤＮＡ檢測，選那些帶有昏迷阻抗基因的人，並讓組員在旅途中維持昏迷狀態，這樣他們既不用互相折磨四年，也不必整天想著自己來日無多。」

「還有其他好處。」她向我舉杯。「組員處於昏迷狀態讓吃東西這件事變得很簡單，將營養均衡的粉狀和泥狀物直接灌進胃裡就好，不需要帶上千公斤不同的食物，只要有營養粉和獨立的水循環系統就行了。」

「聽起來好像夢想成真。」我笑著說。「就跟科幻小說裡的人工休眠、生命暫停一樣。既然如此，妳幹嘛喝酒，一副壓力很大的樣子？」

「還是有幾個問題。」她說。「首先，我們必須開發出一套全自動化監測與行動系統來照顧昏迷的組員。一旦系統故障，所有人都會死。它不只是監測生命徵象，透過靜脈注射注入正確的藥物而已，還要移動並清潔組員的身體、處理褥瘡、進行診斷、治療點滴與探針穿刺點周圍的發炎和感染等輕微症狀，諸如此類。」

「但全球醫學界應該可以幫忙解決這些難題吧。」我說。「用妳的史特拉魔法來指揮他們啊。」

「這還不是最主要的問題。」她又喝了一口酒。「主要問題是，平均每七千人中只有一人有這種基因序列。」

「哇。」我往後靠在椅背上。

「沒錯，所以我們無法派出能力最強、最有資格的人員，只能派出有七千分之一資格的人員。」

「平均來說，應該是有三千五百分之一資格的人員。」我說。

她翻翻白眼。

「本來就是啊。」我說。「世界人口的七千分之一是一百萬人。這樣想好了，妳有一百萬個候選人，只要找出三個就行啦。」

「六個。」她說。「我們需要一個主要小組和一個後備小組，絕不能因為發射前一天有人被車撞而導致任務失敗。」

「好吧，那就六個。」

「嗯，六個水準足以擔任太空飛行員的人，不僅擁有足夠的科學知識和技能，可以找出天倉五的噬日菌究竟發生了什麼事，還要願意執行自殺任務。」

「妳有一百萬人可以選。」我再次強調。「一百萬人。」

史特拉陷入沉默，又啜了一口琴酒。

「所以，」我清清嗓子，「妳要嘛挑最好的候選人，但他們可能會互相殘殺；要嘛利用尚未開發出來的醫療技術和自動化系統照顧沒那麼好的人才。」

「差不多吧。不管怎樣，風險都很可怕。這是我做過最艱難的決定。」

「幸好妳已經下定決心了。」我說。

「嗯？」她揚起眉毛。

「妳心裡已經有答案了。」我說。「只是希望從別人口中聽到妳已知的一切。如果讓組員保持清醒，就必須面對潛在的精神病風險，這點妳束手無策，但我們還有幾年的時間可以研發自動化昏迷床，讓技術趨於完善。」

她皺皺眉，沒有開口。

「再說，我們都要求這些人赴死了，」我改用比較溫和的口氣繼續說，「不該再讓他們承受長達四年的情緒折磨。在這件事上，科學和道德都給出了相同的答案。妳很清楚。」

她點點頭，動作小到難以察覺，接著喝完剩下的琴酒。「好了，你可以走了。」她把筆電拉過去，開始打字。

我默默離開會議室。她有她的事要處理，我有我的事。

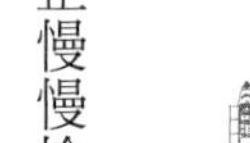

看來我正慢慢拾回遺落的記憶，而且過程比之前更順利。我還是沒辦法想起所有的事，但回憶閃現的瞬間，感覺不再是片刻頓悟，而是有點……「喔，對，我知道，我一直都知道，真的」這種感受。

我猜我是帶有昏迷阻抗基因的人。這就解釋了為什麼在這裡的是我，不是其他更具資格的候選人。不過姚和伊路奎娜可能也有這些基因，只是他們沒撐過來。也許是醫療機器人不夠完美吧，他們大概出現了什麼電腦無法判定的醫療狀況。

我甩開關於他們的記憶。

接下來幾天堪稱耐心鍛鍊。為了分散注意力，我深入探索太空船，了解更多聖母號的一切。

我清點實驗艙裡的器材，編了一份目錄。在我找到的頭幾樣東西裡有一臺配備觸控式螢幕的電腦，就安裝在中央實驗桌的抽屜內。老實說這是個大發現，因為裡面設有一系列研究相關面板，與駕駛艙恰恰相反，那裡的顯示面板全都和太空船及其設備有關。

那臺電腦裡裝了很多數學與科學應用程式，大多都是我熟悉的現成軟體。不過真正厲害的是圖書館！

據我所知，這個面板可以叫出人類史上撰寫過的每一本科學教科書、發布過的每一篇科學論文（而且不限主題），以及其他珍貴資料。其中有個目錄叫「國會圖書館」，似乎是美國所有受版權保護的出版品數位書目。不幸的是，沒有聖母號飛行指南。

喔，對了，還有參考手冊，一大堆參考手冊。數據與數據互相堆疊，中間又插入其他數據。他們大概是覺得硬碟很輕，沒理由對資料吝嗇。拜託，把數據燒錄到唯讀記憶體裡不就好了？

我在參考手冊上看到一些肯定沒用的參考資料，但很高興知道如果要查健康山羊的直腸平均溫度，可以在這裡找到答案（是攝氏三十九．七度）。

把玩這個面板讓我有了下一個重大發現：我知道該怎麼用探測器向地球彙報了。

先前我只明白要用探測器，現在終於進一步掌握具體的細節。除了太空船上荒謬的數據儲存系統外，這個面板還嵌有四個相對較小的外接硬碟，分別寫著約翰、保羅、喬治和林哥，每個都有5TB的儲存空間。想必這些就是探測器的配備。

那到時該怎麼發射呢？我爬上駕駛艙，想尋求解答。

我打開探測器面板，點了好幾層使用者界面才找到發射指令，但總算是有收穫。以螢幕上的資訊來看，就是一個寫著「發射」的按鈕。我猜那些探測器是根據恆星定向，會自己飛往地球。聖母號也是用同樣的方式來到這裡。看來那四隻小甲蟲知道該怎麼做；它們會自動決定航道，不受人為干涉，以避免不必要的錯誤。

我在「科學儀器」螢幕上點來點去。最初跳出的幾個子視窗是太陽觀測鏡、噬日觀測鏡和一個能在可見光譜、紅外線光譜及其他波段中觀測的望遠鏡。

我玩了一下可見光望遠鏡。很有趣，我可以用這個來觀星。雖然外面不過是一片虛無，而且以我目前的所在位置來看，就連天倉五的行星都只是幾個小點，但能從這個封閉的小世界看到外面還是很棒。

另外，我還發現了一臺艙外活動專用螢幕，或多或少與我的期望相符。螢幕上有一系列可控制艙外太空衣的裝置，要是太空衣在艙外活動期間出問題，駕駛艙裡的操作人員可以直接處理，艙外的太空人就不必應付這些事。此外，根據螢幕顯示的資訊，太空船船體外部有一套很複雜的繫繩系統，基本上就是一堆可讓繩扣滑動的軌道，可見艙外活動在這趟任務中扮演重要角色。也許是要採集這個星系裡的噬日菌吧。

如果有的話。

若天倉五星系有噬日線，那就要採集噬日菌。第一步就是抓到一些菌體，然後拿到實驗艙，看看它們是否不同於地球上的噬日菌。說不定是一種毒性比較弱的菌株？

接下來兩天，我基本上都在擔心接下來會發生什麼事。喔，我知道會發生什麼事，我只是擔心而已。

我在駕駛艙裡坐立難安，看著時間一分一秒流逝。

「你會進入無重力狀態。」我對自己喊話。「不會掉下來，也不會有危險。太空船會停止加速，沒關係，別擔心。」

我不喜歡雲霄飛車和滑水道，那種墜落感老是害我嚇得半死。幾秒鐘後，那種感覺就會迎面來襲，因為我過去幾天所體驗到的「重力」將全然停止。

「四、三、二、……」秒數不斷跳動。

「準備好囉。」我說。

「一、〇。」

引擎按計畫停止運轉。我一直感受到的1.5G驟然無蹤。重力消失了。

我陷入恐慌。再多的心理準備都沒用。我真的慌到不行。

我尖聲大叫，手臂胡亂揮舞，雙腿死命狂踢。我強迫自己蜷縮成胎兒的姿勢，這樣不僅有種安心感，還能保護我不撞到周遭的螢幕與控制裝置。

我渾身發抖，在駕駛艙裡漂來漂去。我應該要把自己綁在駕駛座上才對，居然沒想到這點。笨死了。

「我沒有掉下來！」我不斷高聲大叫。「我沒有掉下來！太空就是這樣！沒事！」

才怪。我覺得我的胃直衝上喉嚨。我要吐了。在無重力狀態下嘔吐不是什麼好事。我沒有袋子。我完全沒有做好準備。我蠢到以為可以說服自己擺脫原始的恐懼。

我拉開連身衣的領子，低下頭，及時把「第九天．第三餐」的食物全都吐在衣服裡。我緊緊抓著衣領貼在胸前，雖然很噁心，但起碼有控制住情況，總比讓一堆嘔吐物漂浮在駕駛艙裡，成為導致窒息的危險物質好多了。

「我的天啊……」我嗚咽哀叫。「天啊……這實在是……」

我做得到嗎？我會就此變成徹頭徹尾的廢物嗎？人類會因為我不能應付無重力狀態而滅絕嗎？

不行。

我咬緊牙關，握緊拳頭，夾緊屁股，收緊身上每一個我知道該怎麼收緊的部位。這麼做讓我有種逐漸奪回掌控權的感覺。我的行動就是積極不採取行動。

過了一段極為漫長、彷彿永無止境的時間，恐慌感開始慢慢消退。人類的大腦是很神奇的器官，我們幾乎什麼事都能習慣。我正在調整自己，適應新的環境。

恐懼略微減輕會產生回饋效應，我知道自己現在沒那麼害怕了。一旦明白這一點，恐懼會消失得更快。過沒多久，剛才那股驚慌便逐漸化為淡淡的畏懼，滲入平常的焦慮裡。

我東張西望，環顧駕駛艙，感覺一切都好怪。所有螢幕設備都和剛才一樣沒有變化，只是那股往下拉的力量消失了。我的胃還是很不舒服。我抓起衣領，怕自己再次嘔吐，但沒這個必要。我忍住了。

溫熱的嘔吐物在我的胸口與連身衣之間擠壓，感覺好噁心。我要換衣服。

我瞄準通往實驗艙的艙口，往身後的艙壁一蹬，就這樣順利往下漂浮，進入實驗艙。整個艙室都是雜七雜八的漂浮物。我編目錄時把那些東西放在桌上，現在物品全都自由自在地隨著維生系統通風口竄出的氣流四處飄蕩。

「真蠢。」我咒罵自己。「早該想到會這樣。」

我繼續前進，漂向休眠艙。不意外，到處都是漂浮垃圾。我把儲藏艙裡大部分收納容器打開，看看裡面有什麼。各種容器與內容物在空中來回漂動。

「幫我清乾淨！」我對機械手臂說。

手臂完全沒動作。

我脫下衣服，用連身衣擦去身上的嘔吐物。前幾天我才發現「海綿沐浴區」，殊不知那只是一個水槽，牆上有突出的海綿，就算想淋浴也沒辦法。我看也只能用那些設備來擦洗了。

我不知道該怎麼處理這件噁爛的髒衣服。

「洗衣？」我試探地說。

機械手臂伸下來，拿走我手裡骯髒的連身衣。下一秒，艙頂的鑲板敞開，機械手臂便把髒衣服放進去。要是裡面裝滿會怎麼樣？不知道。

我在漂浮的雜物中找到一件替換的連身衣穿上。在無重力狀態下穿衣服很有趣，是不會比較難，但感覺很不一樣。我套上新的連身衣，有點緊。我檢查名牌，上面寫著「姚」，這是姚的制服。嗯，其實也沒那麼緊。我不想整天在休眠艙裡彈來彈去找自己的衣服。晚點再整理。

此刻的我興奮到無法靜下來看看外面的情況。拜託！我是史上首位探索另一個恆星系統的人類！我順利抵達目的地了！

我雙腳蹬離地面，飛向艙口……沒中，反而狠狠撞上天花板。幸好我及時舉起手臂保護我的臉。我從艙頂彈下來，回到地面。

「好痛。」我低聲咕噥，決定再試一次，這次要慢一點。成功了！我順利往上滑行，經過實驗艙，進入駕駛艙。在沒有重力的狀態下移動果然輕鬆許多。我還是有點反胃，但我不得不承認：這真的很好玩。

我把自己拉到駕駛座上，繫好安全帶，以免漂浮到半空中。

導航螢幕上寫著「主運輸完成」，自旋驅動裝置螢幕則顯示「推力：0」，最重要的是，噬日觀測鏡螢幕顯示「就緒」。

我搓搓雙手，觸碰螢幕。界面非常簡潔，角落的圖示為切換按鈕，有「可見」和「噬日」兩種狀態，當前的設定是「可見」，其餘畫面則顯示太空船捕捉到的可見光視景，看起來很像一般攝影機。我用手指在螢幕上又戳又滑，很快就發現原來觀測鏡頭可以平移、放大、縮小、旋轉等等。

目前畫面上只看到遠方的星星，我想我應該四處平移，找到天倉五為止。我用手指一而再，再而三地不斷往左滑，尋覓天倉五的身影。由於手邊沒有參考座標，我只好自己盲找。每左滑幾次，我就會往下滑，希望能隨時間檢視到每一個角度。最後我終於找到了天倉五，可是它看起來不像它應有的模樣。

幾天前用太陽觀測鏡觀察天倉五時，它的形貌就跟其他恆星一樣，但此時的它卻變成一個實心的黑色圓面，周圍還有一圈朦朧的光環。我想了一下，立刻明白箇中原因。

噬日觀測鏡是經過仔細調整、非常敏銳的儀器，甚至能偵測到極微量的噬日波長。恆星會發出多到令人咋舌、涵蓋所有波長的光，就像用雙筒望遠鏡盯著太陽，噬日觀測鏡必須保護自身不受恆星的影響。觀測鏡的感測器與恆星之間可能有一片實體金屬板，所以我看到的其實是金屬板背面。

很厲害的設計。

我把手伸向切換鈕。答案即將揭曉。要是這裡沒有噬日線，我真的不曉得該怎麼辦。我的意思是，我會試著想出辦法，只是會有點迷惘。

我點點按鈕。

繁星瞬間消失。天倉五周圍那圈朦朧的光環依舊存在，這很正常，因為那是恆星的星冕，會發射出大量的光，其中一部分極有可能是噬日波長。

我拼命掃視影像。起初沒什麼發現，後來我看到了。一條美麗的暗紅色弧線從天倉五的左下角延伸出來。

「太好了！」我激動拍手。

那個形狀不會錯，就是噬日線！天倉五有噬日線！我在駕駛座上扭動身體，跳了一小段舞。雖然在無重力狀態下有點綁手綁腳，我還是卯足了勁搖擺。這下有進展啦！

接下來要做的實驗很多，我甚至不曉得該從哪裡開始。嗯，我想應該先看看噬日線的走向。顯然噬日線是通往天倉五星系其中一顆行星，不過是哪一顆，而那顆行星又有什麼有趣的地方？對了，我應該採集這裡的噬日菌樣本，看看菌體是不是跟地球上的一樣。我可以駕著太空船飛進噬日線，再進行艙外活動，刮取船殼上的塵埃。

我可以花一個禮拜的時間寫下我想做的實驗！

就在這個時候，螢幕上閃過一絲光亮。只是一個快速閃逝的光點。

「那是什麼？」我忍不住納悶。「還有別的線索嗎？」

閃光再次出現。我平移鏡頭，放大那個區塊。噬日線和天倉五附近都沒有看見光點。會不會是行星或小行星反射出來的光？

我大概知道為什麼會出現這種情況。一顆高反射的小行星可能把天倉五發出來的光反射至四面八方，而且量大到可以用噬日觀測鏡捕捉，不過剛才我看到的光斷斷續續，可能是什麼形狀不規則又不斷旋轉的——

那道閃光突然變成固態光源，就是……亮著。沒有熄滅。

「什麼……這是怎麼回事？」我凝視著螢幕。

光源變亮了。不是立刻，而是隨著時間逐漸改變。我看了一分鐘，光點似乎愈來愈亮。

難道是有什麼物體朝我而來嗎？

我腦中猛然冒出一個假設。也許噬日菌不知怎的會受到其他噬日菌吸引？也許有些噬日菌看到聖母號引擎噴射出的耀眼亮光，也就是它們使用的波長，所以才朝我的方向移動。也許這就是他們找到主遷徙群體的方式？可能是一群噬日菌朝我而來，以為我能帶它們到那顆有二氧化碳的行星？

這個理論很有趣，不過缺乏證據支持。

穩定的神祕光點變得愈來愈亮、愈來愈亮，最後消逝無蹤。

「不見啦？」我又等了幾分鐘。光點沒有出現。

「嗯……」我記住這個異常現象，反正也不能做什麼。無論那個光點為何，現在都消失了。

回到噬日線。我想做的第一件事就是找出這條線通往哪顆行星。我得弄清楚怎麼駕駛這艘太空船，但這又是另一個挑戰。

我平移回去觀察噬日線。好像不太對勁。有一半的線……不見了。

噬日線從天倉五探出來，和幾分鐘前一樣，但現在軌跡驟然斷止，停留在太空中一個看似隨意的點上。

「怎麼回事？」

會不會是我擾亂了它們的遷移模式？如果真那麼簡單，只要派遣聖母號在我們的太陽系中巡遊不是就能解決問題嗎？

我放大截止點，發現那是一條直線，彷彿有人用銳利的金屬筆刀切割噬日線，丟掉一小段。巨大的噬日遷徙線不會無緣無故憑空消失。我有一個更簡單的解釋：攝影機鏡頭沾到東西了。可能是一些碎片，或是一群興奮過頭的噬日菌。要是這樣就太好了，馬上就有樣本可以研究！

用可見光視景應該能讓我進一步釐清情況。我輕點切換鈕。

我看到了。

有個物體擋住我的視野，遮蔽了部分噬日線。就在聖母號旁邊，可能有幾百公尺遠。輪廓大致呈三角形，船身有山牆狀的突出結構。

對，我說船身。那不是小行星，線條太平滑，太直了。這個物體是製作出來的，是經過建造與構築的產物。自然界絕對不會出現這種形狀。

那是一艘太空船。

另一艘太空船。

天倉五星系中還有另一艘太空船跟我在一起。那些閃光……是引擎，和聖母號一樣都是以噬日菌為燃料，可是船身設計、形狀……完全不像我看過的太空船。整個船體由巨大的平面構成，這大概是製造壓力容器最爛的方式。沒有一個腦袋清楚的正常人會把太空船做成這種形狀。

應該說地球上沒有人會這麼做。

我對眼前的畫面眨了好幾次眼，吞了一口口水。

那……那是一艘外星太空船。外星人出品，而且是聰明到會建造太空船的外星人。

在浩瀚的宇宙中，人類並不孤單。我剛才就看到我們的鄰居了。

「他媽的見鬼了！」

7

無數想法如洪水般湧現，在我腦中奔流：我們並不孤單。這是外星人。那艘太空船好怪，不曉得是用什麼工程學建出那種結構？他們住在這裡嗎？這是他們的星球嗎？我這樣闖入外星人領地會不會引發什麼星際衝突？

「冷靜，深呼吸。」我告訴自己。

好，一個一個來。如果這是另一艘來自地球的太空船呢？一艘我不記得的船？可惡，我花了好幾天的時間才想起自己的名字，也許地球真的派出多艘結構設計不同的太空船，當成備用船艦或增加任務成功機率？說不定那艘船叫「真主號」或「毗濕奴號」之類的。

我還顧駕駛艙，各種設備螢幕及控制裝置都有，就是沒有無線電。艙外活動面板上有幾個無線電操控鍵，但顯然只用於和艙外組員聯繫。

如果他們派了多艘太空船，一定會裝無線電通訊系統，這樣才能互相通話。

更何況那艘太空船……太扯了。

我反覆查看所有導航控制螢幕，全都滑了一遍，最後終於找到雷達顯示面板。其實我之前就注意到了，只是沒多想。我猜它的功能應該是讓太空船在接近小行星或其他物體時判斷位置，避免發生碰撞。

我試了好幾次，終於成功啟動雷達。雷達立刻偵測到另一艘太空船，發出警報。尖銳的警鈴聲刺痛了我的耳朵。

「嘿，慢點，冷靜！」我瘋狂掃視面板，瞥見一個標示為「迫近警報靜音」的按鈕。我火速按下按鈕，噪音立刻停止。

我轉回去查看螢幕，發現上頭有個名為「光點一號」的視窗，旁邊還有不少數據。多艘太空船不是應該要有多個視窗嗎？算了。這些都只是讀數的原始數據，不像《星際爭霸戰》裡的等軸掃描之類，不是什麼有用的資訊。

「速度」顯示為零。他們完全配合我的速度。這絕對不是巧合。

「範圍」是兩百一十七公尺。我想這是另一艘太空船與聖母號之間的最短距離，或是平均距離。不對，是最短距離，這臺雷達系統的主要功能應該是避免碰撞。

講到碰撞，比起太陽系的大小，兩百一十七公尺未免太近了。這不可能是巧合。那艘太空船是故意停在那裡的，因為我在這裡。

另一個讀數「角寬度」為三十五．四四度。好，應該一些基礎數學就能解。

我點開主螢幕上的實用工具面板，開啟計算機應用程式。兩百一十七公尺外的物體占據了三十五．四四度的視野，假設雷達可以進行三百六十度全方位偵測（如果不行那這臺雷達也太廢）……我在計算機上輸入一串數字，進行反正切函數運算，得出：

那艘太空船長約一百三十九公尺。

我在另一臺螢幕上叫出噬日菌面板。畫面上的小地圖顯示，聖母號船身只有四十七公尺長，所以那艘外星太空船是聖母號的三倍大。地球不可能發射這麼大型的太空船。

還有船體形狀。那個形狀是怎麼回事？我將目光移回噬日觀測鏡（它現在的功能純粹是攝影機）。

船體中心的形狀有點像鑽石……是菱形。我想那艘太空船是八面體，真的，看起來有八個面，每個面有都三個角，光是那部分的大小就和聖母號差不多。

菱形體由三根粗長的棍子（我不曉得還能怎麼稱呼）連接至一個寬闊、看起來可能是在船尾的梯形底座。菱形體前方有一根細桿（我現在只能自創名詞來形容），上頭嵌著四塊平行於主船軸線的平板，也許是太陽能板？細桿繼續往前延伸到一個金字塔形的鼻錐，或鼻形金字塔之類的。

船體每一部分都是平的，就連那些「棍子」也有平面。

怎麼會有人搞出這種設計？平板這個點子真的很糟。我不知道那艘船究竟出自誰之手，但裡面應該也需要某種大氣吧？巨型平板完全不適合啊。

也許這只是一個探測器，不是真正的太空船。也許裡面什麼都沒有，所以不需要大氣。眼前這個神祕物體可能是外星人的工藝品，不是太空船。

話雖如此，這依舊是人類史上最激動人心的時刻。

此外，那艘太空船是以噬日菌為動力，難怪我剛才會看到穩定的光源，原來是噬日頻率光。真有趣，他們居然擁有和我們一樣的推進技術；不過噬日菌是很棒的儲能媒介，想想並不意外。歐洲水手初次遇上亞洲水手，看見雙方都使用船帆的時候，沒有人會感到訝異。

重點是「為什麼」。這個問題讓我心煩意亂。那艘太空船上的某個實體（不是電腦就是組員）

決定來到聖母號附近。他們怎麼會知道我在這裡？

我猜可能和我看到他們的方式一樣。聖母號引擎發射出大量紅外光，由於船尾正好朝向天倉五，等於是用五百四十兆瓦的閃光燈往他們的方向猛照，我看起來可能比天倉五本身還亮（至少以噬日頻率來說是這樣），端視他們當時的位置而定。

他們和我一樣，看得到噬日頻率。

我快速瀏覽自旋驅動裝置螢幕，滑到「手動控制」螢幕時，我停下動作，直接點選。畫面上彈出一個警告對話框：

手動控制僅建議在緊急情況下使用。確定要進入手動控制模式？

我點選「是」。

又跳出一個對話框。

第二次確認：請輸入「是」以進入手動控制模式。

我邊發牢騷邊輸入「是」。

面板終於切換到手動控制螢幕。我有點嚇到；不是因為它很複雜，而是因為它很簡單。

畫面上有三個滑桿，分別標示「驅動裝置一」、「驅動裝置二」和「驅動裝置三」，所有滑桿目前都在「零」的位置，上方各寫著「10^7 N」，N一定是「牛頓」的意思，一種力的單位。若是把三個驅動裝置拉到最大值，應該就會產生三千萬牛頓的力，大約是巨無霸噴射機引擎起飛時所產生之推力的六十倍。

科學老師知道很多無關緊要的冷知識。

此外還有很多小滑桿，分別標著「偏擺」、「俯仰」、「翻滾」，看來船身兩側一定有小型自旋驅動裝置用以調整方向。現在我懂為什麼不能亂動這個面板了。只要搞砸一點點，太空船就會疾馳旋轉，以致船身解體，變得支離破碎。

不過起碼他們有想到這一點。畫面中間有個按鈕寫著「中止旋轉」。很好。

我再度查看噬日觀測鏡。光點一號（我暫時這樣稱呼那艘外星太空船）沒有移動，還在聖母號左舷，只是稍微往前了一點。

我把噬日觀測鏡切換到噬日頻率模式，螢幕和之前一樣變得幾近全黑。我可以看到背景裡的噬日線，有部分被光點一號擋住了。

「來看看你們想傳達什麼訊息吧……」我喃喃自語。自旋驅動裝置二位於正中央，產生的推力會沿著船體中心軸施力，希望這樣不會讓他們以為我改變態度。等等就知道了。

我把驅動裝置二的功率設定為百分之〇．一，持續一秒，然後歸零。

即便只有一具引擎，功率千分之一，啟動一秒，太空船也會略為漂移。根據雷達面板所顯示的資訊，光點一號的「速度」值為每秒〇．〇八六公尺，而我設定的那點微弱推力會讓聖母號以每秒八公分左右的速度移動。

我不在意這個。我在意的是另一艘太空船。

我查看噬日觀測鏡。一顆汗珠從我額頭上滴落，緩緩漂走。我的心臟怦怦狂跳，感覺快蹦出胸口了。

這時，那艘太空船尾部也噴出噬日頻率光，亮了一秒。跟我一樣。

「哇！」

我開關驅動裝置好幾次，三次短噴射，一次長噴射，然後又一次短噴射。其實這個噴法完全沒意義，也沒有藏什麼訊息，我只是想知道他們會怎麼反應。

這次他們有備而來。短短幾秒鐘，另一艘太空船便重複我剛才的模式。

我倒抽一口氣，忍不住綻出笑容，下一秒又皺起眉頭，接著再次微笑。太多事情要消化了。

探測器不可能在這麼短的時間內做出反應。就算有遠端遙控設備之類的裝置，操控人員也得待在至少在幾光分外的地方，可是這附近完全沒有可搭載人員和儀器的太空載具。

那艘太空船上有某種智慧生命形式。我離一個真正的外星人只有大約兩百公尺！

呃……其實我的太空船就是由外星人驅動的。可是這個新的外星人很聰明！

天哪，就是這一刻！第一次接觸！我就是那個第一次跟外星人接觸的傢伙！我是有史以來第一個見到外星人的人！

光點一號再次短暫啟動引擎。我仔細觀察，想把他們的噴射次序記起來，但那只是一道低強度光。他們不是在打信號，而是在操作引擎。

我檢視雷達面板。果然，光點一號移動到聖母號旁邊，維持兩百一十七公尺的距離。

我飛快滑動科學儀器面板，啟動普通望遠鏡的攝影機。噬日觀測鏡的正常光攝影機只是為主觀測鏡定位，這臺望遠鏡的解析度和清晰度更好。我剛才應該是太興奮了，腦子無法清楚思考，所以現在才想到。

主望遠鏡捕捉到的畫面清楚多了。我猜上頭配備的攝影機解析度一定超高，因為不管我怎麼放大縮小，影像依舊清晰無比，光點一號的船身細節一覽無遺。

船體本身雜揉著灰色與淺褐色，分布模式看起來很隨機，而且兩種顏色彼此交融，很像有人調顏料卻沒有調勻。

我瞥見螢幕一角出現動靜。有個不規則物體正沿著船身上的軌道滑動。那是一根細桿，上頭伸出五隻有如用關節連起來的鉸接式「手臂」，每隻手臂末端都有一個像夾鉗的「手」。

我這才注意到船體上遍布著軌道網絡。

這是一個機器人，內部有某個東西在負責操控。至少我是這麼認為。外觀看起來不像小綠人，也不像外星人的艙外太空衣。

其實我也不知道小綠人或外星人的太空衣長什麼樣子。

嗯，我很確定那是一個安裝在船體上的機器人。地球的太空站也有，可以讓太空人不必著裝就能處理艙外的事。

機器人沿著船身一路前行，來到離聖母號最近的地方，其中一隻夾鉗狀小手攫著一個類似圓罐的東西。我真的很不會目測尺寸，只好隨便猜，但機器人跟太空船相比顯得很渺小，可能跟我差不多，或是更小。

機器人停下腳步，朝聖母號的方向伸出手臂，輕輕將圓罐送進太空。

圓罐慢慢漂向我，略為翻轉了一下。雖然不盡完美，但過程可說是非常順利。

我查看雷達面板。光點一號的速度為零，現在螢幕上又出現一個「光點二號」，顯示那個小圓罐正以每秒八．六公分的速度接近聖母號。

有意思。剛才我閃動引擎打招呼時，聖母號的移動速度恰恰就是每秒八．六公分。這絕非巧合。他們想把那個圓罐給我，而且是用他們認為我覺得舒服又妥適的速度遞送。

「好貼心喔……」我說。

這些外星人真的很聰明。

根據目前的情況判斷，我想他們應該是帶著善意前來。他們不但以自己特有的方式打招呼，還體貼地配合我的需求。再說，要是他們真的懷有敵意，我會怎麼做？就死掉啊。我選擇死亡。我是科學家，不是巴克．羅傑斯這種對抗外星惡棍的超級英雄。

哎，好啦，我是說，也許我可以將自旋驅動裝置瞄準他們的太空船，引擎全速運轉，這樣就能汽化──好了，我現在真的不想煩惱這些有的沒的。

我簡單算了一下，圓罐要花四十幾分鐘才會到我這裡。我有很長的時間可以穿上艙外太空衣，走出去，站在船體上，接過外星人四分衛傳來的球，一起見證人類史上第一次外星接觸達陣。

我大概知道減壓艙的操作方式。之前我替組員舉行太空葬禮的──

伊路奎娜一定會愛死這一刻。她會興奮到在船艙裡蹦蹦跳跳，而平常正經又穩重的姚也會趁我們沒看到的時候揚起一抹微笑。

淚水模糊了我的視線。由於缺乏重力，眼淚就這樣覆蓋住眼睛，就像在水底睜開雙眼一樣。我擦去淚滴，甩到駕駛艙另一邊；對面的艙壁就這樣濺上一片淚漬。我沒有時間難過。外星人有東西要給我。

我解開駕駛座安全帶，漂向減壓艙。千百個問題和想法在我腦中打轉，我卻直接跳到一個瘋狂又沒有事實根據的結論。說不定是這個外星智慧物種發明了噬日菌，藉由基因工程專門「培育」太空船燃料，生成「終極太陽能」。也許只要跟他們說明地球的情況，他們就會提供解決辦法。

或是登上我的太空船，在我的腦子裡產卵。誰知道呢？

我打開減壓艙內艙門，拖出那套「海鷹－MKS2」艙外太空衣。好，要怎麼穿上它？怎麼安全操作？

我解除太空衣的保護鎖，打開背部艙蓋，然後撥動皮帶上的開關開啟主電源。太空衣幾乎是立刻啟動，連接至胸前裝置的狀態面板上顯示「全系統功能正常」。怎麼會？我居然對這套太空衣瞭若指掌。

我們大概受過不少相關訓練。我懂這套太空衣就像懂物理一樣，深深刻印在我的記憶深處，只是我不記得自己學過。

這套俄國製造的太空衣為單一壓力容器，不像美國研發出來的型號是上半身與下半身分段穿，頭盔和手套也有一大堆複雜的配備。基本上，俄羅斯海鷹系列就是一套背部有艙口的連身衣，只要踏進去關上艙蓋就穿好了，就像倒帶式的昆蟲蛻皮過程。

我打開後背，扭著身體踏入太空衣。無重力真的幫了很大的忙，我不太需要像平常一樣費勁穿上這套裝備。奇怪，我知道現在穿起來比以前更輕鬆，卻根本不記得自己以前穿過。我想我的腦部可能因為長時間昏迷而有所損傷。

不過目前的我已經夠正常了。我繼續穿好裝備。

我把手臂和腿分別伸進相應的洞裡。這套連身衣算是海鷹系列中最不舒服的型號。我應該穿一件特殊的貼身內衣才對。我甚至知道那件衣服長什麼樣子，但它的功能只是調節溫度與進行生物監測，我沒時間去儲藏艙找。我和外星圓罐有個約會。

我套著太空衣，雙腿一點一點蹬著前方的減壓艙壁，將太空衣背部敞開的艙蓋推向後方牆面；等艙蓋距離牆面不到幾英寸（應該說公分，畢竟這是俄國製造），安裝在胸前的狀態面板指示燈便轉為綠色。我用戴著厚手套的手觸碰面板，按下自動密封按鈕。

太空衣的棘輪裝置發出一連串響亮的喀噠聲，關上艙蓋。隨著最後一聲落下，外部密封鎖定完成。我的狀態欄亮著綠色，上面顯示維生系統可用七小時，內部壓力為四百百帕，約為海平面氣壓的百分之四十。太空衣這麼低壓很正常。

整個著裝過程只花了五分鐘。我準備好踏出艙外了。

有意思，居然不必經過減壓步驟。以地球附近的太空站來說，太空人都得在減壓艙中慢慢適應艙外太空衣所需的低壓，然後才能出艙。我沒有這個問題。顯然整艘聖母號艙壓都是四百百帕。很棒的設計。地球周圍的太空站之所以維持一大氣壓只有一個原因，就是以防太空人不得不中止任務，匆匆返回地球。但是聖母號的組員……還能去哪？當然，我們也可以一直維持低壓，這樣艙外任務執行起來會更輕鬆，更有效率。

我深呼吸，慢慢吐氣。一陣輕柔的呼呼聲從我身後傳來，涼爽的空氣沿著我的背脊和肩膀流動。是空調。好舒服。

我抓著把手轉過身，關閉減壓艙內艙門，然後旋轉主控桿，展開循環程序。一臺幫浦隆隆啟動，聲音比我想的還大，聽起來像一輛空轉的機車。過程中，我一直把手放在主控桿上；將其轉回原位會取消循環，重新加壓。只要太空衣上的面板出現一絲可能亮紅燈的跡象，我就會以快到讓自己頭暈的速度轉動主控桿。

過沒多久，幫浦逐漸安靜下來，聲音愈來愈小。其實運轉聲可能還是跟之前一樣吵，但隨著空氣離開艙室，我只能透過踩在魔鬼氈踏墊上的雙腳感受到振動，噪音完全無法傳進我耳裡。

最後，幫浦停止運轉。整個世界一片靜默，只有太空衣裡的風扇嗡嗡作響。減壓艙控制裝置顯示艙壓為零，黃色指示燈轉為綠色。我可以打開外艙門了。

我抓住艙口握柄，猶豫了一下。

「我到底在幹嘛？」我問自己。

這樣真的好嗎？對神祕圓罐的強烈渴望讓我一時沖昏頭，在沒有任何計畫的情況下貿然行動。這真的值得我冒生命危險嗎？

值得。無庸置疑。

好吧，但值得冒著全人類的生命危險嗎？要是我搞砸了，死在太空，聖母計畫就會以失敗收場，一切努力都將付諸東流。

嗯……

對，還是很值得。我不清楚這些外星人的個性，也不知道他們想要什麼、打算說什麼，但他們手上有資訊。任何資訊都比沒有好，就算是我不想知道的事也行。

我轉動握柄，開啟外艙門。深邃虛無、漆黑如墨的太空在我眼前開展。天倉五的光映照在艙門上，閃爍著點點晶亮。我探出頭，親眼看見了天倉五。從這個距離望過去，它的亮度比地球上看到的太陽暗一點。

我再三檢查安全繫繩，確認真的有繫好，接著邁開步伐，踏進太空。

艙外活動，我做起來得心應手。

我之前一定練習了很多次。可能在中性浮力槽之類的地方。現在這些技能成了我的第二天性。我離開減壓艙，將其中一條安全繫繩扣在船身外部的欄杆上。永遠都要配戴兩條安全繫繩，永遠都要扣好一條以上，這樣才不會有漂離太空船的風險。海鷹－MKS2 大概是有史以來最好的艙外太空衣，但它不像美國太空總署的EMU太空衣（艙外機動套裝）配備艙外活動簡易救援裝置（SAFER，一種小型氮氣噴射推進器）。有了這套設備，不幸漂離船體時至少還能以最小的推力返回太空船。

大量資訊一口氣湧入腦海。我猜我花了很多時間和心思研究太空衣，搞不好還是小組中的艙外活動專家？我不知道。

我掀開遮陽罩，努力伸長脖子往光點一號的方向看。真希望我能親眼目睹那艘太空船，深入了解箇中奧妙，可惜距離太遠，聖母號望遠鏡看得清楚多了。不過，親見外星太空船還是……很不一樣，那種體驗獨一無二。

這時，我瞥見圓罐閃動的光芒。兩端平整、輕輕翻滾的罐身不時反射出天倉光。

順帶一提，我自創了一個詞叫「天倉光」，天倉五發出的光。就像「陽光」，但天倉五不是太陽，所以叫……天倉光。

圓罐抵達聖母號前，我還有整整二十分鐘的時間。我看了好一陣子，推測圓罐會漂向哪裡。要是雷達站有組員支援就好了。

要是有個組員就好了。

五分鐘後，我大概掌握了圓罐的路線，它正緩緩漂向船體中心一帶。對外星人來說，這區是很好的目標。

我開始沿著船身往中間走。聖母號很大，加壓區只占了船體長度的一半，後半部呈喇叭形向外擴張，寬度是主船身的三倍。我想尾端的燃料槽已經空得差不多了；先前裡面充滿噬日菌，載著我來到這裡。單程太空旅行。

船體外部有許多輔助欄杆縱橫交錯，其間設有多個扣鎖點，用來固定艙外活動的安全繫繩。我慢慢移動，欄杆一根扶過一根，扣鎖一個扣過一個，朝著船身中心走去。

途中我必須跨過一道圍繞著組員艙、厚達兩英尺的環狀結構。我不曉得那是什麼，但鐵定很重。講到太空船設計，質量就是一切，所以這個環一定很重要。我晚點再來研究。

我繼續前進，一次一個扣鎖點，終於來到船身中心附近。圓罐緩緩漂過來；我根據它的方向稍微調整一下姿勢和位置。經過漫長的等待，這個小東西幾乎觸手可及。

我耐心等候。沒必要急。如果太早出手，可能會讓它偏離原本的路線，漂進太空，再也找不回來。我可不想讓外星人覺得我很蠢。

他們現在一定在觀察我。可能是數數我有幾隻手腳，研究我的身材，想好他們要先吃哪個部位。隨便啦。

圓罐離我愈來愈近，移動速度每小時不到一英里。可以確定不是子彈。

現在它已經近到我可以目測大小了。一點也不大，形狀、尺寸都跟咖啡罐差不多。黯淡的灰色罐身夾雜著許多深灰色斑點，跟光點一號的船體類似，兩者雖然顏色不同，但都帶有斑駁的花樣。可能是一種風格吧，隨機分布的斑點是本季流行元素之類。

圓罐慢慢漂進我懷裡，我立刻伸出兩手抓住。

它的質量比我想像中小，可能是空心的。啊，是容器。他們想讓我看裡面的東西。

我把圓罐緊緊夾在腋下，用另一隻手處理安全繫繩，急著想回到減壓艙。老實說這麼做很蠢，根本沒必要趕成這樣，危及自己的生命。只要一個失誤，我就會飛進無垠的太空。但我等不及了。

我回到艙內，啟動減壓艙循環程序，拿著辛苦得來的獎賞漂進駕駛艙。我打開海鷹太空衣背後的艙蓋，不停想著要對圓罐做哪些試驗。整個實驗艙都由我一人獨享！

就在這個時候，一股噁心的氣味竄進我鼻子裡。我倒抽一口氣，嗆得咳嗽連連。這個圓罐太可怕了！

不，不是罐子可怕，是它聞起來很可怕，臭到我差點喘不過氣。這股化學氣味很熟悉，是什麼呢？貓尿？

氨。是氨。

「好。」我喘著氣說。「好。我想一下。」

我出於本能再度關上太空衣艙蓋，但這樣只會把我和少部分飄進來的氨困在一起。還是把圓罐放在寬敞的太空船裡通風，稀釋氣味比較好。

氨氣沒有毒——應該說，濃度低的話不會造成什麼影響。我現在還能呼吸，表示濃度不高，否則我的肺就會出現腐蝕性灼傷，早就失去知覺甚至死亡了。

目前看來這個罐子只是很臭而已。臭味嘛，我還能應付。

我從太空衣背後爬出來，發現圓罐漂至駕駛艙中央。剛才那種臭到沒天理的衝擊感已經消失了。不過是氨氣，沒問題，跟在小房間噴一大堆清潔劑差不多。不好聞，但沒有危險。

我伸手抓住圓罐——媽啊燙死人了！

我放聲大叫，把手抽回來拼命吹氣，檢查有沒有燙傷。幸好沒什麼大礙。雖然不是瓦斯爐那種燙，但還是很燙。

「徒手拿」這個行為太蠢了。邏輯有漏洞的結果。我想既然剛才一直拿著都沒事，現在一定也沒事，但稍早我的雙手可是有厚厚的太空手套保護。

我把前臂縮進袖子裡，以袖口包住手掌，再用受衣物保護的指關節將圓罐推進減壓艙。它一進來，我就立刻關上艙門。

「你這個壞外星圓罐。」我對著它說。「不能再這樣了。」

先這樣吧。圓罐會逐漸降溫，變得與周遭環境溫度相同。我不希望它一邊冷卻，一邊在太空船裡漂來漂去，而減壓艙內沒什麼會被高溫弄傷或破壞的東西。

那個罐子到底有多燙啊？

嗯，剛才我（像個白痴一樣）用雙手握住罐身不到一秒，我的反應時間足以讓我避免燙傷，所以溫度應該低於攝氏一百度。

我反覆張合手掌好幾次。現在已經不痛了，但痛楚的記憶揮之不去。

「那些熱是從哪來的？」我喃喃自問。

圓罐在太空裡漂了整整四十分鐘，這段時間照理說會以黑體輻射的方式放射熱能，罐身應該是冷的，不是熱的。我距離天倉五約一個天文單位，而天倉五的光度只有太陽的一半，我不認為天倉光能讓圓罐變得那麼熱，至少絕對抵不過黑體輻射的冷卻效果。

這樣看來，不是圓罐內部有加熱器，就是它原本的溫度高得離譜。我想我很快就能找出答案。罐子本身不重，所以內壁應該很薄。若內部沒有熱源，就會在空氣中迅速冷卻。

艙室裡還是有氨的味道。噁心死了。

我往下漂到實驗艙，不知從何著手。我想做的事太多了。也許我應該先弄清楚圓罐是什麼材質？對光點一號組員無害的東西，對我來說可能是劇毒，沒人知道。

也許我該檢查一下罐子有沒有輻射。

我慢慢漂到實驗桌旁，伸出一隻手讓身體保持穩定。我愈來愈適應無重力環境了。我記得以前看過一部太空人紀錄片，說有些人在無重力狀態下如魚得水，有些卻備受煎熬。看來我是其中一位幸運兒。

講「幸運」好像有點不太對，畢竟我在執行自殺任務，所以……嗯。

話說回來，這座實驗艙本身就是個謎，很多地方我一直想不透。這裡有桌椅、試管架等設備，顯然是建立在有重力的基礎上。此外，艙室裡完全沒有失重環境常見的輔助裝置；艙壁上沒有魔鬼氈，周圍也沒有架設電腦螢幕，根本很難在太空中使用，感覺裡面的一切都是以「地板」為前提。

聖母號可以持續加速很長一段時間，大概有好幾年都讓我處在1.5G的狀態。他們不可能要我開著引擎在太空中兜圈子，只為了維持實驗艙裡的重力吧？

我環視實驗艙裡的設備，試著放鬆心情。這種設計背後一定有什麼原因，就蟄伏在我的記憶裡。喚醒記憶的訣竅在於想著我想知道的事，但不要過於焦急，給自己太多壓力。就像睡覺一樣，若一直希望自己快點睡著，反而會讓你難以入眠。

我掃視身邊眾多頂級設備，讓思緒飄向遠方……

8

我們抵達日內瓦時，我已經完全失去時間感，不曉得那天是幾月幾號。

噬日菌繁殖設備的實際表現與電腦模型不符。截至目前為止，我已經成功繁殖出將近六公克的噬日菌，但航空母艦的反應爐終究無法產生足夠的熱，進一步加速反應。史特拉一直含糊其辭，說他們會提供一個可釋放更多熱能的熱源，但至今完全沒下文。

豪華私人噴射機降落在機庫門口時，我還緊盯著電腦打字。史特拉不得不用手肘推我，要我放下工作。

三個小時後，我們便來到一間會議室等候。

又是會議室。我這段日子的生活就是無止盡的會議室。不過至少這間比大部分會議室好很多，不但有精緻的木頭鑲板裝潢，還有一張極具設計感的桃花心木桌，感覺很高級。

我和史特拉沒有交談。她盯著筆電打字，天曉得又是處理什麼事的時候，我在研究熱傳率系數。我們倆在一起的時間已經夠多了。

終於，一個眉目冷峻，看起來不苟言笑的女人走進會議室，坐在史特拉對面。

「謝謝妳撥空見我，史特拉小姐。」她講話有挪威腔。

「不用謝我，洛肯博士。」她說。「我其實無意赴會。」

「妳不想來？」我從筆電上抬起頭。「我還以為是妳安排的耶。」

「我之所以安排這場會議，」她的目光仍緊盯著那位挪威女性，「是因為有六國元首同時在電話裡嘮叨個不停，要求我這麼做。最後我只好讓步。」

「請問你是……」洛肯轉向我。

「萊倫．格雷斯。」

「萊倫．格雷斯？」她居然後退幾步。「『演化模型期望值再校準與水基假設之分析』一文的作者？」

「對，有什麼問題嗎？」我說。

「你很有名。」史特拉要笑不笑地看著我。

「臭名昭著。」洛肯說。「他那篇幼稚的論文甩了科學界一記耳光。這個人替妳做事？荒唐！他所有關於外星生命的假設都被證明是錯的。」

「嘿。」我皺起眉頭。「我的主張是水並非生命演化的必要因子。不能因為我們發現了一些有用水的生命，就說我錯了。」

「你當然錯了。兩種獨立演化的生命形式需要水——」

「獨立？」我不屑地哼了一聲。「妳瘋了嗎？妳真的認為像粒線體這麼複雜的東西會以同樣的方式演化兩次？這個案例明顯是胚種論的概念。」

「噬日菌粒線體與地球生物的粒線體截然不同。」她揮揮手，彷彿我的言論是隻討厭的昆蟲。

「顯然是各自分離、獨立演化的物種。」

「兩者有百分之九十八相同！」

「呃。」史特拉插話。「我不懂你們在吵什麼，我們可以——」

「這個白痴認為噬日菌是獨立演化出來的生物。」我指著洛肯說。「但很明顯，噬日菌與地球生命息息相關！」

「很有意思，但是——」

「單一共同祖先是怎麼穿越星際空間的？」洛肯用力拍桌問道。

「就像噬日菌那樣啊！」

「那為什麼人類一直以來都沒見過外星生命？」她俯身向前湊近我。

「不知道，也許是偶然。」我也不甘示弱地往前傾身。

「那你怎麼解釋兩者粒線體之間的差異？」

「四十億年的趨異演化。」

「好了。」史特拉用平靜的語氣說。「這是怎樣？科學吵架大賽？我們來這裡不是為了這個。格雷斯博士，洛肯博士，請坐。」

我撲通一聲坐到椅子上，雙臂交叉抱在胸前。洛肯也坐下。

「洛肯博士。」史特拉擺弄著手上的筆。「妳一直在找各國政府麻煩，要他們來找我麻煩。一而再，再而三，日復一日。我知道妳想參與聖母計畫，但我不希望因為這件事引發國際間的紛擾。攸關全球的大型計畫總是參雜了許多政治色彩與權勢角力，我們沒時間應付這些。」

「其實我也不想來這裡。」洛肯說。「這場會面對妳我都造成很大的不便，但這是唯一能提醒妳聖母號有重大設計缺陷的方法。」

史特拉嘆了口氣。「我們是寄出初步設計圖請專家提供意見，不是來日內瓦會晤。」

「那就把我的建議歸檔在『意見回饋』。」

「妳大可寄電子郵件就好。」

「妳會把信刪除。妳得聽我說，史特拉。這很重要。」

「嗯。」史特拉又把筆轉了幾圈。「我洗耳恭聽。請說。」

洛肯清清嗓子。「如果我錯了，請糾正我，但說穿了，聖母號的用途就是實驗室，一間可以送到天倉五，查明為什麼只有那顆恆星對噬日菌免疫的實驗室。」

「沒錯。」

她點點頭。「那妳是否也同意船上的實驗艙是最重要的構成元素？」

「同意。」史特拉說。「沒有實驗艙，任務就毫無意義。」

「那這樣問題就嚴重了。」洛肯從包包裡抽出幾張紙。「這裡有一份妳想裝載在船上的實驗艙設備清單。光譜儀、DNA定序儀、顯微鏡、化學實驗室玻璃器皿——」

「我很清楚上面有什麼，」史特拉說，「是我簽核的。」

「這些東西大多無法在無重力環境下使用。」洛肯把清單丟在桌上。

「我們當然有想到這點。」史特拉翻了個白眼。「我們談話的同時，全球企業機構都在開發無重力版的實驗器材。」

「妳知道我們為了研發電子顯微鏡投入了多少時間和資源嗎？」洛肯搖搖頭。「更別說氣相色譜儀和清單上其他儀器。一個世紀的科學進步源自一次又一次的失敗。妳真的以為這些無重力版實驗設備一次就能成功？」

「除非妳發明了人造重力，否則我不曉得還有什麼辦法。」

「我們早就發明出人造重力了。」洛肯堅持。

史特拉瞄了我一眼。顯然洛肯的反應讓她措手不及。

「我想她指的是離心機。」我說。

「我知道她指的是離心機。」史特拉沒好氣地說。「你覺得呢？」

「我沒想過這個。我覺得……應該可行……」

「不行。」史特拉搖搖頭。「我們要盡量保持簡單。堅固的大型船體，最少的活動零件。結構愈複雜，失敗的機率就愈大。」

「值得冒險。」洛肯說。

「我們必須在聖母號上增加巨量配重，離心機才能發揮作用。」史特拉嘛起嘴。「很抱歉，我們掌握的能源只夠製造出供當前船體質量使用的噬日菌。沒辦法多翻一倍。」

「等等，我們有足夠的能源生成所有燃料？什麼時候的事？」我插嘴。

「不用增加質量。」洛肯從包包裡掏出另一張紙，啪地放在桌上。「只要維持目前的設計，從組員艙和燃料槽中間切分，離心機兩端的質量比就很漂亮。」

「妳把所有燃料放在同一邊。」史特拉看看圖表。「整整兩百萬公斤。」

「不對。」我搖搖頭。「燃料一定會用完。」

她們倆看著我。

「這是自殺任務。」我解釋。「他們到天倉五時燃料就會耗盡。以洛肯選的分離點來看，船體後半部比前半部重三倍，是很適合離心機的質量比。應該會成功。」

「多謝。」洛肯對我說。

「妳要怎麼把太空船分成兩半？」史特拉問道。「怎麼讓它變成離心機？」

洛肯把示意圖翻過來，背面有詳細的圖解，說明兩段船體間的延伸機制。「用高強度、高彈性、高耐熱的 Zylon 纜線連接組員艙和後半段船體。我們可以先模擬1G重力，兩段間隔一百公尺。」

史特拉用手指抵著下巴，若有所思。真的有人能改變她的想法嗎？

「我不喜歡複雜……」她終於開口。「也不喜歡冒險。」

「這樣反而能消弭複雜性和風險。」洛肯說。「太空船、組員、噬日菌……這些都只是實驗艙的支援系統。妳需要可靠的設備，已做為商業用途使用多年、累積數百萬工時的設備。所有想像得到的問題都已經解決了。只要1G重力，讓這些器材處於可正常運作的環境，就能得到可靠的研究結果。」

「嗯。」史特拉說。「格雷斯，你怎麼看？」

「我……我覺得這個主意很棒。」

「真的？」

「對。」我回答。「我的意思是，我們設計出一艘能承受1.5G等加速度長達四年的太空船，船體一定非常堅固。」

史特拉仔細研究洛肯的結構圖，看了好一陣子。「這樣不會讓組員艙內的人造重力反轉嗎？」她的顧慮是對的。聖母號的設計為「往下」是「朝向引擎」，因此太空船加速時，組員會被「往下」推至地面；然而在離心機內部，「往下」等於「遠離旋轉中心」，所以全體組員都會被推向太空船機鼻。

「對，會有這個問題。」洛肯指著示意圖，上面說明纜線不會直接連結組員艙，而是分別連接至船身兩側的大圓盤。「所以纜線會接到這些大型鉸鏈上，船體前半節可旋轉一百八十度。因此，在離心模式下，機鼻會往內指向另一節船體。組員艙裡的重力會遠離機鼻，與引擎運轉時的推進模式相同。」

「這臺機具非常複雜，」史特拉消化了一下洛肯說的話，「而且還要把船體切成兩段。你們真的認為這樣風險更小？」

「比起貿然採用全新又未經充分測試的設備，確實更小。相信我，我的職業生涯中有大多時間都在使用精密儀器。」我說。「這個設計就算擺到理想的環境條件下也極為縝密。」

史特拉拿起筆，在桌上敲了幾下。「好。就這麼辦。」

「太好了，我會寫篇論文寄給聯合國。」洛肯笑著說。「我們可以成立一個委員會——」

「不用，我已經說了，就這麼辦。」史特拉從座位上站起來。「洛肯博士，妳現在是我們的人。收拾行李，到日內瓦機場會合。第三航廈，一架名叫史特拉的私人飛機。」

「什麼？我在歐洲太空總署工作，不能就這樣——」

「喔，不用麻煩了。」我說。「她會打電話給妳老闆或妳老闆的老闆等等，要妳加入她的團隊。妳被徵召了。」

「我……我不是想親自設計。」洛肯抗議。「我只是想點出——」

「我沒說妳想，」史特拉打斷她的話，「妳想不想都一樣。」

「妳不能強迫我替妳工作。」

「一個小時後到機場。」已經走出會議室的史特拉又補上一句。「不然我會叫瑞士憲兵兩個小時後把妳拖到那裡。妳自己決定。」

洛肯目瞪口呆地望著大門，然後轉向我。

「妳會習慣的。」我說。

這艘太空船是離心機！我想起來了！

難怪有個神祕的區域叫「纜線延長系統」，就是線軸設備與 Zylon 纜線所在的地方。聖母號可以分離成兩段，翻轉組員艙，然後高速旋轉。

我剛才進行艙外活動時看到的奇怪環狀結構就是翻轉機件！對，這就是它的功能，圓環上有兩組大型鉸鏈，讓組員艙得以在離心機啟動前旋轉一百八十度。

這個設計不知怎的讓我想起阿波羅號太空船。發射時，登月小艇就連接在指揮艙下方，但兩者之後會分離，指揮艙也會跟著翻轉，並於前往月球途中重新與登月小艇對接。看似荒謬，卻是解決問題最有效的方法。

我漂回駕駛艙，快速瀏覽各大控制台，一個接一個滑過去，最後終於找到我想要的「離心機」控制面板，就藏在維生系統螢幕的子面板中。

介面看起來很簡單，上面有偏擺、俯仰和翻滾讀數，顯示太空船目前的狀態，就跟導航面板一樣，另外還有個標著為「組員艙角度」的讀數，想必就是翻轉的角度。畫面上所有讀數都顯示為「每秒0°」。

讀數下方有個寫著「啟動離心機程序」的按鈕，再往下則是一大堆數字，包含旋轉加速度、末速、線軸轉速、實驗艙地表重力估計值等，此外還有四個顯示線軸狀態的畫面（我猜共有四組線軸，一側兩組）、出現問題所採取的緊急應變程序，以及其他我看不懂也不打算裝懂的東西。重要的是，這些欄位都已經跑出數值了。

電腦完成了所有複雜的工作，替人類思考，好讓人類可以不用思考。你怎能不愛電腦？

我仔細檢視緊急應變程序，上面只寫了「降低轉速」四個字。我點選欄位，跳出一個下拉列表，裡面有三個選項，分別是「降低轉速」、「中止所有線軸運轉」，以及用紅字標示的「分離」。我很確定自己不想選最後一個。如果出現問題，我猜「降低轉速」應該會逐漸減慢太空船的旋轉速度。聽起來不錯，我決定不更改設定。

我伸手打算啟動離心機，卻又躊躇不決。東西都固定好了嗎？突然有股力作用在船體上安全嗎？我想了一下，甩開這些念頭。聖母號持續加速了好幾年，區區一點離心力應該沒問題吧？

對吧？

正如過去數百位太空人的選擇，我決定相信設計這套系統的工程師，把我的生命交託在他們手裡，應該說，洛肯博士手裡。希望她有把工作做好。

我點選按鈕。

完全沒反應。我懷疑自己到底有沒有按對，說不定根本沒按到，我以前用手機也常笨手笨腳。

就在這個時候，尖銳的警報聲響徹整艘太空船。每隔幾秒就傳來三次刺耳的嗶嗶聲，而且一再重複，絕不可能有人沒聽到。我想這應該是最後警告，以防組員之間無法互相聯絡。

我抬起頭，發現噬日觀測鏡螢幕轉為鎖定模式，證實了我之前的懷疑。聖母號引擎的確是以噬日菌為動力。其實推論的當下我就覺得答案很明顯，只是現在才百分之百確定。

嗶嗶聲戛然而止，什麼也沒發生。我注意到自己好像比剛才更靠近導航面板。我慢慢漂到駕駛艙邊緣，伸出手臂讓身體保持平衡，恢復穩定，再度漂向導航面板。

「喔喔喔——」我忍不住驚呼。

開始了。不是我往導航面板漂，是整個駕駛艙漂向我。太空船開始旋轉了。

所有事物都會改變方向。太空船旋轉的同時，組員艙也會跟著翻轉。情況有點複雜。

「呃……對了！」我雙腳往艙壁一蹬，坐到駕駛座上。

我的身體微微傾斜，更確切地說是駕駛艙傾斜。不對，說不通。沒有東西傾斜。太空船的旋轉速度愈來愈快，加速度數值愈飆愈高；此外，船體前半部已經與後半部分離，繞著兩組大型鉸鏈的軸轉動，一旦翻轉程序完成，機鼻就會指向船體後半部。這些運動都是同時發生，所以我感受到的力真的很怪，非常複雜，但我不必擔心這個問題，一切交由電腦處理。

我查看離心機面板上的數據。俯仰率為每秒〇・一七度，「組件離距」為二・四公尺。這時，一陣嗶嗶聲傳來，「組員艙角度」的讀數不停閃爍，上頭顯示為一百八十度。我想整個程序都已經提前設定完成，好盡量減少對系統和／或組員的衝擊。

駕駛座往上推，我的屁股感受到輕微的壓力。切換過程很順暢。我在一座恍若傾斜的艙室裡……體驗到愈來愈多重力。感覺真的很詭異。

我知道，從邏輯上來說，我在一艘旋轉的太空船上，但周遭除了一堆螢幕外，沒有窗戶可以看外面。我檢視對著光點一號的望遠鏡畫面，發現背景裡的星星沒有移動，大概是因為船體在旋轉，暫時切斷望遠鏡。攝影機的位置可能不在旋轉中心，所以軟體不太好處理。

我把愈來愈重的手臂放到扶手上。頸部肌肉閒置了好一陣子，看來又得開始用了。

程序跑了五分鐘後，我感受到的重力略小於正常地球重力。四聲嗶嗶聲響起，宣告程序結束。

我查看離心機螢幕，目前的俯仰率為每秒二十・七一度，總離距為一百零四公尺，實驗艙重力為1.0G。

太空船結構圖顯示，聖母號已經分離成兩節，組員艙機鼻往內指向另一節船體，兩段船體距離很遠，整個系統慢慢旋轉。呃，老實說轉得很快，只是以畫面上的尺度來說算慢的。

我解開駕駛座安全帶，走向減壓艙，開啟艙門。氨的臭味瞬間飄進駕駛艙，但沒有先前那麼難聞了。神祕的外星圓罐靜靜躺在地上，我伸出手指飛快碰了一下，判斷溫度。罐身還是有點溫熱，但不像之前那樣滾燙。很好，看來裡面沒有加熱器之類的奇怪裝置。一開始真的燙到不行。

我撿起圓罐。該來看看這東西是用什麼做的，裡面又裝了什麼。離開駕駛艙前，我又看了望遠鏡螢幕一眼。我不曉得自己為什麼要這樣。大概只是想知道附近的外星太空船在幹嘛吧。

光點一號在太空中不斷旋轉，速度可能和聖母號一模一樣。我猜他們看到我切換成離心機模式，以為是另一次訊息交流。

人類與外星智慧種族第一次溝通不良。很高興我能親身參與。

我把圓罐放在實驗桌上。該從哪裡開始呢？可以做的事太多了！

我先用蓋革計數器檢查它有沒有放射性。沒有。很好。

接著我用各式各樣的東西戳它，感受材質的硬度。非常硬。外觀看起來像金屬，感覺起來又不太像。我用萬用電表檢測它會不會導電。不會。有意思。

我拿出錘子和鑿子，打算敲下一小塊材料，用氣相色譜儀進行分析，這樣就能知道它的組成元素。我才用錘子敲了幾下，鑿子就缺裂一角，散落一堆金屬屑。圓罐本身半點凹痕都沒有。

「嗯。」

罐子太大，沒辦法放進氣相色譜儀，但我找到一臺看起來像條碼掃描器的手持式X射線光譜儀，不僅使用方便，還能讓我大概了解這個罐子的成分，雖然不如色譜儀精確，但有總比沒有好。

我快速掃描罐身，儀器顯示，罐子的組成物質是氙。

「不會吧……」

我拿著光譜儀掃描鋼製實驗桌，想確認儀器是否運作正常。結果顯示，桌子蘊含的元素有鐵、鎳、鉻等等，可見光譜儀本身沒問題。我再次檢測圓罐，得到與第一次掃描相同的古怪答案。我又掃了四次，每次都一樣。

為什麼我要測這麼多次？因為結果完全不合理。氙是一種惰性氣體，不會與其他物質產生化學反應，也不會和其他元素形成鍵結，而且在室溫下為氣體，但出於某種未知的原因，它成了這個固體圓罐的一部分？

沒有，不是罐子裡充滿氙氣還什麼。光譜儀沒辦法穿透物體進行深層掃描，只能檢測物體表面有哪些成分。要是拿來掃描鍍金鎳，螢幕上會顯示「黃金：100%」，因為它只測得到這些，只能告訴我圓罐表面是由哪些元素組成。答案顯然是氙氣無誤。

這臺手持式光譜儀沒辦法檢測到週期表順序在鋁之前的元素，所以這個罐子可能也含有碳、氫、氮等物質。至於檢測範圍內的元素……就是純氙。

「怎麼可能？」

我撲通一聲坐在實驗椅上，雙眼直盯著圓罐。這東西太怪了。會跟其他物質反應的惰性氣體叫什麼？偽惰性氣體？

不過，困惑倒是帶來一種好的副作用，讓我放下所有想解開謎團的瘋狂念頭，好好看看圓罐本身，這才發現原來距離頂部大約一英寸的地方有條細線，繞了圓周一圈。我用指甲感受那條線。肯定是某種痕跡。會不會是圓蓋？說不定罐子已經打開了。

我拿起圓罐，試著把頂部拔下來，可是沒用。我突然靈光一閃，用力轉轉看。還是不行。

不過外星人沒理由遵循「右緊左鬆」的規則吧？

我反向操作，把蓋子往右旋。動了！我的心跳漏了一拍。

我不停地轉，轉了九十度後，蓋子開始鬆脫，我便用力一拉，把圓罐分成兩節。

兩節裡面的內容物都很複雜，看起來像……某種模型？兩邊底部都伸出纖長的細鬚，末端綴著大大小小的球體，沒看到什麼活動零件。所有東西似乎都是用跟罐子一樣的古怪材料製成。

我先檢查罐子下半部。總得有個開始。

一根細鬚掛著……抽象雕塑？直立的「主幹」上岔出兩條更纖細的鬚絲，分別掛著一顆彈珠大小和一顆ＢＢ彈大小的球，還有一道奇怪的拋物線連結兩顆球頂部。看起來好眼熟……怎麼會……？

「噬日線！」我脫口而出。

那條弧線我已經看過太多次，早就刻在心底了。我的心撲通撲通狂跳。

「所以你是恆星。」我指著大球說。「這個小傢伙是行星。」

這些外星人知道噬日菌的存在，或至少知道有噬日線。但這似乎沒什麼意義。他們在一艘以噬日菌為燃料的太空船上，當然知道有噬日菌；我們在一個有噬日線的恆星系統中聊天，察覺到噬日線也不意外。根據我目前掌握到的資訊，天倉五可能是他們居住的星系。

不管怎樣，這是個好的開始。我們透過閃動引擎來「溝通」，所以他們知道我用噬日菌當燃料，也「看得到」噬日頻率（當然是在科學儀器的幫助下），進而推導出結論，認為我一定看得見噬日線。他們很聰明。

我繼續檢視另一半圓罐。數十根細鬚從底部竄升而立，長度各不相同，每根末端都有一顆直徑不到一毫米的球體。我用手指戳戳細鬚，發現它不會彎曲，於是我又往下壓，愈壓愈用力，力道之大，整個罐身都在桌上滑動。那些細絲般的物質所擁有的強度和韌度完全超乎常理。

我猜氙與其他物質反應時會產生某種強韌的化合物。這讓我溫柔的科學家之心非常惱火！我試著把這個想法從腦海中抹去，繼續回到手邊的工作。

我數了一下，一共有三十一根細鬚，每根末端都有一顆小球。數算過程中，我發現了一個特別的地方。有根細鬚從圓罐底部正中央探出來，但末端與眾不同，不是綴著小球。我瞇起眼睛，想看得清楚一點。

喔，是兩個大小不同的迷你球和一條弧線。我明白了，這是剛才那個噬日線模型的超迷你複製品，比例尺大概是二十分之一。

迷你噬日線模型上有一根更細的絲，將其連接到插在另一根細鬚末端的小球。不對，看起來不太像球。是另一個迷你噬日線模型。我仔細檢視其他部分，尋找更多迷你模型，但沒看到。只有中間和旁邊那個。

「等等……等一下……」

我拉開放有實驗艙電腦面板的抽屜。這些幾近無限的參考資料終於派上用場了。我找到一個超大表格，裡面有我所需的資訊，然後把表格複製到 Excel（史特拉喜歡經過測試的現成產品），再進行一系列運算，很快就得出我想要的數據圖，而且結果完全相符。

恆星，細鬚末端的小球是恆星。當然啦，不然還有什麼東西會出現噬日線？然而，這些球體不是隨便幾顆古老的恆星，而是特定的星體，每一顆都處於正確的相對位置，天倉五就落在中心。恆星位置數據圖的視角有點怪。我以三十度的角度握住罐身，稍微旋轉一下，讓那些球體與我的星圖位置吻合。

當然，所有地球數據都是以地球的軌道平面為基準，來自不同星球的人會用不同的座標系，但無論怎麼看，最終結果都一樣：這個圓罐裡裝的是本地恆星位置圖。

不知怎的，我突然對那根連結中心球體（天倉五）和另一個球體的細絲很感興趣。我查看星圖，尋找對應的恆星。原來那顆球代表波江座40。我敢打賭，那一定就是光點一號組員的家鄉。

這就是他們要給我的訊息。「我們來自波江座40星系，目前在天倉五星系。」

更重要的是，他們還說「波江座40和天倉五一樣有條噬日線。」

「你們也遇上同樣的麻煩嗎？」我自言自語。

那還用說！噬日菌正在侵蝕所有本地恆星。這些外星人來自一顆繞著波江座40運行的行星，波江座40就和太陽一樣被感染了！他們的科學技術非常先進，因此做了跟我們一樣的決定：打造一艘太空船，去天倉五看看為什麼它不受影響！

「天哪！」我失聲驚呼。

對，我太早下結論了。也許他們從噬日線中採集噬日菌，將之視為有用的資源；也許他們發明了噬日菌；也許他們只是覺得噬日線很美……有無數種可能。但最有可能的是，以我偏頗的眼光來看，他們來這裡是為了尋找解決辦法。

外星人。

真正的外星人。

來自波江座 40 星系的外星人，所以是波江座 40 星系人？好難唸又好難記。還是叫波江星人（Eridians）？英文聽起來有點像「銥」（iridium），元素週期表上發音最酷的元素之一。好，就叫他們波江星人。

我想該怎麼回覆很明顯了。

前幾天我徹底清查實驗艙，知道其中一個抽屜裡有整套電子工具組。重點是哪一個。

不用說，我忘得一乾二淨。我花了好一段時間翻找，過程中盡量不罵髒話，終於，皇天不負苦心人。

我沒有氙晶（這是我幫那個古怪外星化合物取的名字，誰都阻止不了我），但有焊料和電烙鐵。我取下一小段焊料，熔化一端，黏在那顆代表天倉五的球體上。幸好黏得很牢，讓我鬆了一口氣。氙晶這種東西真是難以捉摸。

我仔細查看模型中眾多小恆星，找出太陽是哪一顆，然後檢查一次，兩次，三次，確定自己沒搞錯，再把焊料另一端焊接到太陽上。

我翻遍實驗艙，找到一些堅硬的石蠟。經過幾番戳刺，來點明火加工，再參雜幾句不是很髒的髒話，終於以粗糙的手法大略複製出他們送來給我的噬日線雕塑。我把成品與模型中的太陽組合在一起，感覺還行，至少足以讓他們理解這個概念。

我看了一下。纖細光滑的氙晶鬚被歪七扭八、末端帶著一團不曉得什麼東西的焊料添加物和蹩腳的蠟製模型毀了，就像有人拿蠟筆在達文西作品一角畫畫一樣，但這是必要之惡。

我試著把兩節圓罐恢復原狀，可是裝不回去。我又試了一次，還是沒辦法。我突然想起波江星人是用左撇子的思路旋開、旋緊物品，因此我做了對我而言是轉開蓋子的動作。兩節罐身完美地接合在一起。

該把圓罐還給他們了。而且要有禮貌。

只是我做不到。至少太空船處於旋轉狀態時沒辦法。如果踏出減壓艙，我一定會飛進太空。

我抓起圓罐爬上駕駛艙，繫好座椅安全帶，然後輸入指令，讓太空船降低轉速。

就跟之前一樣，我感覺駕駛艙開始偏斜，只是這次往另外一個方向，同時我也很清楚實際上艙室並沒有傾斜，這只是我對橫向加速度的感知……嗯，隨便啦。

重力逐漸變小，艙室的傾斜感愈來愈弱，最後又回到無重力狀態。這次我沒有迷失方向。我想我掌管本能的原始爬蟲類腦已經能平靜面對重力來來去去的事實。終於，再度翻轉的駕駛艙與船體後半部接合，喀噠一聲，程序結束。

我穿上艙外太空衣，抓起圓罐，二度前進太空。這一次，由於不必拉著安全繫繩經過一個個扣鎖點，費力走到船體中心，我便將身上的繫繩扣在減壓艙內的扣環上。

光點一號停止旋轉，可能是看到聖母號切換模式的緣故吧。兩艘太空船之間的距離依舊維持兩百一十七公尺。

就算我不是傳奇四分衛喬・蒙坦納也能把這個罐子送過去，只要讓它朝著光點一號移動就好。

那艘太空船有一百多公尺寬，應該能命中目標。

我把圓罐推入太空。它以合理的速度漂離聖母號，大概每秒兩公尺，跟慢跑的步調差不多。這也算是一種訊息傳遞。我在告訴新朋友：「之後送東西可以快一點沒關係，我應付得來。」

圓罐穩定漂向波江星人的太空船，我轉身回到聖母號。

「好啦，兄弟們。」我說。「敵人的敵人就是朋友。如果噬日菌是你們的敵人，我就是你們的朋友。」

我密切注意望遠鏡螢幕。雖然有時我會把目光移開，有時會玩導航面板裡內建的接龍，但我大概每幾秒就會查看望遠鏡。稍早從實驗艙拿來的一雙厚手套差點漂走；我及時抓住手套，塞到駕駛座後面。

已經兩個小時了，外星朋友完全沒有回應。他們在等我傳遞其他訊息嗎？我才剛告訴他們我來自哪個星球，該換他們說點什麼了吧？

他們有輪流的概念嗎？還是只有人類才這樣？

要是波江星人有兩百萬年的壽命，等一百年再回覆才是有禮貌的行為，那該怎麼辦？

最右邊牌堆那張紅色的七要怎麼移啊？檯面上又沒有黑色的八——

嘿，有動靜了！

我飛也似地轉向望遠鏡螢幕，速度快到雙腿漂至半空中。另一個圓罐正朝著聖母號移動。我猜是那個有很多隻手臂的船體機器人不久前扔的。我檢查雷達螢幕，光點二號正以每秒一公尺多的速度前進。我只有幾分鐘時間著裝！

我匆匆穿上艙外太空衣，啟動減壓艙循環程序。一開啟外艙門，我就看見圓罐翻滾著漂過來。可能是先前那個，也可能是新的。這一次，圓罐直奔減壓艙。我猜他們應該是看到我從這裡進出太空船，決定給我個方便，讓事情變得輕鬆一點。

怎麼那麼貼心啊。

除此之外，他們也瞄得很準。一分鐘後，圓罐直接從敞開的艙口中央漂進艙內。我接住圓罐，對光點一號揮揮手，關上艙門。他們可能不懂揮手是什麼意思，但我覺得有必要打個招呼示意。

我回到駕駛艙，脫掉太空衣，讓圓罐在減壓艙附近漂浮。氨的氣味很強烈，不過這次我已經有心理準備了。

我戴上厚厚的實驗手套，抓起圓罐。即便透過防火手套，我也能感受到那股溫熱。我知道應該等它冷卻下來，但我不想等。

圓罐外觀看起來和之前的一樣。我用左撇子的方式旋開罐子；這次裡面裝的不是星圖，而是一個模型。是什麼的模型呢？

罐子底部矗立著一根細桿，上頭支撐著一個不規則物體。不對，是兩個不規則物體，中間還連著一根管子。嘿，等等，其中一個物體是聖母號。喔，另一個是光點一號。

模型本身沒有任何細節或紋理，卻足以讓我了解各個元素所代表的事物及背後的含義，成功傳達訊息。聖母號只有三英寸長，而光點一號將近八英寸。天哪，那艘船真的很大。

那連接兩艘太空船的管子呢？那條隧道從光點一號的菱形體中心一直延伸到聖母號的減壓艙，而且寬度剛好蓋住艙門。

他們想見面了。

9

我讓模型漂浮在駕駛艙中央。氤晶可說是堅不可摧，我完全不擔心它會撞到什麼東西而碎裂。這樣真的好嗎？我還有個星球要拯救。能與外星智慧生命見面是很棒沒錯，但冒這個險真的值得嗎？

波江星人很了解噬日菌，起碼知道能用它們來製造引擎、做為燃料。我覺得他們是想告訴我，他們來天倉五的原因跟我一樣。他們可能握有我不知道的情報，甚至有我苦心尋找的解決辦法，而且他們的態度似乎很友善。

有點像星際版的「陌生人給你糖果」。我不認識對方，但又想要糖果（情報）。

我還能怎麼做？無視他們？

我可以繼續執行任務，彷彿未曾注意到他們。他們看到我可能就和我看到他們一樣，嚇了一大跳。我認為他們可能會繼續試著對話，但不至於燃起敵意，變得有攻擊性。

還是他們會？我無從得知。

其實選擇很簡單，用膝蓋想也知道。我要和他們見面對談。若他們確實掌握關於噬日菌的資訊，不論是多瑣碎的事，我都得跟他們聊聊。對，是有風險，但聖母計畫本身就是個大風險。

好。假如我是他們，我會怎麼做？

我是波江星人，我想打造一條隧道，連接那艘奇怪的人類太空船，但我不曉得人類太空船是什麼做的，該如何確定隧道能牢牢接合或密封呢？氙晶的性能很強不用說，我也有很豐富的技術知識，但不管那艘太空船是「人類成分」還什麼東西組成，我要怎麼把氙晶和那些材料黏著起來？我已經送氙晶模型給人類了，他知道我有什麼，我卻不知道他有什麼。

他們需要聖母號的船體材料樣本，也必須看得懂、明白這是船體材料樣本。

「好吧。」我對著空氣說。

我不確定這個點子是好是壞，但我要敲下一塊船體。

我一把抓起艙外活動工具組。那些工具就放在實驗艙、編號17E的抽屜裡。我不久前才找到的，是一條可以扣在艙外太空衣及其他東西上的工具帶。史特拉那群人替我們準備了修理船體所需的一切，設備非常齊全。通常修東西是伊路奎娜的工作，但她已經不在了。

嗯，又是冷不防跳出來的隨機記憶。伊路奎娜是我們的工程師，我們的修繕妹子。好，現在換我當修繕哥。

我再次換上艙外太空衣，踏進太空。不停穿穿脫脫出艙入艙真的很煩。希望這條隧道能成功。

我把安全繫繩扣在扣鎖點上，一次一個，慢慢沿著船身前進，心裡忍不住想……

就算建了隧道又有什麼用？我很懷疑雙方的環境能不能相容。我們不能只是用隧道連接太空船，在那裡握手。我想隧道內部一定有很多氨。

還有，溫度也是個問題。那些圓罐到我手上時燙得要命。

我簡單算了一下，他們遞送的第一個圓罐在四十分鐘的路程中理應降低攝氏一百度以上（端看其原始溫度而定），但我拿到的時候，罐身依舊非常燙手，可見一開始的溫度有多高……大概遠高於水的沸點。

我努力保持淡定，不要胡思亂想，可是……拜託，我是科學家，那些是外星人耶。推測一下不過分吧。

會不會波江星人生活在溫度高於水沸點的環境裡？若真是如此，不就證明我的論點是對的！適居帶果然是胡說八道！不需要液態水也能孕育生命！

其實我應該把心思放在「與外星智慧生命的第一次接觸」或「拯救全人類」上，可是，媽的，所有人都說我錯了，我當然要花點時間高興一下，慶祝自己沒錯！

經過一番摸索，我終於找到一個適合敲破的地方。我經過船身向外擴展的部分，來到太空船加壓區尾端。如果我想得沒錯，我腳下是一個曾經裝滿噬日菌，現在卻空空如也的巨大燃料槽。破壞這裡的船體應該沒關係。

我拿出錘子和鑿子。這個做法不是很優雅，但我想不出更好的點子。我把鑿子一角擱在船體上，輕敲一下，立刻冒出一道明顯的凹痕。看來不需要花太多力氣就能鑿穿最外層。

我用錘子和鑿子敲出一個約六英寸的圓。鑿刻時我感覺得到船殼下方有一層東西，大概是絕緣材料吧。

我使勁用鑿子把那塊圓形船體撬出來。這時，原本堅實的下層結構突然塌陷，船體樣本就這樣飛進太空。

「可惡！」

我立刻蹬離船身，在繫繩快要繃緊前及時伸手抓住樣本。我喘了口氣，在心裡暗罵自己蠢，然後沿著繫繩回到船邊。我看著手上這塊圓形船體，發現似乎有種輕盈的發泡物質附著在下面，可能是保麗龍或其他更複雜的東西。

我把船體材料樣本拋向光點一號。

「希望你們都看到了，」我說，「因為我不會再做第二遍。」

他們都看到我這麼做了，一定知道我送過去的是船體樣本。希望這塊材料夠他們用。老實說，我連他們是想要還是需要這東西都不知道。說不定他們正在看著螢幕閒聊：「這個白痴在幹嘛？他是在自己的太空船上挖一個洞嗎？為什麼啊？」

我留在艙外，看著那塊圓形船體在天倉光下不停翻滾。光點一號上的多臂機器人沿著軌道滑動，準備接收樣本。就定位後，它便靜靜等待，抓準時機攫住目標，接得非常漂亮。

然後，我對天發誓，機器人向我揮手！它舉起一隻小手臂向我揮手！

我也揮手回應。

它再度揮手。

呃，再揮下去可能會沒完沒了。我決定動身返回減壓艙。

換你們了，兄弟。

他們應該會花上好一段時間才有回應。我已經開始覺得無聊了。

哇，我坐在一艘停泊於天倉五星系的太空船裡，等待不久前遇見且具有高度智慧的外星人回覆訊息……而且我好無聊。人類有種超凡的能力，可以接受反常的事物，使之化為正常。

我檢視雷達控制面板，看看還有哪些功能。點進「偏好設定」探尋一層又一層後，我終於找到我在找的東西：迫近警告參數。目前的設定值是一百公里。還算合理。在太空中多半會預設其他物體遠在數百萬公里或至少數萬公里之外；要是有塊岩石飛到距離太空船一百公里內的地方，問題就嚴重了。

我把設定值調降到○．二公里。原本我還擔心電腦會因為數值太低而拒絕更動，沒想到一下子就改好了。

我伸伸懶腰，漂離駕駛座。光點一號距離聖母號兩百一十七公尺，若拉近到兩百公尺，或是他們遞送的另一份禮物進入該範圍，迫近警報就會響起。我不必枯坐在這盯著螢幕看。只要光點一號有什麼值得關注的動靜，駕駛艙就會發出警告。

我往下漂進休眠艙。

「食物。」我說。

機械手臂從艙頂的神祕儲藏室拿出一個盒子，黏在我床上。改天我應該上去一探究竟，看看裡面有什麼可用的東西。我往天花板一蹬，朝下方的食物漂去。盒子的標籤上寫著「第十天．第一餐」，底部還有類似魔鬼氈的長條形貼片，可以把盒子固定在床單上。我打開盒蓋，裡面有個墨西哥捲餅。

不太確定我期待什麼。好吧，墨西哥捲餅。

而且是冷的墨西哥捲餅，接近室溫，內餡有燉豆、乳酪、少許紅醬……很好吃，但是冷的。不是組員在艙內吃不到熱的食物，就是電腦擔心剛從昏迷中甦醒的人會燙傷自己。大概是後者吧。

我往上漂進實驗艙，將墨西哥捲餅放進用來加熱樣本的高溫爐，等待幾分鐘，再用夾鉗把捲餅拿出來。熱呼呼的香濃乳酪冒著泡泡，一團蒸氣溢散出來，飄向四面八方。

我讓捲餅漂在半空中冷卻一下。

我忍不住竊笑。如果真的想要一個熱燙的墨西哥捲餅，可以啟動自旋驅動裝置，著裝踏出艙外，用引擎發出的光照射捲餅，一眨眼就加熱完成。只是手臂會隨著捲餅和噴射範圍內的一切瞬間汽化，因為——

「歡迎來到小俄羅斯！」狄米崔站在航空母艦下層的機庫甲板上，浮誇地揮手大喊。整個空間被改造成一座滿是高科技設備的實驗室。數十名身穿實驗袍的科學家埋首研究，不時以俄語互相交談。我們都叫他們「狄米崔的人」。

也許我們不該花那麼多心力取那些有的沒的名字。

我緊握著小小的樣本容器，就像《小氣財神》裡的守財奴「史顧己」抓著一袋硬幣。

「我對這個安排很不滿意。」

「喔，好了啦。」史特拉說。

「目前我只繁殖出八公克噬日菌，就要犧牲兩公克？兩公克聽起來可能不多，但裡面有九百五十億個噬日菌細胞耶。」

「這是為了一個偉大的計畫，我的朋友！」狄米崔說。「你一定會喜歡。快，快進來！」

他帶我和史特拉走進主實驗室。實驗室中間矗立著一座巨大的圓柱形真空室。透過敞開的門可以看到裡面有三名技術人員正在準備，把一些器材安裝在桌子上。

狄米崔用俄語對他們說了幾句話，他們也回了幾句，然後他又指著我說了些什麼。技術人員露出笑容，用俄語嘰嘰喳喳，聽起來很開心。

史特拉立刻用俄語打斷他們，口氣非常嚴厲。

「對不起。」狄米崔說。「朋友們，為了美國人，現在暫時都講英文！」

「你好，美國人！」一位技術人員向我打招呼。「我為你說英文！你有燃料嗎？」

「我有一點燃料……」我把樣本容器抓得更緊。

「格雷斯博士，交出樣本。」史特拉看著我，就像我看著班上固執的學生。

「妳知道我的繁殖設備會讓噬日菌數量隨著時間翻倍吧？現在拿走兩公克就跟下個月拿走四公克一樣。」

她一把搶走我手中的容器，遞給狄米崔。

「今天是美好的一天。」他舉起金屬樣本小瓶，細細欣賞。「我期待了好久，這天終於來了。格雷斯博士，請容我向你介紹我的自旋驅動裝置！」

他示意我跟著他，然後蹦蹦跳跳地踏上階梯，進入真空室。技術人員一個接一個離開，挪出空間給我們。

「都安裝好了。」其中一名技術人員說。「全數檢查完成。準備好接受測試。」

「很好，很好。」狄米崔說。「格雷斯博士，史特拉小姐，來，請進！」

他引著我和史特拉進入真空室。只見牆上靠著一塊又厚又亮的金屬板，房間中央有張圓桌，上面放著某種裝置。

「這就是自旋驅動裝置。」狄米崔笑著說。

不是什麼複雜的東西。那個裝置約有幾英尺寬，上頭布滿許多小孔，主結構大致呈圓形，但有一側截成平面，無數感測器和電線從小孔中探出來。

狄米崔取下裝置頂端的外殼，露出內部。裡面有個嵌在轉子上的三角形結構，設計比剛才看到的裝置外觀複雜。狄米崔讓它輕輕轉一圈。「懂了嗎？旋轉。自旋驅動裝置。」

「運轉的原理是什麼？」我問道。

「這是旋轉器，用高抗拉強度的透明聚碳酸酯製成。」他指著三角形說。「而這裡——」他指著旋轉器和裝置外殼間的小縫隙。「負責添加燃料。旋轉器內部的紅外線發射器會發射出少量波長為四．二六微米和十八．三一微米的光，吸引噬日菌，讓噬日菌跑向旋轉器。不是衝撞旋轉器喔。噬日菌推力取決紅外光強度，光線愈弱，推力愈小，但這些光足以使噬日菌附著在表面。」

「旋轉一百二十度。」他旋轉三角形，將其中一邊對齊外殼平坦的部分。「現在，表面黏著噬日菌的旋轉器指向太空船尾部。內部的紅外光開始增強，噬日菌變得非常興奮，努力朝紅外光邁進！它們的推力，也就是噬日頻率光會從船尾噴射出去，推動太空船前進。數以百萬計的小噬日菌推著太空船讓它飛。懂嗎？」

我彎腰查看裝置。「我明白了……這樣船體所有區域都能遠離噬日頻率光的噴射範圍。」

「對，沒錯！」狄米崔說。「噬日菌推力只受限於吸引它們的紅外光亮度。我做了很多運算，結論是最好讓噬日菌在引擎運轉後四秒耗盡所有能量。速度太快、推力太強，都會弄壞旋轉器。」

「這裡是清潔區。」他又把旋轉器轉了一百二十度，指著另外三分之一的外殼說。「橡皮刮刀會刮除旋轉器上死掉的噬日菌。」

「這三區會同時運轉。」他指指清潔區、燃料添加區和開放面。「這區清除這一面的死菌時，燃料添加區會將下一批噬日菌送到那一面，而另外一面則指向船尾，提供推力。這條管線會讓三角形指向船尾的部分不停推進。」

狄米崔打開噬日菌樣本瓶，放進燃料室。我猜因為噬日菌會自己找到通往三角面的路，因此不用做什麼特殊處理。他應該只是……讓燃料本身看見紅外線。

「來吧，我們走。」他說。「實驗時間到！」

我們離開真空室，狄米崔關上門，用俄語喊了幾句，所有俄國研究人員異口同聲重複他說的話。大家全都走到機庫甲板另一邊，我們也不例外。

他們在那裡擺了一張折疊桌，上面有臺顯示西里爾文的筆記型電腦。

「史特拉小姐，目前航空母艦離最近的陸地有多遠？」狄米崔問道。

「大約三百公里。」史特拉回答。

「太好了。」

「等等，為什麼？」我插嘴。「為什麼這樣叫好？」

「就是……」狄米崔噘起嘴唇。「很好。該來點科學啦！」

他按下按鈕。海灣彼端傳來低沉的轟隆聲，緊接著一陣嗡鳴，然後歸於平靜。

「實驗完成。」他俯身查看螢幕。「六萬牛頓力！」

「60,000 ньютонов！」他轉向其他俄國人。大家激動歡呼。

「很多，對吧？」史特拉對我說。

我張大嘴巴呆呆地望著狄米崔，一時無法回神。「你剛才是說六萬牛頓嗎？」

「對！六萬牛頓！」他興奮地揮舞拳頭。「持續一百微秒！」

「我的天啊。就那些小傢伙？」我不自覺往前走。我得親眼看看才行。

「不行，你要留在這裡，朋友。」狄米崔抓住我的手臂。「大家都待在這裡。剛才釋放了十八億焦耳的光能，這就是為什麼我們需要真空室和一千公斤的矽。真空室裡沒有空氣可以離子化，所以光會直接射向矽板。金屬熔化，表示能量被吸收。看到了嗎？」

「這是真空室裡的攝影機影像。」他把筆電轉向我。「這團發光的物體就是剛才那塊厚金屬板。」

「哇……」我說。

「對，沒錯。」狄米崔說。「愛因斯坦先生和他偉大的 $E=mc^2$。我們讓冷卻系統替設備降溫一下，用海水，大概幾個小時。等等就好了。」

我滿懷敬畏地搖搖頭。狄米崔的自旋驅動裝置只花了短短一百微秒就熔化了一公噸的金屬。那些噬日菌隨著時間一點一滴從航空母艦的核反應爐中獲取能量，將這麼多能量儲存在那麼小的身體裡。雖然之前算出來的數字早已說明一切，但親眼目睹結果被證實完全是另外一回事。

「等等……你剛才用了多少噬日菌？」

「我只能根據產生的推力來估算。」狄米崔笑著說。「應該將近二十微克。」

「我給了你整整兩公克！可以把剩下的還給我嗎？」

「別那麼貪心。」史特拉說。「狄米崔還需要樣本做進一步實驗。」她轉向他。「做得好。實際的驅動裝置有多大？」

「那麼大。」狄米崔指著影片說。「那就是實際的驅動裝置。」

「不是，我是說太空船上的。」

「就是那個。」他又指了一次。「妳想要安全、可靠又有備案，對嗎？所以我們不會只製造出一具大引擎，而是一千個小引擎。事實上是一千零九個。不僅足以承受太空船所需的推力，還綽綽有餘。旅途中有幾個引擎故障？沒問題，其他引擎會產出更多推力來彌補。」

「啊。」史特拉點點頭。「一堆小小的自旋驅動裝置。我喜歡。繼續努力。」

說完她便走向樓梯間。

「要是你一次把兩公克樣本全用掉……」我看著狄米崔。

「咻！我們會立刻蒸發。」他聳聳肩。「所有人，航空母艦也是。爆炸會造成小海嘯，不過我們離陸地三百公里，所以還好。」他拍拍我的背。「不然我欠你的那杯酒就要死後再還啦，對吧？

哈哈哈哈！」

「喔。」我邊嚼著捲餅邊自言自語。「原來自旋驅動裝置的原理是這樣啊。」

看來聖母號有一千個自旋驅動裝置（「一千零九個！」我在腦海中聽見狄米崔的聲音），至少一開始有這麼多。有些可能在旅途中報銷了。也許自旋驅動裝置控制台有面板可以追蹤各個裝置的狀態。

這時，迫近警報驟然響起，打斷了我的思緒。

「終於！」

我匆匆放下墨西哥捲餅（讓它在原地漂浮的意思），猛力向上一蹬，朝駕駛艙漂去。休眠艙往實驗艙與實驗艙往駕駛艙的艙口位置並不在同一直線上，但只要拿捏得恰到好處，就可以沿著一條對角線直接穿過兩個艙口。

可惜這次我的角度有點偏，途中不得不用手撐離實驗艙壁。儘管如此，我還是有進步，動作也愈來愈上手。

我查看雷達面板，果然，光點一號逐漸接近！這次不是圓罐，而是整艘太空船朝著聖母號而來，速度徐緩，感覺相當從容。也許他們想用較沒威脅性的方式接近？不管怎樣，他們就快到了。

光點一號的船身似乎多了一個新的結構。大小等同於整艘聖母號的菱形體上豎立著一根長長的圓管，多臂船體機器人就坐在旁邊，看起來很自豪，也可能是我把對方擬人化了。

管子看起來像氙晶。斑駁的灰色雜揉著淺褐色，管身帶有顆粒狀線條。從這個角度很難看出個所以然，但管子好像是空心的。

我大概知道接下來會發生什麼事了。根據先前的模型，他們應該會把隧道另一端靠在聖母號減壓艙的位置。

可是他們要怎麼接合？聖母號減壓艙確實有對接能力（可能是方便另一艘太空船把我和其他組員送到聖母號上），但我總不能指望波江星人了解減壓艙所有複雜功能吧？

光點一號的船緣愈來愈近。萬一出了差錯怎麼辦？萬一他們計算有誤怎麼辦？萬一他們不小心在聖母號船體上戳個洞怎麼辦？人類種族存續與滅絕之間只有一人之隔，那個人就是我。我們會因為外星人數學算錯而滅亡嗎？

我急忙漂向減壓艙，在最短的時間內套上艙外太空衣。小心駛得萬年船。

現在光點一號距離聖母號極近，花色斑駁的船體填滿了望遠鏡螢幕。我立刻切換到艙外攝影機。聖母號船身上架設了許多攝影鏡頭，可以用艙外活動面板中的視窗操控，我猜應該是方便艙內指揮官掌握艙外活動組員的狀況和行蹤。

那條隧道長約二十英尺，或是七公尺。天啊，有時身為美國科學家真的很煩，經常會根據當下的情況隨意採用不同的單位制，思考模式難以預測。

船體機器人伸出幾隻原先縮得超短的手臂。我完全沒料到它有這種功能。手臂一路探延至隧道另一端，伸向聖母號。嗯，一點也不恐怖。只是五隻不斷增長的外星機械手臂朝我的太空船大門直衝而來嘛，沒什麼好怕的。

每隻手臂的「三指手」都握著……某個東西，看起來像兩端嵌著平板、有彎度的長條形裝置，類似馬克杯把手。其中三隻手臂將平坦的部分黏在聖母號船體上，緊接著另外兩隻手臂也做了一樣的動作，隨後五隻一起往後縮，將聖母號拉向隧道。

好，看來那些扁平的東西是把手。它們是怎麼固定在聖母號上的？好問題。聖母號船體表面非常光滑，由不具磁性的鋁打造而成（我怎麼會突然想起這個？），因此把手並不是藉由機械方式連接聖母號。一定是黏著劑。

這樣就說得通了。

他們當然不會在那邊慢慢摸索對接系統的運作機制，而是直接把隧道一端黏在我的太空船上。這樣簡單多了。

聖母號發出低沉的嘎吱聲。這艘船艦重達十萬公斤，絕不是那種可以拉著減壓艙拖行的設計。船體承受得住嗎？

我再次確認艙外太空衣的密封狀態。

周圍的駕駛艙以緩慢的速度移動，每秒只有幾公分。嘿，我是用公制來描述小型太空船的速度！比「每兩週幾腕尺」之類的單位好多了。

我緊貼著艙壁。由於爬蟲類腦的驅使，我想離減壓艙遠一點。那邊感覺很可怕。

砰！

隧道撞上船體，喀噠聲與刮擦聲隨之而來。我連忙查看艙外攝影機。

隧道口牢牢固定在減壓艙外圍艙隙，寬度大於整座艙門。我猜隧道已銜接完畢，他們的黏著劑應該能保壓。這些外星人連我的大氣壓力是多少都不知道，那個黏著劑的成分究竟是什麼？我腦子裡冒出好多好多問題。

戴著艙外太空手套沒辦法操作駕駛艙面板。真希望我能放大螢幕等等。我瞇起眼睛檢視其中一個畫面，看來隧道的確緊貼著聖母號船體。接合點周圍的表面有些彎度，曲線略為複雜，但波江星人完美複製了那個區塊。

過沒多久，機器人手臂便鬆開把手，將那些裝置留在聖母號船體上。

減壓艙發出悶響，聽起來像嘶嘶聲。該不會是氣流吧？隧道正在加壓！

我心跳加速。聖母號撐得住嗎？萬一他們的空氣能溶解鋁怎麼辦？萬一鋁對他們來說含有劇毒，聞到就會立刻喪命怎麼辦？這個主意糟透了！

這時，嘶嘶聲驟然停止。

我吞了一口口水。

他們完成了，目前沒有東西溶解。我漂向減壓艙想看一下。

當然，剛才為了增強防護，兩道減壓艙門都處於緊閉狀態，以防他們連接隧道時撞出裂縫或缺口。我打開內艙門漂進去，從舷窗向外窺探。

眼前的黑不再是無垠太空的黑，而是幽暗隧道的黑。我打開頭盔上的照明燈，歪頭調整角度，讓光線照透舷窗。

隧道盡頭太近了。不是說這樣不好，我的意思是，另一端的距離似乎與隧道本身的長度不符，不是二十英尺，比較像十英尺，而且隧道末端的牆壁上綴滿彩色六角形圖案，其他部分則是由帶著灰色與淺褐色斑點的氙晶構成。

原來如此。他們不光只是搭建隧道而已，還讓聖母號與光點一號的減壓艙對接，中間隔著一道牆。

真高明。

我關上內艙門，啟動減壓程序，接著轉動外艙門握柄一推，艙門輕鬆敞開。看來隧道處於真空狀態。至少我這邊這一段是這樣。

我明白了。這是測試。他們擔心的跟我一樣，決定讓我先用我的空氣加壓一半隧道，看看情況如何。不是成功，就是失敗。成功的話很好！要是失敗，他們會改用其他方法，或要我做些嘗試。

好，來看看結果如何。

我重新加壓減壓艙。電腦拒絕啟動程序，因為外艙門沒關。很高興知道聖母號有安全互鎖系統，但我得跳過這個環節才行。

要這麼做其實不難。有個手動安全閥可以繞過電腦控制系統，讓艙內空氣進入減壓艙。你不會希望有人死於軟體故障吧？

我打開安全閥。聖母號艙內的空氣快速湧入，穿過全然敞開的減壓艙門，灌進隧道。不到三分鐘，氣流逐漸變慢，最終完全停止。我查看太空衣讀數，目前外部壓力為四百百帕，聖母號艙內的壓力與這段隧道中的壓力相同。

我關閉安全閥，靜靜等候，同時密切監測艙外太空衣上的外部壓力計。壓力仍維持在四百百帕。隧道密封得很好。

波江星人知道怎麼將氙晶與鋁黏合。這還用說。鋁是一種元素，能發明出氙晶的物種對元素週期表的了解鐵定比人類多上千倍。

放手一搏的時候到了。我打開太空衣艙蓋，從背後爬出來。空氣中瀰漫著濃濃的氨味，但還算可以呼吸，畢竟這是來自艙內的空氣。我往後靠向減壓艙，關上太空衣艙蓋。頭盔上的照明燈是我唯一的光源，所以我用了點小花招，讓燈光一直對著隧道盡頭。

我漂向那道神祕的牆，伸出手想觸摸看看，卻猛然打住。我在離牆還有幾英寸遠的地方就能感覺到熱。看來波江星人喜歡高溫。

事實上我開始冒汗了。隧道壁讓氣溫節節攀升，感覺不是很舒服，但也不算太糟。如果我想控制氣溫，可以打開減壓艙內艙門，讓維生系統解決這個問題。我這邊保持涼爽，他們那邊可以繼續熱下去。

儘管額頭滲出汗珠，強烈的氨臭熏得我雙眼泛淚，我仍堅持留在原地。我實在是太好奇了。能怪我嗎？

牆面上至少有二十個小六角形，顏色、質地和紋理各不相同，其中有些好像是半透明的。我應該一個個記錄下來，釐清它們的組成物質。我湊近細看，發現那些六角形邊緣有接縫。

這時，我聽見牆的另一邊傳來一陣聲響：

叩、叩、叩。

10

他們敲牆壁了，我得回敲才有禮貌。由於那面牆很燙，我便用指關節以最快的速度敲擊。

我像他們一樣敲了三下。

對方沒有立刻回應。我仔細端詳牆面，依我看應該有四十個六角形，似乎每個都獨一無二。會不會是不同的物質？我覺得自己該做點什麼，可是要幹嘛呢？

他們在監視我嗎？但我沒看到任何類似攝影機的東西。

我先舉起一根手指示意，再指指聖母號減壓艙。不曉得他們看不看得到，或知不知道那個手勢的意思。我往六角牆一蹬，回到減壓艙打開內艙門。兩側的壓力相同，沒理由不讓減壓艙開著。假如隧道出現壓力損失，從太空船裡流失的空氣會砰地關上內艙門，我還是會活得好好的。

我前往實驗艙，拿個袋子裝了些精挑細選的工具，返回隧道。

首先，我用膠帶將LED燈固定在隧道沿線各點，讓光線對準六角牆。至少現在我看得見自己在幹嘛了。我拿出可靠的手持式X射線光譜儀，掃描其中一個六角形。是氙晶，和他們稍早給我的圓罐成分差不多。

我是說差不多。

兩者所含的微量元素略微不同。有意思。也許氙晶就像鋼，有很多不同的配方？我檢測另一個六角形，組成元素也不一樣。

我猜不同種類的氙晶適用於不同的情況。他們不知道我這邊的空氣有哪些成分，因此想先測試一下各種化合物的抵抗力，等我離開隧道後再檢查那些六角形，決定使用哪種氙晶。

那我應該先離開才對。要不要為了他們讓我這邊的隧道減壓？這樣好像比較有禮貌，做起來也很簡單，只要啟動減壓艙循環程序就好。它可能會想：「天哪，今天我裡面的空氣還真多！」同時不斷抽氣，達到真空狀態為止。

不過話說回來，也許他們想對這邊的空氣進行採樣。若是如此，就應該不要減壓對吧？

我決定維持原狀。他們可能有特殊的取樣技術。如果建造這條隧道的是我，我也會這麼做，況且他們似乎聰明絕頂。

我轉身準備返回減壓艙。就在這個時候，我的眼角餘光瞄到了什麼。有動靜了！

我立刻將注意力轉回六角牆。什麼都沒變。但我發誓，我真的看到有東西在動。其中幾個六角形閃閃發光……我大概是瞥見自己的倒影吧。

等等……

有個六角形格外明顯。怎麼會這樣？

就在隧道壁附近，不是很清楚。我漂過去細看。

「天啊！」我失聲大喊。

這個六角形是透明的！其他的都不透明，只有這個像玻璃一樣！我急忙從壁面拔下一盞燈，照著那個六角形，還把頭貼在滾燙的牆上，好看得清楚一點。

光線穿透六角形，射到牆的另一邊。我能看到那一側的隧道壁，視野非常清晰，沒有遮蔽物阻礙，可見那邊不是真空，就是空氣非常清澈。

突然間，透明六角形另一側被石頭打中。那塊石頭就停留在那裡，離我只有幾英寸遠，大致呈三角形，算是深褐色，邊緣為粗糙的鋸齒狀，有點像山頂洞人的矛尖。

難道我遇見的是太空裡的山頂洞人？

好了，萊倫，別蠢了。

他們在那裡放石頭幹嘛？石頭是黏的嗎？是不是想擋住我的視線？如果是這樣，那他們的手法未免太隨便。這個小三角形最厚的地方只有幾英寸寬，而六角形的對邊長足足有八英寸。

事情的發展愈來愈荒謬。那塊石頭好像有關節一樣，居然在彎曲，另外還多了兩塊類似的石頭做一樣的動作，三個全都連接到一塊長條形岩石——

那不是岩石。是爪子！一隻有三根手指的爪子！

我急著想看到更多，便把臉貼在透明六角形上。很燙，但我抑制著想離開的衝動；很痛，沒錯，而且還可能會留下傷痕。我應該回實驗艙拿攝影機才對，可是……拜託，這種時候誰會想那麼多。

我的臉陣陣熱辣，痛得我忍不住呻吟。但辛苦總算有了回報，現在我看得更清楚了。

外星人的爪子……呃，我還是稱之為「手」，這樣感覺沒那麼可怕。外星人的手有三根三角形手指，每根手指都有關節點，我想應該是指關節，可以縮小成雨滴狀，也可以伸長擴張，變成像只有三條腿的海星。

至於皮膚看起來很怪，好像黑褐色岩石，不僅形狀不規則，表面也凹凸嶙峋，彷彿有人用花崗岩雕了一隻手，但一直沒時間磨平。或許是天然的護甲？類似龜殼，只是沒那麼整齊？

另外還有一隻手臂，可是無論我怎麼愚蠢地把臉壓上熱燙的疼痛之牆，從這個角度就是看不到。但手上面一定連著手臂。不可能沒有吧？難道就一隻漂浮在半空中的神奇魔手？

我再也受不了這種高溫了。我移開頭，摸摸臉，有種刺熱的痛楚，但沒起水泡。

叩叩叩。

外星人用手指敲敲透明的六角形。我也用手指輕敲三下。

他又敲了三下，我也跟著回敲。

接下來，詭異的事發生了。他的爪——手縮回去，拿了一個東西，將其緊靠在透明六角形上。不管那是什麼，尺寸都很小。我靠近牆壁，好看得清楚一點。高溫讓我的臉暖熱起來。

當然啦，那個東西是氙晶，約有半英寸高，細節非常精緻，看起來像個洋娃娃，只是有顆超大的頭，以及粗壯的手臂和腿——

「喔！」

是我。那是一件迷你俄羅斯海鷹－MKS2 艙外太空衣。他們目前看到的我就長這樣。

另一隻手出現了。嘿，我就有兩隻手，所以他們有也沒什麼好驚訝的。第二隻手拿著聖母號模型，看起來和我的小雕像一樣大，接著那兩隻手將迷你我推進聖母號模型的減壓艙。

訊息很清楚。他在說：「回到你的太空船上。」

我豎起大拇指。外星人鬆開手，讓迷你我和聖母號模型漂走，然後將一隻手扭曲成類似豎起拇指的手勢，將兩根手指圈成圓形，第三根手指朝上。至少朝上的不是中間那根。

我回到聖母號，關上身後的減壓艙，整個人激動到喘不過氣。我真不敢相信剛才發生的事。

那是外星人。我剛看到一個外星人。不光是一艘外星太空船，還有活生生的外星人，應該說只看到他的爪——呃……手。總之，對，外星人。

嗯，我說「他」的手，但也許是「她」的手，或其他人類沒有字眼可以描述的代名詞。據我所知，外星人可能有十七種生理性別，或根本無性別之分。沒有人討論過第一次接觸外星智慧生命真正的難題：代名詞。我決定暫時用「他」，因為用「它」來指稱一個會思考的生命感覺很沒禮貌。

還有，他的名字叫洛基。

好吧，現在呢？洛基叫我回太空船。我照做了。

我覺得自己有點蠢。我不是還有一大堆科學研究要做嗎？

我從減壓艙的舷窗往外看。剛才那些用膠帶固定的燈依舊貼在隧道壁上，看得出來環境有點……變化。

六角牆不見了。徹底消失。我可以一路看到光點一號的船體，還有上頭的船體機器人伸出幾隻機械小手東忙西忙。

嗯，從廣義上說，機器人的手看起來就像洛基的手。三根手指，大小也差不多，可能是他在太空船裡戴著任天堂威力手套之類的東西操控。

媽啊，我真的有夠老。

機器人對我的燈特別感興趣。廢話，換作是我也會很好奇。這些可是外星工藝和外星技術耶。當然啦，那不過是燈光，但對那邊的波江星朋友來說是外星人的光，搞不好還是他們有史以來最振奮人心的科學大發現。機器人手臂把燈放進光點一號船體上的小儲藏室裡，鎖上門閂。我敢說，那些絕對會變成燈具史上研究得最認真、最透徹的燈具。

我很高興他們能有興奮發掘、探索新知的時刻，但他們拿走了我的光源。隧道變得一片漆黑，我只能聽見偶爾傳來的喀喀聲。

這件事本身就很耐人尋味。我不是來自波江座40星系的外星人，但若要用遙控機器人工作，我一定會在機器人上裝設光源和攝影機，好看清楚自己在做什麼。可是他們不用。他們不需要光。

哎，等等。說不定他們的可見光譜與我們截然迥異。在各種波長的光中，人類只看得見一小部分。我們演化到可以目視地球上含量最多的波長，也許波江星人演化成可以看見不同的波長。隧道內搞不好是用紅外光或紫外光照明，所以我什麼都看不見。

嗯，機器人。為什麼要用機器人？光點一號上明明就有生命體，而且幾分鐘前才出現——我的老兄洛基。為什麼要用機器人代替他？

真空環境。

他們可能把隧道裡的空氣全抽掉了。他們有我的船體樣本，知道船身成分是鋁，也知道大概的厚度。也許他們不確定聖母號能否承受外部壓力，或是他們的大氣碰到鋁會產生有害反應。

他們讓隧道處於真空狀態，所以必須用機器人工作。

我覺得自己好像福爾摩斯，什麼都沒看到，卻得出一大堆結論，而且是胡亂臆測、沒有證據的結論，就這樣！

實驗艙裡還有幾盞燈，我可以再弄一盞從舷窗照進去，看看洛基在做什麼。但我很快就會知道了。我可不想因為跑到太空船其他區域而錯過什麼有趣的事。

正當我想到這裡，有趣的事就發生了。

叩叩叩。

不，一點也不詭異。在離家十二光年的太空船上，有人敲門很正常。

好，需要來點燈光了。我像彈珠臺裡的彈珠咻地彈向實驗艙，抓了一盞燈回到駕駛艙，然後直接啟動減壓艙循環程序，不必像之前還得先穿上艙外太空衣。我打開兩道艙門的手動排氣閥，對隧道進行再加壓。結果就跟我想的一樣順利，隧道依舊密封得很好。

我打開外艙門，拿著燈漂進去。

六角牆消失了，換上一道以透明物質砌成的實心牆。洛基就在牆的另一邊。

他是蜘蛛，一隻屁股很大的蜘蛛。

我下意識要轉身逃跑，但理性腦接管了一切。

「冷靜……冷靜……他們很友善。」我對自己喊話，接著轉過身，面對眼前的畫面。

洛基的身形比人類小，跟拉布拉多犬差不多，五條腿以放射狀的形態從中央一個看似背甲的東西伸出來。背甲結構大致呈五角形，約十八英寸寬，九英寸厚，沒看到眼睛和臉。

每條腿（或應該說手臂？）的中間部位都有一個關節，我想就稱為肘部好了，而末端各有一隻手，所以他有五隻手，每隻都有我之前近距離看過的三角形手指，感覺五隻長得一模一樣。整體來說，他的外觀呈五角形對稱，我看不出有所謂的「正面」或「背面」。

除此之外，洛基有穿衣服。他的腿部赤裸，露出岩石般的皮膚，但背甲披著布，有點像一件有五個袖口的襯衫。我不曉得這件襯衫是什麼材質，不過看起來比一般的人類衣服厚，顏色是黯淡且深淺不一的綠褐色。

襯衫最上方開了一個大洞，類似人類的T恤領口。那個洞比背甲小，想必他是套上衣服往下拉，再將五隻手臂穿過對應的洞探出來。再次重申，就像人類的襯衫，只是領口微露出來的不是頭和脖子，而是一個皮膚帶殼、看起來如岩塊般堅硬的五角形。

洛基那邊的隧道嵌著扶手，牆面也有格柵。他一派輕鬆地用兩隻手抓住兩根欄杆。我想一旦你有五隻手，無重力不過是小意思，只要一、兩隻手負責抓穩，另外三隻手就能專心做事。

隧道對我來說有點窄，對他來說卻非常寬敞。

他舉起一隻閒置的手臂向我揮手。他知道這是人類的問候語，而且，天啊，他還會用。

我揮手回應。他又揮揮手。我搖搖頭。不要再揮手了。

他扭動「肩膀」，讓背甲來回旋轉，盡量做出「搖頭」的動作。我不知道該如何打破這場「有樣學樣」的僵局，但洛基解決了這個問題。

他用手指輕敲透明牆三次，然後伸直手指不動。他是在……指什麼嗎？

我往他指的方向看。哇，隧道裡有東西！他們留了禮物給我！

說真的，我沒注意到實在情有可原。外星人完全吸引了我的目光，根本無暇留意壁面上那些小玩意。

「好，來看看你留了什麼給我。」我說。

「♩♫♪♪♫」洛基說。

我的下巴差點掉下來。對，無重力，但還是差點掉下來。

這串聲響沒有任何字元發音或抑揚頓挫，只是單純的音符，就像鯨魚的歌聲，但又沒那麼像，因為同時有好幾首，應該說「鯨魚的和弦」比較貼切。他在回應我，表示他有聽覺能力。

值得注意的是，他的聲音落在我可聽的頻率範圍。雖然音符有高有低，但絕對聽得見。光是想到這點就讓人覺得不可思議。他來自別的星球，演化路線和我截然不同，雙方的音域卻相容。

最重要的是，他認為我發出的聲響值得回應。

「你們有語言！」我大吃一驚。「你們怎麼會有語言？你們根本沒嘴巴啊！」

「♫♫♩」洛基解釋道。

其實理性想想，要有文明才能建造出太空船，而要發展文明就必須具備溝通與交流的能力，所以他們當然有語言。有趣的是，他們就像人類一樣用聲音來溝通。是巧合嗎？也許不是。也許這是演化出那種特質最簡單的途徑。

「♪」洛基指著他們留給我的東西。

「喔，對。」我連忙回答。其實我對他們的語言更有興趣，想多了解一點，但洛基想知道我對他的禮物有什麼看法。

我漂上去察看。每樣東西都用我留下的膠帶貼在牆上。

那是一對球體，上頭各壓印著一個浮凸圖案。一個是聖母號，另一個是光點一號。

我撕掉膠帶，把聖母號球體拿下來。完全不燙。事實上，隧道裡一點也不熱。有意思。他們可能注意到我喜歡涼爽，所以做了點調整，讓環境變得更舒適。

球裡傳來喀啦喀啦的聲音。我搖一搖，側耳細聽。又是一陣喀啦喀啦聲。

我發現球上有條接縫，於是便將頂部和底部各往不同的方向轉。動了。果然是左撇子法則。

我望向洛基尋求他的認可，但他沒有臉，當然無所謂臉部表情。他只是漂浮在那裡看著我。呃，不算是看，因為他……沒有眼睛。不對，等等，他怎麼知道我在做什麼？他很明顯知道啊，不然不會揮手什麼的。他一定有眼睛，我可能只是沒認出來而已。

我把注意力轉回當下，打開球體，裡面有……一堆小球。

我嘆了口氣。這些內容物不但沒給出答案，反而還激起更多疑惑。

小球緩緩漂到空中，在我的視野內浮動。那些球並不是獨立分離的個體，而是用細繩串連起來，有如一條複雜的項鍊。我盡量把它們攤開。

它們看起來好像……串珠手銬。我想不到更好的詞了。兩圈串珠以一條絲線互相連結，每串各有八顆珠子，而那條功能類似橋樑的線上什麼都沒有。這些設計似乎是刻意為之，但我不懂背後有什麼含義。

或許另一顆有光點一號圖案的球能給我更多線索。我讓手銬漂浮在半空中，取下貼在壁上的球體，然後搖一搖，裡面同樣傳來喀啦喀啦的聲音。我把球轉開，又漂出一堆小珠子。

與手銬不同的是，這組結構很單純，只有一個圓圈，上面共有七顆珠子，不是八顆，另外還有三條連接線從圓圈探出來，末端各有一顆珠子，有點像一條掛著幾個墜飾的項鍊。

大球裡還有別的東西。我搖搖模型，漂出另一條項鍊。我看了一下，結構和我剛才檢視過的那條一樣。我不停搖晃，愈來愈多項鍊跑出來，全都一模一樣。我把所有項鍊收集好，塞進口袋裡。

「這讓我想起了什麼……」我捶捶額頭。「到底是什麼呢……」

洛基舉起一隻爪子輕敲背甲。我知道他只是在模仿我的動作，但又覺得他好像在說，「笨蛋，快想想！」

假如我的學生在場，我會怎麼跟他們說明這些小玩意？

為什麼我會突然想起我的學生？我腦海中浮現出教室的畫面，片段記憶閃現。我拿著一個分子模型解釋——

「分子！」我一把抓起手銬舉給洛基看。「這些是分子！你想告訴我一些跟化學有關的事！」

「♫♪♫♫♪」

可是，等等，這些分子很怪，感覺沒什麼意義。我看著手銬，沒有物質會形成這種分子結構啊。兩邊各有八個原子，中間用什麼東西連結？空空如也？那條連接線上半顆珠子也沒有，只是綁住絲線，把兩圈串珠繫在一起。

「原子！」我恍然大悟。「珠子代表質子，所以整圈串珠是原子，而這些細小的連接線是化學鍵！」

「好，如果是這樣……」我舉起手銬再數一遍。「這裡有兩個原子相互鍵結，每個原子各有八個質子。週期表上排序第八的元素是氧。兩個氧原子。氧氣！而且放在有聖母號圖案的球裡。」

「老兄，你真聰明。」我對著洛基舉起球。「這就是我呼吸的空氣！」

「那你的空氣是……」我抓起另一串珠子。「七個質子與三個各有一質子的原子相連。一個氮原子跟三個氫原子結合。氨！是氨！你呼吸的是氨氣！」

難怪他們留給我的小禮物都沾染了這股氣味。是他們的空氣殘留下來的痕跡。

「嗯。」我的笑容逐漸淡去。「你呼吸的是氨氣喔？」

我數數他們給我的小小氨氣項鍊。氧分子只有一個，但氨分子有二十九個。

我想了一下。

「喔，我明白了，我懂你的意思。」我看著洛基說。「你的大氣壓力是我的二十九倍。」

哇。我腦海中立刻蹦出兩個想法。第一，波江星人生活在超高壓環境，以地球來看，類似生活在一千英尺深的海底。第二，氙晶是種神奇的物質。我不確定那道牆有多厚，大概半英寸甚至更薄，一片沒經過強化的大平板（這是製造壓力容器最爛的形式）居然能承受相當於二十八大氣壓的壓力，見鬼了。再說他們整艘太空船都是用大平板組成，氙晶的抗拉強度絕對超乎想像。難怪我無法彎折或破壞他們稍早送來的東西。

我們的環境完全不相容。要是我進入他那邊的隧道，大概短短幾秒鐘就會死亡。我猜他在缺乏氨氣、只有二十九分之一標準大氣壓的情況下也會出現不適。

沒關係，這不是問題。我們可以用聲音溝通，也可以比手畫腳。這些方式都能開啟對話，互相交流。

我花了點時間好好消化一切。太驚人了。我有個外星朋友，還跟他聊天！我激動到難以掩飾內心的情緒。事實上，我根本連藏都沒藏。疲憊如潮水般襲捲全身，讓我幾乎無法集中精神。我已經兩天沒闔眼了。三不五時就有大事發生。我不能一直這樣沒日沒夜地熬下去。我得睡覺才行。

我舉起一根手指，做出「等一下」的動作。之前有比過，希望他還記得。他也舉起一根手指回應。我急忙轉身返回太空船，匆匆來到實驗艙。艙壁上有個傳統的指針時鐘，因為每個實驗室都需要這種時鐘。我花了點力氣，總算把鐘拔下來夾在腋下，還從工作桌上抓了一枝白板筆。

我穿過駕駛艙，進入外星隧道。洛基還在那裡。他看到我回來似乎很振奮。我怎麼知道？老實說我不知道，只是他換了位置，調整姿勢，感覺更加專注。

我把時鐘拿給他看，然後旋轉背面調整時間的刻度盤，想讓他看看指針移動的方式。他舉起一隻手畫圓。他懂了！

我把時鐘調到十二點，用白板筆從中心畫一條長線指向「12」，再畫一條短線指向「2」。其實我比較想睡滿八小時，但又不想讓洛基等太久，小睡兩個鐘頭勉強能接受。「等時鐘變成這樣，我就會回來。」我一邊解釋，彷彿這段說明有助於他理解我的想法。

「♩♪♫」他伸出兩隻手抓住……空氣，再把空氣拉向自己。

「什麼意思？」

他輕敲透明牆，指指時鐘，重複剛才的手勢。他希望時鐘離牆近一點嗎？

我把鐘舉向前。他似乎很興奮，加快速度做出拉動的手勢。我又把時鐘湊過去，都快貼上牆面了。他又比比動作，這次速度慢了一點。

我搞不懂他想要什麼，所以就把時鐘整個靠在牆上。他舉起幾隻手爪搖晃幾下。外星爵士手。是好事嗎？

算了，希望他明白我兩個小時後就會回來。我才轉身，背後旋即傳來叩牆的聲音。

「又怎麼了？」我問道。

「♪♪♫♪」他指著鐘說。時鐘稍微漂離了牆面。他不喜歡那樣。

「喔，好吧。」我把黏在隧道壁的膠帶圈扯下來拉直，撕成兩半，分別貼在時鐘左右兩側，把它固定在透明牆上。

洛基又比出爵士手。我想這手勢的意思應該是「對」或「同意」之類的肯定語，像點頭一樣。

我再次轉身準備離開，但是——叩叩叩！

「老兄，我只是想睡個該死的覺！」我飛快轉頭大喊。

他舉起一根手指。算你狠，竟然用我的手語來對付我。現在換我等了。好吧，很公平。我舉起手指表示了解。

洛基打開一道圓形艙門，進入太空船。門的尺寸對波江星人來說很剛好，但要是哪天我必須穿過那扇門，肯定得死命硬擠才擠得進去。他讓門敞開，身影消失在艙內。我很想知道門另一邊有什麼，但除了一團漆黑外什麼都看不見。

嗯……有意思。他的太空船裡黑壓壓一片。也許那扇門通往減壓艙，但就算是減壓艙也會有些燈光吧？

洛基可以四處走動沒問題，我也知道他看得見，能對我的手勢做出回應，這些在在強化了我先前那套關於波江星人的視覺理論：我認為他們的可見光譜與人類不同。也許他們能在紅外線或紫外線照射下目視一切。以洛基的角度來看，那個減壓艙可能非常明亮，我卻什麼都看不見；反過來說也一樣，我的燈對他而言完全沒用。

不曉得我們看得見的波長範圍有沒有重疊。說不定紅色（人類可見波長最短的顏色）是「♪♫♩」，他們可見的最長波長之類。值得研究一下。我應該帶各種顏色的光過來看看他能不能——

喔，他回來了。

洛基蹦蹦跳跳地進入隧道，用蜘蛛走路的方式沿著欄杆來到透明牆邊，動作非常優雅，不是他的無重力經驗豐富，就是波江星人真的很擅長攀爬。他們有五隻手與可相對的手指，況且他在星際間航行，所以可能兩者兼備。

他其中一隻手抓著一個裝置，舉起來給我看。那是……我不知道那是什麼。

外觀看起來像個圓筒（這些傢伙到底有多愛圓柱體），大約有一英尺長，六英寸寬。我可以看到他抓的地方讓外殼有些變形，也許是用泡棉之類的柔軟材料製成。筒身有五個水平對齊的方形小窗，裡面各有一個圖案，我想可能是字母，但這些並不是用墨水寫在紙上，而是位於一個平面，符號本身則往上浮起八分之一英寸左右。

「這樣啊。」我說。

右側的符號會轉動，換成別的符號。幾秒鐘後又變了一次，接著再一次。

「這是時鐘！」我終於懂了。「我拿時鐘給你看，所以你也拿時鐘給我看！」

我指指貼在透明牆上的時鐘，再指指他的。他舉起兩隻閒置的手搖動，做出爵士手。我也以爵士手回應。

我研究了一下波江星人的鐘（洛基就這樣徒手抓著讓我看），最右邊窗口的符號（大概是數字吧）會循序轉動，周而復始。它們嵌在轉子上，就像那種老派的電子鐘，過了一段時間，就換左邊的轉子轉一下，改變符號，以此類推。啊哈！

據我目前的觀察，最右邊的轉子每兩秒跳一次，嗯，應該兩秒多一點，共有六個不同的符號循環反覆，依序為「ℓ」、「I」、「V」、「λ」、「+」和「∀」。每次轉到「ℓ」，左邊下一個轉子就會走一格。大約一分鐘後，右邊數來第二個轉子會繞完六個符號，等到再次出現「ℓ」，右邊數來第三個轉子就會轉動。

看來他們的閱讀順序是從左到右，和英文一樣。純屬巧合的可能性很大。畢竟實際上只有從左到右、從右到左、從上到下、從下到上四種選擇，雙方相同的機率為四分之一。

他的時鐘對我來說很直觀，其運作原理就像里程表。「ℓ」顯然是他們的0，由此可知，「I」是1，「V」是2，「λ」是3，「+」是4，「∀」是5。那6到9呢？不存在。「∀」之後會回到「ℓ」，所以波江星人使用六進位制。

我教書這麼多年，發現最難讓學生理解的就是底數的概念。數字十沒什麼特別的，因為我們有十根手指，所以有十個不同的數字，就這麼簡單。洛基每隻手各有三根手指，我猜他們在算數時只會用到兩隻手（另外三隻手／腳可能得放在地上，讓身體保持穩定），所以他們有六根手指可用。

「我喜歡你，洛基！你太天才了！」

他也真的是天才！光是這個簡單的動作，他就讓我明白：

・波江星人的數字系統（六進位制）
・波江星人的數字寫法（ℓ、I、V、λ、+、∀）
・波江星人的閱讀順序（從左到右）
・波江星人的一秒有多長

我舉起一根手指，衝回聖母號拿碼表，回來替洛基的時鐘計時。我在第三個小窗改變符號時按下碼表。最右邊的轉子持續每兩秒左右跳一次，每跳六次，下一個轉子就會走一格。這得測上好一段時間，但我盡可能得到準確的數字。第三個轉子大約要一分半鐘才會轉一次。我想整個過程大概要花十分鐘左右，但我打算從頭盯到尾。

洛基覺得無聊了。至少我認為是這樣。他開始躁動不安，讓時鐘在透明分隔牆附近漂浮，自己則在隧道內徘徊。我不確定他是閒著還是在做什麼。他打開通往太空船的門準備爬進去，卻又停下腳步，似乎認真考慮了一下，然後改變主意，關上門。我還在這裡，他不想離開。畢竟我可能會說些或做些有趣的事。

「♪♪♩」他說。

「我知道，我知道。」我邊說邊舉起一根手指。

他舉起手指，繼續以緩慢的速度在隧道壁間彈來彈去。無重力步伐。

終於，第三個轉子走完一圈，我停止計時。總時間：五百一十一．〇秒。

我手邊沒有計算機，也興奮到不想浪費時間回船上拿，於是便掏出一支筆，在另一隻手掌上做長除法。波江星人的一秒等於地球的二．三六六秒。

我圈起答案，盯著那串數字看了良久，又在附近加了幾個驚嘆號，因為我覺得它們值得。

我知道看起來沒什麼，但這是非常重要的一步。洛基和我是太空人。一旦展開對話，談的肯定是科學。我們倆就這樣建立了一個基本時間單位。接下來：長度和質量！

不，不對，接下來：小睡片刻。我累壞了。我拿下牆上的時鐘，用白板筆把「2」圈起來，想盡量表達清楚，再把鐘用膠帶貼回原位。我揮揮手，洛基也揮手回應。我便轉身回太空船休息。

太扯了。我哪睡得著？怎麼可能有人遇上這些事還睡得著？發生的一切仍在我腦海中縈繞不去。外面有個外星人。

不知道他對噬日菌了解多少讓我很難受，但你無法用比手畫腳的方式與某人談論複雜的科學概念。我們需要一種共同的語言，無論有多原始、多粗淺都沒關係。

我只要繼續做當前的事就好，努力進行科學對話。物理學名詞和動詞，這些肯定是我們共享的概念。物理定律放諸四海皆準。一旦發展出足夠的詞彙來聊科學，我們就可以開始談噬日菌了。

「VVℓλI」秒後，我就會再度與洛基交談。這種時候誰還睡得著啊？我不可能——

11

我的碼表發出嗶嗶聲。我設定倒數兩小時，就在剛剛跳到零。我眨眨眼睛，發現自己在駕駛艙裡以胎兒的姿勢漂浮在半空中，還沒到休眠艙就睡死了。

我完全沒有得到休息的感覺，全身上下每個毛細孔都在叫我回去睡覺，但我已經告訴洛基我兩小時後會回去，我不想讓他認為人類不值得信任。

我是說……人類很不值得信任，但我不想讓他知道這件事。

我拖著沉重的腳步（無重力還可以拖著沉重的腳步？我的答案是：對）穿過減壓艙。洛基在隧道裡等我。看來我不在時他忙得很。現在隧道內有各種東西，讓人眼花撩亂。

波江星人的時鐘已裝在其中一道格柵上，符號隨著時間流轉持續跳動。不過更吸引我注意的是嵌在透明分隔牆上的箱子。那是個一立方英尺的正方體，以和牆壁相同的透明氙晶製成，伸進我這邊的隧道。

洛基那一側的箱子有一扇鑲著不透明氙晶邊框的平板門，還有一個正方形孔洞和一根完美契合的方形管。

箱子附近的管道上有……控制裝置？大概是按鈕吧？控制箱裡的電線沿著管道蜿蜒前行，與管道一同消失在光點一號裡。

至於我這邊的立方體有個把手，形狀和聖母號減壓艙的握柄差不多，就裝設在一片正方形平板上，就像洛基那一側——

「這是減壓艙！」我驚呼。「你在我們的減壓艙隧道裡打造了一座減壓艙！」

這招太高明了，堪稱絕妙。而且洛基和我都進得去。那條神祕管道可能是連接至光點一號內的幫浦之類，他可以藉此控制小艙室裡的空氣，那些按鈕等則是控制裝置。一晃眼，我們就有了互相傳遞東西的途徑。

我比出爵士手，他也做出爵士手回應。

嗯，又是正方形平板。誰會建造正方形減壓艙啊？尤其還用這種設計來應付波江星人的大氣壓力，就連讓迷你減壓艙運轉的管道也是正方形。他們明明就可以製造出圓形的氙晶，初次見面時他送給我的圓罐是圓的，這條隧道是圓的。

也許是我想太多了。氙晶非常堅硬，不必仔細塑形也能製成壓力容器。平板可能比較好做吧。

太厲害了。我舉起一根手指，洛基也做出同樣的手勢。我飛快漂向實驗艙拿捲尺；他讓我明白時間單位，換我告訴他長度單位。謝天謝地，捲尺是公制刻度。以六進位制算秒就夠讓人困惑了，我不想再加進英制瞎攪和，即便那是我慣用的度量衡單位也一樣。

我回到隧道舉起捲尺，拉出一截再鬆開，讓尺縮回去，重複做了幾次。洛基比出爵士手。我指指「方形艙」（不然要怎麼叫？），他又比出爵士手。

希望這代表裡面目前沒有二十九大氣壓的氨。只能親身驗證了……

我轉動握柄，打開這邊的艙門。門板輕輕鬆鬆向外敞開。

沒有東西爆炸。事實上，裡面甚至沒有氨的味道，但也不是真空，否則門根本連拉都拉不開。洛基讓艙內充滿地球的空氣。好貼心。

我把捲尺放到艙室中央附近，讓它漂浮在半空中，然後關上艙門，轉動握柄。

洛基按了一下控制鈕，一聲低沉的嗚嗚聲傳來，緊接著是一連串嘶嘶聲。朦朧的氣體從管道噴進艙室。大概是氨吧。捲尺宛若風中飄搖的落葉，在裡面彈來彈去。過沒多久，嘶嘶聲逐漸減緩，變得斷斷續續。

這時我才意識到自己的錯誤。

那是有工具級橡膠握把、非常硬實的金屬製工程用捲尺。問題是，波江星人喜歡高溫環境，多高我不知道，只知道比捲尺上的橡膠熔點高。

液態橡膠滴如波浪起伏般啵啵冒出來，因著表面張力黏附在捲尺上。洛基打開艙門，小心翼翼抓住那個有點不完美的金屬小禮物。至少捲尺還算完整。我想那應該是鋁製的。很高興知道波江星人的空氣沒熱到可以熔化捲尺。

洛基把捲尺拉近，橡膠團從捲尺上脫落，在隧道裡四處漂浮。

他戳戳橡膠團，結果黏在爪子上。他不費吹灰之力輕鬆抖掉橡膠，顯然溫度對他沒有影響，跟人甩乾手上的水沒兩樣。

若是在地球大氣中，那麼高溫的橡膠肯定會起火燃燒，產生難聞的有毒氣體。但洛基那邊沒有氧氣，所以橡膠只是……維持液態，漂到隧道壁上黏在那裡。

我對他聳聳肩。也許他會明白這個動作表示「抱歉」。

他也做了類似的動作，只是五個肩膀一起往上看起來真的很怪。不曉得他明不明白我的意思。他拉出一截捲尺，再讓尺彈回去。雖然他早就知道會這樣，感覺還是很驚訝。他鬆開捲尺，讓尺在眼前旋轉，接著抓住它又弄了一次。一而再，再而三。停不下來。

「對啊，很好玩。」我說。「你看上面的標記，那些是公分。公、分。」

他又拉出捲尺。「你看！」我指著尺說。

洛基只是不停拉出捲尺再放回去，看起來一點也不在乎上頭寫些什麼。

「可惡！」我舉起一根手指，回到實驗艙拿另一個捲尺。這座實驗艙應有盡有，再說，沒有備品的太空任務就不算真正的太空任務。我回到隧道。

洛基還在玩捲尺，玩得非常開心。他盡可能拉長捲尺，拉了約一公尺左右，再同時放開帶狀尺與捲尺本身。反衝與彈回的力道讓捲尺在他面前瘋狂旋轉。

「♩♪♫♪！」他發出一串音符。我很確定那是「雀躍尖聲歡呼」。

「你看，看這裡。」我拼命引起他的注意。「洛基，洛基！喂！」

他終於停止玩那個不是玩具的玩具。

「你看，這邊！看到了嗎？」我把我的捲尺拉出來，指著標記說。

他也把他的捲尺拉到跟我差不多的長度。幸好，上面的刻度還在，沒有被波江星人酷愛的熱燙高溫熔化或烤焦。

「看，一公分。」我指著標記一公分的地方。「這條線，這裡。」我不斷敲著刻度線。

他用雙手舉起捲尺，伸出第三隻手輕敲，節奏和我一致，但他敲的不是一公分刻度線，還差得遠了。

「這裡啦！」我用力敲敲標記。「你瞎了嗎？」

我猛然打住。

「等等，你看不見嗎？」

洛基又敲敲捲尺。

我一直以為他的眼睛一定就在某處，只是我看不出來。要是他根本就沒眼睛呢？

光點一號的減壓艙伸手不見五指，洛基依舊活動自如，完全不成問題，我以為他看得見我看不見的光頻率，但這個捲尺是帶著黑色標記的白色捲尺，無論可視光譜範圍大小，應該都能辨識出白底上的黑字。黑色會吸收所有光線，白色則會均勻反射各頻率的光。

等一下，這說不通啊。他知道我在做什麼，也會模仿我的手勢。若他缺乏視力，怎麼看得到我的鐘？還有他自己的鐘？

嗯……他的時鐘有浮凸的數字符號，厚度好像是八分之一英寸。現在回想起來，他在看我的鐘時確實有些困難，需要我用膠帶把鐘固定在分隔牆上；時鐘只是稍微漂離牆面，他也有意見。離分隔牆很近還不夠，非要貼在牆上不可。

「聲音？」我靈光一閃。「你是用聲音『看』嗎？」

這樣其實很合理。人類都能利用電磁波探察３Ｄ立體環境了，為什麼其他物種不能用聲波呢？原理都一樣，甚至地球上就有這種機制，例如蝙蝠和海豚會利用回聲定位來「看」世界。說不定波江星人也有這種能力，只是比較極端，與蝙蝠和海豚不同，波江星人有被動聲納，可利用環境聲波來辨識環境，而非發出特定的聲音來尋找、追蹤獵物。

雖然只是個理論，但有論據可循。

這就是為什麼他的時鐘數字有厚度，因為他的聲納無法探測到太薄的東西。我的鐘對他來說是個大挑戰。他看不到字，但手是實心物體，所以他感知得到動作。但整個時鐘都被包在塑膠……

「啊！」我拍拍額頭。「所以你要我把時鐘貼在牆上，這樣你才能清楚感受到內部反射的聲波。剛才給你捲尺也沒用，你根本看不到上面的字！」

他又玩了一下捲尺。

我舉起一根手指。他所有注意力都在捲尺玩具上，心不在焉地舉起一隻空閒的手回應我。

我火速漂回聖母號，穿過駕駛艙，進入實驗艙，然後抓起螺絲起子漂向休眠艙，從地面拆下一塊儲藏艙艙板。很簡單的鋁製薄板，厚約十六分之一英寸，邊緣為圓弧設計，以免人員割傷。堅固、輕便、耐用，非常適合太空旅行。我帶著鋁板漂回隧道。

洛基把捲尺一端纏繞在隧道扶手上，打了一個有點粗糙的結，然後一隻手抓著捲尺，另外四隻手沿著欄杆往後爬。

「嘿。」我舉起手說。「嘿！」

「♩♪♩？」他暫時停止玩捲尺。

我豎起兩根手指。

他也豎起兩根手指。

「嗯，好，看來我們又進入模仿模式了。」我舉起一根手指，然後是兩根，再變回一根，最後是三根。

洛基依序重複，跟我期待的一樣。

我把鋁板放在我的手和洛基中間，然後在板子背面舉起兩根手指，一根，三根，最後是五根。

洛基舉起兩根手指，然後一根，三根，再多用一隻手伸出兩根手指，總共五根。

「太強了！」我說。

十六分之一英寸厚的鋁板幾乎能擋住所有光線，只有少數高到荒謬的頻率透得過去，而這些頻率也會穿過我。他雖然看不見我的手，但聲音可以經由金屬傳播。

這證明了他不是用光來感知周遭的事物。看樣子肯定是聲音沒錯。對洛基而言，那塊金屬板就像一扇玻璃窗，影像可能有些混亂，但不至於無法辨識。天啊，他搞不好知道聖母號駕駛艙長什麼樣子。為什麼不可能？船身也是鋁製的啊。

不過他在太空中是怎麼發現我的？外頭又沒空氣，自然也沒聲音。

等等，這個問題太蠢。他是穿梭於星際間的高等智慧生命，不是什麼在太空裡遊蕩的山頂洞人。他懂科技，也許有攝影機、雷達等設備，可以把數據轉譯成他能理解的資訊，就像噬日觀測鏡一樣，我看不到紅外光，但儀器可以，再將影像藉由螢幕和我看得見的光頻率顯示出來。

也許光點一號的駕駛艙裡有很多看起來很厲害、很像點字的讀數。呃，我相信絕對比點字先進百倍。

「哇……」我盯著他看。「人類花了數千年的時間仰望群星，想知道遠方有什麼。你們從未看過星星，卻依舊能遨遊太空。波江星人一定是很了不起的種族。科學天才。」

捲尺上的結鬆了，尺身飛快後縮，打到洛基的手。他痛苦地甩甩受傷的手，繼續玩捲尺。

「嗯，你絕對是科學家。」

「全體肅立。」法警說。「美國華盛頓西區地方法院開庭，由梅若迪絲．史賓塞法官審理。」

法庭內的人全都起立，等法官就座。

「請坐。」法警說，接著遞給法官一個文件夾。「庭上，今日審理的案件為智慧財產權聯盟控告聖母計畫。」

法官點點頭。「原告，準備好進行審判程序了嗎？」

原告方那桌坐著許多衣著講究的男女，其中一位最年長、大約六十多歲的男子站起來說：「準備好了，庭上。」

「被告，準備好進行審判程序了嗎？」

史特拉獨自一人坐在被告桌前，不停在平板電腦上打字。

法官清清喉嚨。「被告？」

「準備好了。」史特拉打完字，起身回答。

「辯方律師，」史賓塞法官指著史特拉的桌子問道，「妳的其他團隊成員呢？」

「只有我。」史特拉回答。「我不是律師，我是被告。」

「史特拉小姐。」史賓塞法官摘下眼鏡，怒目瞪視著她。「本案被告為知名的國際科學家組織。」

「該組織由我領導。」史特拉說。「我要提出動議，聲請駁回起訴。」

「史特拉小姐，妳還不能提出動議。」法官說。「只要告訴我妳準備好繼續了嗎？」

「準備好了。」

「好。原告，請進行開場陳述。」

「庭上，陪審團各位先生女士，」那名男人站著說，「我是西奧多．坎頓，智慧財產權聯盟本次訴訟委任律師。審判過程中，我們會證明聖母計畫在數位資料擷取與許可方面皆僭越權限。他們擁有並掌握一組巨型硬碟陣列，於其上複製每一個受著作權保護的軟體，以及每一本以任一數位格式提供的書籍與文學作品，且皆未付費給著作權所有人、智慧財產權人或取得其授權。此外，他們亦有許多技術設計侵犯了以下公司持有的專利——」

「庭上，」史特拉打斷他的話，「我現在可以提出動議了嗎？」

「嚴格來說可以。」法官回答。「但這不是常——」

「我聲請駁回起訴。」

「庭上！」坎頓忿忿抗議。

「基於什麼理由，史特拉小姐？」史賓塞法官問道。

「因為我沒時間聽這些廢話。」她說。「我們正在打造一艘太空船拯救全人類，而且時間所剩不多。聖母計畫中會有三名——也只有三名太空人進行當前還難以設想的實驗。他們必須為所有可能且必要的研究方向做好準備，因此我們囊括了一切，包含人類過去累積的知識與各種軟體。有些東西很蠢，他們可能不需要 Windows 3.1 的踩地雷遊戲，也不需要完整的梵英雙語辭典，但我們還是會一併提供。」

「庭上。」坎頓搖搖頭。「我的委託人並未質疑聖母計畫的高尚本質，而是控訴其涉及非法使用受著作權保護的資料與專利機械裝置。」

「與每家公司簽訂授權合約會耗費大量時間和精力，」史特拉搖搖頭，「所以我們沒這麼做。」

「史特拉小姐，妳必須遵守法律規範。」史賓塞法官說。

「除非我想。」史特拉舉起一張紙。「根據這項國際條約，我個人無論在何地犯下何種罪行，皆免受起訴。美國參議院兩個月前批准了該條約。為了快速解決這類爭議，避免浪費司法資源，」她又舉起一張紙，「我已獲美國總統先行特赦，赦免我在美國司法管轄區內遭控的每一項罪行。」

法警接過文件，交給法官。

「這個……」史賓塞法官說。「如妳所言。」

「我是基於禮貌才出庭。」史特拉說。「其實我根本不用來。不過既然軟體業、專利蟑螂及其他智慧財產權相關人士聯手提出集體訴訟，我認為還是一起解決最快，防患於未然。」她抓起肩背包，把平板放進去。「我先告辭了。」

「等等，史特拉小姐。」史賓塞法官開口阻止。「這裡是法庭，妳得留下來走完審判程序！」

「不，我現在就要離開。」史特拉說。

「小姐。」法警走上前。「如果妳不依從，我就必須將妳強制留置現場。」

「你和哪支軍隊？」史特拉問道。

五名身穿軍服的武裝男子突然走進法庭，圍在她身旁。「因為我有美國軍隊。」史特拉說。

「一支非常優秀的軍隊。」

我一邊瀏覽可用的軟體，一邊嚼著花生醬墨西哥薄餅。我知道聽起來不好吃，但真的很美味。

我已經練就雙腿緊攀住實驗椅的功夫，這樣用筆記型電腦時就不會漂到空中。

我發現原來太空船上有一堆筆電，至少目前就在儲藏艙找到六臺，而且全都連上範圍涵蓋全船的無線網路，非常方便。

如果我沒記錯，聖母號上幾乎什麼軟體都有，就隱身在各處的電腦裡，重點是找到我需要的那個，但我連軟體名稱叫什麼都不知道。幸好數位圖書館中有軟體應用程式列表，幫了我不少忙。

最後我終於找到一個有用的工具，名叫「鼓膜實驗室波形分析儀」。圖書館裡收錄了各種波形分析套裝軟體，根據某電腦雜誌二〇一七年的波形分析軟體評鑑，這個評價最高。

我在其中一臺筆電上安裝軟體。這套軟體的用法很簡單，而且功能多到爆，其中我最感興趣的是傅立葉轉換。傅立葉轉換是最基本、大概也是最重要的聲波分析工具，過程牽涉到許多複雜的數學運算，但最終的結果是：若利用傅立葉轉換分析聲波，可得知該聲波分別由哪些單音符構成。舉例來說，如果我彈C大調和弦給這個應用程式聽，它會告訴我組成的音有C、E、G，非常有用。

比手畫腳到此結束，該來學學波江語了。對，這個詞是我編造出來的；不會啊，我不覺得爛。我在太空中經歷了不少人類史上的第一次，很多東西要取名。知足點，我沒用自己的名字命名已經很好了。

我在另一臺筆電上開啟 Excel，用膠帶將兩臺並排的筆電捆起來。對，我是可以在一臺筆電上開兩個應用程式，但我不想一直來回切換。

我往上漂到駕駛艙，返回隧道。洛基不在。

嗯。

洛基不能整天耗在那裡等我，但他們怎麼不輪值，讓隧道隨時有人看守？要是我的組員還在，我們肯定會輪班站崗之類。喔不對，伊路奎娜可能會堅持留在這裡，等到不得不睡才離開。

要是他們的確派了不同的人監守隧道怎麼辦？我怎麼知道這裡只有洛基？我又不懂怎麼區分波江星人，說不定我跟六個不同的人講過話。光想就令人不安。

不……不是這樣，我很確定洛基就是洛基。他手上如岩石般的突出物和背甲的脊狀紋路非常獨特，我記得他其中一根手指還有不規則又稜角分明的小突起……對，是同一個人。

要是你看一顆石頭看了好幾個小時，有人用另一顆極度相似但略為不同的石頭調包，你一定會發現。

好吧，那光點一號其他組員呢？我之所以獨自一人，是因為我的組員沒能撐過來，但波江星人的太空科技更先進，艦身更大，船體材料幾乎堅不可摧，應該有個任務小組才對。

啊，洛基一定是指揮官！他冒著生命危險與可怕的外星人交談，其他人則留守太空船。《星際爭霸戰》的寇克艦長就會這麼做，洛基艦長當然也會。

總而言之，我想做件很酷的事，而且等不及了。

「喂！洛基！」我放聲大喊。「快過來！」我豎起耳朵，細聽各種風吹草動。「拜託，老兄，聲音是你唯一能接收到的感官訊息，我敢說就連一英里外的針掉下來你都聽得見！你知道我在叫你！快點移動你的……屁股還什麼的！我想跟你談談！」

我等了又等，就是等不到洛基。

我想自己算是他優先處理的人事物之一，所以無論他在忙什麼，想必非常重要。畢竟他要管理太空船，可能也要吃飯和睡覺，應該說，他一定得吃點什麼，不管怎樣，所有生物有機體都須以某種方式來獲取能量，但我不確定波江星人需不需要睡眠。

不過想一想……睡覺不是什麼壞主意。過去四十八小時我只睡了兩個小時，就這樣。洛基的鐘還嵌在扶手與透明分隔牆之間，一如往常地數算流逝的時光。有趣的是，他的鐘只有五位數。根據我的估算，大約每五個小時就會轉回 ℓℓℓℓℓ，也許這就是波江星人一天的時間長度？

晚點再推論。睡覺第一。我在打開 Excel 的那臺筆電上做了一個表格，讓洛基和我的時間可以互相轉換。我想睡八個小時。我看看洛基的鐘，將當前顯示的時間「IℓIVλ」輸入表格，讓程式自動換算，告訴我八小時後他的鐘是幾點。答案是：Iλ+∀∀λ。

我匆匆回實驗艙拿了一把冰棒棍和膠帶。洛基看不見，我只好隨機應變。

我把冰棒棍貼在分隔牆上，排成Ⅰλ＋∀∀λ的圖案，讓洛基知道我什麼時候回來。幸好這些符號大多是直線，我的小小勞作應該夠清楚，能讓他讀懂其中的含義。

奇妙的是，我換算出來的時間有六位數，比洛基的鐘多出一位，但我相信他懂。如果洛基說「我三十七點回來」，我也明白他的意思。

睡覺前，我又把裝在實驗艙真空室的迷你攝影機拆下來。那臺小型無線攝影機連接到真空室的可攜式液晶螢幕，我用膠帶把攝影機固定在隧道裡，鏡頭對著分隔牆，再把顯示螢幕拿到床邊。完成。現在隧道內就像裝了嬰兒監視器，只是沒聲音，因為那臺攝影機是用來觀察實驗，不是跟別人聊天。但聊勝於無。

我把床單和毯子塞進橢圓形的床墊縫隙，鑽進包得緊緊的被窩裡。這樣睡覺期間就不會到處亂漂了。

晚點才能展開偉大計畫與洛基對談讓我有點失望，但沮喪的感覺很快就煙消雲散。我幾乎是一沾上枕頭，就沉沉睡去。

12

叩叩叩。

敲擊的聲響微微穿透我的意識，感覺好遙遠。

叩叩叩。

「嗯？」我從無夢的酣眠中醒來。

叩叩叩。

「早餐。」我喃喃地說。

機械手臂伸進小儲藏室，拿出一份包好的餐點。這裡每天早上都像聖誕節一樣。我打開包裝，蒸騰的熱氣飄向四周。是早餐捲餅。

「好耶。」我說。「咖啡呢？」

「準備中……」

我咬了一口早餐捲餅。很好吃。聖母號上每樣食物都很好吃。我想他們大概是覺得我們都要死了，不如讓我們吃點美味的食物。

「咖啡。」電腦說。機械手臂遞給我一個飲料袋，上面插了吸管。無重力膳宿就是這麼回事。

我讓捲餅漂在手邊，喝了一口咖啡。不用說，醇厚香濃，糖和奶油也恰到好處。這麼因人而異的喜好也能精準掌握，真是不簡單。

叩、叩、叩。

那到底是什麼聲音啊？

我查看固定在床邊的液晶螢幕。洛基正在隧道裡不停敲打分隔牆。

「電腦！我睡了多久？」

「患者昏迷了十小時又十七分鐘。」

「我的天啊！」

我扭著身子火速鑽出被窩，蹬來蹬去地漂往駕駛艙，手裡還拿著捲餅和咖啡，因為我餓了。

「對不起！對不起！」我急忙彈進隧道。

一看到我出現，洛基就更用力敲打分隔牆。他指指我貼在牆上的冰棒棍數字，再指指他的鐘，將其中一隻手握成拳頭。

「真的很對不起！」我雙手合十，比出類似祈禱的動作。我不曉得還能怎麼辦，星際間又沒有通用的祈求符號。我不知道他懂不懂，但他鬆開了拳頭。

也許這是溫和的勸誡。我的意思是，他大可五隻手都握拳，但他只握了一隻。

不管怎樣，我讓他等了兩個多小時，他會生氣完全可以理解。希望接下來的小花招能彌補這個過錯。

我舉起一根手指。他也比出同樣的手勢。

我抓起纏著膠帶的筆電，一臺啟動波形分析軟體，另一臺打開 Excel，將電腦緊貼著隧道壁，再用膠帶牢牢固定。

我把分隔牆上的冰棒棍數字拔下來。這些現成的符號就是最好的起點。「一，」我舉起「I」指指它說。「一。」

我指著嘴巴，再指向那個波江語數字。「一。」然後指指洛基。

「♪」他指著「I」說。

「好，來看看吧……」我暫停波形分析儀，把時間軸往前拉幾秒。洛基口中的「一」由兩個音組成，雖然分析圖還顯示出許多諧波和共振，但主要的頻率波峰只有兩個音。

我在另一臺筆電的表格中輸入「一」，記錄相關頻率。

「好……」我漂向分隔牆，舉起「V」符號。「二。」

「♪」洛基說。又是一個單音節詞。一個語言中最短的字彙通常也是最古老的字彙。

這次是由四個不同的音組成的和弦。我輸入「二」，記錄這個字的頻率。

洛基變得很興奮。我想他知道我在做什麼，所以非常開心。

我舉起「λ」，還來不及開口，他就指著符號說：「♫♪」

太好了，第一個雙音節詞。我在波形數據上來回滑動了一下，才抓到正確的和弦。第一個音節只有兩個音，而第二個音節有五個！所以洛基至少能同時發出五個不同的音。他一定有好幾副聲帶之類的。拜託，他有五隻手臂和五隻手，有五副聲帶也很合理吧？

話說回來，我完全沒看到他的嘴巴。他可能是從體內深處發聲。還記得第一次聽見他講話時就像在聽「鯨魚之歌」，也許這個比喻比我想的更精準、更貼切。鯨魚會讓空氣在聲帶處來回流轉產生震動，進而發出聲音。洛基可能也是如此。

叩叩叩叩！

「怎麼了？」我轉頭望著他。

他指著我手上的「λ」符號，再指指我，然後又指向「λ」，再指指我，感覺近乎狂躁。

「喔，抱歉。三。」我慎重地舉起符號說。

他比出爵士手。我也用相同的手勢回應。

嗯，既然我們在討論語言……

我待在原地動也不動，讓他知道談話暫時中斷，接著再比出爵士手說：「對。」我重複這個手勢。「對。」

「♬♩」他說。

我做了筆記，記錄頻率。

「好，現在我們的詞彙表裡有肯定詞啦。」我說。

叩叩叩。

我移動目光。他知道自己吸引了我的注意，便再做了一次爵士手說「♬♩」，是跟剛才一樣的和弦。

「對。」我說。「這我們已經知道了。」

他舉起一根手指停一下，再握緊兩個拳頭碰在一起。「♪♪」

……什麼啊？

「喔——」我恍然大悟。我是老師，教完肯定詞後要教什麼？

「那是『不對』。」

應該吧。

「不對。」我雙手握拳碰在一起。

「♫♩」洛基說。我查看筆電。他說的是「對」。

等一下，所以那不是否定詞，而是另外一種肯定詞？我一頭霧水。

「不對？」我問道。

「不對。」他用波江語說。

「所以是『對』？」

「不對，對。」

「對？」

「不對，不對。」

「對，對？」

「不對！」他對著我揮舞拳頭，顯然很氣餒。

不能再這樣雞同鴨講了。我舉起一根手指。

他鬆開拳頭，比出同樣的手勢。

我在表格中輸入我認為是否定詞的頻率，有錯就晚點再處理。

「四。」我舉起「＋」符號。

「♩♩」他伸出兩隻手，一隻豎起三根手指，另一隻豎起一根。

我把頻率記下來。

接下來幾個小時，我們不停擴展詞彙表，列出數千個字詞。語言有點像一套帶著指數性質的系統，知道的字愈多，就愈容易描述出新的字。

然而目前的方法又笨又慢，阻礙了我們之間的交流。我得先用一臺筆電分析他發出的音頻，再轉向另一臺筆電瀏覽表格查找。這樣實在不行。我受夠了。

我暫時離開一個小時編寫軟體。我不是電腦專家，但一些基本的程式設計還難不倒我。我寫了一個程式來接收音頻分析軟體輸出的數據，再於表格中自動查詢詞彙。其實也稱不上什麼程式，比較像指令碼。效率不高，但用電腦跑很快。

幸好洛基的語言是用和弦組成。要讓電腦將人類的語音內容轉換成文字很困難，需要複雜的技術，反之，要電腦辨識音符、查找表格卻非常簡單。

現在我的筆電能即時翻譯洛基說的話。每當出現一個新的詞彙，我就輸入資料庫，電腦就會知道了。

然而，洛基並沒有使用任何系統來記錄我的言行。沒有電腦，沒有書寫工具，也沒有麥克風，什麼都沒有，他只是注意聽而已。據我所知，他記得我告訴他的一切，每一個字，就算只講過一遍，而且已經過了好幾個小時，他還是記得一清二楚。要是我的學生有這麼專心就好了！

我懷疑波江星人的記憶力比人類好得多。

廣義來說，人類的大腦就像一個由無數軟體寫手組成、以某種方式正常運作的團隊。每個隨機突變都是加上去的「特徵」，能解決特定的問題，增加我們的生存機率。

簡言之，人腦就是一團混亂。關於演化的一切皆混沌晦昧。我認為波江星人同樣是隨機突變的產物。不過，無論是什麼導致他們的大腦發展成當前的樣態，都能讓他們產生人類所謂的「照相式記憶」。

事實上，真相可能比這更複雜。人類有個專門主掌視覺的腦區，也許波江星人真的很擅長記憶聲音，畢竟這是他們最重要的感官知能。

我知道現在談這個也許太早，但我不能再等了。我從實驗用品櫃中拿了一小瓶噬日菌返回隧道。「噬日菌。」我舉起樣本瓶說。

洛基整個人的姿勢都變了，不僅背甲瑟縮，抓著扶手的爪子也略為收緊。「♫♪♫」他講話的音量比平常更小。

我查看筆電，發現這是尚未收錄的詞彙。想必是「噬日菌」的意思。我把這個字輸入資料庫。

「我的恆星有噬日菌。」我指著瓶子說。「很糟糕。」

「♫♩♪♫♫♪♫♩♫♪♫」洛基說。

電腦翻譯成：我的恆星有噬日菌。很糟糕，非常糟糕。

太好了！我的理論終於獲得證實。他來這裡的原因跟我一樣。我有很多問題想問，但就是沒有共同的語言能表達。氣死人了！

「♫♫♫♩♪♪♫♫♪♫」洛基又說。

電腦跳出一串文字：你從哪裡來，問號？

洛基已經掌握了英文的基本語序。我想他應該很早就意識到我記憶力很爛，所以決定採用我的語言系統，而非試圖教我他的系統。說真的，在他眼中我搞不好很蠢。不過有時他還是會冒出自己熟悉的語法，例如他每次講問句都會以「問號」作結。

「不懂。」我說。

「你的恆星叫什麼名字，問號？」

「喔！」原來他想知道我的恆星是哪一顆。「太陽，我的恆星叫太陽。」

「了解。你的恆星用波江語說叫♫♪♫♪♩。」

我記下這個新詞彙，這是洛基對「太陽」的稱呼。我和洛基不像兩個笨嘴拙舌的人試著對話，因為我們連對方用的專有名詞都不會發音。

「我稱你的恆星為波江座。」嚴格來說是波江座 40，但我決定簡單就好。

「我的恆星用波江語說是♫♩♪♪♪。」

「了解。」我把這個字加進辭典。

「很好。」

這個字我不用看電腦翻譯也知道意思。我已經慢慢認得出一些常見的詞彙，例如「你」、「我」、「好」、「壞」等等。我向來沒什麼藝術細胞，也不懂得如何鑒賞音樂，但同一個和弦聽了上百次，很難不記得。

我看看手錶——對，我現在有支手錶。之前我一直在想別的事，過了好一陣子才注意到原來碼表有時鐘的功能。

我們花了一整天談語言、編辭典，弄得我精疲力竭。波江星人知道什麼是睡眠嗎？我想是時候找出答案了。

「人體需要睡眠。睡眠就是這樣。」我蜷縮成球狀，閉上眼睛，以誇張的姿態解釋睡眠，還假裝打呼。因為我很不會演戲。

「人類要睡兩萬九千秒。」我回到正常狀態，指著他的時鐘說。

除了完美的記憶力外，波江星人還有超凡的數學能力。至少洛基是這樣。每每提到科學單位，他都能在轉瞬間將自己的單位轉換成我的單位，也完全了解十進位制的概念。

「好多秒……」他說。「為什麼要靜下來那麼多秒，問號……懂了！」

他徹底放鬆，肢體變得癱軟無力，整個人像死蟲子一樣蜷縮起來，好一陣子動也不動。「波江星人也是！♪♫♫♪！」

謝天謝地。我無法想像對一個沒聽過「睡覺」的人解釋睡覺這件事。嘿，我要暫時陷入昏迷、產生幻覺一下。對了，我一天有三分之一的時間會這樣，要是一陣子沒進入這種狀態，我就會發瘋，最後死掉。不必擔心。

我把波江語的「睡覺」加進辭典。

「我要去睡了。」我轉身準備離開。「我會在兩萬九千秒後回來。」

「我觀察。」他說。

「你要觀察？」

「我觀察。」

「呃……」

他想看我睡覺？這個要求不管在什麼情境下都很詭異，但我猜研究新的生命形式時很合理。

「我會靜止不動兩萬九千秒。」我再三警告。「很多秒，什麼也不做。」

「我觀察。等一下。」

他回到太空船裡。這傢伙終於要拿東西做筆記了嗎？幾分鐘後，他一隻手拿著某種裝置，另外兩隻手提著一個背包返回隧道。

「我觀察。」

「那是什麼？」我指著那個裝置問道。

「♫♪♩♫」他從背包拿出類似工具的東西。「♫♪♩♫不會動」他用工具朝裝置戳了幾下。「我改變，讓♫♪♩♫動。」

這個新詞彙我連記都懶得記。要打什麼？「洛基那次拿的東西」？總而言之，那個裝置有個開口和幾條伸出來的電線，內部構造看起來很複雜。

裝置本身不是重點，重點是他在修理。又學到一個新的字了。

「修理，」我說，「你在修理。」

「♫♪♫♪」他說。

我把「修理」這個字納入辭典。我想之後應該會常常出現。

他想看我睡覺。他很清楚睡覺沒什麼好看的，但他還是想看，所以帶了點東西來做，以免太過無聊。

好吧。他高興就好。

「等一下。」我說。

我返回聖母號，朝休眠艙漂去。

我把我的床墊、床單和毯子全都拿下來。我大可以拿別床的寢具，可是……我那兩個死去的朋友躺過，所以我不想用。

我帶著床墊和被毯漂出實驗艙，笨拙地穿過駕駛艙艙口，進入隧道，用一堆膠帶把床墊固定在牆上，再將床單和毯子緊緊纏在上面。

「我要睡囉。」我說。

「睡覺。」

我關掉隧道裡的燈，眼前頓時一片黑暗，但對想觀察我的洛基來說沒有影響。兩全其美。

我扭著身子鑽進被窩，強忍住說晚安的衝動。要是不小心脫口，只怕會帶來更多疑問。

洛基努力修理裝置，我就在偶爾傳來的金屬碰撞聲和刮擦聲中迷迷糊糊地入睡。

接下來幾天都差不多，但一點也不無聊。我們不僅增加了大量共享詞彙，還收錄了許多文法，像是時態、複數、條件句……語言本來就是棘手的難題，我們只能一點一滴學習。

儘管進步的程度不快，我還是記住了不少波江語，依賴電腦的次數也逐漸降低，但依舊不能沒有電腦。要花很長一段時間才能達到這種境界。

我每天花一個小時研讀波江語詞彙。我寫了一個簡單的指令碼，讓電腦從 Excel 表格中隨機挑選單字，再用ＭＩＤＩ（樂器數位介面）應用程式播放音訊。這個程式一樣是非常基本的初級程式，效率不高，但電腦跑起來很快。我想盡快擺脫那些表格。目前我和洛基對話時仍需表格輔助，偶爾才能不用借助電腦聽懂整個句子。一步一步慢慢來吧。

我每天都睡在隧道裡，洛基則看著我睡。我們一直在忙其他事，還沒聊過這個，所以我不曉得這種行為背後有什麼原因，但他真的不希望我在沒有他看著的時候睡，就算只是小睡一下也不行。

今天我想聊聊一個極其重要卻始終避而不談的科學單位。之所以一直沒提，主要是因為我們處於無重力環境。

「我們得討論一下質量。」

「好。公斤。」

「對。那我要怎麼讓你知道一公斤有多少？」我問道。

「我知道這顆球的質量。」洛基從背包裡掏出一顆大小和乒乓球差不多的小球。「你測量，告訴我這顆球有多少公斤，那我就知道公斤了。」

他想得很周到！

「太好了！把球給我吧。」

他用不同的手抓住幾根支撐欄杆，把球放進迷你減壓艙。冷卻幾分鐘後，我便拿出小球。球體很光滑，是金屬做的，而且應該是密度很高的金屬。

「要怎麼測量這顆球呢？」我喃喃自語。

「二十六。」洛基天外飛來一筆。

「什麼二十六？」

「球是二十六。」他指著我手中的球說。

喔，我明白了。這顆球的重量是二十六某某單位。好，那我只要釐清這顆球的質量再除以二十六，把答案告訴他就行了。

「我知道了。這顆球的質量是二十六。」

「不，不對。」

我頓了一下。「不對嗎？」

「不對。球是二十六。」

「我不懂。」

他想了一下，再度開口：「等等。」

他返回太空船。

洛基離開後，我開始思考該如何在無重力狀態下秤量物體。當然，這顆球還是有質量，只是當前的環境沒有重力，我不能把它放在秤上，也不能將聖母號切換到離心機模式，借助人造重力，因為隧道與機鼻相連。

我應該可以做一臺小型離心機，只要實驗艙裡最小的秤放得下就好。把秤裝設在內部，以等速率旋轉，先測量某個我知道質量多少的物體，再測量那顆球，然後根據兩次測量的比率來計算球的質量。

但我必須製造出一臺穩定的離心機。該怎麼做呢？要讓機器在實驗艙的無重力環境中旋轉很簡單，問題是要怎麼進行多項實驗，同時以等速率旋轉？

喔，我知道了！不需要等速率，只要一條中間有記號的繩子就好！

我回到聖母號。洛基一定會原諒我突然離開。煩哎，無論他在光點一號的哪裡，應該都能「察覺」到我的一舉一動吧。

我把小球帶到實驗艙，拿了一條尼龍繩，兩端分別綁上一個塑膠樣本罐。現在我有了一條兩端各有一個塑膠罐的繩子。我將罐子並排，把目前彎折起來的繩索拉緊，用筆標出距離最遠的點，定出這個古怪裝置的中心。

我握著小球來回揮動，感受它的質量。大概不到一磅，也就是不到半公斤。

我讓這些物品在實驗艙裡漂浮，然後雙腳一蹬，往下漂入休眠艙。

「水。」我說。

「需要水。」電腦重複我的請求。機械手臂把「無重力專用吸管杯」遞給我。其實就是一個插著吸管的塑膠飲料袋，要鬆開小夾子才能讓水流過吸管。袋子裡裝了一公升的水。機械手臂總是一次給我一公升。要想拯救世界，就得多多補充水分。

我回到實驗艙，把大約一半的水噴進樣本盒密封起來，接著將空了一半的飲料袋和金屬小球分別放進繩索兩端的塑膠罐裡，讓整個裝置在半空中旋轉。

兩者的質量顯然不相等。裝置傾斜旋轉的現象顯示飲料袋那邊比較重。很好。這就是我想要的成果。

我把飲料袋拉出來喝了一口水，再次旋轉裝置。還是不平衡，但沒那麼嚴重。

我又喝了幾口水，轉幾圈，然後再喝幾口，就這樣不斷重複這套動作，直到我的小裝置兩端完美平衡，繞著中心點旋轉。

現在水的質量與球的質量相等了。

我拿出飲料袋。我知道水的密度為每公升一公斤，所以我只需要知道這些水的體積，就可以得出它的質量，從而確定金屬球的質量。

我從實驗用品櫃拿了一支很大的塑膠注射器，最多可以抽取 100 c.c.，即一百立方公分。

我把注射器插進飲料袋吸管，鬆開吸管夾，抽出 100 c.c. 的水，噴到「廢水箱」裡，反覆做了幾次。最後一抽只有四分之一滿，袋子裡沒水了。

結果水一共有 325 c.c.，重三百二十五克，表示洛基的球同樣重三百二十五克！

我迫不及待地回到隧道，想告訴洛基我有多聰明。

沒想到才一漂進去，他立刻朝我揮了一拳。「你走了！很壞！」

「我去測量質量啊！我做了一個很聰明的實驗喔。」

「二十六。」他舉起一條上面串了珠子的絲線。

那條串珠項鍊跟他之前送我的那幾條很像，就是我們談論雙方所處的大氣環境——珠子。

「喔，我知道了。」那是一個原子，這是他描述原子的方式。我數了一下，總共有二十六顆

他指的是週期表上排序第二十六的元素，也是地球上最常見的元素之一。「鐵，」我指著項鍊說，「鐵。」

「♫♩♪♫♫」洛基也指著項鍊說。我把這個字加到辭典裡。

「鐵，」他指著項鍊再次重複，「鐵。」

「鐵。」他指指我手裡的球。

我過了幾秒才會意過來，忍不住拍了一下額頭。「你很壞。」

剛才那個實驗很有趣，但完全是浪費時間。洛基早就把所需的資訊攤在我眼前，應該說他試著這麼做。我知道鐵的密度是多少，也知道如何計算球體的體積，只要簡單算一下就能得出那顆球的質量。

我轉向先前放在隧道裡的工具箱，拿出測徑器測量金屬球的直徑。四．三公分。我算出體積，再乘以鐵的密度，得到更精確的質量。三百二十八．二五克。

「我只差了百分之一。」我低聲抱怨。

「你在跟你講話嗎，問號？」

「對！我在跟我講話。」

「人類還真不尋常。」

「沒錯。」我說。

「我要睡了。」洛基舒展肢體說。

「真的啊？」我有點意外。這是我們認識以來他頭一次說要睡覺。很好。這樣我就有時間回實驗艙做些研究了。但有多少時間呢？

「波江星人要睡多久？」

「我不知道。」

「你不知道？你是波江星人耶，怎麼會不知道波江星人要睡多久？」

「波江星人不曉得能睡多長時間。可能很短，也可能很長。」

他們的睡眠時間難以預測，我猜應該也沒有規定要發展出規律的睡眠模式。不曉得他知不知道大概的範圍？

「有最小值和最大值嗎？」

「最小值是一萬兩千兩百六十五秒，最大值是四萬兩千九百二十八秒。」

洛基常在一些只須粗略估計的事物上給我具體到離奇的數字。我花了好一段時間才明白他說的都是大概的整數，只不過是用六進位制和他習慣的單位。事實上對他來說，將這些數值轉換成以十為底數的地球秒，比直接用地球秒思考容易得多。

我敢說，若將這些數字回推成波江星人的原始秒數，以六進位制思考，一定會得出整數。但我懶得弄。何苦把他已經轉換過的數據換算回去？我沒見過他在算術上出什麼差錯，而我得在計算機上除以六十再除以六十，才能將一個地球時間單位轉換成另一個地球時間單位。他的睡眠時間最少三個半小時，最多十二個小時。

「了解。」我轉身往減壓艙漂去。

「你觀察，問號？」洛基問道。

他看著我睡，為了公平起見，主動提議我看著他睡。我相信地球上的科學家一定會奔相走告，亟欲了解波江星人的睡眠樣態；但我終於有時間好好研究氙晶，我真的很想知道氙是如何與其他元素結合在一起。若說有什麼能讓我想盡辦法於無重力環境下使用實驗設備，肯定就是氙晶。

「沒必要。」

「你觀察，問號？」他又問了一次。

「不用。」

「觀察。」

「你想要我觀察你睡覺？」

「對。要要要。」

出於某種心照不宣的默契，三次表示極度強調。

「為什麼？」

「如果你觀察，我睡得比較好。」

「為什麼？」

他揮動幾隻手臂，試著找出適當的話語表達。「波江星人就是這樣。」

波江星人會彼此看顧，守著入睡的一方。這很重要。我應該提升一下自己的文化敏感度。「波江星人還真不尋常。」我自言自語。洛基的反應有點微妙，感覺很鄙視這個舉動。

「觀察。我睡得比較好。」

我不想花好幾個小時看一隻跟狗差不多大的蜘蛛靜止不動。光點一號上有組員吧？讓他們做就好。「叫其他波江星人看你睡。」我指著他的太空船說。

「不行。」

「為什麼不行？」

「只有我一個波江星人。」

「那麼大的太空船，只有你一個人？」我張大嘴巴，不敢置信。

洛基沉默了一會，然後說：「♫♩♪♫♩♪♫♫♪ ♩♪♫♫♪♫♪♩♫♪♩♪♫♩ ♪♫♩♪♫♩♪♫♩♪♫♩♪♫」

完全不知所云。翻譯軟體壞了嗎？我檢查了一下。很正常啊。我審視波形，跟我先前看過的很像，只是幅度較小。仔細想想，他講這句話的音調似乎是迄今為止最低的音調。我點開音檔歷史紀錄，將剛才那段音訊全選，移高一個八度。八度音為普世概念，並非人類獨有；所謂移高一個八度，就是將每個音的頻率調高一倍。

「最初有二十三名組員，現在只剩我了。」電腦立刻翻譯。

剛才的低八度……我想是情緒的表現。

「他們……他們死了嗎？」

「對。」

我揉了揉眼睛。天啊，光點一號有二十三名組員，洛基是唯一的倖存者。他會難過完全可以理解。

「嗯……呃……」我支支吾吾。「真慘。」

「慘慘慘。」

我嘆了口氣。「我們最初有三名組員，現在只剩我了。」我把手放在透明分隔牆上。

「慘。」洛基伸出一隻爪子，隔牆貼著我的手。

「慘慘慘。」我說。

我們靜靜維持這個姿勢片刻。「我會看你睡覺。」

「很好，我睡覺。」他說。

他放鬆手臂於隧道內自由漂浮，不再抓著支撐欄杆，看起來就像隻死掉的蟲子。

「你不孤單了，老兄。」我說。「我們都不孤單了。」

13

「伊斯頓先生，我不認為有必要搜身。」史特拉說。

「我認為有必要。」獄警隊長表示。他那濃重的紐西蘭口音聽起來很友善，卻也帶點尖刻。畢竟他的職業就是不接受別人講屁話。

「我們被免除所有——」

「好了。」伊斯頓打斷史特拉。「所有進出帕監的人都要徹底搜身，沒得討論。」

奧克蘭監獄，原名帕瑞摩雷莫監獄，當地人都暱稱為帕監，是紐西蘭唯一一座高度安全管理監獄，只有一個架滿監控攝影機的出入口，所有訪客都要經過安檢掃描儀，連獄警自己也不例外。

我和伊斯頓的助手站在一旁，望著自己的老闆爭論不休。我們倆互看一眼，聳聳肩，默默形成「上司都很頑固」的下屬小圈圈。

「我不會把電擊槍交出去。你要的話我現在就能打電話給貴國總理。」史特拉說。

「好啊。」伊斯頓漫不在乎地說。「她會說出跟我一樣的話：我們不允許那些畜生附近出現任何武器，就連我的獄警也只有配戴警棍。有些規則我們絕不妥協。我知道妳握有很大的權力，但總有個限度。妳沒那麼神。」

「伊斯頓先——」

「手電筒！」伊斯頓伸出手說。

他的助手遞給他一支小手電筒。他打開開關。「請張開嘴巴，史特拉小姐。我要檢查一下有沒有違禁品。」

天啊。「我先！」我趕緊一個箭步向前張大嘴巴，以免衝突愈演愈烈。

伊斯頓用手電筒照照我的嘴，左看右看。「可以了。」

史特拉惡狠狠地瞪著他，眼裡滿是怒火。

「如果妳想，我可以找個女獄警過來。」伊斯頓拿著手電筒，一副準備好的模樣。「要她進行更徹底的搜查。」

史特拉停頓了一下，接著拔出槍套裡的電擊槍交給他。

她一定很倦了。我之前從未見過她拱手讓權，但也沒見過她捲入無意義的口水戰。她是掌握很大的權力，必要時也無懼於讓步，不過只要有簡單的解決方案，她通常不會爭執。

沒多久，獄警便護送史特拉和我穿過冰冷灰暗的監獄走廊。

「妳到底怎麼了？」我問道。

「我不喜歡那些活在自己小王國裡的小獨裁者。」她回答。「我就是受不了。」

「偶爾屈從沒關係吧。」

「我沒那個耐心，地球也沒時間了。」

「不，不行。」我舉起一根手指。「妳不能每次都用『我在拯救世界』當理由，為自己的爛人行為開脫。」

她想了一下。「嗯，好吧。你說得也有道理。」

我們跟著獄警走過一條長廊，來到戒備森嚴的高度安全管理區。

「感覺這麼嚴格有點小題大作。」

「死了七個人。」我提醒她。「全都是因為他。」

「那是意外。」

「是過失犯罪。他罪有應得。」

我們跟隨獄警的腳步繞過一個轉角。整座監獄宛若迷宮。

「為什麼帶我來這裡？」

「跟科學有關的事。」

「老樣子。」我嘆了口氣。「而且說不上喜歡。」

「知道了。」

我們走進一間死氣沉沉、只有一張金屬桌的房間。一個穿著亮橘色連身衣的囚犯坐在桌邊，一個四、五十歲的禿頭男人。他被銬在桌上，看起來一點威脅性也沒有。

史特拉和我坐在他對面。獄警在我們身後關上門。

那個男人看著我們，微微歪頭，等待有人開口。

「羅伯．雷戴爾博士。」史特拉打破沉默。

「叫我羅伯就好。」他說。

「我還是會稱呼你雷戴爾博士。」她從公事包裡拿出一個卷宗，快速翻閱一下。「你因為七項過失致死罪判刑定讞，目前正在服無期徒刑。」

「對，這是他們把我送進來的藉口。」他說。

「七個人死在你的鑽探機上，」我提高音量，「就因為你的疏忽。這似乎是讓你吃牢飯的好『藉口』。」

「七人死亡，是因為主控室未遵循程序。」他搖搖頭。「沒有等工人離開集光塔就啟動主抽水站。這是一場可怕的意外，也只是意外。」

「那就麻煩你解釋一下。」我說。「如果那些人命喪太陽能電場不是你的錯，為什麼你會在這裡？」

「因為政府認為我侵吞了數百萬美元。」

「為什麼他們會這麼想？」我追問。

「因為我的確侵吞了數百萬美元。」他動動戴著鐐銬的手腕，調整到比較舒服的位置。「但這跟那七條人命無關。一點關係也沒有！」

「我想了解一下你的黑面板能源概念。」史特拉突然開口。

「黑面板？」雷戴爾往後縮。「這只是一個想法。我是匿名寄那封信的。」

「你真以為從監獄電算中心發送的電子郵件會匿名？」史特拉翻翻白眼。

「我是工程師，不是電腦專家。」他撇過頭。

「我想知道關於黑面板的事。」史特拉繼續說。「如果你的答案讓我滿意，也許我能想辦法讓你縮短刑期。說吧。」

「嗯……好吧。」他挺直身子，振作精神。「你們對太陽熱能發電了解多少？」

史特拉看著我。

「呃。」我說。「就是用一堆鏡子將太陽光反射至塔頂。若以幾百平方公尺的鏡面將所有陽光集中於一點，可以將水加熱到沸騰，驅動渦輪運轉。」我轉向史特拉。「但這又不是什麼新技術。拜託，西班牙現在就有一座正常運作的太陽熱能發電廠。如果妳想了解這個，跟他們聯絡就好啦。」

她比個手勢示意我安靜。「你就是在替紐西蘭政府進行這項工程？」

「應該說是紐西蘭政府資助的工程，」雷戴爾回答，「目的是為非洲供電。」

「紐西蘭為什麼要花一大筆錢來幫助非洲？」我插嘴問道。

「因為我們人很好。」雷戴爾說。

「我不是這個意思。」我說。「我知道紐西蘭這個國家很酷，可是——」

「而且這會是一家隸屬於紐西蘭政府的電力公司。」他把話講完。

「果然。」

「非洲需要基礎建設，」雷戴爾往前傾，「沒有電力都是空談。他們有九百萬平方公里的無用土地，可以持續獲得地球上最強烈的陽光。撒哈拉沙漠就座落在那裡，準備給予他們所需的一切。我們只要建造出該死的發電廠就好！」他往後跌坐在椅子上。「可是每個地方政府都想分一杯羹。貪汙、賄賂、封口費……什麼都有。你們覺得我吞了很多錢？媽的，這比我在某個鳥不生蛋的地方建一座太陽能發電廠要付的賄賂金還少。」

「然後呢？」史特拉說。

「我們建了一座示範廠。」他低頭看著鞋子。「反射區占地一平方公里，所有鏡面都會將陽光反射集中到塔頂的大型金屬水槽，讓水燒至沸騰，驅動渦輪運轉，這些你們都懂。我叫一組人員去檢查槽體有無漏水。只要有人在集光塔裡，反射鏡都要移轉角度，但主控室的人以為要進行虛擬測試，便啟動整套系統。」他嘆了口氣。「七個人，瞬間喪命。至少他們沒受太多苦。總得有人付出代價。罹難者都是紐西蘭人，我也是，所以政府就盯上我。整個審判過程就是一場鬧劇。」

「那挪用公款呢？」我說。

「喔，審判時也有提到。」他回答。「要是這項建設計畫成功，我應該能僥倖逃脫。這件事不能怪到我頭上。我是說，對，偷錢，這我認罪，但我沒有殺那些人，也沒有什麼過失致死等其他因由。」

「事發當下你人在哪裡？」史特拉問道。

雷戴爾欲言又止。

「你人在哪裡？」她又問一次。

「我在摩納哥度假。」

「你在那裡待了三個月流連賭場，把侵吞的錢全都輸光。」

「我……我承認我有賭博成癮的問題。」雷戴爾坦言。「老實說就是賭債讓我走上挪用公款這條路。這是一種病。」

「假如那三個月你都盡忠職守，而非跑去豪賭呢？假如事故當天你在場呢？還會發生這樁悲劇嗎？」

雷戴爾的表情回答了一切。

「好了。」史特拉繼續說。「所有託詞和廢話到此結束。不管你怎麼說，我都不相信你是無辜的代罪羔羊，現在你知道了。我們繼續。告訴我黑面板的事。」

「好吧。」他調適了一下，恢復鎮靜。「我這一生都在能源部門工作，想當然對噬日菌很感興趣。那麼強大的儲能媒介——天啊，要不是它侵蝕太陽，絕對是人類史上前所未有之大幸。」他在座位上挪動身體。「核反應爐、燃煤發電廠、太陽熱能發電廠……這些都是利用熱能將水煮沸，以蒸氣驅動渦輪。但是有了噬日菌，我們就不需要那種垃圾。它可以直接將熱能轉化成能量儲存起來，而且熱差也不用很大，只要高於九十六．四一五度就好。」

「這些我們都知道。」我說。「過去幾個月我一直在用核反應爐產生的熱能繁殖噬日菌。」

「結果呢？應該只有幾公克吧？我的點子能讓你每天繁殖出一千公斤的噬日菌，幾年後你們就有足夠的菌體供聖母號任務使用，比建好那艘太空船還快。」

「好吧，現在我有興趣了。」我說。當然，史特拉之前完全沒跟我提到這個不曉得是什麼鬼的「黑面板」。

「拿一片方形金屬箔，什麼金屬都行，以陽極處理的方式讓金屬箔變黑。不要用塗的，要用陽極處理。接著上面放一片透明玻璃，玻璃與金屬箔之間記得留一公分的間隙，再用絕緣磚、泡棉或其他優質絕緣材料把邊緣密封起來，放在陽光下。」

「這麼做有什麼好處？」

「黑色金屬箔會吸收陽光而變熱，玻璃能讓它與外界空氣隔絕，任何熱損失都得過玻璃這一關，所以逸散速度很慢，最後會達到攝氏一百度以上的平衡溫度。」

「噬日菌在這個溫度下可以汲飽能量。」我點頭。

「沒錯。」

「可是這樣慢得離譜。」我說。「一平方公尺的黑面板加上理想的天氣條件……假設每平方公尺的太陽能裝置有一千瓦好了……」

「一天大約能繁殖出半微克的噬日菌，」雷戴爾說，「不要拉倒。」

「這跟每天一千公斤比起來差得遠了。」

「只是設施面積大小的問題。」他露出微笑。

「要二兆平方公尺才能每天繁殖出一千公斤。」

「撒哈拉沙漠有九兆平方公尺。」

我的下巴差點掉下來。

「跳太快了。」史特拉說。「解釋一下。」

「他想在撒哈拉沙漠鋪設黑面板，」我說，「大概會蓋住四分之一的撒哈拉沙漠吧！」

「這會是人類有史以來最大的成就，」雷戴爾說，「而且從太空看得一清二楚。」

「這會嚴重破壞非洲甚至是歐洲的生態。」我氣憤地瞪著他。

「即將來臨的冰河期比這更可怕。」

史特拉舉起手打斷我們倆。「格雷斯博士，這個方法可行嗎？」

「嗯……」我煩躁不安。「概念很合理，但我不確定有沒有辦法實行。這牽扯到好幾兆個裝置，不像興造建築或闢建道路那麼簡單。」

「這就是為什麼我設計的黑面板由金屬箔、玻璃與陶瓷製成。」雷戴爾俯身向前。「這些材料地球上都有，而且非常豐足。」

「等等。」我說。「噬日菌在這種情境下要如何繁殖？沒錯，你的黑面板能讓它們獲取大量能量，做好繁衍的準備，但它們的繁殖過程有很多特定的步驟。」

「喔，我知道。」他揚起單邊嘴角笑著說。「我們會放一個靜態磁鐵，用磁場來激起噬日菌的遷徙反應，玻璃上也會有一小片紅外線濾光片，只有帶紅外線二氧化碳光譜特徵的波長才能穿透。噬日菌會去那裡繁殖。細胞分裂完畢後，它們會朝玻璃移動，因為那是太陽的方向。面板側邊會鑽個小孔讓內外空氣流通，速度慢到不會冷卻面板，又快到可以補充噬日菌繁殖所需的二氧化碳。」

我張嘴打算反駁，卻找不出破綻。他每個環節都想得很清楚。

「有意見嗎？」史特拉對我說。

「純以繁殖系統設備來看，這個方法很爛。」我說。「效率和產量都比我用航空母艦反應爐還要低。但他的設計本來就不是為了效率，而是為了可擴縮性。」

「完全正確。」雷戴爾說完便指著史特拉。「聽說妳現在的權柄大得跟上帝一樣，幾乎主宰整個世界。」

「沒那麼誇張。」史特拉說。

「會嗎？差不多吧。」我補上一句。

「妳可以叫中國轉移工業基礎方向，投入製造黑面板嗎？」雷戴爾接著說。「不光是中國，而是全球所有工業國家？這個計畫就是需要這麼多資源。」

史特拉噘起嘴想了一下，然後說：「可以。」

「妳可以叫北非那些該死的腐敗政府官員別擋路嗎？」

「這倒容易。」她回答。「計畫結束後，這些政府可以保留黑面板，成為全球工業能源發電廠。」

「對嘛，這樣多好。」雷戴爾說。「拯救世界，又能讓非洲永遠擺脫貧窮。當然，目前黑面板還只是理論，我必須研發出實品，確保工廠可以大量生產。我得待在實驗室，不是蹲苦牢。」

史特拉思忖良久，從座位上站起來。

「好。你是我們的一員了。」

雷戴爾激動握拳。

我在安裝於隧道壁的床上醒來。第一晚我只是用膠帶亂貼亂纏，後來發現環氧樹脂黏著劑可用於氙晶，於是便找了幾個固定點上膠，將床墊牢牢黏在壁上。

現在我每天都睡在這裡。洛基很堅持；而且大約每隔八十六小時他就會在隧道裡睡覺，要我看著他。目前他只睡了三次，所以關於他清醒時期的數據有點少，不過他的睡眠時間似乎滿規律的。

我伸伸懶腰打呵欠。

「早安。」洛基說。

隧道內一片漆黑。我打開裝設在床邊的燈。

洛基在他那邊的隧道打造了一間工作室。他老是在調整或修理東西，感覺他的太空船一直有設備壞掉。此時他正用兩隻手握著一個長方形金屬裝置，另外兩手拿著針狀工具戳探內部，剩下一隻手抓著壁面上的握把。

「早。」我說。「我先去吃早餐，等等就回來。」

「吃。」洛基心不在焉地揮揮手。

我漂到休眠艙，按照慣例展開晨間生活，吃了預先包裝好的早餐（豬肉香腸配炒蛋）和一袋熱咖啡。

距離上次清潔身體已經過了好幾天，我都能聞到自己的體味。不是什麼好跡象。我在海綿沐浴區擦洗身子，拿了一件乾淨的連身制服。這種到處都是高科技設備的場所居然連個洗衣服的地方都沒有。我只好把髒衣服泡水，放進實驗艙冰箱一段時間，殺光那些讓織物產生異味的細菌，變成氣味清新卻不乾淨的衣服。

我穿上連身衣，心裡暗暗決定今天就要行動。經過一週的語言技能磨練，我和洛基已經準備好展開真正的對話。現在我大概有三分之一的時間不用看翻譯就能了解他的意思。

我漂回隧道，吸光最後一滴咖啡。

終於到了這一刻。我想這次討論所需的詞彙我們都有了。來吧。

「洛基。」我清清嗓子。「我來這裡是因為噬日菌讓太陽生病，卻沒有讓天倉五生病。你也是因為這樣才來的嗎？」

洛基把手上的工具和裝置塞進背帶，沿著支撐欄杆爬到透明分隔牆邊。很好，他明白這次要談的是正經事。

「對。不曉得為什麼天倉五沒有生病，可是波江座生病了。如果噬日菌不離開，波江星人就會死。」

「我也是！」我說。「一樣，一模一樣！如果噬日菌持續感染太陽，全人類都會死。」

「對，一樣。你跟我會救太陽和波江座。」

「沒錯，就是這樣！」

「為什麼跟你一起來的人類死了，問號？」洛基問道。

喔，要聊這個是吧？

「我們，呃……」我抓抓後腦勺。「我們是一路睡過來的，不是正常睡覺，是很特別的那種，非常危險，但我們不得不這麼做。我的組員死了，我卻活了下來。大概是走運吧。」

「真慘。」他說。

「很慘。為什麼其他波江星人都死了？」

「不知道。大家都生病，然後就死了。」洛基的聲音流露出一絲顫抖。「我沒有生病。我不知道為什麼。」

「真慘。」我嘆了口氣。「是什麼病？」

他想了一下。「我不知道那個字怎麼說。很小的生命，就這樣一個一個，像噬日菌。波江星人的身體是很多這種小東西組成的。」

「細胞。」我說。「我的身體裡也有很多細胞。」

他用波江語說了「細胞」一詞，我把這些音加進不斷擴充的辭典裡。

「細胞。」洛基繼續說。「我的組員細胞出問題，很多細胞死了。不是感染，也不是受傷，找不到原因。可是我沒有這樣，一直都沒有。為什麼，問號？我不知道。」

生病的波江星人體內細胞全數死亡？聽起來很可怕，感覺像輻射導致的疾病。要怎麼解釋呢？不過他們是太空人，應該很了解輻射，不需要我說明吧？況且我們還沒有共享詞彙可以形容這件事。好，就從這裡開始。

「如果要描述快速移動的氫原子，非常非常快，你會怎麼說？」

「熱氣。」

「不對，比那還快。超級無敵快。」

洛基扭動背甲，感覺很困惑。

「太空中有非常、非常、非常快的氫原子，」我決定換個方式說，「移動速度和光速差不多。這些氫原子是很久很久以前由恆星創造出來的。」

「不對，太空中沒有質量。太空是空的。」

我的天哪。「不，不是這樣。太空中有氫原子。速度非常非常快的氫原子。」

「知道了。」

「你原本不知道？」

「不知道。」

他的回答讓我目瞪口呆。

一個未曾發現輻射的文明怎麼有辦法發展出太空科技，於星際間航行？

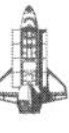

「格雷斯博士。」她打聲招呼。

「洛肯博士。」我禮貌回應。

我們面對面坐在一張鋼製小桌前。房間非常狹小，但以航空母艦的標準來說算寬敞了。我不清楚這個房間的原始用途，門上的名牌寫的是中文，我想應該是駕駛員查看海圖的地方……吧？

「謝謝你撥空見我。」她說。

「小事。」

通常我和洛肯會盡量避開對方。我們的關係已經從「看彼此不爽」發展到「看彼此非常不爽」。其實會演變成這樣我們倆都有責任，只是數月前在日內瓦初見時就埋下了憤懣的種子，雙方的關係從未改善。

「的確。我認為根本沒必要見面。」

「我也是這麼想。」我說。「但史特拉堅持要妳徵詢我的意見，所以只好這樣。」

「我有個主意，希望能聽聽你的建議。」她拿出一個資料夾遞給我。「下週歐洲核子研究組織會發表這篇論文，這是草稿，但那邊的人我都很熟，所以他們給了我一份樣稿。」

「論文主題是什麼？」我翻開資料夾。

「他們知道噬日菌怎麼儲存能量。」

「真的嗎？」我不禁倒抽一口氣，然後清清喉嚨。「真的嗎？」

「真的。坦白說，這套機制很不可思議。」她指著第一頁的圖表。「長話短說，就是微中子。」

「微中子？」我搖搖頭，「怎麼會……」

「我知道，很違反直覺的答案。但他們每殺死一隻噬日菌都會爆出許多微中子。研究人員甚至把樣本帶到南極的冰立方微中子觀測站，在主探測器蓄水池中刺穿菌體，結果偵測到大量碰撞。不過只有活體噬日菌才含有微中子，而且是很多微中子。」

「噬日菌是怎麼產生微中子的？」

她翻了幾頁，指著另一張圖表。「這是你的專業，我比較不懂這個領域。但微生物學家已經證實噬日菌細胞膜內有很多自由氫離子──就是沒有電子的質子來回穿梭。」

「嗯，我記得之前有讀到相關資料。是俄羅斯研究團隊發現的。」

洛肯點點頭。「歐洲核子研究組織確信這些質子只要以夠高的速度碰撞，某種我們目前尚不了解的機制會將它們的動能轉換成兩個動量向量相反的微中子。」

「好奇怪。」我往後一靠，內心滿是疑惑。「質量通常不會這樣『出現』。」

「其實未必。」洛肯搖搖手。「有時伽瑪射線從原子核旁邊擦過，會自然形成一對正負電子，稱為『成對發生』，所以並非前所未聞。但我們從未見過以這種方式產生的微中子。」

「感覺好猛。我沒深入研究過原子物理學，成對發生還是第一次聽到。」

「確實有這個效應。」

「了解。」

「總而言之，」她繼續說，「微中子非常複雜，我不想談太多——它們有很多種類，甚至可以改變自己的種類，但結論就是，微中子是極小的粒子，質量約為質子質量的兩百億分之一。」

「哎，等等——」我猛然想到什麼。「我們知道噬日菌的體溫會維持在攝氏九十六．四一五度，而溫度其實就是物體內部粒子的運動速度，所以應該能算出——」

「內部粒子的速度。」洛肯接話。「對，我們知道那些質子的平均速度和質量，也就是說，我們知道它們的動能大小。我明白你的想法。答案是對，兩者平衡。」

「哇！」我扶額喊道。「真是不可思議！」

「的確。」

我們終於解開了長久以來的謎團：為什麼噬日菌的臨界溫度是九十六．四一五度，不是更高或更低？

噬日菌讓質子互相碰撞，藉此製造出成對的微中子。質子需要以大於兩個微中子質量能的動能碰撞才能激起反應。只要從微中子的質量回推，就能得出這些質子碰撞的速度，一旦知道物體內部粒子的速度，就能推導出物體的溫度。因此，為了有足夠的動能來製造微中子，質子必須達到攝氏

九十六．四一五度。

「天哪。」我忍不住驚呼。「所以高於臨界溫度的熱能只會讓質子更難碰撞。」

「沒錯。這些質子會製造出微中子，產生剩餘能量，再與其他質子相互碰撞等等。高於臨界溫度的熱能會迅速轉換成微中子，但若降到臨界溫度以下，質子的運動速度就會太慢，進而中斷微中子生成。結論就是，不能讓溫度超過攝氏九十六．四一五度，應該說不要超過太久。假如溫度過低，噬日菌就會像恆溫動物一樣，利用體內儲存的能量將溫度提升到九十六．四一五度。」

洛肯給了我一點時間好好消化這一切。歐洲核子研究組織真的成功了。但我還是有幾個地方想不透。

「好，噬日菌製造微中子。」我說。「那它們怎麼將微中子轉化成能量？」

「很簡單。」她回答。「微中子就是所謂的馬約拉那粒子，也就是說，微中子為其自身的反粒子。基本上每次兩個微中子碰撞都是物質－反物質交互作用，而後湮滅變成光子。事實上，兩個光子波長相同，方向相反。由於光子的波長是基於光子的能量……」

「噬日波長！」我失聲大叫。

洛肯點點頭。「對。微中子的質量能與噬日波長光單一光子的能量相等。這篇論文可說是一大突破。」

「哇……太令人驚嘆了。」我雙手交疊，用手背撐著下巴。「現在只剩下一個問題，噬日菌是怎麼把微中子保存在體內的？」

「我們不知道。一般來說，微中子能在不撞擊到任何原子的情況下穿越整個地球，它們就是那麼小。其實這應該跟量子波長和碰撞概率比較有關係，但微中子是出了名的難搞，幾乎不與其他物質相互作用。但出於某種原因，噬日菌具有我們稱之為『超橫斷性』的特質，而這個花俏的術語指的是沒有任何粒子可以穿透它，產生量子穿隧效應。這個現象違反了我們已知的每一條粒子物理學定律，但許多證據在在證明噬日菌確實如此。」

「真的。」我用手指輕敲桌面。「它能吸收所有波長的光，連那些長到無法與之交互作用的波長也一樣。」

「沒錯。」洛肯附和道。「研究證實，無論碰撞的機率有多小，噬日菌都會與試圖穿透它的物質發生碰撞。總之，只要噬日菌還活著，就會表現出超橫斷性。我想跟你討論的事就跟這有關。」

「喔？還有別的？」

「對。」洛肯從包包裡拿出一張聖母號船體示意圖。「我在研究聖母號的輻射防護罩，我想問一下你的意見。」

「對喔！噬日菌能阻擋所有輻射！」我挺起身，整個人精神都來了。

「應該吧。」她說。「但我得了解太空輻射的性質和影響。我只知道大概，不清楚細節。想請你解釋一下。」

「嗯，太空輻射有兩種。」我雙臂交叉抱胸。「一種是太陽發射的高能粒子，另一種是無所不在的GCR。」

「先講太陽粒子。」她說。

「好。太陽粒子就是太陽發射出來的氫原子。有時太陽上的磁暴會導致其噴出大量太陽粒子，其他時候則相對平靜。近來的噬日菌感染讓太陽耗損許多能量，磁暴發生的頻率也跟著減少。」

「真可怕。」她說。

「對啊。妳有聽說全球暖化升高的溫度都抵消了嗎？」

她點點頭。「人類肆無忌憚地破壞環境無意間為地球預熱，讓我們多了一個月的時間。」

「我們掉進一個屎坑，結果爬出來時身上散發著玫瑰香。」我說。

「我沒聽過這個說法。」洛肯笑著說。「挪威語沒有這種形容。」

「妳現在知道了。」我露出微笑。

她立刻低頭檢視船體平面圖。我是覺得變臉不用變那麼快啦，但無所謂。

「這些太陽粒子的移動速度有多快？」她問道。

「大約每秒四百公里。」

「好，那可以忽略。」她在紙上草草寫了筆記。「聖母號會在八小時內以更快的速度飛離，太陽粒子趕不上，自然不會造成任何損傷。」

「我們在做的事真的很驚人。」我吹吹口哨。「我是說……天哪，如果噬日菌不會引致太陽毀滅，一定會是很棒的資源。」

「是啊。」她簡單回答。「現在解釋一下GCR。」

「那些更麻煩。」我說。「GCR指的是——」

「銀河宇宙射線。」她說。「但不是宇宙射線，對嗎？」

「對。銀河宇宙射線是氫離子，也就是質子，但移動速度很快，接近光速。」

「既然不是電磁放射，為什麼叫宇宙射線？」

「因為人們過去以為是，但名稱沒改，就一直沿用至今。」

「這些氫離子有共同來源嗎？」

「沒有，來自四面八方，源頭是超新星，但宇宙間到處都是超新星。我們會不斷被各方的銀河宇宙射線淹沒，這對太空旅行來說是個大問題，但再也不是了！」

我又俯身查看設計圖。上面畫有船體截面，兩道壁之間留了一毫米的空隙。「妳打算用噬日菌填滿縫隙？」

「我是這麼想的。」

我沉思了一下，再度開口：「妳要用燃料填滿船殼？那不是很危險嗎？」

「除非讓噬日菌看到二氧化碳波段的光。只要它們看不到二氧化碳就沒事了。狄米崔打算用噬日菌和低黏度油製成漿體燃料，以便輸送至引擎。我想運用在船體上，讓黑暗的船殼隙縫間充滿菌體。」

「應該可行。」我用手指抵著下巴說。「但噬日菌可能會死於身體創傷，畢竟只要用細小的尖銳物就能戳死它。」

「所以我才請歐洲核子研究組織幫我做些額外的實驗。」

「哇，妳要歐洲核子研究組織幹嘛就幹嘛喔？妳是迷你史特拉還什麼嗎？」

「只是在那裡有認識的熟人和老朋友。」洛肯咯咯輕笑。「總之，他們發現即便是運動速度接近光速的粒子也無法穿透或殺死噬日菌。」

「想想其實很合理。」我說。「噬日菌演化成生活在恆星表面的生物，想必無時無刻受到能量與高速運動粒子衝擊。」

「輻射會被阻絕在外。」她指著放大的噬日菌管線示意圖說。「我們只需要注入一層夠厚的噬日菌漿，確保隨時隨地都有噬日菌細胞能阻擋外來粒子。一毫米應該綽綽有餘。另外，我們不想增加無謂的質量，所以會用燃料本身做為絕緣材料。如果組員需要最後這點噬日菌，就把它們視為儲備能源吧。」

「嗯……能為紐約市提供二萬年電力的儲備能源。」

她看看圖表，再看看我。「你用心算就能算出來？」

「呃，我有些小訣竅。我們在談的能量規模大得誇張，我習慣以『紐約市年能源量』來思考，相當於〇．五克左右的噬日菌。」

「我們需要製造兩百萬公斤。」她揉揉太陽穴。「要是過程中出了什麼差錯……」

「全人類就會毀在我們手裡，不必勞煩噬日菌。」我說。「對，我常在想這件事。」

「那你覺得呢？」她問道。「這個主意很糟，還是可行？」

「我覺得很天才。」

她揚起微笑，別開目光。

14

又一天，又一次團隊會議。沒想到拯救世界居然這麼無聊。

科學團隊圍坐在會議室桌旁。我、狄米崔和洛肯。儘管史特拉老是把剔除官僚主義掛在嘴邊，最終還是依循現實經驗指派了幾個部門負責人，每天召開團隊會議。

有時我們厭惡的一切終究成了處事的唯一方法。

不用說也知道，史特拉當然坐在會議桌主位，旁邊有個我從未見過的男人。

「各位，」史特拉開口，「這位是法蘭索瓦．勒克萊爾博士。」

「大家好。」她左邊的法國人敷衍地揮揮手。

「勒克萊爾博士來自巴黎，是全球知名氣候學家。我請他負責追蹤、了解，可能的話，改善噬日菌所造成的氣候變化。」

「喔，就這樣？」我語帶嘲諷地說。

勒克萊爾揚起微笑，但那絲笑意轉瞬即逝。

「勒克萊爾博士，」史特拉繼續說，「關於太陽能減少所帶來的影響，目前很多研究報告都不一致，甚至互相矛盾，似乎每位氣候學家的觀點都不一樣。」

「氣候學家對橘色的看法也各不相同。」他聳聳肩。「很遺憾，氣候學是個很不精確的領域，裡面存有許多不確定性，老實說還有很多猜臆。氣候科學尚處於初期發展階段。」

「你太客氣了。所有專家中，只有你的氣候預測模型於過去二十年來一再被證明為真。」

他點點頭。

「我收到各式各樣的預測報告。」史特拉指著會議桌上亂七八糟的文件說。「從農作物歉收到全球生物圈崩潰都有。我想聽聽你的見解。你已經知道太陽能輸出量預測值，你怎麼看？」

「當然是災難。」他說。「許多物種徹底滅絕，世界各地的生物群系劇變，天氣型態出現重大變化——」

「人類，」史特拉硬生生打斷他，「我想知道人類會受到什麼影響，時間點為何。我不在乎什麼三肛泥沼樹懶的繁殖棲地或其他生物群系。」

「人類是生態的一環，史特拉小姐，是其中的一分子。我們吃的植物、飼養的動物、呼吸的空氣……全都是生態網絡的絲線，一切錯綜交織，緊密相連。生物群系崩潰會直接衝擊人類。」

「好吧，那給我數字。」史特拉說。「我要數據，有形的東西，不是模糊的預測。」

「好。」勒克萊爾瞪著她。「十九年。」

「十九年？」

「妳要數字，我就給妳一個數字。」他說。「十九年。」

「什麼東西十九年？」

「我預估十九年後，目前世界人口有一半會死亡。」

一陣無以名狀的沉默隨之降臨。史特拉大為震驚，洛肯和我不知怎的居然互相對望，狄米崔張大嘴巴，呆愣在座位上。

「一半？」史特拉終於回過神。「三十五億人？全數死亡？」

「對。」勒克萊爾說。「妳覺得夠有形了嗎？」

「你怎麼會知道？」她繼續追問。

「就這樣，又一個否認氣候變遷的人誕生了。」勒克萊爾噘起嘴唇。「看，多簡單哪。只要跟妳說些妳不想聽的話就好。」

「別對我擺出高人一等的姿態，勒克萊爾博士。回答我的問題。」

「眼下全球天氣型態嚴重被打亂。」他交叉雙臂。

洛肯清清嗓子。「聽說歐洲出現龍捲風？」

「對。」他說。「而且愈來愈頻繁。直到西班牙征服者在北美洲目睹龍捲風，歐洲語言才有龍捲風這個詞。如今希臘、義大利和西班牙都出現了龍捲風。」他把頭歪向一邊。「一是因為天氣型態變化，二是因為有些瘋子決定在撒哈拉沙漠上鋪一堆黑色長方形，彷彿大規模破壞地中海附近的熱分布沒關係似的。」

「我知道會影響天氣。」史特拉翻了個白眼。「我們別無選擇。」

「撇開你們濫用撒哈拉沙漠不談，」勒克萊爾繼續說，「世界各地都出現氣候異常現象。氣旋季延遲兩個月；越南上週降雪；噴射氣流胡亂旋繞，每天都在變化；北極氣團被帶往過去從未觸及的地區；熱帶氣團往南北方向移動……簡直一團混亂。」

「解釋一下三十五億人死亡的部分。」史特拉說。

「好。」他開始說明。「只要簡單算一下就知道會不會出現饑荒。將全球每日農牧業產出的熱量除以一千五百左右。人口不能超過這個數字。反正也快了。」他擺弄桌上的筆。「根據我用最佳模型跑出的結果，農作物會歉收。世界主要糧食作物包含小麥、大麥、小米、馬鈴薯、大豆，以及最重要的水稻。這些作物對溫度範圍都很敏感。稻田若受到凍害，稻米就會死；馬鈴薯田若遭洪水侵襲，馬鈴薯就會死；小麥田溼度若比正常值高出十倍，小麥就會感染寄生性真菌而死。」他又看了史特拉一眼。「要是三肛泥沼樹懶數量穩定就好了，說不定我們能撐過缺糧。」

「十九年不夠。」史特拉曲起手指抵著下巴說。「聖母號要航行十三年才能抵達天倉五星系，數據結果也要十三年才能返回地球。我們至少需要二十六年的時間，二十七年更好。」

「妳在說什麼啊？」勒克萊爾看著史特拉，彷彿她多長出一顆頭。「這是必然結果，沒得選，而且正在發生，我們無能為力。」

「我不這麼認為。」她反駁。「人類自上個世紀以來就一直無意間引致全球暖化。看看我們決心這麼做會怎樣。」

「什麼？」他猛然一退。「妳在開玩笑嗎？」

「厚厚的溫室氣體能幫我們爭取一點時間對吧？它會像毛皮大衣一樣為地球保暖，留住更多能量。我有說錯嗎？」

「妳……」他結結巴巴地說。「妳說得沒錯，但是暖化的程度……還有故意排放溫室氣體的道德爭議……」

「我不在乎道德爭議。」史特拉說。

「她真的不在乎。」我插嘴。

「我在乎的是拯救人類，所以給我溫室效應就對了。你是氣候學家，想辦法讓我們至少撐二十七年。我不願意失去一半人口。」

勒克萊爾深吸一口氣。

「開始工作！」史特拉揮揮手說。

歷經三個小時的努力，在共享辭典中加了五十個新字彙，我終於得以向洛基解釋輻射及其對生物體的影響。

「謝謝。」他的音調低得出奇，是悲傷的語氣。「現在我知道我朋友是怎麼死的了。」

「令人難過，非常難過。」我說。

「對。」他附和道。

談話中，我得知光點一號根本沒有輻射防護罩，也明白波江星人未曾發現輻射的原因。我花了點時間才蒐集到這些資訊：

波江星人的家園為波江座 40 星系中首顆行星。人類其實不久前才發現這顆星，顯然不曉得那裡有個完整的文明。該行星在星表上的名稱為「波江座 40 Ab」，我覺得太拗口，且波江語原名同樣由多個和弦組成，因此我決定簡單叫它「波江星」。

波江星離主恆星極近，大約是五分之一個天文單位（即地球到太陽的距離），「一年」相當於四十二個地球日又多一點。

這顆行星就是我們所謂的「超級地球」，質量為地球的八．五倍，直徑約為地球的兩倍，表面重力則為地球的兩倍多，而且自轉速度快得離譜，一天只有五．一小時。

真相隨著資訊堆疊漸趨明朗。

行星必須滿足一定的條件才能形成磁場，必須具有熔鐵核心、位於恆星磁場範圍、會行自轉運動三項皆備。地球就是一例，而這也是我們能使用指南針的原因。

波江星不僅囊括上述特徵，而且更極端。其星體本身與熔鐵核心的大小都比地球大，距離恆星也很近，所以磁場更強，能為其自身磁場提供動力，加上自轉速度飛快，總體而言，波江星的磁場強度起碼比地球磁場大二十五倍。

除此之外，波江星的大氣層也很厚，是地球的二十九倍厚。

強力磁場與厚實大氣層能幹嘛？有效隔絕輻射。

地球上所有生物都經過演化洗禮，得以應對輻射。我們的DNA之所以內建錯誤校正功能，就是因為我們經常受到來自太陽與太空的輻射轟炸。地球的磁場和大氣層提供了一定程度的保護，但不是百分之百。

然而，波江星卻是百分之百將輻射阻絕在外。不只輻射無法到達地表，就連光線也是，所以波江星人才沒演化出視覺器官。星球表面一片漆黑。一個生物圈如何於全然的黑暗中存續？我還沒問洛基，但以地球來說，陽光照射不到的海洋深處棲息著許多生物，可見這種生活方式絕對可行。

波江星人對輻射極為敏感，甚至不知道輻射的存在。

接下來我們又聊了一個小時，在辭典中增加了數十個新詞彙。

波江星人很早就踏上太空旅行之路。他們用無與倫比的材料技術（氙晶）打造出一座太空電梯，基本上就是一條帶有平衡錘，從波江星赤道往上延伸至同步軌道的纜線。他們會搭乘電梯進入軌道。要是人類知道怎麼製造氙晶，說不定也能在地球蓋一座太空電梯。

重點是，波江星人從未離開過軌道。沒理由這麼做。像波江星這樣離恆星極近的行星鮮少有衛星，重力、潮汐力很容易把潛在的衛星扯離軌道。洛基和他的組員是頭一批離開軌道的波江星人。

正因如此，他們才一直沒發現延伸範圍遠超出同步軌道的波江星磁場始終保護著他們。

不過還有一個未解之謎。

「為什麼我沒死，問號？」洛基問道。

「我不知道。」我回答。「是不是有哪裡不同？你做了什麼其他組員沒做的事？」

「我修東西。我的工作是修理壞掉的東西，製造需要的東西，維持引擎運轉。」

聽起來像工程師。「你大多時間都待在哪裡？」

「我在船上有房間。工作室。」

「工作室在哪？」我好像有點頭緒了。

「在船尾靠近引擎的地方。」

把太空船工程師安排在那裡很明智。該區的裝置和設備最有可能需要維修。

「你的船把噬日菌燃料儲放在哪？」

「很多很多裝著噬日菌的容器。」他伸出一隻手朝太空船尾部的方向揮舞。「都在船後面，靠近引擎，方便加燃料。」

答案揭曉。

我嘆了口氣。他一定會很難過。其實解決辦法很簡單，他們只是不知道而已。他們甚至不曉得問題所在；好不容易查出原因，卻為時已晚。

「噬日菌能阻絕輻射。」我說。「你大部分時間都被噬日菌包圍，但其他組員沒有，所以他們才受到輻射傷害。」

洛基沒有回應。他需要時間沉澱一下。

「懂了。」他用低緩的語調說。「謝謝。現在我知道自己為什麼沒死了。」

我試著想像波江星的情況有多危急，居民有多絕望。太空科技遠落後於地球，對外界一無所知，卻仍為了拯救整個種族打造出一艘星際太空船。

看來和我的處境一樣。只是我掌握的技術比他多了一些。

「這裡也有輻射。」我連忙叮嚀。「你要盡量待在工作室裡。」

「好。」

「把噬日菌拿來這裡，掛在隧道壁上。」

「好，你也是。」

「我不需要。」

「為什麼，問號？」

因為就算我得了癌症也沒關係。不管怎樣，我都會死在這裡。但我不想解釋我在執行自殺任務。剛才的對話已經很沉重了。我決定陳述部分事實就好。

「地球的大氣層很薄，磁場很弱，輻射能到達地球表面，所以地球上的生物演化成可以在輻射中生存。」

「了解。」他說。

我在隧道內四處漂浮，洛基則繼續修理裝置。這時，我腦中突然閃過一個想法。

「嘿，我有個問題。」

「問。」

「為什麼波江星人的科學發展跟人類這麼相似？幾十億年，進步的程度卻差不多。」

這件事困擾我很久了。人類和波江星人分別在不同的恆星系統中演化，而且過去完全沒接觸，為什麼雙方的科技發展幾近相同？我的意思是，波江星人的太空技術只稍微落後我們一點點，差距並不大。為什麼他們不是處於石器時代？或是讓現代地球看起來很落伍的超未來時代？

「就是這樣我們才會遇見。」洛基說。「如果一個星球知道的科學比較少，就無法建造太空船；如果知道比較多，就能了解、摧毀噬日菌，不用離開自己的恆星系。波江星人和人類的科學都在一個特別的階段：可以建造太空船，但解決不了噬日菌問題。」

嗯，這我倒是沒想過，但洛基一說就很明顯了。假如地球當前處於石器時代，人類早就徹底滅絕；若是千年後才遇上噬日菌，我們或許能不費吹灰之力，輕鬆找出應對方法。這中間有一道非常狹小的技術進步地帶，位於此處的物種會派太空船到天倉五尋找解答。人類和波江星人恰巧落在這個範圍。

「了解，觀察入微。但還是不太尋常。」我內心的疑惑難以解清。「人類和波江星人在太空中距離很近。地球和波江星只相距十六光年，而整個銀河系有十萬光年那麼寬，生命足跡想必非常罕見。可是我們的關係居然這麼緊密。」

「可能我們是一家人。」

我們是親戚？怎麼會——

「喔！你是說……哇！」我得好好理解一下這句話。

「我不確定。理論。」

「這個理論超棒！」我說。

胚種論。我和洛肯一直在吵這件事。

噬日菌與地球生命的相似度之高絕非巧合。我懷疑噬日菌的祖先——那些感染地球的星際原始種曾到地球「播種」。我現在才意識到波江星可能也是這種情況。

說不定宇宙間處處是生命！類噬日菌祖先可能起源於任何地方，逐步演化成現在的噬日菌細胞。我不知道這個「前噬日菌」生物是什麼模樣，但噬日菌很難對付，因此任何有機會孕育出生命形式的行星都可能是源頭。

洛基也許是我失散很多很多年的親戚。雖然與他相比，我家外面的樹跟我的關係還比較近，不過沒影響。

真是不可思議。

「很棒的理論！」我忍不住再次稱讚。

「謝謝。」洛基說。我猜這些他早就想到了，至於我，得花點時間好好消化一切。

就這麼一次，航空母艦成了完美的棲所。

中國海軍甚至不再質疑史特拉的命令。行動一項接一項，軍方高層整天批准批到煩，最後乾脆發布一般命令，只要不涉及到發射武器，她說什麼就做什麼。

我們於夜深人靜時航至南極洲西岸下錨。海岸線在遙遠的彼端綿延，唯有月光臨至才會隱現。整個大陸的人都疏散了，感覺有點反應過度，畢竟阿蒙森－史考特南極站位於一千五百公里外，待在那裡根本沒事。不過沒理由冒險。

這是史上最大的海軍軍事禁區，大到連美國海軍也不得不抽空巡防，確保沒有商船駛進該區。

「驅逐艦一號，確認觀察情況。」史特拉用對講機說。

「準備就緒。」一個講話有美國口音的人回覆。

「驅逐艦二號，確認觀察情況。」

「準備就緒。」另一個美國人的聲音從對講機傳來。

科學團隊全體成員站在航空母艦飛行甲板上凝望陸地。狄米崔和洛肯離船緣有段距離，雷戴爾則遠在非洲管理黑面板能源場。

當然，史特拉站得比其他人前面一點。

「就快好了。」勒克萊爾長嘆口氣，表情好像要上絞刑架似的。

「潛艇一號。」史特拉又按了一下對講機。「確認觀察情況。」

「準備就緒。」對講機傳來回應。

「三分鐘……預備。」勒克萊爾查看平板電腦，提醒史特拉。

「所有船艦注意，進入黃色狀態。」史特拉用對講機說。「重複，進入黃色狀態。潛艇二號，確認觀察情況。」

「準備就緒。」

「真不敢相信。」我站在勒克萊爾旁邊說。

「真希望我不必承擔這個責任。」他滑著平板。「格雷斯博士，你知道嗎？我這輩子一直是個理直氣壯的嬉皮，從里昂的童年時期到巴黎的大學生活始終如一。我是過往政治抗爭時代會出現的那種嚮往自然、提倡環保的反戰人士。」

我靜靜地聽他說話。這是他這一生最糟糕的一天。如果聆聽能幫上忙，讓他好過一點，我很願意聽。

「為了拯救世界，我成了一名氣候學家，努力阻止我們陷入夢魘般的環境災難。可是現在……雖然這麼做有必要，但真的很可怕。我相信同是科學家的你也能理解。」

「其實我不太明白。」我承認。「我的科學職涯向來放眼地球之外，而非探尋地球本身。說來丟臉，我真的不懂氣候科學。」

「這樣啊，嗯……」他說。「南極洲西部純粹是冰天雪地。整個地區就是一條巨大冰川，慢慢朝海洋移動。這裡的冰層有幾十萬平方公里。」

「而我們要融化那條冰川？」

「對，大海會替我們做這件事。事實上，南極洲過去是一片繁茂的叢林，數百萬年來和非洲一樣鬱鬱蔥蔥，但大陸漂移與自然氣候變遷讓這一區受霜雪冰凍，植物全數死亡，日漸腐爛，而分解所產生的氣體就被封在冰層裡，尤其是甲烷。」

「甲烷是很強效的溫室氣體。」我說。

「比二氧化碳強得多。」他點點頭，然後再次查看平板。「兩分鐘！」他放聲大喊。

「所有船艦注意，進入紅色狀態。」史特拉透過對講機說。「重複，進入紅色狀態。」

「就這樣，我來到這裡。」勒克萊爾又轉向我。「一個環保主義者、氣候學家和反戰鬥士，」他眺望大海，「下令用核武轟炸南極洲。用美國提供的兩百四十一枚核彈，沿著一條裂隙每三公里裝一顆，埋在五十公尺深的冰層下，然後同時引爆。」

我緩緩點頭。

「他們說釋放出來的輻射量很少。」他說。

「嗯，是聚變炸彈，也許你聽了會好受一點。」我拉緊外套。「炸彈裡的鈾等物質會產生小型分裂反應，進而引發較大的融合反應。爆炸只會釋放出氫和氦，沒有輻射。」

「好吧，算是有些安慰。」

「這是唯一的選擇嗎？」我忍不住問。「為什麼不能讓工廠大規模生產六氟化硫或其他溫室氣體？」

「我們需要的量比產能多數千倍。」他搖搖頭。「別忘了，我們可是花了一個世紀的時間在全球各地燃燒煤炭和石油，才注意到這樣會影響氣候。」他滑了一下平板。「冰棚會沿著爆炸線迸裂，慢慢漂進大海融化。下個月海平面會上升一公分左右，海洋溫度下降攝氏一度，這是一場災難，但暫時不必煩惱這個。大量甲烷會釋放到大氣中，現在甲烷是我們的朋友，最好的朋友，不光是因為它能讓地球保暖一陣子而已。」

「喔？」

「十年後，大氣中的甲烷就會分解。我們可以每隔幾年敲下幾塊南極洲冰層送進大海，調節甲烷含量。若聖母號能找到解方，我們只要等十年，甲烷就會自然消失。二氧化碳沒辦法這樣。」

「時間？」史特拉走向我們。

「六十秒。」勒克萊爾回答。

她點點頭。

「這樣問題不就解決了？」我問。「我們可以一直用南極洲的甲烷來維持地球溫度嗎？」

「不行。」他回答。「這充其量只是權宜之計。雖然將這些甲烷垃圾傾倒至大氣中可以暖化氣溫，卻也會嚴重破壞生態系統。人類依舊會面臨可怕又難以預測的氣候異常、農作物歉收與生物群系滅絕，但可能，只是可能，不像沒有甲烷那麼糟。」

我看著並肩站在一起的史特拉和勒克萊爾。這是人類史上第一次將如此純粹的威勢和權力授予如此少數的人。眼前這對男女，就這麼兩位，將徹底改變世界的樣貌。

「我很好奇，」我對史特拉說，「聖母號發射任務結束後，妳怎麼辦？」

「我？」她回答。「不怎麼辦。一旦聖母號發射升空，我的權力就會終止。大概會有一群氣壞的政府控告我濫權，把我送上法院。我可能會在監獄裡度過餘生。」

「我會在妳旁邊的牢房。」勒克萊爾插話。

「妳都不擔心？」

「每個人都得做出犧牲。」她聳聳肩。「若我得成為全球的代罪羔羊才能拯救大家，那這就是我該做的犧牲。」

「妳的邏輯好怪。」我說。

「不會。當你所屬的物種瀕臨滅絕，事情就變得很簡單。沒有道德困境，不必權衡各方利益，只要專心致志，讓計畫順利進行。」

「我也是這樣告訴自己。」勒克萊爾附和道。「三、二、一，引爆。」

什麼也沒發生。海岸線仍維持原貌。沒有爆炸，沒有閃光，連小小的砰一聲都沒有。

「核彈已經引爆。」他查看平板。「衝擊波應該十分鐘後就會觸及船艦，只是聽起來就像遠方的雷聲。」

他低頭望著航空母艦甲板。

「你做了你該做的事。」史特拉把手放在他肩上。「我們都在做我們該做的事。」

勒克萊爾把臉埋進掌心，痛哭失聲。

我和洛基聊了好幾個小時的生物學，很想了解彼此的身體結構與運作模式。如果對這沒興趣就不叫科學家了。

波江星人的生理機制真的很驚人。

波江星距離母恆星極近，因此進入生物圈的能量多得離譜，而位居食物鏈頂端的波江星人擁有比人體更多的能量。有多多呢？他們體內有囊，囊中含有腺苷三磷酸。腺苷三磷酸是以ＤＮＡ為基礎的生物主要的儲能媒介，通常存在於細胞內，但他們獲取的能量太多，所以必須演化出更有效的儲存機制。

所謂的「能量太多」真的多到荒謬。波江星人會將礦物質中的氧氣脫除，還原成金屬，基本上就是活動的生物冶煉廠。

人體有頭髮、指甲、牙齒琺瑯質及其他「死」的東西，這些構造各扮演著重要角色。波江星人把這個概念發揮到極致。洛基的背甲是由氧化礦物組成，骨頭為蜂巢狀金屬合金，血液主要是液態汞，就連神經都是無機矽酸鹽，能傳導以光為基礎的脈衝。

整體來說，洛基體內的生物材料只有少少幾公斤。許多單細胞生物隨著血液流動，依據個體所需來建造或修復身體，同時管理消化系統、支持大腦功能，大腦則安全地座落於背甲中心。

如果蜜蜂演化成可以築出會行走的蜂巢，女王蜂又像人類一樣聰明，那這種生命形式就類似波江星人，只是波江星人的「蜜蜂」是單細胞生物。

波江星人的肌肉為無機物，由多孔海綿狀物質組成，外層包覆著柔韌又有彈性的囊皮，體內大多數水分都封在這些囊裡，且大氣壓力高到攝氏兩百一十度的水仍保持液態。

他們的身體有兩個獨立的循環系統，分別是「周圍系統」和「高熱系統」。周圍血液為攝氏兩百一十度，高熱血液則維持在三百零五度，溫度之高就算在波江星的氣壓下也能把水煮開。兩種循環系統在肌肉附近都有血管分布，會依需求擴張或收縮來調節體溫。受熱擴張，遇冷收縮。

簡言之，波江星人以蒸氣為動力。

正因如此，肌肉降溫時，周圍循環系統須不斷冷卻至正常溫度，因而成了散熱系統。洛基某種意義上來說會「呼吸」，但只是通過背甲頂部類似散熱器的器官微血管將氨氣排放出去。背甲頂部有五條狹長的裂縫允許空氣進出，不過沒半點氣體進入他的血液。

雖然波江星人的「呼吸」不算「呼吸」，但他們依舊會使用氧氣，只是比起人體更自給自足。他們體內有類似植物和動物的細胞，氧氣與二氧化碳互相交換，循環往復，始終保持平衡。洛基的身體就像個小生物圈，只需藉由食物來攝取能量，透過氣流來釋放熱能。

與此同時，高熱血液溫度太高，會煮沸生物材料所蘊含的水分，因此這類物質無法存活其中。順帶一提，這樣殺菌很方便，能直接消滅食物中的病原體。

然而，為了讓那些像工蜂的細胞得以維護高熱血液系統，系統須暫時冷卻至周圍系統溫度。這段期間，波江星人無法使用肌肉，而這也是他們睡覺的原因，不過他們的「睡覺」不像人類那樣，而是進入麻痺狀態；此時大腦也會進行修復，所以沒有意識功能。也就是說，熟睡的波江星人完全叫不醒。

這就是為什麼他們睡覺時要互相照看。必須有人保護你的安全。這種行為或可追溯至穴居時代（波江星山頂洞人？），演變至今成了一種社會規範。

儘管我對此大為驚嘆，洛基卻覺得這個話題很無聊，反而認為人體的奧祕才真正不可思議。

「你聽得到光，問號？」他問道（只要感到驚訝或佩服，他都會用顫音發出句首第一個音）。

「對，我聽得到光。」

我們聊天的同時，洛基用好幾隻手裝配一個看起來很複雜的設備，大小和他的體型差不多。我認出上面有些零件是他這幾天一直在修理的東西。他可以一邊閒聊，一邊維修精密儀器。我想波江星人比人類更會一心多用。

「怎麼弄，問號？」他連忙追問。「你是怎麼聽到光，問號？」

「這些是特殊器官，」我指著眼睛說，「可以聚焦和感測光線，再把訊息傳給大腦。」

「光給你訊息，問號？那些訊息足以讓你了解環境，問號？」

「對，光會傳遞訊息給人類，就像聲音會傳遞訊息給波江星人一樣。」

洛基似乎突然想到什麼，完全放下手邊組裝的設備。

「你聽得見來自太空的光，問號？聽得見恆星、行星、小行星，問號？」

「對。」

「好厲害。那聲音呢，問號？你聽得到聲音。」

「我用這些器官來聽聲音。」我指著耳朵說。「那你呢？」

「到處都可以聽。」他指指背甲和手臂。「外殼有很多小受體，全都會向大腦報告，就像觸覺一樣。」

看來洛基的身體就像一支麥克風。他的大腦一定很認真處理資訊，除了要知道確切的身體位置，還要感知聲音擊中不同部位的時間差……天哪，太有趣了。不過，嘿，我的大腦也很猛，光是靠兩顆眼球就能捕捉周遭環境，描繪出完整的3D立體模型。感官輸入這回事實在很了不起。

「我的聽力不如你。」我說。「要是沒有光，我就只能聽見你說話，不知道周圍環境長什麼樣子。」

「這是牆。」他指指透明分隔牆說。

「一道很特別的牆。光線能穿透牆面。」

「太好了。一開始蓋的時候我給你很多選項。你選這個是因為光能通過，問號？」

感覺好像是很久以前的事了。當時的牆是由材質各異、色彩繽紛的六角形拼築而成，當然啦，最後我挑了透明的那個。

「對，我選這個是因為光線透得過來。」

「太好了。我是給你不同的♫♩♪♫。從來沒想過光線。」

我瞄了筆電一眼，想看看那串神祕的音是什麼意思。我現在幾乎不用靠電腦翻譯，但有時還是會忘記某個和弦的含義。電腦顯示那個詞是「音質」。好吧，不能怪我不知道。這個詞不常出現。

「只是走運啦。」我說。

「走運。」他邊附和邊調整裝置，把工具收進裝備背帶。「我做完了。」

「這是什麼？」

「能讓我在小房間活著的裝置。」他看起來很高興，我覺得啦。他的背甲抬得比平常高了一點。「等等。」

洛基留下裝置，獨自返回太空船。過沒多久，他便帶著幾片透明氙晶板回來。每個板子都是五角形，大約一公分厚、一英尺寬。我真的很討厭自己混用單位，但我的大腦思路就是這樣。

「我現在做小房間。」他說。

他用裝在軟管裡的黏稠膠水把五角形氙晶板邊對邊黏起來，沒多久就組裝出一個分成兩半的十二面體。

「房間。」他自豪地拿給我看，將兩半合在一起。

「房間」是個採用測地線概念、以五角形構成的曲面幾何球體，總直徑大約一公尺，容納洛基綽綽有餘。

「那個房間的用途是什麼？」我問道。

「房間和裝置可以讓我在你船上活著。」

「你要來我的太空船？」我揚起眉毛。

「我想看看人類的科技。可以嗎，問號？」

「好啊，當然可以！你想看什麼？」

「全部！人類的科學比波江星人的科學厲害。波江星人沒有思考機器。」他指著漂浮在我旁邊的筆電，「而且那邊很多機器都沒有。」他又指指我的工具箱。

「好，你想看什麼就看什麼！可是你要怎麼過來？」我指著分隔牆上的迷你減壓艙問道。

「你離開隧道。我做新的分隔牆。更大的減壓艙。」

他把組好的裝置（我這才意識到那是維生系統）拉過去，綁在背甲上，蓋住頂部的散熱裂縫。

「擋住散熱系統？這樣不會很危險嗎？」

「不會，會讓熱空氣變成冷空氣。」他回答。

原來是空調。一個生活在攝氏兩百度以上的環境仍覺舒適的物種，沒想到也需要空調。不過每個人的耐受性本來就不同。

「我來測試。」他用膠水把球體封好，讓自己待在裡面，靜靜漂浮一分鐘。「成功！開心！」

「太好了！」我叫道。「原理是什麼？那些熱跑哪去了？」

「簡單。」他輕敲裝置上的小零件。「這裡有噬日菌，噬日菌會吸收九十六度以上的熱。」

對喔。噬日菌對人類來說溫度很高，但在波江星人眼中則不然，反倒是很完美的空調冷媒。洛基只要讓空氣流經充滿噬日菌的散熱片即可。

「這招真妙。」我說。

「謝謝。你現在離開，我要在隧道製造大型減壓艙。」

「好好好。」我連忙答應。

我收拾隧道裡的個人物品（包含固定在壁面上的床墊），塞進駕駛艙，然後回到艙內密封兩道減壓艙門。

接下來一個小時，我都忙著打掃太空船。我沒料到會有客人來。

15

已經過了好幾個小時。我真的好想知道洛基要怎麼改造隧道。

他需要極大的氣壓才能生存，聖母號船體承受不住，可是他又無法處於真空環境，到底要怎麼進行工程？

我聽到減壓艙另一邊傳來鏗鏗鏘鏘的敲打聲。不管了，我要過去看看！

我漂進減壓艙，從舷窗向內窺探。光點一號的船體機器人拆除了舊隧道，正在裝設新的隧道。

就這樣喔？真掃興。

舊隧道逐漸漂進太空，功成身退。機器人把新隧道安放在適當的位置，沿著光點一號船身邊緣塗上氙晶膠。

波江星人沒電腦，怎麼駕駛一艘速度接近光速的太空船？純粹靠推算來判斷？他們心算真的很強，或許根本不需要發明電腦。不過就算數學再好都有局限吧？

敲打聲戛然而止。我又往窗外看一下。隧道裝好了。

外觀看起來和之前的隧道一樣，只是減壓艙更大，幾乎整道分隔牆都成了艙室，空間容納洛基綽綽有餘，於我而言卻太小。看來我想參觀光點一號還有得等了。

「好吧。」我喃喃自語，盡量不為這件事煩心，可是……拜託，他都可以看外星人的太空船，為什麼我不行？

洛基那邊的隧道不像先前有錯綜複雜的把手，反而多了一道狹長的帶狀金屬，沿著隧道一路經過分隔減壓艙，探入我這邊的隧道，延伸至聖母號減壓艙門。

金屬帶對面有條同沿隧道長軸分布，看起來像方形管線的東西，材質和隧道壁一樣是深淺雜揉的褐色氙晶。

嘎一聲，洛基那邊的隧道霎時霧氣瀰漫；接著又嘎一聲，換我這側出現朦朧的白煙。我猜那條管線大概是依雙方需求輸送適當的空氣。幸好洛基有氧氣能供應。

不久，光點一號的艙門敞開，曲面幾何球緩緩現身。洛基就在球裡，穿著類似連身工作服的衣物，背甲底部繫有裝備背帶，背部馱著空調裝置，兩隻手拿著金屬塊，另外三隻手空空如也。他伸出其中一隻對我揮揮手，我也揮手回應。

太空球（不然還能怎麼叫？）漂進減壓艙，牢牢吸在金屬板上。

「什麼？」我說。「怎麼會……」

我懂了。那顆太空球並沒有神奇到能自主移動。洛基拿的是磁鐵，而且應該是磁力超強的那種。金屬帶顯然有磁性，可能是鐵製的。他沿著金屬帶滾動球體，進入分隔減壓艙，利用磁鐵操控氙晶殼外的金屬控制裝置。眼前的一切讓人看得好入迷。

一陣嘶嘶聲和幫浦運轉聲過後，他用相斥的磁力推動金屬板，打開我這邊的減壓艙門，沿著金屬帶一路滾到聖母號前。我立刻開啟艙口。

「哈囉！」

「哈囉！」

「那……要我帶你到處看看嗎？」

「要，帶我。謝謝。」

我小心翼翼地抓住太空球，擔心球身會燙。然而並非如此。撇除其他特性不談，氙晶也是很好的絕緣材料。我把他拉進艙口，回到聖母號。

洛基很重，比我想像中重得多，若是在有重力的環境下我大概連抬都抬不起來。他的慣性很強，需要很大的力氣才拉得動，就像打空檔推機車一樣。不誇張，他的重量就跟一部機車差不多。想想倒也不意外。他已經跟我解釋過他的生理機制與身體金屬結構。拜託，他的血是液態汞哎，當然很重。

「你好重。」我說。希望他不會把這句話理解成「喂，胖子！該減肥囉！」

「我的質量是一百六十八公斤。」他表示。

天啊，洛基重三百多磅！

「哇，你比我重很多耶。」

「你體重多少，問號？」

「大概八十公斤吧。」

「人類的質量好小！」

「我大部分是水做的。」我解釋。「好啦，這裡是駕駛艙，我操控太空船的地方。」

「了解。」

我推著他前進，穿過通往實驗艙的艙口。他在太空球裡蹦蹦跳跳，只要看見新鮮的東西就會動來動去。我猜這樣做能幫助他用聲納徹底「觀察」事物，有點像狗會歪頭聆聽聲音，以獲取更多訊息。

「這是我的實驗室。」我說。「我就是在這裡進行科學研究。」

「好棒的房間！」他興奮尖叫，聲音比平常高八度。「想知道全部！」

「你儘管問，我都會回答。」我說。

「晚點再問。先看其他房間！」

「其他房間！」我拉高音調浮誇地說。

我以非常緩慢的速度推著他漂進休眠艙，這樣他就能從艙室中央感知周圍的環境。「我睡在這裡，應該說以前啦。後來你就要我睡隧道了。」

「你一個人睡，問號？」

「對啊。」

「我也好幾次都一個人睡。很可憐，非常可憐。」

他就是不懂。害怕獨自睡覺可能是他與生俱來、深植於腦中的恐懼。有意思……或許他們的群居本能源自於此，而群居本能是物種演化成智慧生命的必要條件。這種（在我看來）古怪的睡眠模式也許就是我和洛基現在之所以能對話的原因！

呃，對，這個觀點很不科學。導致他們演化出智慧的原由可能有上千種，睡眠模式只是其中之一。但是……拜託，我堂堂科學家哎，不提出理論怎麼行！

我打開通往儲藏艙的通路板，把一部分太空球推到裡面。「這是一間小儲藏室。」

「了解。」

「好啦，所有房間都看過了。」我把他拉出來。「我的太空船比你的小很多。」

「你的太空船好高科技！」他說。「讓我看科學室裡的東西，問號？」

「好啊。」

我帶洛基回到上方的實驗艙。他在太空球裡動個不停，汲取周遭的一切。我推著他漂到艙室中央，抓住桌緣，把球推向桌面。我不太確定桌子是不是鋼製的，應該是吧，因為大多數實驗桌都是。來揭曉答案吧。

「用你的磁鐵。」我說。

他把磁鐵靠在貼近桌面的五角形氙晶殼，一聲沉重的金屬撞擊聲隨之而來，磁鐵緊緊吸住實驗桌。太空球就這樣固定在桌面上。

「很好！」他一邊說，一邊用磁鐵在桌面上來回滾動。不是很優雅，但至少可行，我也不用抓著球讓他待在原地。

我輕推桌緣，漂向艙壁。「這裡東西很多。你想先看什麼？」

他先指了一個方向，又猶豫一下，接著指向另一個東西，同樣遲疑不決，彷彿來到糖果店的孩子。最後他選定了3D列印機。「那個。那是什麼，問號？」

「它會製造小東西。我告訴電腦一個形狀，它再教這臺機器做出那個形狀。」

「我可以看它製造小東西嗎，問號？」

「要有重力才行。」

「這就是為什麼你的船會旋轉，問號？」

「沒錯！」哇，他的反應真快。「旋轉會產生重力，讓科學儀器可以正常使用。」

「你的船不能在連接隧道的情況下旋轉。」

「對。」

他仔細思考了一下。

「你的船比我的船更科學、更厲害。我把我的東西帶來這裡，拆掉隧道，你讓船旋轉，讓科學儀器可以用。你和我一起研究怎麼殺死噬日菌，救地球，救波江星。這樣好不好，問號？」

「嗯……好！那你的船怎麼辦？」我拍拍他的氙晶太空球。「人類科學做不出氙晶。地球既有的物質沒有這種強度和性能。」

「我帶製造氙晶的材料。可以做成任何形狀。」

「了解。」我說。「你要現在回去拿東西嗎？」

「對！」

我已經從「唯一倖存的太空人」變成「有個奇怪新室友的傢伙」。接下來的生活想必很有趣。

「你見過拉邁博士了嗎？」史特拉問道。

「這幾天我見到很多不認識的人。」我聳聳肩。

我來到航空母艦二號機庫，任務團隊專用的特殊醫療中心就設在這裡。

「很高興見到你，格雷斯博士。」拉邁醫生雙手合十，微微低頭。

「謝謝。」我說。「呃，我也是。」

「拉邁醫生負責聖母號所有醫療事宜。」史特拉解釋。「我們要採用的昏迷技術就是她的公司研發出來的，她先前在那裡擔任首席科學家。」

「很高興認識妳。」我說。「所以妳是泰國人？」

「對。」她回答。「可惜這家公司倒閉了。因為這項技術每七千人中只有一人適用，商業潛力有限。我很高興我的研究可以幫助人類。」

「這是保守的說法。」史特拉表示。「妳的研究或許能拯救全人類。」

「沒有，妳太看得起我了。」拉邁不好意思地別開目光。

她帶我們走進實驗室。裡面十幾個隔間全都在進行實驗，只是儀器略有不同，唯一的共通點就是各自連接在一隻失去意識的猴子身上。

「我一定要在場嗎？」我撇過頭，不想直視這個畫面。

「請原諒格雷斯博士。」史特拉對拉邁致歉。「他對某些事比較……敏感。」

「我沒事。」我急忙辯駁。「我知道動物試驗有其必要，我只是不喜歡盯著看。」

拉邁沉默不語。

「格雷斯博士，別這麼難搞。」史特拉跳出來說。「拉邁博士，請告訴我們最新情況。」

「這是我們開發出來的自動化昏迷監測與照護系統。」拉邁指著最近那隻實驗猴上方的金屬手臂說。「當時我們相信會有成千上萬的病患需要這項醫療服務，但事實不然。」

「這套系統有用嗎？」史特拉問道。

「最初的設計並非獨立運作。機器本身能處理日常事務，若遇到無法解決的問題則會提醒人類醫生。不過全自動化版本目前已經有了很大的進展。」她從一隻隻昏迷的實驗猴身旁走過。「這套儀器配備曼谷開發的高階軟體，除了可以照顧昏迷患者，觀察其生命徵象外，還能採取必要的醫療措施，替患者灌食，監測體液情況等。當然，有真正的醫生在場還是比較理想，但這套設備也相去不遠。」

「這是人工智慧系統嗎？」史特拉又問。

「不是。」拉邁回答。「我們沒有時間開發複雜的神經網路。這充其量只是嚴謹的程序演算法，極為繁複，但不是人工智慧。我們要能以各種方式測試系統，明確掌握系統的回應方式及其原因。神經網路無法做到這一點。」

「我明白了。」

「遺憾的是，我們最大的突破是公司垮臺。」她指著牆上的圖表說。「我們成功分離出那些表示個體能長期阻抗昏迷的遺傳標記，而且只要做個簡單血檢就能確認。我們對總體病患進行採檢，結果你們已經知道了，只有極少數人帶有這類基因。」

「這樣還不能幫助那些患者？」我問道。「我是說，雖然只有七千分之一的人，但起碼是個開始吧？」

「很遺憾，沒辦法。」拉邁搖搖頭。「這是選擇性程序。以昏迷狀態進行化療非但不是迫切的醫療需求，反而還會增加一點風險，所以客戶很少，不足以維繫公司營運。」

「幫我抽血，看看有沒有那種基因。」史特拉突然捲起袖子。「我很好奇。」

「沒、沒問題，史特拉小姐。」拉邁大吃一驚，隨即回神走向放有醫療設備的急救推車，拿了一套採血工具。她這種重量級科學家應該不太習慣親自做這些乏味又吃力不討好的醫療檢查，但眼前這個人可是史特拉。

儘管如此，拉邁的動作依舊純熟俐落。她毫不遲疑，第一次下針就成功扎進靜脈。鮮紅的血液流入採血管。「格雷斯，換你。」抽完血的史特拉放下袖子說。

「為什麼？」我覺得莫名其妙。「我又不是志願者。」

「以身作則。」她說。「所有團隊成員，就算只沾上一點邊，都要進行血檢。能當太空人的人已經很少了，又只有七千分之一的人帶有昏迷阻抗基因。說不定合格的候選人根本不夠。我們必須做好擴大人才庫的準備。」

「這是自殺任務，」我沒好氣地說，「當然不會有一排人說『選我，拜託！選我！』」

「事實上還真的有。」史特拉表示。

拉邁戳戳我的手臂。我看向一旁。血流進採血管的畫面讓我有點反胃。

「什麼意思？有什麼？」

「有上萬名志願者。每個人都很清楚這趟任務有去無回。」

「哇。」我有點意外。「其中有多少人是瘋子或想自殺啊？」

「應該很多。不過名單上也有數百位經驗豐富的太空人。太空人其中一項特質就是勇敢無懼，為了科學發展甘冒生命危險，很多人甚至願意為人類犧牲生命。我很敬佩他們。」

「幾百，不是幾千。」我提醒她。「只要有一人符合條件就算走運了。」

「我們早就在指望運氣了，」史特拉說，「多些也無妨。」

大學畢業後不久，我當時的女友琳達便搬來跟我同居。這段戀情只維持了八個月，堪稱災難中的災難。不過這不重要。

她搬進我們的小公寓時帶了一堆自認有必要帶的垃圾，一箱又一箱累積了幾十年從未丟掉的東西，量多到我嚇傻了眼。

然而比起洛基，琳達絕對算得上簡樸。

他帶來的雜物多到根本沒地方放。

幾乎整座休眠艙都塞滿顏色灰濁、外型像運動旅行袋、材質類似帆布的包包。一旦視覺美感不重要，物品顏色就只能交由製造過程來決定。洛基沒多做解釋，所以我連裡面裝什麼都不知道。每次我以為沒了，他都會拿更多袋子進來。

雖然說是「他」拿，真正做勞力活的其實是我，他只是待在以磁鐵吸附於艙壁上的太空球裡納涼。這也讓人想起琳達。

「你的東西還真多。」我說。

「對。」他說。「我需要這些東西。」

「也太多了吧。」

「好，好，知道。隧道裡那些是最後了。」

「好吧。」我邊發牢騷邊漂回隧道，抓起最後幾個軟盒東推西撥，引導它們穿過駕駛艙和實驗艙，來到休眠艙。艙內空間所剩無幾，我只能隨便找個地方塞，有點想知道這一搬讓聖母號增加了多少質量。

我設法讓自己床鋪附近淨空，洛基也在地上選定睡覺的地方，除此之外，艙室內全都堆滿亂七八糟的袋子和軟盒，有些用膠帶纏在一起，有些固定在艙壁，或是另外兩張床及其他可以防止東西亂漂的設施。

「沒了吧？」

「沒了。現在拆隧道。」

「隧道是你蓋的，你自己拆。」我忍不住抱怨。

「我要怎麼拆，問號？我在球裡。」

「那我該怎麼做？我又不懂氙晶。」

「轉動隧道。」他用兩隻手比出旋轉的動作。

「好啦好啦。」我抓起艙外太空衣。「我拆就是了，混帳。」

「不懂最後一個字。」

「不重要。」我爬進太空衣，關上背部艙蓋。

出人意料的是，洛基很善於在太空球裡用兩塊磁鐵做事。每個旅行袋都有金屬片，他可以攀上小山般的雜物堆爬來爬去，依照需求重新排列、整理物品。偶爾他攫住的袋子會鬆脫，連人帶包地漂走，這時他就會大聲叫我，我再把他抓回來。

「好，計畫第一步，採集噬日菌樣本。」我緊抓著床鋪看他忙東忙西。

「對，對。」他伸出一隻手，繞著另一隻手畫圈。「行星繞天倉五運行，噬日菌就是從天倉五去那裡。波江座也是，噬日菌在那邊用二氧化碳生出更多噬日菌。」

「沒錯。」我說。「你有拿到樣本嗎？」

「沒有，我的太空船有設備，可是壞了。」

「修不好嗎？」

「設備不是故障，是斷掉。旅途中從船上脫落就不見了。」

「這樣啊！怎麼會斷掉？」

「不知道，很多東西都壞了。」他扭動背甲。「我們急著做出太空船，沒時間一個個檢查零件能不能好好運作。」

看來截止日期引致的品質問題是整個銀河系都有的困擾。

「我試著更換，結果失敗。嘗試，失敗。嘗試，失敗。我把船停在噬日菌經過的地方，也許有些會卡在船體上，但船體機器人沒找到。噬日菌很小。」

他的背甲頹然驟落，手肘位置高於呼吸氣孔。有時他難過會垂下背甲，但我從沒見過他垂得這麼低。

「失敗，失敗，失敗。」他的聲音低了一個八度。「我是修東西的波江星人，不是懂科學的波江星人。那些很聰明、很聰明的波江星科學家都死了。」

「嘿……別這麼想……」我說。

「不懂。」

「嗯……」我拉撐身體，來到他所在的袋子堆。「你還活著，就在這裡，而且沒有放棄。」

「我試了好多次，失敗了好多次。」他的語調依舊低迷。「我的科學不好。」

「沒關係，我懂科學。」我安慰他。「我是人類科學家，而你擅長製造和修理東西。我們會一起解決問題。」

「好，一起。」他略微抬高背甲。「你有設備可以抓噬日菌樣本，問號？」

艙外採集裝置。我記得第一天在駕駛艙有看到。當時我沒想太多，但這絕對是採樣設備。

「有，我有。」

「安心！我試了好久、好多次。失敗。」他沉默片刻。「在這裡好久。一個人好久。」

「你一個人在這裡多久了？」

他停頓了一下。「需要新的詞。」

我把固定在艙壁上的筆電拿下來。我們每天都會遇上幾個生字，不過次數愈來愈少，可說進步神速。

「準備好了。」我啟動波形分析儀，打開辭典表格。

「七千七百七十六秒是♩♫♩♪。波江星轉一圈要一個♩♫♩♪。」

我立刻認出那個數字。我在研究洛基的鐘時就算出來了。七千七百七十六是六的五次方，也是波江星時鐘歸零所需的波江星秒數。他們用自己的公制時間單位來劃分一天，很方便，可以理解。

「波江星日。」我把這個字加進辭典。「行星自轉一圈要花『一日』或『一天』。」

「懂了。」他說。「波江星每一百九十八・八個波江星日繞波江座一圈。一百九十八・八個波江星日是♫♩♪♫♪。」

「一年。」我打字。「行星繞恆星公轉一圈所需的時間是一年，所以是波江星年。」

「我們用地球單位就好，不然你會搞不清楚。地球日有多長，問號？一個地球年有幾個地球日，問號？」

「一個地球日是八萬六千四百秒，一個地球年是三百六十五・二五個地球日。」

「了解。」他說。「我在這裡四十六年了。」

「四十六年？」我倒抽一口氣。「地球年嗎？」

「對，我在這裡四十六個地球年。」

他被困在這個星系的時間比我還久。

「波……波江星人的壽命多長？」

「平均六百八十九年。」他扭動一隻爪子說。

「地球年？」

「對，」他的語氣有點尖銳，「都是地球單位。你數學不好，所以都用地球單位。」

我一時語塞。

「你活了多久？」

「兩百九十一年，」他停頓了一下，「地球年。」

我的天啊，洛基比美國還老。他跟喬治・華盛頓大約同個年代出生。

不過以波江星人而言，他還算年輕。宇宙間有更古老的波江星人，早在哥倫布發現（有群人生活在）北美洲時就已經存在了。

「你為什麼這麼驚訝，問號？」洛基問道。「人類能活多久，問號？」

16

「這就是地球重力，問號？」洛基問道。他的太空球就停在駕駛座旁的地板上。

我看了一下離心機操控螢幕。目前角速度和線軸張力都衝到最大值，組員艙也轉了一百八十度，分毫不差。圖表顯示，太空船前後段已徹底分離。我們在浩瀚的虛空中以飛快的速度流暢旋轉。實驗艙重力值為「1.0 G」。

「對，這就是地球重力。」

「重力好小。數值多少，問號？」洛基踩著搖搖擺擺的步伐，來回滾動曲面幾何球體。

「每秒平方九．八公尺。」

「重力好小。」他又重複一遍。「波江星的重力是二十．四八。」

「還真大耶。」我說。不過這個數字完全在意料之中。他之前跟我講過有關波江星的一切，包含星球的直徑和質量在內，我知道波江星的表面重力一定比地球大兩倍左右。很高興知道自己算出來的跟正解差不多。

順帶一提，洛基的質量為一百六十八公斤，也就是說，如果他在波江星上量體重，體重計會飆到將近三百六十三公斤，超猛。不過那裡畢竟是他的原生環境，所以我想他應該能四處閒晃，活動自如，完全不成問題。

三百六十三公斤，敏捷靈活，跑動輕鬆。嗯，千萬不要和波江星人比腕力。我得把這件事記在心底。

「好啦。」我往後靠在駕駛座椅背上再度開口。「計畫是什麼？飛進噬日線抓幾隻噬日菌？」

「對！可是我要先幫自己蓋氙晶室。」洛基指著組員艙艙口說。「主要在睡覺的地方，不過實驗室會做通道，駕駛艙也會用到一點點。可以嗎，問號？」

也對，他總不能永遠待在一顆球裡。「喔，可以啊。氙晶在哪？」

「氙晶在休眠艙的袋子裡。液體，混合，變成氙晶。」

就像環氧樹脂一樣，不過是非常非常厲害的環氧樹脂。

「有意思！改天告訴我關於氙晶的事吧。」

「我不懂科學，只會用。抱歉。」

「沒關係。我也無法解釋要怎麼製造思考機器，我就直接用而已。」

「很好，你懂。」

「你要花多久時間才能蓋好氙晶室？」

「四天，也可能要五天。為什麼問，問號？」

「我希望能趕快上工。」

「為什麼要這麼快，問號？慢一點比較安全。比較不會出錯。」

「地球的狀況很糟。」我在座位上挪挪身體，換個姿勢。「每分每秒都在惡化。我非快不可。」

「不懂。」洛基說。「為什麼地球這麼快變這麼糟，問號？波江星變糟的速度比較慢，至少還要過七十二年才會出大問題。」

七十二年？天哪，我真希望地球有這麼多時間。只是從現在算起七十二年後，地球就會被霜雪冰封，成為嚴寒至極的荒蕪之地，百分之九十九的人口都會滅絕。

為什麼波江星受到的影響沒那麼嚴重？我皺起眉頭，旋即靈光一閃，想出了答案：一切都和熱能儲存有關。

「波江星的溫度比地球高很多，」我說，「再加上體積比較大，大氣層也比較厚，所以波江星的空氣中含有大量熱能。地球一直在變冷，而且速度很快，非常快，大多數人類二十五年內就會死亡。」

「懂了。壓力，擔心。」洛基的聲音變得很單調，聽起來好認真、好嚴肅。

「沒錯。」

他兩隻爪子爪尖相抵，喀噠喀噠的互敲。「那我們開始吧。開始工作！學會怎麼殺死噬日菌。你回地球，你解釋，救地球！」

我嘆了口氣。反正最後還是要說，不如趁現在坦白好了。「我沒有要回去，我要死在這裡。」

「為什麼，問號？」洛基的背甲劇烈顫抖。

「太空船的燃料只夠飛來這裡。我沒有足夠的燃料可以回家。我會用小小的探測器把調查結果送回地球，但我會留下來。」

「為什麼任務是這樣，問號？」

「因為我的星球只能及時製造出這麼多燃料。」

「你離開地球的時候就知道了，問號？」

「對。」

「你是好人類。」

「謝了。」我盡量不去想自己即將面臨的厄運。「好啦，我們來採集噬日菌吧。我想到一些採樣的方法，我的設備很靈敏，可以偵測到微量——」

「等等。」他舉起一隻爪子。「你的船需要多少噬日菌才能回地球，問號？」

「呃……要兩百萬公斤多一點。」我回答。

「我可以給你。」他表示。

「你說什麼？」我火速坐起身。

「我可以給你。我有多的，可以給那麼多，但還是夠我回波江星。你可以拿去。」

「真的嗎？」我的心跳漏了一拍。「那很多哎！我再說一次，是兩百萬公斤，二乘以十的六次方！」

「對，我有很多噬日菌。我的船到這裡花的燃料比預期中少。你可以拿兩百萬公斤。」

「我的天哪……」我往後跌靠在椅背上，睜大眼睛，呼吸急促到差點過度換氣。

「不懂。」

我擦擦眼淚。

「你沒事吧，問號？」

「沒事！」我哽咽回答。「我沒事。謝謝你！真的很謝謝你！」

「我很開心，你不會死。我們來拯救行星吧！」

我的情緒徹底崩潰，流下喜悅的淚水。我還能活下去！

航空母艦上大約有一半中國船員都跑來飛行甲板。有些是真的在執行勤務，但大多數人只是想看看人類救世主。聖母計畫科學團同樣身列其中，成員就是參與現況報告週會那群人，史特拉、我、狄米崔、洛肯，還有最近加入的新血拉邁博士。喔，對了，一個科學團隊要是少了沉迷賭博的騙子就不算完整，所以雷戴爾也在。

平心而論，雷戴爾的工作表現非常出色，把撒哈拉噬日菌繁殖場管理得有條不紊。很少有科學家兼具優秀的管理能力。這項任務並不容易，但繁殖場的產能確實如他所承諾的一樣，大量生成噬日菌。

直升機緩速接近船艦，完美降落在停機坪上。一名地勤人員立刻衝上前維安。螺旋槳仍在旋轉，貨艙門應聲敞開。

三個穿著藍色連身衣的人走了出來，肩上各自繡著母國國旗。分別是一名中國男子，一名俄羅斯女子，還有一名美國男子。

地勤人員引導他們來到安全處，直升機再度起飛。過沒多久，第二架直升機降落，和剛才那架一樣載有三名太空人。這次是一名俄羅斯男子、一名俄羅斯女子和一名美國女子。

這六人是聖母號的主要和後備組員。兩架直升機都能輕鬆載運六個太空人，但史特拉嚴格規定每個組員及其後備人員無論出於何種情況，都不能共乘一架飛機、直升機或搭同一輛車。所有人都是經過多年專業培訓的菁英，負責特定職務，我們不希望人類的生存機會因為一場車禍毀於一旦。況且最初的候選人數就不多，帶有昏迷阻抗基因、具備「太空人特質」又願意執行自殺任務的人實在少得可憐。

儘管如此，篩汰與選拔過程依舊漫長殘酷。多國政府涉入其中，不斷進行政治干預，國際間的角力永無止境。史特拉雖態度強硬，堅持只選最好的組員，但還是得做出一些讓步。

「女性。」我說。

「對。」史特拉哼了一聲。

「違背妳的原則。」

「對。」

「很好。」

「一點也不好。」她蹙起眉頭。「我是受美方與俄方施壓才這麼做的。」

「真沒想到一個女人居然會對其他女人性別歧視。」我雙臂交叉抱胸。

「這不是性別歧視。」她把吹到臉上的髮絲撥開。「所有候選人必須是異性戀男性，這是我的原則。」

「為什麼不是異性戀女性？」

「絕大多數科學家和受過訓練的太空人候選人都是男性。這就是現實。不喜歡？那就鼓勵你的女學生走理工科這條路。我來這裡不是為了實現社會平等，是為了拯救人類。」

「聽起來還是性別歧視啊。」

「隨你怎麼說。這次任務容不下性慾和性吸引力。要是產生什麼情愛糾葛呢？或是爭風吃醋？人可以為了各種芝麻小事殺人。」

我望向甲板另一邊，甘肅號楊艦長正在歡迎候選人登艦。他對他的同胞特別感興趣，兩人笑容滿面地握手。

「妳不是也不想選中國人？妳認為他們的太空科技發展不夠成熟，但我聽說妳任命他當主要小組指揮官。」

「他最有資格，所以由他擔任指揮官。」

「或許那邊的俄國人和美國人也有資格，或許這些要拯救世界的人會用專業的態度來執行任務，或許因為擔心太空人管不住慾火而砍掉一半的人才資源不是什麼好主意。」

「但願如此。那名俄國女子伊路奎娜就是主要組員。她是材料專家，也是截至目前為止表現最佳的任務人選。至於那個美國男人是科學專家，名叫馬丁・杜布瓦。兩男一女，麻煩的開始。」

「我的天哪！」我用手摀著胸口，裝出驚訝的樣子。「杜布瓦是黑人！真不敢相信妳會選他！妳不怕他大聊籃球和饒舌音樂，毀掉這次的任務嗎？」

「你給我閉嘴。」她說。

我們看著太空人如國際巨星般被甲板上的船員團團包圍，其中又以姚最受歡迎。

「杜布瓦有物理、化學和生物學三個博士學位。那個是安妮・夏皮羅。」史特拉指著那邊的美國女子說。「她發明了一種新的DNA剪接方法，現稱夏皮羅法。」

「真的假的？」我說。「是那個安妮・夏皮羅嗎？她從無到有發明出三種完整的酵素來剪接DNA，還用——」

「對，就是她。很聰明的女性。」

「那是她的博士論文，論文而已哎。妳知道有多少人在研究所時期做的研究能讓他們踏上諾貝爾獎之路嗎？我告訴妳很少，真的很少。妳居然把她當成後備科學專家？」

「她是當今世上最有才華的DNA剪接權威，但杜布瓦是跨領域人才，這點更重要。我們不曉得組員會遇上什麼情況，所以需要通曉多方範疇、知識廣博的人。」

「真了不起。」我忍不住讚嘆。「不愧是菁英中的菁英。」

「很高興你對他們印象深刻，因為你要訓練杜布瓦和夏皮羅。」

「我？」我大感錯愕。「我又不知道怎麼訓練太空人！」

「美國太空總署和俄羅斯聯邦太空總署會安排他們進行太空訓練。」她說。「你負責教授科學知識。」

「你在開玩笑嗎？他們比我聰明多了，我是要教他們什麼啦？」

「別小看自己。」史特拉說。「你可是全球頂尖的噬日菌生物學專家。你要把你所知的一切全都告訴他們。主要組員來了。」

姚、伊路奎娜和杜布瓦走向史特拉。

「史特拉小姐。」姚鞠躬致意。他的英語非常流利，只是有些微口音。「久仰大名，能見到妳是我的榮幸。謝謝妳任命我為任務指揮官，在此向妳致上我最深切的感激。」

「我也很高興見到你。」史特拉說。「不用謝我，你是最有資格當指揮官的候選人。」

「哈囉！」伊路奎娜衝上前擁抱史特拉。「我來為地球而死！很棒吧？」

「你們俄國人都這麼瘋喔？」我斜著身子湊近狄米崔問道。

「對。」他笑著說。「身為俄國人又想要快樂，這是唯一的方法。」

「聽起來很……黑暗。」

「很俄羅斯！」

「史特拉小姐。」杜布瓦和史特拉握手，講話的聲音輕柔到幾乎聽不見。「謝謝妳給我這個機會，我不會讓妳失望。」

我和其他科學小組領導人與三位太空人握手。場面有點混亂，與其說是正式會面，不如說是場雞尾酒會。

「想必你就是萊倫・格雷斯吧？」杜布瓦轉向我。

「我就是。」我回答。「很榮幸見到你。你的付出真的……我甚至無法理解你所做的犧牲。呃，我好像不該提這個？還是我們聊別的好了？」

「其實我常在想這件事。」他露出微笑。「我們不用迴避這個話題。再說，你和我似乎是同一類人。」

「應該吧。」我聳聳肩。「你比我強多了，但我的確很喜歡細胞生物學。」

「喔，對，還有那個。」他說。「但我指的是昏迷阻抗。聽說你帶有這種基因，就像我和其他組員一樣。」

「有嗎？」

「他們沒告訴你？」杜布瓦揚起一邊眉毛。

「沒有！」我瞄了史特拉一眼。她正忙著跟姚指揮官和盜用公款的雷戴爾說話。「我第一次聽到這件事。」

「這就怪了。」

「她怎麼沒告訴我？」

「你問錯人了，格雷斯博士。但我猜他們只告訴史特拉，而她只告訴那些需要知道的人。」

「這是我的ＤＮＡ，」我抱怨道，「好歹跟我說一聲吧。」

「不管怎樣，我很期待了解噬日菌的生命週期，學習相關知識。」杜布瓦巧妙地轉移話題。

「我的後備組員夏皮羅博士也很興奮。我想應該是一對二小班制。你有教學經驗嗎？」

「老實說，有。」我回答。「而且非常豐富。」

「太好了。」

我臉上堆滿笑容。從我得知自己不會死到現在已經過了三天，依舊止不住笑意。

事實上，我的死亡機率還是很大。返航是條危險四伏的漫漫長路。來程順利挺過昏迷，不代表回程也能這麼幸運。或許我可以保持清醒，等一般的食物吃完再吃灌食管裡的流質營養品？我應該能孤身一人熬過四年吧？我們陷入昏迷是為了避免互相殘殺，不過單獨關在狹小的空間會造成截然不同的心理創傷。我得好好研究一下才行。

但現在不是時候。現在我必須拯救地球，個人的生存問題晚點再說。至少如今多了幾分希望，不是死路一條。

離心機螢幕上的指示燈閃著綠光。

「重力已達最大值。」我笑著說。

我們一度回到無重力狀態，現在又切換成離心機模式。先前我需要使用引擎，所以只得「降低轉速」。推進力與離心機人造重力不可兼得。太空船分成兩節，中間只有一百公尺長的纜線連接，同時啟動自旋驅動裝置……光想就覺得恐怖。

洛基在這裡待了數十年（天啊），徹底摸透整個天倉五星系。他把這段時間蒐集到的資料給我。除了編纂目錄外，他還記下這六顆星球的大小、質量、位置、軌道特徵與一般大氣組成成分。他不必駕著太空船四處航行，只要從光點一號觀測就能完成這些工作。事實證明。波江星人和人類一樣對外界充滿好奇。

好奇心也帶來額外的好處。畢竟這不是《星際爭霸戰》，不是簡單按下掃描儀就能獲悉恆星系統相關數據；洛基可是花了好幾個月辛苦觀察才得到這麼詳細的資訊。

更重要的是，洛基對本地的噬日線瞭若指掌。不出所料，噬日線一路延伸到一顆特定、可能也是二氧化碳含量最高的行星，名叫「天倉五e」（至少人類是這樣稱呼），為距離天倉五第三近的行星。

這就是我們的第一站。

我們當然可以讓聖母號飛過噬日線，藉此採集噬日菌，問題是這樣只會和噬日線相交短短幾秒。天倉五星系並非靜止不動，我們必須維持夠快的速度才能不斷繞著天倉五的軌道航行。

相反的，美麗的大行星天倉五e就落在噬日線最寬的地方。我們可以讓聖母號停留在軌道上，每運行半圈都能接觸到滿滿的噬日菌，想待多久就待多久，盡量蒐集本星系的噬日菌與噬日線動態數據。

就這樣，我們踏上旅程，航向那顆神祕的星球。

我們沒有《星際爭霸戰》裡的蘇魯先生幫忙測繪航線，於是我花了兩天的時間運算、檢查、再檢查，最後終於算出前往目的地所需的推力和確切的角度。

對，聖母號還有兩萬公斤的噬日菌；對，以每秒六克的消耗量可得到1.5G加速度而言，這些燃料其實很多；對，洛基的太空船上有一堆噬日菌（我還是不懂他怎麼會有這麼多額外燃料）。但我還是在節省燃料。

我們以穩定的速度飛快前往天倉五e。我會在大約十一天後調整動量，嵌入軌道，在這之前可以回到有重力的環境，所以我才切換至離心機模式。

十一天。想想真讓人難以置信。總航程超過一億五千萬公里，跟地球到太陽的距離差不多，而我們只要花十一天就能抵達。怎麼可能？用快到離譜的速度就行了。

先前我讓引擎全速運轉三個小時推進太空船，等到了天倉五e再用三個小時來減速。現在我們正以每秒一百六十二公里的速度航行。怎麼看都很扯。如果用這種速度離開地球，只要短短四十分鐘就能抵達月球。

整個導航過程（包含最後減速發動引擎在內）共會消耗一百三十公斤的燃料。噬日菌。這生物真的有夠誇張。

洛基待在駕駛艙地上一顆透明氙晶球裡。

「無聊的名字。」他突然蹦出一句。

「什麼？哪個名字無聊？」我問道。

洛基花了幾天的時間在整艘太空船上打造出「波江星區」，甚至在各艙面裝設新的連接通道，就像到處都有巨型倉鼠活動空間一樣。

「天倉五e，無聊的名字。」他把重心從一個把手轉移到另一個把手。

「那就取個新名字啊。」

「我取？不要，你取。」

「是你先來的。」我解開安全帶伸伸懶腰。「是你發現這顆行星，繪製出它的軌道和位置。你取。」

「這是你的太空船，你取。」

「地球文化規範。」我搖搖頭。「只要你是第一個到的人，就可以替自己在該地發現的所有東西命名。」

洛基沉思許久。

氙晶真的很神奇。僅僅一公分的透明材料就能將含氧的五分之一大氣壓與含氨的二十九大氣壓隔開，更別說我的攝氏二十度和他的攝氏兩百一十度了。

氙晶區在特定艙室延伸的範圍較廣，像休眠艙現在幾乎全是洛基的地盤。我堅持要他把所有亂七八糟的雜物搬進氙晶區，所以同意讓他占據大部分空間。

另外他還在休眠艙裡裝了一個減壓艙，大小是以聖母號減壓艙為依據（他認為太空船上每項重要設備應該都小到能通過減壓艙口）。我的艙外太空衣經不起那種環境壓力，因此我無法進入氙晶區，否則會像葡萄一樣被壓扁。減壓艙就成了我們傳遞物品的窗口。

實驗艙大多是我的場域。洛基在裡面建了兩條通道，一條貼著艙壁，另一條沿著艙頂通往駕駛艙，他能在通道內看我進行科學研究。畢竟地球上的儀器設備無法在他的環境中正常運作，所以非得這麼安排不可。

至於駕駛艙……擠到不行。洛基把氙晶球裝設在艙口旁的地板上，盡可能降低干擾，同時向我保證他在艙壁上鑽的孔不會影響聖母號的結構完整性。

「好吧。」他終於開口。「取名叫♫♩♪♫。」

我不再需要波形分析儀了。他發出的是一個中央C下A大調五度音，一個降E八度音，然後是G小調七度音。我把這個字輸入表格。其實我已經好一陣子不用查辭典了，不曉得自己幹嘛多此一舉。「這是什麼意思？」

「我伴侶的名字。」

我瞪大雙眼。那個小王八蛋居然沒告訴我他有伴！看來波江星人對私生活非常保密。

我們在旅程中分享了一些基礎生物學知識。我告訴他人類怎麼生養後代，他向我解釋波江星人的繁衍機制。他們是雌雄同體，以兩人一同產卵的方式繁殖。這些卵會相互作用，其中一顆吸收另外一顆，結合成單一能發育的卵，並於一個波江星年（即四十二個地球日）後孵化。

波江星人終生都能繁衍，一起產卵基本上等同於性交。但這還是我第一次聽洛基說他有伴。

「你有伴侶？」

「不知道。」洛基說。「伴侶可能有新的伴侶。我離開很久了。」

「好難過。」我說。

「對，難過，可是沒辦法，必須救波江星。你幫♫♩♪♫選一個人類的字。」

想專有名詞是件很頭痛的事。若跟一個名叫漢斯的人學德語，直接稱呼他漢斯就好，但我真的發不出洛基說的那些音，反之亦然。因此，每當我們其中一人提及某個名字，另一方就必須選擇或發明一個詞彙，用自己的母語為該名取個代稱。洛基的真名是一串音符，在波江語中毫無意義，所以我還是叫他「洛基」，而我的名字「格雷斯」實際上是個英文單字（Grace，意為優雅、恩典等），洛基便以波江語中相應的字彙來稱呼我。

總而言之，現在我得想出一個詞來指稱「洛基的伴侶」。

「亞德莉安。」我靈光乍現。《洛基》系列電影中，洛基的愛妻就叫亞德莉安。「用地球語說是『亞德莉安』。」

「了解。」他邊說邊沿著通道走向實驗艙。

「你要去哪裡？」我雙手叉腰，伸長脖子看著他離開。

「吃。」

「吃？等一下！」

我從沒見過他吃東西。除了背甲上的散熱縫外，我沒看到他身上還有其他洞口。他要怎麼把食物吞下肚？還有，他要怎麼產卵？他對吃飯這件事一直保密到家。透過隧道連結那段期間，他都回太空船用餐。我猜他現在是趁我睡覺時偷偷進食。

我飛快爬下通往實驗艙的牆梯。洛基早已攀過一個又一個扶手，來到垂直通道中央。

「喂，我想看啦！」我邊爬梯子邊喊。

「這是隱私。」洛基踏上實驗艙地面，停下腳步。「我吃完就睡覺。你看我睡，問號？」

「我想看你吃飯！」

「為什麼，問號？」

「科學研究。」我回答。

「這是生物過程，很噁心。」洛基的背甲左右移動幾下。這在波江星人的肢體語言中是「覺得有點煩」的意思。

「純粹為了科學研究。」

他又扭動背甲。「好吧，你看。」他繼續往下走。

「好耶！」我急忙跟在他後面爬下牆梯。

我來到休眠艙，擠進屬於自己的小地方。這陣子我就只有床、廁所和機械手臂。

不過憑良心講，洛基的活動空間也不大。雖然氙晶區占據了大部分艙室，但裡面幾乎塞滿他的垃圾，另外他還打造出一間個人工作室，用光點一號的零件做了一套維生裝備。

他打開其中一個袋子，拿出密封的包裹，用爪子撕開，裡面裝著許多形狀各異、我完全認不出是什麼的東西。大部分的材質看起來和他的背甲一樣是岩石。他開始用利爪把那些神祕物質撕成細小的碎片。

「那是你的食物喔？」我問道。

「不想社交。」他回答。「不要講話。」

「抱歉。」

我猜進食對他們來說是件非常噁心、必須私下進行的事。

他剝掉食物上的岩塊，露出底下的肉。那絕對是肉，看起來就跟地球上的肉一樣。考量到人類與波江星人大概十之八九是從相同的生命基本構材演化而來，我敢說我們使用的蛋白質與應對各種演化挑戰的方法也差不多。

剎那間，憂鬱再次籠罩心頭。我想用餘生研究波江星人生物學，但我必須先拯救人類。愚蠢的人類，害我不能做我喜歡做的事。

他把包覆在肉上的岩塊全剝下來放在一旁，再將肉撕成小塊擺在外包裝上，沒有一塊接觸地面。換作是我，也不想讓食物碰到地板。

過了好一段時間，洛基終於把可食用的部分盡量切碎，遠遠超過人類會做的程度。

他把食物留在原地，走到氙晶室另一邊，從密封的盒子裡拿出一個平底的圓柱形容器，放在胸腔下面。

然後情況就變得……很噁心。他事前有警告過我，所以怨不得人。

他打開如岩石般的腹甲，只見底下有塊像肉的東西擘裂，滲出幾滴閃亮的銀色液體。是血嗎？

下一秒，一團不明灰色物質從他體內掉進平底容器，發出溼答答的噗嚕聲。

他把容器封好，放回原來的盒子裡，接著回到食物旁翻過身，五腳朝天。腹部的洞還開著，我能看到腹腔裡柔軟的肉。

他伸出幾隻手抓起一點精心處理過的食物碎塊，丟進腹部洞口，以緩慢的速度有條不紊地重複這個過程，將所有食物拋進……嘴巴？還是胃？

沒有咀嚼，也沒有牙齒。在我看來，腹腔裡沒有任何部位活動。

他吃完最後一口，手臂無力地下垂，躺在地上動也不動。

我抑制心裡那股想確認他是否沒事的衝動。他看起來就跟死掉沒兩樣，不過這大概就是波江星人的飲食和排便的方式。嗯，我猜剛才掉出來的那團灰色物質是他上一餐沒消化完的殘渣和廢棄物。洛基是單口生物，也就是說，食物和排泄物都從同一個開口進出。

他腹部的洞口慢慢閉合，皮膚裂開的地方形成一種類似結痂的組織，但沒多久，如岩石般的甲殼便回到原位，再次包覆腹部。

「我……睡覺……」他含糊不清地說。「你……看……問號？」

以洛基的情況而言，吃飽後昏昏欲睡可不是什麼小事，感覺根本不是自發行為，而是一種餐後強制休息的生物機制。

「好，我看。快睡吧。」

「睡……」洛基低聲咕噥，以翻肚的姿態昏睡過去。

他開始呼吸急促。他剛入眠時都會這樣，身體必須將高熱循環系統中所有熱能排出體外。

幾分鐘後，他停止喘氣。我知道他已經徹底熟睡。喘息期一過，他大概要睡兩小時以上才會醒來，我可以趁機溜去做自己的事。我要把剛才看到的波江星人消化過程寫下來。

第一步：從口中排便。

「沒錯。」我自言自語。「真的很噁心。」

17

我醒來時發現洛基盯著我看。

儘管現在每天早上都是這樣，那種毛骨悚然的感覺依舊揮之不去。

我怎麼知道一個沒有眼睛的五角形對稱生物「盯」著我看？我就是知道。他的肢體語言說明了一切。

「你醒了。」他說。

「對。」我下床伸伸懶腰。「早餐！」

機械手臂開始動作，遞給我一個熱呼呼的餐盒。我打開看了一眼，應該是雞蛋和香腸。

「咖啡。」

手臂很盡職地給我一杯咖啡。這套系統真的很酷，有重力時會幫我用杯裝，無重力時則用袋裝。之後我寫聖母號美食評論一定會記住這件事。

「你不用看我睡覺沒關係。」我看著洛基說。

「波江星文化規範，要看。」他把注意力轉向氙晶室裡的工作台，開始修理裝置。

好啊，打出文化牌。我們之間有個默契，凡屬文化範疇的事物都得無條件接受。這個不成文規定避免了許多小爭執，基本上就是「照我的方式做，因為我就是這樣長大的」。目前我們還沒遇上什麼文化衝突……截至目前。

我慢條斯理地吃早餐，喝咖啡。這段時間，洛基完全不跟我交談。他每次都這樣。波江星人的禮貌。

「收垃圾。」我說。

機械手臂立刻把空杯和餐盒拿走。

我來到駕駛艙，坐上駕駛座，點開主螢幕上的望遠鏡視域畫面。亞德莉安星就座落在中央，於過去十天變得愈來愈大。離目的地愈近，我就愈佩服洛基的天文學知識和技能。他對這顆行星的質量、運動模式等觀察數據都很準確。

希望重力計算也是，不然切入軌道時就麻煩了。

亞德莉安星是一顆淺綠色行星，高層大氣中飄浮著縷縷白雲，根本看不見地表。再次重申，聖母號電腦系統和軟體真的很不可思議。我們在太空中旋轉疾馳，螢幕上的影像卻清晰無比。

「我們快到了。」洛基和我之間隔了兩層艙室，但我講話的音量正常。我知道他聽得很清楚。

「你知道空氣了嗎，問號？」洛基大喊。正如我明白他的聽力絕佳，他也知道我的聽力有限。

「我再試一次。」我回答。

我切換到光譜儀螢幕。聖母號幾乎各方面都很可靠，堪稱完美，但還是有不順的時候。光譜儀出了毛病，我認為跟數化器有關。我每天都在測試，但電腦總說無法獲得足夠的數據進行分析。

我瞄準亞德莉安星，再試一次。距離愈近，接收到的反射光就愈多，或許現在光譜儀能測出亞德莉安星的大氣組成成分。

分析……

分析……

分析……

分析完成。

「成功了！」我說。

「成功了，問號？」洛基的音調比平常高了一個八度。他沿著通道跑進駕駛艙內的氙晶球。

「亞德莉安的大氣有什麼，問號？」

「看起來是……百分之九十一的二氧化碳，百分之八的甲烷，百分之一的氬。」我細讀螢幕上的數據。「其他都是微量氣體。這裡的大氣層也很厚。這些氣體都是透明的，我卻看不見星球表面。」

「你們可以從太空看到星球表面，問號？」

「對，如果光線能穿透大氣的話。」

「人類的眼睛是一種神奇的器官。嫉妒。」

「沒神奇到能讓我看見亞德莉安星的地表。若大氣層厚到一定的程度，光線就透不過去。不過這不重要，倒是甲烷……好怪。」

「解釋。」

「甲烷在陽光下很快就會分解，無法持久存在。怎麼會有那麼多甲烷？」

「地質製造甲烷。二氧化碳加礦物質加水加熱，就會產生甲烷。」

「嗯，有可能。」我說。「可是這裡的大氣層這麼厚，甲烷含量就占了百分之八。光靠地質環境能生成這麼多甲烷嗎？」

「你有不同的理論，問號？」

「沒有，」我揉揉後頸，「只是覺得很怪。」

「誤差是科學問題。你思考誤差，提出理論。你是人類科學家。」

「好，我會想想。」

「還要多久才會到軌道，問號？」

我切換到導航控制台。我們正循著航線前進，大約二十二小時後啟動引擎，嵌入軌道。「不到一天。」我回答。

「興奮。」洛基說。「然後我們在亞德莉安採樣。你船上的採樣設備沒問題，問號？」

「對。」老實說我也不確定。不用讓他知道我只是大概了解聖母號而已。

我滑過一個個科學儀器，停在「艙外採集裝置」控制面板，檢視螢幕上的示意圖。看起來很簡單。採樣器是個矩形盒子，啟動後會旋轉方向，與船體垂直，接著盒身兩側閘門會敞開，裡面有一堆黏黏的樹脂，準備抓住任何飛進去的東西。

就這樣。捕蠅紙。高級的太空捕蠅紙，但還是捕蠅紙。

「採集完，樣本怎麼進來船裡，問號？」

簡單不表示方便。據我所知，聖母號並沒有回收樣本的自動化系統。「我得親自去拿。」

「人類真驚奇。你要離開太空船。」

「對啊，應該吧。」

波江星人根本沒費心發明太空衣。他們何苦？艙外的太空會剝奪他們的感官知能，就像人類帶著水肺裝備潛入漆黑的海洋，沒理由這麼做。波江星人會利用船體機器人執行艙外的工作，但聖母號沒這種裝置，所有艙外活動都得由我來完成。

「驚奇這個字用錯。」他更正。「驚奇是讚美，♫♪♫♪這個說法比較對。」

「那是什麼意思？」

「一個人行為不正常，不顧自己的危險。」

「啊。」我把新的和弦加入語言資料庫。「瘋狂，用我的話來說是『瘋狂』。」

「瘋狂。人類很瘋狂。」

我聳聳肩。

「媽的！」我說。

「注意你的措辭！」對講機傳來一個聲音。「說真的，到底出什麼事了？」

樣本瓶從我手中緩緩掉到池底，花了好幾秒的時間才墜落三英尺，但我穿著沉重的艙外太空衣，身處世上最大的游泳池底部，根本沒機會伸手抓住瓶子。

「我弄掉三號樣本瓶了。」

「了解。」弗雷斯特說。「目前已經掉了三瓶。我們得改用夾取工具。」

「可能不是工具的問題，是我的問題。」

我笨拙地抓著工具。這個夾鉗雖然離完美還很遠，但精巧依舊，讓我戴著厚厚太空手套的蠢手變成得以細膩操控事物的巧手。我只要用食指輕壓扳機，夾鉗就會內縮二毫米，若是用中指按另一個扳機，夾鉗就會順時針旋轉九十度，另外也可以用無名指和小指控制，讓夾子前傾九十度。

「準備，我正在檢查影像。」弗雷斯特說。

美國太空總署詹森太空中心的中性浮力實驗室本身就是個工程奇蹟。這個巨型泳池大到能容納一座一比一的國際太空站複製品。太空總署就是用這個設施來訓練太空人身穿艙外太空衣於無重力環境中操作設備的能力。

歷經無數次會議激辯（慘的是我不得不參加），微生物學界總算說服史特拉這項任務需要客製化工具。她答應了，前提是只有無關緊要的工具才能另外訂做。她非常堅持，所有重大設備一定要用現成且經過數百萬小時消費者測試的產品。

身為一個聽她使喚的科學人，測試ＩＶＭＥ工具組的任務就落在我頭上。ＩＶＭＥ指的是「真空環境微生物設備」，就連上帝都沒想過要把這些詞擺在一起。噬日菌是來自太空的生物，雖然我們可以於地球大氣下隨心所欲地研究菌體，但唯有在真空與無重力環境中才能窺其全貌。聖母號組員需要這些工具。

我站在中性浮力實驗室一角，身後是宏偉壯觀的國際太空站模型。兩名攜帶水肺裝備的潛水員在附近漂浮，準備在發生緊急情況時出手救援。

太空總署替我在池底安設了一張金屬實驗桌。最大的問題不是製造出可於真空中運作的設備（但他們不得不重新設計移液管，因為太空中沒有吸力），而是組員必須戴著厚實笨拙的艙外太空手套。噬日菌也許喜歡真空環境，但人體肯定不喜歡。

不過至少我學到很多關於俄製太空衣的運作原理。

對，俄國，不是美國。史特拉聽取幾位專家的意見，他們都認為俄羅斯海鷹艙外太空衣最安全、最可靠，因此這趟任務會讓組員穿這套太空衣。

「好，我知道問題在哪了。」弗雷斯特的聲音透過耳機傳來。「你想讓夾鉗斜偏，結果卻鬆開，一定是內部導線纏在一起。我現在過去。你可以帶著夾鉗浮出水面嗎？」

「沒問題。」我對兩名潛水員揮手，指指上方。他們點點頭，協助我浮出水面。

起重機把我吊出泳池，放到附近的平臺上。幾個技術人員上前幫我脫下太空衣。很簡單，只要打開背部艙蓋走出來就好。這種設計誰不愛呢？

「我會做些調整。」弗雷斯特從隔壁的主控室過來拿工具。「我們可以晚點再試試看。你在池底時我接到一通電話，三十號大樓需要你。他們在重置飛行控制模擬器，夏皮羅和杜布瓦有兩個小時的空檔。能者多勞，史特拉要你過去替他們進行噬日菌特訓。」

「收到，休士頓。」我說。世界或許接近末了，但能親臨美國太空總署主園區真的很棒，我很難不興奮。

我離開中性浮力實驗室，徒步前往三十號大樓。若我提出要求，他們一定會派車接送，但我不想，因為走路只要十分鐘，而且我喜歡在充滿我國太空史痕跡的園區裡散步。

我走進大樓，通過安檢，來到他們準備的小型會議室。

「格雷斯博士，再次見到你真好。」穿著藍色飛行服的馬丁・杜布瓦站起來跟我握手。他前方擺著細心抄寫的筆記和資料，整整齊齊、一絲不苟，安妮・夏皮羅潦草的筆記和亂折的文件則散落在他旁邊的桌上，但座位空無一人。

「安妮人呢？」我問道。

「她去洗手間。」杜布瓦邊說邊坐下。即便坐著他也抬頭挺胸，保持完美的姿勢。「很快就回來。」

「你可以叫我萊倫。」我坐下來打開背包。「我們都是博士，直接叫名字就可以了。」

「對不起，格雷斯博士，我的父母不是這樣教我的。不過如果你想，可以叫我馬丁。」

「謝了。」我拿出筆電打開上蓋。「最近還好嗎？」

「很好，謝謝關心。我和夏皮羅博士展開了一段性關係。」

「呃，」我頓了一下，「好。」

「慎重起見，我認為告知你比較好。」他打開筆電，把筆放在旁邊。「任務核心小組內部不該有祕密。」

「當然，當然。」我連忙回答。「這應該不是問題。你是主要科學專家，安妮是替補，你們不會一起出任務，但是……我是說……你們的關係……」

「對，你說得沒錯。」杜布瓦說。「我不到一年就要執行自殺任務，若出於某種原因，長官認為我不適合或無法勝任，就會換她執行自殺任務。我們都很明白這一點，也知道這段關係只能以死亡告終。」

「我們生活在一個淒涼荒蕪、黯淡無望的時代。」我說。

「夏皮羅博士和我不這麼認為。」他雙臂交叉抱胸。「我們很享受活躍的性生活。」

「呃，好，不用跟我說這——」

「而且不需要保險套。她有在避孕，我們倆也都為了聖母計畫做了非常徹底的體檢。」

我緊盯著電腦打字，希望他能換個話題。

「感覺真的很棒。」

「我想也是。」

「不管怎樣，我覺得應該讓你知道。」

「嗯，好，了解。」

會議室的門猛然敞開，安妮小跑步進來。

「抱歉抱歉！我不得不去尿尿，太急了。」全球最聰明、最有成就的微生物學家說。「我的膀胱差點爆掉！」

「歡迎回來，夏皮羅博士。我已經把我們的性關係告訴格雷斯博士了。」

我忍不住雙手抱頭。

「很好啊。」安妮說。「反正也沒什麼好隱瞞的。」

「不管怎樣，」杜布瓦說，「如果我沒記錯，上一堂課我們從細胞生物學切入，研究噬日菌粒線體。」

「對。」我清清喉嚨。「今天我要講的是噬日菌的克氏循環，又稱檸檬酸循環。它們的反應步驟跟我們在地球生物粒線體中發現的相同，只是多了一個——」

「喔，對不起，還有一件事——」安妮舉起手，然後轉向杜布瓦。「馬丁，這堂課結束到下一場訓練前還有十五分鐘左右的自由時間，要不要約在走廊盡頭的浴室做愛？」

「我很贊同這項提議。」杜布瓦回答。「謝謝妳，夏皮羅博士。」

「太好了。」

他們轉頭看著我，準備上課。我等了幾秒，好確認沒有更多不必要的分享。看樣子兩人都講完了。

「好，噬日菌的克氏循環有個變異——等等，上床時你也叫她夏皮羅博士？」

「當然。那是她的名字。」

「我還滿喜歡的。」安妮插嘴。

「抱歉我不該問這個。」我急忙拉回正題。「好，克氏循環……」

洛基對亞德莉安星的觀察完全正確。它的質量是地球的三．九三倍，半徑為一萬零三百一十八公里（將近地球的兩倍），以每秒三十五．九公里的平均軌道速度繞著天倉五運行。此外，洛基還將行星位置修正到誤差小於一千萬分之一。計算軌道嵌入推力所需的數據全都有了。

幸好這些數值很準確，不然軌道嵌入過程要是出了差錯，後果恐怕不堪設想，甚至可能釀成嚴重傷亡。

當然，要使用自旋驅動裝置，就得先關閉離心機模式。

我和洛基在駕駛艙裡漂浮。他坐在艙頂的氙晶球裡，我坐在駕駛座上，看著攝影機傳送回來的畫面傻笑。

我居然來到另外一顆行星！其實我好像不該這麼激動。過去幾週，我一直待在另一顆恆星附近，但這只有內行人才懂。

天倉五非常明亮，類似太陽，甚至發射出相同頻率範圍的光，所以不能離它太近。不知怎的，來到一顆新的行星更讓人興奮。

亞德莉安星的雲絮從聖母號下方掠過，更確切地說，那些雲幾乎沒有移動，是我們從上方逐漸靠近。亞德莉安星的重力比地球大，因此我們的軌道速度約每秒十二公里出頭，遠超過繞地球軌道運行所需的速度。

我已經觀察這顆淡綠色星球十一天了，掌握的細節自然比先前更多。星體並不是純粹的綠，上頭還帶有深淺交織的綠色帶狀條紋，就像木星和土星，但與那兩顆氣態巨行星不同的是，亞德莉安星是以岩石為主成分的天體。

多虧洛基的筆記，我們知道這顆星球的半徑和質量，進而算出其密度，它的密度太高，不可能是氣態行星。地表就在底下，我卻怎麼也看不見。

天啊，我願意付出一切來換登陸小艇！

然而實際上，登陸對我完全沒好處。即便有辦法在亞德莉安星地表著陸，大氣也會把活活我壓死，跟降落在金星或波江星差不多。可惡，真希望洛基有登陸小艇，那裡的壓力對波江星人來說可能不算太大。

講到波江星，洛基正在駕駛艙氙晶球裡校準一個外型像槍的裝置。我想我們目前不至於面臨太空戰爭，所以應該不是武器。

他用一隻手固定裝置，一隻手輕輕敲打，另外兩隻手拿著一塊用短電纜連接至裝置的矩形面板，剩下那隻則緊握把手，穩住身體。

他抓起看起來像螺絲起子的工具進一步調整裝置。這時，面板突然亮了起來，原本完全平坦的表面逐漸浮出紋理。洛基舉起像槍的組件左右揮動，螢幕上的圖案也跟著挪移。

「成功！可以用了！」

「那是什麼？」我俯身靠在駕駛座邊緣，想看清楚一點。

「等等。」他把像槍的部分指向艙外攝影機螢幕，微調一下，矩形面板上的圖案就變成一個圓。我湊近細看，發現圓圈有些地方比較突出，看起來像地勢圖。

「這個裝置聽得到光，就像人類的眼睛。」

「喔，是攝影機啊。」

「♫♪♫」洛基說得很快。現在我們的辭典裡多了「攝影機」一詞。「可以分析光線，顯示出紋理結構。」

「哇，能感測到紋理？真酷。」我說。

「謝謝。」他把攝影機掛在氙晶球牆壁上，調好角度，對準我的主螢幕。「人類看得到的光波長是多少，問號？」

「三百八十奈米到七百四十奈米間的波長都看得到。」大多數人都不知道這件事，但大多數人也不是在教室牆上掛著大型可見光譜圖的國中老師。

「了解。」他轉動裝置上幾個旋鈕。「現在我能『看到』你看到的東西。」

「你真是個了不起的工程師。」

「沒有。」他不屑地揮揮爪子。「攝影機是舊技術，顯示器也是舊技術。我的太空船上都有，科學用途。我只是修改一下，在艙內使用。」

我想謙遜應該是波江星人的文化特質，不然就是洛基的個性無法接受別人讚美。

「這是亞德莉安，問號？」他指著他攝影機顯示器上的圓圈問道。

我檢查他指的確切區域，和我的螢幕進行比對。「對，而且那部分是綠色。」

「我沒有這個字。」

不意外，波江語沒有形容顏色的詞彙。我並不覺得色彩有多神祕，但若先前從未聽過顏色，應該會覺得這些分類很奇怪。我們幫電磁波譜頻率範圍取了特定名稱，我的學生都有眼睛且視力正常，我告訴他們「X射線」、「微波」、「無線網路」和「紫色」都只是光的波長時，他們依舊大為驚訝。

「那你取個名字吧。」我說。

「好，這個顏色取名叫『中粗』。高頻率的光，我的顯示器圖案會很平滑，低頻率的光就很粗糙。這個顏色是中等粗糙。」

「收到。」我說。「而且綠色在人類可見的波長範圍裡正好落在中間位置。」

「很好。」他說。「樣本好了嗎，問號？」

我們已經在軌道上運行了大約一天，而且一到這裡就啟動採樣器。我點開艙外採集裝置螢幕，讀數一切正常，甚至還顯示出閘門開啟了多久：二十一小時又十七分鐘。

「嗯，應該好了。」

「你去拿。」

「唉，艙外活動很累哎！」我忍不住抱怨。

「懶惰的人類。去拿！」

我哈哈大笑。洛基開玩笑的語調略有不同，我過了好一陣子才發現，就是……字裡行間的時間點，節奏不一致。我真的不曉得該怎麼說，但我一聽就知道了。

我透過艙外採集裝置螢幕關閉採樣器閘門，讓它回到原來與船體平行的位置。面板顯示採集行動完成，我又用架設在船身上的攝影機再次確認。

我爬進海鷹艙外太空衣，踏入減壓艙，啟動循環程序。

亞德莉安是顆絕美星球。我在船體上待了幾分鐘，凝望眼前這個壯麗天體。行星表面綴著深淺交錯的綠色帶狀條紋，反射自天倉五的光燦爛炫目，令人嘆為觀止。我可以靜靜看上好幾個小時。

我也想這樣凝視地球。希望我不會忘記。天啊，真希望我不會忘記。地球一定美得無與倫比。

「你出去好久。」洛基的聲音從耳機傳來。「你很安全，問號？」

出艙前我設好艙外活動面板，讓我的對講機聲音能透過駕駛艙喇叭播放，再用膠帶把耳機麥克風貼在洛基的氙晶球上，設定成聲控，這樣他只要講話我就聽得到了。

「我在看亞德莉安星。好漂亮。」

「晚點再看。先去拿樣本。」

「你真的有夠愛催。」

「對。」

我沿船體往前爬，沐浴在亞德莉安星的光照下。周遭一切都漾著淡淡的綠。採樣器就在那裡。裝置本身比我想的還小，約莫只有〇．五平方公尺，旁邊有根紅黃條紋相間的操縱桿，上面寫著：PULL LEVER TO RELEASE ECU／потянуть рычаг чтобы освободить ECU／拉杆釋放ECU（拉桿釋放ECU）。

我把安全繫繩扣在採樣器上離我最近的孔洞（那個洞應該就是為了這個用途），將操縱桿拉到「打開」的位置。

採樣器漂離船身。

我拖著採樣器沿著船體回到減壓艙，啟動循環程序，從太空衣背後爬出來。

「一切都好，問號？」洛基急忙開口。

「嗯，沒事。」

「好棒！」他喊道。「你用科學儀器檢查，問號？」

「對，立刻動工。」我叫出離心機面板。「準備進入有重力狀態。」

「好，重力。」他伸出三隻爪子抓住把手。「為了科學儀器。」

離心機模式一切換完成，我就來到實驗艙展開研究。

洛基匆匆跑進實驗艙頂的通道，聚精會神地看我工作。呃，不是看，應該說聽才對。

我把採樣器放在實驗桌上，拿出對著天倉五那片採樣板。眼前的畫面讓我嘴角上揚。

「一開始這片採樣板是白色，」我抬頭望著洛基，「現在變成黑色。」

「不懂。」

「採樣器的顏色變成噬日菌的顏色。我們抓到很多噬日菌。」

「太好了！」

接下來的兩個小時，我從採樣器兩側刮下所有採集物，分別放入不同的器皿，再用清水仔細沖洗每個樣本，讓噬日菌沉澱到底部。刮取下來的噬日菌一定沾了不少黏黏的樹脂，我想把那些雜質弄掉。

準備好後，我開始進行一連串試驗。首先，我用ＤＮＡ標記檢測法分析少許噬日菌，看看它們是否和地球上的噬日菌相同，結果一模一樣。至少我查看的標記是如此。

接著我檢視各樣本所含的總菌數。

「有意思。」我說。

「什麼有意思，問號？」洛基精神一振。

「兩邊採集到的噬日菌數量差不多。」

「真沒想到。」他說。

「真沒想到。」我附和表示同意。

採樣器一邊對著天倉五，另一邊對著亞德莉安星。噬日菌遷徙是為了繁殖，每隻眼神熠熠、帶著滿滿活力前往亞德莉安的噬日菌最後都會變成兩隻回來。因此，廣義來說，從亞德莉安星返抵天倉五的噬日菌數量應該是反向的兩倍。但事實並非如此。離開的菌數與返回的菌數幾近相同。

「計算有錯，問號？」洛基沿著實驗艙頂的通道爬行，好看得更清楚。「你怎麼算，問號？」

「我測量兩個樣本的總熱能輸出。」這個方法能確定樣本中含有多少噬日菌。每隻菌體都會維持在攝氏九十六．四一五度。數量愈多，放置其上的金屬板吸收的總熱能就愈多。

「好方法。」他兩爪一拍。「數量相同，怎麼會，問號？」

「我不知道。」我把一些「返回」（就是從亞德莉安星回天倉五）的噬日菌放到載玻片上，準備用顯微鏡觀察。

「這是什麼，問號？」洛基沿著通道蹦蹦跳跳，跟上我的步伐。

「顯微鏡，」我回答，「能讓我看到很小很小的東西。我可以用這個觀察噬日菌。」

「神奇。」

我檢視樣本，忍不住倒抽一口氣。載玻片上不只有噬日菌！

樣本中除了許多熟悉的噬日菌黑點外，還有半透明細胞、看起來像細菌的微小物質，以及體型較大、類似變形蟲的東西。有的瘦長，有的圓胖，有的呈螺旋狀……多到數不清，種類也極為繁複，難以估算，就像在觀察一滴湖水中的生物群！

「哇，這裡有好多生物！」我大喊。「不是只有噬日菌而已，有各式各樣的物種！」

「好神奇！神奇神奇神奇！」

「亞德莉安不但是一顆行星，」我繼續說，「還是一顆有生命的行星，跟地球和波江星一樣！難怪大氣層裡的甲烷含量這麼高。生物會製造甲烷！」

洛基僵在原地，然後猛地跳起來，背甲抬得前所未有地高。「生物也是數量差異的原因！生物就是原因！」

「什麼？」我從沒見過他這麼激動。「為什麼？我不懂。」

「亞德莉安星上的生物吃掉噬日菌！」他用爪子輕敲通道壁，指著顯微鏡。「數量平衡，自然法則。解釋了一切！」

「我的天啊！」我倒抽一口氣，心臟差點從胸口跳出來。「噬日菌有天敵！」

亞德莉安星不只有噬日菌，還有完整的生物圈。噬日線內有個極為活躍的生物群系。

這就是一切的起源。絕對是。不然還能怎麼解釋無數極端迥異的生命形式皆演化成能在太空中遷徙的形態？他們全都有相同的基因根源。

噬日菌只是這裡演化出來的眾多生物之一。凡有生命，就會出現變異與捕食行為。

亞德莉安星不僅是感染噬日菌的星球，也是噬日菌的母星，更是噬日菌天敵的家園！

「太棒了！」我放聲大叫。「要是能找出噬日菌的天敵……」

「我們帶回家！」洛基的音調比平常高出兩個八度。「它吃噬日菌，繁殖，吃更多噬日菌，繁殖，吃好多好多噬日菌！恆星得救了！」

「好耶！」我把指關節貼在通道壁上。「碰拳慶祝！」

「怎麼做，問號？」

「這個，像這樣。」我再次敲擊通道。

他模仿我的手勢，跟我隔牆碰拳。

「慶祝！」我開心高喊。

「慶祝！」

18

聖母號組員坐在休息室沙發上，各自喝著喜歡的飲料。

指揮官姚拿著德國啤酒，工程師伊路奎娜點了一杯大杯到讓人有點擔心的伏特加，科學專家杜布瓦啜飲著二〇〇三年的卡本內蘇維濃，而且早在十分鐘前就倒出來，好讓紅酒有時間醒酒。

安排休息室本身就是一場硬仗。任何與任務無直接關聯的事物史特拉都不喜歡，航空母艦也沒有多餘的空間，不過來自世界各地上百位科學家紛紛提出要求，希望能有個放鬆的地方，她終於態度放軟，同意在機庫甲板一角騰出一個「奢侈專用」的小房間。

數十人擠進休息室觀看壁掛式螢幕播放的電視節目。大家都很有默契地把沙發讓給任務組員。可能的津貼和特權，組員一項不缺。他們為了人類犧牲自己的性命，我們起碼能讓他們坐最舒適的座位吧。

「距離發射時間只剩下幾分鐘。」英國ＢＢＣ記者說。我們大可以看美國、中國或俄國新聞台，都一樣。遠距拍攝貝康諾太空發射場的畫面中穿插著發射臺與巨型發射載具的影像。

「今天是聖母計畫十六次發射中的第九次，也可說是最重要的一次。」記者站在觀察室俯瞰莫斯科任務控制中心。「本次酬載設備包含駕駛艙、實驗艙與休眠艙。駐守在國際太空站的太空人已準備好接收這些艙室，並於未來兩週將各艙裝設至聖母號船體骨架。該骨架是在過去幾次發射中建造出來……」

「別把我的家搞砸啊。」伊路奎娜舉起伏特加。「你們這群俄羅斯聯邦太空總署混帳！」

「他們不是妳的朋友嗎？」我問道。

「不衝突啊！」伊路奎娜豪邁大笑。

螢幕上出現倒數計時的畫面。只剩不到一分鐘。

姚的身子前傾，全神貫注望著螢幕。一個積極的行動派軍人被迫消極地坐在這裡看別人執行重要任務，感覺一定很難受。

「我確信發射會非常順利，姚指揮官。」杜布瓦瞥見姚的神情，開口表示。

「嗯。」姚簡單回應。

「還要三十秒才會發射，我等不了那麼久。」伊路奎娜大口喝下伏特加，又倒了一杯。

隨著時間進逼，群聚於此的科學家也略略往前擠。我整個人壓在沙發椅背上動彈不得，但我只是專心望著螢幕，完全不在乎。

「史特拉小姐不來嗎？」杜布瓦伸長脖子，看著站在後方的我。

「應該不會。」我回答。「她對發射火箭這種好玩的事沒興趣。她大概在辦公室盯著電腦瀏覽表格之類的。」

「幸好有你在，」他點點頭，「某種程度上代表她。」

「我？代表她？你怎麼會這麼想？」

「你不是二號嗎？」伊路奎娜轉過頭望著我。「聖母計畫的副指揮官？」

「什麼？不是！我只是其中一個科學家，就跟這些人一樣。」我朝身後的男男女女比個手勢。

伊路奎娜和杜布瓦互看一眼，又轉向我。「你真的這麼認為？」她說。

「格雷斯，你跟我們其他人不一樣啦。」雷戴爾的聲音從後方傳來。

「當然一樣。」我對他聳聳肩。「怎麼會不一樣？」

「重點是，」杜布瓦插嘴，「不知道為什麼，你對史特拉小姐來說很特別。我還以為你們倆搞上了。」

「什麼跟什麼啊？」我張大嘴巴。「你瘋啦？沒有！絕對不可能！」

「嗯，我覺得你應該這麼做。」伊路奎娜說。「她很緊繃，需要好好滾一下床單。」

「天啊，該不會大家都這樣想吧？」我轉身看著那群科學家，大多數人都避開眼神。「沒這回事！我不是什麼二號！我和你們一樣，只是一個受徵召參與計畫的科學家！」

這時，姚突然轉頭盯著我看。休息室鴉雀無聲。姚的話不多，所以只要他開口，大家都會很注意聽。

「你是二號。」說完他又把目光轉回螢幕。

「三……二……一……」ＢＢＣ記者跟著螢幕上的計時器倒數最後幾秒。「發射！」

畫面中的火箭被烈焰和濃煙團團包圍，緩緩升空，速度愈來愈快。

伊路奎娜舉起酒杯停頓片刻，隨後爆出歡呼。「發射塔淨空！發射成功！」她將杯中的伏特加一飲而盡。

「現在才離地一百英尺，」我說，「等進入軌道再說吧？」

「太空人慶祝發射塔淨空。」杜布瓦輕啜紅酒。

姚喝了一口啤酒，什麼也沒說。

「為什麼、就是、行不通？」我每說一個字，就用雙手手掌打一下額頭。

我跌坐在實驗椅上，覺得好灰心。

「沒有捕食者，問號？」洛基在上方通道俯視著我。

「沒有。」我嘆了口氣。

實驗很簡單。我在一顆玻璃球裡注入亞德莉安星的大氣。那些大氣並不是直接取自亞德莉安星，而是根據其大氣譜圖調配出同比例的氣體。氣壓很低，只有十分之一大氣壓，與亞德莉安星的高層大氣一致。

玻璃球內還放了我們採集到的亞德莉安星生物和一些新鮮噬日菌，希望提供一堆美味多汁的噬日菌能讓捕食者數量激增，一旦它們成為當前樣本中存有的多數細胞，就能把它們分離出來。

可是沒用。

「你確定，問號？」

我檢查臨時拼湊出來的熱能指示器。其實就是一個部分泡入冰水、部分連接至玻璃球的熱電偶。冰會消耗噬日菌提供的熱能，熱電偶的溫度能告訴我噬日菌釋放出的總熱能量。溫度下降，就表示噬日菌數量減少。但結果不如人意。

「非常確定。」我回答。「噬日菌的數量沒有變化。」

「可能玻璃球的溫度不好，太熱。亞德莉安的高層大氣應該比你的室溫冷。」

「亞德莉安星的氣溫不重要。」我搖搖頭。「捕食者要能承受噬日菌的體溫啊。」

「啊，對，你說得對。」

「也許捕食者理論是錯的。」我說。

洛基喀噠喀噠地在通道內來回走動，一邊思考一邊踱步。真有意思，人類和波江星人都會這樣。「捕食者是唯一的解釋。可能噬日線沒有捕食者。可能捕食者生活在更低的大氣層。」

「大概吧。」我振作精神。

我查看實驗艙監視器。我把拍攝亞德莉安星的艙外攝影機畫面轉移到這裡。沒什麼科學上的理由，只是因為這樣看起來很酷。此時此刻，我們即將跨過晝夜線，進入白天那一邊。軌道上的黎明曙光沿著弧線閃爍著晶亮。

「好吧，假設捕食者生活在大氣層，會在哪個高度？」

「哪個高度最好，問號？如果你是捕食者，你會去哪裡，問號？你會去找噬日菌。」

「好，那噬日菌位於哪個高度？」其實問題本身就是答案。「啊！繁殖區高度。空氣中要有足夠的二氧化碳供噬日菌繁殖。」

「對！」洛基喀噠喀噠地沿著通道爬回艙頂，站在我上方。「我們找得到。很簡單，用噬日觀測鏡。」

「對喔！」我用拳頭猛擊手掌。

噬日菌一定在某個地方繁殖。二氧化碳分壓就是關鍵，但我們不用計算或猜測。噬日菌分裂後，母細胞和子細胞會射出紅外光做為推力，返回天倉五，表示亞德莉安星某個特定的高度會出現噬日頻率光。

「去駕駛艙！」我說。

「駕駛艙！」洛基飛也似地穿過艙頂通道，鑽進駕駛艙氙晶區入口，消失得無影無蹤。我跟在他旁邊往上爬，只是速度沒那麼快。

我攀上牆梯，坐到駕駛座上，點開噬日觀測鏡面板。洛基早就在氙晶球裡占好位置，將他的攝影機對準我的主螢幕。

整個螢幕溢著紅光。

「這是什麼，問號？沒有數據。」

「等一下。」我叫出選項和控制台，開始移動滑桿。「我們在噬日線上，周圍都是噬日菌。我改一下設定，讓電腦只顯示出最亮的光源……」

我弄了好一陣子，終於成功設定亮度範圍，留下從亞德莉安星發射出來的不規則紅外光區塊。

「答案揭曉。」我說。

洛基湊近他的紋理螢幕，「看」我在看什麼。

「跟我想的不一樣。」我又說。

我以為畫面上會出現位於特定高度的普通紅外光層，結果不是，這些團塊基本上是雲，但不是我在可見光下看到的那些白色雲絮。我想不出更好的詞，姑且稱為紅外雲吧。

更確切地說，那是發射紅外線的噬日菌雲。出於某種未知的原因，噬日菌喜歡跑到特定的區域繁殖。

「異常分布。」洛基的話與我的想法相呼應。

「很怪。也許天氣會影響繁殖情況？」

「有可能。你能算出高度嗎，問號？」

「好，等等。」

我縮放和平移噬日觀測鏡，發現亞德莉安星地平線上有一朵噬日菌雲。讀數顯示，攝影機當前的角度與聖母號船體中心軸一致。我匆匆記下角度數值，切換到導航控制台，得知太空船的角度與我們所在的軌道中央帶相應。有了這些數據，再加上一堆三角學應用，就能算出噬日菌雲的高度。

「繁殖區高度距離地表九十一．二公里，寬度不到兩百公尺。」

洛基兩隻爪子交疊。我明白那種肢體語言。他在思考。「如果真的有捕食者，捕食者就在那裡。」

「我也是這麼想。」我同意。「可是我們要怎麼取得樣本？」

「軌道能靠多近，問號？」

「至少要離行星一百公里，若低於這個數字，太空船就會在大氣層中燃燒殆盡。」

「真可惜。」洛基說。「離繁殖區八．八公里。不能再近一點，問號？」

「如果以軌道速度衝撞大氣層，我們就會死。還是我們減速？」

「減速等於軌道沒用。掉進大氣。死掉。」

「我們可以啟動引擎以免墜入大氣層。」我靠在扶手上看他。「讓太空船不斷推離行星，我們降至大氣層取得樣本，然後離開。」

「不行。我們會死。」

「為什麼不行？」

「引擎會噴出很多紅外光。如果在大氣中使用，大氣會變成離子，爆炸，摧毀太空船。」

「喔，對喔。」我皺起臉。

狄米崔初次測試自旋驅動裝置時只消一百微秒就熔化了一公噸金屬矽，而且測試功率是聖母號引擎的千分之一。真空環境下當然沒事，但在空氣中啟動引擎會炸出一團火球，威力強到讓核彈看起來跟鞭炮差不多。

我們沮喪地坐在駕駛艙沉默良久。拯救地球與波江星的方法可能就在腳下十公里處，近在咫尺，卻無法企及。一定有辦法。可是該怎麼做呢？其實我們根本不用進入繁殖區，只要採集那裡的空氣樣本就好。一點點就好。

等等。

「你說你是怎麼製造氙晶的？混合兩種液體？」

突如其來的問題讓洛基措手不及。「對，液體和液體混合，變成氙晶。」他回答。

「你能做出多少？你帶了多少液體？」

「我帶了很多。用來做我的區域。」

「我們需要〇．四立方公尺的氙晶。」我點開表格，輸入數字。「能做那麼多嗎？」

「可以。」他說。「剩下的液體可以做出〇．六一立方公尺。」

「好，我有……」我雙手指尖相抵。「一個點子。」

這個點子很簡單，但也很蠢。重點是，愚蠢的想法一旦成功，就會變得很天才。來看看這個主意會怎麼收場吧。

噬日菌繁殖區位於亞德莉安星大氣層內十公里處。聖母號不能飛那麼低，因為大氣太厚，一定會起火燃燒，另外也不能在大氣層使用引擎，因為這樣一切都會炸得粉碎。

所以，「釣」樣本的時間到了。我們會做一條長十公里、末端掛著類似採樣器的鏈條（由洛基負責製作），然後拖過大氣層。很簡單吧？

才怪。

聖母號必須保持每秒十二．六公里的速度才能在軌道上運行，再慢就會剝蝕燒毀。但若以這個速度將鏈條拖過大氣層，就算是氙晶鏈也會崩解汽化。

因此，我們必須放慢速度。可是減速就會朝行星墜落，除非啟動引擎來維持高度，但這樣太空船又會直接往鏈條和採樣器的方向推離，引擎噴出的氣體會讓裝置徹底汽化。

結論是，我們要以一定的角度推進。就這麼簡單。

這個畫面看起來一定很荒唐。聖母號會從垂直轉為傾斜三十度，以該角度向上推進，底下的氙晶鏈會垂降十公里進入大氣層；推進器後方的大氣則會一直呈現游離火狀態，感覺應該很壯觀。不過這狀態出現在船尾，鏈條不會受其影響。

總之，聖母號的橫向速度大約是每秒一百公尺出頭。沒問題，鏈條在稀薄的高空大氣中可以承受這個速度。我預估它只會偏離垂直方向兩度左右。

一旦感覺取得樣本，我們就火速離開。

能出什麼差錯呢！這一句我是用嘲諷口吻說的。

我雖不是什麼厲害的３Ｄ建模師，但用電腦輔助設計軟體製作鏈環仍不成問題。不過這可不是普通的鏈環。環身大致呈橢圓形，上頭有一道細小的開口供另一個鏈環嵌入，組裝容易，卻難以分離，特別是繃緊的時候。

我把鋁塊放進銑床固定。

「會成功，問號？」洛基在艙頂通道裡問道。

「應該會啦。」我回答。

我啟動銑床。機器立刻隆隆運轉，雕出我想要的鏈環模具。

我把成品拿出來，抖掉鋁屑，高高舉向通道。「怎麼樣？」

「很棒！」洛基說。「我們需要很多、很多、很多鏈環。多一點模具，這樣我就可以一次製造更多。你可以做很多模具，問號？」

「嗯……」我看看實驗用品櫃。「我好像沒那麼多鋁塊。」

「太空船上有很多東西你都沒用到，像休眠艙裡有兩張床。熔化，製造金屬塊，做出更多模具。」

「哇，你做事都火力全開喔？」

「不懂。」

「我不想用熔化這招。就算要熔也沒辦法啊。」

「噬日菌。熔化任何東西。」

「算你厲害。」我說。「可是不行，我的維生系統耐不住高溫。這倒讓我想起一件事。你怎麼會有這麼多噬日菌？」

他停頓一下。「奇怪的故事。」

我精神都來了。奇怪的故事總能讓人興奮。洛基沿著通道喀噠喀噠地走到較寬敞的地方坐下。

「波江星科學家算很多數學，計算航程。燃料愈多，飛行時間愈短，所以我們製造出很多、很多、很多噬日菌。」

「你們怎麼有辦法大量產出？我們在地球可是傷透腦筋。」

「很簡單。把噬日菌裝進有二氧化碳的金屬球，放在海裡，等待，噬日菌就會翻倍，翻倍，再翻倍，變得好多好多。」

「對喔！你們的海洋溫度比噬日菌高。」

「對。地球海洋不是。可惜。」

講到製造噬日菌，波江星本來就有優勢。整個星球就像壓力鍋，二十九大氣壓加上攝氏兩百一十度，會讓水的表面呈液態。他們的海洋溫度遠高於噬日菌的臨界溫度，只要把噬日菌放進海中吸收熱能，讓它們繁殖即可。

我好嫉妒。我們得跑到撒哈拉沙漠鋪黑面板才能繁殖噬日菌，他們只要把菌體扔到海裡就好。波江星海洋蘊藏的熱能多到無以復加。攝氏兩百度以上、比地球海洋總水量多好幾倍的水，能產生很驚人的能量。

這就是為什麼他們有將近百年左右的時間可以解決噬日菌問題，地球卻會在數十年後化為冰天雪地。波江星不只空氣中含有熱能，海洋儲存了更多。一樣，又是天生優勢。

「波江星人科學家設計太空船，確認燃料需求。旅程要花六．六四年。」

我一瞬間腦袋打結。波江座 40 與天倉五之間距離十光年，以波江星的角度來看，航程所需的時間不可能低於十年。想必他指的是時間膨脹效應，會讓太空船上的他感覺經過六．六四年。

「旅途中發生奇怪的事。組員生病，死掉。」他的聲音愈來愈小。「現在我知道是輻射害的。」

我低下頭，給他一點時間平復心情。

「大家都生病了，我一個人駕駛太空船。後來又發生奇怪的事。引擎無法正常運轉。我是引擎專家，我想不通問題在哪。」

「你的太空船引擎壞了？」

「沒有，不是壞掉，推力正常，可是速度……沒增加。不知道原因。」

「這樣啊。」

「更奇怪的是，我提早抵達中途點，早很多。」他邊說邊走來走去，腳步聲喀噠喀噠響。「我把船掉頭，啟動推力想讓速度慢下來，可是天倉五變得更遠。怎麼會這樣？明明朝天倉五前進，天倉五卻愈來愈遠。好混亂，搞不懂。」

「不會吧。」我腦海中慢慢浮現一個念頭，一個令人不安的念頭。

「我加速，減速，不明白怎麼回事，但是成功抵達目的地。雖然有很多錯誤和疑惑，我還是在三年後來到這裡，只花了一半時間，比波江星科學家說的還快。真的不懂。」

「喔……天哪……」我低聲咕噥。

「還剩很多、很多、很多燃料。不應該剩這麼多。不是抱怨，只是困惑。」

「嗯……我問你。」我說。「波江星上的時間跟你太空船上的時間一樣嗎？」

「這個問題沒意義。」他翹起背甲。「當然一樣，時間在每個地方都一樣。」

「這下麻煩了。」我用手抱住頭。

波江星人不懂相對論物理學。

他們用牛頓物理學的概念來計算航程，認為太空船可以一直加速，而光速不是問題。

他們不明白時間膨脹現象。洛基沒有發覺波江星上流逝的時間多於他在旅程中體驗到的時間。他們也不曉得長度膨脹效應。太空船相對於天倉五減速時，即便仍朝著它前進，兩者之間的距離卻會增加。

一群聰明絕頂的人依據錯誤的科學假設打造出一艘太空船，幸好組員中唯一的倖存者夠機靈，不斷嘗試各種方法，最後奇蹟似地抵達目的地。

沒想到這個重大失誤竟然成了我的救贖。他們高估所需的燃料量，洛基才有多的噬日菌可以分我。

「好吧，洛基。」我再度開口。「讓自己坐得舒服點，我有很多科學知識要跟你說。」

「格雷斯博士？請問是格雷斯博士嗎？」有人敲了兩下門，把頭探進辦公室。

這間辦公室不大，但能在航空母艦上擁有私人空間已是萬幸。這個房間在榮升為我的辦公室前是衛浴用品儲藏櫃。船上有三千個需要天天擦拭的屁股，直到下次入港停泊前，我都可以將儲藏櫃當成私人辦公室，之後這裡就會塞滿日用補給品。

我的重要性就跟衛生紙差不多。

我把目光從筆電移開，抬起頭。只見門口有個身材矮小、略微邋遢的男人尷尬地對我揮揮手。

「對，我就是。」我說。「請問你是……？」

「哈契，史蒂夫・哈契。英屬哥倫比亞大學。很高興認識你。」

我對折疊桌（被我拿來當辦公桌）旁的折疊椅比個手勢，示意他坐。

他拖著腳走進來，手裡拿著一個球根狀金屬物體。我長這麼大沒看過這種東西。他把金屬物重重放在桌上，外型看起來就像有人把一顆健身球壓平，一端加上一個三角形，另一端加個梯形。

「媽啊，真怪。」他坐在椅子上伸伸手臂，舒展筋骨。「我之前從沒坐過直升機，你呢？喔，你當然有啦，不然怎麼來這裡？我是說，你大可以坐船嘛，只是海路大概行不通。聽說他們讓航空母艦遠離陸地，以防噬日菌實驗出什麼岔子。講真的，坐船比較好，搭直升機害我差點吐出來。但我不是在抱怨喔，我很高興能參與這項計畫。」

「呃……」我指著桌上的神祕金屬球根。「這是什麼？」

「啊，對！」原本就精神抖擻的他不知怎的變得更有活力。「這是一隻甲蟲！應該說是原型啦。我和我的團隊解決了大部分問題，畢竟要做到百分之百實在不太可能，但我們準備好進行實際引擎測試了。校方說我們得來這裡做實驗，英屬哥倫比亞省政府也是，喔，加拿大政府也這麼說。順便跟你講一下，我是加拿大人，不過別擔心！我不是那種反美的加拿大人，我覺得你們美國人很不錯。」

「甲蟲？」

「對！」他拿起金屬物體，將梯形轉向我。「甲蟲探測器，聖母號組員就是要用甲蟲將調查結果送回來。這是一艘內建自動化系統的小型太空船，可以自行導航，從天倉五返抵地球。老實說從哪裡都行，真的。我和研究團隊過去一年都在努力開發這項設備。」

我看向梯形結構內部，發現表層閃亮如玻璃。「那是自旋驅動裝置嗎？」

「沒錯！媽啊，那些俄國人還真有一套。我們直接挪用他們的設計，一切運作順暢。至少我是這麼認為啦。我們還沒測試自旋驅動裝置。導航和操控方向是最棘手的部分。另外電腦和攝影機裝在這裡。」他把探測器轉過來，將三角形那端對著我。「我們不用那種極致華麗的慣性導航垃圾，而是用普通可見光來觀測星體、辨識星座，進而計算出方位。」他輕敲金屬殼中心。「這裡有一臺小型直流發電機，只要有噬日菌就有電力。」

「裡面能裝什麼？」我問道。

「數據資料。探測器內部有個備用磁碟陣列，記憶體容量大到超乎任何人所需。」他敲敲圓頂，一陣微弱的回音傳來。「燃料儲放在這裡。這趟航程需要一百二十五公斤的噬日菌，聽起來好像很多，但是……拜託，十二光年哎！」

我拿起探測器，用雙手捧著掂掂重量。「要怎麼轉向？」

「內部有一套反作用輪。」哈契回答。「反作用輪往一個方向轉，船身就會朝另一個方向轉。簡單得很。」

「星際導航簡單得很？」我笑著說。

「這個嘛，」他竊笑道，「為了任務目標是很簡單。甲蟲本身配備接收器，能持續搜尋來自地球的訊號，一旦接收到訊號，它就會發送座標，等待NASA深太空網路的指示。導航不必超級精確，只要能讓它進入地球無線電範圍內就好。土星軌道內任一點都行。」

「接著科學家就能準確引導探測器返回地球。」我點點頭。「這招聰明。」

「他們是有可能這麼做啦。」他聳聳肩。「但其實沒必要。他們會先指示探測器用無線電傳送數據資料，完畢後他們想回收再回收。喔對了，一共有四個探測器，只要有一個成功返航就好。」

我翻轉探測器左看右看，重量意外地輕，最多只有幾磅。「了解。那每個探測器成功返航的機率有多大？有備用系統嗎？」

「沒有。」他聳聳肩。「但這些探測器航行的時間不像聖母號那麼長，所以續航力不用那麼久。」

「探測器走的航線跟聖母號一樣吧？」我疑惑。「為什麼所需的時間不同？」

「因為聖母號載的是有血有肉又柔軟的人類，所以加速度有限。甲蟲就沒這個問題。探測器裝載的全是軍用級巡弋飛彈電子設備和零件，可以承受數百G的力，很快就能達到相對論速度。」

「喔，有意思……」這個問題拿來問學生好像滿有趣的？我想了一下，旋即放棄這個念頭。其中的數學運算複雜到不行，國二學生根本沒辦法解。

「對啊。」哈契附和道。「甲蟲會以500G的加速度加速，最終航速可飆到光速的〇．九三倍，大概要十二年多才能返回地球，不過這些小傢伙感受到的時間只有二十個月左右。哎，你相信上帝嗎？我知道這問題牽涉到個人隱私。我跟你說，我相信。我覺得祂好厲害，居然創造出相對論這種東西。你不覺得嗎？移動速度愈快，經歷的時間就愈短。你知道嗎，感覺就像祂邀請我們去探索宇宙一樣。」

他安靜地盯著我看。

「嗯，這個裝置真的很棒。」我說。「幹得好。」

「謝啦！」他說。「那我可以拿一點噬日菌進行測試嗎？」

「當然可以。」我說。「你要多少？」

「一百毫克好了？」

「冷靜點，老兄。」我往後退。「那會釋放超多能量。」

「好啦好啦，我只是問問看嘛。那一毫克呢？」

「這倒沒問題。」

「讚啦！噬日菌到手！」他激動拍手，然後俯身湊向我。「哎，這些小東西很不可思議吧？我是說噬日菌？簡直是……有史以來最酷的生物！上帝正引領我們邁向未來！」

「酷？」我忍不住反駁。「這牽涉到生物滅絕耶。上帝是引領我們邁向末日吧。」

「可能有那麼一點啦。」他聳聳肩。「可是……天啊，它們的能量儲存機制太完美了！想像一下，家家戶戶都用電池供電，只要一顆充滿噬日菌的三號電池，就能讓一個家庭用上十萬年，買新車也不用充電。電力公司與輸電網路時代就此終結。如果能在月球之類的地方繁殖噬日菌，就可以產出乾淨的可再生能源，只要提供菌體陽光就好！」

「乾淨的可再生能源？」我驚詫地問道。「你該不會覺得噬日菌很環保吧？因為沒這回事。就算聖母號找到解方，大滅絕依舊無可避免。二十年後，地球上許多物種會徹底消亡。我們這麼努力，就是為了確保人類不是其中之一。」

「過去地球經歷了五次大滅絕。」他揮揮手，不同意我的觀點。「人類很聰明，我們一定會挺過去。」

「我們會餓死！」我說。「數十億人會沒東西吃！」

「不會啦。」他說。「我們已經在儲備糧食了，空氣中也有很多甲烷可以儲存太陽能。只要聖母號任務成功就沒事啦。」

我默默盯著他看了幾秒。「你絕對是我見過最樂觀的人。」

「感恩！」他對我豎起兩根大拇指，然後拿起甲蟲探測器轉身離開。「走吧，皮特，我們去拿噬日菌！」

「皮特？」我不禁納悶。

「對啊。」他轉頭。「這些探測器是以披頭四的名字命名。就是那個英國搖滾樂團。」

「你是披頭四樂迷喔？」

「拜託，這還用說？」他整個人轉過來看著我。「我不想太誇張，但《比伯軍曹寂寞芳心俱樂部》專輯是人類史上最偉大的音樂成就。對啦，我知道很多人不這麼認為，但他們錯了。」

「可以理解。」我說。「但為什麼叫皮特？披頭四成員不是約翰、保羅、喬治和林哥嗎？」

「喔，那是聖母號四個探測器的名字，這傢伙會由 SpaceX 送上低軌道進行測試。整場發射就只為了我哎！很棒吧？總之，我是用皮特．貝斯特的名字來命名，他是披頭四前任鼓手，後來才換成林哥。」

「是喔，我不知道這件事。」我說。

「你現在知道啦。我要去拿噬日菌，確認這些甲蟲能順利……回歸。」

「好。」

「〈回歸〉是一首歌，披頭四的歌。」他皺起眉頭。

「喔，好，了解。」

「有些人就是不懂得欣賞經典。」他邊碎唸邊轉身離開。

我望著他離去的背影，腦中滿是問號。我很確定自己絕不是第一個這麼想的人。

19

洛基被相對論嚇呆了。起先他還不相信，但隨著真相慢慢浮現，旅途中遇到的怪事都有了合理的解釋，他才終於恍然大悟。他不喜歡這樣，但他承認宇宙間的法則比我們眼目所見的更深奧、更複雜。

自此之後，我們就一直在做鏈條，感覺永遠做不完。

我盡可能以最快的速度製模，洛基則盡可能以最快的速度打造氙晶鏈。我們的生產線以幾何級數飛快成長。每做出一個新模具，每批產出的氙晶鏈環數量就多一個。

鏈條，鏈條，鏈條。

我這輩子再也不想看到任何鏈條。一個鏈環長約五公分，等於要二十萬個才能串成十公里的氙晶鏈，還得一個個手工和「爪」工嵌合。我們倆每天各工作八小時，持續兩週，除了組裝鏈環外什麼也沒做。

搞到現在我只要閉上眼睛就能看見鏈子，每天晚上都會夢見鏈子，有一次晚餐吃義大利麵，映入眼簾的不是麵條，而是一堆滑順的米白色長鏈。

終於，我們完成了。

鏈環製作完畢後，我和洛基就並行組裝。兩人都先接好十公尺，再連成二十公尺，以此類推，這樣比較有效率。老實說最麻煩的是收納，十公里真的很長，最後整座實驗艙都拿來放氙晶鏈，但空間還是不夠。洛基（我決定封他為天才工程師）製作出恰好能通過減壓艙的大線軸，我進行了多次艙外活動，將線軸裝設在船體上，順利捲繞五百公尺的氙晶鏈。當然，要進行艙外活動就得讓離心機降低轉速，所以從那一刻起，我們又回到無重力狀態。

有在無重力環境下組裝過鏈條嗎？一點都不好玩。

完成這五百公尺的氙晶鏈可說是艱巨的挑戰。我得穿著艙外太空衣把二十個線軸連接在一起。幸好我有ＩＶＭＥ（真空環境微生物設備）操控裝置。美國太空總署提供這些工具應該不是要我們拿來做鏈條，但我哪管得了那麼多。

我和洛基於駕駛艙漂浮。他在氙晶球裡，我在駕駛座上。

「探針狀態如何？」我說。

「設備正常。」洛基檢查讀數說。

洛基製造出很棒的採樣探針。至少我是這麼認為。工程學不是我的強項。

採樣器是個直徑二十公分的鋼球，頂端嵌著做工細膩的粗環，連接至氙晶鏈。鋼球中央周長最長的圓周線有一排小洞，與空心的樣本室相通；球體內部則裝有壓力感測器和幾個致動器，一旦探針來到正確的高度，壓力感測器就會觸發致動器，密封樣本室。方法很簡單，內部樣本室壁殼會旋轉幾度，使外部球體上的小洞錯位，無法通至樣本室，再加上一些妥善放置的墊片，就能把大氣封在裡面。

此外，洛基還在採樣器裡放了溫度計和加熱器。密封完成後，加熱器就會開始運轉，讓採集到的大氣維持原始溫度。很基本的概念，我卻沒想到。有些生物對溫度範圍非常挑剔。

最後一個零件是小型無線電發射器。這個裝置會發出奇怪的類比訊號，我的設備完全無法讀取或解碼。顯然那是波江星資料連接設備。不過洛基有接收器，這才是最重要的。

就這樣，洛基用最簡單的方式為亞德莉安星生物打造出一套維生系統，一套無須事先探勘環境條件、能維持現狀的系統。

他簡直是天才。不曉得是不是所有波江星人都這麼強，還是他特別不一樣。

「我們應該……準備好了吧？」我不是很有把握。

「對。」他顫抖著聲音說。

我繫好安全帶，他用三隻手抓住氙晶球內的握把。

我叫出太空船姿態控制面板，點選翻滾程序。等到機鼻指向我們航行過來的方向，與亞德莉安星地表平行，我就中止旋轉。目前聖母號是船尾在前，以每秒十二公里的速度疾速飛馳，我得讓數值幾近為零。

「方向正確。」我說。「啟動推力。」

「好。」洛基專注地望著讀數螢幕；多虧他之前安裝的攝影機，我的螢幕畫面能化成紋理顯示在他的螢幕上，讓他得以感知數據和資訊。

「準備……」我啟動自旋驅動裝置。短短不到一秒，我們就從0G衝到1.5G。我被壓回駕駛座，洛基伸出第四隻手抓住握把，穩住身體。

聖母號慢了下來，當前的速度無法讓我們持續待在軌道上。我瞄了雷達面板一眼，高度數值不斷下降。我調整船身姿態，從水平變成略微上翹不到一度。

沒想到這麼一點微調還是太多！雷達上的高度數值驟然上升。我連忙減少角度。以這種方式駕駛太空船既草率、隨便又可怕，但我別無他法。變量太多，算錯的機率太大，事先運算根本沒意義，反正最後還是要手動駕駛。

經過幾次過度調整，我才終於抓到感覺，在聖母號相對於亞德莉安星減速時，一點一點地增加角度。

「你跟我說什麼時候釋放探針。」洛基的爪子在按鈕上盤旋。只要按下按鈕，線軸就會彈開，讓氙晶鏈自由墜落。只能希望鏈條不會纏在一起。

「還不要按。」我回答。

姿態螢幕顯示，船身與亞德莉安星地平線成九度角。我得升到六十度。右側有個東西吸引了我的注意。是艙外攝影機拍到的影像。底下的星球在……發光。

不對，不是整個星球，而是船尾的位置。行星大氣與引擎噴射出的紅外線產生反應。聖母號朝該處傾注的能量比天倉五多數十萬倍。

紅外線讓大氣溫度高到足以離子化，變得又熱又紅。隨著角度增加，亮度變得愈來愈耀眼，受影響的區域也逐漸擴張。我知道衝擊很大，但我沒想到會是這樣。我們在太空中留下一道豔紅的痕跡，摧毀途經的一切。二氧化碳大概已經從純熱能中分離出來，轉化成顆粒性碳和游離氧，氧原子說不定根本無法形成氧氣。溫度高得嚇人。

「引擎讓亞德莉安星的大氣急速升溫。」我說。

「你怎麼知道，問號？」

「有時我看得到熱。」

「什麼，問號？你怎麼沒跟我說，問號？」

「這牽涉到視覺……沒時間解釋了。相信我，我們讓行星大氣層變得非常熱。」

「危險，問號？」

「我不知道。」

「我不喜歡這個回答。」

船身角度愈拉愈高，船尾的光芒也愈來愈亮。最後我們終於達到正確的角度。

「角度拉升完畢。」我說。

「開心！釋放探針，問號？」

「先待命。速度……」我檢查導航控制台。「每秒一百二十七．五公尺！跟我算的一樣！天哪，居然成功了！」

我感覺到亞德莉安星的重力把我拉回駕駛座。

這是我最常需要向學生解釋的概念之一。太空船在軌道上時，重力不會就這樣消失。事實上，我們在軌道所感受到的重力和在地面感受到的差不多。太空人在軌道上之所以體驗到失重狀態，是因為不斷下墜的緣故，而地球曲率會讓地面以和我們相同的速度墜落，所以我們才會不停往下墜。

如今聖母號卻不然。引擎的動力托起船身，傾斜的角度讓我們得以用每秒一百二十七公尺（大約每小時兩百八十五英里）的速度往前飛馳。對汽車來說很快，但對太空船來說慢得驚人。

船尾的大氣爍亮到艙外攝影機自動關閉，以保護內建的數化器。主螢幕突然跳出維生系統面板，上面警告：艙外溫度過高。

「大氣很燙。」我喊道。「船也很燙。」

「船沒有接觸到大氣，」洛基說，「為什麼船很燙，問號？」

「它把我們射出的紅外線反彈回來，現在它的溫度高到能自行放射紅外線。我們快被煮熟了。」

「你的太空船是用噬日菌冷卻嗎，問號？」

「對，噬日菌能讓太空船降溫。」

沿著船體分布的噬日菌管線就是為了因應這種情況。呃，不是「用多到可以熔化鋼鐵的紅外光轟炸行星大氣層」的情況，而是一般熱能積聚的情況。其中大多是無處可去，或是來自太陽和天倉五、讓太空船升溫的熱能。

「噬日菌吸熱，我們很安全。」

「同意。我們很安全，也準備好了。釋放探針！」

「釋放探針！」洛基伸出爪子，用力按下按鈕。

一陣刮擦聲和鏗鏘聲隨之而來。線軸一個接一個從船體滑落，墜入下方行星。總共有二十個線軸，一個掉落且鬆開氙晶鏈後，下一個才會釋放。我們盡了最大的努力，希望這樣能防止鏈條纏結在一起。

「六號線軸離船……」洛基報告。

維生系統面板再次閃爍警語。我關成靜音。噬日菌生活在恆星表面，我很確定它們承受得了這點反射回來的紅外光。

「十二號線軸離船……」洛基又說。「採樣器訊號良好，正在檢測大氣。」

「很好！」我說。

「很好。」他附和道。「十八號線軸離船……大氣密度增加……」

由於艙外攝影機離線，我看不到外面的情況，但洛基掌握到的數據跟我們預想的一致。此時此刻，氙晶鏈墜下鬆開，船身的角度和引擎推力讓我們持續處於大氣層上空，也沒有任何事物阻礙鏈條筆直垂落。

「二十號線軸離船。線軸全數釋放。採樣器的大氣密度接近噬日菌繁殖區數值……」

我屏住呼吸，看著洛基。

「採樣器關閉！密封完成，加熱器啟動！成功、成功、成功！」

「成功！」我放聲大喊。

這個方法有用！真的有用！我們有亞德莉安星噬日菌繁殖區的大氣樣本了！若真有捕食噬日菌的生物，一定就在那裡對吧？希望如此。

「好，第二個步驟。」我嘆了口氣。這絕對好玩不到哪去。

我解開安全帶，爬出駕駛座。亞德莉安星的1.4G重力讓我的身體傾斜三十度角。整座艙室感覺是斜的，因為它真的是斜的。我感受到的是重力，不是引擎推力。

1.4G我還能應付。雖然做起事來難度略增，但也沒離譜到無法行動。我穿上海鷹艙外太空衣。

接下來的任務絕不輕鬆。我必須在重力的影響下進行艙外活動。

不用說，艙外太空衣、減壓艙和我受的訓練都跟當前這種情況扯不上關係。誰會想到我得在有重力的環境下沿著船身外殼到處亂跑？而且重力還超過1G？

更糟的是，不管重力多大，艙外都沒空氣。可是沒辦法，我得去拿樣本。

採樣器就掛在一條懸於大氣中擺盪、長達十公里的氙晶鏈末端。要收回裝置只有親取一途，沒有更簡單的方法。

先前擬定計畫時，我的第一個想法是離開亞德莉安星，等進入無重力狀態後再回收採樣器。問題是，這樣採樣器絕對會汽化。不管是要讓聖母號脫離亞德莉安星的重力，還是進入穩定的軌道，都得使用自旋驅動裝置。引擎推動太空船前進的同時，氙晶鏈和採樣器都會落在後方，被船尾噴射出的紅外光籠罩，鏈條和採樣器中的一切都會化為各自分離、溫度極高的原子。

後來我又想，或許可以做個大型線軸來捲收鏈條，但洛基說他沒辦法打造出夠大、夠堅固，足以拉起十公里氙晶鏈的線軸。不過他有個很妙的點子，打算讓採樣器採樣完畢後自動攀上鏈條。做了些實驗後，他果斷放棄這個想法，說風險太大，不值得。

所以就有了……這個計畫。

我抓起洛基設計的特殊絞盤，綁在太空衣工具帶上。

「要小心。」洛基叮嚀。「你現在是朋友。」

「謝謝。」我說。「你也是朋友。」

「謝謝。」

我啟動減壓艙循環程序，望向艙外。

感覺好怪，說不上來。太空深邃漆黑，腳下的星球壯麗宏偉，一切看起來就像繞軌道運行時那樣安然。可是這裡有重力。

聖母號船身染上亞德莉安星發出的紅光。我沒那麼笨——我調整了太空船方位，讓船體得以保護我免受大氣層反彈出來的致命熱能所傷。

減壓艙門開啟。我得在1.4G的重力下把自己和一百磅的裝備抬起來，穿過艙口。

我花了整整五分鐘才走出艙外，期間還不停發牢騷，罵了一些不是很髒的髒話。過沒多久，我就站在船體上。只要踩錯一步，我就會墜入太空，迎向死亡。不過也不用等太久，跌到船體下方那瞬間，引擎就會給我個痛快。

我把一條安全繫繩扣在腳邊的扶手上。要是我掉下去，無重力繩索能救我嗎？但這又不是登山裝備，不是為這而設計的。唉，有總比沒有好。

我沿著船身走向氙晶鏈垂降點，也就是洛基做的巨大方形氙晶板。先前他很詳細地教我如何將板子黏附在船殼上。看起來沒問題，鏈條還掛在上面。

我走到目標位置跪下，呈爬行姿勢。穿著艙外太空衣承受這麼大的重力真的很痛苦。每件事都變了調，失去該有的樣貌。

我將（可能沒什麼用的）安全繫繩扣在最近的扶手上，解下繫於工具帶的絞盤。氙晶鏈以三十度角懸在太空中，消失於底下的行星大氣層。鏈條實在太長，大概一公里後就細到看不見，但洛基的數據明白指出採樣器就掛在下探十公里深的地方，裡面裝著或可拯救兩個星球及其上生靈的方法。

我把絞盤牢牢嵌在鏈條和氙晶板之間。鏈條聞風不動，半毫米都沒有，但這也是意料之中。人類肌肉不可能碰一下就能推移這麼重的東西。

我把絞盤裝在氙晶板上。絞盤外殼也是氙晶，氙晶間的連結強度應該足以應付接下來的情況。

我拍拍絞盤，確認有固定好，然後按下啟動按鈕。

絞盤中心彈出一個齒輪，一個嵌齒從中間卡住鏈環。齒輪開始轉動，將鏈條捲進絞盤內部，內部裝置再把該鏈環旋轉一百八十度，滑過旁邊的鏈環拆卸下來。

我們製作氙晶鏈時用的是「防脫」鏈環，無須密合嵌口就能牢牢串連在一起，鏈環因隨機運動而分離的可能性微乎其微，至於絞盤則是故意設計出這項功能，每卸下一個鏈環，絞盤就會將其自側邊彈出，不斷重複這個過程。

「絞盤運作正常。」我用無線電對講機說。

「開心。」洛基的聲音從另一端傳來。

這個方式簡單、直接、優雅，一次解決所有問題。絞盤的力量不僅足以捲起氙晶鏈，還能將鏈環分開，讓它們落入下方的亞德莉安星。有條長鏈在我們要拉的鏈子旁晃蕩只會搞砸一切。想像一下纏在一起的耳機線再乘以十公里就知道了。

放心，鏈環拋棄路徑是獨立的，不會影響到節節上升的鏈條。

「等絞盤拆到第兩百一十六個鏈環，你要加速。」

「好。」

我不清楚目前究竟拆了多少，但絞盤運轉順暢，大概每秒兩個鏈環。一個緩慢卻很安全的開始。我看了兩分鐘，應該差不多了。「一切順利。現在至少拆了兩百一十六個鏈環。」

「加速。」

每秒兩個鏈環好像很快，不過這樣大概要花三十個小時才能拉起整條氙晶鏈。我不想在艙外待那麼久，也不想一直停留在這種持續推進的危險狀態。我推動操縱桿，絞盤開始加速，看起來沒什麼問題，應該快完成了。

鏈環飛出絞盤的速度快到我難以數算。鏈條以輕快的節奏持續上升。

「絞盤轉速來到最大值。一切正常。」

「開心。」

我手握操縱桿，雙眼直盯著鏈條。要是採樣器碰到絞盤，所有努力都會白費。裝置會被碾碎，樣本瞬間灰飛煙滅，我們就得再做一條氙晶鏈。

我真的不想這樣。天啊，實在難以用言語形容我有多不想。

我瞇起眼睛細看遠處的鏈條，時刻保持警覺。待在這裡枯等真的很無聊。我知道還要好一段時間才會拉起整條氙晶鏈，但我必須做好準備，回收採樣器。

「採樣器的無線電訊號很強。」洛基提醒。「快到了，準備。」

「我準備好了。」

「要準備得很好。」

「我準備得很好。冷靜點。」

「我很冷靜。你才要冷靜。」

「不，是你要冷……等等，我看到採樣器了！」

鏈條末端掛著採樣器，從下方的亞德莉安星飛快衝向我。我握住操縱桿降低絞盤轉速。採樣器的移動速度愈來愈慢，徐緩上升。除了最後幾個鏈環外，其他鏈環都已拆卸完畢，墜入太空，採樣器觸手可及。我停下絞盤。

為了避免愚蠢失手掉落鋼球採樣器，我抓住剩餘的鏈環，連鏈帶球地從絞盤上解下來。我死命抓著鏈條，扣在腰帶上，就這樣緊握不放手。我不願冒任何風險。

「狀況，問號？」

「採樣器回收成功。準備返艙。」

「好棒！開心、開心、開心！」

「別高興得太早，等我回艙內再說！」

「知道。」

我才走了兩步，船體忽然震顫搖晃。我一個踉蹌，急忙抓住兩根欄杆。

「怎麼回事？」

「我不知道。太空船突然移動。」

船體再度劇烈晃動，這次是強大的拉力。「推進的方向錯了！」

「快快快，快點進來！」

地平線在視野中升起。聖母號角度開始偏移，船身逐漸前傾。這種事不應該發生。

我沒時間每走一步都扣上安全繫繩，只能抓著一根又一根欄杆，手腳並用地往前爬，暗暗希望自己不會摔下去。

這時，船身又猛震一下。我腳一滑，仰面跌在船體上，手仍緊緊抓住採樣器鏈條。到底出了什麼事？不對，現在不是思考的時候。我得趕在太空船傾覆害死我之前進艙。

我抓著扶手，使盡力氣爬向減壓艙。謝天謝地，艙門還算是朝向本來的位置。我把採樣器抱在懷中緊貼著胸口，頭部著地摔進艙內。幸好海鷹太空頭盔很堅固。

穿著笨重太空衣的我拼命扭著身子站起來，伸長了手抓住外艙門砰地關上，啟動減壓艙循環程序，匆匆脫下太空衣。我決定暫時讓採樣器留在減壓艙。我要知道聖母號究竟出了什麼問題。

我半爬半跌地進入駕駛艙。洛基還待在氙晶球裡。

「螢幕一直閃，好多顏色！」他在嘈雜的噪音中大叫，拿著攝影機東指西指，用紋理螢幕感知畫面。

船身下方傳來金屬沉重的嘎吱聲。有東西受外力壓迫而彎曲。應該是船體。

「噪音是從哪傳來的？」我急忙坐上駕駛座，沒時間繫安全帶了。

「所有地方。」洛基回答。「可是休眠艙右舷牆壁的聲音最大。往內彎曲。」

「有外力在拆解太空船！一定是重力。」

「同意。」

然而這個想法在我心裡不停打轉，激起好多疑惑。聖母號本來就設計成可持續加速，還以1.5G的加速度航行四年，不可能無法承受這樣的力吧？邏輯不通。

「我們有採樣器，我們現在離開。」洛基抓著好幾個把手撐住身體。

「好，我們走！」我讓自旋驅動裝置火力全開。緊急情況下，聖母號加速度可飆至2G。我認為目前完全稱得上緊急情況。

聖母號猛地往前疾馳。飛行狀態感覺起來驚慌失措，無半點俐落可言，遑論優雅。

離開重力井最有效率的方法就是利用奧伯特效應（重力助推）橫向移動。我盡量讓船身與下方行星地表保持平行。我不是想離開亞德莉安星，而是想進入一條無須啟動引擎就能讓太空船穩定運行的軌道。我需要的是速度，不是距離。

我打算讓引擎全力燃燒十分鐘，這樣應該能達到每秒十二公里的速度，讓我們得以留在軌道上。只要讓機鼻對準略高於地平線的地方，持續推進就好。

至少我是這麼打算的，但情況不如預期。聖母號一直往前偏擺，橫向漂移。到底怎麼回事？

「聖母號不太對勁。」我說。「不聽我的指示。」

「引擎損壞，問號？」洛基仍緊抓著氙晶球把手。他的體力比我好很多。「亞德莉安星放出的熱太多。」

「大概吧。」我查看導航控制台。我們正在加速，算是個好跡象。

「休眠艙下面的大房間變彎了。」洛基突然說。

「什麼？下面沒有房間啊……喔，糟了。」他可以用體內的回聲定位機制感知整艘太空船，不限於起居區。看來「休眠艙下面的大房間」指的是燃料槽。

我的天哪。

「關掉引擎，問號？」

「我們速度太慢，會墜入大氣層。」

「了解。希望。」

「希望。」對，希望，我們目前只能抱著希望。希望聖母號在進入穩定軌道之前不會自毀。

接下來幾分鐘是我這一生最緊繃的時刻。恕我直言，過去幾週我可是經歷了一些緊張到不行的情況。船體持續發出可怕的噪音，但我們沒死，所以我想船身應該沒破裂。感覺等到天荒地老的十分鐘後，聖母號的速度終於足以停留在軌道上。

「速度沒問題。關閉引擎。」我將自旋驅動裝置動力滑桿滑到零，往後靠在頭枕上，有種如釋重負的感覺。現在我們可以慢慢找出問題所在，不需要引擎來……

等等。

我的頭落回頭枕上。是「落回」。

我伸出兩隻手臂，放鬆肌肉。手臂雙雙落下，且往左偏移。

「呃……」

「重力還在。」洛基的看法與我的觀察一致。

我查看導航控制台。聖母號速度很快，在穩定軌道上繞著亞德莉安星運行。老實說數據很不漂亮，遠地點離行星的距離比近地點多了兩千公里。不過我們的確在軌道上，而且很穩定。

我再次檢查自旋驅動裝置面板。三個裝置確實歸零，沒半點推力。我點選診斷功能，看看裝置中一千零九個三角形轉子是否全然靜止。沒錯，全數關閉。

我又用手臂測試一次，運動狀態就跟剛才一樣奇怪。墜落且偏左。

「亞德莉安重力，問號？」洛基伸出一隻手臂模仿我的動作。

「應該不是，我們在軌道上啊。」我搔搔頭。

「自旋驅動裝置，問號？」

「不對，引擎已經關了，沒有推力。」

我再次讓手臂落下，結果不小心打到駕駛座扶手。

「哎喲！」我猛甩手。真的很痛。

我重複相同的舉動實驗看看。這次手臂落得更快。難怪會那麼痛。

洛基從連身衣工具帶抽出幾樣工具，一個一個丟。「重力增加。」

「沒道理啊！」我摸不著頭緒。

我再次查看導航面板。聖母號的速度比之前快了許多。「我們的速度愈來愈快！」

「引擎開著，只有這個解釋。」

「不可能，自旋驅動裝置已經關了，根本沒辦法加速！」

「力在增加。」他又說。

「對。」我開始覺得呼吸困難。無論目前的重力數值為何，肯定大於1G甚至2G。情況愈來愈失控。

我費了好大的勁才觸及螢幕，滑過一個又一個面板。導航、噬日觀測鏡、艙外畫面、維生系統……所有設備看起來都很正常，直到「結構」兩字出現。

我先前從未注意結構面板，因為上頭不過是灰色的船身輪廓圖樣。這是畫面第一次出現變化。左舷燃料槽有個不規則的紅色斑塊。是船體破裂嗎？有可能。燃料槽位於壓力容器外部，就算破個大洞，艙內空氣也不會流失。

「太空船破了一個洞……」我狂滑螢幕，想切換到艙外攝影機。

洛基用他的攝影機和紋理平板感知我的螢幕。他的狀況不錯，身處巨大的重力依舊泰然自若。

我調整艙外攝影機角度，觀察受損的船體。

找到了。太空船左舷有個約莫二十公尺長、十公尺寬的大洞。從洞口邊緣來看，船身熔化了。亞德莉安星大氣層出乎意料地反噬，導致船體受損，而且不是物理爆炸，純粹是大氣反射回來的紅外光。電腦有警告我船體溫度太高，我應該認真看待才對。

我以為聖母號不會熔化。不是有噬日菌可以冷卻嗎！事實證明，船體的確會熔化。儘管噬日菌（可能）是完美的吸熱裝置，熱能在被吸收前還是得透過金屬傳導。若船殼外層到達熔點的速度比熱能穿透厚實船殼傳導的速度還快，噬日菌就無用武之地。

「沒錯，船體破裂。左舷燃料槽。」

「怎麼有推力，問號？」

「糟了！燃料槽裡的噬日菌！」一切都說得通了。「它們暴露在太空中，所以看得到亞德莉安星！我的燃料正往亞德莉安星移動，準備繁殖！」

這就是推力的來源。數以兆計、急著繁衍的小噬日菌突然看見亞德莉安星，不僅是優良的二氧化碳供應地，更是祖輩遠古以來的家園，是它們歷經數十億年演化所要尋找的星球。

「糟糕，非常糟糕！」

每有一群新的噬日菌從太空船衝向亞德莉安星，下一層噬日菌就會暴露在外。離開的噬日菌發出紅外光，推動聖母號前進。幸好比較下層的噬日菌能持續吸收能量，只是吸收能量的同時也吸收了動量。

它們的遷徙狀態完全稱不上井然有序，而是混沌紊亂、劈啪噴濺的爆炸，隨時都可能淪為更強、方向更亂的紅外光。再這樣下去，我們一定會慘遭汽化。我得想辦法阻止才行。

對了，我可以拋棄燃料槽！我第一天在駕駛艙時有看到這個功能！在哪裡？

我使盡全身力氣舉起手臂觸碰螢幕，設法點開噬日菌面板。上頭顯示出太空船結構圖，其中燃料區劃分為九個長方形子槽。我沒時間慢慢對照船體損壞的部分是哪一區，只能一邊悶哼，一邊努力伸長手臂，往我認為正確的位置點下去。

「拋棄……損壞的……燃料槽……」我咬緊牙關說。

「對、對、對！」洛基在一旁為我加油。

畫面上跳出燃料槽螢幕：噬日菌 112.079 公斤。旁邊有個標示為「拋棄」的按鈕。我按下去，彈出確認對話框。我點選確認。

船身猛然一震，突如其來的加速把我甩到一邊，就連洛基也失去平衡。他用力撞上氙晶球側壁，但很快就站穩腳步，用五隻手緊攫住握把。

船體發出比先前更響的嘎吱聲。聖母號沒有停止加速。我的視野開始模糊，駕駛座逐漸彎折。我快昏厥了，目前的重力可能高達6G以上。

「推力還在。」洛基渾身顫抖。

我無法回應。我一點聲音都發不出來。

我很確定剛才拋棄的燃料槽位於受損區域。看來破裂的槽體不只一個。沒時間細想了。再過幾秒鐘，重力就會大到我無法觸及螢幕。若真有第二個燃料槽破損，想必跟拋棄的那個相鄰，可是有左右兩邊……不管了，隨便挑一個，機率一半一半。我用盡全身上下每一絲力氣點選燃料槽圖示，按下拋棄鈕，確認執行。

船身劇烈搖晃，我像個被拋來拋去的破布娃娃，猛力撞擊駕駛艙。我的周邊視覺愈來愈弱，一片昏暗中隱約可見洛基蜷縮成球狀，在氙晶壁上四處亂彈，無論撞到哪裡，都留下銀色的血跡。

重力比剛才更大，但是……等等，方向變了。

現在我不是被拉回駕駛座，而是拉離駕駛座。安全帶緊緊嵌進我的身體。

離心機螢幕等所有電腦設備都來到主控臺。「**警告：離心力過大**」幾個字不停閃爍。

「嗯……」其實我是要說「天哪」，但我不能呼吸了。

燃料槽裡的噬日菌可不是彬彬有禮沿著船身離開，而是一股腦地衝向太空，以特定的角度疾速噴射，讓聖母號如陀螺般飛快旋轉。破裂的燃料槽可能讓情勢變得更糟。

至少我阻止燃料繼續外洩。現在已經沒有其他推力向量作用在船身上，只剩下旋轉問題要處理。我努力吸一口氣。離心力雖然小於不受控的推力，但仍舊很強。起碼是把我的手拉向螢幕，而非拉離螢幕。

要是我能啟動自旋驅動裝置，說不定就能中止——

砰！駕駛座終於臣服在重力之下。我聽到固定點斷裂時發出的嘎吱聲。仍繫著安全帶的我往前撞上螢幕，金屬座椅重重壓著我的背。

正常重力環境下，這把駕駛座不算太重，大概二十公斤，但加上這麼大的離心力，感覺就像有塊水泥壓在我背上。我不能呼吸了。

完了。座椅重到我的肺無法吸入空氣。我開始頭暈。

這種情況稱為機械性窒息，巨蟒就是用這招殺死獵物。將死之際，我腦中閃過的居然是是這種事。未免太怪了。

對不起，地球，我心想。嗯，這個念頭好得多。

我的肺充滿二氧化碳，陷入恐慌。但腎上腺素並沒有給我足以脫逃的力量，只是讓我保持清醒，一點一滴細膩地體驗死亡。

謝了，腎上腺。

船體不再迸出嘎吱聲。我想任何可以裂的東西都裂了，只剩那些能承受巨大壓力的設備。

我的眼眶潤溼，陣陣刺痛。為什麼？我在哭嗎？我一個人辜負了全人類，大家都會因此喪命。這倒是哭的好理由。但我感受到的不是情緒，而是痛楚。我的鼻子也好痛。絕對不是身體壓力或其他原因。有什麼東西在我鼻腔內燃燒。

實驗艙裡可能有什麼盛裝化學物質的容器破了，而且是很臭的物質。還好我不能呼吸，不然大概很討厭那種味道。

就在這個時候，空氣不知怎的又竄進肺裡！我不曉得怎麼回事，只是在重新獲得的自由中大口喘氣，卻立刻咳個不停。氨，到處都是濃烈的氨。我的肺大聲尖叫，雙眼淚流不止。接著我聞到另一個味道。

是火。

我移動目光，只見洛基在我上方，而且沒有待在氙晶球裡。他在駕駛艙！

他割斷安全帶，把駕駛座從我身上拉開，推到一旁。

他搖搖晃晃地站在我身邊，只離我幾公分遠，我能感覺到他身體散射出的熱。蒸騰的煙霧從他背甲上的散熱縫滾滾湧出。

他驟然彎下膝蓋，倒在我旁邊的螢幕上，將螢幕砸個粉碎。液晶顯示器轉黑，塑膠外殼慢慢地熔化。

我看見一縷白煙從實驗艙以降的氙晶通道冒出來。

「洛基！你做了什麼！」

那個瘋子一定是用了休眠艙裡的大減壓艙。他不顧自己的性命，跑到船艙裡救我……

洛基不停抖動，五條腿蜷縮在身下。

「救……地球……救……波江星……」他顫抖著說，隨即倒臥在地。

「洛基！」我不假思索地抓住他的背甲，就像直接用手觸碰火爐。我猛然一縮。

「洛基……不……」

可是他一動也不動。

20

洛基的身體讓整座駕駛艙變得愈來愈熱。

我幾乎動不了，離心力太大了。

「呃啊！」我呻吟著撐起壓在碎裂螢幕上的身體，拖著自己磨過無數金屬和玻璃碎屑，來到旁邊的顯示器。我小心翼翼，試著不要一次把身體抬太高。我必須保持體力。

我伸出手指從邊緣滑到顯示器上，點選底部的螢幕選擇按鈕。我只有一次機會。

我記得導航控制台的手動控制選項中有個取消旋轉的按鈕。這個主意很誘人，但我不能冒險。燃料槽現在徹底敞開，我已經拋棄了幾個槽體，不知道還會造成什麼損害。我不想啟動引擎，就算只是進行姿態控制的小型驅動裝置也不行。

我點開離心機螢幕，只見畫面上閃爍著紅白相間的光，電腦依舊對聖母號劇烈顛簸感到憤怒。我努力關閉警告訊息，進入手動模式，其間跳出很多「嘿，別這麼做」之類的對話方塊，但我全數忽略，不久就直接控制纜線軸，將轉速調到最高速。

駕駛艙以奇怪的方式傾斜旋轉。我的內耳和眼睛不太喜歡這種變化。我知道是因為船體前後半段分離，影響了我在駕駛艙感受到的力，但邏輯思考在這種情況下毫無用處。我轉過頭，吐得整片艙壁都是。

過沒多久，力急遽減弱。現在感覺好多了，實際上應該不到1G。一切都要歸功於離心機相關公式的魔力。

在離心機中感受到的力與半徑的平方成反比。我用快速延長纜線的方式讓半徑從二十公尺（船體的一半）增加到七十五公尺（纜線完全延伸後駕駛艙到質心的距離）。我不知道剛才經歷的力有多大，但目前的力是先前的十四分之一。

我依舊被壓在顯示器上，只是沒那麼用力，大概0.5G左右。我可以呼吸了。

周遭的世界感覺上下顛倒，徹底翻轉。我是用手動模式操控，所以除了我的指令外，離心機不會有任何動作。它只是延長纜線，但沒有將組員艙朝內旋轉。離心機將一切推向組員艙前端。現在實驗艙在我「上方」，休眠艙則更「上」一層。

我甚至不曉得旋轉組員艙的手動控制裝置在哪，也沒有時間慢慢找。看來我得暫時處於顛倒狀態了。

我來到減壓艙，開啟艙門。裡面亂七八糟，但我不在乎。我解開纏成一團的艙外太空衣和手套，著裝完畢。

我回到駕駛艙，站在顯示控制台的螢幕上（控制面板現在在我「下方」），暗暗希望自己沒破壞太多東西。我來到洛基身邊，用戴著手套的手抓住他的背甲兩側抬起來。

好。天哪。

我把他放下。用這種方式移動他，我鐵定會先閃到腰。儘管只是一剎那，我還是有把他抬起來，感覺大約兩百磅。幸好現在重力只有0.5G，不然在正常地球重力下他可是有四百磅重。

我不能徒手抬他。

我脫下手套回到減壓艙，將許多不相干的雜物撥到一旁，邊丟邊找，終於找到安全繫繩。我把兩條繩子繞著洛基的背甲綁好，纏在肩上。過程中，我的手臂多處燙傷，但這些問題晚點再處理。

我把兩條繩子夾在腋下。這樣會很不舒服，看起來也不帥，但雙手很自由，而我會用雙腿的力量把他抬起來。

我用雙手輔助穿過艙口，來到實驗艙，抓住離我最近的梯級。一開始進展緩慢。駕駛艙沒有牆梯。幹嘛要有？誰會想到太空船居然上下顛倒？

我的肩膀痛得要命。這個「背包」設計得不好，負載分配嚴重失衡。細長的繩索勒進我的鎖骨，背後拖著兩百磅重的外星人。只能希望尼龍繩的熔點高於洛基的體溫。

我低聲悶哼，皺起臉，一次踩上一階梯級，直到雙腳進入實驗艙。我把腳卡在艙口邊緣，用繩子把洛基拉上來。

實驗艙滿目瘡痍。艙頂堆滿如小山般的實驗器材，只有原本就以螺栓固定的桌椅還留在上方的地板上。謝天謝地，大多數精密儀器也都有用螺栓固定。不過，那些脆弱的現成實驗室設備並非設計成像爆米花那樣可以彈來彈去，承受6、7G的重力。不曉得有多少東西碎裂和損壞。

這裡的重力比較小，比較靠近離心機中心。爬得愈高就愈輕鬆。

我踢開實驗用品和設備，把洛基拖到休眠艙艙口，重複剛才那段煎熬的過程。雖然重力變小，但還是很痛。我再次用艙口做為支撐點，將洛基拉進房間。

我的休眠艙小區域容納不下我們兩個。洛基的氙晶區和實驗艙一樣亂七八糟。他的工作台沒有用螺栓固定，所以落到天花板上。

我拖著他漂過天花板，爬上床位。多虧了吊床設計，床鋪完全翻轉過來，成為一個方便的平臺，可以碰到船艙與氙晶區之間的減壓艙。

我這邊的減壓艙門大大敞開。他就是從這裡跑來救我。

「老兄，你為什麼要這麼做？」我難過地埋怨道。

他大可以讓我死，也應該讓我死。離心力對他而言根本不是問題。他大可慢慢思索，發明出厲害的設備，想出解法，重新掌控聖母號。對，我知道，他人很好，救了我的命，但這無關我們個人。他有個星球要拯救，為什麼要為了我不顧任務失敗，甚至甘冒生命危險？

減壓艙門沒有觸及天花板，所以我必須假裝玩「地板有岩漿」的遊戲，用力跳上去。

我從床上跳進減壓艙，用繩子把洛基拉進來，開始往後爬出去。就在這個時候，我瞥見減壓艙控制面板。

應該說，曾是減壓艙控制面板、如今已被壓爛的裝置。

「不會吧！」我大喊。

減壓艙兩側都有控制面板，洛基和我都能依據需求操作。但現在我的面板全毀。可能是在剛才那場混亂中被四處噴濺的碎片撞壞了。

我必須讓洛基回到他熟悉的環境，可是該怎麼做呢？我靈光一現，但這不是什麼絕妙的好主意。減壓艙裡有個緊急安全閥，可以讓氙晶區的空氣灌進來。

當初設計這個功能是為了應對特殊情況。我不可能進入氙晶區，因為我無法適應他的環境，艙外太空衣會像葡萄一樣被壓爛，但洛基可以利用自製氙晶球進入船艙，也就是我的地盤。因此，為了多一道安全機制（以防洛基待在氙晶球進入減壓艙時遇上緊急情況），他便加設安全閥，如有需要，他那邊的空氣可以流進來。安全閥本身為大型鐵製操縱桿，洛基在球裡可以用隨身攜帶的磁鐵來操控。

我望著減壓艙內的操縱桿，瞄了我那側的減壓艙門和轉輪式艙門鎖一眼，再回頭看操縱桿，又看看減壓艙門。

我繃緊肌肉，心裡數到三。

我拉下操縱桿，飛快跳向我那一區。

熾熱的氨氣吞沒了減壓艙和休眠艙。我砰地關上身後的減壓艙門，轉動輪鎖。另一邊傳來嘶嘶聲，但我什麼也看不見。我可能再也看不到了。我的眼睛像著火般灼燒，肺部猶如千刀萬剮，身體左側皮膚完全麻木，毫無感覺，喉嚨也徹底阻塞。還有我的鼻子——算了。氨的氣味濃烈到我的嗅覺直接罷工。

我的身體只想擺脫這一切。

「電……」我喘著氣說。「電……腦……呃……」

我好想死。全身上下每一個細胞都在痛。我吃力地爬上床。

「救命！」我快不能呼吸了。

「多處創傷。」電腦終於回應。「眼部黏液過多，口腔周圍出血，二度燒傷，呼吸困難。檢傷分類結果：插管。」

謝天謝地，機械手臂似乎沒有受到空間顛倒影響。它們一把抓住我，把導管用力塞進我的喉嚨。我感覺到手臂被扎了一下。

「靜脈輸液，注射鎮靜劑。」電腦說。

我就像切換電燈開關一樣，瞬間昏睡過去。

醒來時全身接滿醫療儀器，疼痛難當。

我戴著氧氣罩，右前臂打點滴，左肩到左手腕纏滿繃帶，全身痛得要命，尤其是眼睛。但至少還看得見。好險。

「電腦，我睡了多久？」我啞著聲音問道。

「患者昏迷了六小時又十七分鐘。」

我深呼吸。肺部感覺裹了一層焦油，可能是痰或其他黏液。我望向氙晶區。洛基就躺在減壓艙裡，我剛才放下他的地方。

我要怎麼判斷一個波江星人是不是死了？洛基睡覺時會停止所有動作，但波江星人死後可能也是這樣。

我注意到右手食指上夾著脈搏血氧飽和度監測器。

「電——」我劇烈咳嗽。「電腦，我的血氧濃度是多少？」

「百分之九十一。」

「不管了。」我摘下氧氣罩，從床上坐起來。纏著繃帶的左手臂每動一下都刺痛不已。我把身上各式各樣的導管和監測儀拔下來。

我左手握拳再張開，可以動，只是肌肉有點痠痛。

極高壓的熱燙氨氣猛然噴出，擊中我的身體。看樣子肺部和眼睛應該是化學灼傷，手臂的傷勢為物理燒傷。身體左側首當其衝。

攝氏兩百一十度（超過華氏四百度！）下的二十九大氣壓，被手榴彈炸到大概就是這種感覺。順帶一提，聖母號無人駕駛，我們沒撞上亞德莉安星真的很走運。

太空船現在不是位於穩定的軌道上，就是完全擺脫了亞德莉安星的重力。我搖搖頭。光是想到我屁股下的燃料槽儲放了多少能量就覺得荒謬。我連附近還有沒有星球都不知道……天哪。

我能活著真的很幸運，沒有其他說法。自那一刻起，我的一舉一動都是宇宙送給我的禮物。我下了床，站在減壓艙門前。重力還是0.5G，一切依舊上下顛倒。

我能為洛基做些什麼？

我面對他的身軀席地而坐，把手貼在減壓艙壁上，可是感覺有點濫情，好像在拍八點檔，所以我縮回手。好，我了解非常基本的波江星人生物學，但光是這樣也沒辦法當醫生。

我抓起平板電腦瀏覽檔案。雖然無法記住他告訴我的每件事，至少有大量筆記可以參考。

波江星人一旦受重傷，身體就會進入休眠狀態，試著搶救一切。希望洛基體內的小細胞正在努力工作，希望它們知道如何修復以下因素所造成的損傷：（一）氣壓降至生活環境的二十九分之一，（二）驟然暴露在氧氣中，以及（三）環境溫度比身體預期的低兩百度。

我甩開憂慮，將注意力轉回筆記。

「啊，有了！」我說。

我終於找到所需的資訊：背甲散熱系統中的微血管構成要素為脫氧金屬合金，周圍循環系統會透過這些血管輸送以汞為主成分的血液，空氣會通過這些血管。這個機制以波江星的無氧大氣來看很合理，但放到地球大氣中就會讓他變成行走的易燃物。

大量氧氣通過細如髮絲的高溫金屬微血管，導致血管燃燒，所以我才會看到洛基的散熱縫冒出熱燙的煙霧。他的散熱系統著火了。

天哪。

整個器官想必充滿碳灰及其他燃燒後的產物。所有微血管都會被氧化物包覆，大幅降低導熱性。氧化物是絕緣體，媽啊，最壞的結果。

好吧，要是他死了那就死了，我無力回天，但如果他還活著，我一定要幫忙。沒有理由不試。

可是該怎麼做呢？

好多不同的壓力，好多不同的溫度，好多不同的空氣混合物，這些我得一一記錄。我的環境，洛基的環境，現在還多了亞德莉安星噬日菌繁殖區的環境。

不過重力是第一要務。我受夠這種翻覆狀態，簡直跟災難片《海神號》沒兩樣。該好好調整這艘太空船了。

我「往下」回到駕駛艙。中央面板完全損毀，但其他面板還能運作，而且彼此可以互換。晚點有時間我再把可用的設備裝在中間，代替原來的中央面板。

我喚醒離心機螢幕，把控制面板全點了一輪，最後終於在茫茫選項海中找到旋轉組員艙的手動控制裝置。幸好我沒有在危急關頭試著尋找。

我輸入指令讓組員艙旋轉，將速率設得非常非常慢，每秒一度，要三分鐘才能轉完。這時，實驗艙傳來一陣鏗鏘聲和砰砰的撞擊聲，我完全不在乎。我只想確保洛基不會傷得更重。這個速度應該能讓他的身體沿著減壓艙頂滑到艙壁，再滑到地面。起碼計畫是這樣。

一旦旋轉完成，一切就會恢復正常，只是重力為0.5G。我回到休眠艙查看洛基的情況。他身體右側朝上，躺在減壓艙底。很好。看樣子他是順著艙壁滑落，不是摔下來。

我真的很想動手治療洛基的傷，但這麼做可能會害死他，我得確認冒這個險值得。我回到聖母號減壓艙拿採樣器。老實說我有點慶幸自己把樣本留在那裡。採樣器被纏成一團的艙外太空衣包住，緩和了方才猛然加速所帶來的衝擊。

洛基很有遠見，讓採樣器內部溫度和壓力讀數顯示於外殼。雖然是波江星六進位模擬刻度盤，但我已經看過很多次，翻譯不成問題。鋼球內部溫度為攝氏零下五十一度，壓力為〇・〇二大氣壓，至於大氣組成成分，先前的光譜儀分析已經告訴我了。

好，這就是我要複製的環境。

我整理了一下實驗艙僅存的器材。進度很慢，因為我的左手不太能動，暫時無法拿重物，但起碼能把東西推到一旁。

我找到一個只有細微裂痕的真空容器。那是個直徑約一英尺的矮胖玻璃圓罐。我用環氧樹脂填補縫隙，進行測試，確認它可以抽出空氣，維持真空。能維持真空，就能維持〇·〇二大氣壓。

我把樣本容器放進罐裡。

化學品儲存櫃仍然牢牢固定在艙壁上。我打開櫃子，果然，裡面的東西亂七八糟，但大部分容器看起來完好無損。我拿了一小瓶地球噬日菌。

裡面大約有一克菌體，屬於測試用樣本。有需要的話我可以取得更多，只要切斷船體內的噬日菌冷卻管線就好。但此刻沒這個必要。

油油的黑色泥狀樣本沉積在玻璃小瓶底部。我打開樣本瓶，用棉棒沾取（一克噬日菌含有一百兆焦耳的能量……還是別想這個好了）。

我把噬日菌塗抹在真空圓罐內壁，將棉棒扔在採檬探針旁，接著抽出罐裡的空氣。

化學品儲存櫃中有幾個小氣瓶。幸好鋼瓶很堅固，才能在先前那場宇宙彈珠臺大混戰中倖存。

我謹慎地將氣體注入真空容器，一次一種。我想複製亞德莉安星的大氣。我灌進二氧化碳、甲烷，甚至連氬氣都加了。一部分的我覺得氬可有可無，因為它是惰性氣體，不會與其他物質產生反應，但我之前對氙也抱持同樣的看法，結果證明我錯了。

我沒辦法讓容器裡的空氣冷卻到零下五十度，只能希望裡面的生物能適應地球室溫。

才剛注入完氬氣，我就聽到一聲「喀噠」。是採樣器的聲音。正如洛基設計的那樣，一旦外界壓力與亞德莉安星噬日菌繁殖區高度的壓力相符，採樣器小閥門就會打開。洛基，好傢伙，我遇過最棒的工程師。

好了，我已經盡力保護樣本安全，讓大氣成分和氣壓盡可能接近原生環境，還有大量噬日菌可吃。若裡面真有捕食噬日菌的微生物，應該能過得不錯。

我用纏著繃帶的手臂擦擦額頭，立刻後悔。劇烈疼痛讓我忍不住皺起臉。

「是有多難，萊倫？」我好氣自己。「別再用那隻燒傷的手臂了！」

我爬下牆梯回到休眠艙。

「電腦，止痛藥。」

機械手臂往上探，遞給我一杯水和一個裝有兩顆藥丸的紙杯。我連是什麼藥都沒看就吃了。

我回頭望著洛基。我得想個辦法才行……

我把洛基推進減壓艙已超過一天，他還是沒動靜。但我沒有浪費時間枯等，反而一直在實驗艙裡瘋狂研究新的發明。創造小玩意是洛基的強項，我只能盡力而為。

我想了很多不同的方法，到頭來還是覺得該讓洛基的身體盡可能自我修復和療癒。我連替人類動手術都沒把握了，更別說是波江星人。他的身體應該知道該怎麼做，我只能放手，但並不表示我會袖手旁觀。我推測了一下問題所在，要是判斷錯誤，我的治療方式也不會對他造成傷害。

他的散熱器官裡積聚大量碳灰及其他亂七八糟的燃燒副產物，可能因此功能失常。如果他還活著，身體得花很長一段時間才能把這些廢棄物清理乾淨。他或許等不了那麼久。

說不定我能幫上忙？

我手裡拿著一個鋼製的盒子，六面中有一面沒封起來，每個面板都有四英寸厚。我花了一整天的時間修理銑床，讓機器得以運轉；修好後，製作這個鋼盒不過小事一樁。

盒子裡有一臺高功率空氣幫浦，可以猛烈噴射出高壓空氣。就這麼簡單。我在實驗艙進行測試，幫浦將一英尺外一塊一毫米厚的鋁板炸出一個洞，可見運作良好。但願我能說自己是個從無到有的創意天才，但事實上我只做了鋼盒，幫浦是直接挪用高壓燃料槽製成。

除此之外，盒子裡還有電池、攝影機、步進馬達和電鑽。這些都是我的計畫必備工具。

我稍微打掃了一下實驗艙。大部分設備都壞了，有些還能試著修修看。我走到實驗桌另一邊，準備進行其他實驗。

我有一小塊氙晶，是我們做二十萬個鏈環時留下的碎片。我用一堆環氧樹脂把它黏在毀損的鑽頭尖端，已經風乾了一個多小時，應該好了。

我拿起鑽頭，氙晶仍附著其上。我使盡全力試著掰開，不過黏得很牢。

我點頭微笑。這樣應該沒問題了。

我用鋼盒做了一些測試。馬達遙控器運作正常。其實也稱不上什麼遙控器，只是一組黏在塑膠蓋上的開關而已。我將開關電線穿過鋼盒上的小孔，再用樹脂封住孔洞，藉此控制盒內所有設備的電源，所以叫「遙控器」。只希望馬達耐得了高溫和氨氣。

我把裝置帶到休眠艙，調和環氧樹脂，大量塗在鋼盒開口邊緣，再把盒子貼在減壓艙壁上徒手固定。我就這樣抓著鋼盒站了十分鐘。其實我大可趁環氧樹脂還沒變硬時把它黏上去之類，但盒子需要徹底密封，我不想冒險。人手比實驗艙裡的工具好用。

我小心翼翼地鬆開手，看盒子會不會掉下來。沒有。我又戳了幾下，鋼盒黏得很牢。

那是五分鐘快乾樹脂，但我打算放一個小時以防萬一。

我回到實驗艙。反正也沒別的地方可去，不如看看外星生物飼養區怎麼樣了。

毫無動靜。我不確定自己期待什麼。大概是小飛碟在艙室裡飛來飛去吧？

玻璃真空罐看起來就跟之前一樣。採樣器仍在原位，抹在罐壁上的噬日菌也沒有變化，至於棉棒……

嘿……

我坐下來瞇著眼睛細看容器內部。棉棒好像有點不一樣，變得更……蓬鬆。

太好了！說不定上面有什麼值得觀察的東西。只要放在顯微鏡下——

等等。

我這才發覺自己無法提取樣本。我完全忽略了這個問題。

「笨死了！」我用力拍打前額。

我揉揉眼睛。燒傷的痛楚與止痛藥帶來的昏沉感讓我很難集中注意力。我覺得好累。我在念研究所時學到一件事：一旦發現自己腦袋遲鈍、身體疲倦，就坦然接受這個事實，不要想馬上解決問題。關於眼前這個終究得打開的密封容器，我晚點再想清楚該怎麼做。

我拿出平板電腦拍下容器的狀況。科學守則一：任何意外的變化都要記錄下來。為了貫徹科學精神，我架了一臺網路攝影機，以每秒一幀的方式對容器進行縮時攝影。有些情況推展的速度極為緩慢，我得掌握全局。

我回到駕駛艙。我們現在究竟在哪裡？

我看了一下導航控制台，知道聖母號還在軌道上，狀態算是穩定。這條軌道可能會隨著時間而衰變，不過不急。

我仔細檢查每一個設備系統，盡可能找出問題所在。聖母號表現得不錯，畢竟當初設計時並未考量到這種情況。

之前拋棄的兩個燃料槽已經不在了，但另外七個看起來狀態良好。根據診斷測試結果，船體上布滿裂痕，不過似乎都在內層，而非外殼，算是不幸中的大幸。我可不想讓其他噬日菌看見亞德莉安星。

其中有個微小的缺口以紅色標示，感覺特別強調。我仔細檢視，缺口位於燃料區與壓力容器邊緣間的艙壁，就在休眠艙下方的儲藏艙和四號燃料槽中間。可以理解電腦為什麼會擔憂。我還是去看看好了。

洛基依舊癱軟在地，完全沒動。不意外。鋼盒仍黏在原處，應該可以用了，但我決定等滿一個小時。

我打開儲藏艙通路板，把一堆箱子搬出來，帶著手電筒和工具箱爬進去。內部空間狹小低矮，只有三英尺高，我爬了整整二十分鐘才找到缺口。我之所以能發現破損處，純粹是因為缺口邊緣有些許結霜。逸散至真空環境的空氣會急速降溫。事實上，冰霜或許有助於減緩外洩速度。

我看了一下，問題並不嚴重。缺口很小，大概再過幾週才會有影響，況且燃料槽裡應該存有許多空氣，不過沒理由放置不管。我在一小片金屬上塗抹大量環氧樹脂，補好缺口。由於外洩的緣故，該處艙壁溫度低於冰點，而環氧樹脂在低溫下需要長時間才能固化，我得壓著金屬片五分鐘以上。我有考慮要去實驗艙拿熱風槍，但實在太麻煩，最後我決定徒手壓十五分鐘，讓金屬片固著。

這十五分鐘我一直皺著臉俯臥在地。我的手臂痛得不得了，彷彿千根針不停戳刺。才不到一個小時，止痛藥藥效就退了。

「電腦！止痛藥！」

「三小時零四分後可再次服用。」

我皺起眉頭。「電腦，現在幾點？」

「莫斯科標準時間，晚上七點十五分。」

「電腦，將時間設為莫斯科標準時間晚上十一點。」

「時鐘設置完成。」

「電腦，止痛藥。」

機械手臂遞給我一袋水和幾顆藥丸。我一口吞下。這系統未免太蠢了。相信太空人能拯救世界，卻不相信他們能控制自己的止痛藥劑量？實在蠢得可以。

好，鋼盒應該靜置夠久了。我把注意力轉向減壓艙。

首先我得在氙晶上鑽個洞。這個步驟要是沒弄好，絕對會釀成大災難。我的想法是用盒內的鑽頭在氙晶上鑽孔，將快速湧入的壓力引至鋼盒。但能否成功誰也說不準。搞不好鋼盒黏得不夠牢。

我戴著醫用呼吸面罩和護目鏡，這樣要是噴出超熱的高壓氨，我還能保住一條小命。

稍早我花了點時間把一根金屬棒末端銼尖，做出類似釘子的東西，半徑比鋼盒裡的鑽頭長一點。我握著錘子和釘子準備就緒。假如鋼盒因壓力而噴飛，我就立刻把釘子敲進洞裡，希望這樣能堵住缺口。

當然，壓力可能會從樹脂黏合處噴出，而非擊落鋼盒。若是這樣，我就得用錘子把整個盒子敲下來，塞入釘子。

對，這個方法超危險。但我真的不知道洛基在沒有援助的情況下能否存活。也許我讓感性凌駕了理性。那又怎樣？

我緊握著錘子和釘子，啟動電鑽。

沒想到在氙晶上鑽孔需要花這麼長時間。無聊的等待讓我內心冷靜不少。氙晶板只有一公分厚，感覺卻跟磨鑽石差不多。幸好鑽頭夠堅硬。從盒裡的攝影機畫面來看，進度緩慢而穩定，不像在鑽木頭或金屬，比較像在鑽玻璃，噴出許多細小的碎片和殘屑。

終於，鑽頭穿透氙晶板，瞬間往後彈進盒內，因受壓而側彎。波江星大氣伴隨著撞擊聲湧入鋼盒。我瞇起眼睛等了一下，再度睜開雙眼。

鋼盒若是會爆炸早就爆炸了。樹脂密封的地方依然完好。至少現在是這樣。我鬆了一口氣，但不打算摘下面罩和護目鏡，畢竟黏合處隨時都有可能脫落。

我查看攝影機畫面。鏡頭必須對得很準，所以我用了一個妙招好讓攝影機能——

攝影機斷線了。

我的手腕突然一陣疼痛。我連忙縮手。

啊，對喔。網路攝影機無法承受攝氏兩百一十度和二十九大氣壓。鋼盒面板為實心，鋼料又具有極佳的熱傳導性，盒子現在根本連碰都不能碰，太燙了。

我腦子還是不太靈光。先是亞德莉安星樣本容器，然後又來個攝影機。我想睡覺，但洛基更重要。起碼這種蠢只是暫時的。我要繼續執行計畫。我知道自己不該這麼做，但我目前過蠢，沒考慮到這點。

好吧，攝影機壞了。我看不見鋼盒裡的情況，但仍看得見在減壓艙裡的洛基，因為氙晶是透明的。我只能利用手邊有的資源了。

我啟動高壓幫浦，運作正常——應該吧，因為有發出噪音。幫浦理應朝洛基的方向噴出高壓氣體。氣體在二十九大氣壓下的作用就跟水差不多，可以沖蝕一切。但氨完全無色，所以我看不出來噴向哪裡。

我用伺服控制器調整噴射角度。有轉動嗎？我不知道。幫浦的聲音太大，我聽不到伺服裝置有沒有在運作。我左移右移，一點一點地上下挪動。

最後我終於瞥見一些動靜。減壓艙裡有根操縱桿微微晃動。我瞄準操縱桿，噴出來的氣讓桿體後推了幾英寸。

「好耶！」我說。

現在我抓到噴射方向了。我推測了一下，對準洛基背甲上的散熱縫。沒反應。我又來來回回、上上下下移動。有變化了！

而且是很棒的變化！

我命中紅心。洛基的背甲裂縫頓時噴出黑煙，他著火時沉積的灰燼和碎屑飛了出來，讓人心滿意足，就像用氣壓式除塵器清理舊電腦那種感覺。

我來回移動噴頭，試著一道接一道地清潔所有散熱縫。其他裂縫不像第一道噴出那麼多煙灰。我想所有縫隙都通往同一個器官，就像人類的嘴巴和鼻子，多個孔竅是為了備用與安全起見。

幾分鐘後，碳灰和粉塵似乎都清乾淨了。我關掉幫浦。

「老兄，我盡力了。」我說。「希望你的身體能撐下來，好好修復損傷。」

接下來的時間我都在打造第二層和第三層安全殼，蓋住鋼盒裝置黏好。波江星大氣得衝破三道防線才能進入聖母號船艙。我也只能做到這樣了。

希望洛基能醒來。

21

「我們可以一對一私下談。」我說。

三名組員坐在我前方的沙發上。為了這場晤談我霸占整間休息室，鎖上門。姚坐在正中央，看起來一如往常嚴肅；杜布瓦在他左邊，背挺得老直，坐姿非常完美；伊路奎娜則彎腰駝背坐在姚右邊，懶洋洋地喝著啤酒。

「不需要單獨談。」姚表示。「這趟任務沒有祕密。」

我在椅子上挪挪身體。史特拉為什麼要我負責這件事？我不是善於交際的人，也不曉得怎麼處理微妙的問題。她說組員很喜歡我。為什麼？應該是因為我通常都站在她旁邊，所以看起來很親切友善吧。

不管怎樣，距離發射只剩下一個月，我得問到這些資訊才行。

「好吧。」我開口。「誰要先講？」

「如果大家都同意，」杜布瓦舉起手，「我可以先說。」

「請說。」我草草在紙上畫了幾圈，確認原子筆寫起來夠順。「你想怎麼死？」

對，很尷尬的話題，但非談不可。這三人要犧牲自己，替其他人爭取活命的機會。我們至少能讓他們以理想的方式死去。

「我已經在這份文件上詳細說明我的要求。」杜布瓦遞給我一張皺皺的紙。「我想應該一目瞭然。」

我接過那張紙。上面有幾個要點、圖表，最下方還列出一些參考文獻。「這是什麼？」

「我想死於氮氣窒息。」杜布瓦指指紙張中央。「我做了很多研究，這是最不痛苦的死法之一。」

我點點頭，做些筆記。

「文件上有確保我死亡所需的設備，並未超出我的個人物品質量限額。」

我皺皺眉頭，主要是想掩飾自己不曉得該說什麼的事實。

「設備很簡單，只要一支氮氣瓶和一個艙外太空衣通用連接裝置。」他雙手交疊放在膝蓋上。「我會穿上太空衣並注入氮氣，而不是氧氣。窒息反射源自肺中過多二氧化碳，而非缺氧。太空衣系統會不斷清除我呼出的二氧化碳，留下氮氣。我只會覺得疲倦，或許還會伴隨輕微頭暈，最後失去知覺。」

「好。」我努力保持專業的態度。「如果沒有艙外太空衣可穿怎麼辦？」

「備案詳見第四小節。如果不能穿艙外太空衣，我會利用太空船減壓艙。減壓艙的容積能讓二氧化碳積累不至於令人不快。」

「了解。」我又寫了些筆記。其實我根本不用這麼做，有他那張紙就夠了。「我們會準備一支裝有大量氮氣的氣瓶，再多一支備用，以防第一支氣瓶外洩。」

「太好了。謝謝。」

「伊路奎娜，妳呢？」我把那張紙放在一邊。

「我要海洛因。」她放下啤酒。

大家的目光全落在她身上，就連姚的臉色也略微發白。

「不好意思，妳說什麼？」我再次確認。

「海洛因。」她聳聳肩。「我當了一輩子的乖女孩，沒有吸毒，也沒有濫交。我想在臨死前體驗極致的快感。用海洛因的感覺一定很棒，不然怎麼會有那麼多人吸到死。」

「妳想死於……海洛因過量？」我揉揉太陽穴。

「不是一次吸很多。」她解釋。「我要慢慢享受，從正常有效劑量開始，讓自己興奮起來。有毒癮的人都說頭幾次吸食的感覺最好，再來就沒那麼飄然了。我想感受一下最初那幾劑，再於適當的時機服用過量。」

「我想應該……沒問題。」我說。「可是藥物過量而死會很難受哎。」

「叫醫生替我量身打造最佳劑量和吸食計畫。」她揮揮手表示不在意。「一開始那幾劑要將快感推到最高，致命劑量可以混合其他藥物，讓我走得沒有痛苦。」

「好吧，海洛因。」我寫下她的要求。「我不知道要去哪弄毒品，但我們會想辦法。」

「全世界都聽你們差遣，」她說，「叫藥廠製造海洛因不難吧？」

「也是，史特拉可以打個電話什麼的。」我嘆了口氣。問完兩人，還有一人。「好，那你呢，姚指揮官？」

「請給我一把槍。」他回答。「92式手槍，標準中國軍用槍械，並將彈藥存放在乾燥、密封的塑膠容器中以因應這趟旅程。」

「手槍，好。」有道理，快速無痛。「這個簡單。」

「我會最後一個死。」他看著另外兩位組員。「若你們其中一人的方法出差錯，我手邊還有槍可用，以防萬一。」

「考慮得很周到。」杜布瓦稱讚。「謝謝。」

「如果我看起來很開心，拜託不要開槍射我。」伊路奎娜要求。

「了解。」姚答應，然後轉向我。「還有別的事嗎？」

「沒了。」我從座位上站起來。「感謝大家參與這場尷尬的對話。那我……先離開了。」

我在床上痛苦扭動。手臂的燒燙傷口前所未有地痛。止痛藥幾乎完全沒作用。不曉得伊路奎娜的海洛因放在哪裡。

不會，我不會碰毒品。但若還是自殺任務，我鐵定會這麼做。

專心，正面思考。這已經不是自殺任務了。如果一切順利、處理得當，我就能拯救世界，回到熟悉的家。

痛楚不知怎的逐漸消退。難受的感覺來了又走。只要可以，我就會翻翻關於燒燙傷的書，想知道何時不會再痛。

叩。

「嗯？」我喃喃自語。

叩。

我看向聲音來源。洛基正在輕敲減壓艙壁。

「洛基！」我從床上滾落，身體右側著地，沿著地板爬到減壓艙前。

「洛基，老兄！你沒事吧？」

他體內深處傳來一陣低沉、微弱的聲響。

「我聽不懂，大聲點。」

「生病……」他含糊不清地說。

「對，你生病了。你跑進地球大氣，當然會生病！還差點死掉！」

他努力撐起身體，卻又立刻倒下。

「我怎麼回來這裡，問號？」

「我抬你進去的。」

「你碰到我的空氣，問號？」他用爪子敲打地面，似乎很生氣。

「對，一點點啦。」

「手臂皮膚不光滑。」他指著我的左臂說。「受傷，問號？」

我猜他可以用聲納感測繃帶下的傷勢，想必很慘烈。其實我也料到應該很嚴重，現在算是確認了。「喔，對啊，但我會好起來的。」

「你為了救我傷到自己。謝謝。」

「你也做了一樣的事。你的散熱器官還好嗎？你著火了，體內積了好多碳灰和氧化物。」

「慢慢痊癒。」他指著艙壁和地板上的粉塵。「這些從我身體裡跑出來，問號？」

「對。」

「怎麼出來，問號？」

我有點得意。為什麼不行？這件事不容易，我卻順利完成。「我做了一個對你吹氣的裝置。」

我指著減壓艙壁上那個有三層防護的鋼盒說。「瞄準你的散熱縫，所有髒東西都跑出來了。」

他沉默一會，再度開口，聲音還是有些顫抖：「髒東西在我身體裡多久，問號？」

「大概……」我想了一下。「兩天左右。」

「你差點害我死掉。」

「什麼？怎麼會？我把散熱器官裡的碳灰都吹出來了！」

「黑色物質不是碳灰，」他稍微挪動位置，「是我的身體製造出來的，可以在修復時包住損傷。」

「喔……」我結結巴巴。「喔，不會吧……」

我清掉的不是碳灰，而是他傷口上的痂！「真的很對不起！我只是想幫忙。」

「沒關係，如果早一點，我就會死。可是傷口在你這麼做之前已經好很多了。吹掉有一點點幫助。謝謝。」

「對不起……」我雙手抱頭，再次道歉。

「不用對不起，你把我放在這裡就是救我。謝謝，謝謝，謝謝。」他又試著站起身，但只撐了一秒就癱倒在地。「我很虛弱。我會好的。」

「你在無重力狀態下會比較舒服嗎？」我後退一步，坐在床上。「我可以關掉離心機。」

「不用，重力能幫助癒合。」他調整腿部，做出類似床的樣子，讓背甲可以休息。看來是個舒適的睡眠姿勢。「採樣器安全，問號？」

「對，放在實驗艙。我用密封容器做出一個近似亞德莉安星的環境，把採樣器和噬日菌放在裡面。等等我會去看看情況如何。」

「對。」

「你封住樣本，又無法取出樣本，問號？」他的背甲略微傾斜。

「謝謝。」我說。「但人類的大腦就沒那麼有用了。我不知道怎麼從容器中取出樣本。」

「很好。」他說。「人類的感光器官很有用。」

「你平常不笨。為什麼變笨，問號？」

「人類沒睡飽就會變笨，吃止痛藥也會變笨。我現在又累又吃了藥。」

「你應該睡覺。」

「晚點再說。」我站起來。「我要先讓太空船嵌入穩定的軌道。我們的遠地點和近地點……反正這條軌道很爛就是了。」

「笨的時候調整軌道。真棒。」

我忍不住笑出來。「新的詞，『諷刺』，說反話的意思。諷刺。」

他發出一串和弦，用波江語說了「諷刺」這個字。

我在疲憊和藥效雙重夾擊下睡得如嬰兒般酣甜。醒來時感覺好多了，但燒傷的地方比之前痛幾百萬倍。我看看手臂。原來換了新的繃帶。

洛基拿著工具在工作台前敲敲打打。他已經把氙晶區清理乾淨，看起來就像新的一樣。「你醒了，問號？」

「對。」我回答。「你感覺怎麼樣？好多了嗎？」

「還需要癒合，」他擺動爪子說，「不過有些地方完全好了，有些地方不太能動。」

「我也是。」我撲通一聲躺回枕頭上。

「機器手在你睡覺時對你的手臂做了一些事。」

「它換了包紮的布。」我指著繃帶說。「這很重要，能幫助人類傷口癒合。」

洛基用各式各樣的工具戳弄他的最新發明。

「那是什麼？」

「我去實驗艙看存放亞德莉安生物的地方。我做了一個裝置，可以從裡面取出樣本，又不讓你的空氣跑進去。」他舉起一個大箱子。「把真空容器放在這裡，關起來，這樣亞德莉安星的空氣就不會跑出來。可以從外面操控。」他打開箱蓋，指著一對鉸接式控制桿說。「收集樣本，密封你的裝置，打開我的裝置，拿到樣本，用人類科學研究樣本。」

「真聰明。」我說。「謝啦。」

他繼續工作。

我躺在床上，腦子裡塞滿許多想做的事，但我得放慢腳步。要是又像昨天那樣蠢一整天……我真的擔不起這種風險。我差點毀掉樣本、害死洛基。至少我現在聰明到能察覺自己蠢，算有進步。

「電腦，咖啡！」

一分鐘後，機械手臂遞給我一杯爪哇咖啡。

「嘿，你跟我可聽見的聲音怎麼會一樣啊？」我邊喝咖啡邊問。

「有用的特性。」洛基回答，同時處理裝置內部的電樞。「我們都演化，不意外。」

「我知道，但為什麼頻率範圍相同？為什麼你聽不到更高或更低的頻率？」

「我聽得到更高和更低的頻率。」

我不知道這件事，但我早就懷疑了。聽覺是波江星人的主要感官功能，他的聽力自然比我敏銳得多。不過還有一個謎團未解。

「好，但為什麼會重疊？為什麼你跟我可聽見的頻率範圍不是截然不同？」

他把工具放下，留兩隻手繼續調整裝置，然後用騰出來的手刮工作台。「你有聽到，問號？」

「有。」

「捕食者接近的聲音，獵物逃跑的聲音，物體互相接觸的聲音很重要。演化，變得可以聽見。」

「啊！對喔。」

他一說我才意識到這個概念。說話聲、樂器聲、鳥鳴聲等聲音天差地遠，但物體的碰撞聲在各星球的差異不大。拿兩塊石頭在地球上互敲所發出的聲響跟在波江星上互敲一樣。我們都是因為聽得見這個聲音才能在天擇中勝出。

「更好的問題，」他開口，「為什麼我們思考的速度一樣，問號？」

「我們思考的速度不一樣。」我轉身側躺。「你算數學算得比我快，記憶力也很強，這些人類都做不到。波江星人更聰明。」

「數學不是思考，數學是過程。」他用空閒的手抓起另一個工具，又開始補強裝置。「記憶不是思考，記憶是儲存。思考就是思考。問題，解決辦法。你和我思考的速度一樣。為什麼，問號？」

「嗯……」

我思忖良久。這是個好問題。為什麼洛基不是比我聰明或愚蠢千倍？

「呃……我有個理論可以解釋為什麼我們的智力差不多。大概吧。」

「說明。」

「智力演化讓我們比星球上其他物種更具優勢，但演化機制很懶，一旦問題解決，這種特質就會停止進化。你跟我的智力程度恰好能讓我們比星球上其他動物更聰明。」

「我們比動物聰明得多。」

「我們有多聰明是演化決定的。我們的智力只達到主宰各自星球所需的最低標。」

他仔細思考了一下。「我接受。但還是沒有解釋為什麼地球智力演化的程度和波江星一樣。」

「我們的智力是以動物的智力為基礎。那動物的智力又是以什麼為基礎？動物需要多聰明？」

「聰明到可以及時發現威脅或獵物，採取行動。」

「沒錯！」我說。「那要花多少時間？動物的反應要多快？威脅要多久才會危害到動物的生命安全？獵物要多久才會逃跑？我認為這與重力息息相關。」

「重力，問號？」他放下裝置，全神貫注地聆聽。

「對啊！想想看，重力決定了動物能跑多快。重力愈大，與地面接觸的時間就愈長，運動速度愈快。我認為動物必須聰明到足以戰勝重力。」

「有趣的理論。」洛基說。「可是波江星的重力比地球大兩倍，你和我智力一樣。」

「我敢說地球和波江星的重力以天文學的角度來看非常接近，以致所需的智力程度幾乎相等。」我從床上坐起來。「如果我們遇到一個生物，他的母星重力只有地球的百分之一，我們一定會覺得他很笨。」

「有可能。」他又開始調整裝置。「另一個很像的地方是，你跟我都願意為我們的人而死。為什麼，問號？演化討厭死亡。」

「因為對整個物種有益。」我說。「自我犧牲的本能能提高整個物種存續的機率。」

「不是每個波江星人都願意為別人而死。」

「也不是每個人類都願意這樣。」我笑了起來。

「你跟我都是好人。」洛基說。

「對啊。」我揚起微笑。「我想是吧。」

距離發射只剩下九天。

我在房裡來回踱步。房間本身很簡陋，但我不介意。這是一間可攜帶、可移動的小型組合屋，裡面還配備小廚房，比其他人好多了。俄國政府忙著在貝康諾太空發射場幾英里外的地方建造數十間臨時避難所。不過話說回來，大家最近應該都忙得不可開交。

自我們抵達後，我幾乎沒沾到床。老是冒出一些新的問題要處理。不嚴重，就只是……問題。

聖母號竣工。一艘超過兩百萬公斤、裝滿燃料的太空船繞著穩定又漂亮的軌道運行，質量是國際太空站的四倍，卻只花了二十分之一的時間就組裝完畢。新聞媒體之前一直緊盯著總成本，但追到十兆美元左右就放棄。花多少錢不再重要。重點不是有效利用資源，而是地球對抗噬日菌，後者無所謂價格過高的問題。

過去幾週，歐洲太空總署的太空人一直在聖母號上測試系統與設備性能。測試人員回報了大概五百個問題，所以我們這陣子一直在排除這些障礙。沒什麼特別需要擔心的地方。

這是真的。聖母號九天後就要發射了。

我坐在桌前翻閱文件，簽核了幾份，將其他卷宗放到旁邊準備明天給史特拉過目。誰會料到我最後居然成了管理階層。我想我們不得不接受生活中的流轉和改變。若這是我該扮演的角色，那就這樣吧。

我放下文件，望向窗外。哈薩克大草原單調平坦，毫無特色可言。人們通常不會在重要的事物旁建造發射設施。理由顯而易見。

我好想念我的學生，我的孩子。

一班數十個，一學年的課算起來就有數百個。他們不會咒罵我，也不會在半夜把我挖起來；他們之間的口角往往幾分鐘內就能解決，不是老師強制握手言和，就是留校察看。另外，說來有點自私：他們很尊敬我。我想念受人尊重的感覺。

我嘆了口氣。

縱使任務成功，這些孩子也會經歷一段艱困時期。聖母號要花十三年才能抵達天倉五星系，假設組員找到解決問題的辦法，甲蟲探測器還要過十三年才會返抵地球。我們得等上超過四分之一個世紀才能得救。一切終了之時，我的孩子不再是孩子。

「繼續工作吧。」我喃喃自語，抓起下一份問題報告。為什麼非要搞這種紙本文書，不寄電子郵件就好？因為俄國人做事自有一套方式，與其抱怨，不如跟他們合作比較簡單。

這份報告來自歐洲太空總署測試人員，內容是關於醫療灌食系統十四號幫浦異常。十四號幫浦隸屬於三級系統，仍具有百分之九十五的效能，但既然有問題就得處理。我們還有八十三公斤的發射質量可用，我寫下筆記，決定多加一臺備用灌食幫浦（只有兩百五十克），國際太空站工作人員可以在聖母號離開軌道前進行安裝作業。

我把報告放在一旁，只見窗外突然劃過一道閃光。大概是吉普車在塵土飛揚的路上疾馳，開往臨時避難所吧。大燈的亮光不時透過玻璃窗射進來。我沒理會。

下一份報告提到潛在的配重問題。聖母號是透過幫浦輸送噬日菌至整個船體，使質心維持在長軸上，但我們還是希望盡量保持平衡。歐洲太空總署人員重新調整儲藏艙中幾袋補給品的位置，以便讓船身更加平——

震耳欲聾的爆炸聲讓組合屋劇烈搖晃，窗戶驟然碎裂。衝擊波把我從椅子上撞下來，碎玻璃劃破了我的臉。

大地隨即陷入死寂。

接著遠處傳來刺耳的警報聲。

我跪起來，站起身，張合了幾次嘴想緩解耳鳴。

我跌跌撞撞地走到門口，打開門。我注意到的第一件事是門前的三級臺階跑到幾英尺外的地方，門與階梯間冒出新翻的泥土。我恍然大悟。

臺階以四乘四像欄杆的樁柱深深打入地底固定，但組合屋沒有這種支撐。

整間房子徹底位移，剩階梯留在原地。

「格雷斯?你沒事吧？」史特拉的聲音傳來，她的組合屋與我的相鄰。

「沒事！」我回答。「到底出什麼事了?」

「我也不知道。」她說。「等等。」

不久，我看見手電筒燈光閃爍。史特拉穿著浴袍和靴子過來找我，一邊用對講機聯絡情況。

「Eto Stratt. Chto sluchylos?（我是史特拉，出什麼事了？）」

「Vzryv v issledovatel'skom tsentre.」對講機那端回應。

「研究中心爆炸了。」她說。

貝康諾雖然是太空發射場，但也有幾棟研究大樓，不是實驗室，比較像教室。太空人通常會在發射前一週抵達貝康諾，為發射日做準備。

「天哪，誰在那裡？」我焦急地問道。「有誰在那裡？」

「等等，我看一下……」史特拉從浴袍口袋掏出一疊紙飛快翻閱，一張接一張扔在地上。我一眼就知道那是什麼，這一年來我天天看到這些文件。那是行程表，上頭標明了每個團隊成員何時會在哪裡進行什麼活動。她終於翻到要找的那一頁，停下動作，倒抽一口氣。「杜布瓦和夏皮羅，他們在那裡做噬日菌實驗。」

「天哪，我的天哪！」我雙手抱頭。「研究中心離我們五公里遠，如果爆炸對這裡造成這麼大的傷害，那——」

「我知道，我知道！」她又打開對講機。「主要組員——請回報個人位置。」

「我是姚。」第一聲回應傳來。「在鋪位上。」

「我是伊路奎娜，在職員酒吧。剛才的爆炸是怎麼回事？」

史特拉和我靜靜盼候，希望能聽見熟悉的聲音。

「杜布瓦？」她詢問。「杜布瓦！請回答！」

沒有回應。

「夏皮羅，安妮．夏皮羅博士。請回答！」

還是沒有回應。

她深呼吸，慢慢吐氣，再次打開對講機。「史特拉呼叫接駁小組，派一輛吉普車過來載我到地面控制中心。」

「收到。」對講機另一端回覆。

接下來幾個小時簡直一團混亂。基地全面封鎖，徹底清查人員身分。據說有某個末日邪教組織想破壞這次任務，但調查後沒發現什麼異狀。

史特拉、狄米崔和我坐在地下碉堡裡。為什麼？因為俄國政府不想冒險。雖然初步研判應該不是恐怖攻擊，但他們仍提高戒備保護重要人員，以防萬一。姚和伊路奎娜待在另一座碉堡，其餘科學團隊領導人也被送往他處，好分散所有人，讓對方無法進行有效攻擊，一舉殲滅所有關鍵人物。這種安排背後有很嚴謹的邏輯，畢竟貝康諾是在冷戰期間建造的。

「那些研究大樓現在就像隕石坑。」史特拉說。「目前還沒有找到杜布瓦、夏皮羅或在那裡工作的十四名員工。」

她讓我們看手機裡的照片。

畫面慘不忍睹。爆炸地點在俄方的強力泛光燈照射下一覽無遺，現場有大批救援人員，但他們顯然無力回天。

大樓區幾乎夷為平地，半點破瓦殘垣都沒有。史特拉滑過一張又一張照片，有些是地面特寫鏡頭，閃亮的圓珠遍布四處。「那些珠子是什麼？」她問道。

「金屬冷凝物。」狄米崔說。「就是金屬汽化，像雨滴般凝結。」

「天啊。」她說。

我嘆了口氣。「實驗室裡只有一樣東西能產生足以讓金屬汽化的熱能，就是噬日菌。」

「沒錯。」狄米崔說。「但噬日菌不會無緣無故『爆炸』。怎麼會這樣？」

「根據日程安排，」史特拉看著皺巴巴的行程表說，「杜布瓦想更了解噬日菌動力發電機的性能和操作方式，夏皮羅則在一旁觀察協助。」

「沒道理啊。」我納悶。「這些發電機只用了一丁點噬日菌，不可能炸毀一座大樓。」

「我們失去了主要和後備科學專家。」史特拉放下手機說。

「太可怕了。」狄米崔說。

「格雷斯博士，我要一份候補人選清單。」

「妳的心是石頭做的還怎樣？」我張大嘴巴瞪著她，簡直不敢相信。「我們的朋友死了哎！」

「我知道，但若無法執行這項任務，其他人也會死。我們有九天的時間找到替補的科學專家。」

「杜布瓦……夏皮羅……」一陣酸楚湧上心頭。我吸吸鼻子，擦去淚水。「他們死了，他們死了……我的天哪……」

「振作一點！」史特拉打我一巴掌。

「妳幹嘛！」

「要哭晚點再哭！任務第一！去年的昏迷阻抗候選人名單還在吧？馬上開始找。我們需要一位新的科學專家。現在就要！」

「正在收集樣本……」我說。

洛基在實驗艙頂的通道裡看我操作設備。他打造出來的透明氙晶箱運作正常，還有兩個閥門和幫浦，讓我得以管控內部環境，甚至連氣溫都能控制，箱內溫度維持在攝氏零下五十一度。真空圓罐蓋子敞開，就放在箱子裡。

洛基對我長時間將樣本置於（人類）室溫下非常不滿。事實上他意見很多，為了能讓他充分表達對此事的看法，我們在共享辭典裡加了「魯莽」、「白痴」、「愚蠢」和「不負責任」等字。另外還有個詞他講了很多次，但他不告訴我是什麼意思。

三天沒吃止痛藥讓我的思緒清明了不少。起碼他明白我不是愚蠢的人類，而是沒那麼愚蠢的人類。

洛基要我不吃藥、睡上三次才願意讓我操作氙晶箱。此刻我的手臂痛到不行，但他的堅持有其道理。

這段時間，洛基的傷勢也逐漸好轉。我不知道他體內修復的情況如何，但他的外表看起來一如既往，行動力比之前好很多，只是仍無法靈活跑動。我也一樣。基本上我們就是能行走的傷患。

經過一番討論，我們決定讓重力維持在0.5G。

「你看，我現在是波江星人。」我讓氙晶箱裡的爪子開開合合。

「對，很波江星人。快點拿樣本。」

「你真沒幽默感。」我抓起棉棒擦過準備好的載玻片，留下明顯的痕跡，再把棉棒放回真空罐封好，將載玻片放入小小的透明氙晶容器，密封箱子。

「好了，這樣應該沒問題。」我打開閥門讓地球大氣湧入，打開上方箱蓋。載玻片在氙晶容器中很安全，從任何可能存在的亞德莉安生物角度來看，有如一艘銀河系最迷你的小太空船。

我走到顯微鏡前。

「你確定能看到這麼小的光，問號？」洛基在上面的通道跟著移動。

「對，這是老技術，非常老。」我把容器放在顯微鏡下調整鏡頭。氙晶的透明度很高，能清楚觀察內部情況。

「好啦，來看看亞德莉安星有什麼吧。」我把臉貼上目鏡。

不出所料，畫面中就屬噬日菌最明顯，黑色的小身軀一如往常地吸收所有光線。我調整背光和焦距，許多微生物映入眼簾。

我最喜歡讓學生做的實驗就是觀察水滴，最好是戶外水窪裡的水，他們會發現原來一滴水承載了這麼多生命。除了偶爾會有個孩子拒絕喝水好一段時間外，大家都很喜歡這個實驗。

「有各式各樣的生物，」我說，「數量很多。」

「很好，跟我們想的一樣。」

那還用說。只要是有生命的星球便隨處可見生命的痕跡。至少我的理論是這樣。演化很善於填補生態系統中每一個角落。

此時此刻，鏡頭下有上百種獨一無二、人類從未見過的生命形式，而且全是外星生物。我不禁綻出笑容。不過眼下還有正經事要做。

我平移樣本，找到一群漂亮的噬日菌。若真有捕食者，一定會跑到噬日菌所在之處，不然這捕食能力也太爛了。

我打開顯微鏡內部攝影機。一臺小型液晶螢幕跳出畫面；我調整一下，設為錄影模式。

「可能需要一點時間。」我說。「我們得觀察它們之間的互動——哇！」

我飛快把臉貼上目鏡想看清楚一點。那群噬日菌才不到幾秒就遇襲。是我太幸運，還是這種生物本身具有強烈的攻擊性？

「怎麼了，問號？發生什麼事，問號？」洛基在我頭頂上快步走來走去。

捕食者朝噬日菌步步進逼，外觀看起來像沒有固定形狀的團塊，類似變形蟲。它逼近體型較小的獵物，開始從兩側往內滲透，包圍整個菌群。

噬日菌激烈扭動。它們察覺到情況不對，試著逃跑，但為時已晚。它們只衝了一小段距離就停下來。通常噬日菌可以在短短幾秒內加速到接近光速，現在卻沒辦法。也許捕食者分泌出某種化學物質，導致它們陷入癱瘓？

噬日菌群被團團包圍，過沒多久，它們的外觀就變得像細胞，不再是平淡無奇的黑，胞器和細胞膜在顯微鏡下清晰可見。它們喪失了吸收熱能與光能的能力。

驟然死去。

「找到了！」我大喊。「找到捕食者了！它就在我面前吃掉噬日菌！」

「找到了！」洛基歡呼。「隔離。」

「好，我現在就把那個生物隔離出來！」我說。

「開心！」他說。「你取名字。」

「什麼意思？」我邊問邊從實驗用品櫃拿出奈米移液管。

「地球文化，你發現，你取名。捕食者叫什麼名字，問號？」

「這樣啊。」老實說我內心激動萬分，實在沒什麼靈感想出有創意的名字。既然是來自天倉五星系的變形蟲……「那就叫天倉五變形蟲好了。」

天倉五變形蟲。地球與波江星的救贖。

但願如此。

我應該打條復古的保羅領帶或是戴上牛仔帽，因為我現在有座養殖場，裡面有大約五千萬隻天倉五變形蟲。

我把幾隻天倉五變形蟲從亞德莉安星大氣樣本中分離出來，洛基則打造出一座繁殖槽。說是繁殖槽，其實不過是一個注入亞德莉安大氣又放了幾百克噬日菌的氙晶盒。

根據目前觀察到的情況，天倉五變形蟲很能適應溫度變化。真是好險。畢竟我之前把樣本晾在室溫下一整天。

藥物真的會害死人。

現在回想起來，天倉五變形蟲不受溫度影響是有道理的。它們生活在攝氏零下五十一度的環境中以噬日菌為食，而噬日菌的體溫總是維持在攝氏九十六．四一五度。誰不愛吃熱騰騰的飯菜呢？更重要的是，他們會繁殖！我提供它們豐富的噬日菌，就像把酵母加進糖水裡，但我們不是在釀酒，而是在培殖天倉五變形蟲。現在實驗材料已足，我立刻開始動工。

想想看，若把一隻山羊放到火星上會怎樣？牠會瞬間暴斃（而且死狀淒慘）。山羊並沒有演化成能在火星上生存。同理，要是把天倉五變形蟲放到亞德莉安星以外的星球上呢？

這就是我想解開的謎團。

我複製另一種大氣，灌入真空容器，洛基在主工作台上方的通道俯視著我。

「沒有氧氣，問號？」他問道。

「沒有。」

「氧氣很危險。」自從內臟著火後，他就變得有點神經兮兮。

「別擔心，我本來就吸氧氣。」

「可能會爆炸。」

「冷靜點。」我摘下護目鏡抬頭看著他。「這個實驗沒有氧氣。」

「好，冷靜。」

我把注意力轉回工作台，打開一道閥門，讓少許氣體進入真空容器，檢查壓力計，確認——

「再問一次，沒有氧氣，問號？」

「只有二氧化碳和氮氣！」我飛快抬起頭瞪著他。「就這樣，沒了！不要再問了！」

「好，不要再問。對不起。」

想想也不能怪他。身體著火真的很可怕。

我們有兩顆行星要測試。不是地球和波江星，那些不過是我們居住的星球，我們關心的是金星和三宙星，也就是噬日菌繁殖失控的地方。

金星是太陽系裡離太陽第二近的行星，大小跟地球差不多，大氣中二氧化碳濃度極高。三宙星是洛基母恆星系統中距離波江座 40 第三近的行星，至於「三宙星」這個名字是我想出來的，波江星人並沒有用母語替這顆星取名，只稱之為「行星三號」。他們幾百年前才在本星系中發現其他行星，沒有遠古先祖抬頭觀測天體，以神祇的名字命名這回事。我不想一直說「行星三號」，決定簡單以「三宙星」代稱。

「不斷替新事物命名」絕對是與外星人攜手合作，拯救人類免於滅絕最困難的一環。

三宙星是一顆大小相當於月球的小行星，但與月球不同的地方在於它有大氣層。怎麼可能？我不知道。三宙星的表面重力只有 0.2 G，照理說應該無法形成大氣層，然而不知怎的，它周圍卻有一圈稀薄的大氣。根據洛基的說法，裡面含有百分之八十四的二氧化碳、百分之八的氮、百分之四的二氧化硫及其他微量氣體，地表壓力小於地球的百分之一。

我查看讀數，滿意地點點頭，再以目視觀察實驗情況，很自豪自己能想出這個點子。

載玻片上覆蓋著一層薄薄的噬日菌。剛才我用紅外光照射載玻片，把另一邊的菌體吸引過來，和自旋驅動裝置的原理一樣，最後形成只有一個細胞厚且均勻分布的噬日菌層。

接著我把天倉五變形蟲放到載玻片上。隨著它們吃掉噬日菌，目前不透明的載玻片會變得愈來愈透明。測量光照度比計算微生物數量容易多了。

「好……現在容器裡有金星高層大氣。我已經盡力複製到完美了。」

我認為噬日菌繁殖區主要受氣壓影響。基本上它們撞擊行星時必須以近光速的速度進行氣動減速，不過它們體型很小，所以不必花太多時間，而由此產生出來的熱能也會全數被菌體吸收。

研究結果顯示，噬日菌會停留在〇．〇二大氣壓處。這就是我們的壓力標準。金星大氣層約莫在七十公里厚的地方呈〇．〇二大氣壓，溫度為攝氏零下一百度左右（感謝聖母號系統裡無窮無盡的參考資料），我們的金星模擬實驗就是設在這個溫度。當然，洛基的溫控系統即便處於超低溫也能正常運作。

「很好，換三宙星。」

「三宙星的氣溫在〇．〇二大氣壓下是多少？」

「攝氏負八十二度。」

「收到，感謝。」我著手調整另一個同樣放有噬日菌和天倉五變形蟲的真空容器，注入適當的氣體，模擬三宙星在〇．〇二大氣壓下的大氣和溫度。洛基超凡的記憶力提供了實驗所需的相關資訊。三宙星的大氣成分與金星和亞德莉安星相去不遠，主要是二氧化碳及其他氣體。不意外，噬日菌會往當下所見二氧化碳濃度最高的地方奔去。

幸好這些行星大氣不含氦等物質，聖母號上沒這些東西，但二氧化碳就很好取得，我從體內呼出來就行了。那氮呢？多虧杜布瓦和他理想的死亡方式，船艙內裝載了大量氮氣。

然而，三宙星大氣中還有二氧化硫，占了總量的百分之四，多到無法忽略，所以我得自己動手做。實驗艙裡有很多化學試劑，就是沒有二氧化硫，不過有硫酸。我從冰箱裡破裂的冷卻旋管上取下幾根銅管做為催化劑，像施魔法般創造出實驗所需的二氧化硫。

「好了，三宙星完成。」我說。「我們一個小時後再看看結果如何。」

「我們有希望。」洛基說。

「對，有希望。」我附和道。「天倉五變形蟲很強壯，無論是接近真空還是極端嚴寒的環境，它們似乎都過得很自在。也許金星和三宙星很適合它們生活。畢竟這兩顆行星對噬日菌來說是很棒的棲地，天倉五變形蟲應該也會喜歡。」

「對，很好，一切順利！」

「是啊，總算有一次稱得上順利。」

下一秒，燈光驟然熄滅。

22

聖母號一片漆黑。

沒有燈，沒有顯示器亮光，就連實驗艙設備上的ＬＥＤ燈也全滅。

「好，冷靜。」我自言自語。「冷靜。」

「為什麼不冷靜，問號？」洛基問道。

他沒視力，自然不曉得燈熄滅了。「太空船斷電，一切停擺。」

「你的設備變安靜。」洛基在通道裡踩著小碎步跑來跑去。「我的設備還在運作。」

「你的設備是用發電機供電，我的是由聖母號供電。所有燈都熄滅了，設施也停止運轉！」

「這樣不好，問號？」

「對，很不好！更糟的是我看不到！」

「為什麼太空船關機，問號？」

「我不知道。」我回答。「你有燈嗎？可以透過氙晶替我照明的工具之類？」

「沒有，我怎麼會有光，問號？」

「往駕駛艙的梯子在哪？」我在黑暗中笨手笨腳地摸索實驗艙。

「左邊，再左一點，再過去……對……手往前伸……」

「謝謝。」我的手碰到梯級。

「神奇。人類少了光就沒辦法。」

「沒錯。」我說。「到駕駛艙來。」

「好。」我聽見他在通道內快步移動。

我爬上駕駛艙，一樣伸手不見五指。艙室內一片死寂，螢幕畫面全數消失，就連減壓艙小窗也沒透進半點光線。此時太空船那一側恰巧背對著天倉五。

「駕駛艙也沒有光，問號？」洛基的聲音傳來。他應該在艙頂的氙晶球裡。

「沒有——等等……我好像看到什麼……」

有個立在角落的面板閃著小小的紅色LED燈，不是很亮，但肯定在發光沒錯。我坐上駕駛座，瞇著眼睛細看控制面板。座椅搖晃了一下；我的維修技術欠佳，不過至少椅子又重新固定在地上了。

這個面板與駕駛艙裡其他平板顯示器不同，除了有幾個真正的按鈕外，旁邊還配備液晶螢幕。光源來自其中一個按鈕。

我當然是直接按下去。不然呢？

液晶螢幕隨即亮起，跳出一些高像素文字，上面寫著：**主要發電機：離線。第二發電機：離線。緊急備用電源：100%。**

「電源要怎麼開啊……」我喃喃自語。

「有進展，問號？」

「等一下。」我掃視液晶面板。看到了，安全防護蓋下有個小開關標示「電源」。沒別的辦法了。我掀起防護蓋，輕觸開關。

昏暗的LED燈光灑落在駕駛艙，亮度比平常弱很多。最小的控制螢幕跳出畫面（只有這台有反應），中央顯示聖母號任務徽章，底部還有一排小字寫著「**操作系統載入中……**」。

「勉強可以。」我說。「發電機離線，我只好啟動緊急備用電源。」

「為什麼不能用，問號？」

「不知道。」

「你的空氣沒事，問號？沒有電力就沒有維生系統。人類把氧氣變成二氧化碳，你會用光氧氣，然後受傷，問號？」

「別擔心，聖母號很大，要過很久才會出現供氧問題。」我回答。「我要先找出太空船停擺的原因，這比較重要。」

「機器壞了。給我看，我來修。」

老實說這主意不錯。洛基似乎什麼都能修，不是他很有天分，就是所有波江星人都是修繕高手，不管怎樣，我都非常走運。只是……不曉得人類的科技系統設備他能修到什麼程度？

「晚點再說。我要先搞清楚為什麼兩部發電機同時掛點。」

「好問題。更重要的問題，沒有電可以駕駛太空船嗎，問號？」

「不行，不管做什麼都要用到電力。」

「那最重要的問題，離軌道衰變還有多久，問號？」

「我……我不知道。」我眨眨眼睛。

「動作快。」

「好啦，要先等電腦開機啊。」我指著螢幕說。

「快點。」

「好，我會等快一點。」

「諷刺。」

電腦終於跑完啟動程序，跳出一個我之前從沒見過的畫面。看得出來問題大了，因為螢幕上用超大字級清楚顯示「問題」二字。

斷電前那些好用的使用者介面和工具列已不復見。眼前的螢幕只是黑壓壓一片，上面有三行文字。左邊是中文，中間是俄文，最右邊是英文。

我猜聖母號在作業系統正常的情況下會根據使用者改變語言，但現在是以「安全模式」啟動，表示電腦無法判別是誰在讀取螢幕，因此才會顯示三名組員的母語。

「發生什麼事，問號？」

「螢幕跳出一些資訊。」

「怎麼了，問號？」

「我不就在看嗎！」

洛基焦急的時候真的很煩。我細讀狀態報告。

緊急備用電源：連線
電池：100%
預估剩餘時間：04天16小時17秒
薩巴捷維生系統：離線
化學吸收維生系統：連線（！！！連線時間有限，不可展延！！！）
溫度控制：離線
溫度：攝氏22度
壓力：40,071帕

「太空船只是讓我活著而已，除了維生系統外，其他設備完全罷工。」

「發電機給我，我來修。」

「我得先找到它才行。」我說。

「你不知道你的太空船零件在哪裡，問號？」洛基跌坐在地。

「所有資訊都存在電腦裡啊！我怎麼可能全記起來！」

「人類大腦沒用！」

「好了啦，閉嘴！」

我爬下牆梯來到實驗艙。這裡的緊急照明燈也亮著。洛基沿著通道走下來。

我伸手往下胡亂摸索，抓起工具箱，往下一道牆梯走去。他繼續跟著我。

「你去哪裡，問號？」

「儲藏艙。那是我唯一沒有徹底搜查過的地方，也是組員艙最底層。發電機應該就在那裡，這樣組員才接觸得到。」

我一下到休眠艙便立刻爬進儲藏艙。燒傷的左臂疼痛難耐。我壓低身子四處爬動，檢查與燃料槽相鄰的艙壁。手臂痛得更厲害了。

痛楚不停螫刺皮膚，我試著靠意志力忽略，決心不再吃止痛藥。吃藥只會讓腦袋變遲鈍而已。我躺在儲藏艙裡稍作休息，讓疼痛減輕一點。這裡不可能沒有通路板吧？我不記得聖母號確切的結構布局，但用膝蓋想也知道，重要設備應該都在加壓區才對。

但要怎麼找呢？我又沒有X光透視能力，怎麼知道——嘿，對了！

「洛基！這裡有門嗎？」

他沉默一會，在艙壁上輕敲幾下。「六扇小門。」

「這麼多？呃，告訴我第一扇在哪。」我把手貼在艙頂上。

「手往你的腳移動，然後向左……」

我依循他的指示觸及第一扇門。我的媽啊，未免太難找了吧。休眠艙裡的緊急照明燈已經很暗了，透進儲藏艙裡的微弱光線更是有跟沒有一樣。

通路板只用一個簡單的平頭螺絲固定，由螺絲控制門鎖。我拿出工具箱裡的超短螺絲起子轉開螺絲。門板應聲敞開，露出一條有閥門的管道，上面寫著「關斷主要供氧管線」。我立刻把通路板鎖回去，完全不想亂碰這個設施。

「下一扇門。」

我跟著洛基的指引逐一找到通路板，查看裡面的設備。我知道他能直接用聲納感知門後的情況，可是不行，與其靠他用我們有限的共享詞彙來描述內部樣態，不如我親自弄清楚比較保險。

過沒多久，發電機終於現身。就在第四塊通路板後面。

機器本身比我想的小很多，整個裝置約莫一立方英尺，有一層不規則的黑色外殼，我是因為上頭寫著「發電機」才知道那是發電機。我看見兩條粗長、配有關斷閥的管線，還有幾條外觀普通的電線。

「找到了。」我說。

「很好。」洛基的聲音從休眠艙傳來。「拿出來給我。」

「我先檢查一下。」

「這個你不擅長，我來修。」

「發電機拿到氙晶區可能會壞掉！」

「嗯……」他聽起來有點不爽。

「要是我修不好，你可以一步步教我。」

「嗯。」

那兩條帶有關斷閥的管線想必是供應噬日菌的管線。我仔細檢視裝置，發現了兩個小標籤，一個寫著「燃料」，另一個寫著「廢棄物」。夠清楚了。

我用扳手轉開「廢棄物」管線上的軟管龍頭，才一鬆脫便有黑色液體涓滴而出。不多，只有幾滴巴在關斷閥和軟管末端之間而已。這應該就是用來排出死噬日菌的液體。我的手不小心沾到一些，摸起來有點黏滑，可能是油。這個設計真的很棒，雖然任何液體都行，但油比水輕，不會侵蝕管線。

接著我轉開「燃料」管線，結果濺出褐色液體，而且臭不可聞。

「噁！天啊！」我皺起臉，用手臂遮住鼻子。

「什麼問題，問號？」洛基大喊。

「燃料的氣味很可怕。」我回答。波江星人雖沒有嗅覺，卻有味覺，因此這個概念對他們而言很好理解，不像視覺需要花很多時間解釋。畢竟追根究柢，嗅覺不過是用鼻子品嚐味道罷了。

「是自然氣味還是化學氣味，問號？」

我又嗅了一下。「聞起來像腐敗的食物。照理說噬日菌應該無臭無味才對。」

「噬日菌是活的，可能會爛掉。」

「噬日菌才不會腐爛。」我反駁。「怎麼可能會腐爛——喔，不會吧！拜託不要！」

我用手沾了一點散發惡臭的黏液，扭著身子爬出儲藏艙。我懸著沾有黏液的手，避免碰到其他東西，然後爬上牆梯進入實驗艙。

「怎麼了，問號？」洛基沿著氙晶通道喀噠喀噠地跟上來。

「不，不，不，不……」我的聲音愈來愈尖，一顆心就快從喉嚨裡跳出來。我覺得我要吐了。

我將少許黏液塗在載玻片上，放到顯微鏡下觀察，可是背光燈沒電，我只好拿抽屜裡的手電筒出來照著載物臺應急。

我透過目鏡細看，我最害怕的事成真了。「天哪。」

「什麼問題，問號？」洛基的音調比平常高出整整一個八度。

「天倉五變形蟲。」我雙手抱頭，腐臭的黏液沾到身上，但我根本不在乎。「發電機裡有天倉五變形蟲。」

「它們弄壞發電機，問號？」洛基說。「發電機給我，我來修。」

「發電機沒壞。」我解釋。「發電機裡有天倉五變形蟲，表示燃料供給系統裡也有。天倉五變形蟲把噬日菌吃得一乾二淨。聖母號就是因為沒燃料才會斷電。」

「天倉五變形蟲怎麼會跑進燃料，問號？」洛基的背甲飛快隆起，緊貼在通道頂部。

「實驗艙裡有天倉五變形蟲，我沒封起來。老實說我根本沒想到。可能有些變形蟲跑出來了。自從我們差點死在亞德莉安星後，船身就有很多裂縫、孔洞和缺口。一定是燃料管線哪裡破洞，天倉五變形蟲才會跑進去。只要一個小孔，麻煩就大了。」

「完蛋！慘慘慘！」

「我們會死在太空裡。」我開始過度換氣。「我們會永遠困在這個地方。」

「不會永遠。」洛基說。

「不會？」我精神一振。

「不會，軌道很快就會衰變，然後我們就會死。」

隔天我花了一整天的時間檢查所能企及的燃料管線，結果都一樣。裡面沒有懸浮在油中的噬日菌，只有天倉五變形蟲及其排泄物，主要是甲烷和一些微量化合物。我想這或可解釋亞德莉安星大氣層中的甲烷。一種生命循環的概念。

管線中還有一些活的噬日菌，但燃料裡存有大量天倉五變形蟲，因此它們活不了多久。試圖挽救現況就像努力把感染肉毒桿菌的肉與菌體本身切割開來一樣，毫無意義。

「沒望了。」我把最新採集的燃料樣本用力丟在實驗桌上。「到處都是天倉五變形蟲。」

「我的氙晶區有噬日菌，」洛基說，「大概還剩兩百一十六克。」

「這個量只能讓自旋驅動裝置運轉一下下，了不起三十秒左右，菌體可能也活不了那麼久。我這邊到處都是天倉五變形蟲，讓噬日菌待在你那裡比較安全。」

「我製造新引擎。」洛基繼續說。「天倉五變形蟲會把噬日菌變成甲烷，與氧氣反應，起火燃燒，產生推力。去我的太空船，那裡有很多噬日菌。」

「聽起來……好像不錯。」我用手指抵著下巴。「用天倉五變形蟲的屁來推動太空船前進。」

「天倉五變形蟲後面那個字聽不懂。」

「那不重要啦。等等，我來算一下……」

我拿出平板，實驗艙的電腦仍處於離線狀態。我不記得甲烷的比衝量，但我知道氫氧反應在最好的情況下大約要四百五十秒。我有二萬公斤的噬日菌，假設全數化為甲烷，而聖母號的乾質量約為十萬公斤，我不確定是否有足夠的氧來進行反應，但先不管這個……

專注是一場長期抗戰。我感覺得到自己腦袋昏沉，身體乏力。

我在計算機應用程式上不停輸入數字，搖搖頭。「不行，聖母號的速度會低於每秒八百公尺，這樣我們無法脫離亞德莉安星的重力，更別說飛越橫跨一億五千萬公里的天倉五星系了。」

「糟糕。」

「對，糟糕。」我把平板扔在桌上，揉揉眼睛。

「發電機給我。」洛基沿著通道喀噠喀噠地在我頭頂上走來走去。

「有必要嗎？」我垂下肩膀。「這樣有什麼用？」

「我清潔和消毒，把天倉五變形蟲弄掉，用我的噬日菌做一個小燃料槽，密封發電機，還給你。你把發電機裝在太空船上，恢復電力。」

「感覺是個好主意，」我揉著疼痛的手臂，「如果發電機不會在你的空氣裡熔化的話。」

「如果熔化，我修。」

幾百克的噬日菌不足以讓聖母號在銀河系中飛行，但供電給電力系統綽綽有餘，至少能維持……我不知道……總之我的餘生都不用愁就是了。

「好，就這麼辦。起碼聖母號系統能重新連線。」

「對。」

「我去拿發電機。」我步履維艱地走向艙口。

我這種狀態真的不該使用工具，但我仍咬牙硬撐。我回到休眠艙，爬進儲藏艙，把不曉得是主要發電機還是備用發電機拆下來。反正不管哪一種都能將噬日菌轉化為電力，這才是重點。

我回到休眠艙，把發電機放進我們用來傳遞物品的減壓艙。洛基啟動減壓艙循環程序，將發電機拿到工作台前，立刻伸出兩隻爪子開始動工，同時用第三隻指著我的床。「我工作，你睡覺。」

「記住，別讓天倉五變形蟲吃掉你那邊的噬日菌！」

「我的噬日菌裝在密封的氙晶容器裡，很安全。你快點睡覺。」

「我睡不著。」我全身都在痛，尤其是纏著繃帶的左手臂。

「你說人類每十六小時就要睡八小時，」他的語氣更加堅決，「你已經三十一小時沒睡了。快點睡覺。」

「你說得很有道理。」我坐起身嘆了口氣。「我應該試著睡一下。今天真的好累，應該說今晚。隨便啦。辛苦一天的夜晚。」我躺回床上蓋好毯子。

「那句話沒意義。」

「那是地球的說法，來自一首歌。」我閉上眼睛低喃。「……我累得跟狗一樣……」

正當我迷迷糊糊睡去，一個想法突然閃過腦海。

「等等！」我猛地坐起來。「甲蟲！」

「什麼問題，問號？」洛基嚇了一跳，手裡的發電機不小心掉下來。

「不是問題！是解決辦法！」我飛快跳起來。「甲蟲！聖母號上有四艘名叫甲蟲的小型太空船，負責把資料帶回地球！」

「你之前有講過。」洛基說。「但是它們用一樣的燃料，對嗎？現在噬日菌死光了。」

「不對，它們是用噬日菌沒錯。」我搖搖頭。「但每個甲蟲都是密封的自動化探測器，擁有獨立的燃料、空氣等系統，不跟聖母號共用，而且各裝載了一百二十公斤的燃料！我們還有很多噬日菌！」

「可以讓我們回去我的太空船了！」洛基舉起手臂在空中揮舞。「好消息！好好好！」

「也許我們不會死在這裡！」我也舉起手臂歡呼。「我現在就去艙外拿甲蟲探測器。」我跳下床，走向牆梯。

「不行！」洛基飛也似地跑到分隔牆前敲敲牆面。「你睡覺。人類沒有睡覺就不正常。艙外活動很危險。先睡覺，再去艙外。」

「好啦好啦。」我翻翻白眼。

「睡覺。」他指著我的床命令道。

「遵命，老媽。」

「諷刺。你睡覺，我看。」

「我開始覺得這不是什麼好主意了。」我用無線電對講機說。

「完成任務。」洛基無情地回覆。

我睡得很好，醒來時已準備就緒，迎接新的一天。我吃了一頓豐盛的早餐，做了些伸展操活動筋骨。洛基交給我一個密封且運轉順暢，基本上可以永久使用的發電機。我把機器安裝好，聖母號立刻恢復正常供電。

洛基和我聊了一下利用甲蟲探測器回到光點一號的方法。這個主意感覺很棒，殊不知當前這一刻，一切徹底變調。

我穿著艙外太空衣站在減壓艙裡，遠眺浩瀚虛無的宇宙。亞德莉安星映射出來的淡綠色光芒染上我的身體，照亮聖母號，隨後便逐漸褪去，淡出視野之外。我孤身立於黑暗，然而十二秒後，這顆行星再次映入眼簾。

對，聖母號還在旋轉。我麻煩大了。

船身兩側有以噬日菌為動力的小型推進器，可以上下旋轉，形成人造重力。當然，這些推進器目前完全停擺，和其他設備一樣充斥著天倉五變形蟲排泄物，所以我得進行另一次有重力的艙外活動，但不是亞德莉安星的重力，而是很可能把我拋進虛空的離心力。

橫豎都是死，再怎樣也不會比上次那場驚險的「亞德莉安星採樣器回收記」糟吧？因為這次我得在機鼻處保持平衡，只要有一丁點差錯，就可能導致死亡。

之前我回收完採樣器後就緊貼著船體，扣好安全繫繩，身旁還有很多把手以防失足。

可是甲蟲探測器儲放在機鼻。

由於啟動離心機模式的關係，機鼻是往內指向另一段船體。從人造重力的角度來看，探測器位於組員艙「頂部」，我得爬上去打開機鼻，把那四艘小型太空船拿出來，同時祈禱自己不會滑一跤。機鼻沒有安全繫繩扣鎖點，所以我得扣在下面一點的地方，也就是說，假如我不幸跌落太空，還有時間在繩子綳緊前保住自己的命。繫繩撐得住嗎？要是不行，我就會被離心機的力量甩入太空，成為亞德莉安星的新衛星。

為了安全起見，我繫了兩條繩索，檢查了四次，確認繩子牢牢固定在太空衣和減壓艙扣鎖點上。要是我不小心失足，這些繫繩應該承受得住那股力道。

「應該」。

我踏出艙外，抓著減壓艙頂把自己撐上去。如果重力是１Ｇ，穿著全套裝備的我絕對沒辦法成功。

鼻錐的角度夠淺，不至於讓人滑下來。我再次檢查安全繫繩，慢慢爬向尖端，身體因為離心機作用而歪向一邊。我每兩英尺就得停下來調整，讓腳底與船體的摩擦力抵消我的橫向運動。

「狀況，問號？」

「前進中。」我回答。

「很好。」

我終於踏上機鼻。這裡離旋轉中心最近，人造重力最弱，算是有那麼點好處。

宇宙每二十五秒就懶洋洋地繞著我轉。有一半的時間，亞德莉安星填滿我腳下的視野，接著天倉五的耀眼光芒閃現幾秒，歸於虛無，就這樣一再循環往復，讓人有點煩躁不安，但還不算太糟。

探測器艙口就在那裡。我得小心點，以免損壞任何設備。

看得出來所有一切都是為了自殺任務，絲毫不在乎聖母號能否返航。內部機具配有小型炸彈可以炸開艙口讓探測器發射，返回地球。這套系統很棒，但艙口得維持完好我才能回家。空氣動力學原理。

對，空氣動力學。

聖母號看起來就像科幻大師海萊因的小說裡會有的東西。閃耀的銀灰，光滑的船殼，銳利的鼻錐。為什麼一艘無須衝破大氣層的太空船要有這些設計？

因為星際介質。太空中飄蕩著極微量的氫和氦，大約每立方公分一個原子，但以近光速的速度飛行時就會疊加起來，因為太空船不僅撞擊眾多原子，且這些原子在慣性參考座標系下比平常更重。相對論物理學就是這麼怪。

長話短說：我需要機鼻完整無缺。

面板和炸彈組件用六顆六角螺栓固定於船體。我拿下工具帶上的套筒扳手開始動工，沒想到才剛轉下第一顆螺栓，它就沿著鼻錐滑落，墜進深遠莫測的虛空。

「呃……洛基。」我開口。「你會做螺絲吧？」

「會，很簡單。為什麼問，問號？」

「我不小心掉了一個。」

「拿好一點。」

「怎麼拿？」

「用手拿。」

「我的手握著扳手。」

「用第二隻手。」

「另一隻手要扶著船身啊。」

「用第三隻——嗯，你拿探測器，我做新螺絲。」

「好。」

我開始拆第二顆螺栓。這次我很謹慎，旋到一半就放下扳手，改用手轉，只是這對戴著太空手套的肥手指而言實在不容易，光是一顆螺絲就花了十分鐘，但我還是完成了，最重要的是，這顆沒有掉。

我把螺栓收進太空衣置物袋。這樣洛基就有複製範本可以參考了。

我繼續用扳手轉開另外三顆螺栓，任憑它們落下。我想這些螺絲會在亞德莉安星的軌道上待一陣子，但不會太久。這裡的微弱阻力會讓它們的速度逐漸趨緩，最終墜入亞德莉安星大氣層，燃燒殆盡。

剩下最後一顆螺栓。我扳起組件一角，撐出一根手指寬的間隙，將安全繫繩穿過其中一個螺栓孔扣好，再把繫繩另一端固定在腰帶上。現在我身上有四條繩索。我喜歡這樣。我看起來可能像太空蜘蛛人，但管他的。

除此之外，太空衣工具帶上還捲繞著兩條備用繩以備不時之需。安全繫繩永遠不嫌多。

我轉開最後一顆螺栓，組件立刻從機鼻滑落掠過我身旁，隨著繩索繃緊猛然停止，彈跳了幾下，撞上船體，在空中搖擺不停。

我探頭看向機鼻內部，四枚探測器各自待在專屬的迷你艙室裡，外觀一模一樣，只是球根狀的小燃料槽上刻著不同的名字，分別是「約翰」、「保羅」、「喬治」和「林哥」。

「狀況，問號？」

「準備拿探測器。」

我決定從約翰開始。雖然有個小夾鉗把探測器固定在艙室裡，但很容易就撬開了。裝置背後有支噴嘴朝外的壓縮空氣鋼瓶，應該就是它們的發射方式。探測器得先遠離聖母號才能啟動自旋驅動裝置，否則就算只是個可愛的迷你噬日菌引擎也會讓後方的一切徹底汽化。

我輕輕鬆鬆就將約翰取出艙室。探測器比我記憶中大，跟一個小型手提箱差不多。當然啦，不管是什麼，只要戴著厚手套笨拙地抓著進行艙外活動，感覺都會比平常還大。

另外探測器本身也很重。我不知道自己在地球重力環境下拿不拿得起來。我把約翰綁在備用繫繩上，伸手抓保羅。

如有需要，洛基可以迅速完成工作。現在就是需要的時候。

聖母號繞著有疑慮的亞德莉安星軌道運行。電腦和導航系統已經恢復連線，我觀察這條軌道，數據很不漂亮，不僅形狀仍呈橢圓，最近點也離行星太近。

船身每九十分鐘就會觸及不穩定的大氣層頂部。那個高度幾乎沒有大氣，只有一些混亂的空氣分子彈來彈去，但光是這樣就能讓聖母號略微減速，導致船體在下一次經過時更深入大氣層一點。再這樣下去會出什麼事應該不用說了。

聖母號每九十分鐘就擦過一次大氣層。我真的不知道我們還能僥倖逃過幾次。出於某種原因，電腦沒有「亞德莉安星詭異橢圓軌道」的模型可應用。

所以……對，洛基得加緊腳步快速搞定。

他只花了兩個小時就成功拆解保羅，摸透其中的運作原理。過程一點也不輕鬆。由於探測器內部有塑膠零件，遇到波江星大氣會熔化，因此把保羅送進氙晶區前必須先打造出特殊的「冷卻室」。我們用一群噬日菌解決了這個問題。噬日菌的溫度高到人類無法碰觸，卻又低到無法熔化塑膠，而且可以吸收多餘的熱，讓物體保持在攝氏九十六度。

探測器內部裝配複雜的電路與電子元件，洛基不太懂這些，因為波江星的電子技術遠不如地球先進。他們連電晶體都沒有，更別說積體電路晶片。在太空船上和洛基一起工作就像和一九五〇年全球最強工程師共事一樣。

一個不曉得電晶體是什麼的物種卻有能力飛越星際，聽起來有點怪，不過，嘿，人類在電晶體問世前就已經發明出核能、電視，甚至進行幾次太空發射了。

一小時後，洛基順利繞過所有電腦控制系統。他無須了解系統機制，只要知道向哪條電線施加電壓就好。他草草改造自旋驅動裝置，使其能以遠端聲控的方式啟動。人類使用無線電技術進行短程數位通訊的設備，波江星人幾乎都以聲音代替。

洛基以同樣的步驟調整林哥和約翰。這次不必費心鑽研，所以速度快得多。現在只剩喬治還沒動工。小小的甲蟲推力不大，能全用上最好，但該設的底限還是得設。我想留一個未經改造、隨時都能完成最初使命的探測器備用。

幸虧有洛基，我或許能挺過這次自殺任務，但不保證會成功，畢竟聖母號的狀態不甚理想，不僅少了幾個燃料槽，船身滿布裂縫、傷痕累累，還有天倉五變形蟲鬼鬼祟祟地潛伏四周，等著吃掉洛基給我的替代燃料。返航路上至少有上百種失敗的方式，所以出發前我要先送喬治上路，讓它把我蒐集到的情報、研究結果和天倉五變形蟲樣本帶回去。我很想保留兩個探測器備用，但我們至少需要三個才能產生推力，依照需求調整航向。

洛基把三個改造過的探測器放進休眠艙裡的減壓艙，送到我這邊。

「你裝在船身，」他囑咐道，「船體中心軸往外四十五度的地方。」

「好。」我嘆了口氣。又要在旋轉的太空船上進行艙外活動了。真棒。不然還能怎麼辦？我們不能在沒有推力的情況下關閉離心機模式。

我再度來到艙外。走到正確位置實為一大挑戰。減壓艙靠近機鼻，我得走到船尾裝設甲蟲探測器。目前聖母號分成兩節，僅由五條纜線相連，不過設計師有考量到這一點。纜線上有許多小環，可以把安全繫繩扣在上面。

我在非無重力環境下進行艙外活動的奇怪技能愈來愈純熟。與剛才在機鼻的死亡之舞不同，船尾有很多握把，安裝探測器還算容易。我用洛基的氙晶膠將甲蟲黏在船體把手上，膠水逐漸凝固，永久黏合在一起。

最後，約翰、保羅和林哥等距圍成一個圈，三具引擎皆與聖母號長軸成四十五度角。

「甲蟲安裝完畢。」我用無線電對講機說。「準備檢查受損區域。」

「收到。」洛基回答。

我往燃料槽破裂的地方走去。老實說沒什麼可看的，損壞的燃料槽已經被我拋進太空了。船體有塊長方形殼板脫落，開了一個大洞，先前燃料槽就放在這裡。洞口周圍的景象描繪出慘痛的創傷。原本光滑閃亮的船殼板如今多了幾道焦黑的痕跡。兩塊相鄰的板面明顯變形。

「有些殼板變形，有些帶有焦痕，不算太嚴重。」

「好消息。」

「可是焦痕很怪，你不覺得嗎？怎麼會燒焦？」

「因為很熱。」

「是沒錯，但這是太空哎，又沒有氧氣。怎麼會燒起來？」

「理論：燃料槽裡有很多噬日菌，有些可能已經死了。死掉的噬日菌有水，死掉的噬日菌擋不住熱。水跟很多很多熱在一起，變成氫和氧。氧氣、熱和船殼，造成燒焦的痕跡。」

「有道理。」我說。「很棒的理論。」

「謝謝。」

我沿著纜線構成的「太空繩橋」走回去，安全進入減壓艙。洛基在駕駛艙頂的氙晶球裡等我。

「一切都好，問號？」

「很順利。」我回答。「約翰、保羅和林哥的控制系統正常嗎？」

他三隻手裡拿著三個一模一樣的操控器，各有一條電線連接到船體的壁掛式喇叭／麥克風。

「連線正常。」他用第四隻手輕敲讀數說。「所有甲蟲準備就緒，隨時待命。」

我坐上駕駛座，繫好安全帶。接下來這一步會很不舒服。

我們把甲蟲裝在與船體中心軸成四十五度角的地方，好依照需求調整聖母號的角度、方向和旋轉運動。不過我們只能在船身合體的情況下啟用甲蟲，所以我得先把前後兩節接合在一起。

根據轉動慣量守恆定律，聖母號會轉得非常快，事實上，這次的旋轉速度會跟洛基之前救我時一樣，這段時間我們沒有獲得或失去任何慣量。

我點開主螢幕上的離心機面板。應該說，原主螢幕上方的主螢幕。最初的主控制螢幕在「亞德莉安歷險記」中嚴重受損，不過現在這臺也夠用了。

「準備好了嗎？」

「好了。」

「G力會很強。」我叮囑。「你能輕鬆應付，但我不行。我可能會失去意識。」

「對人類不健康，問號？」洛基的尾音夾著一絲顫抖。

「不太健康。要是我昏倒，別擔心，繼續穩住聖母號。只要停止旋轉，我就會醒來。」

「了解。」洛基握著三個操控器做好準備。

「好，開始囉。」我把離心機調成手動模式，忽略三個警告對話框，將組員艙旋轉一百八十度。我就像上次一樣一步一步慢慢來，只是這次我有先把設備器材等物品全固定好，這樣船體旋轉、重力方向改變時，實驗艙和休眠艙才不會變得亂七八糟。

我感覺到0.5 G 的力把我推向控制面板，機鼻不再指向船體後半段。我輸入指令，要四個線軸無論船身旋轉速度為何，一律捲收纜線。螢幕上的圖示顯示兩節船體逐漸接合，施加在我身上的力也愈來愈大，安全帶慢慢陷進皮肉裡。

十秒鐘後，力衝到6G，我幾乎無法呼吸，只能大口喘氣，不停扭動身體。

「你不健康！」洛基尖聲大叫。「取消，我們想新計畫！」

我說不出話來，只好搖頭示意。我感覺到臉頰皮膚往外拉，此刻的我看起來一定像個怪物。我的視野邊緣漸漸褪成黑色，想必這就是所謂的隧道視覺效應。名字取的真好。

眼前的隧道愈來愈暗，最終一片漆黑。

過沒多久，我便從昏迷中甦醒。至少我覺得過沒多久。我的雙臂自在漂浮，身體因為繫著安全帶才沒從駕駛座漂起來。

「格雷斯！你沒事吧，問號？」

「嗯。」我揉揉眼睛，視線依舊模糊不清，腦袋也昏昏沉沉。「沒事。狀態如何？」

「轉速為零。」他回答。「探測器很難控制。更正：探測器很好控制。這艘太空船的動力來自很難控制的探測器。」

「不過你做到了。幹得好。」

「謝謝。」

我解開安全帶舒展肢體。除了原先燒傷的手臂外，似乎沒有其他部位骨折或受傷。回到無重力狀態的感覺真好。我還是一樣全身痠痛，畢竟剛才做了大量體力勞動，傷口也還沒完全復原，但少了惱人的重力，身體承受的壓力確實減輕不少。

「系統一切正常，」我滑過顯示器上的螢幕說，「至少沒有損壞得更嚴重。」

「很好。接下來要做什麼，問號？」

「我要來算數學，很多數學。我得計算推力持續時間和角度，讓我們用甲蟲當引擎飛回你的太空船。」

「好。」

23

我準時出席會議。至少我是這麼認為。電子郵件上寫十二點半，可是我到的時候其他人早已就座，整間會議室靜默無聲。大家的目光全落在我身上。

關於爆炸事故，我們決定暫時壓下消息，禁止媒體報導。

全世界都在關注聖母計畫，這是人類得救的唯一希望。我們不必也不想讓民眾知道主要與後備科學專家不幸身亡。不論你對俄國人的印象如何，都無損於「他們很懂得保密」這項事實。整座貝康諾太空發射場都被封鎖了。

俄國政府提供我們一輛簡單的拖車充當臨時會議室，從這裡可以眺望發射臺全景。我看到聯盟號就在窗外。雖是舊有的科技，卻也是有史以來最可靠的發射系統。

我和史特拉自爆炸發生後就沒再講過話。突如其來的意外讓她不得不成立一個專案小組展開調查。發射日迫在眉睫，若事故是由任務所需的程序或設備引起，我們必須立刻掌握情況。我想參與調查，但她不同意。總要有人繼續處理歐洲太空總署小組回報的問題。

史特拉直盯著我看。狄米崔正在翻閱文件，大概是自旋驅動裝置改良說明之類。來自挪威、脾氣暴躁、負責設計離心機的洛肯博士不停用手指敲桌子。拉邁博士一如往常地穿著實驗袍；她的團隊已經開發出全自動醫療機器人，未來可能會得諾貝爾獎（如果地球能活那麼久的話）。就連發明甲蟲探測器的瘋狂加拿大人史蒂夫・哈契也在。他看起來完全不尷尬，只是一直按計算機，而且桌上什麼文件都沒有，就只有計算機。

任務指揮官姚與專家伊路奎娜同樣前來開會。姚依舊不苟言笑，伊路奎娜手裡沒有酒。

「我遲到了嗎？」我問道。

「沒有，你來得正好。」史特拉回答。「請坐。」

我走向唯一一張空椅子坐下。

「我們大概知道研究中心出了什麼事。」史特拉開口。

「雖然整棟大樓完全被炸毀，但所有紀錄都以電子檔的形式儲存在伺服器裡，貝康諾每筆資料都是由該伺服器處理。幸好伺服器主機位於地面控制中心，而杜布瓦也維持他一貫的風格，做了詳盡的筆記。」她拿出一張紙。「根據他的數位日誌，他昨天打算測試一個極為罕見的噬日菌發電機故障案例。」

「應該是我來測試才對。」伊路奎娜搖搖頭。「負責維修太空船的是我，杜布瓦應該問我的。」

「他到底在測試什麼？」我問道。

洛肯清清嗓子。「一個月前，JAXA發現發電機可能會故障。發電機本身利用噬日菌來產生熱能，進而以相變材料驅動小型渦輪。技術雖舊，卻很可靠，而且一次只需用上二十隻噬日菌，消耗量極少。」

「聽起來很安全啊。」我說。

「是很安全。不過，若發電機幫浦調節系統故障，燃料管線中又有一群異常密集的噬日菌，就會有多達一奈克的菌體進入反應室。」

「那會怎麼樣？」

「不會怎樣，因為發電機會控制照射噬日菌的紅外光強度。若反應室溫度過高，紅外光就會自動關閉，讓菌體冷靜下來。安全備用系統。但有個不太可能發生的極端情況，即系統短路導致紅外光全開，繞過溫度安全互鎖系統。杜布瓦想測試這個發生率趨近於零的情境。」

「他做了什麼？」

洛肯停頓了一下，嘴唇微微顫抖，心一橫繼續說。「他拿了一臺用於地面測試的發電機複製品，自行改造燃料供給幫浦和紅外光設備，刻意觸發故障。他想一次活化一奈克菌體，看看它們會如何損壞發電機。」

「等等。」我插嘴。「一奈克噬日菌頂多熔化一點金屬，不至於炸毀一棟大樓啊。」

「對。」洛肯深呼吸，慢慢吐氣。「你知道我們是怎麼儲存微量噬日菌的吧？」

「嗯，存放在懸置於丙二醇中的小塑膠容器裡。」我回答。

她點點頭。「杜布瓦跟研究中心軍需官索取一奈克的噬日菌，但他們錯給他一毫克。因為容器一樣，量也很少，他和夏皮羅無從察覺有誤。」

「天哪。」我揉揉眼睛。「那些菌體釋放出來的熱能比他們預期的多上百萬倍，整棟大樓就此汽化，裡面的人也是……我的天哪。」

「事實就是我們缺乏安全管理噬日菌的經驗，沒有制定出相應的程序和配套措施。」史特拉飛快翻閱文件。「如果要一串鞭炮，對方卻給你一卡車的塑膠炸藥，你當然一眼就知道有問題。可是奈克與毫克的差別呢？人類肉眼根本看不出來。」

大家陷入沉默。史特拉說得對。我們一直在玩弄威力等同於廣島原子彈的能量，彷彿根本沒什麼。這種行為無論擺在何種情境都很瘋狂，但我們別無選擇。

「那要延後發射嗎？」我問道。

「不，我們已經討論過了，大家都同意按原定日期發射。聖母號已經組裝完成，經過測試，加滿燃料，隨時準備啟航。」

「這是軌道。」狄米崔說。「聖母號停留在傾角五十一．六度的緊密軌道上，從卡納維爾角和貝康諾可以輕鬆抵達，然而它同時位於衰變的淺軌道。如果未來三週內沒出發，就得把整個工作團隊往上送，將聖母號推進更高的軌道。」

「聖母號五天後會按時出發。」史特拉說。「組員需要兩天的時間做飛行前檢查，所以聯盟號必須在三天內發射。」

「好吧。」我說。「那科學專家呢？我想全球應該有上百名志願者，我們可以安排獲選人上速成班，讓他們了解——」

「人選已經決定了。」史特拉打斷我。「說真的，命運自有安排。要掌握的資訊和研究成果太多，我們沒時間另外訓練專家，即便是最傑出的科學家也不可能在三天內熟知一切。況且，全世界只有七千分之一的人帶有昏迷阻抗基因。」

我的心猛然一沉。「我大概知道妳要說什麼了。」

「我想你已經聽說自己的檢測結果是陽性。你就是那七千分之一。」

「歡迎加入任務小組！」伊路奎娜喊道。

「等等，等一下，不行。」我搖搖頭。「這樣太亂來了。對，我是很了解噬日菌，但我根本不曉得怎麼當太空人啊。」

「我們會一邊訓練你。」姚的語氣平靜卻充滿信心。「困難的任務交給我們，你只需要處理科學相關事務。」

「不是……拜託！肯定還有其他人選吧！」我望向史特拉。「姚或伊路奎娜的後備人員呢？」

「他們只是頂尖專業技術人員，不是生物學家。」史特拉說。「他們非常熟悉聖母號的操作系統，知道如何修復損壞的設施，卻無法在短短幾天內確切習得任務所需的細胞生物學知識，這就像請世界上最好的結構工程師執刀做腦部手術一樣，不是他們擅長的領域。」

「名單上其他候選人呢？那些初選就被刷掉的？」

「沒人比你更有資格。坦白說我們很幸運，做夢也想不到的那種幸運，你恰巧帶有昏迷阻抗基因。你真以為我把你留在團隊裡這麼久，是因為我需要一個國中老師？」

「這……」我說。

「你了解聖母號的運作機制，」史特拉繼續說，「清楚噬日菌背後的科學原理，知道如何使用艙外太空衣及其他裝備，還參與了每一場攸關任務與太空船本身的重大科學研究和策略討論，這點我很確定。你有我們要的基因，更有我們要的技能。我真的不想走到這一步，但事已至此，別無他法。你一直都是第三順位的科學專家。」

「不，不可能。」我急忙反駁。「一定還有更好的人選，更卓越的科學家，還有，妳知道，那些自願出任務的人。妳手上有名單吧？第四順位是誰？」

「安卓雅．卡薩雷斯。」史特拉拿起桌上的文件說。「一個巴拉圭釀酒廠員工，擁有化學學士學位，輔修細胞生物學，具昏迷阻抗基因，初次招募太空人時即自願參與任務。」

「聽起來很適合啊。」我說。「趕快打電話給她。」

「但你受過多年訓練，對聖母號和任務內容瞭若指掌，是全球首屈一指的噬日菌專家。我們只有幾天的時間能讓卡薩雷斯趕進度。格雷斯博士，你比誰都清楚我的作風。任何有利於聖母計畫的條件我都不會放過。現在這個條件就是你。」

「可是我……」我低頭看著桌子。「我不想死……」

「沒有人想死。」史特拉說。

「你自己決定。」姚開口。「我不接受組員裡有人被迫參與任務，一定要出於個人意願才行。如果你不想去，我們就徵召卡薩雷斯小姐，在有限的時間內盡力訓練她。但我勸你答應。數十億人命懸一線，比起這樣的悲劇，我們的死生無足輕重。」

我雙手抱頭，淚水濡濕眼眶。為什麼這種事會發生在我身上？「我可以考慮一下嗎？」

「可以。」史特拉應允。「但不能太久。若你拒絕，我們就得趕緊叫卡薩雷斯過來。我希望你今天傍晚五點前給我答覆。」

我從座位上站起來，拖著沉重的腳步離開會議室，連再見也沒說。所有親近的同事聚在一起，決定你應該死。這種感覺很複雜，混揉了鬱悶、傷心和絕望。

我看看手錶。下午十二點三十八分。還有四個半小時可以考慮。

自旋驅動裝置提供的動力遠超出聖母號當前質量所需。離開地球時，聖母號重達兩百一十萬公斤，其中大部分是燃料，如今卻只有十二萬公斤，大約是升空時的二十分之一。

由於船體質量相對輕盈，用探測器湊合出來的引擎共能給我們1.5G的推力，但聖母號本來就不是設計成以四十五度角推力推動艙外活動把手，若讓甲蟲火力全開，它們就會從把手上脫落，飛進天倉五星系。

洛基在船身停止旋轉時有考慮到這一點，問題也解決了，目前情況都在掌控中，我也可以在無重力狀態下進行艙外活動（本來就該這樣好嗎）。我用3D列印機製作聖母號的內部骨架模型，讓洛基仔細研究。短短不到一個小時他就擬定解決方案，做出氙晶柱來加強結構。

我再次進行艙外活動，用氙晶柱支撐甲蟲探測器。這次一切都按計畫進行。洛基向我保證，聖母號現在絕對可以承受探測器最大推力。我沒半點懷疑。這傢伙很懂工程。

我把一堆運算結果輸入到複雜的表格裡，其中可能出了點差錯，我又花上六個小時整理數據，最後終於算出我認為正確的答案。至少應該能讓我們近到可以看見光點一號，再從那裡微調向量，抵達目的地。

「準備好了嗎？」我在駕駛座上問道。

「好了。」洛基拿著三個操控器在氙晶球裡說。

「好……約翰和保羅調到百分之四・五。」

「約翰和保羅，百分之四・五。確認。」他說。

洛基當然可以做出我能用的操控器，不過這樣分工更好。我必須緊盯著螢幕留意向量，能有人專心控制甲蟲實為上策。再說，洛基可是太空船工程師，沒人比他更懂怎麼操縱我們的臨時引擎。

「約翰和保羅歸零，林哥調到百分之一・一。」我又說。

「約翰和保羅，零。林哥，一・一。」

我們一點一點微調推力向量，讓船身大致往理想的方向傾斜。經過多次測試，終於調整到我認為正確的方向。

「姑且一試吧。」我說。「全速前進！」

「約翰、保羅、林哥，百分之百。」

聖母號伴隨劇烈晃動猛地往前衝，讓我瞬間後倒緊貼著駕駛座。我們沿著直線加速（可能）朝光點一號前進（希望如此），艙內的重力來到1.5G。

「讓推力持續三小時。」我說。

「三小時。我看著引擎，你放鬆。」

「謝了，但我沒時間休息。我想趁有重力的時候好好利用。」

「我留在這裡。告訴我實驗進度。」

「沒問題。」

我們得再飛十一天才能返抵天倉五。這趟航程需要一百三十公斤的燃料，大約是甲蟲探測器裝載的四分之一（如果把喬治算進去的話。它正坐在滿是噬日菌的實驗桌上），要是我在計算軌跡時犯了什麼白痴錯誤，剩餘的燃料應該也夠我們修正航道。

聖母號會在三小時後達到巡航速率，接下來將近十一天，我們都會靠慣性飛行。我不想應付上下旋轉的離心機模式。沒錯，是可以兩者並行，洛基先前讓轉速歸零時就確認過了，只是過程很微妙，充斥著許多臆測和風險，可能會造成旋轉失控，甚至讓纜線纏在一起。

所以我只有接下來三個小時可以在1.5G的環境下工作，之後就會有好一陣子處於無重力狀態。該去實驗艙了。

我爬下牆梯。手臂還是很痛，但有稍微好一點。我每天都有換繃帶，更確切地說是拉邁博士的神奇醫療機器人換的。皮膚表層肯定留下滿滿的瘢痕，我會帶著醜陋的左臂膀度過下半生。但我想深層的皮膚組織和細胞應該沒事。要是嚴重受創，我大概早就死於壞疽，不然就是機械手臂會趁我不注意時直接替我截肢。

我有好一段時間沒在1.5G的環境中活動，雙腿有點難受，但我已經習慣這種不舒服的感覺了。

我走向主實驗桌，天倉五變形蟲實驗仍在進行，所有設備牢牢固定在桌面，以防加速過程中遇上更多意想不到的冒險。當然啦，我一點也不缺天倉五變形蟲，原本應該裝滿燃料的地方早就被這些傢伙攻占了。

我先查看金星實驗箱。冷卻裝置輕輕旋轉，讓內部溫度與金星極高層大氣相符。我本來只想放一個小時培養天倉五變形蟲，可是後來突然斷電，我們有更重要的問題要處理，實驗就這樣擱置了四天。假如沒什麼意外，天倉五變形蟲有很多時間慢慢繁殖。

我吞了一口口水。關鍵時刻終於來了。容器裡的載玻片覆蓋著一層只有一個細胞厚的噬日菌，如果天倉五變形蟲還活著，又吃掉噬日菌，光線就能穿透玻璃。載玻片愈透，上頭的活體噬日菌就愈少。

我下定決心，深呼吸，探頭檢視容器。

一片漆黑。

我的呼吸愈來愈急促，連忙從口袋裡掏出手電筒照射載玻片。沒有光透過去。我的心一沉。

我走向旁邊的三宙星實驗箱，瞄了一下裡面的載玻片。一樣，全黑。

天倉五變形蟲無法在金星或三宙星環境中生存，應該說至少沒看到它們進食。我覺得我的胃好像快融化了。

差一點！就差那麼一點！答案近在眼前！天倉五變形蟲，噬日菌的自然天敵，健壯又充滿活力。它們顯然可以在聖母號燃料槽裡自在生活、健康成長，卻無法應付金星或三宙星的大氣。怎麼會這樣？

「你看到什麼，問號？」洛基問道。

「實驗失敗。」我回答。「兩個都是。天倉五變形蟲全死了。」

「生氣！」我聽見洛基用力捶牆。

「搞了半天都是白費力氣！根本沒用！」我握拳重擊桌面。「我放棄了這麼多，犧牲了這麼多，最後卻什麼都沒有！」

我聽見洛基的背甲嘎嘎作響。那是波江星人極度沮喪的表現。

他頹然跌坐在氙晶球裡，我把臉埋進掌心，兩人就這樣不發一語，安靜了許久。

終於，一陣刮擦聲劃破沉默。洛基頂著背甲起身。

「我們繼續試。」他開口。「不能放棄，我們要努力工作。我們很勇敢。」

「嗯，大概吧。」

我並非這項任務的最佳人選，而是最後關頭不得不上場的替代品，因為真正夠格的人被炸死了。但我在這裡。我不太清楚事實的真相，但我在這裡，想必是自願參與，當下也相信這是一趟自殺任務。雖然釐清這件事對地球沒幫助，卻有某種程度上的意義。

史特拉的拖車比我的大兩倍。想來是階級特權的緣故。不過平心而論，她的確需要一點空間。她坐在堆滿文件的大桌前，那些文書檔案以四種相異的字母系統拼寫出至少六種不同的語言，不過她似乎全都看得懂。

房間角落站著一名俄國士兵，不是非常警戒，但也不算放鬆。他旁邊有一張椅子，顯然他決定站著。

「你好，格雷斯博士。」史特拉沒有抬頭，只是指著那名士兵。「那位是二等兵梅尼科夫。儘管那場爆炸純屬意外，俄方還是不想冒險。」

「所以他在這裡是要保護妳不被想像中的恐怖分子殺害？」我轉頭望向士兵。

「差不多。」她終於抬起頭。「現在五點。你決定好了嗎？你願不願意成為聖母號的科學專家？」

「我不會去。」我坐在史特拉對面，不敢迎上她的目光。

「我明白了。」她臉色一沉。

「因為……妳知道……我的學生。為了他們，我應該待在這裡。」我微微扭動身體，坐立難安。「即便聖母號找到答案，我們也得撐過將近三十年的苦難。」

「所以呢？」她說。

「所以……呃，我是老師，教書是我的本分，我們要培養出堅強的下一代，讓他們成為戰勝困境的勇者。現代人就像溫室裡的花朵。妳，我，整個西方世界，都是在前所未有的穩定與安適環境中成長。這些孩子是未來世界運轉的樞紐，他們會繼承一堆爛攤子。我想讓他們為即將到來的時代做好準備，透過教育做出更大的貢獻。我應該留守地球，待在需要我的地方。」

「留守地球，」她重複我的話，「待在需要你的地方。」

「呃，對。」

「而不是登上聖母號，一個你可以運用專業與受訓習得的技能解決整個問題的地方。」

「不是那樣。」我急忙解釋。「我是說……好啦有點那個意思。但我不適合當組員，我不是什麼勇敢的探險家。」

「喔，我知道。」她握緊拳頭看向一旁，再轉回來惡狠狠地瞪著我。這是我第一次看到她露出這種灼人的眼神。「格雷斯博士，你不過是滿嘴屁話的孬種。」

我皺起眉頭。

「如果你真的那麼關心那些孩子，你會毫不猶豫登上聖母號。你大可拯救數十億人免於末日浩劫，而非選擇照顧數百人，讓他們為災變做好準備。」

我搖搖頭。「話不是這麼——」

「你以為我不了解你嗎，格雷斯博士？」史特拉大吼。「你是個膽小的懦夫，一直都是。你放棄前途看好的科學職涯，躲進舒適圈當孩子眼中的酷老師，享受他們的崇拜，只因為別人不喜歡你的論文。你的生活中沒有戀人相伴，只因為你怕自己會心碎。你就像躲瘟疫一樣竭力避開各種風險。」

「對，妳說的都對！」我猛地站起來。「我很害怕！我不想死！我為這個計畫做得要死要活，不該送命！我不去，就這樣！去找下一個替補人選，那個巴拉圭化學家，她想去！」

「我不在乎誰想去。」她用拳頭大力敲桌。「我只在乎誰最有資格！不好意思，格雷斯博士，你要加入任務小組。我知道你很害怕，也知道你不想死，但你非去不可。」

「妳真的有病。我要走了。」我轉身邁向門口。

「梅尼科夫！」史特拉大喊。

士兵以敏捷的動作飛快擋在我和門之間。

「妳有沒有搞錯？」我轉頭看著她。

「你直接答應會比較簡單。」

「不然妳想怎樣？」我用大拇指朝那名士兵比個手勢。「一路用槍指著我四年？」

「旅途中你會一直處於昏迷狀態。」

我試著從梅尼科夫旁邊衝過去。他立刻伸出壯碩的臂膀攔住我，動作一點也不粗暴，純粹是他的力氣比我大很多。他抓著我的肩膀轉向史特拉。

「太扯了吧！」我扯開喉嚨大叫。「姚絕對不會同意！他說得很清楚，他不希望組員裡有人被迫參與任務！」

「嗯，那是突發狀況。他正直到讓人有點傷腦筋。」史特拉邊說邊拿起一份用荷蘭文寫的檢查清單。「接下來幾天你會被關在牢房裡，完全無法與外界交流。發射前我們會注射強效鎮靜劑讓你昏過去，再把你送上聯盟號。」

「妳不覺得姚會起疑嗎？」

「我會向姚指揮官與工程專家伊路奎娜解釋，由於接受的太空訓練有限，你擔心自己會在發射過程中驚慌失措，因此選擇失去知覺。登上聖母號後，姚和伊路奎娜會把你固定在醫療床上啟動昏迷程序，並做好發射前的準備工作，你會在抵達天倉五星系後甦醒。」

「不行，妳不能這樣！」恐慌的種子在我心底萌芽。這種瘋狂的事她真的做得出來。「我不去！太扯了！」

「信不信由你，格雷斯博士。」她揉揉眼睛。「我還滿喜歡你的。雖然我不太尊重你，但我覺得你其實是個很好、很善良的人。」

「說起來倒容易，要死的又不是妳！妳這樣是謀殺！」淚水順著我的臉頰滾落。「我不想死！

不要送我去死，拜託！」

「我和你一樣不喜歡這麼做，格雷斯博士。」史特拉的表情寫滿痛苦。「要說有什麼安慰，世人會把你奉為英雄，為你歡呼。若地球能倖免於難，世界各地都會有你的雕像。」

「我不要去！」我被湧上喉頭的膽汁嗆到。「我要破壞任務！妳想殺我？好，那我就拖著妳的計畫一起死！我要讓太空船墜毀！」

「不，你不會。」她搖搖頭。「你只是虛張聲勢。就像我說的，你有一顆善良的心。你會很生氣但毫髮無傷地醒來。我相信姚和伊路奎娜也會對我的所作所為感到憤怒，不過最後你們三個會在太空中善盡職責，因為全人類的存亡掌握在你們手裡。我百分之九十九確定你會做對的事。」

「妳看我敢不敢！」我大叫。「來啊！有膽就試試看！我們走著瞧！」

「嗯，就算有百分之九十九的把握還是不能冒險對吧？」她又瞥了清單一眼。「我一直以為美國中央情報局有最厲害的審訊用藥劑，沒想到其實是法國政府。你知道嗎？是真的。法國對外安全總局研發出一種能造成長時間回溯性失憶症的藥物，症狀會持續好幾週，不是幾小時或幾天而已。他們在多起反恐行動中都有使用這種藥。讓嫌犯忘記自己曾被審問還滿方便的。」

我瞪大雙眼驚恐地望著她，喉嚨因不斷嘶吼而疼痛。

「你醒來前，醫療床會替你注射滿滿一劑。你們三人會以為這是昏迷的副作用。姚和伊路奎娜會向你解釋任務內容，你會立刻上工。法國政府向我保證，這種藥不會抹除語言、專業技術等諸如此類的能力。說不定你的症狀消退之際，你們已經把探測器送回來了。如果沒有，我猜屆時你已經為這項計畫付出太多，不能放棄。」

她對梅尼科夫點點頭。他把我拖出門外反扭雙臂，推著我走過小徑。

「妳不能這麼做！」我轉頭伸長脖子，對著拖車門大叫。

「想想孩子，格雷斯。」史特拉站在門口說。「你要救的那些孩子。想想他們吧。」

24

喔。

好吧。

原來如此。

我不是那種高尚無畏、為了拯救地球甘願犧牲生命的探險家。我只是一個雙腿亂踢、放聲尖叫，被拖上來執行任務的人。

我是個懦夫。

所有記憶瞬間湧現。我坐在實驗椅上茫然盯著實驗桌，想到自己從近乎歇斯底里變成現在……這樣。更糟。我麻木了。

我是個懦夫。

我早就知道自己不是拯救世界的最佳人選。我不過是個帶有特殊基因，能撐過長時間昏迷的人。我不久前才真正釋懷，看開這件事。

但我不知道自己是個懦夫。

當時的情緒，那種驚恐慌亂的感受，我全都想起來了。全然、純粹的恐懼。極度惶悚，不是為了地球、人類或孩子，而是為了我自己。

「史特拉，妳真的很可惡。」我喃喃低語。

最讓我火大的是被她說中了。計畫很成功。我恢復記憶，為任務盡心付出，接下來依舊會全力以赴。再說，拜託，我當然會全力以赴，不然還能怎樣？為了給史特拉難看而讓七十億人死亡？

洛基悄悄穿過通道進入實驗艙。我不知道他在那裡待了多久。其實他只要利用聲納感官功能就可以從駕駛艙「看到」這裡的情況，根本不用來。不過他還是來了。

「你很難過。」他說。

「嗯。」

「我也很難過，但我們不能難過太久。你是科學家，我是工程師，我們一起解決。」

「怎麼解決？」我沮喪地拋甩雙臂。

「天倉五變形蟲把你的燃料吃光光。」他在上頭沿著通道喀噠喀噠地走到離我最近的地方。

「天倉五變形蟲可以在燃料槽裡生存和繁殖。」

「所以呢？」

「大部分生物都不能沒有母星的空氣。要是沒有波江星的空氣，我就會死。要是沒有地球的空氣，你就會死。可是天倉五變形蟲不用亞德莉安星的空氣也能活。天倉五變形蟲比波江星和地球上的生物更強大。」

「真的。」我抬起頭，伸長脖子看著他。「噬日菌的生命力也很強，可以在真空環境和恆星表面生活。」

「對，對。」他兩隻爪子互敲。「噬日菌和天倉五變形蟲來自同一個生物圈，可能是從共同祖先演化而來。亞德莉安星的生物很厲害。」

「嗯，好吧。」我坐起來。

「你沒有問問題，你已經有想法。我了解你。你已經想到了。告訴我。」

我嘆了口氣。「嗯……金星、三宙星和亞德莉安星都有大量二氧化碳，噬日菌繁殖區的壓力也都在〇．〇二大氣壓。我想先弄一個〇．〇二大氣壓且充滿純二氧化碳的容器，觀察天倉五變形蟲能不能活下來，再慢慢加入其他氣體，一次一種，看看問題出在哪裡。」

「了解。」洛基說。

「你幫我用透明氙晶做一個有閥門的試驗箱。」我站起來，拍掉連身衣上的灰塵。「方便氣體進出。還有，溫度要能調成攝氏零下一百度、零下五十度和零下八十二度。」

我當然可以用自己的設備，但有這麼強的材料和工藝技術，為什麼不好好利用呢？

「好，好，我現在就做。我們是團隊，我們一起解決問題。不要難過。」他沿著通道匆匆走向休眠艙。

「主推力會在三十四分鐘後熄火，」我看看手錶，「之後我們用甲蟲啟動離心模式。」

「我知道，但實驗艙需要重力，我不想等十一天。我要好好把握時間。」

洛基愣了一下。「很危險。」

「甲蟲是用在推進，不是旋轉。」

這倒是。聖母號當前的推進力可說非常陽春，沒有輔力或環架來引導，就像十六世紀的航海船，只是用甲蟲探測器當船帆。事實上……不對，航海船至少還能控制船帆的角度。我們比較像船舵壞掉的明輪船。

不過也沒那麼慘。我們可以調整各引擎的推力大小來進行簡單的姿態控制。洛基之前就是用這招讓聖母號停止旋轉。「值得冒險。」

「太空船會離軸旋轉。」他急忙跑回實驗艙通道對我說。「不能鬆開離心機纜線，會纏在一起。」

「我們可以先創造出所需的轉動力，然後關閉甲蟲引擎，釋放纜線。」

「要是纜線沒跑出來，力會大到人類無法承受。」他瑟縮了一下。

這的確是個問題。我希望船體分離成兩節時，實驗艙的重力為1G。轉速必須極高才能讓未分離的聖母號獲得這麼大的轉動慣量。上次這麼做的時候，我在駕駛艙昏倒，洛基則是為了救我差點死掉。

「也對……」我說。「這樣好了，我躺在休眠艙底下的儲藏艙，那裡是我能去到離船身中心最近的地方，力最小。這樣就沒事了。」

「你要怎麼在儲藏艙操控離心機，問號？」

「我會……呃……我會帶著實驗艙控制面板，把數據線和電源延長線拉到儲藏艙。這樣應該行得通。」

「如果你失去意識，不能操作控制裝置怎麼辦？」

「那你就中止旋轉，我會醒過來。」

「不喜歡。」他搖晃著身體說。「另一個計畫：等十一天，去我的太空船。把你的燃料槽清乾淨，消毒，殺光裡面的天倉五變形蟲，從我的船加燃料，你的船就可以正常運作。」

「我不想等十一天。」我搖搖頭。「我想馬上開始。」

「為什麼，問號？為什麼不等，問號？」

他說得一點都沒錯。我不僅賭上自己的性命，還可能破壞聖母號的結構完整性。可是眼下有這麼多問題要處理，我不能枯坐在那等上十一天。我要怎麼向一個活了七百年的人解釋「沒耐性」的意思？

「反正人類有時就會這樣。」我簡單帶過。

「了解。不是真的了解，但是……了解。」

增強轉速的過程還算順利，一切都按計畫進行。洛基關閉約翰和保羅的引擎，讓林哥負責提供動力。喬治仍安全地留在艙內，以防萬一。

老實說，轉速拉高那段期間的重力真的很猛，幸好我清醒的時間夠長，可以手動切換到離心機模式。我現在愈來愈上手了。從那一刻起，艙內重力就維持在漂亮的1G。

這麼做的確太過倉促，也有點冒險，但我很慶幸有放膽一試，過去七天才能一直埋首研究，進行各種科學實驗。

洛基信守承諾，替我打造出適當的實驗設備，做工一如往常完美無缺。這個試驗箱外型類似大魚缸，跟我先前用的那種又小又麻煩的真空玻璃容器不一樣，氙晶板可以承受很大的氣壓。「放馬過來！」氙晶吶喊。

至於天倉五變形蟲可說是取之不盡，用之不竭。現在的聖母號就像天倉五變形蟲派對巴士，只要轉開連接發電機的燃料管線就能取得，要多少有多少。

「喂，洛基！」我在實驗艙裡大聲嚷嚷。「看我像變魔術一樣施展妙招。各位觀眾——天倉五變形蟲！」

「我猜那是地球的說法。」洛基從駕駛艙通道爬上來。

「對啊。地球上有種娛樂活動叫『電視』，而且——」

「不用解釋，謝謝。有發現嗎，問號？」

好吧，反正向外星人介紹卡通也要花不少時間。「有觀察到一些結果。」

「很好，很好。」他蹲踞在地，擺出舒服的坐姿。「快告訴我！」他企圖掩飾興奮，但音調明顯比平常高了一點。

「喔對了，儀器運作順暢，非常完美。」我指著試驗箱說。

「謝謝。聊聊研究結果。」

「首先我模擬亞德莉安星的環境，放入天倉五變形蟲和一片覆滿噬日菌的載玻片。不出所料，天倉五變形蟲活得很好，還吃光所有噬日菌。」

「不意外。那是他們的原生環境。證明設備有用。」

「沒錯。我又做了其他測試來觀察天倉五變形蟲的極限。在亞德莉安星大氣中，它們可以存活於攝氏零下一百八十度到一百零七度之間，一旦超出這個範圍就會死亡。」

「好厲害。」

「對啊，而且它們還可以在接近真空的環境下生存。」

「就像你的燃料槽。」

「對，但不是完全真空。」我皺起眉頭。「他們需要二氧化碳，至少要有一點點。我在亞德莉安星模擬環境中注入氬氣，而非二氧化碳，結果天倉五變形蟲完全沒進食，一直處於休眠狀態，最後就餓死了。」

「有想到。」他說。「噬日菌需要二氧化碳。天倉五變形蟲來自同一個生態系，天倉五變形蟲也需要二氧化碳。可是燃料槽裡怎麼會有二氧化碳，問號？」

「我也有同樣的疑惑！」我說。「所以我用攝譜儀檢測燃料槽裡的沉澱物，發現有大量二氧化碳氣體液化，變成液態。」

「噬日菌體內可能有二氧化碳，或是分解，產生二氧化碳。隨著時間過去，一些噬日菌死在燃料槽裡。不是每個細胞都很完美。缺陷，突變，死亡。死掉的噬日菌讓燃料槽跑出二氧化碳。」

「有道理。」

「研究結果很棒。」他邊說邊往下爬。

「等等，我還有其他發現，而且不少。」

「還有，問號？好。」他停下腳步。

「我在試驗箱裡模擬金星的環境，」我靠在實驗桌旁輕拍箱體，「但沒有做到一模一樣啦。金星大氣中含有百分之九十六．五的二氧化碳和百分之三．五的氮，我先讓內部充滿純二氧化碳，天倉五變形蟲狀況良好，接著我注入氮氣，天倉五變形蟲全數死亡。」

「全死，問號？」洛基聳起背甲。「突然，問號？」

「對。」我說。「才短短幾秒鐘，全部翹辮子。」

「氮氣……真沒想到。」

「是啊，完全沒想到！」我附和道。「我用三宙星的大氣做了一樣的實驗。只有二氧化碳時，天倉五變形蟲沒事；加進二氧化硫，天倉五變形蟲沒事；一注入氮氣，轟！所有天倉五變形蟲都死了。」

「很意外，非常意外。」他心不在焉地用爪子輕敲通道壁。「氮對波江星生命無害，波江星上很多生物都需要氮。」

「地球也是。」我說。「地球大氣中含有百分之七十八的氮。」

「不懂。」他說。

他並不孤單，我也一樣滿腹疑惑。我們都在想同一件事：倘若所有生命都是從單一起源演化而來，怎麼會有兩個生物圈把氮當成不可或缺的重要元素，另一個卻視之為劇毒？

氮本身完全無害，氮氣自己也樂得自在，幾近惰性氣體，很少與其他物質產生反應。人體每次呼吸都會吸進百分之七十八的氮氣，只是我們忽略了這個事實。至於波江星的大氣成分主要是氨，一種含氮化合物。若微量的氮會殺死這種生命形式，又怎麼能循胚種論的途徑在地球和波江星這兩顆充滿氮氣的行星上留下足跡，孕育後嗣？

答案很簡單：不管胚種論本初的生命形態為何，都對氮氣無感，但後期演化出來的天倉五變形蟲則不然。

「糟糕。」洛基垂下背甲。「三宙星大氣有百分之八的氮。」

「金星也有一樣的問題。」我坐在實驗椅上交叉雙臂抱胸。「大氣中含有百分之三．五的氮。」

「沒希望。不能改變三宙星的大氣。」他的背甲愈來愈低，聲音降了一個八度。「不能改變金星的大氣，不能改變天倉五變形蟲。沒希望。」

「雖然我們無法調整金星和三宙星的大氣組成成分，」我說，「但或許可以從天倉五變形蟲下手。」

「怎麼做，問號？」

「波江星人會生病嗎？」我抓起工作台上的平板電腦滑動螢幕，瀏覽之前做的波江星人生理學筆記。「身體不舒服之類？」

「有時候會，非常、非常嚴重。」

「你們的身體是怎麼消滅疾病的？」

「波江星人的身體完全封閉，只有吃或產卵才會打開。」洛基解釋。「打開後，高熱血液會讓體內有很長一段時間變得很熱，殺光所有疾病。疾病只能透過傷口跑進身體裡，如果是這樣就很糟糕。身體會封鎖感染區，用高熱血液的熱度殺死疾病。要是疾病快速蔓延，波江星人就會死。」

聽起來他們根本沒有免疫系統，只有高溫殺菌。其實也很合理。波江星人的高熱循環系統能將水煮沸，控制肌肉運動，當然也可以用來煮熟、消毒吃下肚的食物，再加上他們的皮膚由厚重的氧化物構成（基本上就是岩石），不太容易割傷或磨損，就連肺部也無須與外界交換物質。一旦病原體入侵，身體就會封閉該區，使之沸騰。波江星人的身體有如一座幾乎無法攻破的堡壘。

至於人體比較像無國界的警察國家。

「人類很不一樣。」我說。「我們經常生病，卻也有超強大的免疫系統。另外我們還發現治療自然界疾病的方法，叫『抗生素』。」

「不懂。」他說。「治療自然界疾病的方法，問號？怎麼治，問號？」

「地球上的其他生物演化出抵禦相同疾病的能力。他們釋放出來的化學物質可以消滅疾病，不會傷到其他細胞。人類把這些化學物質吃下肚，它們只會殺死病原，人體細胞不受影響。」

「神奇。波江星沒有這個。」

「不過這個系統並不完美。」我繼續說。「抗生素一開始效果很好，但隨著時間推移，藥效愈來愈差，最後變得沒什麼用。」

「為什麼，問號？」

「疾病在演變。抗生素幾乎能剷除體內所有疾病，但有些活了下來。人類使用抗生素的同時，也是在教疾病如何於抗生素中生存。」

「啊！」洛基微微抬高背甲。「疾病演化出防禦力，抵抗殺死它的化學物質。」

「沒錯。」我指著試驗箱。「現在想像一下，天倉五變形蟲是疾病，氮氣是抗生素。」

他停頓片刻，背甲回升到正常的位置。

「懂了！讓環境變得剛好致命，繁殖活下來的天倉五變形蟲，再加強致命的程度，繁殖倖存者。重複，重複，再重複！」

「對。」我說。「我們不需要了解氮殺死天倉五變形蟲的機轉，也不用探究背後的原因，只要培養出有抗氮性的天倉五變形蟲就好。」

「對！」他大喊。

「很好！」我拍拍試驗箱頂。「再幫我做十個這個，尺寸小一點，另外還要一種能在不中斷實驗的情況下取得天倉五變形蟲樣本的工具，以及一套精確的氣體注入設備。我需要精準控制箱內的氮氣量。」

「好，我做！馬上做！」

他飛也似地跑進休眠艙。

「不行。」我查看攝譜儀檢測結果，搖搖頭。「完全不行。」

「可惜。」洛基說。

「也許我可以過濾掉毒素。」我托著下巴說。

「也許你可以專心研究天倉五變形蟲。」洛基惡聲惡氣時會發出一種特殊的顫音。此刻就是最好的例子。

「進展得很順利啊。」我瞄了沿實驗艙邊緣排列的天倉五變形蟲試驗箱一眼。「現在只能等。目前的成績還不錯，氮濃度來到百分之〇．〇一，它們還活著。下一代說不定有機會衝到百分之〇．〇一五。」

「浪費時間，也浪費我的食物。」

「我想知道我能不能吃你的東西。」

「吃你自己的食物。」

「我手邊真正的食物只剩幾個月的份，你的太空船載了很多補給品，能讓二十三個波江星人吃好幾年。波江星和地球生命用的蛋白質一樣。說不定我可以吃你的東西。」

「為什麼說『真正的食物』，問號？什麼是非真正的食物，問號？」

我再次查看讀數。為什麼波江星人的食物含有這麼多重金屬？「真正的食物就是美味、吃起來讓人很開心的食物。」

「你有吃起來不開心的食物，問號？」

「有啊，昏迷專用流質營養品。旅途期間，機械手臂一直餵我吃這種東西。我吃了快四年，夠了。」

「你就吃那個。」

「那個很難吃。」

「食物體驗沒那麼重要。」

「嘿。」我指著他。「對人類來說，食物體驗非常重要。」

「人類很奇怪。」

「為什麼波江星人的食物裡有鉈啊？」我指著讀數螢幕問道。

「健康。」

「人類吃到鉈會死哎！」

「那就吃人類的食物。」

「……算你狠。」我走向天倉五變形蟲試驗箱。洛基真是不斷超越自我，那張嘴愈來愈厲害了。現在氮濃度可以控制在百萬分之一以內，到目前為止，情況看起來還不錯。雖然這一代的天倉五變形蟲只能應付少許氮氣，但至少比上一代強。

計畫奏效了。我們培養出來的天倉五變形蟲逐漸產生抗氮性。它們有可能戰勝金星大氣中百分之三．五的氮氣嗎？三宙星的百分之八呢？沒人知道。我們拭目以待。

我是用百分比來記錄氮氣的濃度。不是最好的方式，但沒辦法，因為一旦壓力為〇．〇二大氣壓，噬日菌就會繁殖，由於所有試驗箱的氣壓都一樣，我只能追蹤氮氣的百分比。

正確的方法應該是計算「分壓」，但這很麻煩。我決定晚點處理數據時除以〇．〇二大氣壓，再乘以氮氣百分比就好。

我拍拍三號試驗箱頂。這是我的幸運箱。我們培養了二十三代天倉五變形蟲，最強的株系有九次都出自三號試驗箱。考量到還有另外九個（試驗箱）競爭對手，她表現得很好。

對，「她」，三號試驗箱在我心目中是位女性。少批判我。

「還要多久才會抵達光點一號？」

「十七小時後啟動反向推力。」

「好，那我們先讓離心機降低轉速，以免遇上什麼問題，需要額外的時間來解決。」

「同意。我去駕駛艙，你去儲藏艙躺平。記得帶有延長線的控制面板。」

我環顧實驗艙，確認所有設備都牢牢固定。「好了，我們走吧。」

「約翰、林哥、保羅，關閉。」洛基說。「速度是軌道速度。」

太陽系中無所謂「靜止」，物體始終繞著某樣事物移動。洛基減緩聖母號的巡航速度，把我們送上一條穩定的軌道，距離天倉五大約一個天文單位。他當初就是把光點一號留在那裡。

洛基將操控器固定在壁掛架上，於駕駛艙的氙晶球裡休息。現在引擎關閉，我們又回到無重力狀態，自然不希望「推進太空船」的按鈕在無人看管的情況下四處漂浮。

他抓住兩支把手移動身體，背甲正對著他的紋理螢幕，上頭一如往常地浮出我的中央顯示器畫面，以各種色彩反映不同的紋理。

「換你控制。」他的任務完成，現在輪到我了。

「還要多久才會看到閃光？」我問道。

洛基拔下黏在氙晶球內壁的波江星時鐘。「下一道閃光，三分七秒。」

「收到。」

洛基不笨。他離開前將光點一號設成每二十分鐘左右發動引擎閃一下，充當信號燈。要算出太空船的原始位置很簡單，但其他行星的重力、最後已知速度計算有誤、天倉五重力估計值不準確……種種因素加起來難免會出些小錯。判斷一個繞恆星運行的物體位置時，只要有一點細微誤差，實際距離影響就會很大。

因此，與其默默希望看到船身反射出天倉光，不如讓太空船自己閃爍引擎，為我們指引方向。洛基當初已經設定好了，我只要用噬日觀測鏡觀察即可。閃現的光會非常明亮。

「目前的抗氮性，問號？」

「今天三號試驗箱裡有些天倉五變形蟲撐過了百分之〇．六的氮。正在繁殖中。」

「間距，問號？」

這件事他已經問了好幾十遍，但他會這麼關心也無可厚非。波江星人的命運仰賴於此。所謂的「間距」就是十個試驗箱的氮含量差異。每培養出新一代天倉五變形蟲，我都會測試十種不同的氮濃度，而非讓所有試驗箱處於相同的條件。

「我這次下猛藥，逐一增量百分之〇．〇五。」

「很好。」他表示贊同。

十個試驗箱都在繁殖天倉五變形蟲－06（以其可承受的氮氣百分比命名）。一號箱為對照組，裡面的空氣含有百分之〇．六的氮，天倉五變形蟲－06應該應付得了。如果沒辦法，表示前一批出了問題，我必須回頭審視上一代株系，重新培育。

二號箱的氮含量為百分之〇．六五，三號為百分之〇．七，以此類推，一直到十號試驗箱——百分之一．〇五。最強大的倖存者就是冠軍，可以進入下一輪。我等了幾個小時，確保它們至少能繁衍兩代。天倉五變形蟲繁殖的速度快得離譜，短短幾天就能吃光聖母號搭載的燃料，實際上也是如此。

等氮濃度增加到金星和三宙星大氣中的含量，我就會進行更仔細、更徹底的試驗。

「閃光快出現了。」洛基說。

「收到。」

我點選中央螢幕，叫出噬日觀測鏡畫面。平常我都讓它顯示在旁邊，但中央螢幕是洛基唯一「看」得到的地方。不出所料，畫面上只有天倉五的噬日頻率光。我平移、調整攝影機角度。為了大幅降低背景紅外光干擾，讓我得以清楚看見引擎閃光，我們刻意讓聖母號的方位比光點一號更貼近天倉五，因此我的視線或多或少偏離，而非直視恆星本身。

「攝影機大致對準你的太空船了。」

「知道。」洛基專心感測紋理螢幕。「離閃光還有三十七秒。」

「對了，你的太空船叫什麼名字？」

「光點一號。」

「不是，我是說，你都怎麼稱呼它？」

「太空船。」

「你的太空船沒有名字喔？」

「為什麼太空船有名字，問號？」

「太空船都有名字啊。」我聳聳肩。

「你的椅子叫什麼名字，問號？」他指著駕駛座問道。

「沒有名字。」

「為什麼太空船有名字，椅子沒有名字，問號？」

「……算了，當我沒說。你的太空船就叫光點一號。」

「我剛才就是這麼說。十秒鐘後閃光。」

「收到。」

洛基和我靜靜盯著各自的螢幕。現在我一眼就看得出來他很專心。我過了好一段時間才發現他專注時會做出很微妙的小動作，讓背甲朝向當前細察的事物，輕輕地來回轉動。我只要沿著轉動的方向望過去，就知道他在看什麼。

「三……二……一……現在！」

剎那間，螢幕上有幾個像素閃爍著白光。

「看到了。」我說。

「我沒看到。」

「光線很暗。我們的位置一定很遠。等等……」我切換到望遠鏡螢幕，將攝影鏡頭平移到閃光的方向，左右微調，直到瞥見深邃的黑暗中有一絲異色。那是光點一號反射出的天倉光。「果然，我們距離還很遠。」

「甲蟲還剩很多燃料。沒關係。告訴我角度變化。」

我查看畫面底下的讀數。我們只要讓聖母號船身與望遠鏡當前的角度對齊就好。「旋轉偏擺加十三．七二度，旋轉俯仰減九．一四度。」

「偏擺加一、三、點、七、二，俯仰減九、點、一、四。」他抓起架上的甲蟲操控器調整角度，依序啟動、關閉甲蟲，讓聖母號轉向光點一號。

我讓望遠鏡對準，放大確認。光點一號幾乎與太空融為一體，很難辨識清楚。但它就在那裡沒錯。「角度正確。」

「我的畫面沒感測到東西。」洛基緊盯著紋理螢幕。

「光的差異微乎其微，要用人類的眼睛才感知得到。角度很漂亮。」

「了解。範圍，問號？」

我切換到雷達螢幕，上頭並未顯示光點一號的位置。「太遠了，我的雷達偵測不到。少說也有一萬公里。」

「要加速到多少，問號？」

「我看……每秒三公里好了？這樣大概一個小時左右就能抵達光點一號。」

「每秒三千公尺。標準加速度可以嗎，問號？」

「可以，每秒平方十五公尺。」

「兩百秒的推力。啟動。」

我做好準備，迎接重力。

25

我們成功了！

我們真的成功了！

地球的救星就在艙室地板上的小試驗箱裡。

「開心！」洛基說。「開心，開心，開心！」

「太好了！」我激動到差點吐出來，有種飄飄然的感覺。「不過還沒完呢。」

我把自己綁在床上，及時抓住一個差點漂走的枕頭，塞到後腦下。其實我情緒高漲，但若不趕快睡，洛基就會開始囉哩叭嗦地煩我。差點搞砸任務一次，就得按照外星人規定的時間強制就寢。真的很扯。

「天倉五變形蟲－35！」洛基說。「經過好多好多代，終於成功！」

科學研究有所突破的感覺很怪。沒有什麼醍醐灌頂、豁然開朗的瞬間，只是朝著目標緩慢穩定地前進，而達成目標那一刻的美好實在妙不可言。

幾週前，我們再次將聖母號與光點一號相連。洛基很高興能回到自己熟悉、空間大得多的地方。他做的第一件事就是打造隧道，直接從聖母號艙內的氙晶區通往光點一號，也就是說，聖母號船體多了一個洞，不過現在我百分之百信任洛基，所有工程事務都放心交給他處理。說真的，要是他想幫我做開心手術，我應該會答應。這傢伙對這類事情非常在行。

由於兩艘太空船連在一起，聖母號無法啟動離心機模式，艙內又回到無重力狀態。但目前我們只需在試驗箱裡繁殖天倉五變形蟲，不會用到仰賴重力的實驗設備，所以沒關係。

過去幾週，我們培育出一代又一代、抗氮性愈來愈強的天倉五變形蟲。今天，天倉五變形蟲–35終於誕生。這支天倉五變形蟲株系能在氮含量百分之三．五、總氣壓〇．〇二大氣壓的條件下生存，也就是說，可以戰勝金星的環境了。

「你，要開心。」洛基站在他的工作台前說。

「我很開心啊！」我說。「但我們還有百分之八這一關要過，這樣天倉五變形蟲才能在三宙星上生存。在那之前不算大功告成。」

「對對對，但這一刻很有意義。重要時刻。」

「說得也是。」我綻出笑容。

「你現在在試驗箱裡放正確的金星大氣，對天倉五變形蟲–35進行詳細測試，問號？」洛基邊說邊擺弄某個新玩意。他整天做這個做那個，老是閒不下來。

「沒有。」我回答。「我們要一直增強氮濃度，培養出天倉五變形蟲–80。這一代能同時應付金星和三宙星，到時我再做進一步試驗。」

「了解。」

「你在幹嘛？」我翻身側躺看著他。如今「看我睡覺」這件事不再讓人毛骨悚然，反倒有種安心感。

他把裝置固定在工作台上以免漂走，用多隻拿著工具的手從不同角度調整裝配。「這是地球電力裝置。」

「你在做電源轉換器？」

「對，把波江星的主順序電振幅轉換成地球的低效直流電系統。」

「主順序？」

「要花很多時間解釋。」

「好吧。」我決定先記在心裡，以後再問。「那你要用來幹嘛？」

「如果計畫成功，我們就能養出厲害的天倉五變形蟲。」他放下兩個工具，拿起另外三個。

「我給你燃料，你回地球，我回波江星。我們說再見。」

「喔，我想也是。」我低聲咕噥。照理說能在自殺任務中倖存，以拯救人類的英雄身分回家，我應該更高興才對，但一想到要和洛基道別，此生永不相見，我就覺得很難受。我刻意不去觸碰這件事。

「你有很多可以攜帶的思考機器。我有一個請求，送我一臺當禮物，問號？」

「筆記型電腦嗎？你想要一臺筆電？當然可以，我有很多。」

「好棒。思考機器裡有資料，問號？地球的科學資料，問號？」

啊，當然。在他眼中，人類是先進的外星種族，科學發展遠比波江星成熟。我想筆電的硬碟容量應該很大，我可以把維基百科上的內容全都複製給他。

「沒問題，我幫你把資料存進去。只是我覺得波江星上可能沒辦法用筆電。太熱了。」

「這只是思考機器支援系統的零件。」他指著那個功能類似電源轉換器的裝置。「系統會提供電力，讓裡面維持地球溫度和地球空氣，有很多備用，確保思考機器不會壞掉。要是壞掉，沒有波江星人會修。」

「原來如此，我明白了。可是你要怎麼看螢幕啊？」

「系統裡的攝影機會把地球光讀數轉換成波江星紋理讀數，就像駕駛艙裡的攝影機。我們離開前，你解釋書寫語言給我聽。」

「好啊。」洛基的英文能力確實足以查找不認識的單字。「英文書面語很簡單——呃，還算簡單，只有二十六個字母，但有很多奇奇怪怪的用法。其實應該說五十二個字母，因為大寫跟小寫不一樣，只是發音相同。喔，還有標點符號……」

「我們的學者會解決。只要教我基本的就好。」

「沒問題。」我答應。「對了，我也想跟你要一個禮物。可不可以給我氙晶？固態和液態兩種。地球上的科學家一定會很高興。」

「好，送你。」

「我要睡了。」

「我看。」

「晚安，洛基。」

「晚安，格雷斯。」

我不再像前幾週那樣輾轉難眠。我有能拯救地球的天倉五變形蟲了。

不就是人工改造、培育外星生物嗎？能出什麼問題？

我小時候就和大多數孩子一樣喜歡想像太空人的生活，想像自己乘著火箭在浩瀚的宇宙中遨遊，遇上外星人，感覺好酷。但我沒想到當太空人還得清理化糞池。

這就是我今天的工作。先講清楚，我清的不是自己的排泄物，而是天倉五變形蟲糞便。一大堆天倉五變形蟲糞便。僅存的七個燃料槽都得清乾淨才能添載新的燃料。

一方面，我在鏟屎；另一方面，幸好我穿著艙外太空衣。我先前就領教過天倉五變形蟲的屎味，真的很恐怖。

黏稠的甲烷和腐爛分解的細胞不是問題。如果要處理的只有這些，我會直接無視。不過一個裝著兩萬公斤炸藥、容量兩百萬公斤的燃料槽就值得關切了。

問題是，燃料槽裡可能還有倖存的天倉五變形蟲。幾週前它們汙染了燃料區，將所有可用燃料吞食殆盡，如今大多都餓死了，至少我最近檢視的樣本是這樣。不過也許有些小王八蛋還活著，我可不想把兩百萬公斤的新鮮噬日菌餵給它們吃。

「進度，問號？」洛基的聲音從對講機傳來。

「三號燃料槽快清好了。」

我在燃料槽裡用自製刮鏟刮掉槽體內壁的黑色黏液，從旁邊一公尺寬的大洞扔出去。怎麼會有一公尺寬的洞？我弄的。

燃料槽沒有大小足以讓人進出的艙口，因為沒這個必要。雖然有閥門和管線，但最大只有幾英寸寬，我手邊也沒有工具能用來沖洗槽體（一萬加侖的水得飛回地球拿才行），只能每個燃料槽各挖一個洞，清除黏答答的噁心穢物，再重新密封。

不得不說，洛基做的切割槍真的很神奇。小小的噬日菌加上紅外光和幾片透鏡，就能讓我射出超猛的死亡射線。訣竅在於控制的技巧，必須維持低強度能量輸出，不過洛基設置了額外的安全裝置，讓透鏡含有些許雜質。鏡片本身並非透明氙晶，而是用紅外線可穿透的玻璃製成；若噬日菌釋放出的光能太強，透鏡就會熔化以致光束散焦，切割槍也會因而失效，我就得很不好意思地請洛基再做一支，但起碼不會切斷自己的腿。

目前還沒發生這種慘劇，不過我還是會小心。

我從槽體內壁刮下一層格外頑固的黏液，用刮鏟把漂浮的汙物打出洞外。「繁殖箱的狀況如何？」我透過對講機問道。

「四號箱還有活的天倉五變形蟲，五號箱一直到十號箱全部死掉。」

我拖著腳在燃料槽中移動。裡面的空間雖窄，但足以讓我雙腳踩在槽體一側，一手抓住另一側穩住身體，空出一隻手來刮除爛泥。「四號箱的氮濃度是百分之五．二五，對嗎？」

「不對，百分之五．二〇。」

「很好，我們快要培育出天倉五變形蟲－52了。」

「進度，問號？」

「很順利，只是要花點時間。」我回答。

我輕輕一甩，將一團黏稠物送進無垠的太空。真希望可以直接用氮氣沖洗燃料槽快速收工，畢竟這裡的天倉五變形蟲沒有抗氮性。可是不行，黏液有幾公分厚，總會有些天倉五變形蟲被同胞形成的保護牆擋住，無論注入多少氮氣，還是會有漏網之魚。只要有一隻天倉五變形蟲倖存，洛基給我的噬日菌燃料就會全面淪陷，因此在用氮氣清洗槽體前我得盡力把黏液刮乾淨。

「你的燃料槽很大。氮氣夠用，問號？如果需要，我可以從光點一號維生系統輸送氨氣。」

「氨氣沒用。」我回答。「含氮化合物殺不死天倉五變形蟲，只能用純氮氣。別擔心，我需要的氮氣沒有你想的那麼多。我們知道原始的天倉五變形蟲無法在〇．〇二大氣壓、氮含量百分之三．五的環境中生存，算起來分壓小於一帕。一個燃料槽只有三十七立方公尺，噴幾克氮氣就能殺死所有天倉五變形蟲。這個量對它們來說非常致命。」我雙手叉腰。雖然穿艙外太空衣擺這個動作有點尷尬，還會讓我漂離槽體壁，但現下實在很適合這個姿勢。「好啦，三號燃料槽清完了。」

「你現在要用氙晶補洞，問號？」

「還沒，我先全部清乾淨。」我漂出燃料槽進入太空，拉著安全繫繩返回船體。「晚點再進行一次艙外活動密封槽體。」

我抓著扶手走到四號燃料槽，找個適當的位置站定，啟動波江星太空切割槍。

氙晶實在是很棒的加壓氣體容器。

聖母號燃料槽已全數清潔完畢，重新密封。我噴出的氮氣量大概是所需的百倍，絕對能消滅所有在燃料區遊蕩的天倉五變形蟲。為了以防萬一，我決定把氮氣封在槽體裡放置一段時間，好好消毒一番。

幾天過去，該來測試一下了。洛基給我幾公斤的噬日菌進行試驗。我還記得當初「史特拉號」上所有成員都將「幾公斤的噬日菌」視為天賜珍寶，如今卻變成「喂，這裡有幾千兆焦耳的能量，還要的話再跟我說」。

我將噬日菌大致分成七等分，排空槽體內的氮氣，七個燃料槽各放一群噬日菌，等上一天。

這段時間，洛基回到光點一號啟動幫浦設備，將其裝載的噬日菌輸送到聖母號燃料槽。我主動說要幫忙，但他婉拒。也是，我去光點一號能幹嘛？艙外太空衣又無法承受那裡的環境，洛基還得費心為我建造通道系統……不值得。

真希望不必大費周章就能踏上光點一號。拜託，外星人的太空船哎！我好想看看裡面長什麼樣子！可是我還要拯救人類什麼的。沒辦法，任務優先。

我檢查燃料槽。如果還有天倉五變形蟲活著，一定會吃掉噬日菌；反之，若噬日菌毫髮無傷，就表示槽體非常乾淨，沒有汙染問題。

長話短說：七個燃料槽裡有兩個未徹底殺菌。

「喂，洛基！」我在駕駛艙裡大喊。

他在光點一號某處，但我知道他聽得見我的聲音。他總是聽得見。

「怎麼了，問號？」幾秒鐘後，無線電對講機傳來回應。

「有兩個燃料槽殘留天倉五變形蟲。」

「了解。不好也不壞。其他五個很乾淨，問號？」

「對。」我緊抓著扶手。專心講話時很容易忘記要穩住身體，以免漂起來。「另外五個看起來沒問題。」

「兩個不好的燃料槽裡怎麼會有天倉五變形蟲活下來，問號？」

「可能是我清得不夠乾淨，我猜有些黏液沒刮到，包覆住幾隻活體，那些蟲沒接觸到氮氣。」

「計畫，問號？」

「我要去把這兩個槽體裡的黏液刮掉，重新消毒。另外五個暫時密封起來。」

「好計畫。記得清洗燃料管線。」

由於先前所有燃料槽都受到汙染，燃料管線（目前已密封）淪陷的機率很大，一併清潔比較保險。「好，清管線比較輕鬆，只要用高壓氮氣噴一噴，把裡面的髒東西吹出來再消毒就好。我會像測試燃料槽那樣測試管線。」

「很好。」洛基說。「繁殖箱的情況如何，問號？」

「進展順利，快到天倉五變形蟲－62了。」

「我們總有一天會知道為什麼氮對天倉五變形蟲有毒。」

「這個問題就交給其他科學家來解，我們先培養出天倉五變形蟲－80要緊。」

「對，天倉五變形蟲－80，或是天倉五變形蟲－86，比較安全。」

波江星人是以六進位制來思考，隨意加個六很正常。

「同意。」我說。

我進入減壓艙，爬進海鷹艙外太空衣，將太空切割槍扣在工具帶上。「開始進行艙外活動。」

我打開頭盔無線電對講機說。

「收到。有問題就用對講機。需要的話我可以派船體機器人幫忙。」

「應該不用，有需要我會跟你說。」

我關上身後的艙門，啟動減壓艙循環程序。

「去你媽的。」我邊罵邊點選最終確認按鈕，拋棄五號燃料槽。

淨空的槽體應聲炸出，漂向虛無的宇宙。

不管我怎麼擦、怎麼清、怎麼用氮氣沖洗，都無法徹底消滅五號燃料槽裡的天倉五變形蟲。無論怎麼清潔消毒，它們都死不了，我放進去的測試用噬日菌也全被吃光。

到了這個地步，能做的只有放手。

我交叉雙臂癱坐在駕駛座上。由於沒有重力無法往後躺，我只好刻意使勁靠著椅背，不爽地噘起嘴。可惡。聖母號原本有九個燃料槽，如今少了三個。亞德莉安星大冒險扔了兩個，剛剛又丟了一個，加起來大約有六十六・六萬公斤的燃料儲量，現在全沒了。

我有足夠的燃料返航嗎？當然。能使聖母號脫離天倉五重力的燃料量最終都能讓我返抵地球。如果我不介意等上一百萬年，只要幾公斤的噬日菌就能送我回家。

重點不在於目的地，而在於航程時間。

我做了許多數學運算，得出我不喜歡的答案。

從地球到天倉五星系耗時三年九個月，而且整趟旅程都是以1.5 G不斷加速，拉邁博士認為這是人體可持續承受近四年的最大重力。這段期間，地球上過了大約十三年，但多虧有時間膨脹效應幫忙，組員經歷的時間短上許多。

以一百三十三萬公斤的燃料（即剩餘六個燃料槽可承裝的總容量）來看，最有效率的方法是持續以0.9 G的加速度飛行。航程時間拉長，時間膨脹效應減弱，表示我在太空船上經歷的時間會更久。簡單來說，聖母號得花上五年半才能返回地球。

那又怎樣？不過多一年半而已，有什麼大不了的？

我沒那麼多食物。

這是自殺任務，他們只替組員準備了幾個月份的食物，僅此而已。我一直很小心控制存量消耗，但最終還是得靠昏迷專用流質食物。難吃歸難吃，至少營養均衡。

不過一樣，這是自殺任務，他們提供的流質營養品根本不夠組員撐到回家。我之所以有多餘的量可吃，純粹是因為姚與伊路奎娜於旅途中喪生。

總而言之，我還有大約三個月份的食物和四十個月份的流質營養品。根據計算結果，這些補給品勉強能讓我撐到返抵地球，前提是有九個裝滿燃料的燃料槽和一點備用燃料，遠不足以應付五年半緩慢的旅程。

我沒辦法吃洛基的食物。我檢測過很多次，波江星人的食物蘊含大量重金屬，從「有毒」到「劇毒」都有。雖然其中也藏著人體可利用的蛋白質和糖分，但我無法將毒素從食物中分離出來。

另外我手邊也沒有東西可以種。所有食物都是冷凍乾燥或脫水食品，無所謂可生長的種子、植物之類。我只能吃既有的食物，就這樣。

洛基沿著通道喀噠喀噠地走進駕駛艙裡的氙晶球。他現在經常於聖母號與光點一號之間來去，我很多時候都不曉得他在哪裡。

「你發出生氣的聲音。為什麼，問號？」

「我少了三個燃料槽，要花很多時間才能回家，可是我的食物不夠。」

「上次睡覺是什麼時候，問號？」

「嗯？我在跟你講燃料！專心一點好不好！」

「暴躁，生氣，蠢笨。上次睡覺是什麼時候，問號？」

「我不知道。」我聳聳肩。「我一直在研究繁殖箱和燃料槽……不記得上次睡覺是什麼時候。」

「你睡覺。我看。」

「我有很嚴重的問題要解決！」我激動地指著控制臺。「燃料儲量不夠我回地球！六十萬公斤的燃料需要一百三十五立方公尺的儲槽容積！我沒那麼多空間！」

「我做燃料槽。」

「你的氙晶根本不夠！」

「不用氙晶，任何堅固的材料都可以。我的太空船上有很多金屬。熔化，鍛鑄，幫你做燃料槽。」

「你做得到？」我眨眨眼睛。

「當然可以！你現在變得很笨。你睡覺，我看，還有設計燃料槽。同意，問號？」他沿著通道朝休眠艙走去。

「呃……」

「同意，問號？」他提高音量再問一次。

「好……」我低聲咕噥。「聽你的……」

迄今我已進行過不少艙外活動，沒有一次像這次這麼累。

我已經在艙外待了六個小時。海鷹太空衣就像資深又老練的硬漢可以應付一切，但我不行。

「正在安裝最後一個燃料槽。」我氣喘吁吁地回報。快完成了。加油。

不用說也知道，洛基特地為我打造的燃料槽無可挑剔。我只是拆下一個既有的槽體給他參考分析，呃，其實是給他的船體機器人，不論他是怎麼利用機器人來測量物體，都掌握得很好。每道閥門的接口位置和尺寸都正確無誤，每條螺紋的間隔都恰到好處。

總之，他根據我給他的槽體做出三個完美的複製品，唯一的差別是材料。原始燃料槽為鋁製，史特拉團隊中有人提議用碳纖維來製造船體，結果被她否決。除了歷經長時間考驗的技術外，其他都不能用。人類六十多年來都是用鋁建造太空船。

至於新的燃料槽是用合金製成。什麼合金？不知道。就連洛基本人也沒答案。這些材料取自光點一號上無關緊要的設備，據他所言大部分是鐵，但其中至少融合了二十種不同的元素，基本上就是「金屬雜燴」。

沒關係，燃料槽不必承受壓力，只要能儲放噬日菌就好，無須具備其他功能。槽體的確要夠堅固，以免加速時受內裝燃料重量影響而破裂。不過這不難，就算用木材製作也行。

「你好慢。」洛基回覆。

「你好壞。」我用棘輪工具和繫帶把圓柱形槽體固定好。

「抱歉，我太興奮。九號和十號繁殖箱！」

「是啊，希望一切順利！」我說。

我們正在培育新一代天倉五變形蟲－78。我裝設燃料槽的同時，那支株系正在試驗箱中繁殖，間距為百分之〇．二五。有史以來第一次，部分試驗箱裡有百分之八以上的氮氣。

至於安裝燃料槽……我的媽啊。根據我的經驗，第一顆螺栓最費勁。槽體的慣性極大，很難對齊螺栓孔。原來的支撐系統也不復存在。拋棄槽體時全炸壞了。任務團隊沒想到組員拋棄舊的燃料槽後會換裝新的燃料槽；拋棄程序並不是單純鬆開固定器，而是所有螺栓斷得乾乾淨淨，沒人在乎固定點損壞與否。

我花了很多時間讓這趟自殺任務變成非自殺任務。

雖然螺紋安裝孔的狀況還可以，但每個孔都卡著斷掉的螺栓。要轉開沒有螺栓頭的螺栓真的很麻煩。我發現最好的方法就是拿鋼條做祭品，用太空切割槍稍微熔化螺栓和鋼條，將兩者焊接在一起。雖然外觀很醜，但至少有力臂和夠大的力矩可轉開螺栓。不過還是有失敗的時候。

一旦無法拆除螺栓，我就會使出「熔化」這招。直接弄成液態就不會卡住了。

三個小時後，新的燃料槽終於全數安裝完成……大概吧。

我啟動減壓艙循環程序，從海鷹太空衣背部爬出來，回到駕駛艙。洛基在氙晶球裡等我。

「進行順利，問號？」

「應該吧，我不太確定。」我伸出一隻手來回擺動。有趣的是，人類和波江星人都很常用這個手勢，代表的意思也一樣。「很多螺栓孔報廢，所以槽體沒照應有的方式固定。」

「危險，問號？你的太空船以每秒平方十五公尺的速度加速。燃料槽撐得住，問號？」

「我不知道。地球工程師通常會設兩層安全防護措施。希望這次也不例外。但為了保險起見，我還是會測試一下。」

「那就好。聊夠了。請檢查繁殖箱。」

「好啦好啦，先讓我喝點水。」

「為什麼人類這麼需要水，問號？」他沿著通道蹦蹦跳跳地往實驗艙移動。「好沒效率的生物！」

我抓起艙外活動前留在駕駛艙裡的水袋，咕嚕咕嚕灌下整整一公升的水。這項工作讓人口乾舌燥。我擦擦嘴巴，讓水袋漂走，接著往艙壁一推，順著艙口漂進實驗艙。

「波江星人也需要水啊。」

「我們讓水待在身體裡。系統完全封閉。有一點沒效率，但我們只會從食物中獲取所需的水分。人類會漏水！好噁心。」

我笑著漂進實驗艙，洛基已經在那裡等了。「地球上有一種可怕又致命的生物叫蜘蛛。你長得很像蜘蛛。讓你知道一下。」

「很好。我驕傲。我是可怕的太空怪物，你是會漏水的太空胖子。」他指著繁殖箱。「檢查箱子！」

我往艙壁一蹬，漂向繁殖箱。見真章的時候到了。我應該從一號箱開始逐一檢視，但管他的，我要直接看九號箱。

我用小手電筒照亮箱內，細察先前覆蓋著噬日菌的載玻片，確認繁殖箱讀數，再看看載玻片。

「九號箱的載玻片完全透明。」我對洛基咧嘴一笑。「我們有天倉五變形蟲—80了！」

他爆出一陣歡呼！五隻手臂激動揮舞，手爪喀噠喀噠地敲著通道壁，恣意發出一連串紊亂的音符。幾秒鐘後，他恢復平靜。「太好了！好棒！棒棒棒！」

「哈哈，好，冷靜點。」我查看十號箱。「嘿，十號箱也成功了。天倉五變形蟲—82.5誕生！」

「棒棒棒！」

「真的，棒棒棒！」我附和道。

「你做更多測試。金星大氣。三宙星大氣。」

「沒問——」

「每次測試都要用一樣的氣體。」他打斷我，在兩側通道壁間漂來漂去。「一樣的壓力，一樣的溫度，一樣的太空死亡輻射，一樣的恆星光。一樣，一樣，一樣。」

「好，一樣，全都一樣。」

「現在就做。」

「讓我休息一下！我剛進行了八個小時的艙外活動哎！」

「現在就做！」

「不要！」我漂向通道，隔著透明氙晶面對他。「我要先繁殖出更多天倉五變形蟲－82.5，確保我們有足夠的樣本進行試驗，還要在密封容器中培養出幾個穩定的群落。」

「好！我的太空船上也要！」

「對，備用樣本愈多愈好。」

「波江星會活下去！」他在通道裡東跳西跳。「地球會活下去！大家都會活下去！」他伸出一隻爪子蜷曲成球狀，貼在牆上。「跟我打拳！」

「是碰拳啦。」我握拳抵住氙晶牆。

聖母號上一定有酒。我無法想像伊路奎娜執行自殺任務時沒喝酒。老實說，我想像中的她連過馬路都在喝。我在儲藏艙裡東翻西翻，搜遍每一個箱子，終於找到組員的個人行李。

箱子裡有三個拉鍊旅行袋，上面各有組員姓名。姚、伊路奎娜、杜布瓦。他們並沒有撤換杜布瓦的東西，因為我根本沒機會準備我的。

事情演變成這樣我還是有點氣。也許之後我能跟史特拉談談，表達我的感受。

我把組員行李拖進休眠艙，用魔鬼氈固定在艙壁上。屬於三名死者，三個死去的朋友，非常私人的物品。

我晚點應該會靜下來，看看他們的行李，然後任憑憂鬱氾濫。但現在是個值得慶祝的時刻。我要喝酒。

我打開伊路奎娜的旅行袋，裡面有各式各樣的小東西。一個刻著俄文的吊飾、一隻可能是她從小就有的破舊泰迪熊、一公斤海洛因、幾本她最喜歡的書，還有——找到了！五袋一公升裝的透明液體，袋身標籤寫著「водка」。

那是「伏特加」的俄文。我怎麼知道？因為我在航空母艦上和一群瘋狂的俄國科學家相處了好幾個月，很常看到這個字。

我拉上拉鍊，讓伊路奎娜的旅行袋留在艙壁上，飛快漂回實驗艙。洛基在通道裡等我。

「找到了！」我說。

「很好！」他換了一套我沒看過的衣服，平常穿的連身衣和工具背帶都不見了。

「讚喔，老兄，變裝啦？」我說。

他得意地抬高背甲，上頭覆著一層柔滑的布質襯料，墊著某個堅硬對稱、宛若盔甲的東西，沒有完全蓋住身體，看起來也不像金屬；背甲頂部的散熱縫邊緣綴著未琢磨的寶石，造型為多面體，與地球珠寶的切割方式相仿，只是珠寶品質很糟，不僅滿布斑點，色澤也變得混濁，但尺寸的確大得驚人，我敢說用聲納感測起來一定很棒。至於他的襯衫袖長算是五分袖，袖口也鑲著類似的裝飾，各個肩膀間以鬆散的編織絨線相連，五隻手都包覆著如麻布般粗糙的織物。這是我第一次看到他戴手套。

這套衣服會讓洛基綁手綁腳，無法自在活動。不過舒適和方便本來就不是時尚的真諦。

「你看起來很帥！」我說。

「謝謝！這是慶祝用的特殊服裝。」

「這是慶祝用的特殊飲料。」我舉起一袋一公升裝的伏特加說。

「人類……用吃慶祝？」

「對啊。我知道波江星人都躲起來進食，也知道你覺得看人家吃東西很噁，但人類就是這樣慶祝。」

「沒關係。吃！我們慶祝！」

我漂向實驗桌，上面固定著兩個試驗箱，一個模擬金星大氣，另一個是三宙星大氣。多虧我的人類參考書收藏以及洛基對母星系的了解，我才得以運用手邊最好的參考資料，盡可能精確設定兩者的實驗條件。

兩個實驗中的天倉五變形蟲不僅順利存活，更進一步孳衍生息。繁殖速度就和以往一樣快，只要往箱裡扔一點噬日菌，馬上就會被吃光。

「敬天倉五變形蟲－82.5！兩個星球的救世主！」我舉起那袋伏特加。

「你要餵天倉五變形蟲喝飲料，問號？」

「沒有啦，只是一種人類常用的說法。」我鬆開吸管夾。「我在向天倉五變形蟲－82.5致敬。」

我吸了一小口伏特加，嘴裡如火燒般熱辣。伊路奎娜顯然喜歡濃烈的劣質伏特加。

「對，致敬！」洛基說。「人類和波江星人一起合作，拯救大家！」

「啊，這倒提醒我一件事。」我猛然想起什麼。「我得替天倉五變形蟲設計一套維生系統，一個可以餵食不多不少、分量剛好的噬日菌來維繫群落生命的設備，而且要全自動化，能自行運轉多年，重量必須小於一公斤。我需要四個。」

「為什麼要這麼小，問號？」

「我想裝在甲蟲探測器上，四個都要，以防聖母號返航途中出意外。」

「好計畫！你好聰明！我可以幫你做。另外，燃料輸送設備今天完成，現在就可以給你噬日菌。我們都能回家！」

「是啊。」我臉上的笑容逐漸淡去。

「這是開心的事！可是你臉上的開口變成傷心的樣子。為什麼，問號？」

「回家的路很漫長，我得獨自面對一切。」我還沒決定是否要冒險以昏迷的狀態返航。為了精神健康著想，我可能不得不這麼做。孤身一人，只能吃白白又噁心的昏迷專用流質食物，光想就受不了。但我很確定自己至少會在旅程初期保持清醒。

「你會想我，問號？我會想你，你是我的朋友。」

「會，我會很想你。」我又喝了一大口伏特加。「你也是我的朋友，最好的朋友。我們很快就要永遠說再見了。」

「不會永遠。」他伸出兩隻戴著手套的爪子互敲，聲音又輕又低，不像平常那種帶有鄙視意味的喀嗟聲。「我們回去救行星，發展噬日菌科技，互相拜訪。」

「有辦法在五十個地球年內實現嗎？」我苦笑著說。

「可能不行。為什麼要這麼快，問號？」

「我大概只剩五十年左右的時間可活。人類沒辦法——」我打了個嗝。「活那麼久，記得嗎？」

「喔。」他沉默片刻。「那我們享受剩下在一起的時間，回去拯救行星，變成英雄！」

「說得好！」我挺起身子，覺得頭有點暈。我向來不太會喝酒，現在卻不顧自身酒量猛灌伏特加。

「我們是銀河系中最綜要的大人物！我們很了不起！」

「敬我們！」洛基伸出一隻爪子抓起旁邊的扳手，高舉空中。

「敬偶們！」我舉起伏特加酒袋。

「嗯，看來該道別了。」我在連接設備這一側說。

「對。」洛基說。聽得出來他硬是拉高音調，卻仍藏不住語氣中的低落。

聖母號燃料添載完畢，一共加了兩百二十萬公斤的噬日菌，比離開地球時多了整整二十萬公斤。與原始搭載的燃料槽相較，洛基做的新品容積更大，更有效率。

「我想我們的同胞未來一定會再見。」我揉揉後頸。「人類會很想認識、了解波江星。」

「對。」他說。「謝謝你的筆記型電腦。我們的科學家會好好研究幾個世紀以來的人類科技。你送給我們史上最棒的禮物。」

「你不是有替電腦設計一套維生系統？測試過了吧？」

「當然。這個問題很笨。」他抓住旁邊的把手穩住身體。

洛基將連接兩艘太空船的隧道拆除，補好聖母號船體，安裝臨時減壓艙對口連接設備，以便他打包行李。

他應我的要求將聖母號艙內的氙晶牆和通道留在原地，只是上頭多了幾個幾公尺寬的洞口，讓我得以使用內部空間。關於氙晶，地球上的科學家研究得愈多愈好。

艙內依舊飄著一絲氨臭。我猜就連氙晶也無法避免氣體滲透。氣味可能會殘留一段時間。

「你的養殖箱呢？」我突然想到。「都檢查過了嗎？」

「對，六個天倉五變形蟲－82.5群落，分別住在配備獨立維生系統的獨立養殖箱，裡面模擬三宙星大氣。你的養殖箱運作正常，問號？」

「一切正常。」我回答。「其實就是之前那十個繁殖箱，只是現在裡面全注入模擬金星大氣。對了，謝謝你做的迷你養殖艙。我會利用旅行時間把它們安裝到甲蟲探測器裡。反正也沒事做。」

「你給我的這些數字，」他瞄了筆記本一眼，「你確定這些是我要掉頭還有抵達波江星的時間，問號？好快，太快了。」

「對，那叫時間膨脹，很詭異的效應，但這些數值沒錯。我檢查了四遍。你會在三個地球年後回到波江星。」

「可是地球和天倉五的距離也差不多，你需要四年才能到家，問號？」

「沒錯，我在太空中會經歷四年，其實是三年九個月。我體驗到的時間壓縮得更緊。」

「你之前有解釋過，可是不懂……為什麼，問號？」

「你的太空船加速得比聖母號快。你會以接近光速的速度飛行。」

「好複雜。」他扭動背甲。

「關於相對論的資料都存在筆電裡。」我指著他的太空船說。「請你們的科學家看看。」

「好。他們一定會很高興。」

「等他們讀到量子物理學就高興不起來了，只會覺得煩。」

「不懂。」

「沒關係，沒什麼。」我哈哈大笑。

我們倆都沒說話，安靜了好一陣子。

「該說再見了。」我打破沉默。

「時間到了。」他說。「我們回去救我們的家。」

「好。」

「你的臉在漏水。」

「別擔心，人類就是會這樣。」我擦擦眼淚。

「了解。」洛基移動到他的減壓艙前，打開門，停下腳步。「再見，格雷斯朋友。」

「再見，洛基朋友。」我溫柔地揮揮手。

他的身影消失在艙內，減壓艙門隨之關閉。我回到聖母號。過沒多久，光點一號的船體機器人便拆下連接設備。

我們以近乎平行的方式駕駛太空船離開，只是航向差了幾度，確保雙方不會被對方噬日菌引擎噴出的能量汽化。等距離拉到幾千公里，就可以隨心所欲調整方向。

幾個小時後，我坐在駕駛艙，關閉自旋驅動裝置。我只想再看最後一眼。我用噬日觀測鏡望著那個紅外光小點。那是洛基，朝波江星飛去。

「祝你好運，老兄。」我喃喃自語。

我設定好回地球的航道，啟動自旋驅動裝置。

我要回家了。

26

我坐在牢房裡盯著牆壁。

這不是什麼昏暗骯髒的監獄牢房，真要說的話，看起來有點像大學宿舍。粉刷磚牆、書桌、椅子、床鋪、個人衛浴應有盡有，只是房門為鋼製，窗外還有鐵欄杆。我哪都去不了。

貝康諾太空發射場怎麼會有牢房？我不知道。問俄國人啊。

今天就是發射日。幾個肌肉發達的警衛很快就會帶著醫生走進那道門，替我注射一些有的沒的。這是我最後一次看到地球。

就在這個時候，我聽見開門的鏗鏘聲。一個勇敢的人可能會抓緊機會衝出門，說不定還能閃過警衛，但我早就放棄逃跑了。不然還能怎樣？跑進哈薩克沙漠冒險求生？

門應聲敞開，史特拉走了進來。她身後的警衛立刻把門關上。

「嘿。」她開口。

我在床上狠瞪著她。

「我們會按原定時程發射。」她說。「你很快就要上路了。」

「讚喔。」

「我知道你不相信，」她坐到椅子上，「但我其實不想這樣對你，我也很難受。」

「是喔，妳還真是多愁善感。」

「你知道我大學讀的是什麼系嗎？」她無視我的嘲諷。

我聳聳肩。

「歷史，我是歷史系畢業的。」她用手指敲桌子。「大多數人都以為我主修理工相關科系或企管、傳播之類。不是，我念的是歷史。」

「不太像妳。」我從床上坐起來。「妳不像那種會花很多時間回顧過去的人。」

「當年我十八歲，對人生感到迷惘，選歷史系是因為我不知道自己還能做什麼。」她笑著說。「很難想像吧？」

「嗯。」

「但我學到很多，也很喜歡歷史。」她從鐵窗望向遠處的發射臺。「現在的人……不曉得自己有多幸福。昔日的世界非常無情、充滿痛苦，愈往前回溯，情況就愈糟。」她站起來在房裡踱步。「過去五萬年一直到工業革命，人類文明只繞著一件事打轉，就是食物。每個立存於世的文化都把大部分時間、精力、人力和資源挹注到飲食上。狩獵、採集、農耕、放牧、儲存、分配，都與食物息息相關，就連羅馬帝國也不例外。大家都知道羅馬皇帝、軍隊及其征服世界的輝煌，但其實羅馬人發明出來的是一套很有效率，可以取得農田、掌握食物與水源運輸的體系。」她走到房間另一邊。「工業革命帶動了農業機械化，讓我們得以將心力挪用於其他事物，但這項變遷距今不過兩百年。在此之前，大多數人大半輩子都在面對、處理糧食生產的事。」

「感謝妳的歷史課。」我插嘴。「如果對妳來說沒差，我希望在地球上最後幾分鐘能過得愉快一點。所以……妳可以讓我一個人靜一靜嗎？」

「勒克萊爾用核武轟炸南極洲替我們爭取到一點時間，但不多。」史特拉不理我。「在海平面上升與海洋生物群系死亡的問題比噬日菌更嚴重之前，我們只能敲下幾塊南極洲冰層送進大海。記得勒克萊爾說的嗎？全球有一半人口都會死亡。」

「我知道。」我低聲咕噥。

「不，你不知道。」她反駁。「因為情勢會更糟。」

「比一半人口死亡更糟？」

「沒錯。」她說。「勒克萊爾推論的前提是假設全世界所有國家一起努力，共享資源，定量配給糧食。你覺得有可能嗎？美國這個有史以來最強大的軍事力量會坐視不管，任由一半人民挨餓嗎？還有中國，一個擁有十三億人口，處於最好的時代卻仍瀕臨饑荒邊緣的國家，你認為他們會放過軍力薄弱的鄰國嗎？」

「會發生戰爭。」我搖搖頭。

「對，會發生戰爭。原因與古代多數戰爭一樣，就是食物。他們可能會用宗教、榮耀等幌子當藉口，但說到底就是為了食物、農田以及在那片土地上勞動的人民。還沒完呢。」她繼續說。「一旦絕望又深受飢餓所苦的國家開始互相侵略、掠奪糧食，糧食產量就會下降。聽過太平天國之亂嗎？那是十九世紀發生在中國的一場內戰，四十萬士兵於戰事中喪生，兩千萬人死於戰爭引致的饑荒。戰爭打亂了農業體系，懂了嗎？會嚴重到這種程度。」她雙臂抱胸。我從沒見過她露出如此脆弱的一面。「營養不良、破壞、饑荒。所有基礎建設都會用於戰爭與糧食生產，導致整個社會結構分崩離析，由於醫療體系不堪負荷，瘟疫也會隨之而起，各種傳染病蔓延全球。一旦疫情爆發，就會徹底失控。」她轉過身面對我。「戰爭、饑荒、瘟疫、死亡，噬日菌就是世界末日。我們只有聖母號這個希望。我會不惜一切代價，提高任務成功的機率。」

「只要妳晚上睡得著就好。」我躺在床上別過臉。

她走到門口敲敲門。警衛把門打開。「我只是想讓你知道我為什麼要這麼做。這是我欠你的。」

「去死吧。」

「喔，我會，相信我。你們三個要去天倉五，我們其他人都會下地獄。應該說，地獄正朝我們而來。」

是喔？好啊，史特拉，地獄要回去找妳了。就是我。我就是妳的人間煉獄。

那個……我還沒想到要跟她說什麼，但我絕對會說點什麼。很難聽的那種。

這趟將近四年的返家之旅已經過了十八天。我剛抵達天倉五的日磁層頂，也就是這顆恆星的強大磁場邊緣，強度足以讓快速移動的星際輻射偏轉。

這一刻起，聖母號船體承受的輻射量會大幅增加。

我無所謂，畢竟身旁有噬日菌團團包圍，不過看艙外輻射感測器數值節節飆升還挺有趣的。算是有點進展。從宏觀的角度來看，我踏上了一場長途旅行，目前只是「剛走出家門」而已。

我好無聊。一個人在太空船上無所事事。

我又打掃了一次實驗艙，編纂器材目錄，晚點可能會研究一下噬日菌或天倉五變形蟲，做些實驗。哎，我可以利用返航這段時間寫寫論文，而且我和一個外星智慧生命相處了好幾個月，應該也要記錄一下他的事。

另外我還收藏了很多電動。我手邊有當時建造聖母號期間可買到的所有遊戲軟體，應該能讓我打發不少時間。

我檢查天倉五變形蟲繁殖箱。一切安好。我不時以噬日菌餵食天倉五變形蟲以維持群落健康，讓它們繼續繁衍。繁殖箱中模擬金星大氣，隨著天倉五變形蟲一代代誕生，它們適應金星環境的能力也會愈來愈強。四年後，我會把它們送上金星，屆時這些小傢伙已演變成適居金星的物種了。

對，我決定送它們到金星。反正順路。

我不曉得自己會回到什麼樣的世界。我離開後，地球上的時間流轉綿延，過了十三年，還要再過十三年我才會返抵家園。二十六年。我的學生都長大成人了。希望他們能從這段時日中倖存，好好活著。我知道，有些人可能不會……我盡量不去想這些。

總之，回到我們的太陽系後，我會順道去一下金星，讓天倉五變形蟲「下船」。我還不確定要怎麼做，但我已經有幾個點子了。最簡單的方法就是把一團受天倉五變形蟲侵擾的噬日菌扔向金星，噬日菌會吸收重返大氣層產生的熱，天倉五變形蟲就此迎向自由，準備玩個痛快。金星現在肯定滿布噬日菌，誰知道天倉五變形蟲會不會一發現獵物就立刻展開攻擊。

我查看食物存量。目前仍按預定的計畫走。太空餐包還剩三個月份，之後就得改喝昏迷專用流質營養品。

我不想再次陷入昏迷。雖然我帶有阻抗基因，但姚和伊路奎娜也是。既然沒必要，何苦冒著生命危險？

再說，我不是很有把握聖母號路線導航重設正確。我覺得應該沒錯，至少每次突擊檢查都還在航道上。但若昏迷期間出了什麼差錯呢？要是我醒來發現自己偏離太陽系，跑到一光年以外的地方怎麼辦？

不過到頭來在與世隔絕、孤寂和噁心的食物間抉擇，我也許願意承擔這些風險。再說吧。

講到孤寂，我又想起洛基。我現在唯一的朋友。真的，他是我唯一的朋友。過去世界如常運轉的日子裡，我沒什麼社交生活。有時我會跟學校其他教職員工一起吃晚餐，偶爾週末夜和大學老友約喝啤酒。但由於時間膨脹的緣故，我回到家時，這些人都會比我年長，成為上一個世代。

我很喜歡狄米崔。他大概是整個聖母團隊中我最喜歡的人。不曉得他現在在幹嘛？說不定美俄雙方爆發戰爭，或是結為盟友。我不知道。

我攀爬牆梯來到駕駛艙，坐上駕駛座，打開導航面板。我真的不該這麼做，可是這個行為不知怎的成了一種儀式。我關閉自旋驅動裝置，讓聖母號暫時靠慣性飛行。我幾乎沒有注意到重力旋即消失。我已經習慣了。

自旋驅動裝置關閉後，我就可以安全使用噬日觀測鏡。我掃視一下太空，心裡很清楚該望向何方。果然，很快就找到了。那個發出噬日頻率光的小點。光點一號的引擎。若離那道光不到一百公里，整艘聖母號就會瞬間汽化，澌滅淨盡。

我在星系這一邊，他在另一邊，就連遠方的天倉五看起來都像顆小燈泡，我卻仍可清楚辨認出光點一號的引擎焰火。以光為推進劑所釋放出來的能量真的多到誇張。

也許未來我們可以好好利用這些資源。多虧了噬日菌，地球和波江星或可藉由釋放大量噬日頻率光互相通訊，彼此交流。不曉得讓居於波江座 40 星系的物種看見一道閃光需要多少能量？我們可以用摩斯電碼之類的形式交談。現在他們有我複製下來的維基百科，要是看見閃光，應該能搞懂我們想幹嘛。

不過，雙方的「對話」會非常緩慢。波江座 40 距離地球十六光年，我們傳送一則訊息，比方說「嘿，你好嗎」，要等三十二年才會收到他們的回覆。

我盯著螢幕上的小光點嘆氣。我可以持續追蹤他好一段時間，清楚掌握他的方位。他會用我幫他擬定的飛行計畫。他信任我的科學專業，就像我信任他的工程專業一樣。然而幾個月後，噬日觀測鏡就看不到他的引擎光了。不是因為光線太黯淡（畢竟這臺儀器很靈敏），而是因為我們的相對速度會導致光點一號引擎噴出的光發生紅位移，傳到我這裡時就不再是噬日波長了。

什麼？我會不會做一大堆相對論數學運算來推估聖母號和光點一號於我的慣性參考座標系下的相對速度，再透過勞侖茲變換計算他的引擎光何時會超出噬日觀測鏡的感測範圍，從畫面上消失？就只為了知道自己還能默默從遠方望著朋友多久？不會有點可悲嗎？

嗯。

好了，可悲的日常小儀式結束。我關掉噬日觀測鏡，再次啟動自旋驅動裝置。

我清點日益減少的補給品存量，看看「真正的食物」還剩多少。踏上返航之旅至今已過了三十二天。根據我的估算，五十一天後就得完全仰賴昏迷專用營養品。

我來到休眠艙。「電腦，給我昏迷專用食物試用包。」

機械手臂伸進艙頂儲藏室拿了一袋白色粉末出來，丟在床上。

我拿起試用包。裡面裝的當然是粉末。幹嘛長期儲存液體？聖母號的水系統是封閉循環系統。水進到我體內，然後以各種方式排出，經過淨化再利用。

我把試用包拿到實驗艙，將少許粉末倒進燒杯裡，加點水攪拌一下，變成乳白色流質食物。我嗅聞一陣，沒什麼味道。於是我喝了一口。

我努力克制想吐的衝動。吃起來好像阿斯匹靈，就是那種討厭的藥味。接下來幾年，我每餐都得吞這種苦藥。

現在看來昏迷好像沒那麼糟。

我把燒杯放在旁邊。到時再想辦法應付這難吃的東西。現在先來搞定甲蟲探測器。

洛基幫我做了四個迷你天倉五變形蟲養殖艙，外觀看起來像鋼製之類的膠囊，大小跟我的手掌差不多。我會說「鋼製之類」，是因為這種材料為波江星合金，人類還沒發明出來，其硬度大於目前地球上所有金屬合金，小於鑽石切割刀具。

我們為了迷你養殖艙外殼要用什麼材料討論了很久。氙晶自然是最佳首選。問題是，地球上的科學家要怎麼打開？我們沒有能切割氙晶的工具。唯一的方法是用極度高溫，但可能會傷到裡面的天倉五變形蟲。

我提議做成有蓋的氙晶艙，讓蓋子像壓力門緊緊嵌住，並將安全開啟艙蓋的說明存進隨身碟供他們參考。洛基立刻否決這個想法。無論蓋子卡得多緊，都不是百分百密封。養殖艙得在太空中飛行兩年以上，內部空氣可能會外洩，導致天倉五變形蟲窒息。他堅持容器一定要一體成型，完全密封。聽起來是個好主意。

因此我們決定以波江星鋼材製作。這種金屬堅固硬實，不易氧化，而且非常耐用。人類可以用鑽石鋸片切割容器，說不定還能分析其中的元素，研發出屬於地球的超級合金。雙贏！

膠囊養殖艙的構造很簡單。除了活躍的天倉五變形蟲群落和模擬金星大氣的環境外，還有一圈裝滿噬日菌的超薄鋼製管線。天倉五變形蟲只能觸及最外層，必須沿著全長約二十公尺的管線往下移動。我們做了一些基本實驗，確認裝置能維繫群落生命長達數年。至於排泄物……天倉五變形蟲只能泡在自己的糞便裡。艙體會隨時間推移慢慢吸收甲烷，釋放二氧化碳，但不會造成什麼影響。雖然這個容器以人類的標準來看不大，但對裡面的小小微生物來說就像巨型洞穴一樣。

甲蟲探測器是當前第一要務。我要它們隨時都能發射，以防聖母號在返航途中出意外。然而，除非遇上什麼嚴重、攸關任務成敗的問題，我不想太早發射探測器。發射點離地球愈近，安全抵達的機率就愈高。

除了安裝膠囊養殖艙外，還要替甲蟲添加燃料。先前用它們充當聖母號引擎時耗了將近一半的量，幸好只需各加六十公斤噬日菌就能滿格，跟我從洛基那進口的波江星製噬日菌量相比，不過是小意思。

最困難的部分是打開超小的探測器燃料槽。這個裝置和聖母號其他設備一樣，本來就不是為了重複使用而設計，有點像自己另外在迷你打火機裡加入丁烷，用法根本不對。燃料槽本身完全密封，我得把探測器固定在銑床上，用六毫米鑽頭鑽個洞……總之要很小心，不能出半點差錯。但我愈來愈上手了。

昨天我已經完成約翰和保羅的準備作業，今天要來搞定林哥，時間夠的話再來弄喬治。喬治最簡單，不用加燃料，因為之前並沒有用它當引擎，所以只要裝上膠囊養殖艙就好。

但安裝膠囊也很讓人頭痛。艙體小歸小，卻還是大到無法放進探測器，我只好用環氧樹脂把膠囊黏在底盤，用點焊的方式製作一個小重物放在探測器頂部，讓整個裝置保持平衡。探測器內建的電腦對質心位置很有意見，直接增添配重比重新設定導引系統簡單。

只是重量就成了問題。

搭載養殖艙的甲蟲探測器比原始重量多一公斤。不過沒關係。我記得先前跟哈契就設計問題討論了很多次。這傢伙雖然有點怪，但也是個厲害的火箭科學家。甲蟲探測器是透過觀星來定位，若燃料量比預期的少，電腦會依照需求逐漸降低加速度。

簡言之，甲蟲探測器會返回地球，只是需要多花點時間。我算了一下，雖然它們在太空中經歷的旅程會比原定計畫多幾個月，但以地球時間來看，差距微乎其微。

我走向實驗用品櫃，拉出大型噬日菌儲存箱。這是一個附輪腳的不透光金屬容器，裡面有幾百公斤噬日菌，而艙內重力為1.5G。這就是我替金屬箱安裝輪子的原因。機械工作室加上「不想拖著重物走來走去」的強烈欲望，真的能讓人做出很不可思議的事。

儲存箱溫度很高，所以我用毛巾墊著抓住把手，把箱子推到實驗桌旁，坐在椅子上，準備往六毫米的小孔中替探測器添加燃料，整個過程必須謹慎小心、有條不紊。我準備了塑膠注射器，一次可以注入一百毫升的噬日菌，約莫六百克左右，大概要做上兩百次才能注滿一個燃料槽。

我打開儲存箱，然後——

「噁！」我皺起臉，整個人往後縮。箱子裡的味道好可怕。

「搞什麼……怎麼會這麼臭？」

我忽然明白了什麼。我聞過這個味道。是死掉、腐爛的噬日菌氣味。

天倉五變形蟲又跑出來了。

27

我立刻跳下實驗椅，不曉得該怎麼辦。

「好，別慌，冷靜。」我對自己喊話。「想清楚，然後採取行動。」

儲存箱溫度居高不下，表示裡面還有很多活體噬日菌，算是發現得早。好險。我指的不是儲存箱，箱子算是報銷了，我沒辦法也不可能把裡面的天倉五變形蟲從噬日菌群間分離出來。但我知道，無論天倉五變形蟲怎麼跑進儲存箱，都是近日才發生的事，希望聖母號的燃料還沒淪陷。

對，這是當務之急。絕不能讓天倉五變形蟲進入燃料槽。上次是因為管線系統有很多微小的裂縫，它們才得以鑽進去吃光燃料。天倉五變形蟲打從一開始就放在組員艙，一定是從那裡移轉、擴散開來。燃料系統與組員艙重疊的地方不多。可能的罪魁禍首只有一個。

維生系統。

若艙內溫度太低，聖母號就會讓空氣流過填滿噬日菌的旋管，提高室溫。只要其中一個旋管有缺口就麻煩了。幸好實驗艙裡有一堆攝氏九十六度的噬日菌能讓組員艙保持溫暖，致使聖母號啟用空調系統。

好，我知道該怎麼做了。

我匆匆爬上牆梯來到駕駛艙，點開維生系統面板查看紀錄。跟我想的一樣，暖氣已經有一個多月沒啟動了。我停用暖氣系統，畫面上顯示「關閉」，但我還是不放心。

我查看駕駛座底下的總開關箱，關掉暖氣系統。

「好了。」我自言自語。

我回到駕駛座點開燃料面板，燃料槽看起來沒問題，溫度也正常。天倉五變形蟲是那種一看到噬日菌就會樂得發狂，大開殺戒的生物，這點我很確定。要是燃料槽受到汙染，溫度會更低。

我點開自旋驅動裝置面板，關閉引擎。失重狀態讓我的雙腳逐漸漂離艙室地板。也許不必做到這種程度，但此時此刻我真的不想發動引擎。如果燃料管線裡真的有天倉五變形蟲，我希望它們留在原地，而非被幫浦推送出去，染指整個系統。

「好……」我喃喃低語。「這樣應該行了……」

我腦中的思緒開始奔馳。

天倉五變形蟲怎麼會跑出來？洛基替我加燃料之前，聖母號的每個區域、每個角落都有用氮氣仔細消毒過一遍，除了密封氙晶繁殖箱和裝在探測器上的氣密膠囊養殖艙外，艙內並沒有天倉五變形蟲。

不行，現在沒時間搞科學，原因晚點再來推測。眼下有個亟需解決的工程問題。要是洛基在就好了。

我真的好希望洛基在這裡。

「氮氣。」我說。

天倉五變形蟲怎麼逃脫的我不知道，只知道他們非死不可。

天倉五變形蟲－82.5可應付○・○二大氣壓、氮含量百分之八・二五的環境，說不定更高，但絕不可能在○・三三大氣壓、氮含量百分之百的組員艙中生存，這個濃度對它們來說相當於致死量的兩百倍。

我漂向總開關箱，切斷所有維生系統相關設備。緊急警報旋即響起，紅燈閃個不停。我雙腳一蹬，漂到艙室另一邊的緊急系統開關箱，將裝置全數關閉，然後調整主控板，把吵得要命的主要警報器設成靜音。

我往下漂進實驗艙，打開存放氣瓶的化學品儲存櫃，找到一支裝了大約十公斤氮氣的鋼瓶。杜布瓦的理想自殺方式再次登場救援，我欠他太多了。

我不太記得維生系統究竟有哪些設施，但我知道有手動加壓閥。艙壓不能超過○・三三大氣壓，要是其他系統失靈（實際上也會失靈，因為我把整個緊急系統關了），聖母號就會將多餘的壓力洩放到太空中。

我不能只是釋放氮氣，然後抱著一線希望。我要先把艙內既有的氧氣排出去。我真的不想再浪費時間胡搞瞎搞，我要讓艙內充滿氮氣，百分之百的氮氣，把聖母號變成一艘對天倉五變形蟲來說滿是劇毒的太空船，不讓它們有半點存活的機會。我要氮氣細細滲入每一個角落，就連躲在黏液下的天倉五變形蟲也無法倖免。到處都是氮，無路可逃！

我抓起氮氣鋼瓶往地板一蹬，漂回駕駛艙，打開減壓艙內艙門，用前所未有的速度飛快穿上海鷹太空衣，啟動所有裝置，連檢查都懶得檢查。沒時間了。

我讓內艙門開著，打開外艙門上的手動緊急安全閥。艙內的空氣嘶嘶飄進太空。主要與緊急維生系統完全切斷，無法注入流失的氣體。

現在只能等了。

太空船艙內的空氣要完全流失，得花上很長一段時間。電影裡經常看到要是船身破了個小洞，所有人都會立刻死亡，不然就是肌肉發達的男主角用二頭肌堵住缺口之類。事實上，空氣流動的速度沒那麼快。

減壓艙上的緊急安全閥直徑為四公分，以太空船而言算是個大洞對吧？

聖母號艙壓過了二十分鐘才掉到原壓力值的百分之十，目前以緩慢的速度逐漸下降，大概呈對數函數模式。明明是緊要關頭，我卻只能拿著鋼瓶呆站在這裡。

「好，百分之十就夠了。」我關閉緊急安全閥，密封艙門，打開氮氣鋼瓶。

也就是說，此刻的嘶嘶聲來自鋼瓶，不是減壓艙。

聽起來沒什麼差別。

一樣，還是要等，只是這次不用那麼久，大概是因為鋼瓶裡的壓力比艙壓高很多。隨便啦。總而言之，艙內很快就回到〇．三三大氣壓，而且幾乎是純氮氣。

有趣的是，我若脫下太空衣，不但會有種很舒服的感覺，還可以自由自在地呼吸直到斷氣。當前艙內的氧含量少得可以，絕對無法讓我活下去。

我要讓氮氣滲透到每一個能滲透的地方，填滿每一道縫隙。無論天倉五變形蟲潛匿在哪裡，我都要找到它們，格殺勿論。去吧，我的氮氣戰士，讓聖母號血流成河！

我來到實驗艙查看那個大型噬日菌儲存箱。剛才走得太急，忘記把箱子關上。幸好，噬日菌是一種具有黏性的生物，表面張力和慣性讓它們得以留在箱內。我蓋上箱蓋，拿到減壓艙，將整個金屬箱扔進太空。

其實我大可搶救那些倖存的噬日菌，注入氮氣，消滅那些潛伏在腐爛汙泥裡的天倉五變形蟲。但沒有必要冒險。我有超過兩百萬公斤的噬日菌，要是為了救幾百隻而導致任務失敗怎麼辦？沒有意義。

我靜候三個小時，把剛才關閉的總開關全都打開。電腦陷入恐慌，警報鈴聲大作；隨著維生系統將聖母號儲備的大量氧氣注入艙室，一切逐漸恢復正常。

我必須隔離太空船上的天倉五變形蟲。最好在維生系統抽完氮氣之前完成。為什麼不等艙內空氣回復到標準狀態再做？因為不穿艙外太空衣比較方便，效率更好。戴著厚重的太空手套真的很難做事。

我爬出太空衣，拿著氮氣鋼瓶漂進實驗艙。

先弄繁殖箱。

我把十個繁殖箱分別放進獨立的大塑膠箱，每箱各裝一道小閥門（環氧樹脂簡直萬能），注入氮氣。繁殖箱若有破損，氮氣就會跑進去殺光天倉五變形蟲，沒有裂縫、維持氣密的繁殖箱則不受影響。

塑膠箱原本就是氣密設計，為求保險，我又用封箱膠帶貼過，刻意在內部加壓，讓箱體側面和頂部略微膨脹。若繁殖箱真的破裂，用肉眼就能看出來，因為塑膠箱的凸起會消退。

輪到甲蟲探測器和膠囊養殖艙了。

約翰和保羅已裝上膠囊。我一樣把它們放進隔離箱。麻煩臨頭的當下，我正準備替林哥加燃料，因此它和喬治都還沒裝膠囊。我把它們放進另一個隔離箱，再用膠帶將所有箱子固定在艙壁上，以免到處亂漂。要是碰到鋒利的東西就慘了。

實驗艙一團混亂。林哥拆解到一半，我就關閉自旋驅動裝置。工具、探測器零件及其他亂七八糟的垃圾在艙室裡漂來漂去。我得在無重力狀態下把這些東西清乾淨才能休息。

「可惡。」我低聲抱怨。

28

天倉五變形蟲大逃亡至今已過了三天。我謹慎應對，沒有心存僥倖。我手動關閉所有燃料槽，讓槽體與燃料系統分離，然後一個一個打開，採集邊緣的噬日菌樣本，用顯微鏡觀察菌群是否受到天倉五變形蟲汙染。

謝天謝地，九個燃料槽都沒事。我重新啟動自旋驅動裝置，以1.5G的巡航速度前進。我東拼西湊，做了一個簡單的「天倉五變形蟲警報器」，若同樣的情況再次發生，警報器就會提醒我。我早該這麼做了，但現在講這些都是放馬後砲。

所謂的警報器是用塗滿噬日菌的載玻片製成（和天倉五變形蟲繁殖箱裡的一樣），一邊設有光源，另一邊則有光感測器。整個裝置都暴露於實驗艙環境，接觸艙內空氣，要是天倉五變形蟲發現並吃掉噬日菌，載玻片就會變透明，進而使光感測器發出嗶嗶聲。目前還沒有出現警報，載玻片依舊黑得徹底。

混亂已然平息，一切盡在掌控中。我可以開始思考那個重要卻很難回答的問題：天倉五變形蟲怎麼會跑出來？

「是誰幹的好事？」我雙手叉腰瞪著隔離區。

完全說不通。氙晶繁殖箱運作了好幾個月，沒有任何破損或外洩的跡象，迷你養殖艙又是完全密封的鋼製膠囊。

也許亞德莉安星那場騷亂過後，艙內就潛伏著一些遊手好閒的天倉五變形蟲，出於某種原因到現在才發現噬日菌？

不可能。根據我和洛基做出來的實驗結果，天倉五變形蟲在沒有食物的情況下只能活大約一週，然後就會餓死，而且它們很極端，不太懂什麼叫適度，不是瘋狂繁殖、吃光眼前的噬日菌，就是根本不存在。

一定有容器出現裂縫。我需要這些天倉五變形蟲來拯救地球，不能就這樣拋棄一切。我必須找出問題所在。

我盡可能仔細檢查每個繁殖箱。由於放在隔離箱裡，我無法操作控制裝置，不過沒這個必要，繁殖箱是全自動設備，系統很簡單。用優雅的方法解決複雜的問題是洛基的習慣。養殖系統能監控內部氣溫，若溫度低於攝氏九十六．四一五度，就表示裡面的噬日菌全被天倉五變形蟲吃光，系統會自動添加噬日菌，就這麼簡單。此外，系統也會記錄餵食時間，並依照需求調整餵食率來控制天倉五變形蟲的數量，因此各箱的群落個體數很接近，當然啦，箱子上還有讀數顯示當前的狀態。

我逐一查看繁殖箱讀數，全都顯示攝氏九十六．四一五度，估計約有一千萬隻天倉五變形蟲。數值完全沒問題。

「怪了。」我說。

繁殖箱內的氣壓遠低於周圍的氮氣壓力。若箱體真有裂縫，氮氣就會跑進去，導致裡面的天倉五變形蟲全數死亡。可是沒有。已經過了三天了。

繁殖箱沒破損。看來禍端是迷你膠囊養殖艙。可是微生物怎麼有辦法穿透半公分厚的波江星鋼材合金？洛基很明白自己在做什麼，也很熟悉波江星鋼材，如果這種材料無法裝載微生物，他一定知道。雖然波江星上沒有天倉五變形蟲，但肯定有其他微生物，對他們來說不是什麼新鮮事。

我心裡不禁閃過一個我通常認為不可能的想法：洛基犯了工程上的錯誤。講到製造物品，他從不犯錯。他是全波江星最有才華的工程師之一，不可能搞砸。對吧？

我需要確切的證據。

我做了更多測試用噬日菌載玻片。這個工具不僅做法簡單，更能有效檢測天倉五變形蟲。

我從有兩個膠囊養殖艙的隔離箱開始。這兩個養殖艙原本是要裝在喬治和林哥身上，看起來完全密封，就像金屬膠囊。裡面有一套天倉五變形蟲養殖系統，外面則是光滑的波江星鋼材合金。

我撕下隔離箱一角的膠帶，撬開蓋子，丟進噬日菌載玻片，把箱子重新封好。實驗一：確認我沒有意外培育出可在純氮環境中生存的超級天倉五變形蟲。

我從過往實驗中觀察到的另一件小趣事是，一旦天倉五變形蟲發現噬日菌載玻片，後者就會在幾個小時後變得超級透明。

我等了幾個小時，載玻片還是黑色。好，很好。沒有超級天倉五變形蟲。

我撕下隔離箱封條，打開蓋子通風一分鐘，再重新密封。現在裡面的氮含量極低，天倉五變形蟲－82.5 完全不用擔心。如果膠囊養殖艙有裂縫，載玻片會說明一切。

一個小時，沒有結果。兩個小時，沒有結果。

我採集隔離箱裡的空氣樣本再三確認。氮含量近乎零。所以不是這個問題。

我再次封箱放置一個小時。完全沒變化。

膠囊養殖艙百分百密封。至少要裝在喬治和林哥身上的是這樣。也許禍首是另外兩個安裝完畢的膠囊。

這兩個養殖艙只是黏在約翰和保羅底部，沒有探測器外殼等裝置保護。我用和剛才一樣的方式進行天倉五變形蟲檢測實驗，得出相同的結果：根本沒有天倉五變形蟲。

「奇怪。」

好吧，終極測試時間到。我把約翰、保羅和另外兩個未安裝的膠囊從隔離箱拿出來，放在天倉五變形蟲警報器旁邊。我很確定這幾個迷你養殖艙沒問題，如果有，我要立刻知道。

我再次將注意力轉向不太可能是元凶的氙晶繁殖箱。

若天倉五變形蟲無法逃出波江星鋼材，氙晶就更不用說。一公分厚的氙晶能輕鬆應付波江星的二十九大氣壓，而且不易碎，硬度比鑽石還硬。

話雖如此，還是徹底檢查一下比較保險。我讓十個隔離箱同步進行噬日菌載玻片測試。一個一個做沒意義，太浪費時間。現在十個繁殖箱都待在充滿標準狀態空氣、放有噬日菌載玻片的密封塑膠箱裡。

今天真是漫長的一天。我要讓隔離箱放置過夜，利用這段時間好好睡覺休息，隔天再查看情況。我去休眠艙拿枕頭、棉被，回到實驗艙，這樣要是天倉五變形蟲警報器大響，我一定會被吵醒。我疲累不堪，想不出更厲害的辦法，只能讓耳朵離實驗桌近一點。收工。

我迷迷糊糊地睡去。

睡覺時沒有人看的感覺好不對勁。

我大約六個小時後醒來。「咖啡。」

機器人保母在樓下的休眠艙，當然沒有回應。

「喔，對……」我坐起來伸伸懶腰，站起身，拖著腳走到隔離區，檢查繁殖箱測試結果。

我看看第一個繁殖箱的噬日菌載玻片。完全透明。接著換第二——

等等。透明？

「呃……」

我腦袋還沒完全清醒。我揉揉眼睛，再看一次。

沒錯，百分之百透明。

天倉五變形蟲吃掉載玻片上的噬日菌。它們從繁殖箱裡跑出來了！

我轉向實驗桌上的天倉五變形蟲警報器。沒有嗶嗶聲。我查看裝置內部，裡面的噬日菌載玻片一片漆黑。

我深呼吸，慢慢吐氣。

「好吧……」我自言自語，回到隔離區檢視其他繁殖箱。所有載玻片都呈透明。十個繁殖箱都有外洩的情況。至於實驗桌上的膠囊養殖艙沒事，依舊完好地躺在天倉五變形蟲警報器旁邊。

我揉揉後頸。

雖然找到問題根源，我還是一頭霧水。天倉五變形蟲從繁殖箱裡跑出來。怎麼可能？倘若氙晶有裂縫，加壓氮氣照理說會滲入其中，殺死所有天倉五變形蟲，但它們仍健康快樂地到處遊蕩。肇因究竟是什麼？

我往下爬到休眠艙吃早餐，凝視著曾是洛基工作室所在的氙晶牆。牆還在，只是應我要求開了個洞，現在主要當成儲藏室使用。

我嚼著早餐捲餅，試著忽略殘酷的事實：再一餐，我就得吃昏迷專用流質食物了。我盯著氙晶牆上的洞口，想像自己是天倉五變形蟲，比一個氮原子大百萬倍，卻能穿過氮原子無法穿過的洞。怎麼做到的？洞又是從哪冒出來？

我有種不祥的預感。懷疑慢慢爬上心頭。

要是天倉五變形蟲能繞過（想不到更好的形容，姑且先這麼說）氙晶分子呢？要是根本就沒有洞呢？

我們很容易將固體材料視為神奇屏障，但以分子角度來看則不然。固體結構可能是分子鏈、原子晶格，甚或兩者兼有，若深入微觀世界細探，會發現固體物質不像磚牆，比較像濃密的叢林。

我可以穿過叢林；也許得爬過灌木叢，於林間穿梭，閃避樹枝，但這些不是問題。

想像一下，叢林邊緣有上千臺發球機朝四面八方隨意發射網球。球能飛多遠？大部分的球都無法越過頭幾棵樹，有些可能會藉著反彈的力量飛進叢林深處，少數幸運兒彈得更多次、飛得更遠，但即便是最幸運的球也很快就會耗盡能量，很難在離叢林邊緣五十英尺的地方發現球的蹤影。現在，假設叢林有一英里寬，人當然可以走到另一頭，換作是網球根本不可能。

這就是天倉五變形蟲與氮的差異。氮氣只是直線移動，像網球彈來彈去，反應活性不高；但天倉五變形蟲跟我一樣具有刺激反應能力，可以運用感官感知環境，據此規劃方向，採取行動。我們知道天倉五變形蟲可以找到噬日菌並朝著獵物前進，擁有一定程度的感官知能，可是氮原子由熵支配，不會「努力」有所作為。我可以爬上山坡，但網球只能滾一定的距離就會滾下去。

這就怪了。亞德莉安星的天倉五變形蟲怎麼知道該如何仔細定位方向，穿過波江星的技術發明，也就是氙晶？沒道理啊。

生物不會無緣無故演化出特定的特徵。天倉五變形蟲棲居於高層大氣，為什麼會發展出穿透密實分子結構的能力？要怎麼從演化的角度來解釋——

捲餅從我手裡滑落。

我知道答案。我不想承認，但我知道答案。

我回到實驗艙進行一項令人緊張的實驗。讓我焦慮的不是實驗本身，我只是擔心結果會跟我想的一樣。

洛基的太空切割槍還在我手邊，這是聖母號上唯一熱到足以切割氙晶的東西。多虧洛基留下的通道系統，艙內有大量氙晶可用。我啟動切割槍，光束刺穿休眠艙的氙晶分隔牆。由於切割槍釋放出大量熱能，我只能一次切一點，等維生系統調節好溫度後再繼續。

最後，我割出四塊有點粗糙、各寬幾英寸的圓形氙晶板。

對，英寸。壓力太大時我會下意識使用英制單位。當美國人很難，好嗎？

我把圓形氙晶板帶到實驗艙展開試驗。

我在一塊圓板上塗抹噬日菌，蓋上另一塊圓板。噬日菌三明治。美味可口，前提是能穿透氙晶「麵包」。我用環氧樹脂把兩塊氙晶黏在一起，又做了一個一模一樣的三明治。

接著我拿了一些銑磨用的普通塑膠材料割出四塊圓板，代替氙晶，做出另外兩個類似的三明治。完成。現在有四個噬日菌樣本，兩個是氙晶板，兩個是塑膠板，全都用環氧樹脂封牢。

我取出兩個乾淨的可密封容器擺在實驗桌上，各放兩個三明治，一個氙晶、一個塑膠。

樣本櫃裡有幾個裝滿天倉五變形蟲的金屬小瓶，是亞德莉安星的自然原生種，而不是人工培育出來的天倉五變形蟲－82.5。我將樣本瓶放進其中一個容器，打開瓶蓋，火速密封實驗裝置。這麼做其實很危險，但如果天倉五變形蟲疫情真的爆發，至少我知道該如何控制局勢。只要有氮氣就沒事了。

我走向隔離區的一號繁殖箱，用注射器抽出隔離箱內受天倉五變形蟲汙染的空氣，注入氮氣，用膠帶封住孔洞，接著回到實驗桌前把另一個容器關好，將注射器裡的天倉五變形蟲－82.5送進去，一樣用膠帶貼住洞口。

「好啦，你們這些鬼鬼祟祟的小混帳。」我雙手交疊托著下巴，看著兩個實驗裝置。「看看你們有何能耐……」

好幾個小時過去，終於有了結果。情況如我所想，卻不如我所願。

「可惡。」我搖搖頭。

天倉五變形蟲－82.5實驗中，夾在氙晶裡的噬日菌被吃光了，但夾在塑膠板裡的噬日菌還在，至於另一個原始天倉五變形蟲實驗，兩個噬日菌樣本都完好如初。

對照組（塑膠板）的結果證明了無論是什麼品種的天倉五變形蟲，都無法穿透環氧樹脂或塑膠，但氙晶組就不一樣了。天倉五變形蟲－82.5可以穿過氙晶，自然原始的天倉五變形蟲不行。

「笨死了！」我忍不住打自己的頭。

我以為我很聰明。一直在繁殖箱裡培養一代又一代的天倉五變形蟲。我利用了演化論，培育出帶有抗氮性的天倉五變形蟲！我超厲害，可以等諾貝爾獎通知了！

才怪。

對，我是培養出一支能在氮氣中存活的天倉五變形蟲株系，但演化才不管我要什麼，也不會一次專心發展出一種特性。我養出一群演化成能在氙晶繁殖箱裡生存的天倉五變形蟲。

沒錯，它們具有抗氮性，但演化會偷偷摸摸地從各個角度來處理問題。因此，這些天倉五變形蟲不僅發展出抵禦氮氣的能力，更知道該如何潛入氙晶來躲避氮氣！

氙晶是一種複雜的化學物質與蛋白質鏈，箇中奧祕我大概永遠都無法參透，如今天倉五變形蟲卻有辦法鑽進去。此刻繁殖箱中氮氣肆虐，要是能躲進氙晶牆深處，深到氮氣無法觸及，就能存活下來！

天倉五變形蟲無法穿透普通塑膠和環氧樹脂，也無法穿透玻璃和金屬，搞不好連夾鏈袋也不行。拜我之賜，天倉五變形蟲－82.5可以鑽過氙晶。

我利用我不了解的技術來改造我不了解的生物，會釀成這種後果雖然非我本意，但也算自作自受。我自以為能預測、掌握一切，現在看來不過是無知的傲慢罷了。

我深呼吸，緩緩吐氣。

冷靜，這不是世界末日。事實上恰恰相反。既然天倉五變形蟲－82.5可以穿透氙晶，那我就養在別的容器裡。這個品種仍具有抗氮性，氙晶也不是它們生存的必要條件。第一次把這支株系分離出來時，我就用玻璃材質的實驗設備仔細測試過了。它們依舊能應付金星與三宙星的環境。沒事，計畫如常。

我回頭瞄了繁殖箱一眼。

沒關係，大不了用金屬做一個大型養殖箱，不難。我有銑床及所需的原料，時間更是多到不行。我會利用洛基原先打造的繁殖設備，這套設備除了外殼是氙晶，其他零件都是金屬等材質。我不必費心設計既有的系統，只要直接套用到新的裝置就好。

「好，就這樣。」我安慰自己。「沒事。」

我現在只需要做一個能承裝金星大氣的養殖箱。多虧洛基，困難的部分都完成了。

洛基！

我突然一陣反胃，不得不坐在地上，把頭埋進兩腿間。他的太空船上也有天倉五變形蟲－82.5，養在像這樣的氙晶箱裡。

光點一號的艙壁、燃料槽都是用氙晶打造而成。他的天倉五變形蟲與噬日菌燃料之間沒有任何阻礙。

「我的天啊……」

29

我以超薄鋁板為材，用CNC銑床簡單切削，做出新的天倉五變形蟲養殖箱。沒什麼問題。

洛基的太空船才是問題。

過去一個月，我每天都能看見他的引擎光。如今那個光點消失了。

我在駕駛艙裡漂浮。自旋驅動裝置關閉，噬日觀測鏡靈敏度調到最高，雖然不時感測到來自天倉五的噬日頻率光，一如既往，光線卻頗為黯淡。這顆幾乎和太陽一樣明亮的恆星，此刻看起來就像夜空中一個微胖的小點。

除此之外……沒了。我的距離太遠，沒辦法探測到橫跨天倉五至亞德莉安星的噬日線，洛基的太空船也杳無蹤跡。

我很清楚光點一號應該在哪裡，精確到毫弧秒。它的引擎應該要照亮我的視界才對……儘管每天觀察他的飛航進度已經證明了我的公式無誤，我依舊一遍又一遍反覆計算。現在畫面上什麼都沒有。看不見光點一號的光點。

他一個人在茫茫的星際間流浪。天倉五變形蟲逃離養殖箱，鑽進太空船燃料槽，只消短短幾天，就能將數百萬公斤的噬日菌啃食殆盡。

洛基很聰明，一定會把燃料分槽儲放，但那些槽體想必也是氙晶做的。

三天。

要是太空船損壞，他絕對會修好。沒什麼是洛基修不好的。而且他動作很快，五隻手臂揮來揮去，可以同時進行不同的工作。他可能正面臨嚴重的天倉五變形蟲汙染，但要花多久時間才能弭平？他可以從大量氨氣中提萃氮氣，要多少有多少。假設他一發現天倉五變形蟲蔓延就這麼做好了，要多久才能讓一切恢復正常？

不用這麼久。

無論發生什麼事，如果太空船還能修，他早就修好了，可是至今依舊沒有光點一號的蹤影。唯一的解釋就是缺乏燃料。洛基來不及阻止天倉五變形蟲。

我雙手抱頭。

我可以回家，真的。我可以返回地球，以英雄之姿度過餘生。什麼紀念雕像、慶祝遊行等等。舊時的世界徹底顛覆，建立起新的秩序，所有能源問題徹底解決。拜噬日菌之賜，全球各地都有廉價又方便的可再生能源。我可以查出史特拉的下落，跟她說「去你媽的」。

可是這樣洛基會死。更重要的是，洛基的同胞，數十億波江星人也會死。

就差那麼一點。再熬四年就能回家了。對，只能吃那些噁心的流質食物，但我會活著。

我那煩人的邏輯腦點出了另一個選擇：發射四個甲蟲探測器。每個都搭載著迷你天倉五變形蟲養殖艙和存著滿滿數據資料的隨身碟。接下來就交由地球上的科學家處理。

然後駕著聖母號掉頭，找到洛基，送他回波江星。

這條路只有一個問題，就是我會死。

目前的食物存量夠我返抵地球或前往波江星。但就算波江星人立刻替聖母號添加燃料，屆時的糧食也只剩幾個月份，不足以讓我從波江星撐回地球。

我沒辦法自己種東西。聖母號上完全沒有可生長的種子或活的植物。我也不能吃波江星的食物，裡面含有太多重金屬及其他毒素。

我只有兩個選擇。第一，以英雄的身分返回地球，拯救全人類。第二，前往波江星拯救外星物種，然後餓死。

我抓扯頭髮，把臉埋進掌心啜泣。洶湧的情緒如洪濤宣洩，讓人覺得好累。閉上雙眼之際，我看見的全是洛基沉默的背甲和他總是忙個不停的小手臂。

距離我做出決定已過了六週。這並不容易，但我會堅持下去。

我每天都會暫時關閉自旋驅動裝置，打開噬日觀測鏡望向太空。什麼都沒有。

「對不起，洛基。」我喃喃自語。

這時，我瞥見一點噬日頻率光。我立刻放大，仔細搜索該區。畫面上隱約可見四個小圓點。

「我知道你想拆開一隻甲蟲看看，但我不能分給你。」

甲蟲探測器的自旋驅動裝置比聖母號小得多，應該再過一陣子就看不到了。更別說它們飛向地球的同時，我正朝著幾乎相反的方向，往光點一號疾馳而去。

膠囊養殖艙裡的噬日菌旋管會保護天倉五變形蟲免受輻射傷害。我之前做過各式各樣的測試，確認膠囊及其裝載的生物都能承受探測器的超大加速度。以星際航行的角度來看，探測器會在幾年後返抵地球，放到地球的時間框架中大約是十三年。

我啟動自旋驅動裝置，沿著新航道前進。

尋找一艘「在天倉五星系外某處」的太空船一點也不輕鬆。想像一下，有人給你一艘划槳小船，要你去找掉在「大海某處」的牙籤。找光點一號差不多就像這樣，跟「簡單」完全沾不上邊。我很清楚他的飛行路線，也知道他會遵循我幫他擬定的返航計畫，但我每天只用噬日觀測鏡感測一次，不曉得他的引擎是什麼時候壞的。目前我只能用推測的方式判斷他的位置和速度。這只是開始。接下來還得展開一連串搜索任務。

要是之前常追蹤他的方位就好了。由於不確定光點一號引擎何時熄火，我的猜測誤差值大約在兩千萬公里上下，相當於八分之一個天文單位（即地球與太陽之間的距離），連光都需要整整一分鐘才能跑完這個長度。我盡力了。根據目前既有的資料只能推算到這樣。

坦白說，幸好誤差這麼「小」。要是天倉五變形蟲再晚一個月逃走，情況會更糟。現在還只是位於天倉五星系邊緣，旅程才剛開始。天倉五和地球之間的距離比整個天倉五星系寬四千多倍。

宇宙很大。真的……非常大。

所以啦，我算幸運了，只要搜索兩千萬公里就好。

「到底在哪呢？」我喃喃自語。

這裡距離天倉五非常遙遠，光點一號船身不會反射出太多天倉光。我不可能用望遠鏡找到他。

還有，我快要死了。

「好了，不要再想這些有的沒的。」我對自己說。每次腦中閃過即將來臨的死亡，我都會想起洛基。他現在一定很孤單、很絕望。我來了，兄弟。

「等等……」

我知道他會難過，但他並不是那種態度悲觀、遇上困境就一直悶悶不樂的人。他會想辦法解決問題。他會怎麼做？整個波江星命懸一線，他也不知道我在找他。他應該不至於自殺吧？我認識的他會竭盡所能嘗試各種方法，就算成功率只有百分之零點幾也一樣。

好。我是洛基，我的太空船壞了。也許我搶救到一些噬日菌。天倉五變形蟲不可能瞬間吃光所有菌體，對吧？所以我還有一點噬日菌。我能做出類似甲蟲探測器的裝置嗎？某種能送回波江星的東西？

我搖搖頭。這得用上導引系統，需要電腦，不是波江星科學能處理的事。難怪他們一開始會建造出這種巨無霸太空船，派遣二十三名組員。再說，已經過了一個半月，若他真想做一艘小型太空船，早就完工了，我也會看到引擎的火光。洛基動作很快。

好，所以沒有甲蟲探測器，但有能量和維生系統，食物也夠他吃上很長一段時間（畢竟最初有二十三名組員和返航的計畫）。

「無線電呢？」我說。

也許他會發出強到波江星上的人聽得見的無線電訊號，雖然對方接收到的機率不高，但有試有機會。波江星人的壽命很長，等救援等上十多年沒什麼大不了的，當然生死交關的情況另當別論。

如果幾年前有人問我，我會說無線電訊號不可能發送到十光年以外的地方。但這可是洛基，他或許有救出一些噬日菌，能為他發明出來的裝置提供動力。

只要能被注意到就好，無須承載任何資訊。

可是……不行。我簡單算了一下，縱使用地球的無線電技術（比波江星更先進），訊號傳抵波江星的強度也會減弱，被環境噪音蓋過。

洛基一定很清楚這一點。這麼做沒意義。

「好吧。」

真希望聖母號的雷達系統更高級一點。雖然偵測範圍達幾千公里，但以目前的狀況來看顯然稱不上好。要是洛基在這，可能會發明什麼來提升設備效能。聽起來有點矛盾，但我真的好希望洛基能在這裡幫我拯救洛基。

「更高級的雷達……」我喃喃低語。

我有大量可用的動力，也有雷達系統。說不定能想出什麼辦法。

不能只是提供發射器動力，默默祈禱一切順利。發射器一定會被燒壞。要怎麼做才能把噬日菌能量轉換成無線電波？

「有了！」我從駕駛座跳起來。

我有打造出最強雷達所需的一切！去他的內建雷達系統與垃圾發射器和感測器。我有自旋驅動裝置和噬日觀測鏡！噬日觀測鏡是非常精密的儀器，可探測到極微量的紅外光，我可以讓船尾噴出九百兆瓦的紅外光，再用噬日觀測鏡觀察有沒有同頻率的光彈回來！

雖然不能同時發動引擎和使用噬日觀測鏡，但沒關係，洛基離我只有一光分遠！

我構築出簡單的搜尋網格。反正現在也只能猜測洛基的位置，所以每個方向都要找。

我啟動自旋驅動裝置，改採手動控制，電腦就跟之前一樣跳出好幾個警告對話框，要我回答「是」、「是」、「是」和「確定執行」。

我全速前進，調整偏擺操控滑桿，硬是轉向左舷，隨之而來的力將我推往駕駛座椅背，往旁邊傾斜，很像在便利商店停車場甩尾畫圈。

我繃緊神經，堅守計畫。過了大約三十秒終於繞完一圈，大致回到原點。可能有十幾公里的誤差，但無所謂。我關掉引擎，打開噬日觀測鏡。鏡頭雖然不是全景式，但一次可以捕捉到九十度弧空間。我對著剛才引擎光噴射的方向，用同樣的速度慢慢平移鏡頭，觀察眼前的太空。這個方法並不完美，我很可能沒抓好時機。要是洛基離我很近或很遠就行不通了。不過這只是初次嘗試。

我用噬日觀測鏡掃完一圈，沒有發現。我又看了一圈。也許洛基的位置比我想的更遠。

第二圈，一樣沒結果。

還沒完呢。太空是三度空間。我只看了這區的平面。我讓聖母號船身仰角五度，用同樣的方式再度搜索，這次的平面跟上次差了五度。若還是沒發現，我就再調五度，再試一次，一直到九十度。所有方向都不能放過。

如果真的不行，我就從頭開始，用更快的速度平移噬日觀測鏡。

我搓搓手，喝口水，繼續找尋紅外光的蹤跡。

閃光！

我終於看到閃光了！

我在五十五度平面平移噬日觀測鏡，才移到一半就瞥見閃光！

我喜出望外，激動地揮舞手腳，漂離座位，在無重力的駕駛艙彈來彈去，然後匆匆返回駕駛座。之前的進度一直很慢，無聊到極點，如今有了重大突破，內心的厭倦感一掃而空！

「讚啦！在哪裡？好，冷靜，別激動。冷靜點！」

我把手指放在螢幕上看到光點的地方，查看噬日觀測鏡的方向，算出角度。以當前的平面來看要偏擺兩百一十四度，與天倉五－亞德莉安星軌道黃道面成五十五度角。

「了解！」

緊盯讀數的時間到了。我把如今已磨損卻還是很棒的碼表固定好。無重力對這個小傢伙很不友善，但它依舊能正常運作。

我調整操控裝置，讓聖母號的角度遠離目標，按下碼表直線推進十秒，然後掉頭，關閉引擎。我正以每秒一百五十公尺的速度接近目標，不過沒關係，我不想讓剛才增加的速度歸零。我要用噬日觀測鏡。

我盯著螢幕，手裡的碼表飛快跑動。過沒多久，我又看見光點。二十八秒。光點出現了十秒，隨後消失。

我不確定是不是光點一號，但無論那是什麼，都反射出聖母號的引擎紅外光，距離我十四光秒（來回各十四秒，等於二十八秒），算起來大約四百萬公里。

用各種讀數來計算物體速度沒意義。「用手指指著螢幕」這種方法毫無精確性可言。但我知道航向。

聖母號能在九個半小時內飛行四百萬公里。

「好耶，我死定了！」我激動握拳。

我不曉得為什麼會冒出這句話。那個……好吧，如果找不到洛基，我就回地球。老實說我很訝異自己居然付出這麼多努力，投入這麼多心神。

嗯，不重要。我設定航道朝光點前進，發動引擎，這邊的運算連相對論概念都不用，只要懂高中物理就行了。我會一半路程加速，一半路程減速。

接下來九個小時我都在打掃聖母號。又有客人要來了！

希望如此。

洛基必須堵住休眠艙氙晶牆上的洞。但這應該不成問題。

前提是我看到的是光點一號，而非什麼四處飄蕩的太空垃圾。

我盡量不去想負面的事。要懷抱著希望，就這樣。

我把亂七八糟的雜物搬出氙晶區。

整理完後，我開始焦躁不安。有股衝動想停下來用噬日觀測鏡再看一次，確認航向，但我忍住了。就等吧。

我盯著實驗艙裡的鋁製天倉五變形蟲養殖箱，還有天倉五變形蟲警報器旁的噬日菌載玻片。一切進展順利，也許我可以——

碼表發出嗶嗶聲。抵達目標位置了！

我爬上牆梯來到駕駛艙，關閉自旋驅動裝置，還沒坐上駕駛座就點開雷達螢幕。我把功率調到最高，偵測範圍拉到最大。「快點……快點……」

沒有發現。

我坐上駕駛座，繫好安全帶。其實我有想到可能會出現這種情況。離目標更近，卻仍超出雷達偵測範圍。我剛飛了四百萬公里，而雷達範圍不到四千公里。可見我算出來的答案並不是百分之九十九．九九準確。很意外吧。

該用噬日觀測鏡掃描了。不過這一次，無論確切方位為何，我和目標的距離都不到一光分，也就是說，假如我離目標十萬公里，光線不到一秒就會折返，而且又不能在自旋驅動裝置啟動的同時使用噬日觀測鏡。

那該怎麼辦？

我必須在不關閉噬日觀測鏡的情況下製造出一束噬日菌紅外光。我滑了一下主選單，沒看到什麼有用的選項。自旋驅動裝置運轉時無法使用觀測鏡，表示其中一定有互鎖系統。聖母號某處有條電線從自旋驅動裝置控制器連接到噬日觀測鏡，我可能找一輩子都找不到。

然而，聖母號的自旋驅動裝置不是只有主引擎。船體側邊有幾具小型自旋驅動裝置，用以進行姿態控制。我就是利用這些小引擎讓船身偏擺、俯仰和翻滾。不曉得這些會不會影響到噬日觀測鏡？

我打開觀測鏡，讓聖母號往左翻滾。船身滾動，觀測鏡運作正常！

那些邊緣小引擎太讚了！不過我相信設計團隊中有人曾考慮到這種情況。他們可能認為姿態控制引擎動力相對較小，不會影響到噬日觀測鏡。其實從整體概念來看也很合理。引擎與姿態控制驅動裝置的噴射方向全都朝外，不僅遠離船身，也遠離觀測鏡。觀測鏡之所以得在主引擎發動時關閉，是因為少量宇宙塵埃會反射紅外光。姿態控制驅動裝置的功率較低，反射回來的光不會造成太大影響。

不過，這些小引擎噴出的紅外光依舊足以讓鋼鐵汽化，可能會讓光點一號起火燃燒。

我將觀測鏡調整到與左舷偏擺推進器平行。事實上，推進器選項就在可見光模式圖示下方。我啟動推進器。

噬日光譜中肯定包含了某種可見光。推進器周圍薄霧縹緲，看起來就像在霧中打開手電筒。不過才短短幾秒，煙霧便逐漸消逝。其實霧氣還在，只是沒那麼多。

大概是聖母號本身的塵埃和微量氣體吧。漂離船身的微小粒子，推進器將附近的物質汽化那瞬間，一切歸於平靜。

我讓推進器保持開啟，船身繞著偏擺軸轉動的同時，我用噬日觀測鏡查看外面的情況。現在我有手電筒了。聖母號轉速愈來愈快。這樣不行。我決定啟動右舷偏擺推進器。電腦開始嘰哩叭啦地抱怨，要太空船同時順時針和逆時針旋轉根本不合理。我無視這些警告。

我轉了一圈，什麼也沒看見。好吧，沒什麼新進展。我讓船身仰角五度，再試一次。第六圈，與離亞德莉安星黃道面成二十五度角，我瞥見了目標，但距離還是太遠，看不清細節，只知道那是反射聖母號偏擺推進器的閃光。我開關推進器幾次，測量反應時間。幾乎是一眨眼——應該少於四分之一秒。我離目標不到七萬五千公里。

我發動引擎，朝著目標前進。這次我不會像無頭蒼蠅一樣亂飛。我會每隔兩萬公里左右停下來，再次確認方向。

我揚起微笑。成功了。

我只希望自己不是追小行星追了一整天。

歷經長時間的謹慎飛行和反覆測定航向，雷達螢幕終於有動靜了！

畫面上清楚顯示：**光點一號**。

「喔，對喔。」我忘了洛基太空船的名字就是這麼來的。

我距離目標只剩四千公里，恰好掃過雷達偵測範圍邊緣。我點開望遠鏡影像，什麼也沒看見，就算放大倍數拉到最高也一樣。這臺望遠鏡是用來尋找數百或數千公里寬的天體，不是幾百公尺長的太空船。

我逐漸接近目標位置。該物體相對於天倉五的速度與洛基的太空船差不多，大約是他引擎熄火時的速度。

我可以根據一堆讀數算出目標物體的航向，不過我有個更簡單的方法。

我讓聖母號斷斷續續推進了幾分鐘，不停減速、加速，直到與目標物體的速度相符。它依然遠在四千公里之外，但對我的相對速度幾近為零。為什麼要這麼做？因為聖母號很會抓自己的飛行路線。

我點開導航控制台，計算當前的軌道。經過一番星體觀測和數學運算，電腦得出的結果正是我想聽的答案：聖母號正沿著雙曲線軌道飛行，也就是說，我根本不在軌道上，而是在逃逸向量上，徹底擺脫天倉五重力的影響。

這表示我追蹤的目標也在逃逸向量上。你知道太陽系中的物體無法幹嘛？無法脫離恆星的重力。所有移動速度快到足以逃脫的東西早在幾十億年前就溜之大吉。無論那個目標物體為何，絕不是普通的小行星。

「太好了，繼續前進……」我啟動自旋驅動裝置，朝目標方向飛馳。「我來了，老兄，撐著點。」

等距離拉到五百公里以內，我終於能稍微辨識這個物體。畫面上只顯示出一個高度像素化的三角形，長度為寬度的四倍。資訊不多，但已經夠了。這是光點一號沒錯。我很熟悉這個輪廓。

我手邊有一袋伊路奎娜的伏特加，現在正是開喝的好時機。我用吸管吸了一小口，隨即嗆得咳嗽連連，喘個不停。媽的，她真的好愛喝烈酒。

光點一號就在聖母號右舷五十公尺處。我靠近的時候非常小心，我可不想飛越整個天倉五星系，最後不小心讓他連人帶船慘遭聖母號引擎汽化。我已經將速度調到每秒移動幾公分了。

我們道別至今將近三個月。光點一號的外觀看起來就跟之前一樣，但肯定有哪裡出了問題。

我用盡一切方法，努力想和洛基聯繫。無線電、引擎閃光等都試過了，沒有回應。

我的胃不斷下沉。要是洛基死了怎麼辦？他一個人孤零零地踏上回家的路。倘若情況是在他睡眠期間失控呢？波江星人會等身體準備好才甦醒，如果維生系統在他睡覺時斷線，他不就……永遠醒不過來？

要是他死於輻射呢？所有能保護他免受輻射傷害的噬日菌都化為甲烷，成了天倉五變形蟲的一部分。波江星人對輻射極為敏感。也許事情發生得太快，他根本沒機會做出反應。

我搖搖頭。

不會，他是洛基。他很聰明，絕對有事先想好備案，比方說睡眠期間專用的獨立維生系統之類。他也一定有想好該怎麼應對輻射，畢竟其他組員全都因而喪生。

可是……為什麼沒有回應？

他看不見，也沒有窗戶，必須用光點一號的感官設備主動感知外部情況，才會發現我在這裡。

但他認為自己渺無希望，只能孤獨地流落太空，所以不會往外看。

好，艙外活動時間到。

我爬進海鷹太空衣（感覺好像穿了幾百萬次），啟動減壓艙循環程序，將長長的安全繫繩固定在減壓艙內。

我凝望著眼前這片浩瀚蒼茫的虛無。我看不到光點一號。天倉五太過遙遠，無法照亮周圍的一切。我只知道太空船的位置，因為船身擋住了背景的繁星。我只是……在太空裡，無盡的黑幕沒有一絲光線。

除了猜測之外沒有其他辦法。我瞄準目標，使盡全力往聖母號船身一蹬。光點一號是一艘巨型太空船，我只要能隨便觸及一處就好。如果錯過，我會因為安全繫繩的拉力彈回去，成功解鎖「銀河系首次星際高空彈跳」的成就。

我漂過太空。眼前的黑暗愈趨深沉，星星一點一點地消失，最後我什麼也看不見，甚至連移動的感覺都沒有。

從邏輯上來看，我的速度想必和剛才蹬離船身的速度一樣，但沒有證據能證明這一點。

就在這個時候，我瞥見前方漾著黯淡斑駁的淺褐色光暈。我終於離光點一號夠近，頭盔上的照明燈得以點亮部分船身。光芒愈來愈耀眼，船體輪廓也愈來愈清晰。

就是現在。我只有幾秒鐘的時間找到抓握點。我知道光點一號船體布滿欄杆和軌道，讓機器人四處移動。我希望自己靠得夠近，能及時抓住什麼。

我發現正前方有一根欄杆，立刻伸長了手。

砰！

我以非艙外太空衣應有的力道狠狠撞上光點一號。剛才出發時不該蹬那麼用力。我胡亂揮動雙臂想抓住任何可抓的東西。欄杆計畫徹底失敗。好不容易碰到一根，卻手滑沒抓牢。我整個人彈來彈去，逐漸漂離船身；安全繫繩在我周圍及身後飄舞，纏繞在一起。回到聖母號再試一次的路肯定很漫長。

這時，我發現幾公尺外的船身有個奇怪的鋸齒狀突起物。大概是天線之類的？可是距離太遠，我的手搆不著。也許能用繫繩套住。

我以穩定的速度慢慢漂離光點一號。我沒有噴射背包，現在不出手就沒機會了。

我飛快用繩索打一個滑結，拋向那個詭異的天線，然後——

成功了！真不敢相信，我剛用套索抓到一艘外星太空船！我連忙拉緊繩圈，有那麼一瞬間，我真的很怕會把天線扯下來，直到瞥見上頭斑駁的淡褐色紋理。天線（如果真的是天線的話）是氙晶製成的，絕對不會斷裂。

我一點一點拉著繫繩，靠近船體。這一次，多虧有天線和繩索的幫忙，我終於抓住附近的機器人欄杆。

「呼。」我鬆了口氣。

我休息一下，調整呼吸。準備測試洛基的聽力。

我抽出工具帶上最大的扳手，身子後傾，敲打船體。嗯，船殼很堅硬。

我敲了一次又一次。鏘！鏘！鏘！鏘！敲擊聲透過艙外太空衣傳進我耳裡。如果他還活著，噪音肯定會引起他的注意。

我把扳手的一端抵在船體上，低下頭，頭盔觸碰到扳手另一端。我伸長脖子，讓下巴貼著透明面罩。

「洛基！」我扯開喉嚨放聲大喊。「不曉得你聽不聽得見，但我在這裡，老兄！在你的船體上！」

我等了幾秒，再度開口。「我的太空衣對講機開著！頻率和之前一樣！聽到請回答！讓我知道你沒事！」

我把對講機音量調大，卻只聽見靜電干擾的雜訊。

「洛基！」

對講機爆出細碎的聲響。我立刻豎起耳朵。

「洛基？」

「格雷斯，問號？」

「對，是我！」聽到那幾個音符大概是我這輩子最開心的時刻！「老兄，是我！」

「你在這裡，問號？」他的音調高到我幾乎聽不懂。但我現在很熟悉波江語了。

「對！我來找你了！」

「你……」他尖聲說。「你……」他又尖起嗓子。「你在這裡！」

「對！快裝設減壓艙隧道！」

「小心！天倉五變形蟲－82.5會——」

「我知道，我知道！它們能穿過氙晶。所以我才來找你。我知道你會遇上麻煩。」

「你來救我！」

「對，我及時逮到天倉五變形蟲。聖母號還有燃料。快裝隧道，我要帶你回波江星。」

「你救我，也救了波江星！」他拉高音調大叫。

「快點裝該死的隧道！」

「回你的船！除非你想在外面看隧道！」

「喔，對喔！」

我焦急地在減壓艙門口等候，不時透過舷窗觀看外面的動靜。洛基就像之前一樣用船體機器人裝設減壓艙對口隧道，只是這次難度更高。我不得不調整聖母號的位置，因為光點一號根本無法移動。儘管有些波折，隧道依舊連接完成。

一陣鏗鏘聲響起，緊接著是嘶嘶聲。我知道那個聲音！

我漂進減壓艙看向窗外。隧道已安裝到位。洛基一直留著那條隧道。這也難怪，畢竟那是波江星人第一次接觸外星生命的工藝見證。換作是我，也會留下來做紀念！

我打開緊急安全閥。聖母號艙內的空氣慢慢灌入我這邊的隧道。一達成平衡，我便立刻開啟艙門，飛快漂過去。

洛基在另一邊等我。他的衣服破爛不堪，上面沾滿黏滑且再熟悉不過的天倉五變形蟲殘骸，連身衣一側有燒灼的痕跡，其中兩隻手臂也傷痕累累，看起來過得很辛苦，但他的肢體語言訴說出純粹的快樂。

他抓著一個又一個把手，蹦蹦跳跳地來到我面前。

「我好開心，開心、開心、開心。」他的音調飆得超高。

「你受傷了嗎？」我指著他帶傷的手臂問道。

「我會復原的。我試了很多方法想阻止天倉五變形蟲汙染，可是都失敗了。」

「我成功了。」我說。「我的太空船不是氙晶做的。」

「發生什麼事，問號？」

我嘆了口氣。「天倉五變形蟲不僅演化出抗氮性，也發展出鑽進氙晶以躲避氮氣的能力。副作用是天倉五變形蟲－82.5會隨著時間穿透氙晶。」

「神奇。現在怎麼辦，問號？」

「我還有兩百萬公斤的噬日菌。把你的東西搬過來，我們要去波江星。」

「開心！開心，開心，開心！」他停頓了一下。「要用氮氣清洗，確保天倉五變形蟲－82.5不會進入聖母號。」

「嗯，我完全相信你的能力。做個消毒機吧。」

「那地球呢，問號？」他從這根欄杆爬到另一根欄杆。看得出來手臂上的燒傷讓他覺得很痛。

「我把甲蟲探測器和迷你養殖艙送回去了。天倉五變形蟲－82.5無法穿過波江星鋼材。」

「很好。」他說。「我保證波江星人會好好照顧你。他們會製造噬日菌，也許能送你回家！」

「呃……」我支支吾吾。「那個……我沒有要回家。甲蟲會拯救地球。但我再也看不到我的家了。」

「為什麼，問號？」他停下原先快樂的彈跳動作。

「我的食物不夠。送你回波江星後，我就會死。」

「你……你不會死。」他的聲音變得好低好低。「我不會讓你死。我們送你回家。波江星會很感激。你救了所有人，我們會盡全力救你。」

「你們無能為力。」我說。「糧食真的不夠。等到了波江星，我就只剩幾個月份的食物量。就算你們的政府給我噬日菌送我回家，我也撐不過返航。」

「吃波江星食物。我們是從同一個生命演化而來，我們用一樣的蛋白質，一樣的化學物質，一樣的糖。一定可以！」

「不行，我不能吃你的食物，記得嗎？」

「你說那些食物對你不好。我們會想辦法。」

「不只是對我不好，」我舉起雙手，「是我吃了會死掉。你們的生態系統蘊藏大量重金屬，很多對我來說都是劇毒，一吃斃命。」

「不行，你不能死。」他渾身發抖。「你是我的朋友。」

「沒關係。」我漂近分隔牆輕聲說。「我已經做了決定。這是拯救地球和波江星唯一的辦法。」

「那你回家，現在就回家。」他往後退。「我在這裡等。也許波江星有一天會派另一艘太空船來接我。」

「你瘋啦？你真的想冒著整個物種滅絕的風險？」

他沉默良久，終於開口。「不想。」

「這就對了。去拿那顆你用來當太空衣的球，來聖母號找我，教我怎麼修補氙晶牆，然後你就可以把東西搬進去——」

「等等。」他打斷我。「你不能吃波江星生物，也沒有地球生物可以吃，那亞德莉安星生物呢，問號？」

「噬日菌？」我不屑地哼了一聲。「我不能吃那個！它們的體溫始終維持在攝氏九十六度，會把我活活燙死。再說，我很懷疑人體的消化酵素有辦法攻破它們詭異的細胞膜。」

「不是噬日菌。天倉五變形蟲。吃天倉五變形蟲。」

「我不能吃——」我愣了一下。「我……你說什麼？」

我能吃天倉五變形蟲嗎？

它們是活的，有DNA和粒線體，也就是細胞的活力來源，並將能量轉成葡萄糖儲存在體內，進行克氏循環。它們只是來自另一個星球的變形蟲，不是噬日菌，體溫沒有九十六度，也不像波江星生物演化出含有重金屬的生理結構——亞德莉安星的大氣裡根本沒有重金屬。

「我……我不知道。大概可以吧。」

「我的燃料槽裡有兩千兩百萬公斤的天倉五變形蟲。」他指著光點一號說。「你要多少，問號？」

我睜大眼睛。這是我長久以來第一次真正感受到希望。

「問題解決。」他把爪子貼在氙晶分隔牆上。「跟我打拳。」

「是碰拳。」我笑著用拳頭抵住氙晶壁。「兩個字而已。」

「知道。」

我吃完最後一口萊倫漢堡，咕嚕咕嚕喝下富含維生素的蘇打水，把盤子放進水槽，看看廚房牆上的鐘。哇，已經VℓIλ了？我最好動作快點。

我在波江星的頭幾年，狀況不是很穩定。天倉五變形蟲讓我保住一條命，但我嚴重營養不良。微生物雖然能提供熱量，但光吃這些稱不上均衡飲食。

那段日子真的很痛苦。我得了壞血病、腳氣病及其他有的沒的疾病。值得嗎？至今我還是不知道。也許我永遠不會有答案。地球遠在十六光年外的地方，無法取得聯繫。

據我所知，甲蟲探測器可能在途中發生故障，或是沒有順利返抵地球。不曉得勒克萊爾等氣候學家的預測模型到底正不正確。聖母號可能打從一開始就沒希望了。也許地球已成了冰天雪地的荒蕪之境，數十億的屍體遍布各地。

但我盡量保持樂觀。不然還能怎麼辦？

無論如何，波江星人很懂待客之道。他們本身沒有政府機構，但所有重要人物都同意傾盡全力讓我活下去。畢竟我在拯救波江星上扮演關鍵角色，就算沒有，我也是個活的、會呼吸的外星人。他們當然會努力維繫我的生命。我可是難得一見的科學研究對象。

我住在一座像泡泡的巨大穹頂建築裡，居於波江星一個「城市」中心。其實「城市」這個詞不太貼切，「群落」可能比較恰當一點。

我住的地方有庭園等設施，生活所需應有盡有。聽說穹頂建築外有三十個波江星人負責維護我的維生系統。我的穹頂離一間大型科學中心很近，許多了不起的波江星學者哲人都會到那裡聚會，用智慧靈語交流。「智慧靈語」是一種集討論與歌曲為一體的溝通形式，大家都會同時發言，過程中處於無意識狀態；出於某種原因，匯集各方意見的智慧靈語會自動導出結論和決策。智慧靈語本身比參與討論的波江星人更聰明。某種程度來說，波江星人就像群體心智中的特殊神經元，只是他們可以隨心所欲自由來去。

我是個很有意思的存在，因此幾乎波江星上所有科學家都出席會議，以智慧靈語進行討論，想出能讓我活下去的方法。據說這是他們有史以來第二大的智慧靈語科學研討會（第一大當然是擬定計畫準備對付噬日菌那次）。

多虧地球科學期刊雜誌，他們很了解我的營養需求，也知道如何運用實驗室資源合成各種維生素。基本問題一解決，其他規模較小、事務較繁雜的團隊便開始著手改善風味。其實美味與否，或多或少是由我決定。我試吃了很多東西，波江星人與人類生物群系都很熟悉的葡萄糖經常出現。

不過最棒的是，他們以生物複製的方式成功於實驗室培養出我的肌肉組織。這都要感謝地球的科學發展。我剛到的時候，他們完全不了解這項技術。但那已經是十六年前的事了。他們在這個領域日益成熟，迎頭趕上。

不管怎樣，我終於可以吃肉了。沒錯，我吃的是人肉，但這是我自己的肉，我也不覺得噁心或難受。味道古怪的微甜維生素奶昔連喝十年，再看看你會不會拒吃漢堡。

我喜歡萊倫漢堡，每天吃一個。

我抓起拐杖走出門。我不再是從前那個年輕的小伙子，波江星的高重力只會讓我的骨骼退化得更快。算算我現在應該五十三歲，但經歷了長期的時間膨脹，我其實不太清楚自己的年紀，唯一能確定的是，自我出生以來，地球上已過了七十一年。

我從前門離開，穿過庭院。院子裡沒有其他動植物。我是波江星上唯一能在地球環境中存活的生靈，不過我擺了一些很有美感、品味獨到的岩石點綴。美化庭院景觀成了我的嗜好之一。波江星人只看見一堆石頭，在我眼中卻是繽紛的色彩。

他們在穹頂上方裝了燈泡，燈光會隨著二十四小時晝夜節律變亮、變暗。我向他們解釋，光線調節對我的情緒至關重要，他們也相信我說的話，只是我不得不向這些於星際間穿梭的古老物種解釋燈泡的製作方法。

我沿著礫石小徑走到穹頂牆邊其中一間「會晤室」。波江星人和人類一樣很重視面對面交談，而他們也想出一個很好的折衷辦法。我這邊在穹頂內的地球環境，隔著一公分透明氙晶牆的另一邊有個小房間，處於波江星的自然大氣。

我拖著蹣跚的腳步走進去。這是一間小型會議室，空間只適合一對一交談，成了我們倆見面的好地方。

「終於！我已經等了$\ell\lambda$分鐘了！」洛基在波江星那一側等我。「你怎麼這麼慢？」

當然，我現在很懂波江語，洛基的英文也非常流利。

「我老了，饒了我吧。我早上得花點時間準備。」

「喔，你要吃飯對吧？」洛基的聲音裡夾著一絲厭惡。

「你不是叫我不要在公開場合談那件事，很沒禮貌。」

「老兄，我這個人本來就沒禮貌啊！」

我忍不住笑出來。「怎麼啦？找我有什麼事？」

「我剛收到天文巢的通知。」他晃來晃去。我很少看到他這麼激動。「有消息了！」

「太陽？」我屏住呼吸。「是太陽的消息嗎？」

「對！」他尖聲回答。「你的恆星已經恢復到最大亮度了！」

我倒抽一口氣。「你確定嗎？百分之Iℓℓ確定？」

「非常確定。λV天文學家以智慧靈語對數據進行分析，確認無誤。」

我喘不過氣，無法動彈，全身不停顫抖。

結束了。

我們贏了。

就這麼簡單。

太陽已恢復到感染噬日菌前的亮度。只有一種可能，就是噬日菌徹底消失，或起碼數量少到不足為懼，不會造成什麼影響。

我們贏了。

我們成功了！

「哎，你的臉在漏水！」洛基揚起背甲。「我好久沒看到你這樣了！提示一下，你是高興還是難過？因為有兩種意思，對嗎？」

「高興，當然是高興！」我哽咽著說。

「我想也是。」他將爪子蜷曲成球狀，貼在氙晶牆上。「那適合碰拳慶祝嗎？」

「宇宙無敵適合。」我也握拳抵著氙晶牆。

「我想你們的科學家應該是一收到探測器就立刻動工。」他說。「想想甲蟲探測器返回地球的時間，還有太陽光抵達波江星的時間……花不到一個地球年就處理好了。」

我點點頭，還在消化這一切。

「那你現在要回家嗎？還是要留下來？」

這些為波江星做出重大決策的……大人物，很早就提出要為聖母號添加燃料。多年前我送洛基回來後，聖母號就一直在一條很漂亮的穩定軌道上繞著波江星運行，至今依舊如此。

波江星人可以替我準備食物和補給品，檢查所有系統設備，然後送我回地球。但目前我尚未接受他們的提議。回家的路既漫長又孤獨，一分鐘前，我還不知道地球是否宜居。波江星雖然不是我的故鄉，但至少我在這有朋友。

「我……我不知道。我一把年紀了，旅途很遙遠。」

「我私心希望你留下來。但那只是我個人的想法。」

「洛基……關於太陽的消息……讓……讓我整個人生都有了意義。你知道嗎？我還是沒辦法……沒辦法……」我泣不成聲。

「我知道。所以我才想親口告訴你。」

我看了一下手錶（對，波江星人幫我做了一支手錶。我要什麼他們就做什麼。我盡量不濫用這種特權）。「我得走了。我遲到了。但是……洛基……」

「我懂。」他的背甲微微傾斜，我意識到這是一個微笑。「我都懂。我們晚點再聊。反正我也該回家了。亞德莉安等等就要睡了，我得看著她。」

我們朝著各自的出口走去。

「喂，格雷斯。」洛基停下腳步。「你有沒有想過，宇宙間還有其他生命？」

「當然，一直都這麼想。」我倚著拐杖回答。

「我一直在想這件事。」他又走回來。「有些理論很難反駁。幾十億年前，噬日菌的祖先到地球和波江星繁衍後代。」

「我知道你想說什麼。」

「真的？」

「真的。」我將重心從一條腿移到另一條腿。關節炎開始啃噬我的關節。長期處於高重力環境會嚴重影響人類的身體機能。「跟我們一樣靠近天倉五的星球不到五十個，其中兩個就生機蓬勃，表示生命——至少天倉五星系孕育出的生命，在銀河系中的足跡可能比我們想的更多。」

「你覺得我們會找到更多智慧物種嗎？」

「誰知道呢？」我說。「你和我就找到了對方啊。很奇妙吧。」

「真的很奇妙。」他附和道。「好啦老頭，快去上班吧。」

「再見，洛基。」

「再見！」

我一跛一跛地走出會晤室，沿著穹頂周邊走去。他們用透明氙晶打造出這座穹頂，因為他們認為我想要這樣，但其實沒差。外頭一片漆黑。當然，我可以用手電筒探照，不時會瞥見波江星人做些日常瑣事，但完全看不見山巒等風景。只有如墨般深沉的黑。

我的笑容略微淡去。

不曉得地球的情況如何。大家是為了生存團結合作？還是有數百萬人死於戰爭和饑荒？

他們能回收探測器，讀取我存入的研究資料，找出解決辦法，而且其中一個計畫還是送探測器上金星，所以一定還存有部分先進的基礎建設。

各國想必是攜手合作度過難關。也許純粹是我內心幼稚的樂觀主義作祟，可是只要大家一起努力，人類真的能做出很不可思議的事。聖母號就是很好的例子。這項任務絕非易事。

我抬起頭。也許有一天我會回家。也許我會找到心裡的解答。

但不是現在。現在，我有工作要做。

我繼續沿著小徑往前走，來到一間大型雙門會晤室前。不得不說，這是我最喜歡的一間。

我走進會晤室。裡面大約有五分之一的空間為地球環境，分隔牆另一邊有三十個像傻瓜一樣蹦蹦跳跳的小波江星人，每個年紀都不超過人類的三十歲。至於參與者遴選過程……呃……一樣，波江星文化很複雜。

地球區中心有臺類似風琴的設備，擺放位置能讓彈琴者面向孩子。比起地球上傳統的鍵盤樂器，這臺風琴的功能很多，可以讓我表達出抑揚頓挫、音色變化、語氣情緒及其他微妙複雜的口語細節。我坐上舒服的琴椅，喀喀地拗折指關節，開始上課。

「好了好了。」我彈出波江語。「大家趕快回座位坐好。」

他們跑到自己的課桌前靜靜坐著，準備上課。

「誰能告訴我光速有多快？」

十二個孩子舉起爪子。

致謝

首先我要感謝幾位提供學術支援，讓我得以盡可能準確述寫書中科普知識的人。謝謝安德魯・豪爾（Andrew Howell）在天文學與恆星科學領域的協助；吉姆・格林（Jim Green）解釋基礎行星科學與大氣的作用機制；尚恩・戈德曼（Shawn Goldman）無私分享探測系外行星的一切；我的高中老同學查爾斯・杜巴（Charles Duba）詳細說明複雜的微中子概念，還有很酷的寇迪・唐・里德（Cody Don Reeder），感謝他提供許多重要的化學資料，跟他通信非常有趣。

另外我要謝謝我的經紀人大衛・法蓋特（David Fugate）總是給我無限支持；感謝本書編輯朱利安・帕維亞（Julian Pavia），我目前出版的所有作品都是經他巧手；還有莎拉・布萊沃格（Sarah Breivogel），謝謝她打從第一天就替我的書處理公關宣傳事宜。此外，我也要向測試版讀者群致謝：多謝我的老媽珍娜（Janet），不管我做什麼她都很愛；感謝鄧肯・哈里斯（Duncan Harris）質疑每個情節轉折，指出我的盲點；還有丹・史奈德（Dan Snyder），他……等等，丹，你後來都沒回覆我！怎樣，不屑跟我聯絡嗎？

最後我要謝謝我太太艾許莉（Ashely），她忍受了不曉得多少類似的對話，整天聽我談論情節設定與故事架構等想法，給我充滿智慧的建議和回饋。為此，我萬分感激。

極限返航——作者訪談錄

Q：這本書的靈感來源是什麼？

A：老實說，這本書集結了許多我本來打算用在其他故事的點子。有些汲取自我停筆的小說《Zhek》，有些是我對接下來幾本書的構思。我做夢也沒想到這些元素會湊在一起，但到頭來一切都很協調，相得益彰。「完美太空船燃料」的想法挪用自《Zhek》，原始概念是一種可吸收光子和電磁輻射，將質量轉化為能量的奈米技術。我就想，如果這類物質屬於自然發生的現象呢？比方說類似黴菌的單細胞生物等等？除此之外，我有個與此無關的故事構想，大意是有個傢伙在太空船上醒來，結果失憶，不曉得自己為什麼會在那裡。最後是另一個故事概念，關於一個務實嚴肅、做事俐落的女人，基本上她掌握無限權力，可以呼風喚雨，運用這股力量來拯救世界。我必須設法把這些元素優雅地結合起來。最後我靈光乍現，想到或許能把這種生命形式設定成吞噬太陽能量的生物，而其做為完美燃料的特質正好就是應對這種威脅所需的工具。就這樣，一切慢慢成形。

Q：你曾說《火星任務》的主角馬克・瓦特尼比你勇敢得多，而本書主人翁萊倫・格雷斯卻認為自己是個懦夫。你是刻意營造這種對比嗎？

A：我覺得形塑萊倫的個性與人格特質是寫這本書最大的挑戰。他是「現在」這條故事線的主軸，我知道自己得讓他夠真實、夠討喜才行，但我不想抄襲馬克·瓦特尼，所以決定把萊倫寫成一個不像馬克、勇氣程度跟我差不多的人，也就是說，不太勇敢。他不懂自己為什麼被派去執行任務，也不想上太空。萊倫和馬克很不一樣，我非常喜歡他的蛻變與成長，但寫作過程中，塑造他的性格真的讓我傷透腦筋。

Q：萊倫和馬克的共同點是他們並非典型的好萊塢動作英雄。馬克形容自己是高級工友，而可憐的萊倫只是個國中科學老師。你是不是特別喜歡以不被看好的小人物為主角？

A：我想大家或多或少都是。雖然看詹姆士·龐德耍帥很酷，但我們內心並沒有產生共鳴。大多數人，包含我在內，不時被生活壓得喘不過氣。一個身陷困境、努力撐過每一天的角色更能讓閱聽者了解和同理。

Q：萊倫被徵召參與任務是因為他以異源生物學理論為題寫了幾篇論文，但你對非人類生命形式似乎也很有想法，和他差不多。你一直都對這個領域很感興趣嗎？

A：沒錯。我承認我用這種方式投射了一小部分的自己到萊倫身上。我一直很懷疑生命需要液態水的假設。誰定的規則？地球上所有生物都需要水，但另一個星球上的生命可能源自一連串截然不同的化學反應。再說，就算水是孕育生命的必要條件，水的沸點仍取決於大氣壓力。壓力愈高，沸點愈高，那大家討論宜居行星時最愛談的「適居帶」不就沒意義嗎？如果大氣層厚到足以讓水維持液態，那行星溫度想多高都行。

Q：以不爆雷的方式來說，《極限返航》有個很瘋狂的角色，他的出現帶來極大轉折，你先前幾部小說從未納入這類元素。這次你冒了極大的風險做出改變，會不會有點緊張？

A：當然。對我這樣的作家而言，這是邁向百分百科幻小說的一大步。但我想這麼做，而且要用我的方式來做。「我的方式」指的是大量推理、研究、背景設定等等，從而形塑出這個角色的細節。

Q：你會不會覺得寫作時以這種方式挑戰自我很重要？

A：不會！如果由我決定，我應該會待在自己快樂的小世界裡，但我想讓讀者開心，同時提升自己的能力，因此我努力琢磨筆鋒，撰寫不同的故事元素。所以，我認為答案其實是肯定的，但不是因為我想這麼做，而是因為唯有如此，才能持續為讀者寫出好的作品。

Q：為了避免透露太多劇情，姑且說《極限返航》是一部描繪「第一次接觸」的小說。這是非常經典的科幻場景。你是不是一直很想寫這類型的故事？有沒有什麼喜歡的作品啟發你的靈感？

A：對，我很想寫關於第一次接觸的故事。一般對於這類橋段的呈現手法，我的抱怨列出來大概跟手臂一樣長。我想藉這部小說來處理這些問題，而且用我的方式來寫。我很滿意最後的成果。

Q：關於外星生命真實存在的看法，你有什麼感想？還有幽浮呢？

A：宇宙浩瀚無垠，我相信其他星球同樣有自然演化出來的生命。然而，我也堅信光速是絕對的，不可能有比光速更快的物體，也不可能以快於光速的方式傳遞訊息。因此，幾乎可以肯定有外星生命存在，甚至是外星智慧生命，但他們可能距離我們極為遙遠，遠到光是打個招呼就要花上數百萬年。我不相信外星人造訪過地球。

Q：就像《火星任務》一樣，《極限返航》也花了很多篇幅描寫人物運用科學解決問題的過程，並相信讀者能投入其中。很少有小說這樣處理。為什麼你這麼喜歡寫這類情節？又是如何讓科普變得有趣？

A：我喜歡解決問題！看一個聰明人想出聰明的妙招樂趣無窮，自然好玩。老實說我覺得自己有點偷吃步，因為這種創作公式很簡單。至於科學的角度，我認為訣竅在於用我對科學的熱情來感染讀者，引起他們的興趣。若了解微中子的概念對全人類的命運存亡至關重要，那它就會成為一個扣人心弦的情節點。每個故事都有背景設定。科幻小說和奇幻小說花許多時間和心力描繪、解釋字裡行間的世界觀及其中的事物，至於我則是以真正的科學為背景，就像至尊魔戒、曲速引擎和原力一樣，讀者需要掌握一套規則。我只是碰巧用了存在於現實世界的規則。

Q：不像《火星任務》與《月球城市》，《極限返航》從既有的科學概念和技術推衍出許多尚未問世、僅存於想像中的科技，無疑將你筆下的科幻小說元素推向更高的層次。你是如何處理這些元素？又是如何讓這些充滿科幻味的事物變得真實可信？

A：我的訣竅是用小讓步構築出大概念。書中沒有任何事物違反物理定律，唯一與現實相悖的是一種有能力獲取和儲存微中子的生物，一切皆由此衍生而出。有了這麼一個懸置懷疑的小設定（只有物理很強的人才會知道這有問題），讀者很容易相信眼前的故事是真的，這也是我花這麼多心神描寫解決問題的邏輯推理過程與科學細節的原因之一。即便只談到片段背景資訊，我也會用這種方式來渲染故事的真實性，讓讀者相信我。

Q：可以談談你在創作《極限返航》期間做了哪些研究嗎？

A：我真的是掉進科學無底洞，展開一場複雜奇異、充滿未知的探索之旅。我覺得燃料消耗、時間膨脹和相對論旅行背後的數學運算很有趣。我必須仔細研究天文物理學，了解恆星的確切行為及其運作機制，還有天文物理學家的工作方式。最大的挑戰之一是讓我的星際噬日藻類（又名噬日菌）符合科學邏輯。好，有種生物居住在恆星表面，它是如何做到這一點而不死亡？它的核心化學性質為何？若恆星表面只有氫和氦兩種元素，它又該如何生存與繁殖？它不需要其他資源嗎？接著我想，要是地球生命缺乏繁殖所需的條件會怎麼做？會遷徙！這個領悟成了重要的突破，不僅解決許多問題，更創造出不少很棒的引子。噬日菌需要碳、氧及其他物質來繁殖，為了獲取這些元素，它們必須從恆星遷移到行星，再和後代一同返回恆星汲取能量。不過，穿越太空旅行數億公里會消耗大量能量，特別是需要推進力的時候，因此，噬日菌演化出最有效率的推進系統：光。不過這又帶出另一個問題，若噬日菌以光為推力，就得像反物質一樣有效儲存能量。這怎麼可能呢？我並沒有探究太深，就在微中子身上找到答案。微中子非常特別，屬於馬約拉那粒子，即微中子為其自身的反粒子，兩個微中子碰撞可以將質量轉化為純能量，就像物質－反物質交互作用一樣，而那股能量就是光——兩個光子。剎那間，我不僅找出一種儲存能量的機制，還發現一種將能量轉變成光的方法，可以用來推進噬日菌。

Q：那聖母號本身的設計呢？

A：喔，我在設計噬日菌引擎時玩得很開心，思考太空船接近光速飛行會有什麼後果也很有趣。即便是太空旅行，依舊得考量到空氣動力學。深太空中每一立方公尺就有幾個氫原子，看起來不多，但移動速度接近光速時，撞擊太空船的氫會多到帶來一些阻力，因此船身必須設計為流線型。此外，太空船還需要一臺離心機來產生人造重力，所以組員艙與燃料槽之間有一條縫可以讓船體分成兩節，以纜線相連，透過旋轉運動來提供人造重力。但這又引出一個新的問題。我發現一旦關閉引擎，啟動離心機，組員艙就會受到與推力方向相反的力，很不方便，所以我必須想出一個解決辦法。簡單的概念交織出愈來愈複雜的情況。我喜歡這樣。

Q：當初看到自己的小說處女作《火星任務》躍上大銀幕，由麥特．戴蒙（Matt Damon）主演，對你來說一定別具意義。《極限返航》也會翻拍成電影，由雷恩．葛斯林（Ryan Gosling）擔綱主角。你最期待看到書中哪個部分被搬上銀幕？

A：故事裡有一段很強的友情羈絆，我很期待和雷恩一起演繹萊倫，看劇組如何以電影語言創造其中的視覺效果。另外回憶倒敘的部分，萊倫與史特拉（務實嚴肅、領導團隊拯救世界的角色）之間的互動應該很精采。至於純粹的視覺衝擊，我腦中有幾個關於聖母號旅程及目的地的具體畫面和細節，以大銀幕呈現會很不可思議。這些驚喜就留給讀者自己去發掘吧。

國家圖書館出版品預行編目資料

極限返航 / 安迪・威爾（Andy Weir）作；郭庭瑄譯 .
-- 臺北市：三采文化股份有限公司，2022.02
面；　公分 . --（iREAD；150）
譯自：Project Hail Mary
ISBN 978-957-658-720-7(平裝)

874.57　　　　110020258

iREAD 150

極限返航

作者｜安迪・威爾（Andy Weir）　譯者｜郭庭瑄
主編｜喬郁珊　責任編輯｜吳佳錡　協力編輯｜徐敬雅　校對｜黃薇霓
美術主編｜藍秀婷　封面設計｜池婉珊　內頁排版｜顏麟驊　版權負責｜杜曉涵
行銷經理｜張育珊　行銷企劃｜呂秝萓

發行人｜張輝明　總編輯｜曾雅青　發行所｜三采文化股份有限公司
地址｜台北市內湖區瑞光路 513 巷 33 號 8 樓
傳訊｜TEL:8797-1234　FAX:8797-1688　網址｜www.suncolor.com.tw
郵政劃撥｜帳號：14319060　戶名：三采文化股份有限公司
初版發行｜2022 年 2 月 25 日　定價｜NT$480
4 刷｜2023 年 2 月 20 日

PROJECT HAIL MARY by ANDY WEIR
Copyright © 2021 by ANDY WEIR
Rocket diagrams copyright © 2021 by David Lindroth Inc.
Traditional Chinese edition copyright © 2022 Sun Color Culture Co., Ltd
This translation published by arrangement with Ballantine Books, an imprint of Random House, a division of Penguin Random House LLC through Big Apple Agency, Inc., Labuan, Malaysia.
All rights reserved.

著作權所有，本圖文非經同意不得轉載。如發現書頁有裝訂錯誤或污損事情，請寄至本公司調換。 All rights reserved.
本書所刊載之商品文字或圖片僅為說明輔助之用，非做為商標之使用，原商品商標之智慧財產權為原權利人所有。

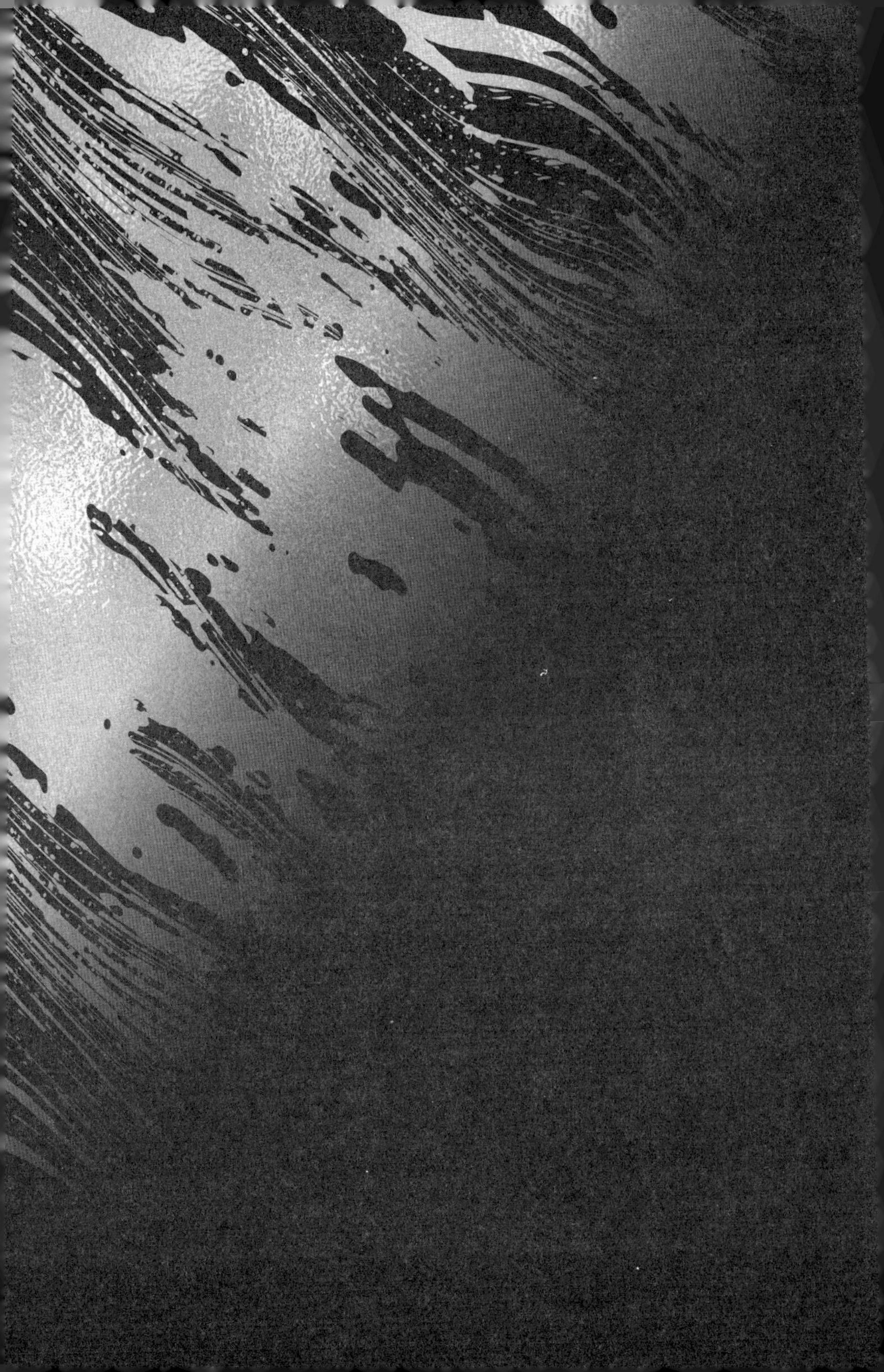

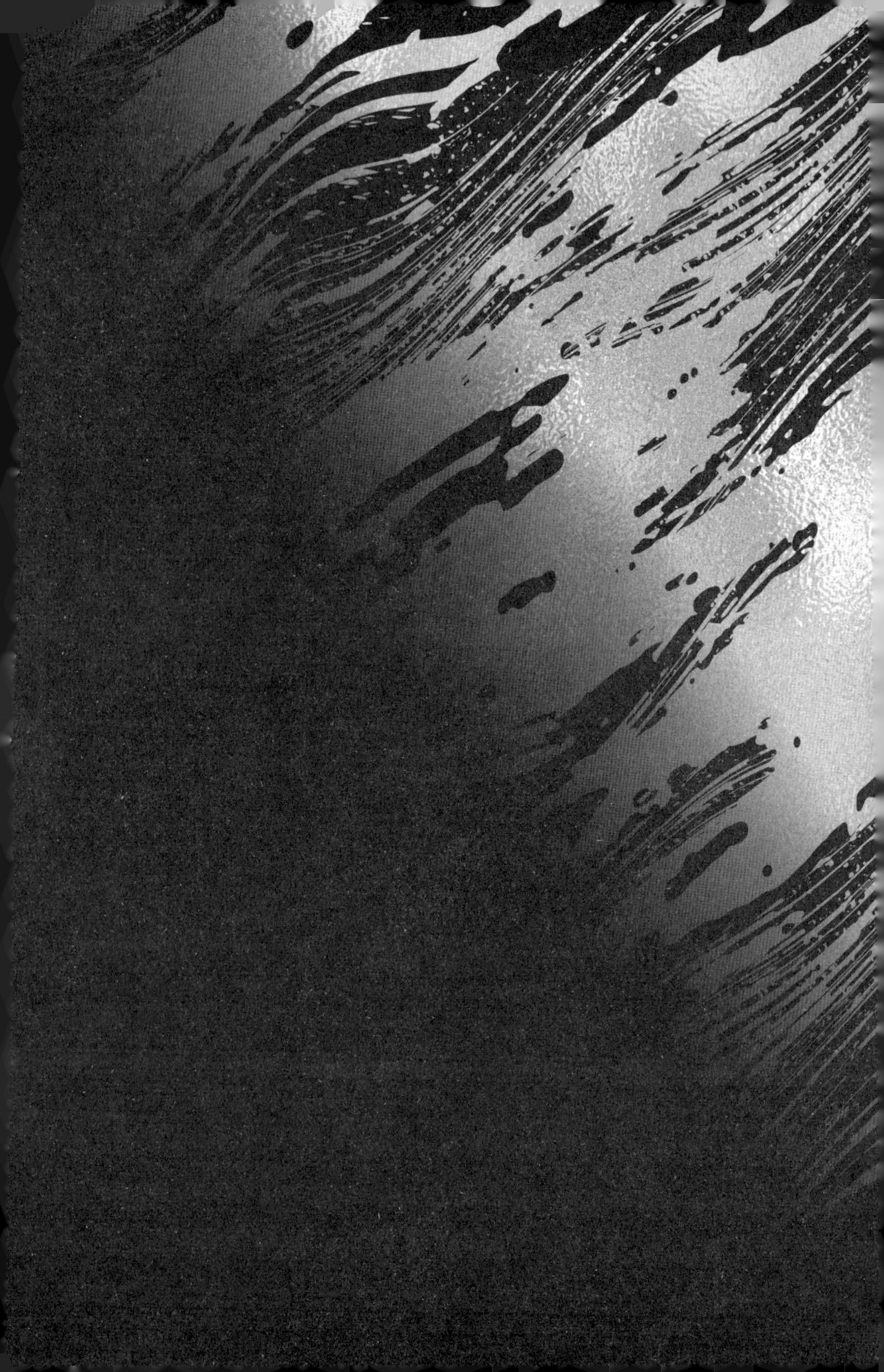